U0023993

臥龍山下 上

ALIVE

荒謬的時代，
每個人
不過是變革下的犧牲品

劉峻

目次

第一章 一九四〇年（庚辰）

一

俗話說，每個人的一生都是一本書。生活在臥龍山村的每個人，都是一本心酸的書，給看書的人留下一把淚水。

臥龍山村有戶姓肖的兩兄弟，老大叫肖貴民，老二叫肖貴根。兩兄弟為人正直，心地善良，誰家有個紅白喜事，他倆樂去伸把手；哪家有個天災人禍的，他倆願去幫個忙。所以，在上下十里村，很有名望。可現在老大肖貴民家裏出了一件麻煩事，很難有人幫得了他。

這是一九四〇年的冬天，肖大嫂生了一對龍鳳胎，本該是個大喜事，可這年月有一個孩子就是愁事，本來日子過得緊巴巴的，一下子添了兩張嘴，趴在肖大嫂王氏那本來就乾癟的兩個奶子上吸骨血，這不把她身子吸乾了嗎？肖老大怎麼受得了，夫妻反覆協商，還是狠心掐死一個為好。可王氏心腸軟，這畢竟是她身上掉下的骨肉啊，怎麼忍心。唉，等一等吧，說不定走到山前必有路呢，苦水裏慢慢的泡吧，說不定能泡出甜菜來。就這樣苦了一個多月，眼看到了冬天，大雪封山，家裏能吃的跑的除了耗子，轉的除了門軸，什麼都沒有了。本來還想養一個，現在一個都養不活。乾脆把兩個都掐死算了。可是這孩子呢，剛生下來血糊拉絲的，狠狠心掐死就掐死了，現在過了一個多月，孩子長得像模像樣，十分的可愛，王氏更捨不得了，就對肖老大說：

「你乾脆把我掐死吧，把我身上的肉一塊一塊割下來餵孩子。」可肖老大說，那不行，留得青山在，不怕沒柴燒，孩子死了，今後緩過氣來還可以養，老婆可不能死，她就是把一身的肉獻出來，那瘦不拉嘰的還沒有一巴掌膘，連骨頭帶肉拆下來，也餵不飽孩子十天半月的，寒冬臘月苦日子長，今後還得死，不行，平時家裏小事情聽老婆的，今天這天大的事情男子漢要挺得起腰桿子。

這天夜裏，天寒地凍，北風呼呼地叫著，像山鬼在呼喚，天上飄著飛雪，像棉團樣的下落。肖老大躲在床邊上大哭了一場，痛徹肺腑地哭，他首先想把眼淚哭乾，然後抹著眼，咬著牙，掀開老婆身邊的被子，伸手要拎起孩子出門，這個大凍天，只要出了門，一時三刻孩子就斷氣，可是老婆跳起來，抱著孩子死也不撒手，腳踢著床沿，身子滾在床邊，哭得震天動地，兩個孩子也哇哇的大叫，肖老大手腳軟了，撲在床上又號啕起來，一家人哭成了一團。

真是天無絕人之路呢。也就是在這個時候，門外有人敲門，肖老大抹抹淚水，心裏想，我人生沒做虧心事，不怕三更鬼敲門。他拖著沉重的腳步去開門，這下把他嚇呆了，門口站著三個人，那中間的彪形大漢，一臉的絡腮鬍，他一眼就認出這是屋前龍頭山上的彭家昌。記得去年冬天給村子困難戶捐助過糧食，現在半夜三更的土匪頭子親自登門，不會有什麼好事的，於是身子一軟，跪在地上磕著頭。

彭家昌上前扶起了他，爽朗地說：「哎喲，肖老大，我來看看你嘛，幹啥給我過不去呢？起來起來。」

肖老大起來了，望著三個人都進來了，拍打著身上的積雪，順手關上了門。另兩個人中，肖老大都有點面熟，一個是關帝廟邊上尼姑庵裏的小尼姑，一臉的麻子坑，大家叫她賴尼姑，懷裏抱著一個長長的包袱，另一個男的是彭家昌的貼身警衛，彭家昌走到哪裏，他像跟屁蟲樣的跟到哪裏，他今天身子前後掩著兩條麻袋子，不知裝的什麼東西。

彭家昌坐在他家上沿的凳子上，架起了二郎腿，點燃煙袋鍋子吸著，吐了一口煙霧說：「肖老大，我這個人你曉得吧？」

肖老大忙說：「曉得曉得，上下幾百里，誰不曉得你彭大人頭頂天，腳踩地，響噹噹的英雄好漢，你的名字放水裏魚都跳，放在山上虎都叫呢。」

彭家昌哈哈大笑說：「別跟我溜鬚拍馬屁了，現在呢，我是人到彎腰樹，不得不低頭喲。」

肖老大驚詫地說：「怎麼可能，彭大人也有過不去的山頭？」

彭家昌望了他說：「你可知道共產黨的代表邵菊花嗎？」

肖老大點頭說：「曉得曉得，是你手下的女兵。」

彭家昌說：「錯了，我可是她的人了，上個月呢，她生下了一個兒子，現在日本鬼子狗日的隨時進山，我不能叫共產黨的後代斷了根吧。」說著便站起來，從賴尼姑手中接過包袱打開，是一塊虎皮包著熟睡的嬰兒。他站在肖老大面前說：「我已經打聽了，你肖家兩兄弟是個厚道的根本人家，你家生了兩個孩子，給你的孩子做個伴吧。」

肖老大呆望他，半天不知說什麼好。嘴上支支吾吾說不出話來。

彭家昌說：「我這個人呢，別看是土匪，可人敬我一尺，我敬人一丈，人敬我一丈，我把人家捧頭上。」

肖老大好像明白過來什麼，忙接過嬰兒說：「彭大人，小人能擔當這麼大的重擔，榮幸啊，放心吧，我就是當牛做馬也得把孩子養好。」

彭家昌樂了：「好，痛快！君子一言，駟馬難追，這開弓可沒有回頭箭喲。孩子要是有個三長兩短，我也不會饒你的。」說著從懷裏掏出一個小布袋子，放在桌上嘩啦一響，大手一揮，帶著勤務兵和賴尼姑出去了。

只是賴尼姑走到門口又轉了回來，向肖老大說：「還不把孩子放床上去，別凍著。」說著拍拍他胳膊又說：「你呀，時來運轉囉。」咯咯地笑著出了門。

肖老大把懷裏孩子放到床頭，也沒跟老婆說上半句話，忙打開那兩個痲袋，原來是一袋大米，一袋黃豆。看著桌上的小布袋裏是白花花的二十塊大洋。他心裏一陣狂喜，忙跑出門外，慌亂中還跑掉了一隻鞋子也顧不上穿，向彭家昌遠去的方向撲在雪地裏磕了一個響頭，心裏默默地念道：「彭大人，我就是丟了全家人的性命，也要把這個共產黨人的後代養好啊。」

二

彭家昌既然是個土匪頭目，為何與共產黨的後代有聯繫呢？那得從兩年前他起家說起。

彭家昌老家江西彭家溝，祖上有百十畝山場。父母有心讓他讀私塾，只是他自幼調皮搗蛋，推翻過躺椅上午休的老師，結伴同學偷雞摸狗。到了十七八歲，更是遊手好閒，打架鬥毆。這樣，訂下的婚事也就泡了湯。他一氣之下，離家出走，發誓要在外混出個人樣給女方看看。他來到江城縣報考員警，縣長見他身材魁梧，神氣十足，就拍拍他肩膀收下了。這小子果然不出所料，抓小偷捉犯人一馬當先，打土匪剿共黨毫不猶豫。這樣一晃七八年了，他還是個小員警，而他的上司都是有後臺的二百五，他有時感到自己像是縣衙裏養的一條狗。

這年春上的一天下午，彭警官同一幫弟兄執行任務歸來，獨自鑽進城中的唐家酒店，要了一碟滷蹄爪，燙了一壺熱酒，埋頭獨酌。

唐老闆想到前段時間他托自己給他講個女人，因現在人家把員警叫狗腿子，名聲不好。加之現在兵荒馬亂，這裏打槍，那裏殺人，當替死鬼的只能是他們。所以，一般人家不願把女兒嫁給員警，今日以為他為婚事以酒消愁，便過來搭訕道：「哦，彭警官，幾天沒見，忙什麼好事啊？」

彭警官說：「剿匪唄，我們這種人能有好事。」

唐老闆說：「別讓人剿了自己喲。聽講日本鬼子要佔領南京了，我這個老字型大小的酒店打算關門躲難呢。」

彭警官深深喝了一杯酒，歎了一口氣說：「唉，縣太爺縮頭烏龜，躲在衙門裏發號施令，媽的，什麼土匪，好人啊，英雄！」

這時，唐老闆的兒子放學歸來。這孩子十七歲，個子不高，很結實，扁扁的腦袋，大名唐炳章，外號二扁頭。自父親給彭警官介紹對象以後，他倆十分投緣。今天他丟下書包就湊過去說：「彭警官，又請我爸給你講老婆了？」

彭警官又喝了一口酒，搖搖手說：「這年頭，一條狗都養不活，不講了，不講了。」

二扁頭望著忙碌的父親一眼，低聲說：「那我給你講一個，一分錢不花。」

彭警官望望他說：「小孩子家瞎扯什麼？」

二扁頭伸出小拇指說：「騙你是小狗。但要你自己勇敢才行。」

彭警官歪頭笑笑：「你要我搶親？」

二扁頭搖頭：「哪兒呀，剛才我看到你們局長抓了犯人。」見他發呆，又說：「女的，好漂亮呀。」

彭家昌說：「你小子講這話什麼意思？」

二扁頭說：「那女犯人關在城東監獄裏。聽說明天要槍斃，多可惜啊！不如今晚你搶出來做老婆。」

彭家昌想想好笑，拍拍他的肩說：「好小子，想哪去了？那我不成了土匪了？」

可二扁頭還是認真地說：「聽說你們縣長是大色鬼，漂亮女犯人他嚐了鮮再殺，這叫不搶白不搶，你一個人不行我帶同學幫你。」

彭家昌還是沒理他。

當天夜裏，彭家昌翻來覆去睡不好，想到自己孩時訂的婚姻泡了湯，丟了祖宗八代的臉，一心想混出個人模狗樣來，帶個比那退出婚約的女子漂亮多的老婆回去來顯現自己的威風，也給父母掙回面子，轉眼都二十八歲了，現在還是連女人的邊沒摸著。又想到二扁頭講那個女犯人很漂亮，到底怎麼漂亮，明天也許見不著了，不如現在看上一眼，找不到老婆過個眼癮也是好的。想到這裏便披衣起床，來到城東監獄。

遠見王監守提著一把大刀站在門口，他感到十分奇怪，便上前問道：「王監守，深更半夜站在外面幹什麼？」

王監守哭喪著臉說：「彭警官，你不曉得，他縣太爺白天躲在衙門睡大覺，夜裏不要我們睡。」

彭家昌拉他往裏走說：「這高牆鐵門加鐵絲網，犯人還能飛得了？走，睡覺去。」

王監守站著沒動說：「縣長連夜一個人審案子，叫我守門，天王老子不准進。」

彭家昌不解地問：「審犯人沒人作記錄？」

王監守說：「你曉得他娘的搞什麼鬼名堂？」

彭家昌想到下午二扁頭說的話，推開王監守，大步跨進去。

王監守連忙追上來，說：「別……別……」

二人進了審訊室，並未見到一根人毛，而只聽邊房值班室裏有個女人在呼救：「哇，救命啊……」

彭家昌衝過去，一腳踢開值班室大門，只見一個男人赤身裸體，正拉碎女人的上衣施暴。

王監守一見大叫：「天啊，我的床……」

彭家昌怒氣沖天，伸手扳過那男人的肩頭，正要一拳打過去，那男人回頭使他嚇了一跳。天啊，那人正是縣長大人。他低頭站到一邊說：「對不起，劉縣長。」

劉縣長見他開口大罵：「進來幹啥呢？滾出去！滾！」

王監守雙手捂臉躲到門外。彭家昌想：「我還沒看清那女人呢！」就木樁一樣的站著沒動。

劉縣長大叫：「你想死啊。」

彭家昌低頭說：「縣長，她是犯人。」

劉縣長說：「老子的事情要你管？」

彭家昌還是沒動，劉縣長大為惱火：「日你奶奶的，敢壞老子的好事，看我不斃了你。」順手抄起桌上的手槍，頂著他的腦袋。

彭家昌這類的事經歷得多，面不改色心不跳，安然如山，一動未動。

這樣對峙了好一會，劉縣長突然哈哈大笑：「哈哈，好小子，真夠種，等老子享用完了再給你。」笑著放下了手槍。

彭家昌微微抬頭，見那女子上身裸露，雙手抱胸，烏雲般的黑髮披掛面前，露出半邊清秀的臉龐，白玉般雙腿捲曲床邊，全身上下十分勻稱、靚麗。哪知這位醜陋的縣長，竟然當著他面，伸出烏龜樣的黑爪向那潔白的肌體抓去。

那女子大聲哭喊：「不要吶，不要吶！」

彭家昌緊閉雙眼，一股熱淚從眼眶湧了出來。哦，他眼裏彷彿看到一隻狼的爪子，一隻魔爪，心中一團怒火在燃燒，頭腦像要爆炸。

又聽那女子狂叫：「英雄啊，求你救我呀！」

英雄？這是在叫我嗎？這裏就我一個人，她是在向我求救，是在喊我英雄啊！天，這是從來沒有人這麼叫我呀？而眼前這個男人呢？哪是什麼縣長，分明是條野獸，就這麼個畜牲，還經常口口聲聲叫我們伸張正義，什麼是正義？什麼是邪惡？媽的，他再也控制不住自己了，抽出躲在一邊的王監守手中大刀，向縣長伸向女人的胳膊劈去，只聽「咕嘟」一聲，一條胳膊滾在地上，手指還在抖動。

劉縣長「啊」的一聲倒在血泊中，彭家昌也知道這下闖下大禍，便脫下外衣披在那女子身上，拾起地上的手槍，拉著她衝出門外。

只聽王監守大叫：「來人啊！」

原來這個女子叫高桂花，廣東惠州人，幾個月前收到在女子師範同學邵菊花的電報，說她已經加入了共產黨，眼看廣州就要淪陷，家裏待不下去了，千辛萬苦，九死一生才來到江城縣找她的同學，沒想到被縣員警抓住，從她身上搜出了那份電報，才導致那場悲劇。

從全國地形圖上可以看出，長江中下游地區的北岸是片丘陵，叫黑山地區。由鳳凰嶺、臥龍山兩大山脈組成。

臥龍山山勢長而彎曲，起伏有致，酷似一條臥龍。山下十里長沖，兩岸山勢奇絕。走到盡頭是一條窄窄的驚險山道，向左方伸展開來，山路繞著山腰，順著谷底的溪流向上一邊是陡峭的山路，通向山頂，它是黑山地區的最高峰，名叫龍頭山，龍頭山陰邊是萬丈深淵，險峻萬狀，有一條險道通往長江北岸。

龍頭山的另一面是一片蔥蘢茂密的森林，遠遠看去像一塊深綠色的綢布，林中陰暗潮濕，樹擠著樹，枝葉覆蓋枝葉，那軀幹高大的雪松，像一列列披盔戴甲的武士，根根針葉，令人覺得清新剛健，還有柏樹像一把把半撐開的雨傘，以及榆樹、楊樹、杉樹等等。山腳下是柿樹梨樹，桃樹棗樹和一片竹林。

十里長沖的山邊，三三兩兩地散落著草棚子，偶爾有個單門獨戶。直到龍頭山下才有二十六戶人家，成為一個像樣的村莊。莊後的山邊上有座關帝廟。三進兩包廂的磚瓦房子，居民們每到初一、十五都得前來向關公老爺燒香磕頭，求菩薩保佑。這個莊子叫臥龍山村，村裏的住房大都是很早的時候從外地逃難來扎根的，有黃河破堤家鄉被淹逃來的，有躲日本鬼子燒殺搶奪逃來的，也有逃荒要飯進山無路可走就住下的。所以，上下十里村幾十戶人家姓氏雜亂，有肖、孫、楊、賴、李、張等十多種。有的不曉得自己姓什麼，見山上石頭多，給自己取名為石頭，要問他姓呢，他就說是石。有的靠在楊樹邊上搭個棚子，就給自己取名為楊樹，雖然百家姓中有姓楊，但他並不姓那個楊。

彭家昌帶著那個女人躲藏在這個黑山裏。幾個月以後，江城縣獨臂縣長帶領縣員警進山剿匪，剿了三天三夜沒見一根人毛，而自己因放走了共黨分子被革了職。

從此，彭家昌爬遍了黑山裏的所有山峰，最後選擇了臥龍山脈的最高峰，叫龍頭山安營紮寨。這裏東望長江，西連環山。山頂一片平地，靠邊石岩陡峭，岩下一個大洞，叫龍王洞，洞邊套著小洞，他夥同幾個兄弟，擺滿石桌、石凳、石床，帶著幾條長槍短刀，從此闖蕩江湖，廣接四海好漢。一時間，山外傳開民謠：「走千走萬，別走黑山。」因為黑山出匪。可在臥龍山地區，人們都把這幫土匪當著保護山裏的子弟兵。特別是近幾月來，那二十幾個兄弟，紀律十分嚴明，每次夜裏下山，沒踩過田裏的秧苗，沒摘過地裏的瓜。對臥龍山的老百姓，誰家要是有過紅白喜事，只要他們知道了，就得送些禮品，可從來沒有吃人家一口飯，沒喝人家一杯茶。聽說這一切治軍方法，得益於他那有文化的老婆，更重要的是他背後有個滿臉麻子坑的軍師賴尼姑。

要問尼姑怎麼會做了彭家昌的軍師，那也是一個巧合。

一九三九年春，高桂花要生孩子了，可山上的糧草不多，幾次行動都沒多大油水，又聽說日本鬼子要來了，彭家昌感到危機四伏。這天夜裏，他一個人進了城，見唐家酒店的唐老板正收拾傢俱到鄉村裏躲難，他找二扁頭商量，二扁頭正想跟他闖江湖呢，便牽來一頭驢子，馱著大米黃豆同他們向山裏走去。在月光下，二人有說有笑地跟在驢子後面。在天要亮的時候，來到臥龍山村老槐樹下，驢子好像被什麼絆了一跤。彭家昌上前一看，原來是個尼姑。胸口掛著佛珠，三十多歲，高高的額頭，浮腫的眼泡，凹下的雙眼。長髮在頭頂上紮了一個結。最明顯的是她黑灰色的臉上佈滿豌豆大的麻子坑，活像癩蛤蟆背上的灰疙瘩。乍一看，他被她那醜陋的面孔嚇一跳。便扶她起來，忙喊罪過罪過。

尼姑看看他便說：「阿彌陀佛，看你長得粗俗魯莽，能扶我起來，說明你心腸不壞，故我送你一句善語。」

他道：「師父有話請講。」

尼姑說：「你快放下糧草，帶我進山，你家夫人正身陷鬼門關，腳踩陰陽界，只等我去逢凶化吉。」

他呆望她半天，不相信這話是真的，可也不敢不信，因為老婆確實就要分娩，臨行時還叫他不能走遠。他便吩咐二扁頭看好驢子，等山上人接應。自己蹲下身子。尼姑雙手合十，又念道：「阿彌陀佛。」這才趴他背上，直向龍頭山頂奔去。

一路上她像趕馬車樣的拍他背，大喊：「快，快！」把他累得滿頭大汗。不想來到龍頭山上，老婆高桂花果然難產，在床上滾得死去活來。賴尼姑吩咐燒開水、拿剪子，很快就接生下一個大胖小子。不想產婦下身大出血，彭家昌急得要發瘋，可她不慌不忙在洞口拔了幾樣草藥熬水，給產婦喝下就好了。

這下把彭家昌樂得臉上開了花，說：「師父，你真是我的活仙姑啊。」

尼姑哈哈大笑說：「阿彌陀佛，什麼仙姑，我姓賴，人家背下叫我癩癩姑，只是我從來不避諱，算是癩癩蛄轉世吧，只是投胎時心急，少走了一個關口，把癩癩蛄的皮子留在了臉上。」

二人交談才得知，賴尼姑本來長得十分體面，三歲時就訂下了娃娃親，男方是山外有名的大戶人家。只是她七歲那年過天花，高燒三天三夜昏迷不醒，家裏請了多少郎中醫生，看了均無效果。恰巧一位老尼姑路過她家門口，因口渴討一碗水喝，發現了這個高燒的小姑娘，便在山邊挖了十幾種草藥，砸碎熬水給她喝了，把她小命救了過來，可惜留下了滿面的痲子坑，男方嫌這孩子長得醜，就上門退了親。好事不出門，壞事傳千里，上下十里村都曉得這個痲子姑娘。父母念她長大難嫁，就把她送進尼姑庵，拜那位救命的老尼姑為師，從此皈依佛門，勤修苦練。

這姑娘聰明過人，三十年以後，便道行高潔，待師傅功德圓滿便對她說：「如今恰逢亂世之秋，俗話說，亂世出英雄，以你現在的功德，下山能做些大事。」姑娘聽了師傅的囑託，便下山走了一天的路，夜間靠在老槐樹下巧遇了彭家昌。

彭家昌想到自己也是被女方退了婚約，陰差陽錯，才走進這步天地，自己與她是同病相憐，現在老婆生了孩子，身邊需要一個女人，便再三要求尼姑留在山上當老婆的傭人。

賴尼姑說：「阿彌陀佛，叫我留下來可以，當傭人帶孩子我也願意，只是一條，你今後的行動要聽從我的安排。」

彭家昌也是一時高興，笑著點了點頭說：「那依你怎麼講？」

賴尼姑說：「國有國法，家有家規，江湖上也有他的門道吧？」

彭家昌說：「有啊，我早就立了規矩，出山三不搶：和尚尼姑不搶，寡婦不搶，窮人家不搶，殺富濟貧，鏟惡除霸。」

賴尼姑說：「可你們兄弟，有了收穫就大酒大肉，稍有不順就窩在洞裏睡大覺，小家子氣，哪能擔當大重任呢。」

彭家昌一拍大腿，說：「哈，正合我意。」說著拍手踢腿翻轉身子：「三路刀，六趟槍……，我當員警學了一點，明天就開始操練。」

賴尼姑還是不以為然，說：「光有勇氣還是遠遠不夠的喲。」

彭家昌望望她說：「那你講還要怎麼辦？」

賴尼姑沉思片刻，手數佛珠說：「小女子是出家人，佛教呢，就是佛陀對九法界眾生至善圓滿的教育。學佛，就是學做人；佛法，就是完成生命覺醒的方法；修行呢，就是不斷修正自己的行為、思想、見解……」

沒等她話講完，彭家昌眨眨眼說：「這也簡單嘛，馬上派人下山，把臥龍山下關帝廟裏的關公菩薩抓……不，請上來，出山一炷香，早晚三叩首。」

賴尼姑笑了：「這就對了嘛，孔子講，君子喻於義，小人喻於利，而關公老爺正是講義氣的榜樣喲。」

這時，正在奶孩子的高桂花也笑著說：「對呀，沒有規矩，哪能成方圓，我看賴大姑能當你們的軍師呢。」

彭家昌抓抓頭笑笑：「哈，軍師，軍師。」

可賴尼姑嚴肅地說：「英雄好漢，說話是君子一言，駟馬難追。」

彭家昌看這位尼姑講的話句句在理，不是等閒之輩，不如聽她一兩次再作理論。就說：「好吧，老婆作主。」

他話沒出口，這賴尼姑看穿他的心思，便道：「如有一次不聽我言，那就得讓我下山，我們井水不犯河水，你做你的山寨王，我當我的小尼姑。」

時間到了這年冬天，日本鬼子霸佔了江城縣，燒殺搶奪，無惡不作，大戶人家被洗劫一空，並在城裏修了碉堡。彭家昌的日子就不好過了，這天他同二扁頭商量，聽講城邊大地主吳大富，年初就把糧食藏起來了，不知藏在什麼地方，於是派人下山探查。下晚探人回報說，糧食沒查明，可得知吳大富唯一的兒子送在對面鳳凰嶺的李小嘎子家。彭家昌眉頭一皺，計上心來，連夜出山，把那小兒子抓上手，並叫李小嘎子捎信給吳大富，三天之內，送糧贖人，否則撕票。

事後第二天，賴尼姑在最裏面的山洞裏見到吳大富的兒子，他叫吳仁貴，十五六歲，個子不高，十分瘦弱，蹲在一邊縮成一團，見了她全身抖動。她問了他的一些情況，他說年初聽講日本人要來，父母夜裏用馬車把糧食運走的，他也不知藏在什麼地方。幾個月前，鬼子上門沒找到糧食，給他父親捅了一刀，至今臥病在床。現在是鬼子的天下，就是有糧也運不來呀，看來自己死定了。說著大聲哭泣，哭得她也心酸流淚。

賴尼姑出了洞門，心頭一酸，便找到彭家昌，見他正同八個多月大的兒子逗樂呢，看出心情不錯，就大聲說：「你們行動怎麼不跟我說一聲，心裏還有我這個軍師？」

彭家昌想到她當初上山時講過的話，心裏犯著嘀咕，便說：「呀，你撿了棒子當了針（真），我堂堂漢子，在縣長身上敢動刀子，紮寨為王，要是聽一個尼姑的指揮，那還有什麼臉面。」

賴尼姑黑著臉說：「阿彌陀佛，我們燒鹹菜有鹽（言）在先，如有一次不聽我言，那就得讓我下山，我們井水不犯河水。」說著就要收拾自己的衣服。還是高桂花一把拉住她說：「大姑，你可不能走啊。」

彭家昌把兒子放在老婆的懷抱，說：「你要怎麼樣？」

賴尼姑說：「快把那吳大富的兒子放了。」

彭家昌呆了：「開什麼玩笑？」

賴尼姑斬釘截鐵地說：「不但要放人，還要派你的勤務兵把他送上門去，賠禮道歉。」

彭家昌大為惱火，一拍石桌子說：「胡鬧！幾個月來，你沒有給我出一個主意，現在山上糧草短缺，好不容易抓了個混水子，叫我放他，你安的什麼心？」

賴尼姑聽他這麼一說，衣服也不要了，轉身衝出洞外，走出龍角石，幾個弟兄都未勸阻住。

賴尼姑一雙小腳慢吞吞的下山，剛剛走到山半腰，只見彭家昌的勤務兵伴同吳仁貴已經來到身邊。那吳仁貴向她鞠躬道：「感謝大姑救命恩人。」說著轉身要走。她招手說：「孩子，等等。」他二人止步回頭，她對吳仁貴說：「你父親不是挨了鬼子的刺刀沒好嘛，來，我給你配幾味草藥。」邊說邊四處張望、尋找。

冬天草葉都枯黃了，她彎腰鑽進草叢，沒一會功夫，就抓了兩大把枯草和藤條吩咐說：「你回去洗乾淨了，這一把帶青黃葉子的，砸碎敷在傷口上，這一把藤條放鍋裏熬水喝。」

吳仁貴看了發呆，勤務兵說：「放心，大姑的草藥賽靈丹呢。」

她又從內衣荷包裏掏出白花花的五塊銀元，那是她給高桂花接生時，彭家昌獎賞她的。現在交到吳仁貴的手上說：「這兩天餓壞了吧，下山買點好吃的，順便買些桂圓和人參帶給你父母，就說彭大人一時糊塗，對不住了。」

吳仁貴再也抑制不住，「撲通」一聲跪倒在地，哭著說：「大姑，您的恩德會有好報的。」

賴尼姑送走了他倆，轉身回到山洞裏。

彭家昌見她就火氣沖天，大叫道：「嗨，我要不聽你的，老婆就同我拚命，這下好了，在一起等死吧。」可她並沒同他爭吵，而是在一邊打坐，手數佛珠，雙手合十，口中念念有詞。

等到第二天下晚，她突然間大叫，要彭家昌緊急集合兄弟們下山，迎接糧草。整天蒙頭大睡的彭家昌感到是大白天講夢話。可他老婆還是催他們下山看看。彭家昌帶領弟兄們在山下左等右盼，才見山路上走來三個人影，他只看清楚一個是他的勤務兵，糧食的影子都沒有，他調頭就要回山。只見一位矮小的人跑上前擋住他說：「彭大人，小人吳仁貴投奔您來了，去接糧草吧，我父母已派馬車上了鳳凰嶺。」另一個人叫李小嘎子的緊跟著說：「是呢，糧食就在我家屋後的山洞裏呀，我還蒙在鼓裏。快去吧，鬼子曉得就糟了。」

後半夜，五大馬車的大米、黃豆、玉米、白麵，還有三百塊銀元運抵龍頭山。

事後彭家昌問吳仁貴：「你爹為何叫你跟我呢？」

吳仁貴說：「老人自從挨了鬼子的刺刀，臥床幾個月了，昨天用了大姑的草藥，傷口不痛了，還能起床走動。加上您彭大人給的桂圓和人參，老人含淚說：『恩人啊，孩子，帶著家財跟隨恩人奔你的日子吧。』」

彭家昌被他說得一頭霧水，還是勤務兵把昨天下山遇到賴大姑的事說了。

彭家昌再也站不住了，進了山洞見賴大姑同老婆正在逗孩子，便上前拜了又拜，大聲說：「大姑，頭頂天，腳踩地，從今以後，我彭家昌要違抗您的命令，天打雷劈！」

賴大姑說：「好，聽我的話，就把糧食分一點給臥龍山下揭不開鍋的窮苦人吧。」

彭家昌說：「對，這叫好狗都要護三村呢，我立即行動。」說了又拜了一拜。

賴大姑笑著說：「別多禮了，看你心誠，我再獻策給你，不知你可聽？」

高桂花說：「大姑快講，他不聽我聽。」

賴大姑伸手托著他們孩子的臉龐，說：「現在兵荒馬亂的，日本鬼子勢力強，說不清哪天會把臥龍山踏平。為了你彭家有一條根，你老婆還是回廣東娘家，一有機會，再去香港。」

彭家昌連連搖頭說：「鬼子佔領了半個中國，她一女人還帶孩子，飛呀？」

賴大姑不慌不忙地對高桂花說：「辦法是有的，只要你化妝成尼姑，帶孩子從長江岸邊山路直上，沿途有十二個尼姑庵和廟宇，我寫幾封書信，每到一地會有出家人護送直到重慶。」

高桂花大喜說：「哦，重慶我有幾個同學，她們更會幫我到家的。」好了，就這麼定了。夫妻倆又向賴大姑拜了三拜。高桂花連夜化妝帶孩子上了路。

從此以後，彭家昌一門心思帶領弟兄們日夜操練，有南拳、有北腿，三路刀、六趟槍、十二套拳腳，有單人配對子舞刀弄槍，有羊刀破盾牌，有射箭百步穿楊⋯⋯。一時間，龍頭山上刀光劍影，威震四方。

又是一個夜深人靜的時刻，沒有女人的彭家昌十分難熬，他披衣起床走出龍角石，仰望長江岸邊，心潮起伏。是啊，老婆孩子下山已經兩個多月了，不知現在到了何方？他不知站了多久，只感身上有些涼意，回身欲回使他一驚，哦，身後站立一個使他熟得不能再熟的身影——賴尼姑。

「她是什麼時候出來的呢？她也是單身女人，也跟我一樣難熬嗎？」他便有意說：「唉，我真擔心啊。」

她安慰地說：「男子漢大丈夫，胸懷天下事，別讓妻兒拖累呀。」

他說：「我的親人骨肉，叫我怎能放下呢？」

她念道：「阿彌陀佛！佛法講，人惡人怕天不怕，人善人欺天不欺，你為窮苦人放過糧草，是行了大善，結了大德，這叫善有善報，相信菩薩會保佑你妻兒平安到家的。」

他聽到這些，心中大喜，恨不得上前緊緊擁抱她。他們對面站了很久，誰也沒有說話。山風吹得樹枝嘩嘩作響，吹開了他的衣衫，也吹亂了他的心懷。啊，女人，眼前也是一個女人，長得這般的醜陋女人，可她是有那樣的智慧，每次聽了她的，就萬事亨通，違背她的意願，就四方碰壁。天啊，站在我面前的女人，看不見她的臉面，她是天仙般的美麗啊。但他絲毫不敢輕舉妄動，只是在走過她的身邊時，像是順便一手搭在她的肩膀說：「唉，她走了，夜深難熬啊。」

她退了一步，輕輕扳下他的大手說：「阿彌陀佛！小女子出了家就得潔身自好，心中若有半點邪念，其積惡之身必得餘殃，那就不能為大人做事了啊。」

他聽出話音，十分悔恨，低頭說：「罪過罪過。」大步向山洞走去，她跟在後邊說：「別急，看大人眼堂發亮，豔福高照，身邊不會缺乏女人的。」他回身大喜：「真的？」

隨著抗日形勢的日益嚴酷，江城縣地下黨組織想到臥龍山還有一股武裝力量，是爭取抗日的對象。時任縣黨支部書記的女共產黨員邵菊花，經多方探訪，得知彭家昌的老婆還是自己的同學，當年就是為找她遇險，才跟了這個土匪的，可見這個土匪不會壞到哪裏去。思慮再三，便親自上了臥龍山。

從此以後，臥龍山上的土匪，發展成一百多人的抗日小部隊，他們打著「臥龍騰飛」的大旗，並製作「龍頭玉佩」作為殺敵的獎賞。神出鬼沒，攪得日本鬼子頭昏腦脹。這時又傳出了民謠：「黑山有個彭家昌，敢把鬼子消滅光。」人嘴兩張皮，怎說都有理。現在都說彭家昌過去就不是土匪，是抗日的英雄。

三

話說黨代表邵菊花孩子在肖老大家中撫養，便經常在勤務兵的保護下，半夜三更偷偷的下山來他家看望自己的骨肉，享受天倫之樂。

轉眼到了一九四二年春，孩子已經虛三歲了，能說會道，一不注意就溜了出去。肖老大夫妻為這些孩子確實費盡心機，他們把三個孩子穿一色的衣服，頭上一樣的打扮，每次出門只帶兩個，家裏關一個，好在孩子小，長得差不到哪裏去，加之村裏人口分散，都在拚命奔著苦日子，平時交往也就少，沒有誰曉得他家有三個孩子。

可天有不測風雲，人有旦夕禍福。臥龍山村裏有這麼一個人，三十多歲是進門一盞燈，出門一把鎖，長得又禿又醜，只是左耳邊才有一撮頭髮，他也捨不得剃，養著能紮辮子，人家就叫他一撮毛。這一撮毛家裏窮得叮噹響，經常餓得直不起腰。半夜裏餓得在床上驢打滾，出門撒尿時看到遠處有一絲光亮，他曉得這是肖老大家，他相信肖家人厚道，經常餓得架不住，只要在吃飯的時候，坐在他家門口，肖家老婆總要送出一碗湯湯水水的，他曉得肖家這一兩年日子不苦，他想，現在他家還亮著燈，說不定還能要點填肚子。於是就回身穿好衣服，拖著鞋子，向他家走去。可多遠看到門口站著一個人，身上還背著槍，他嚇得屁滾尿流的躲到屋後的草叢裏。這草叢是肖家的後牆，牆上正好有個小窗戶，他就爬到窗邊的小洞往裏看，他看到三個同樣大、穿著一色衣服的小孩子。他更奇怪了，肖家明明只有兩個孩子，一男一女，龍鳳胎，村裏人都曉得，還吃過喜茶，怎麼變成三個了？這個孩子從哪冒出來的呢？哦，對了，還有一個女的，穿著大紅的衣服，像一朵花，他看到這女人像是在什麼地方見過。

回家後，一夜想到天亮也沒想起來。一大早，他就往關帝廟裏跑，因為那裏雖然關公菩薩不在了，那個座位還有，偶爾有人燒香上供，他可以偷一點供品。他看到門邊牆上貼了一張紙，這下他想起來了，昨晚看到的那女人就在這張紙上。他又重新扒在紙上仔細看了一會，對，就是她，一點也不錯。他聽人家講這是佈告，上面是臥龍山黨代表的畫像，誰要舉報，抓著這個女人，能賞一百塊大洋。乖，一百塊大洋，一輩子也用不完，他心饞了，他去了黑山鄉日本鬼子的碉堡裏。

十多天以後的一個夜晚，黨代表邵菊花同往常一樣，半夜三更同勤務兵下山，敲開肖老大家的門。這時三個孩子已經睡熟了。肖老大忙吩咐老婆叫醒孩子。

黨代表揮揮手說：「別忙，我看一眼就走。」

肖老大陪她在堂屋裏坐下，邵代表語氣深沉地說：「肖老大，現在我們到了最艱苦的時期，日寇連續兩次抽調重點兵力對沿江根據地進行了瘋狂的掃蕩，有一個小分隊住進了黑山鄉，還修了碉堡，下一步的目標就是臥龍山了。」

肖老大說：「是呢，這幾天我心都吊起來了，關帝廟門口有您的畫像，懸賞一百塊大洋。」

黨代表笑笑說：「你放心，我們準備明天天亮以前暫時轉移到一個新地方。」

肖老大說：「那就好，那就好！孩子您放心，我兄弟已帶村裏十幾戶人家在山溝裏挖了地洞，藏了糧食，一有情況就進山，臥龍山大大小小、九九八十一個山包子，進了山就見不到人影，一兩個月能熬過來。」

黨代表說，「這我放心，彭家昌還能看走了眼？」

這時，肖老大的老婆王氏已經把三個孩子叫醒並穿好衣服，黨代表的兒子跑去喊媽，其他兩個也跟著喊叫起來：「媽，媽……」撲在黨代表的懷裏。

肖老大蹲在一邊，拿起煙袋鍋子裝上了煙，點了火深深地吸著，雙手捧著煙袋看著他們在打鬧，心裏有說不出的高興，他想到黨代表就要轉移了，一時恐怕不能來了，就湊過去說：「黨代表，我有句話早就想講了，就是不好開口。」

黨代表正在給兒子掏癢癢，另兩個孩子也忙著給黨代表掏癢癢，大約掏著了她的癢癢筋，「哎喲」一聲笑成了球。她回頭望著肖老大說：「我們之間還有什麼話不好說的。」

肖老大來了精神，說：「這孩子的爸是誰呢？」

這時黨代表愣了一下，半天沒說話。

肖老大有些慌了，說：「黨代表，我的意思是孩子大了，平時不好叫，該給孩子起個名字，曉得了孩子爸的姓……」

黨代表大約也和孩子們玩累了，坐下來歇了歇，攏了攏被孩子們抓亂的頭髮，平靜地說：「等把日本鬼子趕出中國，我再告訴你這孩子的爸。至於姓嘛，孩子是你們養大的，就跟你姓肖吧。」

肖老大一驚：「得罪得罪，我怎敢跟黨代表桌子板凳一般高呢？」

黨代表一想，說：「要不跟我姓，邵，邵同肖的音有點相近，別人聽了也跟肖差不多。」

肖老大笑了，磕磕煙袋灰：「好，好，我聽黨代表的，那就麻煩黨代表給孩子們都起個名吧，我們鄉下人大老粗，沒文化，黨代表吉人天相，是活菩薩，你能給孩子起名，孩子好養些。」

黨代表笑笑：「要我起名，那得問你肖家的輩分和孩子的屬相來定呢。」

肖老大忙答：「肖家到我頭上是貴字輩，貴下為光，三個孩子都是……」閉眼扳手指頭：

「民國二十九年庚辰年生，辰巳寅卯，辰龍巳蛇，都是屬龍的。」

黨代表望了望三個孩子生龍活虎，腦子裏一轉念說：「那就按龍虎英雄往後排吧。」

肖老大默默念道：「龍虎英雄，好，太好了。」高興得跳起來又說，「那您的兒子叫光龍，我兒子叫光虎，女兒叫光英。」

這時，肖老大老婆已端了一碗熱氣騰騰的綠豆湯從廚房出來，說：「黨代表，喝碗綠豆湯暖暖身子吧，自家做的。」

「好，謝謝，放桌上。」黨代表抱著兒子對肖老大：「不，你兒子個頭高點，叫光龍，我兒子叫光虎。」在兒子臉上狠狠親了一下：「我的小虎子。」

肖老大的兒子，也上前要黨代表親他，黨代表的兒子推著他，不讓他親。二人拉拉扯扯，球成一團。肖老大的女兒跑上前，在黨代表臉上親得啪啪響，親得黨代表笑得前仰後合，眼淚都流了出來，一手把肖老大的女兒、自己的兒子拉到懷裏，說：「哈哈，真是心疼人呢，這兩個孩子可算是青梅竹馬，兩小無猜呢，肖老大，你女兒就給我做兒媳婦吧。」

肖老大望了老婆一眼說：「黨代表難道不嫌棄我們鄉下人？」

黨代表說：「我也是鄉下窮人家的孩子喲，怎麼，有意見？」

肖老大跳起來：「哪裏話，能攀上黨代表這樣的親家，那不是攀高燈、借大亮、前世修的福嗎？」

就在這個時候，門外響起了混亂的腳步聲，接著有狗在狂叫，有人在呼喊。肖老大驚詫地收起煙袋鍋，忙開門對外一望，那勤務兵對他耳裏說了幾句就向村頭跑去。

肖老大關上門對黨代表說：「黨代表，大事不好了，日本鬼子進村了，勤務兵為掩護您向那邊去了，叫我帶您從後門上山。」

這時王氏把三個孩子牽到裏屋，讓他們喝綠豆湯去了。

黨代表愣了一會，站起身子拍拍身上的灰塵，整理了頭髮，很平靜地說：「肖老大，我不能走，日本鬼子是衝我來的，我走了，那鄉親們怎麼辦？」

這時外面已響起了槍聲，接著一陣慘叫。

肖老大急了，「那……那我帶您的孩子上山！」

黨代表說：「剛才一定是我的勤務兵犧牲了，看來你們也出不去了，只是這些孩子……」

肖老大早有準備地說：「這您放心。我兄弟肖貴根去年生的孩子不在了，我存了一份心，一直瞞著外人。到時他們夫妻領一個，我領兩個。」

王氏從裏屋出來，重新端起放在桌上已涼了的綠豆湯。

黨代表接過咕嘟咕嘟喝個底朝天，把空碗遞給王氏，手背抹了抹嘴角，深情地說：「這下我心定了。」

肖老大夫妻含著淚水說：「黨代表，您保重啊。」

孩子們已經吃飽了，跑到堂屋，黨代表蹲下身子，在每個孩子的臉蛋上深深地親了一口，站起來轉身向大門走去，門開了早有四個日本兵舉著火把等在門口了。

日本小分隊是在一撮毛報告下，連夜跑了十五里山路，包圍了村莊。

肖老大夫婦抱著孩子開了後門，沒想到一撮毛帶著兩個日本兵已堵在門口。

肖老大緊緊地把黨代表的兒子抱在懷裏，老婆王氏抱著自己的兩個孩子。三個孩子見到陌生人，瞪著大眼睛呆呆地望著。那一撮毛向日本兵低聲地說了幾句，就向王氏懷裏的兩個孩子望望，又轉過身來向肖老大懷裏的孩子瞧瞧。也就是在這個時候，聰明的肖老大急中生智，當機立斷，突然把懷裏黨代表的兒子往外一推，撲到老婆懷裏搶過自己的兒子就要往裏跑，嘴上不停地喊道：「你們不能啊，要給人家留條根啊。」

肖老大就這麼一個小動作，叫聲東擊西，把一撮毛給蒙住了，便指著肖老大懷裏大叫道：「就是這個孩子！」

那日本兵衝過去，一槍托子把肖老大打倒在地，從他懷裏抱過孩子夾在胳膊彎裏就走出門外。王氏還沒有反應過來，只聽兒子一個勁地叫：「媽媽，媽媽！」那一撮毛獰笑說：「小子，馬上就見到你媽媽了。」

這時天已經麻麻亮了，只聽村裏有人在喊：「皇軍有令，都到村口集合了。」接著村裏一片混亂，狗叫雞飛，鬼哭狼嚎。就在這混亂之中，肖老二夫妻跑進屋來，兩兄弟一人抱著一個孩子，在兩位婆娘的掩護下，躲進了臥龍山。

早晨的臥龍山下彌漫著大霧，是那樣的深，那樣的濃，它像一幅巨大的幔帳把山區的景物罩住了，遠近的房子有些模糊不清。

黨代表邵菊花被綁在村頭的老槐樹上。

臥龍山村頭這棵古老的槐樹，三四個人都合抱不過來，那圓形的枝蓋，掛滿墨綠色的葉子。枝葉間，開著一串串白裏透黃的小花，散發著幽幽的香味。這是一座坐在村頭的天然篷帳，一年四季，像一個巨形的老人掌著一把巨傘，給全村人遮雨納涼。可今天，老槐樹像以它驚奇的目光，看著這不平常的一幕。

全村沒有來得及躲藏的七十多號人，都被趕到老槐樹的對面，身子緊貼著身子站了一大堆。老槐樹下站著一位戴著肩章、卡著金絲邊眼鏡、握著長條刀的日本鬼子，有人說，那是鬼子小隊長。大樹另一邊架起一挺機關槍，兩邊站著兩大排鬼子兵，有二十多人，都握著長槍，上了刺刀。山溝裏人哪見過這麼大場面，一個個哆嗦著縮成一團。

開始，日本小隊長伸出戴著白手套的大手，推推鼻樑上快要掉下的小眼鏡子，嘰哩呱啦地講了半天，不知講些什麼東西。還是翻譯官站出來說：「皇軍說了，你們臥龍山有土匪，這大樹上就是一位女土匪，你們的日子不好過，皇軍是為你們剿匪來了。你們當中，還有誰當過土匪，或者誰的兒子、兄弟是土匪和土匪的後代，統統報出來，皇軍有賞。」

人群中一片沉靜，沒有誰在說話。只是把目光全都投向綁在樹上的女人，怎麼，這是女土匪嗎？一撮毛身邊還有一個孩子，有人議論說：「這不是肖老大的兒子嗎？怎麼是土匪的兒子呢？難道肖老大收養了這個女人的兒子？」

是的，這個肖老大的兒子也向人群裏張望，他也想到自己怎麼不跟村裏人站在一起呢？難道父母都不要我了？他突然看到人群裏有個人影，他認出是他的母親，便用力掙開一撮毛的手，向人群裏撲去，並呼喊著：「媽媽，媽媽！」肖老二的老婆把大嫂往人群裏面一推，小孩子沒有撲到母親，而是撲在人群前面的小姑娘身上，這小姑娘叫楊荷花。

荷花剛才聽到別人的議論，她也是蒙在鼓裏不知怎麼一回事，就說：「孩子，你找媽媽，你錯了，我可不是你媽媽，你回頭看看，那大樹上是你媽媽嗎？」

那一撮毛可嚇了一大跳，他曉得這孩子一定是抓錯了，孩子看到自己的母親在人群裏，可他不敢說出來。要是日本人知道他抓錯了，那麻煩就大了。只好跑過去將錯就錯地對孩子說：「好小子，你媽不在大樹上嗎？」

那日本小隊長大約看出了其中的奧妙，一腳踢開一撮毛，伸手抓住楊荷花的衣領子，惡狠狠地「哇哇」說了幾句，那翻譯官追問楊荷花說：「快，皇軍叫你把女土匪的兒子交出來！」楊荷花也被問呆了，不知道如何回答是好。說來那肖老大的兒子也很奇怪，瞪大了眼睛眨巴了半天，大約突然想起，他也是經常在夜裏喊這個人媽媽的，現在自己的媽媽找不到了，於是他就像一隻飛起的小鴨子，撒腿向大槐樹跑去，嘴裏不停地呼喊：「媽媽，媽媽……」

就在肖家兒子正要撲到黨代表身邊時，惡毒的日本小隊長搶先一步，一刀刺進了他的胸膛，在他大喊「媽」還有一聲媽沒喊出來就倒下了，倒在日本人的屠刀下，倒在了自己的血泊中。黨代表看到這個孩子是肖老大的兒子，心如刀絞，淚流滿面，仰對蒼天呼喊：「我的兒子啊！」而站在人群中的肖老大的妻子王氏目睹了這一切，身子一軟，撕心裂肺地呼喊「我的兒子啊」便昏了過去。臥龍山的人們看到了黨代表呼喊著倒在地下的兒子，王氏也呼喊著兒子，可是誰能評斷出她們內心裏呼喊的是誰呢？天啊，蒼天有眼，你看清楚了嗎？

這時的日本小隊長真的發瘋了，他一手向機槍手揮了揮，一手又抓住了楊荷花，「殺咯咯」的狂叫，好像他看出眼前是她在搗亂，便向她舉起了刺刀。只聽得大槐樹頂上「砰」的一聲，小隊長手中刺刀落了地。那機槍手正欲推動扳機，只見大槐樹上飛下一個人來，像展翅蒼鷹撲小雞一樣，把機槍手撲倒在地，豎起來的槍口「突突突……」的一陣掃射，厚厚的槐樹葉子像雪片一樣鋪天蓋地。

被綁在樹上的黨代表邵菊花，一眼看出撲倒機槍手的人是誰，便大聲呼喊：「鄉親們，快散開，上臥龍山，彭家昌在掩護你們！」只聽又「砰」的一聲槍響，躲在一邊的小隊長向她下了毒手，邵菊花的胸口一股鮮血像噴泉般湧了出來，噴在老槐樹上，樹幹染得通紅。彭家昌轉身撲過去，大呼：「黨代表！」自己也成了紅人。

這時的鄉親們聽到呼喊，鴨子出籠樣的向四周散去，有的躲在樹後，有的鑽進牆邊，扶老攜幼貓著腰向山上奔跑。站在樹下的日本兵紛紛舉槍向人群射擊。可是彭家昌的隊伍就藏在四周，真是神兵天將，有的站在屋頂上打冷槍，有的躲在牆垛上射擊，打一槍換一個地方，有的從草叢中跳起，抱住鬼子閃上閃下，滾來滾去，總之利用樹前房後，三盤四繞五進六出擺的迷魂陣，打得鬼子抱頭鼠竄。那小隊長知道這裏地形複雜，又摸不清有多少兵力，只得抱著一團，逃之夭夭了。

村裏幾個青年並沒有上山，而是躲在暗處，心想是否能幫上忙。這之前，他們就聽說，彭家昌這幫土匪在山上練武，他們的人數有八大金剛、十三太保、三十六天罡、七十二地煞，真是水泊梁山一百零八將呢。今日親眼所見，他們是這般威風，果然名不虛傳。這幫青年熱血沸騰，紛紛要求上山。

原來彭家昌準備晚上把隊伍轉移出去，剛剛下山，就看到鬼子上了村頭，為了黨代表的安危，他們只好分散各處，同鬼子來了個魚死網破，決一死戰，沒想到鬼子也是紙老虎。

彭家昌打掃戰場，發現打死十個日本兵，繳獲了一些武器，也犧牲了六名兄弟，還有他們尊敬的黨代表。他們安葬了同伴的遺體，知道鬼子會瘋狂反撲，決定轉移出去。

臨走之前，彭家昌來到肖老大的家中，見肖家老小已哭成一團。他伸出厚厚的巴掌拍拍肖老大的肩膀：「肖老大，你肖家積了大德啊，為共產黨做了這麼大的犧牲，他們不會忘記你的。」

肖老大抹抹眼淚說：「彭大人，從我接收這孩子的那天就說過，就是丟了全家人的性命，也不能讓人家動他一個指頭。」

彭家昌抱著還在啼哭的黨代表的兒子，眼眶子也紅了，說：「這孩子起名了嗎？」

肖老大說：「黨代表說孩子姓邵，同我家孩子按龍虎英雄排，她客氣，讓我的孩子叫光龍……」

彭家昌愣了一下，說：「現在，他就叫光龍吧，肖老大，這孩子就是你的兒子了。」說著又在孩子臉蛋上親了一下，大約大鬍子扎人，孩子齜牙咧著嘴，逗得他忍不住笑了。

肖老大說：「好，共產黨人的後代應該是一條龍呢。」

彭家昌放下孩子，緊緊握著肖老大的手說：「老大，日本鬼子同我們有不共戴天之仇，你放心，老子用不了一個黃梅兩個夏，就把他們剁成肉泥。但是，我們暫時還要轉移呢。」

這時肖老大的兄弟老二肖貴根站出來說：「彭大人，您也帶我走吧。」

彭家昌看了他一眼拍拍他肩說：「我是想帶你走啊，可是肖家是有名望的家庭，我們走後，日本鬼子會派大部隊來燒殺搶的，村裏的老百姓離不開你們呀。」

正在這時，楊樹老漢帶著女兒楊荷花進來了，楊樹老漢說：「老總啊，我這孩子雖小，可有點強牛鼻子，在家哭死要活的要跟彭大人上山去，看在我一大把老骨頭的面子上，您就收下她吧。」

彭家昌看了楊荷花一眼，沒吭聲，轉身坐在凳子上，拿出煙袋鍋子，裝了一袋煙，點著深深地吸了一口，認認真真地說：「我彭家昌當土匪有幾條規矩，和尚尼姑不搶，寡婦不搶，窮人家不搶，你楊家僅有父女二人相依為命，你楊荷花要是跟了我當土匪，你家可出了女土匪，那在村裏名聲也不好，出門見人矮三分呢。」

楊樹老漢說：「彭大人，老漢長這麼大歲數，可沒長到狗身上去。俗話說，凡水往深處流，人往恩處走。你大恩大德救了我女兒一條小命，你就是我楊家大恩人，山裏人的脾性就是跟著恩人走，遇死不回頭！」

彭家昌抬起眼，把煙袋在鞋底上磕磕，站起來說：「楊老頭，有你這句話，你女兒就是我的女兒。」大手一揮：「走！」楊荷花頭也不回地跟他出了門。

幾天以後，日本鬼子大部隊進了臥龍山，楊樹老漢腿腳遲了一步被鬼子殺害了。

時間到了一九四九年一月，臥龍山地區解放了。也就是在這個時候，賴尼姑提出要跟彭家昌分手，理由是她看出他的紅光已經不多了，就是有次把兩次，還難以預測他能不能把握得住，所以要求他給自己在龍尾山蓋兩間草棚子。他也十分慷慨，按她的設計蓋了兩大間帶廚房石牆瓦房，從此，這位近五十的老人，隱居深山，與世隔絕，頤養天年。

個把月以後，南下的人民解放軍駐進了臥龍山。部隊首長聽當地老百姓講了很多彭家昌打日本的故事，特派團政委吳魁元上山找到彭家昌，希望他拿出當年打日本鬼子的勁頭來跟共產黨走，打過長江去，解放全中國。

彭家昌想了一個晚上，第二天向吳政委敞開了心扉，說：「想我彭家昌，自在縣衙裏當『槍頭子』（員警），跑到臥龍山當土匪，踩點、踏線、收線、綁票（綁票的步驟）到『撕票』（殺人）『大明』（放火），我幹的都是『混水子』（油水戶），殺富濟貧。現在日本鬼子早已投降，國民黨也夾著尾巴逃跑了，山村也解放了，取消了富貴與貧窮，我這個土匪不想當了。但我不願跟吳政委走，因為我四十多歲了，過去力氣用過了頭，現在一遇陰雨天，身子骨就不舒坦，老虎掉了牙，禿了爪子，想過平安的日子，更重要的是，我捨不下楊荷花，這丫頭一根筋，跟我上山苦守八年，我把她當女兒看，幾次給她許下人家，可她總是哭死哭活的，逼急了就要拿繩子動刀不想活，拿人心比自心，她的情分用血和淚刻在我的心上了，也是前世的造化，我捨不得她。」

吳政委說：「那你就把她帶著，我們部隊有後勤部、衛生隊，我會安排的。」

彭家昌說：「那也不照，我這個人一上了戰場，就把腦袋拴在褲腰帶上，子彈可不長眼的，為了楊荷花，我不想死，我還有個兒子彭亞曦，早年叫老婆帶到廣東讀書，這年月兵荒馬亂的一直摸不清他們的情況，聽說到了香港，很想找到他們，我想好好的活下去。」

吳政委說：「聽說你做了不少好事，可你名分畢竟是土匪，臥龍山的鄉親們都理解你，當地政府能接納你嗎？」

彭家昌說：「我殺過縣衙門裏的官員，搶過富家門弟，可我兔子不吃窩邊草，在本地一沒作損，二沒坑人，從心裏到外沒有半點對不起鄉親們的地方。」

這樣，吳政委知道談不下去了，也就沒再多講，準備下山去。可彭家昌挽留了他。

當天，彭家昌召集了手下全體五十來號人，在龍王洞前開了一個會，他慎重宣佈：「各位兄弟，自解放那天起，我就動員大家回去，可你們這幫兄弟死死抱著我不放，今天我要向大家宣佈一條命令，從現在起，我們散夥！」

兄弟們一聽，都瞪大眼睛面面相覷，紛紛議論，老大今天吃錯藥了怎麼的？彭家昌調整了一下情緒，向大家揮揮手，說：「我彭家昌過去在衙門裏當差，闖入江湖已十多年了，這輩子做了不少壞事，可也積了一點德，那就是殺了日本鬼子，兄弟們跟我吃了不少苦，受過不少罪，大哥對不住你們。」說著向大家深深地鞠了躬，又說：「以後大家各奔前途去吧。」

這時場上人炸了鍋，跳起來呼喊：「不能散夥，大哥！」

彭家昌大聲說：「不散夥幹什麼？還當土匪？過去當土匪，他媽的那是社會不公平，窮的四季喝涼水，富的褲襠裏漏油，我們才學梁山好漢，殺富濟貧。現在解放了，共產黨一碗水端平，那要我們幹啥？當土匪有啥好的，做了好事人家不曉得，做了壞事呢，他媽的一日傳千里。當土匪名聲不好，死了都不能入祖墳。」

有位叫二扁頭的站出來，大叫道：「我們不當土匪也和大哥捆在一起，生是大哥的人，死是大哥的鬼！」

眾人齊聲高呼：「對，不分離！」

彭家昌急了，從腰裏拔出盒子槍對著天空「砰砰」放了兩槍，黑著臉罵道：「你們他媽的平時口頭上大哥前大哥後，一切聽大哥的，放你媽的狗臭屁！老子宣佈散夥怎麼不聽了？」

眾人一個個不吭聲了，他又說：「樹大分叉，人大分家，天下沒有不散的宴席，一個窩子的鳥，翅膀硬了總要各奔東西的。」他把站在一邊的吳政委拉過來說：「他昨天就上了山，大家也知道，這是黨代表吳魁元。」

吳政委一驚，望望他，心想我什麼時候成了黨代表了？忙說：「不不！」

彭家昌打斷他的話：「別年紀不大，就牽（謙）起鬚（虛）子來了，你在我眼裏就是黨代表。」他向大家動情地說：「我相信各位兄弟不會忘記，當年黨代表邵菊花，我們聽她的話，跟她走怎麼樣？沒砍下鬼子脖子上的腦瓜子，也割下了他褲襠裏的小腦袋吧。真是幹得他媽的痛快。」

眾人在背下開始小聲議論。彭家昌提高嗓門說：「今天這位黨代表是共產黨的大官，大將軍八面威風，是聖天子自有神靈保佑，你們跟他走，那就是跟著太陽走。當年打小日本，是為了窮苦人，今天打過長江去，也是為窮苦人。男子漢死要死在陽光下吧。你們誰要不想幹就回家抱老婆去，不回家的跟上黨代表，就像跟大哥我一樣，上了戰場呢，那眼皮子可不能耷拉著，得把腦袋拴在褲腰帶上給老子往前衝。亂世出英雄，英雄造時勢。等全國解放了，黨代表還能虧待你？那時老子是小廟裏的土地，你們是大廟裏的金剛了，回來請老子喝杯酒！」

彭家昌的一番話，把他的兄弟們說得跳了起來。彭家昌向吳政委一一介紹他的兄弟說：「他叫二扁頭，大名唐炳章，老家城裏開酒店，只是被日本人搶光了，他是個文化人呢。」吳政委拍拍他的肩，「好，有文化好，我身邊正缺一個呢，跟我幹吧。」當走到矮小的吳仁貴面前說：「他還是你的本家，姓吳，機靈可膽子小。」

吳仁貴突然一個立正大叫：「報告長官，早在彭大人手下練大了。」吳政委一驚，說：「乖，還膽小，嚇我一跳呢。」眾人歡笑。又走到一位眨巴眼的面前說：「他叫一隻眼，這小子槍法可準呢，飛著的小麻雀子他一槍一隻。」一隻眼一個立正，行了個不規則的軍禮，說：「現在不打仗了，大牯牛追兔子，有勁用不上，黨代表，跟你真的有仗打？」吳政委說：「有啊，有大仗呢。」一隻眼說：「好，那就快走吧。」彭家昌猛地給他一拳：「你小子牆頭一棵草，風吹兩邊倒，猴急著要離開老子。別急，老子還有私事沒辦呢！」一隻眼抓腦瓜子說：「大哥私事一定是好事囉？」彭家昌挺肚子一樂：「哈哈，喜事，老子要結婚了，新娘子就是平時認做乾女兒的楊荷花。」

眾人歡呼著，跳躍著，龍王洞前歡騰了三天三夜。

大軍過江以後，彭家昌也從來不在家裏住，帶著十幾年前從國民黨縣長奪得的那支槍，白腳貓，跑得不見人影子。

聽說新政府的鄉長找他談，要他把盒子槍交出來。他說：「這支槍跟我大半輩子，殺過日本人，比老婆還要親，我是不願交的。」他不願交槍，民兵們逼他交，他只好逃到臥龍山上去了。他躲避是為了那支槍，可鄉政府認為他是還俗的和尚，又進了廟門。

第二章 一九五〇年（庚寅）

一

轉眼邵光龍已經十歲了。

邵光龍早飯後跟往常一樣去放羊。其實家裏僅有一隻羊，早上牽上山，羊吃飽了就會自己轉回來，哪要煩這個神。但他還是每天要放羊。他要打著放羊的幌子，幹大事情。那就是民兵張營長開會佈置過，為抓大土匪彭家昌，村頭布崗，山中有哨。他想自己是烈士邵菊花的兒子，好種子就該有好苗子，革命後代又是小民兵，捉土匪是分內的事，說不定運氣好，土匪讓他碰上了，還能戴上大紅花，得個剿匪英雄的獎章。

於是，他早飯碗一放，袖子把嘴一抹，向肖老大吱一聲：「爸，我放羊去了。」話沒落音，轉身出門進了羊棚，開了欄門。早已急得兩頭躥的山羊見主人來了，抖抖身上厚厚的絨毛，「咩咩」的叫著，舔著他的小手。他見羊腰間圈的繩子都抖散了，便彎腰繫好後，在牠肥嘟嘟的屁股上一拍，羊像一朵白雲向山裏飄去。

太陽已經從山頂上像火球樣的冒出來了，燒乾了林子中的霧氣，給山坡鍍上了一層紅光。邵光龍跟著羊屁股，屁顛屁顛地鑽進紅光裏。他聽到小鳥在樹枝上嘰嘰喳喳的，便抬頭看了看樹頂上，可沒看到小鳥，有一隻老鷹在晴空中自由自在的打旋旋，有時還長喚一兩聲，嚇得枝頭小鳥四處亂躥。

他就這麼分了一下神，山羊不見了，這傢伙一上山就撒野，一見青草就撒歡，一轉眼就摸不到影子，不曉得是鑽到哪個山溝裏喝水，還是到哪個山坡上吃草去了。他明明曉得它跑不掉，可他還是要找到它，放羊的身邊不能不見羊。他穿過樹林，爬上一個小坎子，感到有什麼東西拉了他的衣服。回頭一瞧，不得了，是一大朶刺蓬子，有一枝刺條子鉤住了他的褂子。他不敢動了，他認得是榨樹條，刺有一寸多長，針尖樣的，只要一動步，褂子就劃一個洞，這可是過年才穿的新褂子，自己穿過了還要給妹妹、弟弟穿呢。他只好回過身子，伸出兩個小指頭，輕輕的像筷子夾菜樣的夾住刺條子，從褂子上摘下來，再一放手。哪曉得這刺條子一彈，劃著了大拇指，還出了一點血。他把大拇指放嘴裏吸吮著，吐出嘴裏帶血的痰，發現手指不冒血了，他很高興，便繞過刺蓬子繼續找他的羊。

他上了一個山坡，聽坡下有嘩嘩的流水樣的聲音。他想這下總算找到了。伸頭往山溝裏看，可看到的並不是山羊，而是一個女人。這女人穿著一身藍色的衣服，和樹葉顏色差不了多少，不注意還看不清楚。他仔細地看這女人，哦，他認識她，還是本村的，名叫楊荷花。他想問問她可看到了山羊，可轉過來一想，不能問，她是什麼人？壞人，土匪彭家昌的小老婆，村裏人叫她土匪婆子。

聽講彭家昌有幾個老婆，算這個小老婆最年輕最漂亮，像山裏的一朵鮮花。她皮子白，比山羊的絨毛還要白，眼睛大大的，下巴尖尖的，嘴唇薄薄的，個子不高也不矮，長得不胖也不瘦，胸口鼓鼓的。

他看著看著，看到她有點不對勁，別的地方都一樣，就是她胸口不對勁，他曉得那地方長著兩個奶子，是女人都這麼長著，可她平時奶子沒有這麼大，胸口沒有這麼鼓呀，只是有點兒鼓，沒有今天鼓得這麼厲害，也太鼓了，像個臉盆子。再一個呢，她到山上是砍柴的，這柴滿山都是，幹嘛要跑到這麼老遠山裏來砍？現在已經砍了一堆了，也該捆起來背回去了，可她還在砍。砍就砍吧，還伸頭這裏張張、那裏望望，有時還在胸口摸摸。他想去問問她：「你在望什麼東西？可望到了我的羊？」可看她不對一個地方望，四面八方的望，望了一會，大概沒望到什麼東西，就彎下了身子，往山裏走，柴都不要了。他更奇怪了，她要去哪裏呢？她怎麼不往回走，而是順著山溝往裏走，難道迷了路？他正有些疑惑，也不知如何是好的時候，突然感到有一個硬棒棒的東西頂著自己的屁股，他嚇了一跳，差點叫出聲來，轉身一看，原來是要找的山羊，是羊角頂著他的屁股，嘴還舔他的身子呢。他沒找到山羊，可山羊找到了他，山羊要逗他玩。他想沒有功夫同牠玩，他有重要任務，他要看著她，看她要到哪裏去，玩什麼鬼花樣，他看她都走遠了，急得直跺腳，急中生智，順手解開山羊脖子上的繩子，把它拴在一棵松樹幹上，樹邊上有很多的青草，他摸摸山羊的頭，好像對牠說：「聽話，我有重要任務呢，等我回來。」

他也學著那女人的樣子，躬著身子，彎著腰，像她影子一樣緊緊跟在她後面，離那麼一節路。一直跟著她穿過了一片樹林，跨過了一條山溝，翻過了一面山坡。發現她現在不彎腰了，也不東張西望了，而是加快了步子，她像變戲法樣的，手裏拎著一個藍色的布包。怪了，這布包從哪裏來的呢？難道事先就在什麼地方藏好的嗎？不對，他看到她現在的胸口不那麼鼓了，沒有剛才那樣像洗臉盆子那麼大了。哦，他明白了，原來藍布包藏在胸口，這布包裹裝了什麼呢？她要到哪裏去呢？是跟誰見面嗎？而這個人是誰呢？難道是彭家昌？彭家昌多少天沒伸頭了，民兵們把這座山搜了好幾次，連個影子都看不見，難道今天彭家昌回來了，他們是約好在哪裏接頭嗎？

他緊跟著她終於爬上了一座山頂。他感到這山頂好像有些面熟，他抬起小手擋著眉頭的陽光，向山下遠遠的看了看，更怪了，那不是自己住的村子嗎？村頭有棵老槐樹，山邊有座關帝廟。哇，他想起來了，這座山就是龍頭山，村子到這邊是陽面山，今天爬上來的是陰面山，原來跟了她轉了一個圈，爬得吃虧死了。

他在山頂上看到兩塊大石頭，知道叫龍角石，兩石中間有一條縫，只能一個人走得過去，到裏面的龍王洞，洞裏就是土匪的老窩，當年彭家昌就在這裏安家落戶。他想這裏無路可走了，她一定從這條石縫中走過去了，他準備跟著進去，裏面一定是她同彭家昌在約會。他又想，我這麼赤手空拳的進去，不是要討虧吃嗎？讓他們抓住了怎麼辦？看瓜的讓偷瓜的打著，那可就划不來了。我是革命烈士後代，是一個有頭腦又勇敢的人，我要想辦法對付他們，想什麼辦法呢？哦，有了，我會砸石頭，一砸一個準，他們是兩個人，我撿兩塊石頭，進去見了面，我就一人一石頭把他們砸倒。對了，這辦法太好了。

他在山邊找到了兩塊尖尖的石頭，拳頭那麼大，正好一手抓，他緊緊地握在手裏，滿懷信心地來到龍角石中間一看，他傻掉了，石縫被堵住了，是一大捆細長的樹刺，這是榨樹刺，互相纏繞著像蜘蛛網，網上的刺，像鋼針一樣厲害，剛才找山羊時就遇到了，還劃破了大拇指，這是進不去了。他左看右瞧，發現刺棵下面有碗口大的小洞，他想鑽進去，可頭伸進了一半，脖子上被刺扎了一下，痛得鑽心，他只好退了回來。他放下手中的石頭，呆呆地望著刺蓬子，抓著後腦勺。這下沒辦法了，進不去了，抓不著土匪了，太可惜了。他很後悔，山邊路口就有站崗放哨的民兵，剛才怎麼不喊兩個來。現在回去叫民兵，恐怕來不及了，假如他們跑掉了，民兵來了抓不到人，還以為我小孩子撒謊呢。這下怎麼辦呢？他一屁股坐在地上，太喪氣了。他坐在那又想了一會，他們不會在裏面過日子，總要出來的，他就守在石縫門口，用這兩塊石頭，等他們出門就砸。對，這真是好辦法，於是，他又爬起來，重新抓著兩塊石頭，眼睛死盯著石縫，一轉也不轉，可等了好一會，手上石頭捏出了汗，把石頭都汗濕了，就是不見人出來。

這時的太陽越升越高，像天空中掛個大火盆，把他的臉烤得發燙，身子烤得發燒，額頭上豆大的汗珠子往下滾，全身被汗濕透了，嘴裏渴得難受，嗓子眼裏冒著青煙，眼睛泛著金針花，頭有點發昏，身子沒有力，手中的石頭捏不住了。他再一想，這樣下去可不行，這樣我砸不了他們，他們伸手就把我抓住了。他們是大人，我是小孩子，彭家昌是土匪頭子，聽講見了日本鬼子都一摸不擋手，說不定個子有兩人高，看到我，還不是像老鷹抓小雞樣的抓去了，那可就慘了。不行，還要想辦法。再有什麼辦法呢？要想不讓他抓到，那就得離他遠一點。

於是他來到石縫前面的一棵大松樹下，樹下有一片陰涼，他解開上衣，一陣微風吹來，身上涼絲絲的，舒服極了。這下他勁頭又來了，他撿了一堆石頭片子，哈哈，這下有辦法了，再好不過的辦法了，只要他們一伸頭，我的石頭像雨點一樣砸過去，不，像射箭，像子彈一樣，砸得他們頭破血流，抱頭向我求饒，然後叫他們乖乖地舉起雙手往回走，還不准他們往後看，一看我就用石頭砸，那樣就把這兩個壞蛋抓住了。他為自己有這樣周密的設想而感到很高興。

他蹲在樹下，雙眼盯著石縫，又看了好長時間不見動靜，他有些急了。怎麼還不出來讓我抓呢，再等下去可支撐不住了。肚子餓得咕咕的叫，身子又沒勁了，還有點犯睏，眼皮子在打架。他幾次咬著牙，瞪大眼，警告自己，千萬別犯睏，可眼就不聽他的話，不知不覺闔上了，一會功夫就睡著了。

大約頭腦想得太多，一睡著就作夢。夢見張營長帶領民兵們上山來了，他們衝進了龍王洞，反覆搜查沒有發現人，而是洞裏有兩個山神，舞刀弄槍，民兵們也變成了天兵天將，跟山神打鬥起來。他們從洞裏打到洞外，從山頂打到天空，打得落花流水，眼花繚亂。最後，民兵們不行了，漸漸退到大樹下，是他撿起樹下的一堆石頭，向山神砸去，這石頭也太神了，用手揮揮，石頭就像長了翅膀飛到山神頭上，打得山神東倒西歪，人仰馬翻，民兵們上前把山神壓倒了，這山神變成了兩個人，一男一女，男的是彭家昌，女的是楊荷花。他被戴上大紅花，高興地跳了起來。這一樂，他醒來了。

這一醒不要緊，真的嚇死了。他發現自己躺在石床上，下面鋪著厚厚的樹葉，身上還蓋著被子。怪了，這是什麼地方？他抬頭張望，是一座山洞，四面是石壁，頂上奇形怪狀的石塊，兩邊有幾根石柱子，洞頂上有一個小洞，把一線亮光接了進來，照得裏面清清楚楚。山洞很大，有好幾間屋子那麼大，有很多石桌、石凳子和石床，這是哪裏呢？還是在作夢嗎？他用力掐自己大腿，很痛，再掐，鑽心的痛。這不是夢，這是真的。他想：「我明明是睡在大松樹下，大松樹怎麼變成山洞了呢？真的遇到鬼了，還是山神？這鬼地方不能再睡了。」

他起身掀起被子想往洞外跑。可聽到洞裏面有聲音，有女人的聲音，也有男人的聲音，而這女人聲音很熟悉的，就在床邊石壁的裏面，石壁不高，站床上就能看到裏面，這聲音就是從那邊傳過來的。

於是，他慢慢起身站在床上，伸頭往裏面看，裏面一個小洞，就像住家外間和裏間一樣。小洞裏也有石床，床上還墊著老虎樣的皮子，毛絨絨的，上面有光著身子的兩個人，一個男人和一個女人。男人直身子坐在床頭靠在石壁上，蹺著腳丫子，嘴裏含著大煙袋鍋子，大口大口的吸著煙，吐著一團一團的濃霧。這女的也光著上身靠在他的腿彎裏，伸手摸著他的胸口，像在「嗚嗚」的哭著。他看不清這女人的臉，聽聲音好像就是楊荷花，床邊的石桌上攤開一塊藍色大手布，上面有雞蛋殼、花生殼和板栗子殼，這殼許多，灑到地上都是。哦，這下他想起來了，這藍布是楊荷花的，原來她用這塊布紮成包送吃的上來，那這個男的是誰？難道是彭家昌嗎？他突然想起來，好像見過彭家昌，那是在去年，他來過他家裏，可現在記不清他長得什麼怪樣子了。只記得小時候，村裏有小孩子哭，大人就說：「哭，再哭叫彭家昌帶你走。」這小孩就不敢哭了。可想到彭家昌一定是長了三頭六臂，比山裏大老虎還厲害。可今天看到的，這人並不那麼可怕，只不過是個大老頭子，楊荷花長得這麼漂亮，怎麼跟這個大老頭子在一起呢？

這時，他聽到了他們的說話聲。

先聽那女的說：「你這次要去哪裏啊？」

男的說：「放心，我不會占山為寇，也不會入湖為盜的。」

女的說：「你呀，去年大軍過江的那位吳政委找你，你是錯過了廟門無處躲雨，才落到一身精濕的。」

男的說：「嗨，別說了，男人不吃後悔藥，我這輩子遇到的好人都是共產黨人，今天共產黨就是抓了我，諒他們不會把我怎麼樣。」

女的說：「現在人心難講啊。」

那男的放下煙袋鍋子，親吻著她的額頭說：「強盜喜歡天黑，豺狼喜歡雨夜，我打算沿長江而上，進三峽原始森林，只要能落腳就回來接你。」

那女的胳膊勾住男人的脖子，帶著哭音說：「那你現在帶我走吧。」二人緊緊扭在一起。

他看得不好意思就蹲下去了。聽到裏面有嗞嗞的響聲，像山羊在槽裏吃食樣的聲音。

過了一會，那女人又說話了：「看你衣服髒成這樣，也沒功夫洗洗。」

男人說，「我過慣了，這『飄章』（上衣）還是很乾淨的，只是『桃子』（扣子）掉了一顆。哦，對了，『衩章』（褲子）的『天窗』（口袋）裏有……」

他正想著這男人講的什麼東西，再次伸頭時腳下一滑，發出了響聲。

那女人打斷男人的話。「噓——好像有人。」

邵光龍聽到了這句話，心裏一驚，跳下床就往外面跑，可沒跑三四步，只聽耳邊一陣風吹來，一隻大手抓住了他的胳膊，像鐵鉗子一樣，夾得他一點也不能動。他回頭一看，是那位光著身子的男人像抓小雞樣的把他拎到裏面去了，放下他邊穿衣邊說：「好小子，怎麼能跑呢，還沒跟老子講話呢，我以為這輩子見不上你了，誰想你媽的送上門來了。」

他抬起頭，這才看清那女的確實是楊荷花，她正在穿衣服，也看清那男的高大壯實的身軀像一堵山牆一樣，頭頂上有點禿，兩邊絡腮鬍子一直長到下巴上，就連寬寬的胸脯上還有黑乎乎的一大塊。聽老人講過，胸口一撮毛，殺人不用刀，這人一定不是好人。那男人穿好灰色粗布衣服，盤腿坐在他的面前，拿起石桌上的煙袋鍋子，也沒有點火，含在嘴裏一口就吸出了煙來，眯著眼，臉帶微笑，這樣子一點也不可怕，好像自己的親人一樣，還伸出他粗大寬厚的手摸摸他的小手，拍拍他的肩說：「說來你有十歲了吧？」

已穿好衣服的楊荷花回答：「可不是，虛歲十一了。」

那男人說：「肖老大真夠哥們的，當初沒有看走眼。」男人說著，把煙袋鍋子往石桌上磕磕，磕去了上面的一層灰，又拿到嘴裏吸著，還能吸出煙來。

他看得很好玩，屁股往那人身邊移了移，想看清這是怎麼樣的大煙袋鍋子。聽那人又說：「小子，你認識我嗎？」

他抬頭望那人一眼，搖搖頭沒出聲，還是看煙袋鍋子，聽那人說：「不認識我？好嘛，可小子，我可知道你呀，你只有媽，沒有爸，對吧？可你不是天上掉的，地上冒的，山溝溝裏大水淌的，你媽肚裏也不是隨便就能生出你來的，你也有個爸。」

坐那人身邊的楊荷花拉了拉他的衣角說：「你現在不能跟他說這些不著調的話。」

那人說：「是啊，也許他這輩子也不曉呢，不過今天在我就要出山的時候，送到我手上來，也算是緣分吧。」說著仰頭哈哈大笑。這笑的樣子有點嚇人。他有些害怕，再無心看他的煙袋鍋子了，躬著身子往後退了幾步，見那人臉色嚴肅起來，說：「你小子想逃，孫猴子能逃過如來佛的手掌心嗎？哈哈哈！」

他這下嚇壞了，不敢後退了。看這人這般高大，一手能把自己捏死，想到這些身子一軟，坐在地上。還是楊荷花拉著他說：「你別嚇著他了。」

那人望他一眼說：「小子，我可以放你，但有個條件。」

他抬頭望那人，心想，有什麼條件呢？

那人又說：「你喊老子一聲。」

他又想，喊你什麼？是喊你土匪，還是喊彭家昌？想想這些話都不能喊，也就不知喊什麼好了，就問：「喊你什麼？」

那人說：「今兒老子高興，喊我一聲爸就放你走！」說完又哈哈大笑起來。

他這下愣住了，心想：「怎麼啦，你要我喊你爸？爸是什麼？是父親，你怎麼會是我的父親呢？你沒講你是誰？可我心裏清楚，你一定就是彭家昌，你是土匪頭子，我媽是共產黨人，打日本鬼子犧牲的英雄，我是英雄人的兒子，共產黨人與土匪是水火不相容的，我怎麼能喊你爸呢？不喊，死也不能喊。可我不喊呢，他不會放我走，那我怎麼辦？看能不能有辦法在他身邊溜走。」

他有意思考慮考慮的樣子，抬頭對左右望望，望到石壁上還掛著一支盒子槍，這槍在關帝廟裏見過，那是張營長背在身上的，還拖著長長的紅繩子，這槍同張營長的一模一樣。想到這裏，他真怕了，怕不喊他爸，他拿起槍來怎麼辦？

這時只聽那男人眼一瞪大聲一叫：「快喊老子！」

他就順著那人的話順口一聲：「老子！」

那人眼瞪得又圓又大，眼珠子鼓起來像電筒的光刺到他的身上，他打了一個冷顫，低下了頭。

還是楊荷花打了圓場說：「好了好了，他已經喊了你一聲老子了，老子和爸也是茶壺酒壺，差不離的。」

他趁他們講話的機會，身子再次開始往後退。

只聽那男人又叫了一聲：「你等等。」

他只好又停了腳步。那男人從褲子荷包裏邊掏邊說：「來，坐到我身邊來。」又轉臉對楊荷花說：「說不定這輩子再也見不到你們了，這裏還有兩件東西，你倆一人一個吧。」說著把掏出的東西先放在楊荷花面前。

楊荷花驚訝地說：「怎麼，你還有龍頭玉佩？」

那男人說：「僅剩這兩塊了，拿去吧。」說著把一枚玉佩放在楊荷花的手中，拎起另一枚玉佩上的紅帶子，掛在他的脖子上，還說：「小子，這是護身符，有了這塊玉佩，東海龍王就會保佑你一生平安。」

楊荷花望了他一眼，把手中的那塊玉佩遞過去說：「那一塊你送給他，這塊你留著。這次逃難，可不能沒有護身物啊。」

那人哈哈大笑說：「英雄好漢都有落難的時候。楊志賣過刀，秦瓊賣過馬，劉備還編過草鞋賣呢，想我闖蕩江湖，出生入死，當年同小日本戰鬥的大風大浪都過來了，現在全國解放了，難道陰溝裏還翻了船。昨天我去了龍尾山，請賴大姑給我卜了一卦了。」

楊荷花立即說：「她怎麼講？」

那人道：「她講這次是我人生一劫，為躲避劫難，我要沿江岸而上，走我前妻的老路，有寺廟和尚幫忙，那還有事？過了這個劫難就一馬平川了。還是送給你吧。」那人重新把玉佩放在楊荷花的手中。

楊荷花眼裏含著淚說：「我真的很怕呢！」

那人站起來，把胸脯拍得「咚咚」地響，說：「你看我，白天山坡上滾，晚上石板上睡，身子板可是鐵打的金剛啊，怕？老子這輩子什麼都曉得，就不曉得『怕』字，這『怕』字讓我放在嘴裏嚼碎了嚥下去，變成了一泡屎拉掉了。」

楊荷花大約被他的一番話說激動了，撲過去擁住了那人。那人把她扭在懷裏說：「我這輩子也活夠了，老婆孩子有了，愛和恨也有了。哈哈哈哈！」這笑聲像洪鐘一樣的洪亮，震得山洞都發抖。那人也不顧忌身邊有小孩子，抱著她就啃起來。

他看得很不好意思，只得低著頭，看著掛在胸前的那塊玉佩。他聽人講過，過去這山上土匪，只要是殺了日本鬼子立了功，就有一塊龍頭玉佩獎賞的。這塊白色的光滑滑的石頭，上面雕刻著龍的頭型，有龍眼、龍角、龍的嘴巴和龍的鬍鬚，生動形象，活靈活現。他一看就十分的喜歡，雙手捧在胸前，貼在胸口。

那人忽然對他說：「時間不早了，你就回去吧。」

楊荷花瞪了那人一眼說：「你放他走，不怕他背後放冷槍？」

那男人抹抹頭，說：「真要死在他的手上，也值得的。」

楊荷花說：「要不等你走了以後，我同他一道下山。」

那人瞪大眼說，「那民兵們不查你的老底子？」

楊荷花望了那人一眼，轉身向他說：「光龍啊，看得出你是個好孩子，你下山呢，可有件事要答應我。」

他說：「什麼事？」

她說：「還能有難事給你呀，今天你上山幹什麼來了？」

他說：「放羊。」

她說：「那又怎麼跑到山頂上來了呢？」

他說：「找羊。」

她說：「這不就對了，人家問你怎麼到現在才回家，你只講找羊。你看到的，回去說什麼沒看到，能做到嗎？」

他點了點頭。

那人有些不耐煩了，說：「哎約，什麼水養什麼魚，什麼山長什麼鳥，這小子是老實頭，我還會看走眼？」說著又拿起煙袋鍋子吸煙。

楊荷花轉身一隻手搭在那男人肩頭，頭貼在他懷裏說：「我可擔心，孩子小，不懂事，萬一要是……」說著又哼哼的哭出聲來。

就在楊荷花撲在那男人懷裏時，他趁機一步一步的往後退著。當退到洞口，一轉身撒開雙腿跑起來，出了洞口，更加拚命飛樣的往山下跑，跑了好一段山路，他確定後面沒人追來時，才停下來，深深地喘了一口氣，唉，總算逃出來了。嚇了自己一身的冷汗。

他抬頭看到太陽已經轉到另一個山頭上去了。乖，自己不知不覺的在山洞裏住了大半天。回想剛才發生的一切，他感到山洞裏的人並不可惡，有時甚至還和藹可親，那男人滿臉的微笑，那溫暖的大手撫摸著頭，嘴上還問你多大了，長這麼高了，像父親對待兒子一樣。更為奇怪的是還要我喊他爸，怎麼回事？至今我還不曉得父親是誰，難道我真的是他的兒子？他反過來一想，怎麼可能呢？看他同楊荷花親熱的樣子，他一定就是彭家昌，彭家昌是誰？大土匪頭子，我媽怎麼同土匪……哦，對了，是土匪就要向民兵報告，可我答應了回去就裝著什麼也沒看到的，還能不能報告呢？這個問題要想一想，要不同誰商量一下，同哪個商量？那只有父親了。好，這就回去，找爸媽商量一下，把在山洞裏的點點滴滴的事，都向他們講講，由他們拿主意。

他想到這裏，就往回家的路上跑，跑著跑著，他隱隱約約地聽到有人在呼喊：「光龍！光龍！」這是女人的聲音，怎麼？是那個楊荷花追來了？是那個男人後悔了？他想到這裏，加快了腳步，像離弦的箭一樣飛起來，打得茅草自然的向兩邊倒去，耳邊呼呼的像吹著口哨，腳邊的石頭都踢飛了。就連刺條子劃了衣服都不曉得了。

「光龍，光龍！」這聲音好像越來越近，聽起來是那麼的耳熟，那麼的親切。他想這一定是家裏人。他站住了，抬頭向四面張望，看到對面的山坡上有個紅點子，是一位穿著紅衣服的小姑娘，他聽出是她的聲音。這人是肖光英，小妹子，表面上是小妹子，其實是同年生的，父母早就定下的娃娃親，是自己的老婆。他一陣狂喜，見到家裏人，心裏不怕了，於是他雙手捲成個喇叭筒子，向山坡上回答：「光英，我在這裏！」他向山上跑去。肖光英聽到他的回答，也看到他的身影。就飛一樣的往山下跑來。二人很快在半山腰碰了頭。

肖光英直喘著粗氣，臉上紅撲撲的，兩條小辮子甩得老高，一臉的汗珠子往下滾。她也顧不上抹一下，大大的眼睛盯著他，埋怨地說：「你死哪去了，爸媽都急瘋了，出動民兵來找你。」

他抓了抓後腦勺，像做錯了事，咧著嘴傻笑。

她又說：「你還笑呢，民兵們看土匪婆子不見了，我們以為你被土匪抓去了呢。」

他曉得了民兵們清楚了這件事，他回憶起早上是幹什麼上山的，心裏一慌，轉身又跑起來。

她追喊：「你猴急的，幹什麼去？」

他邊跑邊答：「找羊！」就往上午拴羊的地方跑。

他跑著跑著，路邊的樹叢裏躥出一個人來，一隻老虎鉗子樣的大手抓住了他的胳膊，扭得很痛，他嚇了一跳，抬頭一望，是高個子民兵，這民兵真高，他抬頭才能看到他的鼻子，高個子民兵身上背著長槍，槍頭上刺刀白閃閃的，他很有些害怕。

那民兵說：「你才露臉啊，發現目標了嗎？」

他不曉得「目標」是什麼意思，也不想理會這個高個子民兵，就身子一扭，掙脫了他的手，邊跑邊說：「我去找羊！」

他跑到上午山窪溝邊上一棵松樹邊，找到了拴著的山羊，他呆了。這山羊把樹邊的青草吃了一個大圓圈子，樹皮都啃了一大塊，樹邊上拉了幾堆屎蛋，拴羊的繩子拉破了樹上一塊皮，也把羊脖磨掉了一把羊毛，磨出了一道道的紅印子，看來羊在這裏掙扎了好長時間了。

一直跟在後面的肖光英追到他身邊，摸摸羊脖子，山羊「咩咩」地叫著舔她的手，眼裏含著淚水。她心痛死了，解著羊繩說：「你看你，這羊都拴大把天了，你放什麼羊，剛才還講找羊，屁呢，這羊不是你拴的？」

山羊一溜煙的往山下跑去，牠自己認得家。

他低著頭，什麼話也沒講。

她看到他胸口的龍頭玉佩，大吃一驚：「呀，你胸口是什麼，哪來的？」伸手要去摸，他身子一扭說：「你別管！」

「好啊，我不管你了，你連我都不講真話了，你騙我。」她委屈地坐在地上欲哭了：「你中午沒回家吃飯，我中午也沒心思吃，跑到山上來找你，跑了多少溝，找了多少坡，腿都跑痛了，嗓子喊啞了，爸還叫村裏民兵上山找你，你還叫我不管你，好，不管了，讓你給狼吃了也好，土匪抓去也罷。」說著邊抹眼淚邊往山下走。

他一想，對呀，她是我的老婆，連中午飯都沒吃，這麼為我操心，我還有什麼事要瞞著她呢？於是就追了過去，一手搭在她的肩頭說：「別哭，我跟你講實話。」

她站在那沒動，低頭說：「你真的見到土匪了？」

他說：「我見到了土匪婆子同一個男人在一起，估計可能就是彭家昌了。」

她轉過身子，臉都嚇白了，說：「乖乖，都嚇死個人呢，你真的被彭家昌抓去了，他沒打你、沒罵你？還送這麼好的東西給你？」她摸著他胸口的龍頭玉佩。

他說：「真的呢，那人不像是土匪，好像家裏人差不多。」

「難道土匪得要在頭上刻字啊，哈哈，真是小英雄啊。」

他們被這洪鐘般的聲音嚇了一跳，回頭一看，背後正站著一位身材魁梧的漢子。他是一副軍人打扮，橫跨著手槍，腰間紮了一根皮帶子，他臉上一個明顯特徵就是嘴角上有顆大黑痣。他們倆認識這個人，是村裏民兵營的張營長。只見張營長拍拍他的肩說：「光龍啊，自從土匪婆子離家出走，你有半天下落不明，加上南嶺村有人發現彭家昌的身影，我們已經在掌握之中了。走，到民兵營部談談具體情況吧。」

邵光龍聽張營長這麼一說，看了肖光英一眼，也就沒有什麼話可說的了。他心裏十分佩服張營長。張營長名叫張斌，前幾天村裏開大會，他在上面講話的聲音好大，好威風，聽講他是剿匪英雄，剛剛從外地調來的，因為臥龍山還有彭家昌沒有抓到。

肖光英見邵光龍跟張營長到民兵營部去了，就扭頭往家裏跑，他要把這個重要的消息告訴父親。她跑回家推開門，見家裏沒有人，爸媽都不在家，去哪兒了呢？她找到了村頭，見到了嬸嬸，心想老叔是村裏幹部，她想把這件事同她說說，可到了嬸嬸面前，又改變了，說：「嬸，你看到我爸了嗎？」

嬸嬸說：「你爸不在家裏？」

她說：「我進家了，沒見到。」

嬸嬸說：「奇怪了，我看他扛個鋤頭在門口呢。」

她一想，爸一定是去了自家地裏了，她又一口氣跑到山邊上，地裏也沒有人，她累了，實在沒有力氣再找了，拖著沉重的步子回家，老遠就看到父親手握鋤頭站在門口，而父親已經看到了她，說：「羊早都進家了，你怎麼才回來？」

她累得上氣不接下氣，身子一軟坐在門口說：「爸，你叫我好找呢。」

爸爸說：「找我？我不就在羊棚裏鏟地皮子，明天送地裏去，光龍呢？」

她說：「爸，別再問了，光龍見到土匪了。」

爸爸一臉的嚴肅，鋤頭往門邊一放，砸了地下一個坑說：「什麼土匪土匪，小孩子家懂得蝦子打那頭放屁。」

她望了爸爸，說：「是真的，光龍見到彭家昌了。」

爸爸驚詫的臉望了女兒一眼，又望望門口四周沒人，拉坐地上的女兒說：「快，進家講話。」進了門就問：「快講，光龍去哪了？」

她說：「光龍跟我講，他見到彭家昌，現在跟張營長到營部去了。」

爸爸也沒詳細問女兒光龍怎麼見到彭家昌的，就大步跨出門，發瘋樣的向山邊的關帝廟裏跑去，因為民兵營部就在關帝廟裏。

肖老大跑到關帝廟門口，只見張營長吹著哨子，村前村後的民兵都往關帝廟裏跑來，他正要進去，見邵光龍滿面紅光地從裏面出來了，他站在這位特殊的兒子面前不知如何是好。肖光英也跟著跑來了，她首先見到光龍胸口光抹抹的，就說：「你的龍頭玉佩呢？」

肖貴根更為吃驚了，瞪大眼睛說：「怎麼，還有龍頭玉佩？在哪呢？」

邵光龍笑笑說：「爸，我已交給張營長了。」

肖老大轉身跑到了張營長面前，見張營長已經集合好了民兵隊伍，無心去理他，他只好轉身來到光龍面前問：「你把一切都講了？」

邵光龍滿面堆笑說：「都講了，張營長派人送信去鄉裏，馬上有大部隊來呢。哈哈，爸，張營長說，等剿了匪，上級要給我戴大紅花呢。」

肖貴根臉色鐵青，狠狠地在他臉上刷了一巴掌，低聲有力地罵了一句：「畜生！」

邵光龍身子一晃，昏倒在地上。

肖光英驚呆了，爸爸平時對光龍十分的疼愛，講話聲音都不大，巴掌從沒上過他的頭呢，可今天怎麼打了他呢？出手還這般的狠，這是為什麼呢？

二

肖老大的那一巴掌，真的把邵光龍打懵了。

抓到了土匪，全村人都沸騰起來。邵光龍本想做了這麼大好事，張營長都伸大拇指誇獎他，爸爸也應該表揚他，晚上說不定還給他煮個雞蛋吃呢。他作夢沒想到換來了一巴掌，出手還這麼重。差點把自己打昏過去了，現在頭腦還木木的。可回過頭來一想，這一巴掌可真把自己像在睡夢中打醒了。他想到去年剛解放的時候，彭家昌到過他家中，抱過他，親了他，那大鬍子還很扎人的。

聽父親多次講，母親同彭大人在一起打日本，小時候是彭大人送我到肖家撫養的，那時家裏最困難，是他們的大米和黃豆，還有二十塊大洋救了急，不然我們都餓死了。哦，我怎麼這麼糊塗呢？剛才在山上怎麼就想不起來呢？不怪父親打呢，是自己錯了，錯到海裏去了。他越想越後悔，越想就越怕見到父親，不敢回去了，怕讓父親動了氣，說不定再給自己幾棍子呢，那可受不了。可不回去晚飯在哪吃呢？中午就沒吃了，現在肚裏還咕嚕咕嚕的叫著。他餓得頭有些發昏，身子有些站不住，他到了村頭，身子靠在大槐樹上，坐在槐樹根上。他聽到村裏有人打口哨，那口哨是張營長打的，村裏有了緊急情況才有口哨的，看來今天情況很緊急了。這不，村裏亂成一鍋粥了。有人在呼叫，有人在奔跑，就連狗也「汪汪汪」的閒不住，都奔一個方向，那就是山邊的關帝廟裏去了。

這麼亂了一陣子，天色黑下來了，村裏又安靜了，鴉雀無聲的，一點響動都沒有，只有風吹槐樹葉子嘩嘩地響。村裏沒人走動，他想一定是抓彭家昌去了，抓回來怎麼打發呢？是送去做牢，還是綁起來拷打，不給飯吃呢？總之彭家昌要受苦了，想到這裏他不但後悔了，還有些心酸，眼眶子癢癢的，眼水都要擠出來了。在龍王洞裏，人家待你像親兒子一樣，要是不讓你回來，你一步也不敢動，就是要你死，還不是像捉小雞樣的，一捏脖子，你就沒命了，可人家沒這麼做，看你是老實人，不會報告的，楊荷花還那麼交代你，可你呢，出洞沒有幾步就把人家賣了，那張營長也是的，怎麼把我的龍頭玉佩都奪去了？那麼好玩的東西，人家送給我的。他越想越窩氣。

天漸漸的黑下來了。他看到前面來了一個黑影子，是誰呢？一定是站崗的，每天晚上出門都會見到站崗的，是站崗的就是民兵，是民兵一定會曉得抓彭家昌的情況，隊伍幾時出門。他站起來迎上去，見那人已經到了跟前，手裏拎著白毛巾包著的東西，他看出了，這不是站崗的民兵，而是自己的親人，肖光英。她見到他沒有講話，把毛巾包著的東西打開，是一個大大碗公，碗裏熱騰騰的麵條，還有兩個荷包蛋呢。

他又驚又喜，就說：「你怎麼曉得我在這裏呀？」

她說：「老爺看到你了，老嬸生孩子了，還在坐月子，老爺叫我給你送吃的。」

他端起大碗「嘩啦啦」的吃著，他太餓了。

她看著他吃，說：「我剛才看到老嬸的孩子了，長得虎頭虎腦的，又是屬虎的，老嬸講名字叫光虎，聽我媽講，她肚子裏也有孩子了，沒生下來，爸說了，不管男孩女孩都叫光雄，龍虎英雄，是黨代表起的名。」

她講了這麼多，他一句也沒聽進去，只是埋著頭吃，把一大碗麵條和荷包蛋吃盡光，抹抹嘴，歎了一口氣。她收起了碗筷，用毛巾包紮著說：「爸叫你回去，不打你了。」

他打起精神說：「我不回去，我吃飽有勁了，我要打聽民兵什麼時候上山抓人，我想跟著去，我後悔死了，我要報信叫彭家昌快走。」

她搖搖頭說：「你還報信呢，人家早走了，鄉裏還來了好多隊伍呢，太陽下山就出了門，把山都圍起來，兔子都跑不掉了。說不定已經抓上手了。」

他聽了身子一軟，坐在大樹根上起不來了。

她又說：「聽爸說，這次抓了彭家昌，要槍打呢，人家等了多少日子了。」

他心裏涼了，雙手抱著腿，頭埋在腿彎裏，一句話講不出來。

她又說：「你還是回去吧，爸媽在家急你呢。」

他頭在腿彎裏擺了擺，說：「讓我坐一坐，我心裏有點難過。」

她望望他說：「那你要麼就到老爺家裏睡，老爺講有話跟你講，他家鍋前有空床，不過那小弟弟好厲害，哭起來炸耳朵呢，叫人睡不著。」站起來又說：「好了，我走了，你要早點回呢。」她拎著毛巾包回去了。

他心裏確實很難過，他想，彭家昌要是槍打了，這不是我害了他嗎？我這不有罪嗎？

這時，遠處傳來了一陣槍響，「啪嚓啪嚓」的，他聽出這聲音來自龍頭山上，他站起來，跑到村頭的高坡上，踮著腳張望著，見山頂上點亮了一支火把，接著火把多起來了，起初是星星點點的，過後是金光閃耀了，山頂上一片紅光。還能聽到歡呼聲。又過了一會，這火把排成了隊，像一條火蛇從山頂上往山下游去。他身子一軟，又坐在地上了。他心裏撲通撲通地跳，他曉得這是把人抓到了，歡呼是說明勝利，火蛇是勝利歸來了。又過了好長時間，這火蛇聚集到山邊的關帝廟前就漸漸的消失了。他想，主人一定是關在關帝廟裏了，我要去看看，關的是不是那個人，於是他拔腿往關帝廟裏跑去。

關帝廟坐落在村西的山邊上，背靠著臥龍山脈，後牆緊貼著山石。這是一座破舊的廟宇。前面的門樓連著圍牆，牆內是個四合院子，院中兩棵柏樹已有很久年頭了，軀幹捲曲，樹條蔓生，婆娑多姿。兩樹之間是一座石刻的香爐，香爐裏已沒有了香灰，只結著一層厚厚的黑泥。兩邊是廂房，後面才是像模像樣的大殿，大殿成拱形，全是古磚壘成，三丈多高，二丈來深，頂部飛簷畫壁，結構精巧。殿堂前兩根石柱，上面一座佛龕，過去是關公菩薩的坐像，自從彭家昌把關帝老爺請上山以後，這裏一直是個空位子。上方牆壁上還掛著「大雄寶殿」的破匾，灰吊子掛了一大節。彭家昌就是關在這個大殿裏。

邵光龍跑到關帝廟門前，見門口擠了很多人，進進出出，大部分都穿了軍裝的。裏面大院裏白亮亮的，像大白天一樣，是那柏樹枝上掛著一盞燈。聽講村裏有一盞汽油燈，從來沒點過，今天點著了，亮得不得了，地上一根針都能見得到。他走到門口，步子正要邁進去，卻被兩個民兵攔住了，這民兵他不認得，手裏握著長槍，槍上還有刺刀，在燈光下亮得晃眼睛。他只好坐在門前，想等到張營長能帶他進去。可等了好長時間沒等著。他只好順著圍牆向後面走，他希望有一節矮一點的牆能翻過去。可牆一直很高，高得他要抬頭才能望到頂上的磚瓦。他不死心，一直往後走，他看到有一道亮光射到山邊的石壁上，那光哪來的呢？他跑過去一看，原來後大殿有個窗戶，他想爬上窗戶，可還是太高爬不上去。只能聽到裏面的聲音，那說話的聲音好像就是彭家昌。他就站在那裏聽著：「我是你籠中雞，網內魚，要吃張口，要殺開刀！」

「我殺過日本人，我帶兄弟們端日本鬼子炮樓。」這是彭家昌的聲音。

「啪！」這是拍桌子聲。

「胡說，革命烈士邵菊花帶領游擊隊炸的日本鬼子炮樓，縣城三歲小孩都知道，這功勞搞到你頭上了。」這是張營長的聲音。

接著是他們的對話聲。

「那是黨代表指揮的，我帶兄弟行動的。」

「好了，不講這個了，你還有什麼人？」

「我還有兒子彭亞曦，跟他媽早年到了廣東惠州老家。」

「誰問你兒子了？我問你還有多少土匪。」

「兄弟都走了，去年大軍過江，有個叫吳魁元的帶他們走的。」

「好啊，吳魁元是個大土匪，你快說他在哪裏？」

「吳魁元是共產黨的政委，你媽的曉得什麼雞巴東西，白豆腐叫你講成紅豬血了，什麼人都是土匪。」

接著只聽出「啪啪」的聲音，是打耳光子，不知是張營長講錯了打自己的耳光子，還是打了彭家昌的耳光子。過了一小會，又聽到他們的對話。

「好了，不談這個了，還有東西你沒交代。」

「老子可是竹筒倒豆子，一句也不留。」

「我提醒你，你有幾個老婆？」

「我操，你們連這個也管，原配高桂花，我當土匪那年，她就帶兒子回廣州娘家去了。」

「還有你搶了貧農家的女兒，罪大惡極。」

「那是她自願的。」

「住嘴，還有呢？」

「還有就是……」

「那是誰，站住！」

邵光龍正聽得入神，牆邊來了大個子民兵，端著槍對著他說，「走，走！」

大個子民兵把他送進了關帝廟，正巧張營長從大殿裏出來。大個子民兵上前一個立正，說：「報告營長，這小子在屋後偷聽。」

張營長上前握著邵光龍的手說：「哦，小英雄啊，怎麼？你也跟我們一起上山了？哎喲，太辛苦了，來，大個子，安排小英雄進屋休息，明天還要帶他到縣上請功呢。」

沒等邵光龍爭辯，就被大個子民兵推進院子，帶進廂房。

這裏是一排床輔，是值班民兵們睡覺的地方。大個子叫他脫衣服睡覺。他躺下了，聽到「嗚嗚」的哭聲，這聲音從院子裏傳來。這聲音他熟悉，在山洞裏聽到過的，是楊荷花在哭。他聽到另一個粗莽的女聲在問：「彭家昌給你的龍頭玉佩呢？藏哪兒了？」

楊荷花沒有回答，只是一個勁的哭泣。

他正想起來，見大個子民兵站在門口看著他，他只好老實地躺下了。他怎麼也睡不著，心裏像一塊疙瘩，堵得好難受。想到剛剛聽到的話，什麼黨代表指揮的，他們行動的，那麼我媽媽是他的領導了？那我媽是烈士，他是土匪，這是怎麼回事呢？他又想到彭家昌就要被槍打了，槍打就死了，死了就沒有了。楊荷花就沒了依靠，聽說她肚裏都有孩子了，這孩子就沒了父親，同我一樣了。他越想這事越窩囊，可已經做了怎麼辦呢？他想怎麼的也要見到彭家昌，要告訴他一聲，對不起了，問他一聲還有什麼事情要辦，我還能不能幫你做。哦，對了，在山洞裏，他想要我喊他一聲爸，這聲爸也只不過是舌頭上打個滾的事情，現在他都要死了，就滿足一個死人的要求吧，我就喊他一聲爸吧。可是怎麼喊呢，他是土匪，我是抓土匪的小英雄，這一聲可不能公開的喊，特別不能讓張營長聽到了，不然他會罵我的，他不帶我到縣裏去戴大紅花了，我是多麼想能到縣裏去看看，能戴上大紅花啊。所以，我只能瞅機會，到彭家昌的身邊，在他耳邊輕輕喊一聲，這聲音只有他一個人聽見，別人都聽不見，我都進了關帝廟了，他就在大殿裏，離我不遠了，這機會就會有的。他就這麼想著睡著了。

他醒來的時候已是第二天上午了，聽到外面亂哄哄的，他爬起來穿好衣服，鞋後跟還沒拔好就往外跑，跑出了廂房，跑過院子，見後大殿門口站著三四排民兵，全副武裝握著槍，槍上帶刺刀。他從人縫中往裏看，見彭家昌已經被繩子綁得緊緊的，他身邊還有三個人，背上都插著長牌子，牌子上寫著字，還用紅筆打著「×」，後來才曉得一個是大地主劉大麻子，一個是反革命分子李家富，他是戴眼鏡的小文人，現在眼鏡打掉了，眼邊有一圈白印子，還有一個禿頂，左耳邊留著一撮毛，他就是漢奸一撮毛了。

那三個人都低著頭，只有彭家昌昂首挺胸，眼瞪得牛眼樣大，對著一撮毛大罵：「誰他媽的褲襠破了，露出你這個狗頭，狗娘養的漢奸，當年黨代表就死在你手裏。」轉身對民兵們大罵起來：「老子從來不怕死，人活百歲也是死，不如早死早投胎，普天下哪塊黃土不埋人，可怎麼安排我同這個狗漢奸一道去死呢，關公老爺，你公道啊。」

一撮毛低頭含淚說：「彭大人，別罵了，小日本是騙子，佈告上講一百塊大洋，可我一個子沒得到。那天不是跑得快，差點丟了命，今天能跟彭大人一道走，值！」

彭家昌一口唾沫噴在他臉上：「呸！老子跟你不是一個山頭上的人，老子是抗日英雄！」

那個大地主劉大麻子抬起頭來：「唉！狗咬狗，兩嘴毛，今天我們是拴在一條鏈子上了，算是前世有緣呢。」

那文人也跟著跺了腳，大叫著：「秀才遇著兵，有理講不清，顛倒是非，混淆黑白呢。」

「都給我住口！」大個子民兵給每人一槍托子。

「閃開，閃開！」這是張營長的聲音，他一揮手人群自動閃開了一條路，一排民兵上去了，抓了這四個人押著往外走，人群也一陣風的出去了。

邵光龍沒想到，這次出去就是槍打。原來那三個人早就押著了，只等彭家昌一起槍打，這槍打是安排在大槐樹下。原來樹邊上早已站了好多人，有大人有小孩子，還有婦女抱著吃奶的孩子。他不曉得哪裏來了這麼多人，大約鄉裏安排的，上下十里村的人都來了。他拚命的往裏擠，可是人實在太多了，怎麼也擠不進去，他只好彎下腰，從大人的腿縫裏往裏鑽，他鑽了好幾層人群，擠了一身的汗，這下才到最裏面一層了，他像一隻烏龜把頭伸在大人褲襠裏，他看到四個人靠在大樹下，都低下了頭，彭家昌也低下了頭，有四個民兵端起了槍，是張營長一揮手，只聽得「砰砰砰砰」的四聲槍響，四人的胸口都湧出了血，把衣服染紅了，就在這個時候，他不知道哪裏來的力量推著人群，連聲呼喊著「爸，爸！」

那三個人倒下了，只有彭家昌沒有倒，儘管胸口冒著血，但他還靠在樹幹上，抬頭挺胸，眼睛瞪得很大看著他，看了好一會。那民兵以為他沒死，又「砰」的補了一槍，這一槍打得太狠了，頭頂蓋都打翻了，腦漿子露了出來，他一下子倒下了。「轟」的一聲巨響，樹幹像被搖晃了一下，樹葉子像下小雨樣的飄飄灑灑地落了一地。

邵光龍跪在地上低著頭，他曉得這喊聲，彭家昌是聽到了，可他的這一舉動也被張營長看在眼裏，上前一步正欲拉他，被早已站在一邊手疾眼快的肖老大拉了起來，狠狠地說：「人都死了，還打、打！怎麼樣，頭都打開了！」拉著他回家去了。

當天夜裏，是肖老大同兄弟偷偷地給彭家昌收了屍，埋在什麼地方誰也不曉得，聽說還裝進了一副像樣的棺材。

幾天以後，邵光龍在縣裏戴上了大紅花，領回「剿匪英雄」的獎章，可被肖老大藏了起來，以後再也沒見到。

幾個月以後，楊荷花順利地產下遺腹子，名叫楊順生。

第三章　一九五九年（己亥）

一

俗話說，男人十八當家漢。邵光龍已經十九歲了。他確實是個男子漢了，一米七八個頭，長型的臉龐，儀表堂堂，端正的五官配上魁梧的身材，看出他發育的均勻，那寬闊的肩膀和走路矯健的姿態，可見他體質如牛般的健壯。更為重要的是，他還有文化，上過識字班，認得很多打眼字。

鄉裏幹部說，自從槍打了土匪彭家昌，天下太平了。臥龍山窮苦人家的孩子，都該翻身進學堂。關帝廟裏辦起了小學校，肖老大讓他同女兒上了學。本來他可以到外地讀正規的學校，可小弟弟肖光雄也到了該上學的年齡，一家三個孩子背書包，這日子就有些架不住，肖老大就拴了女兒的手腳，讓她退了學，邵光龍人大了，也懂事了，就跟著從學堂走進了田間。當時，肖老二任臥龍山村黨支部書記，君子也顧本。考慮到他是烈士的後代，又是剿匪的英雄，不能讓他捏泥頭子，就叫他住到大隊部當小鬼，跑腿送信兼會計，開會時讀文件、念報紙，講外面的新聞，國家的大事。隊部設在關帝廟的門樓上，後面的大殿和廂房是識字班的教室。他以隊部為家，報上有不懂的句子和不認識的字，就去請教識字班的老師。所以，語文水平像芝麻開花節節高。

話說這年初，準確的講是陽曆年剛過，農曆臘月初。上面來了一位幹部，這人中等個子，魁梧的身材，穿著四個荷包的中山裝，上衣口袋裏插著一支自來水筆，筆帽子白閃閃的很是耀眼。油黑的四方臉，最明顯的是右嘴角上有個大黑痣。邵光龍多遠就認出來，跑步上前高聲喊：「張營長。」

那人也高興地向他伸出了手答：「哈哈，剿匪小英雄，多年沒見，長成大人了。」

邵光龍不知怎麼的，一聽到剿匪英雄四個字，心裏像吃了蒼蠅一樣不是味。他忙把那人引進屋，端上寬凳子，還用衣袖在上面拖了一下，讓客人坐，轉身又去倒開水。他心想，昨天文書老爺講，公社在興修水利、大煉鋼鐵落了後，拖了全縣大躍進的後腿，書記撤了職，新調一位張書記，是不是就是這位張營長呢？於是，把一碗熱騰騰的開水遞過去，說：「你是新來的公社書記吧？」

那人笑著說，「是啊，不過嘛，我們都是革命同志，我有名，叫張斌，文武斌。」

張斌書記看到桌上的文件和報紙，又說：「不錯嘛，聽講你當會計了。還能讀文件念報紙，進步不小啊。你曉得總路線吧？」

他伸口就答：「曉得，鼓足幹勁，力爭上游，多快好省的建設社會主義呢。」

張斌書記點點頭說：「好，那你也曉得三面紅旗了。」

他十分有把握地說：「哪能不曉得，報上天天講，總路線，大躍進，人民公社嘛。」

張斌書記笑了笑，說：「不過嘛，人民公社是暫時的，眼前的，下一步就是共產主義了，所以說，共產主義是天堂，人民公社是橋樑。」激動得站起來又說：「我今天來，就是代表黑山公社要幹一件大事情，大躍進嘛，就是要像當年抓彭家昌那樣的震動全縣的事情。當然囉，我剛上任，狗咬刺蓬子，無處下牙，可我曉得臥龍山是塊寶地，我的工作就從這裏做起，走，到山邊去看看。」他講著抬屁股就走，一口水都顧不上喝。

邵光龍哪敢怠慢，順手從床上拿了件外衣邊穿邊跟著後面，屁顛屁顛的。張書記又問了他的年齡、文化程度，他都一一作了回答，不知不覺上了龍頭山。

張書記這才看出，臥龍山地勢確實像是一條臥龍，龍頭就是龍頭山，龍身彎曲著，龍尾山頭蹺得高。山溝裏是一條小河。河水抱著龍身轉，轉了九道彎，流到山外去，山外是個廣闊的平地，那裏是全黑山公社的萬畝良田，也是全縣的糧倉。千百年來，這條河水白白地流到長江裏去了，遇到大旱年月，山上的河流乾了，下山的水就斷了，萬畝良田就渴了，禾苗也就枯了，糧倉也就空了。邵光龍自小很精明，張書記腦子也好使，俗話說：「三個臭皮匹，頂個諸葛亮。」他們兩個聰明人，抱在一起成了智囊球。

首先是光龍看穿了領導的心思。想到報上鋪天蓋地的講興修水利，領導是否想在這裏修水庫呢？但他的思想不好走在領導的前面，就帶他到山下一座豁口處，他坐在山坡上，拾起一塊石頭向山溝扔去，石頭落在河水裏，濺起了一朵水花。他望著河水說：「張書記，臥龍山下這條清水河，一年四季嘩嘩的流呢，春天河水貴如油，每年要流掉多少油啊。」

張書記蹲在他的身邊說：「要是在這裏修座水庫呢？」

他緊接著說：「那下面的農田可就旱澇保收，我們可就吃不愁、穿不愁了。」

張書記又問他：「就是修水庫，在哪裏最合適呢？」

他來勁了，站起來指手劃腳的說起來：「臥龍山從龍身到龍頭，只有龍頭山下是兩山之間小峽口，像龍的嘴巴，龍的咽喉，咽喉就是荷包的口子，茶壺的嘴子，咽喉堵起來了，就是把荷包的口子紮起來了，茶壺的嘴子塞起來了，水就出不去了。春水貴如油，這油就存起來了，乾旱的時候呢，慢慢的把茶壺嘴子放一點，像斟茶樣的斟到田野去，不就是年年大豐收了嗎？」

他的一番話，把張書記講呆了。張書記不出聲，他思考著，張望著。然後站在半山腰，伸出拳頭撓著大拇指，閉著一隻眼，視線通過大拇指，指向對面的山頭。然後跑到山腳下，從這邊山腳走到那邊山腳，也不顧中間一條河，冬天又很冷，他脫下黃球鞋，捲起褲腳，筆直從河裏走過去，嘴裏咕嘟著，是在數步子。邵光龍曉得他是在測量呢。看他又走過來，才穿上鞋子，又從荷包裏拿出小本子，原來是本曆書，翻開看了看，扳著手指頭數了數，突然跳起來，大叫著說：「哈哈，共產主義實現了，樓上樓下，電燈電話，共產主義實現了！」

邵光龍呆望著他，心想，剛才明明講的修水庫，怎麼眼睛一眨，老母雞變鴨了，一步登天了，一下就是共產主義了。

張書記看他在發呆，就拉著他指手劃腳地說開了：「你不知道吧，看不出來吧，黑山鄉共產主義就在眼前了。來，我跟你說，先就講水庫吧。我剛才算好了，水庫大壩長是五百米，寬呢，三百米，高呢，一百米就到山半腰了，這麼一算，三五一十五，一五得五，一一得一，算來要一千五百萬方土。再看時間」，翻開日曆本，指著本子又說：「剛剛過了陽曆年，今天是元月八號，明天是農曆臘月初一，年內還有一個月。農民有俗話，正月好過年，二月好賭錢，三月好種田。為了實現共產主義，正月年不過了，二月的錢也不賭了，滿打滿算三個月九十天，全公社有三萬五千多口人，我組織兩萬人修水庫，二人抬，擔子挑，小車推，大車拉，披星戴月苦幹九十天。你算算，每人每天十方土，兩萬乘以十，再乘九十，那是多少？就是一千八百萬方啊，哈哈！」

邵光龍望著他：「水庫成了就是共產主義了？」

張書記又說：「不，那是下一步了。你再想，水庫建成了。萬畝良田旱澇保收，吃飯不用愁了，水庫修座自來水廠，管子送到千家萬戶，那就是自來水，手一擰，清水嘩嘩流進鍋裏去。再建一座水電站，繫一根納鞋底樣的繩子接到萬戶千家的小燈泡，一拉，滿世界的亮，乖乖，共產主義是什麼？那還就是吃飯不用愁，點燈不用油，樓上樓下，電燈電話嘛——啊嘘！」說到興奮處，突然打了一個噴嚏，他放下褲腳捲，跺跺腳，說：「哎喲，不得了，光顧共產主義，涼了腳了，走吧，走走腳就熱呼了。」

於是，他們都很興奮，沿著山邊上的小路邊走邊談著，張書記說：「不過嘛，共產主義不能一口吹出來，一鋤頭就能挖出來，要幹出來，怎麼幹？大躍進般的幹。水庫修好了，要建水廠，建電站，可不是玩的，要用多少鋼鐵呢？這鋼鐵天上掉不下來，要靠自己的雙手煉出來，這樣山上支起煉鐵爐子。全公社分兩套人馬，山上煉鋼，山下修水庫。」說著歎了一口氣，又說：「唉，去年黑山公社落後了，拖了全縣的後腿。」

邵光龍說：「你一來就打翻身仗。」

張書記拍拍他的肩說：「人家都講我這個人有點福氣，走到哪裏，福就跟到哪裏，這福就福在我嘴角上的這顆痣上。」伸了伸嘴巴又說：「這顆痣叫福痣。」

邵光龍看看他的嘴角，又拍著腿說：「對，我看毛主席下巴上也有一顆痣，他能為全國人民謀幸福呢。」

張書記說：「乖乖，那可不敢比，他那是天福，我可是小福。你回頭想想，當年彭家昌，人家抓了一年多，連根人毛都沒抓住，調我去當民兵營長，怎麼樣？沒幾天，他就落在我的手掌心。那年好險啊，他同小老婆正要出洞逃跑呢，我遲一步他就飛了。」

一句話，講得邵光龍低下了頭。他心想，那還是我的頭功。

張書記又說：「就講現在修水庫吧，解放十年了，多少幹部來過臥龍山，山邊都踩出了一條路，就是想不出要修水庫，我一來，一槍就打中了。」

邵光龍心想，這不也是我想出的點子嗎，倒變成他的福氣了。

兩人就這麼走著談著，邵光龍同他離了一大節，張書記沒聽到有人應他的聲音，就回頭說：「怎麼，掉隊了？」邵光龍加快了腳步，來到他的屁股後面。他覺得自己像一條哈巴狗。

張書記邊走邊問他：「你是黨員嗎？」

邵光龍說：「不是，老爺講我嫩著呢。」

張書記說：「你想入黨嗎？」

邵光龍說：「想啊，作夢都在想。老爺講，黨是不能隨便入的，不是菜園門，想進就進得去的，要有條件呢。」

張書記說：「條件是死的，人是活的嘛，條件不成熟要爭取嘛。你能跟我這個黨委書記講得來，想到一起去，你為我們走向共產主義提供方便的近路，你就為共產黨臉上增了光，也為老百姓鋪了幸福路，這就算向共產黨的大門邁了一大步。」他說著看了他一眼。

邵光龍心裏跳跳的，身上熱乎乎的，臉上火辣辣的。他沒想到自己還有這麼大的能耐，沒入黨就為共產黨做了這麼好的事了。

那張書記又說：「回去寫個申請書，我跟你們黨支書講一聲，還是你老爺呢，這麼好的苗子不培養。馬上修水庫了，這是一場戰鬥，是打仗，槍林彈雨，戰鬥中最能考驗一個人，最能鍛煉一個人，也最能培養一個人，難道你不曉得火線中入黨的故事嗎？火線就是打仗的最關鍵時刻，拚刺刀，送炸藥包的時刻，隨時丟腦袋的時刻。修水庫是場戰鬥，是培養黨員的大熔爐，在這個爐子裏，我有決心煉出幾個共產黨員來！」

邵光龍這個跟屁蟲一路走，一路聽，差點把他送回公社去。

幾天以後，各大隊黨支部書記到公社開了三天三夜的會。會議一結束，臥龍山黨支書肖貴根回來就把全村人員分成兩套人馬，一套人馬帶著家中的鐵器上山去煉鐵去，其他人全部到龍頭山的山嘴邊上，開兩萬人大會。臨行前，肖貴根對邵光龍說：「老大我已安排上山煉鐵了，你就去修水庫吧，到時開大會你就坐在會場第一排。」

邵光龍說：「老爺，這是為什麼？」

老爺講：「不曉得，這是張書記安排的，你們心裏有什麼彎彎繞誰也摸不清。」

黑山公社的地形是由山區和畈田組成。其山區有臥龍山、鳳凰嶺兩個小山脈。消滅了土匪後，沉靜了十年的黑山一下子沸騰起來。在鳳凰山兩翼的山頭上，支起了十幾個大爐子，那是大煉鋼鐵的場地，整日裏山坡上隨著黃黃跳動的火焰，一股股濃厚的煙霧，像一幅幅柔軟的黑綢，飄搖在山間，覆蓋在山頭。

臥龍山的龍頭山下更是熱鬧非常，山嘴上插滿了彩色的旗子，被山風颳得「啪啪」的嚎叫。山腰的平臺上用樹枝紮著彩門，那是開會的主席臺。主席臺上擺著四張接在一起的桌子，桌上的麥克風拉著一條長線，牽到樹杈上的喇叭筒子。臺上坐滿了著中山裝的男女幹部，臺下是黑壓壓的一片，不知道哪裏來了那麼多的人，他們都帶著勞動工具，有畚箕，有鋤頭，有鐵鍬，有小推車，有打夯石。

邵光龍早早的就來了，他穿得很整潔，臉洗得很乾淨，頭也梳得光滑滑的，他坐在臺下最前排的中間，在他身邊兩個人，一個瘦猴子樣，一個胖女子，穿著紅格子的褂子，這衣服在山裏很少見。臺上的張斌書記早就看到了他，向他點點頭，還向身邊的一位戴眼鏡正寫著的領導低聲咕嘟了幾句，不知道講什麼。那戴眼鏡的低著頭，眼睛從眼鏡框子上面露出來看著他，他被看得很不好意思。

主席臺上一位女幹部站起來，對著麥克風，叫各大隊書記報人數。黑山公社有十個大隊，每個大隊都報了兩千多一點，這樣加起來確實有兩萬人。

邵光龍站起來回頭看了看，稀稀拉拉的站了半山坡，好像沒有那麼多。

接著張斌書記講話了，他講了很多，很激動，有時站起來講，有時坐下去講，有時揮著手，有時握著拳頭捶桌子，講的內容同前幾天跟他講的差不了多少。首先是算了大壩長寬高和時間、人員的一筆賬。最後他說：「大躍進是什麼？大躍進就是跑步建設社會主義，我們不能像小腳女人，扭扭捏捏的前怕狼後怕虎，不能當共產主義金光大道的絆腳石，共產主義是幹出來的，怎麼幹呢？從現在起，晴天大幹，雪天小幹，披星戴月的車轆轆轉。早晨點燈上工，晚上點燈吃飯。只要水庫成功了，鋼鐵煉成了，建了水電站，有了自來水，那樓上樓下，電燈電話就達到了。我們還要三年超過英國，五年趕上美國，七年進入共產主義。我們黑山公社呢，要不了兩三年就要提前進入共產主義了。……」

他的聲音通過廣播喇叭傳出來，在山谷裏迴蕩，好像幾個人同時在講話。他講得精神抖擻，講得唾沫星子滿臺飛，都飛到邵光龍的臉上來了。他開始以為樹上知了撒的尿呢，抬頭一望，頭頂上沒有樹。他才知道是書記的口水了，他都捨不得抹。

會議就要結束了，張書記又站起來，說：「水庫就要開工了，我們分成三個戰鬥隊：開山爆破的由『董存瑞戰鬥隊』，挑土運石的有『劉胡蘭戰鬥隊』，壘埂築壩的有『黃繼光戰鬥隊』。首先，請『董存瑞戰鬥隊隊長馬大強接旗。』」

只見那個瘦猴子的青年，一個鷂子翻身上了主席臺，從臺中間那位戴眼鏡領導手上接了一面紅旗，跑回臺下放下旗子跑走了。旗子上面有「董存瑞戰鬥隊」的字樣。

接著張書記又喊：「『劉胡蘭戰鬥隊』隊長胡丫蘭接旗！」

邵光龍身邊的那位不知是姑娘還是嫂子的上臺了，因主席臺子太高，她怎麼也爬不上去，一個姑娘在她屁股上托了一把，她才像滾皮球樣滾上去，接過旗子又滾下了臺，還咯咯咯的笑了好半天，一點不嚴肅。

張書記又說：「請『黃繼光戰鬥隊』隊長邵光龍接旗！」

邵光龍想，這是自己的名字嗎？是喊他接旗？這上萬人的會場，同名同姓的人一定很多，他坐在那沒動，臺上張書記把眼睛看著他，坐在後一排的肖貴根老爺伸手拍他的肩，他曉得是自己了。不能再謙虛了，他不能像那女人一樣滾上滾下的，而是挺直了身子，邁著大步跨上了臺，從戴眼鏡領導手中接過了旗子，抖開一看是有「黃繼光戰鬥隊」的字樣。

他太興奮了，見張書記向他伸出了手，他曉得那叫握手。前幾天他來大隊也是這麼握的。他一慌張，向他張開了手，雙手緊緊握著張書記的手，手心裏冒出許多汗。手中的旗子掉到了臺上，臺下出現了歡笑聲。可臺上的幾位領導沒有笑，一臉嚴肅得像菩薩一樣。還是張書記指著旗子，他立即從地上撿起來，展開了旗子舞了舞，臺上張書記給他鼓掌，臺下的人跟著鼓掌，一時間掌聲四起，像發大水樣的嘩嘩響。

緊接著張書記對著麥克風喊：「現在我宣佈臥龍山水庫工程開工！」

他的話音剛落，山邊上傳來「轟隆隆」的一陣巨響，震得地動山搖，這主席臺上也顫抖了幾下。天空中出現麻雀飛樣的石塊。這是那個叫馬大強的瘦猴子親手放的炮，怪不得放下旗子就不見人影，這小子行，當年董存瑞能炸碉堡，他一定有能力把龍頭山炸平了。還沒等天空石塊子落定，人群像潮水般向放炮的山邊上湧去，挖土的、挑擔的、抬筐的、搬石頭的、推小車的，轟轟烈烈地幹起來了。

上面有規定，凡是修水庫或上山大煉鋼鐵的，公家再每人每天補助一斤糧食，不幹的就不給糧。臥龍山村裏辦起了四座大食堂，定時間上工，定時間吃飯。過了十幾天，不知什麼原因，上面的糧食減了，每人每天八兩糧，再過半個月，每人每天半斤糧，還不是大米，而是雜糧，是山芋片子、玉米、小米和麥麵。早晚開飯時，每人一大碗湯湯水水的，好在天黑看不見，喝在嘴裏麻麻的，只有中午還有一點像樣子的米糊。人是鐵，飯是鋼，一頓不飽餓得慌。加上這麼重的體力活，怎麼受得了？有人累倒了，睡在埂頭上，等沒了氣，晚上由民兵悄悄埋起來。

邵光龍曉得自己是黃繼光戰鬥隊長，不是簡單的人物，是個帶頭人，是個經得起黨考驗的鋼鐵漢子。修水庫是一場戰鬥，哪有打仗不死人的呢。水庫上死了幾個人不能算是奇怪，打仗還得靠勇敢、不怕苦、不怕餓，別人倒下了，自己不能倒，自己要是倒下了，這面旗子就倒下了，自己不但不能倒還得給別人樹個榜樣。所以，他推車跑在前，背石頭比人大，挑土比人多。當然，餓得也比別人快。這一切回家同父母說過。

肖老大心裏有了數，同老婆商量說：「光龍這麼幹，要不了幾天，身子就會垮，我們不能讓他垮，要全力支持他。」於是就把家裏存的老底子搬出來，煮上飯，熬上糊，叫光英偷偷的跑到修水庫的山邊上，向他招招手。他就一手放在褲腰上，像解褲子撒尿的樣子，到山邊上躲在草叢裏打尖，每次一大碗，他都吃個盡光。光英望著他吃，心想這是他的丈夫，今後靠他過日子，她希望他能跟自己說說話，他能回答她累不累、餓不餓的問題，可是他沒有話只顧吃，吃得呼嚕嚕的山響，像山風吹動樹葉子一樣。吃完了放下碗，用手指把嘴一抹，起身就走，一句話也沒有。他忙啊，他要做表率啊，他要一門心思撲在工地上呢。她也沒有一句怨言，她理解這個沒結婚就在一起過日子的丈夫。

可是這些天光英越來越遲了，並且送的不是大米飯了，是麵糊子，有時還是野菜山芋片子。邵光龍哪裏知道這是母親每天上午上山挖的野菜呢。

這一天，太陽要下山了，邵光龍向山坡上看了好幾次，沒有見到光英的影子，他餓了，肚子像火蛇樣的絞，不行，沒得打尖那就繫緊褲腰帶子，火蛇絞動那就去喝河水，喝上游流下來的清泉，喝著喝著，這尿就多了，這下真的要撒尿了。他往山邊上跑。

山邊有幾塊木板紮的廁所，有男人的，也有女人的。他撒了尿向四周看了看，看是否能見到光英，可他什麼也沒看到，沒看到的，卻聽到了什麼聲音。這聲音是前面草叢裏傳出來的，「哎喲，哎喲」的叫，像婦女生小孩子那樣痛苦，怎麼？是光英嗎？她身子不舒服了？昏倒在草叢中了？可仔細一聽，不對，是粗獷的聲音，好像是男的。他想到又要死人了，前幾天死了幾個人，這個人可能又要死了，死了就死了吧，為共產主義而死是光榮的死。

他再次繫緊褲腰帶。正準備下山去，可聽到的聲音有些不對勁，他像很熟悉，就像是自己家裏人，是誰呢？於是就走上前去，扒開了草棚子，見到雪白的兩瓣屁股。原來那人脫下了褲子，頭朝下，白屁股翹上了天，一隻手在屁眼裏摳，摳得屁眼鮮血直往下流。原來這人拉不下來屎，哪個呢？上前拍了拍他的背，那人抬頭使他嚇了一跳。

這人不是別人，是他的老爺，大隊黨支部書記肖貴根。他臉色像屁股一樣白，額頭上掛著豆大的汗珠子。沒等自己問他，老爺首先開口了，說：「哦，侄兒，你來了，好，快，我拉不下來屎了，憋死了，你給我掏掏。」說著扳了一根細細的樹枝子，摘了樹葉遞給他說：「求你了，我要憋死了。你做點好事，給我掏掏。」話沒說完，又彎下身子，把屁股翹上了天，雙手扒開兩片屁股瓣子，屁眼鼓出來了。

邵光龍接過樹枝先伸手抹了他屁眼邊上的血，樹枝插進屁眼裏往外掏著，掏得屎粒子往下掉。老爺大聲地叫著：「哼哼，掏，快掏，哎喲，好舒服喲，你掏，掏……」

光龍邊掏邊說：「老爺，這是怎麼了？」

老爺說：「唉，還不是吃多了，拉不下來了。」

光龍心裏想：「別人沒得吃，肚子餓得咕咕叫，一連幾天沒有屎，還餓死了好多人，你卻吃多了，你這是什麼共產黨的幹部？」但他心裏話，嘴上沒有說，只是埋頭掏著。他掏著掏著，感覺有些不對勁。人屎是黃黃的，長長的，硬的結成團，稀的像泥水，可這屎怎麼像沙子，仔細看，又不像沙子，像黃色的灰碴子，他伸手捏了捏，原來是糠皮子，他掏了半天掏了一小堆粗糠皮子。

大約掏得差不多了，老爺也不穿褲子，屁眼也不擦一下，一屁股坐在草地上，長長地歎了一口氣：「唉，哎喲，我的媽，你救了我一條命了。」

邵光龍也掏累了，坐在他的身邊，望著他蒼白的臉現在變得有點紅潤，一臉的汗水他也不擦。邵光龍心裏想：「老爺是共產黨員，我的申請已在支部大會上通過上報了，馬上也要入黨了，在黨員內部，有什麼話都應敞開來講，不能有什麼隱瞞的，何況我們又是一家人呢。」於是就開口問：「老爺，我有件事不明白。」

老爺說：「什麼事？」

光龍望望眼前一堆糠皮子說：「你曉得剛才掏出來的是什麼東西？」

老爺低下頭不吭聲，伸手摘了手邊的幾片樹葉子擦了屁股，站起來提上褲子，繫緊褲腰帶，重新換個地方坐下來，說：「光龍啊，講來不怕你笑話，我偷了倉庫裏的糠皮子吃了。」

邵光龍瞪大眼睛問：「那可是大隊養豬的飼料啊！」

老爺歎了一口氣：「唉，光龍啊，你不曉得，我家有一本難念的經呢，你老嬸子前些年給我生了兩個孩子，一男一女，可都沒留住。這年月日子苦啊，她身子虛，再也生不出孩子來了，我就這麼一個兒子，還是借當年你母親給你們取名的福，把他排名為老二，你叫光龍，他叫光虎，這小子瘦成一把骨子了，他喊餓啊，我心裏就刀割的難受啊，你猜我怎麼著，我把我在水庫上補助的那份糧食給兒子吃了，可我餓啊，我曉得我有罪，我是共產黨員，不該去搶豬的口糧，可我不能死啊。」老爺說著，眼淚就下來了。

邵光龍看到老爺的眼淚，心裏也不是個滋味。是啊，老爺不容易啊，我不但吃了水庫上的補助糧，還吃了家裏的補貼，有一頓補不上來，就餓得不得了。老爺還反過來把補助糧送回家去。他想到這裏，他有些同情老爺了，就安慰他說：「老爺，別難過了，度過了這個關口就好了，等水庫修好了，上下旱澇保收，就會樓上樓下，電燈電話，就共產主義了。」

可老爺抹著淚，開臉笑了笑，拍著他的肩說：「侄兒啊，你呢，盼入黨，想進步，是個好事呢，可別逞能呢，你年輕，身子骨棒，現在累了覺察不出，今後等到春天梅雨季節，骨頭眼裏要發痛，為修這麼個水庫，把身子骨累垮了不值得呢。」

老爺這一句話，讓他真的生氣了，站起來大聲說：「怎麼，不值得？為共產主義不值得？虧你還是共產黨員。」

老爺很平靜，向他招招手說：「小青年，火氣衝呢，坐下，聽我講給你聽。」

可光龍沒有坐，而是站著聽他講，那是看他是黨支部書記，是自己的入黨介紹人的面子，說：「你講吧。」

老爺說：「唉，說來話長呢，我們這黑山公社，可是臥龍山、鳳凰嶺組成，是塊風水寶地，臥龍藏鳳，那可是龍鳳呈祥啊。古人講這裏出過九王十八相，也是有位王爺怕高山打鼓——名聲在外，怕人家破壞了這裏的風水，就在臉上抹了灰，起名叫黑山，現在開山修水庫，牽動了藤子帶動瓜，山脈炸斷了，風水破壞了。」

邵光龍更加生氣了，說：「老爺，你是共產黨人，到今天還迷信，什麼山脈、風水的，難道你沒聽到張書記算的一筆賬吧？水庫修好了，山外萬畝良田旱澇保收，那可是通往共會主義康莊大道的光明賬啊，我不能再聽你胡扯了。」說著轉身就要走。

老爺一股怒火往上冒，呼地一下站起來，大聲說：「光龍，你小子充什麼大頭蝦，張斌那狗日的給你戴了高帽子，你就不認得家裏人了？老爺的話沒講完，你就聽不進了？到時哭了沒眼水別來找老爺。」

老爺一句話把他講站住了。他確實平時很佩服老爺，認為老爺過的橋比自己走的路都多，看問題比誰都全面，今天就聽他把話講完吧。於是就回頭望望他。

老爺上前一步，一臉的嚴肅說：「後腦勺上的疙瘩，自己看不到以為別人看不到。聽他講，他棉花籽能講出破棉袱來，聽他算賬，那是把紅蘿蔔算在蠟燭的賬上，放他媽的狗臭屁呢。來，讓老爺跟你算算賬。首先，算算人賬。」扳手指頭，指著工地上的人群說：「你看到的，這些挑土的、搬石頭的、砌壩埂的、推小車的、打夯的，一個個哪像人樣子，誰不是比死人多一口氣，他們能做成什麼事。所以呢，這大壩看起來有這麼高了，其實是空的，只不過是一個小土堆子，大壩地基不牢靠，還不是等於蓋房子沒有下好牆腳，怎麼能擋得住山裏的洪水呢？當年國民黨幾十萬大軍怎麼讓共產黨小米加步槍打垮的，幹活不在人多，而在人精囉。」

邵光龍有些發呆了，聽他話還有道理，用眼睛盯著他好像不認識一樣。

老爺接著又扳著手指頭說：「現在再給你算算水賬吧。臥龍山、鳳凰嶺這兩條山脈，三盤四繞，五進六出的八卦陣，大大小小七七四十九座山包子，山下彎彎曲曲九九八十一條河溝子。臥龍山下的清水河，一年四季為何山泉不斷？還不是每座大山裏有個水袋子。山高一丈，河高一寸，自打清明時節一過，春雨多起來怎麼樣？俗話講，千萬滴口水都成江湖，一條山溝裏一隻蛤蟆撒泡尿，九九合一就是一條蛟龍游下山，這麼個土堆子，能起個雞巴作用？」

一席話把光龍像從睡夢中驚醒，站在那裏像樹樁樣的望著老爺。

老爺又說：「呆望我幹什麼？不相信吧。欺山不欺水，欺水變成鬼呀。我穿開襠褲時聽老人講，也不信，後來我可是見到了，那是五四年大水，長江破堤，我們山裏該沒事吧，可山洪暴發了，龍頭山卻剷除了一個山角，合抱粗的樹連根拔起，黑山上下死了多少人？你再想想，這座土堆子能擋住洪水？那不是螳臂擋車。退一步講，就是不發水，春雨下了山，存在水庫裏，新壩幹土水一泡，還不是一堆豆腐渣。有水就是浪推沙了。」

光龍這下身子都軟了，坐在地上低著頭。

老爺見說得有效果，越講越來了勁。「唉，現在是什麼時節了，五九尾六九頭了吧，五九六九，河邊插柳，就要到春分了，春打六九頭，春水貴如油，這幫人不叫我們準備春耕，而是叫我們不是上山煉鐵，就是下河修水庫，春天不忙，秋天無糧啊。他們為了爭先進，把季節幹反了，春天幹了冬天的事，這是反天啊。張斌這狗日的，多大人就有多大膽，講大話瞞天過海，樓上樓下，電燈電話，吹牛皮不犯罪喲，反正哄死人不償命呢。」

邵光龍全身震撼，望著含著淚花的老爺。見老爺一屁股坐在地上，順手卻從草叢裏抽出一根長長的鐵管子。他很奇怪，現在人家都砸鍋撬門扣子獻鐵上山，你怎麼還藏一根鐵管子？就問：

「這鐵管子哪來的？」

老爺沒出聲，撿起一塊石頭在管子上敲敲，「咯咯」的作響，聲音輕脆悅耳。老爺笑笑說：「聽到了吧，這是一根鋼管子，我是從鳳凰嶺廢鐵堆裏偷來的，回去呢，可以造一支土槍呢，再買點硝藥。我看現在社會亂了套，真的亂了大套，不成樣子了。這年月多個心眼多條活路。不為自己也得為兒子，有一支土槍，生在臥龍山就餓不死呢。」

這時肖光英拎著飯菜糰子來了，邵光龍儘管餓得直不起腰，卻一口也不想吃。

二

黑山公社去年拖了全縣大躍進的後腿，轉眼來了一百八十度的大轉彎，不是嗎？你看，現在的鳳凰嶺大煉鋼鐵熱火朝天，臥龍山修水庫轟轟烈烈。一下子變成飛機上放炮仗，響到天上了。每天前來參觀學習的人像大軍過江的，連續不斷。

別說張斌書記經常稱自己嘴角上有顆福痣，是個有福氣的人物，而他確實有些聰明過人。黑山公社從山外到山裏，經過鳳凰嶺再到臥龍山，他把沿路的山邊上支起十幾個大爐子，每個爐子白天濃煙滾滾，黑了一片山，到了晚上烈火正旺，紅了半邊天。山路走到底，看到了正在修的大水庫。這一路上看點多，場面大，哪位領導參觀後，不伸出大拇疙瘩誇他是大躍進的好幹部。

可再平的路也有硌腳的石頭。這天縣長來通知說省城一位副省長明天上午要來檢查。他不看臥龍山興修水庫，不看鳳凰嶺大煉鋼鐵，只看一個地方，那就是臥龍山裏面的小村子，他要走村串戶、訪貧問苦。張斌書記這下子傻了，他知道臥龍山裏的村子散落在十里長沖，這是個鬼不生蛋的窮窩子，兩邊的山坡上沒有一個煉鋼的爐子。他反覆的琢磨，這副省長好像長了千里眼，他就看出十里長沖沒爐子。

雖然副省長不看大煉鋼鐵，可總得要讓他感覺到我們在大煉鋼鐵吧。怎麼辦呢？他急得像熱鍋上的螞蟻，火在頭頂上直冒，有火沒處發，只有罵臥龍山的黨支部書記肖貴根，把他罵得狗血噴頭。當初，張斌講過，要臥龍山支起個把爐子，可肖貴根講，山裏交通背，山高皇帝遠。後來沒較真，精力集中到鳳凰嶺去了。現在沒有後悔藥吃。可罵過了，解氣了，爐子罵不出來，還得想辦法。什麼辦法呢？

還是肖貴根有辦法，他說：「張書記，你空急呢，你不是講副省長不看大煉鋼鐵，只讓他感覺嘛，活人還能讓尿憋死。好吧，你給我幾十斤糧食，這事在我面前是腳下一塊磚，一腳能踢飛了。」

張斌書記就給他從修水庫的倉庫裏調來五十斤大米。肖貴根帶了二十幾個人，連夜進了臥龍山，選擇了山坡，挖了三個山洞，洞的上方挖了一口眼，那是為了通風。好在山裏樹木砍了一大堆，準備往鳳凰嶺運的。現在就地在洞口架起來，像燒窯樣的點著了火，等下面乾柴燒著了，再放上活松樹枝條這麼一焐，好了，山洞後眼濃煙就冒出來了。

第二天一大早，張斌書記跑來一看，那山坡上幾口煙洞，大口地噴吐著濃煙，圍著蜿蜒的山坡中搖曳，臥龍山成了一條騰雲駕霧的游龍。他高興得跳了起來，好，太好了。他又派人把鳳凰嶺上煉過的鐵塊子抬到臥龍山村前路口顯眼的地方，村邊還堆一些從各家收繳來的破鍋、鐵碗、秤砣、秤盤子、門扣子、鐵鎖等。一切準備就緒，只見遠處的山邊上來了兩輛吉普車，像兩隻烏龜在爬行。這車多少年沒見過了，還是大軍過江那年月見過的。山邊上的這條路，還是大軍過江那年月修的土路。

張斌聽人說來了兩輛車，他一陣風似地跑到山下，滿頭大汗地站到路邊上，等了好長時間車子不見來，他只好往前迎接，一迎迎了四五里山路，原來山路有豁口，車子開不過來。張斌很後悔，真是智者千智也有一失啊。我怎麼不派人修修這條路呢？他像一個犯了錯的孩子迎上前去，不知如何是好。

那縣長下了車，給後面的車子開了門，從車裏鑽出來的這人身材魁梧，頭頂上光光的，兩鬢短髮有些花白，臉盤子大大的，眼睛炯炯有神，披著一件軍大衣，看樣子就是副省長了。只見他下了車沒向兩邊看，也不問一下這路是怎麼回事，只是抬腿就往山裏走。縣長和其他幾個隨行人員不敢怠慢，緊跟著他不放。

到了龍頭村，他還是不說話就往山裏走，沿著十里長沖到了山窪村前，才開口問身邊的縣長：「彭家昌現在怎麼樣？」問得縣長乾瞪眼，半天講不出話來，縣長不知道彭家昌是誰，是哪個村子的？是勞動模範？還是英雄人物？要不那就一定是個不簡單的角色，在這個上下十里村一定很有名，要不就是副省長的一個親戚。看樣子副省長是專程看望他的。

縣長轉身問張斌：「首長問的彭家昌是誰？」

這下可問到點子上去了，問對了路子了。張斌高興得差點跳起來，三步兩步跑到首長面前，像當年的民兵營長那樣，一個立正，再來一個像樣的軍禮：「報告首長，土匪彭家昌五〇年已被鎮壓，是我帶民兵抓到的。」

那副省長站住了，看著張斌，眉頭皺了皺，臉往下沉，好像發怒的樣子，沒說一句話。本來到了村頭了，首長又不進村了，轉身沿小路往山坡上走去，別看首長頭髮花白，登山像個小夥子，把山坡踩得咚咚咚的響，路邊的小石頭都被他踢飛了。縣長急了，問張斌煉鋼的爐子在什麼地方，快帶首長去參觀。張斌傻了，山坡上只冒著濃煙，首長見不到爐子怎麼辦？他跑到首長身邊，介紹著他們如何興修水利、如何大煉鋼鐵，還說這邊是小爐子，沒得看頭，鳳凰嶺才是大爐子，那邊有很多成果。而奇怪的是，首長不往冒煙的地方去，而是向龍頭山方向去，張斌暗地裏高興，縣長也不敢拉他，只好隨著首長的心意，往山上走。

到了半山腰，首長站住了，轉身向十里長沖看了又看，咳嗽了一聲，吐了一口痰，跟隨的人知道首長要講話了。首長的講話不叫講話，叫指示，是上級向下級下達命令，那麼下級要記下來，照著首長的指示去做。於是，縣長從口袋裏掏出小本子，跟隨的人都掏出小本子，從上衣荷包抽下自來水筆，擰開筆帽子，套在筆尾上，一手托著本子，一手握著筆，木樁樣的站在首長面前，注意力高度集中，好把首長的話一字不漏地記在本子上，再傳達到下級，落實到行動中去。

果然不出所料，首長開口了，那聲音像水庫上工時，敲鐘那般洪亮：「臥龍山，臥龍藏虎之地，好地方啊。山溝深窪，兩邊山勢險峻，地形十分複雜。只要來個順手牽羊，誘敵深入，把敵人引進來就算是裝進了我們的口袋，等兩邊山頭一起開火，再派一個小分隊火速穿插到龍頭山下，那可是三十六計中的第二十二計，叫切斷後路，關門捉賊呢，哈哈哈……」

首長這麼一說，把提筆記錄的人看傻了，不知是記好還是不記好，全部停下了筆，呆望著首長。有位長長臉戴眼鏡的人來到首長面前，在他耳邊咕嘟了幾句，首長好像醒悟過來，哈哈笑了兩聲又說：「我是個軍人，打了半輩子仗啊，從把日本鬼子趕出中國，到把蔣家王朝打退到臺灣，我這個在戰火中走過來的人，容易觸景生情啊，看到有利的地形，就想到打仗上去了。好了，全國解放了嘛，應該一門心思搞建設了。你們興修水庫，好啊，大煉鋼鐵，對嘛，沒有鋼鐵怎麼能造槍炮子彈，沒有槍炮子彈又怎麼能打勝仗呢。」搖了搖頭，揮了揮手又說：「不對不對，怎麼又躥到打仗上去了。」伸手在衣領上摸摸，算是調整了情緒，接著說：「這俗話說得好，人是鐵，飯是鋼，一頓不吃餓得慌，對不對？這國家呢，好比一個人，這鋼鐵呢，就好比國家的糧食，如稻子、麥子、花生、雞鴨魚肉什麼的，衣有三件不破，人有三餐不餓嘛，有了鋼鐵，國家就不餓肚子了，不餓肚子呢，那可就身強體壯了，那國家不就富強了嘛，什麼樣的敵人來犯都不怕他們了嘛，大家講對不對呀？啊！」

首長見每人都在記錄，沒有人回答。要是在部隊做報告，那戰士們會齊聲喊「對！」可現在這些人像書呆子，屁都不放一個，他的情緒就減了一大半，轉身就往山下走。在場的人都跟著走。

張斌心想，首長真是首長，從他嘴裏蹦出的話就是精彩，可惜只講了這麼幾句。看到首長不看煉鋼爐子，那麼他一定有心思，這次來不一定是檢查的，而是來看一個人的，是看剛才說的那個人。於是他低聲問縣長：「縣長，這位首長叫什麼名字？」

縣長說：「叫吳魁元，你問這個幹什麼？」

張斌是個機靈人，記憶力還特別的好，他想起當年審問彭家昌時，聽到有這麼個名字，是大軍過江中的一個政委，是他把彭家昌的手下帶走的。想到這些，張斌眼睛一亮，立即跑到首長面前，又是一個立正：「報告首長，彭家昌雖然是土匪，但過去殺過日本人，現在家裏還有個小老婆和一個孩子。」

首長臉一下子黑了，罵了一句：「你小子怎麼不早說，快，快帶我去看看。」

是的，這位首長就是大軍過江那年說服彭家昌，解散土匪，跟著隊伍打過長江去的團政委吳魁元，他到縣裏檢查工作，確實是專程順便來看彭家昌的。

現在，普通人家的日子都不好過，楊荷花帶著九歲的兒子，日子就更艱難了。雖然上面規定對她管制，但臥龍山人都曉得她也是窮苦人家的根，加之肖老大三天兩頭的偷偷送點吃的，孩子總算拉扯大了。

楊荷花的工作由肖貴根分配在煉鋼鐵這個組。肖老大是組長，她跟著組長在後山砍樹。今天組長照顧她，讓她提前回到家。她在楊樹邊的一個草棚子裏燒點米糊野菜粥給孩子吃，沒想到鍋還沒燒熱，公社張斌就闖進來了，她嚇得一屁股坐在地上直哆嗦。

這張書記沒罵她，臉都沒有黑，而是笑著說：「省裏有位大首長要見你，是我帶他來的。」

說完轉身出去了。

楊荷花聽了心裏一震，這位當年帶民兵抓走丈夫的人，成了剿匪的英雄，今天又紅了半邊天，是這塊天的土皇帝，他帶來的信肯定不是個好事情。她想自己大禍臨頭，又要拉出去批鬥了。她拉回在院裏玩耍的兒子，緊緊摟在懷裏，眼淚不知不覺地「撲簌撲簌」往下掉。就這麼等了一小會，聽到門口有了說話聲，好像是一大幫子人的腳步聲，可是進來的只有一個人。她沒有抬頭，看到那人腳上穿的是解放鞋，褲腳也是黃色的，心想，這人一定是穿著黃軍裝了。這些年來，她最怕的就是那些穿黃軍裝的人，今天進來的，又是穿黃軍裝的。她身子開始顫抖了，心跳加速，不知如何是好。見那人的腳步已經到了自己的面前，輕聲地叫了一聲：「大嫂啊，別低頭嘛，看看我是誰呀。」

她聽到來人講話的聲音是那麼平和，還喊她大嫂，這可是多少年沒有人這麼稱呼她了。難道是她的一個什麼遠房親戚？可她娘家婆家早就沒有人了呀，這是怎麼回事呢？

她放開膽子抬起頭，看了看那人，見那人四方大臉，面帶微笑，她感到這人十分面善，可就是想不出來他是誰，在什麼地方見過。

見那人在屋裏踱了幾步，又說：「記不得了吧，大軍過江那年……」

她猛地記起來了，眼睛一亮，全身一震，吳政委，好人啊，這是自己經常想念的人啊，每次想到丈夫，就會聯想到大軍過江那年的事，她後悔呀，她替丈夫後悔呢，世間上路走錯了能走回來再走，可事做錯了就走不回來了，買不到後悔藥啊。萬萬沒想到當年的指路人，今天已經站到自己的面前。想到這些，她身子一軟，彎下腰來，伸長脖子，張著嘴，下嘴唇抖著，眼淚從呆滯的眼眶裏像泉水一樣流過臉頰，滴在胸口。那哭聲由開始的抽泣到嘶啞的號啕，她好像把多少年來堆積在心中的苦水一下子全部迸發出來，好像臥龍山發洪水一樣，傾瀉得那麼猛烈。

這下可把還不懂事的兒子哭傻了，抱著媽媽大聲喊：「媽媽，媽媽！」也跟著哭起來。而這位老首長並沒有馬上去勸解，只是深深地歎了一口氣，自己點燃一支煙，他好像不大喜歡吸煙，動作不那麼熟悉，煙叼在嘴上抖動著，洋火劃了幾次才劃著。他吸著煙，在她身邊踱著步，這步子也只能踱個三四步就要轉身，因為草棚子太小了，他望望那要碰到頭的房頂，四周掛著草葉子，葉子上沾著灰吊子，手一碰灰一撒，好像冒了煙。他想，這裏真不是人住的地方啊。

等她的哭聲漸漸的變成抽泣時，他才輕聲地說：「這些我都知道了，太可惜了呢。」他見她忍不住又要開始放聲大哭，接著說：「想開些嘛，這一切過去了就讓它過去吧，我來想告訴你一些事呢。」

她聽了這一句，哭聲漸止，手背抹了抹臉上的淚水，一手把兒子摟在懷裏，孩子也很聽話地望著母親。

他見她面前有只小凳子，就往前跨了一步，她忙伸出衣袖在凳子上抹了抹，他也沒看是不是抹乾淨了，就坐在她的對面，伸手摸摸她懷裏孩子的頭，那孩子膽怯地往母親懷裏鑽。

他問：「孩子多大了？」

她答：「九歲了。」

他說：「哦，算來已經十年囉，叫什麼名字？」

她說：「叫楊順生。」

他說：「順利的成長，好，怎麼不姓彭呢？」

她說：「怕別人老講他爸是土匪，也希望孩子忘了他爸。」

他沉思片刻說：「可老百姓忘不了啊，當年我帶走的幾十條漢子，個個都是好樣的，按彭家昌的話說，那可是一上了戰場，都把腦袋拴在褲腰帶上啊。唉，有幾個犧牲了，活著的現在好了，有個『二扁頭』的……」

她插嘴說：「他叫唐炳章，是個文化人。」

他拍腿說：「對了，現在是省政府辦公室的秘書呢。有個吳仁貴，還管我叫大叔呢，就在我手下。還有『一隻眼』、『包大人』，頭左邊額上還有塊彈片，還有……嗨，名字記不住，外號我清楚，打過長江的每次戰鬥，屢建奇功，次次受獎。一見到我就是老首長前、老首長後的，在一起談的都是思念臥龍山啊。現在好了，下次叫他們寄點錢和糧票來。」

她說：「不不，長官，不，首長，這日子苦我不怕，我怕的是低人一等啊。孩子九歲，該上學了，可一出門就受人欺啊，說他是小土匪，被人家打破了頭，我都不敢吭一聲。」說著又開始流淚，說：「首長，我幾次都想死，可我死了，這孩子怎麼辦呢？這孩子大了，今後日子怎麼過啊。」

他安慰說：「要不我跟你們公社書記說一聲，叫他……」

她一個勁地搖頭：「別別，千萬不能說，這個張書記，當面是人，背後是鬼，他是憑著剿匪英雄才上去的，你要一說，好了，背後叫人整起來，我還有日子過嗎？」

他低頭不吭聲，心裏想著辦法。

只聽她又說：「首長，你看山上冒著煙，煉個什麼鋼鐵，那只不過是在燒火啊，他在您的眼皮底下都能騙，他們……」

她的一番話，把他說呆了，一拍大腿，「呼」地一下站起來，又開始踱步了，擺在他面前的好像不是一個女人，而是一場戰鬥。他想到了什麼，把手頭煙蒂一丟，一腳踩滅了，有力地說：「那你跟我走！」

她呆了，簡直不敢相信這話是真的，便站起身來，重複一句：「怎麼，我跟你走？」

他認真地說：「對呀！」

她望著他的臉，說：「這話是真的？」

他一轉身子說：「我家那老婆子是城裏長大的，早就吵著要找個服務員，你呢，先到我家住幾個月，再叫吳仁貴找『二扁頭』，也就是那個唐炳章，他會有辦法把你弄到工廠裏去。」

她一下子跪在他面前，額頭在地連磕三下，這在農村裏的就是連磕三個響頭。

楊荷花帶著孩子跟著吳副省長坐著吉普車走了，留給縣長、張斌的是一個解不開的謎團，可臥龍山的老百姓，特別是肖家兩兄弟心裏跟明鏡似的。

楊荷花啊，楊家老祖墳發了熱，糠籮裏跳到米籮裏去囉。

三

經過三個月的苦戰，臥龍山水庫準備在四月十日，也就是農曆三月三勝利合攏。其實，在這之前，已經有不少人偷偷的回去，忙著準備春耕大生產了。三月三，黃瓜、瓠子都上山。

要講新來的公社書記張斌，這位嘴上長了顆黑痣的人，真的有福氣，老天還真的幫了他的大忙。一連三個月沒有下過大雨，飛過大雪。只是偶爾陰幾天，小雨下幾滴，貓尿樣的；雪花飛幾片，羊毛樣的。臥龍山大小山溝裏流下來的泉水，流進大壩邊上的防洪道裏，眼看著大壩一天天的堆成小山頭，水庫的成功就擺在眼前。邵光龍看著勝利在望的壩埂，想到肖貴根老爺的話不一定真實，有些假，不存在，丟到耳朵後面去了。他有時見到肖老爺總要冒出句把話：這土堆子，什麼時候讓大水衝垮呢？可肖老爺說：「久晴就有久陰，雨在天上存著呢。」

在大壩合攏的前一天，張斌書記把邵光龍找到水庫指揮部，也就是山邊上搭的小棚裏談了話。張書記說：「光龍啊，我來工作有三個多月了吧，大煉鋼鐵我們拿了一面紅旗，已經農曆三月初了，春耕大生產了，明天大壩就合攏，大後天縣裏開興修水利總結表彰大會，他們來人搞了材料，這面紅旗又要到手了。」他喝了一口水又說：「怎麼樣？去年黑山拖了全縣的後腿，所以啊，前天縣長找我談話，我可能要調走了，到縣裏去，有更多的工作要我去做，更重的擔子要我去挑啊。臨走前，我把你的事辦好了。」

邵光龍望著他，心想：「我有什麼事？也沒叫你辦事呀？」

張書記看他發呆的樣子，說：「就是你的入黨問題，昨天研究了，等大壩合攏開慶功大會，給你舉行入黨宣誓。這次修水庫，你吃了不少苦，你小子真行，渾身是勁呢。真是了不起，在青年中樹了榜樣，帶了個好頭。你的成績，不能乾魚埋在飯碗裏吃掉了，我們要給你在大會上表彰，給你戴大紅花。」

張書記的一番話，說得邵光龍心裏美滋滋、甜絲絲的。他激動得快要跳起來。他這時候想到了自己的未婚妻肖光英，張書記誇他全身是勁，這勁是從哪裏來的？還不是背下裏光英給他送了多少飯吃，別人是餓著肚子，我是飽肚子，飽漢不知餓漢饑呢，這勁就是她給的，是全家人給的，這黨員批准了，黨票的一半應該是她的。這戴大紅花，這花心也有她的一半。想到這些，他就想看到光英，往山坡上看了幾次，都沒有看到人影子。他想這裏離家不遠，一泡牯牛尿的路，為何不回去當面講一下呢？於是，他提著褲子，像往山邊撒尿的樣子，在廁所邊轉了一圈，沿著山路跑回家去。

肖光英在門口破柴，準備燒飯給他送去，看他回來了，覺得有些奇怪。三個月了，他有時回家，有時不回家，就連大年三十晚上都守在大壩工地上，戰鬥隊的人，山邊上有他們的工棚。今天大白天怎麼回來了呢？她放下破柴的刀子望著他，冷冷地冒出一句：「今天太陽從西邊出來了，怎麼捨得回家了？」

他沒回聲，往門裏伸頭看看，家裏一個人都沒有，就問道：「家人呢？」

她回答：「我不是人？」

他望了她一眼，覺得這句問得不對味。

她曉得他問的是誰，就說：「爸爸在山上煉鐵呢，媽媽帶小弟上山挖野菜了，晚上等著下鍋呢！」

他驚詫地呆望她，轉身進門，揭開僅有的一口小鍋的鍋蓋，裏面是樹皮子，大叫著：「你們在家就吃這個？」

她含著淚說：「你以為我們吃山珍海味呢，這是爸的安排，好的都餵你老鼠嘴了。你有時晚上回家就睡，天不亮出門，哪曉得家裏苦啊。」

他好像現在感覺到，家裏早已揭不開鍋了。

是啊，連肖老爺都偷集體的糠皮子呢，誰家還能有好果子吃？小缸裏僅有的一點米，都送給他在水庫上吃了。全家人啃樹皮，吃野菜。他內心感到一陣愧疚，出門奪過她手上鐮刀就破柴，本來家裏有一把大斧頭的，大煉鋼鐵送到山上去了，唯一的鐮刀還是爸爸當初藏在床底下的。現在上山砍柴用它，做飯切菜也用它，鐮刀是割稻子用的，破柴確實不順手。她剛才破了一頭的汗，只破了幾小塊。他破起來不一樣了，小柴棒子樹在地上，一刀子下去一劈兩開。破了一會，他停下來揉著眼睛。

她撿著破好的柴棒子抱回家，轉身問他：「怎麼了，木屑子碰著眼睛了。」

他說：「不，我右眼皮老是跳呢！」

她一驚說：「哎喲，這左眼跳財，右眼跳災，你回家有什麼壞事吧？」

他笑笑說：「還壞事呢？有好事喲。」

她急著問：「有好事，還不快講給我聽？」

他放下鐮刀說：「水庫明天上午合攏了，共產主義就要實現了。」

她心想，這也不算什麼好事情，抱柴進門裏，說：「爸媽講了，水庫收工，就給我們貼紅雙喜字。」

他回頭對門裏說：「你那也是好事情。還有呢，我入黨了，張書記講了，明天我上主席臺，戴大紅花。」

她從門裏出來，臉上沒有喜悅的樣子說：「入黨，戴大紅花，這不重要，重要的呢，水庫完工，有沒有餐飽飯吃？」

他搖頭說：「那我可不曉得。」

她有氣無力地撿著柴棒子，說：「沒有一頓飽飯，戴大紅花有什麼用，入黨又能填飽肚子嗎？」

他停住了手，眼睛呆望著她，臉上的喜氣消失了。心想：「這麼光榮的事情，回來告訴你，因為你是我的未婚妻，可你難道不曉得這光榮花來得多麼不容易，我們挨了多少餓，流了多少汗，吃了多少苦嗎？水庫修成了，共產主義實現了，樓上樓下，電燈電話，還在乎一頓飯嗎？唉，你真是的，老鼠眼睛一寸光，看著腳背走路的女人。」想到這裏，他高高地舉起鐮刀，用刀向一根粗柴棒子劈去，哪知這一刀劈的不是地方，砍到柴棒的節疤上了，刀口被柴棒子咬住了，怎麼也拔不下來。他一腳踩著柴棒，雙手一扳鐮刀，只聽「咔嚓」一聲，鐮刀缺了一個大口子。

她聽到響聲，上前奪過鐮刀，差點哭出來，說：「哎喲，這下怎麼好，鐮刀別壞了，家裏就這麼一把刀呢，還是爸爸藏在床底下才沒交出去，家裏一寸鐵都沒有了，你回來就報告好事情，真是好事情呢，壞了一把鐮刀。」

他這下可火了，大聲說：「我好不容易回來告訴你好事情，你這麼冷一句熱一句的講我，開口背口就是吃、吃，好像一百年沒吃過了。」

她沒想到他砍壞了鐮刀還發火，也就不饒人地回答他：「你以為我肚裏還有什麼湯水呀，你那什麼狗屁好事情，你回來能給我帶一根山芋，比那好事情要好一百倍。」

他灰心了，搖搖頭說：「唉，你真是頭髮長見識短，跟你打鑼都講不開這個理。好了，我走，我回水庫上去了。」

他轉身就走，她本想，他好不容易回來，天都晚了，怎麼轉身就走呢？真是火頭上澆油，她跳起來大叫著：「家裏鍋蓋你揭著看了，別指望我給你送吃的了，你走吧，水庫是你的家，你就死在水庫，永遠別回來！」她望著他的背影，坐在地上大哭了一場，也不曉得哭的什麼東西。

母親拎著籃子牽著弟弟光雄回來了，見她眼邊上掛著淚水，問她怎麼了。她吞吞吐吐地講自己破柴不小心，鐮刀砍了個大口子。

母親先是一愣，接著勸她說：「算了算了，刀缺口子也能用，快做飯給光龍送去。」

她呆呆地說：「不了，他剛回來，講下午不要送飯，水庫要收工了。」

母親心想這孩子，回來怎麼不照面就走了呢。

弟弟光雄坐在門檻上，指著天邊上大叫著：「媽，姐，你們看天！」

光英抹著眼角，看到西山頭頂上的太陽還有幾尺高，不曉得什麼時候來了一團烏雲，正好把太陽遮住，邊上露出的晚霞，一會就變紫了，變灰了，變黑了。那烏雲由圓圓的，變成了長條子。她感到奇怪，好像從來沒見過這樣的天。

母親說：「這叫烏雲接日，俗話說，烏雲接日接得高，大雨就在明後朝。」

光英有些想不開，這天空像抹布抹的晴朗，就這麼一團烏雲能帶來大雨嗎？

沒想到第二天一大早，天真的出鬼了，滿天的紅雲，大紅大紅的，雲彩像大火在燃燒，天空像蒙了一塊天大的紅綢子，那紅光從天上射到地下，眼前是一片火紅的山，火紅的房子，火紅的地，連塘裏的水也染紅了。

光英驚呆了，大叫著：「弟弟，快來看，紅天了。」

她沒有把睡懶覺的弟弟喊出來，而是把父母喊出來了。

肖老大望望天，驚叫著：「哦，火燒天。老人們講過，早上火燒等不到中（有雨），晚上火燒一場空（無雨），天要下雨了，要下大雨了，水庫要合攏時下大雨，坑死人了。」

母親說：「光英上午送飯去，順便對光龍講一聲，叫他多長個心眼，大水來了不是玩的。」

光英默默地把父母的話壓在了心底。

半上午的時候，光英出現在水庫岸邊的山坡上，光龍看見了，就裝著上廁所的樣子來到光英的面前。由於昨天下午的一點小摩擦，光龍沒問話，端起大碗開始吃，吃了幾口野菜飯，感覺有些不對勁，抬頭望著她說：「現在是上午還是下午？」

她說：「上午啊。」

他說：「你不是下午才送飯嗎？」

她說：「是媽媽叫的，還要我給你帶個信。」

他一口菜飯含在嘴裏，翻著眼望她。

她蹲在他身邊，說：「你不曉得呢，昨天下晚天黑得早，那是烏雲把日頭早早接走了。今早呢，天上紅得像血塊，爸爸講，那是火燒天，天怎麼能燒毀了呢，龍王要給它潑水，把天火澆滅了，天要下雨了，要下大雨，山裏要發水，水庫大埂要是保不住，你可要……」她話沒講完，他已把菜飯吃完了，瞪著大眼把空碗往地上一扔。她嚇得站起來，感到這話又講錯了，連吐兩口口水：「呸呸，大哥，對不起，我這臭嘴又講壞話了。」

他大聲說：「誰希罕你講，昨天的烏雲接日，老爺看到就跟我講了，我都向張書記彙報了，昨晚大壩就開始合攏。」指著山下大埂的人群又說：「你看看，你看看。」說著就往山下跑去。

她看到水庫大埂上好多好多的人，她可從來沒見過有這麼多人，這些人與過去的不一樣，不是沒精打采的，而是個個都有勁得很，在大埂上歡呼著，跳躍著，還呼喊著：「大壩合攏了，水庫成功了！」這時鑼鼓也跟著敲起來，鞭炮也響起來。那大埂邊上還新添了高高的土臺子，臺子上喇叭在唱，唱了一會又開始講。她聽得清清楚楚，還講了邵光龍的名字，她遠遠的看到一個人上了臺，胸口有一大塊紅紅的，她想這一定就是他了，這是他戴著大紅花，下面有那麼多人在給他鼓掌，她真的為他高興呢。這就是他昨天向她講的好事情，這真是一件好事情呢，可自己講這好事情頂不了一頓飯吃。這話講得多麼不應該，就連剛才還講了一句不吉利的話，她後悔了，後悔得流了淚，淚水從臉上滾下來，滴在了胸口，這時，她看到身上也滴了幾滴，她想：「不對呀，我的眼水怎麼這麼多？滴在臉上，手上，衣服上。」她抬著看看天，這才看到天空早上那紅色的雲朵，變成了黑色的雲塊，一陣陣的山風吹得呼呼的鬼叫，把山上的樹吹彎了腰，樹葉子吹得滿天飛，像誰家死了人撒上路錢一樣。

城裏的雨，山裏的風，這風越起越大，簡直成了龍捲風了，把大埂臺子上的紅布都撕碎了，飄在天空轉了一個圈，落到水庫裏去，臺子上桌子颳倒了，臺下人群吹亂了。

這老天真的像長了眼睛，早不下雨遲不下雨，大壩剛剛合攏它就下雨。上午下的還是小雨，到下午就越下越來勁，山裏人是少見過那麼大的雨。天空中像落下千萬條小溪，扯天扯地地垂落，鋪天蓋地地往下潑灑，把大壩蒙在一道銀色的水簾中。到了晚抱西，當初肖貴根老爺的話得到了驗證，那臥龍山、鳳凰嶺裏溝溝汊汊的河水匯合而來，到水庫裏集中，水頭從小到大，從平靜到兇猛，拍打著剛剛合攏的大埂。大埂呢，像個病人支撐著肥大的身軀在呻吟，在顫抖，大埂上的人群在呼喊，在奔跑，他們好像早就有準備，扛著麻包、石頭擋著水頭。

最討厭的是風，水面上有風就有浪，風越颳越大，浪自然就越來越猛。大浪拍打著大埂，每打一次，埂上的土塊就脫落一層，一來二去，沒經幾個回合，浪頭像一隻巨大的爪子，抓開了大埂的一條缺口。洪水像一條瀑布，從缺口流過去，大埂上人群向缺口湧來，人們把麻包甩下去，那麻包一個翻身就無蹤無影了，幾人抬的石頭放下去，石頭一個漩渦就滾走了，眼看著大埂缺口越來越大，怎麼辦？關鍵時刻，千樁有頭，萬樁有尾，人們的眼睛看著上級領導，那就是公社書記張斌。

張書記真是文武雙全，臨危不亂，他指揮說：「現在需要一個人帶著長長的木板跳下去擋住水頭，其他人用幾十條麻包和石塊同時放下去，缺口才能堵得住。」

可是誰有這個膽量帶著木板跳下去呢？人們把眼睛看著張書記，而張書記把眼睛看著身邊的邵光龍。邵光龍胸前的大紅花還沒來得及摘下來，被雨水淋濕了化成一道紅水掛在胸前，像是一灘子血。他想：「我是共產黨員了，黃繼光戰鬥隊長，黃繼光面對敵人的機槍眼都能用胸膛去堵，我連個水坑都不敢跳嗎？」他沒等張書記的命令，就二話沒說，上前一步推開人群，抱著一根長長的木板，「呼」的一下跳進水頭，「撲」的一聲推開水浪，擋住了水頭。也就是好像在這同時，張書記大手一揮，「放！」麻包和石塊雨點般的放在木板的後面，這下真的有效了，水頭真的擋住了，石頭不滾，麻包也不翻身了。

可水庫的英雄邵光龍感到腳底下水還在流，這樣雙腳像被蟒蛇死死纏住著，身子慢慢往下墜落，上面的浪頭打在臉上睜不開眼，嘴上喘不過氣來。

這一切公社張書記看在眼裏，知道他可能支撐不住了，應該派個人幫助他，誰下去呢？一時還真找不到合適的人選。他想到自己就要上調到新的崗位，縣裏興修水利的大旗等著他拿，如果水庫破了產，自己的前途也就跟著泡了湯。現在真正是到了風口浪尖上的時刻，大埂上人你看我，我看你，看來看去都是看自己，不做點表率的話，怎能喚起大家救水庫的決心。於是，他大聲呼喊著：「不要怕，我來了！」話音未落，我們的張書記就跳下了下去。

這一下邵光龍心裏踏實了，心想，張書記來了，同自己在一起，他是個有福氣的人，他來一定能頂住木板，保證大埂平安無事。可是，事情並不是光龍想像的那樣，這個書記是個旱鴨子，下了水就亂了手腳，他不能擋住木板，只是死死地拉光龍的手。光龍想，這樣可不行，你要擋木板。光龍推開他的手，可他沒得抓了，只好抓住木板。水裏的木板很滑溜，他只划了一次水翻了一個身，就墜入了水底。邵光龍轉身去抓他，只好放鬆了木板，就這麼一瞬間，一個浪頭打來，他們被洪水捲走了。

「張書記，光龍……」埂上男女在呼喊。緊接「嘩啦啦」的一陣巨響，洪水像快刀切麵包樣的把大埂切斷了一大節。站在埂邊的男女倒下了十幾個，人群一下子炸開了。

雷聲在轟響，洪水在吼叫，人群在呼喊。

突然，那山坡上飛下一個瘋子樣的女人。因雨天，天色很暗，人們看不清她是誰。人們不認識她，沒有人熟悉她。只見她直飛到大埂的缺口處，人們要攔住她，有人在呼喊危險，可她不知哪來的那麼大的力量，推開了阻擋的人群，對著缺口飛身跳了下去，人群不知道她跳下去幹什麼？是自殺，還是救人？自殺為何事呢？救人又救誰呢？人們見她隨洪水漂流而下，一會兒浮出水面，一會兒跌到水底，似龍騰，像魚躍，遠遠的不知了去向。

天色已漸漸地暗了下來，雨也漸漸地停止。黑色的雲霧鋪在潮濕的龍頭山，朦朧的陰影爬上了靜謐的村莊。大埂的缺口將存下的洪水流得見底，昔日雄偉的大埂，今天像個巨大的屍體，被蒼天伸出的巨刀吹去了一顆頭顱，留下殘缺，靜靜地躺在那裏。缺口沖下一條深深的壕溝，掀起的黃沙覆蓋著河下兩邊嫩綠的稻田，人群拖著沉重的腳步，回到了他們分別日久的村莊，他們沒有怨言，沒有淚水，只有沉悶和思考，今年的日子怎麼過呢。

深夜是那樣的靜，飛跑的雲朵漸漸稀散，偶爾露出懸在夜空中殘缺的鵝毛樣的小月亮，顯得有氣無力的蒼白。誰也沒有見到水庫下游遠遠的水灣裏露出的幾具屍體，溝岸的樹杈上掛著幾件泥衣服。可誰也沒有想到，那更遙遠的沙灘上有兩個泥塊子在蠕動著，過了好長好長時間，泥塊子變成了移動的身軀，那是一個男人和一個女人。男的是邵光龍，女人是肖光英。

肖光英身子一動一動的，慢慢的翹起了頭，她在呼喊著：「大哥，大哥……」她平時就這麼叫的，叫得那麼親親熱熱。而邵光龍已經昏死過去，聽不到她的呼喊。她沒有放棄，而是爬到他的身邊翻開他的身子，掃除他臉上的存沙和身上的雜草，伸手撫摸他的胸口，感到還有一點溫熱，她用嘴吻在他的鼻下，曉得還有一點喘氣。她解開自己的上衣，露出雪白的胸懷，緊緊地擁抱著他，溫暖著他冰涼的身軀，不停地呼喊：「大哥啊大哥，你醒醒啊，你的親人在呼喊你呢……」

不知過了多長時間，不知喊了多少聲，才見他嘴微微顫抖，露出第一個字：「埂……埂……」她曉得他已活過來了，心裏踏實了，身子一軟，並排躺在他的身邊，像躺在自家的床上。她像是新婚之夜同他說著悄悄話。

她說：「埂垮了！」

他又在說：「水……水……」

她回答：「水沒了。」

他聽到了聲音，身子開始蠕動，說：「哦，我到哪裏了？」

她沒好氣地回答：「來到陰間地府了。」

他一驚：「啊，你是誰？」

她想想好笑地：「我是小鬼。」

他說：「哦，小鬼呀，我求你了，放我回去吧，我還有事沒……沒做完呢。跟我的家……家人還沒有說一聲呢。」

她側身看他，見他眼還沒有睜開，眼縫裏淌出淚水。

她感動了，坐起身來，把他的身子扳坐起來，靠在自己的懷裏，說：「你講胡話了。」

他慢慢地醒來，睜開眼呆呆地望著她：「你……你到底是誰？」

她望著他說：「是我。」

他驚訝：「你，女鬼？」

她說：「我是人。」

他說：「你是什麼人？」

她捋捋散在臉上的亂髮：「我是你的愛人。」

他眼睛瞪得很大很大，歪著頭，藉著微弱的月光看她說：「是你，光英。」

她說：「總算看出來了。」

他這才真正的醒來，「真是你……」

她說：「難道是女鬼？」

他有些不相信地：「你怎麼來了？」

她說：「看你戴大紅花啊，雨下大了，一直沒有走。」

他望望胸口，什麼也沒有，僅有一塊血印子。他曉得被水沖了。他深情地望著她：「是你撈上了我？」

她說：「應該的。」

他又奇怪：「你怎麼有這麼好的水性？」

她說：「我也不曉得。」

他流著淚：「哦，我不行了，身子散了架，你救了我一條命呢。」

她抹著他的眼淚：「別說了，回家吧。」

她站起身，躬著背，把他的雙手搭在肩頭，一用力把他背了起來。

他說：「你能背得了我？」

她一步一步地走著：「你瘦多了，身子不沉。」

他歎著氣：「是呢，我只有一把骨頭了。」

她說：「好了，別說了。」

他不說了，頭搭在她的肩上。她背著他，一步兩步……她身子弱，撐不住了，腿一軟，一下子摔倒了，把他摔昏了過去。她想再次背起他，可怎麼也背不起來。她餓啊，一點力氣也沒有，怎麼辦？荒郊野外又找不到吃的。她咬著牙，只有一個信念，一定要把他帶回去。於是，她爬在地上，把他身子翻在自己的背上，她站不起來，就在地上爬，爬，像偵察兵去剪敵人的鐵絲網，匍匐前進，用胳膊肘子和膝蓋著地，肘子磨破了，膝蓋冒出了血，肉露出來了，肉裏揉進了沙子，泥沙裏爬出一條深深的血溝，她再也爬不動了，她就躺在那裏，不知過了多長時間。

這時的天邊泛起了白光，她曉得天就要亮了，可自己還是沒有一點力，她想，要是喝上一口水，也許給自己添點力。於是，她放下了他，看左邊就有個土坑，她爬過去準備喝一口水，可見到水裏有個白白的東西，還有塊紅紅的布包著，她不知道什麼東西，伸手摸了摸。當她曉得是什麼時，「啊」的一聲慘叫。

她這一聲慘叫，把他叫醒了，問她怎麼回事，她呀呀半天講不出來，他曉得她遇到鬼了，爬過去一看，水裏躺著一個人，還是個女人，衣服被樹枝石塊劃破了，掉了好幾塊，身子大部分露在了外面，他認識這個女人，他感到奇怪，她是什麼時候掉到水裏去的呢？

她問：「她是誰？」

他說：「劉胡蘭。」

她更不解了：「劉胡蘭不早死了嗎？」

他解釋說：「她是劉胡蘭戰鬥隊隊長。」

她說：「她怎麼長得這麼胖。」

他望著那死屍身子，像一頭肥豬，殺倒了刮了毛又吹了氣樣的，說：「那是水泡的。」

她感到一陣噁心，要吐，可肚裏什麼也沒有，怎麼也吐不出來。她轉過身子，感到身子下有個軟塊，她用手分開泥沙，摸上去肉糊糊，她曉得這裏又是一條人命，她嚇得全身發抖。

他上前撥開泥沙，伸手去摸著，摸那身子冰涼冰涼的，摸到那人的臉，摸到那人嘴巴上，他大叫一聲「啊！」。他曉得了，這個人就是他。

她問：「他是哪個？」

他說：「是我們的公社書記。」

她說：「你怎麼曉得？」

他說：「我摸到了，他嘴邊上有一顆痣，他常講這是個福痣，可今天怎麼的，這福氣救不了他呢。」他哭，哭得很傷心，哭得驚天動地。

天邊已經一片大白，天亮了。他們看到遠處山邊上有一點點的，先是幾個點，後來好多的點，聽到有人在呼喊：「光龍，光英……」這聲音他們聽出來了，這是他們的爸——肖老大帶著村裏人尋找他們來了，他們一下子昏了過去。

肖老大安排村裏人，把他們倆放在一塊長長的木板上，這塊木板是肖老大撿來的，抬著他們往家走去。

當來到大埂上，邵光龍看到大埂，身子一翻，從木板上滾下來，他要看看大埂，想瞭解水是怎麼把大埂衝垮的，這豁還能不能填上。可是他沒有看到豁口，而是看到了兩個人，一個婦女帶著一個孩子。這兩個人他再熟悉不過了，一個是母親，一個是小弟弟。母親挎了一個竹籃子，弟弟拿著一根棍子。

他撲向母親：「媽，你要幹什麼去？」

母親攏了攏眼前花白的頭髮，含著淚說：「這山上野菜挖完了，能吃的樹皮刮光了，開春外面的田也沖完了，今後的日子還怎麼過呢？」

肖老大低下頭，歎了一口氣：「唉，山外多麼好的肥田，一碗泥巴一碗飯啊，現在大水沖毀了，成了滿田的沙石，天啊，這算是人死無大病，要飯再不窮了。」上前扶著她又說：「我們在家慢慢熬，你們在外能要到多少算多少，萬一糊不了口就回來，要死也得死在一起吧。」

母親說：「曉得，你們好好的呀。」

肖光英也聽到了，翻下身子撲在母親懷裏，大哭著：「媽……」

斷壩埂的山邊上走下一個人來，手上提著一根空心鋼管子，他就是肖貴根老爺。只見他來到肖老大面前，把鋼管子往地上一戳，歎氣道：「唉，人誤田一時，田誤人一年喲。」望著大嫂又說：「官到尚書吏到部，人到討飯盡了頭呢。」說著邁著大步向村裏走去。

邵光龍望著老爺的背影，想到那天他拉屎時講的話，又看到父母花白飄亂的頭髮，心像刀子割的難受，眼淚泉水般湧了出來。「撲通」一聲跪在全家人的面前，深深地低著頭，兩手向大壩的泥土裏抓去，手指磨出了血，染紅了壩上的泥土……

四

邵光龍在家睡了三天三夜沒起床，肖光英守在身邊三天三夜沒離身，一口水一口糊的總算把他餵醒過來，能坐起身子了。

這天下午，肖家兩兄弟悶坐在家中，兩支旱煙袋，你一袋我一袋的「撲撲撲」的響著煙泡聲，繚繞的煙霧飄在他們的憂愁的心頭，唉，長根的要肥，長嘴的要吃，眼下的日子怎麼過呢。

突然，外出要飯的肖老大老伴闖進來了，臉上掛著喜悅說：「老大老二，看哪個回來了？」

肖家兄弟收起煙袋，抬頭看到門外一個高大的身軀挑著兩隻大箱子和鼓鼓的麻袋歇在門口，身邊跟著穿花格子衣服的娘們，懷裏抱著嬰兒，手裏牽著一個七、八歲的男孩子。肖家兄弟一眼就認出，這是早年離鄉在工廠當工人的馬大黑子，大名馬德山，這人長得個子高，骨架子大，寬肩厚胸膛，四方大臉，一臉黑皮子，卻有一雙非常有神的大眼珠子，乍一看是一臉的凶相。只見他披著一件中山裝外衣，滿頭大汗，那爽朗洪鐘般的聲音。

「哈哈，肖大爺、二爺，我回來啦。」

肖家兄弟迎上前去，同他握手問長問短。肖老二拍著他的肩：「大黑子，怎麼比原來更黑了？」

馬大黑哈哈大笑：「我黑不溜秋像泥鰍，轉了一圈又回頭了，對吧，來，我來介紹，這是我老婆，這是兒子，噢，兒子呢？」原來兒子同光雄、光虎玩去了。

馬大黑老婆名叫水英子，年輕漂亮，臉皮子特別的白嫩，她坐在箱子上給懷裏的孩子餵奶，向他們點頭微笑著。

肖老大拉馬大黑說：「來，上屋坐吧。」

馬大黑從上衣口袋裏陶出皺巴巴的飛馬牌紙煙散著。肖老大接過煙看了牌子捨不得吸，放在耳朵上夾著，仍然吸著旱煙袋，說：「大黑子，算來你出去有些年頭了吧？」

馬大黑說：「承您老問，十一年囉。我這個孤兒吃村裏百家飯，穿百家衣長大，趕上了四九年大軍過江，我那年十七歲，跟著部隊後進了工廠。可現在工廠要精簡人員，農村來的再回農村去，沒混出個模樣子，讓您老見笑了。」

肖老二說：「別這麼講，現在農村正需要人手呢。」

這時，肖大嬸端著一水瓢開水，光英端著碗從廚房出來，光英見馬大黑一笑：「聽講這是馬大哥。」

馬大黑看了光英一眼，「哦，這是光英吧，女大十八變，真的認不出了。聽說光龍這次吃了不少苦啊。」

肖老大歎了一口氣：「算是撿回了一條命，現在還躺在床上起不來呢。」

光英又端一碗水出門送到馬大黑老婆面前。馬大黑也跟著出門，打開另一隻箱子，翻出一個報紙包著的東西，走進邵光龍的房裏。

邵光龍雖然不記得過去馬大黑走是什麼樣子，可曉得他在皖南一個工廠當工人，今天見他便要起身說：「馬大哥！」

馬大黑按住他的肩說：「躺著吧，躺著吧。」

光龍說：「馬大哥，我身子軟呢，像火烤的糯米粑粑，軟塌塌的喲。」

馬大黑說：「你這是累過了頭，又受了風寒。」說著把手中的報紙打開，把一瓶酒往床頭櫃上一放，又說，「這是一瓶虎骨酒。我離開工廠時，廠裏送了我兩瓶，臨走幾個哥們喝了一瓶，小兄弟，這瓶送給你吧。」

光英看到酒瓶上有老虎的商標，眼淚都下來了。光龍十分感動地說：「馬大哥，這怎麼好。」

馬大黑十分慷慨：「這算我們見面禮吧，每天中午晚上各一杯，保證有效。」

「大黑子帶什麼好東西回來了？」突然外面有人喊叫。馬大黑眼疾手快，把酒瓶往光龍被窩裏一塞，轉身出房門。

原來是村裏光棍漢石頭。這石頭個子不高，小鼻小眼，可身強力壯，兩條哈巴狗樣的羅圈腿，一走一扭的，他正欲一腳踏進房門裏，被馬大黑寬厚的身子擋到門外，馬大黑大叫著：「哇，臭石頭，好東西有啊，來，吸顆煙。」遞給他一支飛馬牌紙煙。

石頭點頭哈腰雙手接過：「乖，飛馬煙，乖乖，我還沒吸過呢。」

「說明我馬大黑飛出去又飛回來了，快吸吧。」馬大黑劃火柴給他點煙，扭頭對肖老大：「我同石頭是同年呢。」

石頭深深吸了一口煙，嘴巴咂咂：「真是好煙。當年我們上臥龍山掏鳥窩，偷桃子，你可比不了我，可今天，我是麻雀跟不了你大雁飛囉。我還是光棍條子，你呢，有福呢，黑狗卵子樣怎麼娶了這麼白嫩的老婆，兩個孩子了，我還以為是大姑娘呢。」

馬大黑給他胸口一拳頭：「你小臭石頭，行了，我回來了，是貓是狗什麼時候給你介紹一個。」

石頭還纏著他：「大黑子，都十多年了才回來，一支煙打發不掉呢。」

馬德山一拍身子：「哦，我還有水果糖。」說著就出去開箱子，拿出一小袋水果糖來。

這時，村裏人三三兩兩的都湧了過來，問長問短，問寒問暖的。馬大黑高聲地：「好，鄉親們，每人兩顆水果糖。」

婦女小孩們湧過去，年長的站在邊上望著笑著。馬德山就忙過去散紙煙，石頭湊過去，伸手奪過他手裏的煙盒子說：「來，我幫你散。」還沒散出兩支就大叫著：「沒有了，沒有了。」將煙盒塞進荷包裏溜走了。村裏像辦喜事一樣擁著馬大黑鬧了好半天。

由於馬德山家的兩間破房子年久失修，無法住人，暫時就擠在肖老大的家中。當天晚上，肖家兄弟同馬德山坐在一起，肖家兄弟愁眉苦臉，唉聲歎氣。馬德山人很爽快，性子也直，奪過肖老二手中的煙袋鍋子（帶的幾盒煙早已散光）吸起來，不悅地說：「我說你們肖家也是厚道人家，不就住個幾晚上嘛，怎麼拉長著臉，不好看呢。」

肖老大這才意識到，站起來：「哎喲，得罪得罪，大黑子，你能在我家住幾天，那是天大的面子，我怎麼會……唉，你初來乍到，不曉得我們心裏苦啊。」

馬德山說：「農民種地，靠刨食吃飯。還有什麼苦喲？」

肖老二拍拍他肩：「小夥子，坐下坐下，聽我講……」於是，他把修水庫，後水庫破了，沖毀山外的田說了一遍。

馬德山聽了，感到事情的嚴重，說：「那我們不是還有一點地嘛。」

肖老二說：「山裏那點地算個雞巴子，山外紅紅火火吃大食堂了，奔共產主義了，我們每家每戶拾不出三斤糧，你講日子怎麼過。」

馬德山一下子呆了，說：「乖，我老馬這一回來就給了個下馬威呢。」他在屋裏來回踱著步，思考著。

馬德山畢竟是在外面闖蕩過，見多識廣，年輕人頭腦靈活。他說：「要我講呢，這事不難辦！」

肖家兄弟望著他：「你有什麼好法子？」

馬德山坐到他們面前，比劃著說：「你們講煉鋼垮了，水庫破了，書記又被大水淌了，那麼黑山公社現在是七處冒火八處冒煙，對不對？這新來的書記人生地不熟，山外的事情一時搞不好，哪有心思跑十五里山路顧臥龍山這個鬼不下蛋的地方，另外他也怕來，怕這裏老百姓向他要糧吃。」

一句話，一下子打開了黨支部書記肖貴根埋在心裏的悶葫蘆。他跳起來拍拍馬大黑的肩說：「我先長的眉毛還比不上你後長的鬍子呢。對，這叫山高皇帝遠，誰也管不到，趁這個節骨眼上發動每家每戶上山開荒，想在哪開，就在哪開，誰開誰有，誰種誰吃，哈哈，只要山邊多開一塊荒，家中就存三天糧呢。」

肖老大也連連點頭說：「好好，山外田損失，山上地裏補，房前屋後，種瓜點豆，山裏人還讓尿憋死。」

馬大黑又忙打開箱子，從裏面翻出一堆紙包說：「我們工廠也是在大山裏，職工家屬都喜歡在山上開小菜園，我帶回不少菜種呢，看，有蘿蔔、白菜、黃瓜、冬瓜、豆角、芝麻，這可是上等的種子喲。」

肖老二激動地拍著他的肩頭：「大黑子，你真是救了全村人的性命呢！」轉臉對老大：「老大，春宵一刻值千金，那我們說幹就幹吧！」

肖老大高聲地：「屁話，三月三，黃瓜瓠子都上山，已經遲了。」

馬大黑收拾好種子說：「哈哈，這叫三個臭皮匹，頂個諸葛亮呢。」

肖老二望著他笑著：「大黑，是你啟發了我呢。這幾天，我跟老大愁呢，哎喲，愁得腸子打了結喲。」

馬大黑還是擔心地說：「不過，山外都吃大食堂，奔共產主義了，我們躲在山溝裏幹這玩藝，上面查下來，你這個當書記的是吃不了兜著走呢。」

肖老二低著頭說：「別想那麼多了，眼前是竹杆子通水溝，捅過一節是一節，還是先顧村裏人的肚皮吧。」轉過一想，「啪」的一拍桌子：「到最後，大不了砂鍋子砸蒜，一槌子買賣，村裏人都快要餓死了，我還要這個書記的帽子有什麼用呢？」

這時的房門不曉得什麼時候開了，邵光龍穿著大褲衩子站在門口。他們三人回頭一看，都驚呆了。

邵光龍笑笑說：「我起床撒尿呢，聽到你們的話，我也睡不住了。」

肖老大走過去說：「怎麼，你能下地走了？」

邵光龍望著馬大黑子：「馬大哥，你那虎骨酒真有效呢，晚上喝了兩杯，睡了一大覺，起來就一身的汗。」他雙手握拳頭，咬著牙說：「看，我有勁了。」

肖老大眼淚都下來了，拍拍他肩說：「我的兒啊……」

第四章　一九六〇年（至庚子年底）

一

去年春的一場暴雨，像掃灰塵樣的把臥龍山水庫掃掉了，洪水抹平了臥龍山外的良田。但這一年來在肖貴根書記的帶領下，加上馬德山提供的優良種子，臥龍山人自由開荒，自主種糧，生產自救。那可是人懶地長草，人勤地生寶。他們不但平安地度過了春荒，夏收秋糧均獲豐收，每家每戶一日三餐五穀糧能吃飽肚子，還多少有點儲備。

可沒想到的是，臥龍山水庫破了，跑步進入共產主義的路子不能斷，實現共產主義的時間不能推遲。臥龍山人想利用山高皇帝遠來躲避共產主義是不行的，我們的邵光龍同志是不會答應的。

這一年來，上級主要領導人確實沒有來臥龍山檢查工作，肖老二每次到公社開會，其會議精神回來都是裝在肚子裏爛掉了。從來不開會，不傳達，不研究臥龍山今後的發展前途。農民只曉得家裏的柴米油鹽，看不到外面大千世界。可邵光龍不行，他有文化，能讀書，能看報，他每天住在大隊部，對外面的資訊特別關注，那報紙上吹得太厲害了，鋪天蓋地的吹到天上去了。什麼有些地方畝產萬斤糧了；有些地方吃大食堂，整天嘴上油光光，肚裏飽滿滿的；有的地方呢，不得了，進步太快了，簡直已經走到共產主義的邊沿了，等等。

他看到外面是那樣的熱火朝天，想到臥龍山又是怎樣的冷冷清清。這差別太大了。他是個有頭腦、積極性很高的人，經常想著臥龍山向何處去？想得夜裏翻身打滾睡不著。不行啊，聽講臥龍山自古以來是塊寶地，出過王公貴族，任何時候都是站在時代的前列，再這樣下去我們就要落伍了，到時人家是飛機大炮，我們還是小米加步槍，人家都走到共產主義天堂的日子裏，我們還在田頭地角裏刨生活，過著舊社會的日子。這與人家不是相差十萬八千里了嗎？他實在憋不住，就以一個共產黨員的身份向黨支部書記肖貴根提意見。

可肖貴根說：「你曉得蝦子打哪頭放屁。」

他說：「這報上登的，不信念給你聽。」

肖貴根拍桌子黑著臉說：「從今往後不准你看報。」說著還把桌上幾張報紙撕掉了。更為奇怪的是，肖貴根還經常深更半夜找肖老大、馬大黑以及各小隊的隊長在一起碰頭。只要上級來人檢查，每家每戶統一喝稀糊子，村裏人一口腔，見到領導都喊肚子餓。

邵光龍看到這一切，心裏徹底的涼了，冰涼冰涼的。你老爺怎麼敢欺騙上級作假呢？這不是給新中國臉上抹灰嗎？不得了，這下不得了，這個全村人尊敬的老爺，自己的入黨引路人，簡直是無知、文盲、反革命，像個土匪。我跟著這樣的人後面幹事還有什麼前途，還能幹出什麼名堂來？這不把我坑苦了，坑苦我一個人不算什麼，可坑苦臥龍山的群眾那就是大事了。他再也熬不住了，再也不能等待了，他要越級向上面彙報，揭開臥龍山村民像小腳女人走路的事實。

這天，公社又來通知，叫肖貴根書記去開會。臨走前他把邵光龍叫到身邊說：「我這次開會可能要有些日子，你要通知各小隊抓緊春耕，不准在外亂跑。」邵光龍低頭沒出聲。

果然不出所料，肖貴根開會五天還沒回來。邵光龍想：「我要去看看公社開的什麼會，時間有這麼長。再者呢，有機會也得把臥龍山的情況向領導們彙報彙報，聽講公社新來的書記姓方，叫方正剛，奔共產主義的一把好手，我要見到他，爭取上級對我們工作上的支持，早日把我們拉入奔向共產主義的軌道。」

這天，邵光龍早過早飯，走過十五里山路，來到黑山公社。

黑山公社是個古老的小街。街不長，狹窄，青石條子鋪就的街道，街兩邊是供銷社、信用社，還有幾家集體的小商店。黑山公社是在街下面的洪家祠堂裏。街上大部分人姓洪，他們的祖上出了洪秉文，是清代初的知縣，一年窮知縣，十萬雪花銀，這洪知縣告老還鄉，就蓋了這個祠堂。

祠堂門口兩邊坐著一對一人多高的石獅子，進了大門樓子，裏面是寬敞的大院，院內有四株柏樹，樹杆伸出兩邊的高牆。走過院子，上幾步臺階就是一扇雕龍畫鳳的屏風。邵光龍到屏風前左右張望，不知如何走。

就在這時，大門外走進一個人來，這人四十多歲，個子不高，很結實，兩眼明亮，四方大臉，面色有些紅潤，稀疏的頭髮向腦後梳得一點不亂。穿著中山裝，背有點駝，把後面的衣角拎得有點高，背著黃布包，上衣荷包裏插著兩支自來水筆。

邵光龍眼一亮，想到這位一定是公社幹部了，去年張斌的上衣荷包裏僅有一支自來水筆，這一定是個大幹部呢，於是上前正欲開口，沒想到那人倒先開了口：「小夥子，幹啥呢？」

他答：「找肖貴根。」

那人站住了，回頭望著他：「你是哪來的？」

他說：「臥龍山的肖貴根是我老爺。」

那人有些驚詫，上下打量著他：「你是不是叫邵光龍啊。」

他點點頭，正要問他怎麼會曉得的，這時從裏屋出來兩位幹部模樣的人，見那人點頭說：「方書記，你好！」邵光龍這下曉得眼前的就是公社書記方正剛。

那方書記滿面笑容拍著他的肩說：「小夥子，來得早不如來得巧，我正準備找你呢，來。」說著帶他走過院子邊上的走廊，來到後面雄偉高大的殿堂裏，裏面用一塊塊屏風隔成一個個的小房間。方書記走進最裏面的房間門口，拿起掛在屁股後的鑰匙開了門，並高聲地向外喊：「小王，給我拿瓶水。」

開了房門，房間的地上鋪著木板，走上面「咯噔咯噔」的響，一張床兩把椅子，一張桌子。

方書記放下包，邊解開上衣的扣子邊說：「小邵，你不簡單嘛，啊，烈士的後代，剿匪英雄，修水庫立了大功。」

這時一個小青年拎著水瓶進來，還帶了兩隻小碗，放在方書記和他的面前，倒了兩碗開水。

方書記大約走了不少路，一頭的汗，脫下外衣搭在椅背上，坐在椅子上，伸手抹著已經很順的頭髮說：「小王，把肖貴根給我叫過來。」

邵光龍說：「老爺不在開會？」

方書記一臉的嚴肅說：「開會？是辦學習班，開小灶呢，這傢伙頑固派。小邵啊，臥龍山這副擔子如果讓你來挑，你有這個膽量嗎？」

邵光龍一驚說：「這……方書記，我磨子小了，壓不下來麩。」

這時肖貴根走進來。他變了，幾天時間，人瘦了一圈，頭髮亂糟糟的，臉上鬍子很深，真的像從牢房裏出來一樣。一見邵光龍已經坐在方書記的身邊，椅子邊還放了一碗冒著熱氣的開水，突然大叫：「方書記，我通了，經過幾天的學習班，我思想通了，吃大食堂，立即行動。」

方書記望著他笑笑：「日奶奶的，你老肖是不見兔子不撒鷹，不碰南牆不回頭呢，啊。」轉臉對邵光龍：「小邵啊，你知道什麼叫吃大食堂嗎？」

邵光龍站起來：「人民公社的好處就是一大二公，吃大食堂，就是把每家每戶的糧食集中到一起，體現共產主義的優越性，走向共同幸福的道路；吃大食堂是走向共產主義的必經之道，遲吃不如早吃。」

方書記連連點頭，十分滿意地端著小碗，喝了一口開水，好像開大會做報告前潤了潤嗓子，拉開講長話的架勢說：「好，小邵講得不錯，就是這個理，這俗話說呢，不怕荒年餓死人，就怕大家吃不平，大河有水小河滿，井裏沒水缸裏乾。吃了大食堂，一碗水端平了。過去呢，窮的窮，富的富，幫的幫，雇的雇。窮人呢，沒得吃，沒得穿，而地主呢，吃不了，穿不完。你們那裏誰家是地主？」

肖貴根答：「沒有地主。」

方書記臉沉了下來，不高興地說：「你老肖，就跟我打馬虎眼，以為我不摸底，沒地主可有富人，沒有嗎？彭家昌是什麼人？這個彭家昌比地主還地主呢！聽說他家有高桂花、楊荷花兩三枝『花』，對不對？可你們村呢，多少光棍漢子？要是彭家昌只有一枝『花』，那一兩枝『花』不就餘下來了，攤到光棍漢子頭上去，這樣，就一個男人一枝『花』了嗎。吃大食堂就是這個道理，不管是富戶，貧困戶，是幹部，還是群眾呢，一口鍋裏舀飯勺子，開飯排好隊，每人一個樣，這多平均啊，共產主義雛形呢，不就出現了嗎？」

邵光龍聽了這番話，心裏明白了不少。肖貴根一下子興奮起來，不知是學習班弄明的道理，還是被方書記啊呀呢的，把頭腦呢清楚了，站起來大叫著：「好，辦食堂就是好，現在就辦，從我開始，我家有一擔米，兩斗小麥子，一筐子山芋乾，一頭豬崽，兩隻雞，全交到食堂裏去。」

方書記仰頭哈哈大笑著，起身拍拍他的肩說：「看來呢，不給你處理是對的，你這人彎子轉得快。」抹抹頭髮又說：「你們村裏領導班子也該有所調整了，邵光龍是個好苗子，根子呢又正，應該進班子，還要準備挑重擔子喲。還有呢，那個馬德山檔案已轉過來了，過去在工廠裏也是帶頭人，回頭我們呢研究一下，臥龍山黨支部就由你們組成。」

肖貴根說：「方書記，你放心，邵光龍當書記，我會百分之百聽他的，全心協助他的工作。」

邵光龍一驚，呆呆地瞪了大眼睛，心想：「這老爺講胡話了，你怎麼就曉得方書記會叫我當書記呢？」忙搖手：「老爺，你這是……」

方書記接過他的話說：「好了好了，今天講好了，明天就行動，明天中午我就在你們食堂裏吃飯。你們合計合計，先回去吧。」

在回家的路上，肖貴根額頭上的青筋蹦蹦地跳，兩腮爆起肉棱，牙齒咬得咯咯響，惡狠狠地對光龍說：「你什麼時候來的？向方書記打了多少小報告？」

光龍說：「我來看看你，剛坐下，一口水還沒喝，你就進門了。」

肖貴根回過頭望著他：「真的？」

光龍真誠地說：「老爺，我能騙你？」

老爺一拍腦袋：「我操，老子上當了。」

原來這幾天，肖貴根不是在開會，講是給他辦學習班，洗腦子，其實是關起來審問。肖貴根拚命抵抗吃大食堂，說山裏不合適，住處分散，條件落後，農民日子苦。今天突然被方書記叫去，進門見邵光龍同方書記有說有笑，以為光龍把村裏的老底都漏出來了，只好自打鑼鼓重開臺，進方書記房間就轉了話頭。

想到這些，肖老爺十分的後悔，氣得兩眼冒火，大聲叫著：「山裏人像一隻蝸牛，縮在角落山溝裏守著幾分地，手端的飯碗是泥巴做的，經不住磕碰啊，誰想到在那坎上要跌一跤。」好像一肚子氣沒地方出，轉身向光龍發火說：「老爺叫你別看報，你小子就是不聽，叫你在村裏蹲著，聽我的安排，你當耳邊風，叫我怎麼講你好喲。好了，現在你當書記了，我聽你的，你講怎麼幹就怎麼幹，可有一條，你不能把臥龍山的農民往火坑裏推呀。」

就這樣，事情落在了臉上，不做不行。肖貴根連夜開了會。第二天一早，每家每戶就把所有糧食挑到大隊部裏，送過以後，村裏民兵小分隊檢查一次就結束。

中午快到開飯的時候，公社方書記來了，果然不出肖老爺所料，首先宣佈臥龍山大隊領導班子的人選，邵光龍當書記，馬德山任副書記，肖貴根任委員了。方書記把吃食堂的好處又向大家「呢」了一回，然後就開飯。

龍頭小隊的食堂就安排在山邊的關帝廟裏。四合院的左廂房是鍋灶，去年公社民兵在臥龍山訓練修好了灶臺，只是大煉鋼鐵把鍋砸了。方正剛書記頭天叫人帶來了兩口大鍋，鍋上罩了木桶，叫燜子，右廂房是糧倉，各戶上繳的米麵、山芋片子、玉米棒子堆在糧倉裏，後面大殿裏擺上兩張桌子，專門招待上級幹部來檢查工作和外地參觀的。邵光龍兼龍頭隊食堂主任，親自管理食堂裏的柴米油鹽。選出村裏單身漢石頭當食堂裏的大師傅，因他家裏只有一個老母親，無牽無掛，不會偷米回家開小灶。還特地給他做了一件白大褂和白帽子。上任第一天，白大褂穿上身，可白帽子他不戴，山裏有習慣，白帽是孝帽，那是死了人才用的。食堂沒開張就像死了人，那多不吉利啊。全村的雞鴨豬羊全部圍在關帝廟外牆搭的草棚子裏，由肖貴根負責飼養，馬大黑馬德山任大隊長，專門指揮生產。方書記看到邵光龍新官上任，工作安排得井井有條，更相信臥龍山大隊很快能趕上其他地區的步伐，再也不會像過去那麼冷冷清清的了。

食堂第一天開張，這是個大喜的日子，要讓人們曉得辦食堂的好處，看到共產主義的光明前途。特地殺了從石頭家牽來的一百多斤重的肥豬，煮了一大鍋的豬肉。也不講究什麼生薑老蒜和醬醋，大塊的肉在大鍋裏像蘿蔔塊子。外煮一大燜子白米飯。這大鍋裏油沫和燜裏的飯香，早已飄到每家每戶，一村子人都聞到了。

開飯時其他七個小隊的隊長也請來了，讓他們大開眼界好回去效仿。公社書記方正剛親自坐鎮指揮，只聽他大喊一聲：「開飯！」石頭白大褂子一掀，大鍋蓋、飯燜蓋飛到一邊，一股熱氣升到天空，像放了一個煙霧彈。人群自動排了一個長隊，有人伸出一個大碗，有的伸出瓦罐子，有人伸著小木盆，從石頭的大鍋鏟子裏端出飯菜。每人手上捧著堆堆的一盆子飯加上飯頭上白花花的大肥肉，真是饞死人呢。就連馬德山也說：「這比我們工廠裏強多了。」工廠裏也只有節假日發一點兒肉打個牙祭，每人每月只有斤把重。這下一頓頂上一個月的呢。人們說笑著，嬉鬧著，張大口吃飯，歪著嘴啃肉。吃得嘴上油光光，手上油拉拉，胸前油糊糊。吃得香鼻子，屁沖天，大喊：「人民公社好風光，共產主義是天堂，人生趕上好年景，吃飯不要錢，吃個肚子圓。」

在人群中，誰也沒有注意到肖家兄弟端著大碗蹲在一邊，邊吃邊嘀咕著，過了一會，肖老二憋不住了，端著碗來到方正剛書記身邊，歪著嘴說：「方書記，這大食堂能這麼吃啊？」

方書記正在啃著一隻豬腳蹄子，說：「老肖啊，我知道你對吃食堂有不同意見。」

肖貴根說：「我不敢有意見，只是食堂這麼辦下去，不出十天半個月能把關帝廟的磚頭子都吃光呢。」

方書記把肥豬蹄子沒啃乾淨就扔了，嘴裏「呸」的一聲吐著一塊小骨頭，不緊不慢地說：「你呢，就會跟我搓反繩子，我說過了，你就是不往耳朵裏去。那叫忙時吃乾，閒時吃稀，不忙不閒半乾半稀。」

肖貴根理由十足地：「就這麼滿打滿算也算不到開春呢。」

肖貴根提出的問題，村裏一部分人感到提得有道理，紛紛端著大碗湊過來，眼巴巴地望著方書記回答。

方書記看到有這麼多的眼睛看著自己，應該向大家說幾句。於是放下還沒有吃乾淨的大碗，抹抹嘴巴，說：「你們臥龍山人，就知道山裏巴掌大塊天，不曉得外面的世界呢。」說著張著大嘴伸出大拇指在牙齒上摳著。

石頭師傅見門邊一把竹枝子紮的大條把，就順手扳了一根竹枝子遞過去。方書記接過竹枝條，掐了一小枝用油手抹抹，邊剔牙邊說：「辦食堂你們有顧慮，對吧？怕倉裏糧食不夠，這我清楚。山裏田少，糧食當然不多了，可外面呢，糧食怎麼也吃不完的，你沒看報上，有些地方，畝產四五千斤，倉庫裝不下，外面堆成山。」又拿起地上長長的竹枝子在地方畫著說：「人民公社的優越性就是一大二公嘛，大是管理規模大，經營範圍大，核算單位大；公呢，公有化程度高。具體講是一碗水端平，什麼叫端平呢？我給你們解釋一下，就是以公社為單位，統一計畫，各小隊辦食堂呢，那麼就是對每個人一碗水端平了。原因是吃的都一樣嘛。我們公社呢，也向各大隊的食堂一碗水端平，哪裏食堂缺一點，哪裏食堂滿一點，我站在公社眼睛是雪亮的，對不對？換句話來講，縣裏對各個公社，也是一碗水端平，省裏對各縣，國家對各省……全國一碗水，怎麼樣？」

邵光龍說：「那我們臥龍山人總不能白白吃人家的吧。」

方書記理直氣壯地說：「怎麼會呢？端平嘛，比方講吃大食堂要柴燒，人家有糧可缺柴，你們缺糧柴可多，平端嘛。大道理小道理都是一樣的。」

方正剛書記這一番話，一下子戳通了每人蒙在心頭的窗戶紙，亮堂多了。人群一下子跳了起來，跳得一地的米飯和肉塊子，連村裏的狗都吃不完。

只有肖家兄弟心裏一塊明鏡似的，雪怕太陽草怕霜，過日子怕的是鋪張。莊稼人，累斷了脊樑骨才能換來一年的粗菜糧，大幹三年才吃飽飯，人災一時餓死人啊，便大聲罵著：「罪過罪過，糟蹋糧食，雷打天火燒呢！」

二

邵光龍新官上任的頭等大事，就要把食堂辦紅火，千萬不能給公社方書記丟臉，所以他處處謹慎小心，有困難想方設法自己解決，寧可自己吃苦頭，絕不隨便增加上級麻煩。可是，四個多月以後，食堂出現了危機。雞鴨鵝豬吃光了，倉庫裏那靠牆邊的大米不上千把斤，玉米才有五百來斤，麵粉只有三麻袋，山芋乾子才有四稻籮。可村裏還有一百二十號的人，從現在起，乾飯一頓不吃，也最多吃上兩個來月，也就是說到陽曆十二月底。可到明年開春還有五個月，整整三個月沒有來源。到那時正好是寒冬臘月，山上連一棵青的都沒有，要飯都無門啊。這叫倉頭沒省，倉底怎留呢。他感到開食堂時就沒打好算盤珠子。

可是食堂的大師傅石頭每天逍遙自在，荒旱三年，餓不死廚子，好像糧食與他無關，他只管燒鍋煮飯，又好像胸有成竹，到時糧食自然從倉庫裏冒出來。邵光龍看他那樣子十分奇怪，心想，不對呀，倉庫的老底子在自己手上盤算著，鑰匙在自己褲腰帶上拴著，莫非石頭有什麼鬼點子，他打算找石頭談談心。

石頭掛邊三十歲。他自十一、二歲起，村裏的一般壞事做盡了。比方說，撿石頭砸門，推倒張家曬衣架子，把李家曬的鞋子架到房頂上，把死麻雀掛在缺少男人家的門頭上。可他有優點，就是工作認真負責，幹活不怕苦累，自從到食堂裏當大師傅，幹活可是沒得說的，挑水洗菜帶燒飯，一個人從早忙到晚，光龍有時想給他找個幫手，可他講不用，多人多張嘴，人們都講人要是四肢發達，頭腦就簡單，可他小子比鬼都精，所以村裏人給他起了個外號，叫茅缸裏的石頭——又硬又臭。

石頭就住在門樓下門邊的房子裏，好負責夜裏開門和關門。他身上的白大褂子成了醬油菜，只有胳肢窩和背後還有一點白，幾次回家叫老母親給洗一洗，可老母親說：「我看你還能穿幾天。」他說：「我要脫下這件工作服，那你老人家就餓死了，放心，食堂一時關不了門。」這話傳到邵光龍的耳子裏，他感到這裏頭有門道。

這天深夜，邵光龍便把石頭請到樓上，就食堂的糧食問題，問他有什麼好點子。可石頭總是打哈哈，陰不陰陽不陽地說：「你書記年輕輕的，這點小點子還能要我拿。」在邵光龍的再三求助下，他只好打開話腔。

石頭說：「你要我出點子不難，不曉得你願不願做呢？」

邵光龍說：「只要食堂能增加糧食，什麼樣的方法我都願做。」

石頭吸著煙，瞇著小眼望著他：「是真話？」

邵光龍急得火燒火燎的：「哎喲，我都焦頭爛額了，還有什麼事情做不出的。」

石頭磕磕煙袋灰，坐到他身邊說：「你想想，當初交糧的時候，每家可是自願報的數，後來民兵只做了一次檢查就了事，對不對？」

邵光龍呆望著他，不曉得他講的話裏有什麼含意。只聽他又說：「山裏的人，別掛在嘴上好聽，當家做了主人，還不是像磨盤子一樣，你推一下，他們才動一下，哪有覺悟那麼高的。只有我老呆子把家翻得底朝天，留下能跑的是老鼠，能轉的是門軸。」

邵光龍漸漸的明白了他講話的意思，也就是群眾家裏還藏著糧食沒有交出來。他越想這事越不對味，如果有的家交齊了，有的家還藏著糧食，那樣要是食堂辦不下去了，大多數老實人交清糧食的就要餓肚子，而耍滑頭藏著糧食的人家還能過好日子，這是多麼的不公平，又怎麼講是一碗水端平呢？這與共產主義的思想差得十萬八千里呀。但是誰家還有糧食呢？帶著這個問題他問石頭。可石頭只吸煙，瞇著小眼睛說：「這草遮不住鷹眼，水能蓋住魚眼？」

光龍見他不知是看他還是不看他，一副陰陽怪氣的樣子，大聲說：「有話就講，有屁就放嘛，真急死人。」

石頭只好說：「這村看村，戶看戶，群眾看的是幹部呢。」

幹部？邵光龍一驚，難道幹部家裏藏了糧？這問題就更嚴重了，誰呀？肖貴根？不對吧？肖貴根當天是第一個交的糧，而不是他自己送的，是叫民兵到他家裏挑的。馬德山是外來戶，家底本來就空。那幹部還能有誰呢？難道我自己？他瞪大眼睛問石頭：「你講我家藏了糧？」

石頭低頭說：「這可講不準，不過呢，家有一錠金，外面十桿秤。你家去年收成比誰家都好，可你那丈母娘，算盤珠子撥得比誰都響。連收稻子那天，全村人都高興得吃乾飯，可她還去滿地裏挖野菜，煮的野菜湯。這叫什麼？這叫家有十擔油，不點雙燈頭，屋裏有萬貫，手上不離針和線喲。可這次交糧比別人不多交吧。」

一句話說得邵光龍啞口無言。石頭也不想多講了，起身說：「哦，時候不早了，我明天還要起早挑水呢。」他一步跨過門檻，又回頭說：「書記，別愁呢，走到山前自有路，只要發動民兵對每家每戶來個大搜查，挖地三尺，我看庫房裝不下喲。」

石頭走後，邵光龍躺在床上怎麼也睡不著。他想石頭話中有話，想到自己的家中，那是常被村裏人伸大拇指誇獎的最會過日子的厚道人家。母親掛在嘴邊的話是吃不窮，穿不窮，算計不到就受窮，飽備乾糧晴備傘，青菜蘿蔔好度荒。對孩子們穿衣服是新三年，舊三年，縫縫補補又三年。飽時不忘饑時苦，有衣不忘無衣難。家裏我們兄妹仨，那是新老大舊老二破老三，小弟光雄的衣服都是補丁打補丁，拔一塊搭一片的。他記得很清楚，在吃食堂的前幾天，母親還高興地講過，只要節省著吃，加點野菜瓜葉子，能夠熬到明年接上新。家中五口人，小弟雖小，可比誰都能吃。一餓肚子就叫上天，這麼算每人沒有百把斤糧食怎能吃天開春？可從帳面上看，肖老大當天只挑了三擔稻子，雖然比別人家多，可家裏起碼還有百把斤。再想，家裏有個裝米的小缸，自從吃食堂以後回家就沒見過。到哪裏去了呢？看來這裏確實有問題。不行，我是幹部，不能正己怎能鎮人。我家藏大米，別人家就能藏金子。這食堂還辦不辦？食堂都辦不下去了，那共產主義還要不要？可是，有什麼證據呢？他想來想去，想前想後，最後決定現在就回去，先探探路子，好決定下一步怎麼走。於是他連夜向家裏走去。

他走到門口，見家裏還亮著燈，聽到光英和光雄在說話。光雄叫著：「我餓，餓死了。」光英勸著他說：「睡吧，睡著了就不餓了，聽話。」他推門進去，光英、光雄十分驚喜，二話沒說，撲上去就翻他的荷包。因為他是食堂裏的人，回家多少要帶點飯米粒子。村裏人都在喊餓，只有食堂師傅石頭的老娘從來沒叫過餓，說明石頭回家多少會帶點吃的孝敬老娘的。可邵光龍是幹部，幹部就要做表率，回家只能兩袖清風，荷包翻個底朝天也翻不出一粒米飯。

光雄呆望著他，心冷地說：「大哥，你真沒帶米飯？」

光龍搖搖頭說：「小弟，真的沒帶。」

光英生氣地說：「不帶吃的回家幹什麼，滾，滾出去！」

裏屋裏有人說話：「叫魂呢？你媽剛睡下。」這是肖老大的聲音。

光英只好答：「大哥回來了。」

光龍欲往裏屋去，光英攔住了他：「看什麼呢，媽病了，晚上沒沾米了。」

光龍呆在那裏沒吭聲，不知如何是好。

這時，「咳兒，咳兒」的咳嗽聲從裏往外傳出來。肖老大穿著一半肉都露在外面的大褲衩子，低著頭一步一步走出來，他比過去更瘦了，走路輕飄飄的，好像一口氣能把他吹飄起來。光龍迎上去說：「爸，我回來了。」

肖老大沒有看他，坐在桌邊的凳子上不停地咳嗽，開口第一句就說：「怎麼樣，食堂什麼時候停火？」

光龍奇怪地望著他，說：「爸，您也曉得食堂缺糧了？」

肖老大歎口氣說：「唉，你食堂裏有多少糧，哪個心裏沒本賬。」

光龍說：「爸，我回來找您呢。」

肖老大心裏一驚，抬頭望了他一眼：「空話，這跟我有什麼關係？我家又不出糧。」

光龍坐在他身邊的一條板凳上，湊過去說：「爸，上次公社書記說了，大河有水小河流，國有社有家才有，大河無水小河乾，社裏損失社員擔，大鍋裏有碗裏有啊，鍋裏沒攪的，碗裏哪來舀的呢。這年月都在勒緊褲腰帶，只有人民公社才能救大家。」

肖老大有點煩了，說：「光龍，這些大道理，你講了不少，我都聽爛了，可現在缺糧，天上掉不下來啊。」

光龍說：「爸呀，俗話說，家有一錠金，外有十桿秤呢。群眾的眼睛雪樣的亮。」

光龍的一句話，說得肖老大一下子低下了頭，一聲也不吭了。這下光龍心裏有個數了，便進一步地湊到肖老大面前，把臉貼在他的臉上，一手搭在他的肩頭，說：「爸呀，我才當大隊書記，工作難啊。稠吃是一頓，稀吃也一餐，這個關鍵的時候，要把食堂當著家呀，大河裏有，小河裏寬，互相合作才能度難關，眼要往前面看，相信共產主義……」

「啪！」肖老大一巴掌打在自己光腿上，舉手對著燈光看了看大罵道：「這蚊子叮上無縫的蛋了，我身上沒血絲了，還叮，找死呢。」

蹲在一邊的光雄也湊過去，抬頭望著父親，眼睛「吧嗒吧嗒」眨了幾下，問道：「爸，大哥講什麼鍋裏碗裏的大河小河的，幹什麼用？真的有吃的了？」

肖老大正好有氣沒地方發，伸手一巴掌打在他的嘴上，厲聲說：「吃，吃屎去吧！」光雄被打得倒在地上，「哇」的一聲大哭起來。姐姐上前抱起他，進了裏屋睡覺去了。

邵光龍看了這一切，真是站也不是，坐也不是，只好起身往外走去。只聽得肖老大說了一句：「唉，年好過，月好過，日子難挨啊。」說完「呼」的一口吹滅了小油燈，裏外一片墨黑。

第二天一早，邵光龍帶著四個民兵來到家中，肖老大早坐在門檻上自語道：「唉，巴豆沒開花，黃連先結籽了啊。」

民兵們看了他一眼，沒有同他答腔要進去。肖老大攔住他們說：「家裏有病人，只剩下一口氣了，閻王叫她五更死，不等雞叫到天明了。讓她靜會吧。唉，你們真狠心啊，三九天能剝下人家貼身的小棉褀啊。」說著淚水流了下來，他也沒有抹，對門前的小棗樹邊上努了努嘴。

邵光龍明白了，搬開樹邊的一塊石頭，從家中拿出那把缺口的鐮刀，刨開上面的土層，露出了圓圓的小缺口，正是家中的小米缸，兩個民兵拎著缸沿抬起來，揭開缺口的小瓦蓋子，白嘩嘩的滿滿一缸米呢。這時，正好小弟弟穿衣出門看到一缸米，衝上去抓了一把往嘴裏塞。肖老大上前抓住他衣領子把他拎起來往家裏扔去，小弟弟跌得狼嚎著，全家人哭成一團。

就這樣，村裏來了一次大檢查，邵光龍帶著民兵每家每戶拐拐角角都檢查遍了，有可疑的地方就挖地三尺，結果還真的不錯，搜到了五百多斤糧食。

這樣食堂又開了一個多月，眼看著糧倉又要見底了，邵光龍決定把每日三餐改為每日兩頓，半上午一頓，下晚一頓。這樣又過了一個多月，已經到了寒冬臘月，快要過年了。可是我們的人民公社一大二公的食堂徹底的空了，這下可實在沒有任何辦法了，按村裏人的話說，生毛的除了蓑衣，有腳的除了板凳，什麼都吃光了。現在是一屁股頂了牆，兩腳陷進了泥，沒有任何路可走了，進了死胡同。連一身勁的石頭師傅也耷拉著腦袋了。

全大隊其他小隊也存在同樣的問題，有的只好停火了，怎麼辦呢？邵光龍召集肖貴根、馬德山開緊急會議，三人都低著頭唉聲歎氣的。

還是肖貴根說了話，他說：「食堂開張那天，有件事大家不知記得不記得？」

邵光龍、馬德山互相望著說：「不記得了。」

肖貴根說：「那方書記端著碗啃著豬蹄子說，辦食堂是一碗水平端，現在我們的碗裏見底了，還不求他平端平端？」

邵光龍跳起來說：「對，食堂是人民公社辦的，關鍵時候怎能忘了人民公社呢。」眼望馬德山又說：「明天一早，你帶幾個人去公社，找方書記，一定要找到他，把糧食搬回來。」

第二天一早，馬德山同四個壯勞力去了公社，一轉身又回來了，在公社連一頓飯都沒吃上。馬德山說：「方書記說公社也缺糧呢，好多食堂都停了火。但是，我們將組織幹部來解決你的問題。」

邵光龍呆了，心想：「你方正剛組織幹部又能解決什麼狗屁問題，沒有糧食，天王老子也填不了我們老百姓的肚子啊。這是天叫人死人不死，人叫人死人才亡。」他想到，一場天大的災難就要落在臥龍山人民的頭上了。

三

冬天的臥龍山，只是光禿禿灰黑色的樹木，枝頭偶爾幾片黃葉被寒風吹得搖晃了幾下，飄落到山下的小溪裏。溪水斷斷續續的流淌，像病人的血脈，有時劇烈有時微弱。一陣陣的北風呼嘯著，一團團陰冷的烏雲在天空中緩緩地移動，幾隻烏鴉時而盤旋，時而顫抖地落在村前的老槐樹的枝頭，大約也是因為饑餓，頭對著關帝廟裏的食堂，發出淒涼的尖叫。有人說，樹上烏鴉叫，這是不祥之兆。人們的身子已經麻木，不曉得有哪些不祥之兆，只曉得大地像死了一般的蒼白。

臥龍山村的食堂，雖然每天兩頓伙食，可每頓每人僅一勺山芋乾子加幾粒米湯。村裏年長的連走路都得用棍棒撐著，出門被風颳倒，倒下了就很難再爬得起來。好多人整天縮著頸子，雙手筒在袖子裏，躲在家中懶得出門。但是上級有要求，寒冬臘月，是興修水利的大好時機，特別是臥龍山村，水庫大壩已破，就地深挖水塘，以防來年乾旱。這項艱苦的任務，只有馬德山帶領一幫青年去完成了。

馬德山真是個冰死迎風站，餓死不彎腰的漢子。這麼大冬天，僅有兩條破褲子和一件空心的、棉絮都露在外面的破棉襖。袖口的棉花脫落，半條胳膊露在外面，全身上下沾滿了泥水。乾草樣的灰頭髮亂得像雞窩，多皺的臉皮比過去更黑了，眉頭短鬚上掛著水珠子。一雙大手又紅又腫，有幾個指頭都爛了化了膿水。這是他多少天來雙手握著鐵鍬挖塘泥被寒風吹的啊。

這天半下午，早早的收了工，馬德山的雙手實在是受不了了，痛得鑽心，進了關帝廟的大門就喊：「石頭，有溫水嗎？泡泡手，媽的，手真的要凍掉了。」

石頭師傅在鍋下，正向鍋洞裏架柴沒聽到。門邊村裏李瓜蛋的兒子李常有正在等著食堂開夥，指著中間冒著熱氣的大鍋說：「馬叔，大鍋裏有熱水。」

馬德山手實在是太痛了，聽了小孩的話，左手揭開大鍋蓋，一股熱氣迷住了他的雙眼，他也不管三七二十一，右手一下子向大鍋裏插進去，只感到大鍋裏像一把老虎鉗子，剪去了他的手指，接著他「啊」的一聲慘叫，人像一塊門板倒在鍋前，左手的鍋蓋扔到門外。可憐的右手除大拇指外，那本來就受傷的四個指頭不知去向。

正在鍋下架柴燒火的白大褂子變成黑色的褂子的石頭，也是因熱氣沒看清是誰，嘴裏還念著：「喂，一九二九冰上走，三九四九不出手，怎麼出手往大鍋裏了。」他本來是開玩笑，沒想到真有人把手伸到大鍋裏，那可是滾滾翻騰的一鍋米湯啊。

那個叫李常有的孩子也嚇呆了，大叫著：「不好啦，死人啦！」

外面的人進來了，扶起馬德山，只見他那隻殘缺的大手血肉模糊，這手指頭哪去了呢。石頭抬頭見沸騰著的米湯中漂浮著兩個手指甲，也就不敢怠慢。首先熄滅了大鍋洞的大火，再站到鍋前雙手抓著大鍋鏟子在鍋裏攪拌，攪得嘩嘩的響，那本來就小的眼睛被熱氣薰得睒成了一條縫，臉上沾著剛剛從鍋底下帶上的一條條黑灰，眉頭上、鬍子上的水蒸汽、汗水和清鼻涕一滴一滴地往大鍋裏掉著，也來不及用黑大褂子抹一下。就這麼撈攪了半天，總算攪上四根缺少指甲的手指頭，拿手上一捏，皮像燒爛的紅棗皮一樣軟化了，只剩下硬硬的骨節。還是邵光龍當機立斷，叫來四個民兵，每人多喝一碗稀糊子，下了一塊門板，抬著馬德山上公社醫院。

石頭又給大鍋裏加了四瓢水，也就在這時，馬德山那漂亮的老婆水蓮子發瘋樣的跑來，大叫著：「天啊，我的女兒呀，我的女兒。」大約是她那一歲多點大的女兒死了。邵光龍一把抓住她的胳膊，叫民兵扶著一同去了醫院。

北風越颳越緊，天空烏雲越來越低，天要下雪了，要下大雪了。

邵光龍正準備陪馬德山去醫院，可剛走幾步，見臥龍山下的路邊上走來四個人，他不覺得打了一個冷顫。那走在前頭的矮個子正是公社書記方正剛。現在食堂正要開飯，看來他們是來混飯吃的了。

自從食堂開張以來，邵光龍同石頭師傅背地裏有個暗號：每頓大鍋裏熬一鍋山芋片子加一把米，大鍋淺淺一鍋，正好夠村子裏幾十號人每人一勺，如果上級或別的隊來人，多幾個人就多加幾瓢水，不加山芋片子和米粒。又不能讓別人曉得，只好暗地裏操作。比方講，上級來了三個人，邵光龍在門口迎接，只是高聲喊一句：「來了三位啊。」石頭在廚房裏聽到了，就從水缸裏舀三瓢水放到鍋裏。要是來了五位，邵光龍就在前面喊：「哦，五位啊，請後面坐。」同樣，石頭就加五瓢水。到開飯時，主客一視同仁，每人得一勺，不多不少，人人都有了，鍋也見了底。

邵光龍想：今天的事難辦了，一下子來了四位頂頭上司，大鍋裏還有馬德山的四個手指頭肉和指甲，如果領導吃出來了，那可是自己的死罪。如果倒掉重新開伙，可已到了開飯的時間，門口已經排成了長隊，天又要下雪了，有人已經冷得站不住了。沒辦法，只好把眼睛瞪得像牛眼樣的望著石頭，希望他能拿主意。

可石頭不知他什麼意思，反過來問他：「怎麼，這麼好的一鍋山芋糊子不能倒呀，哎喲，不就是幾個指頭嘛，我已經撈乾淨了，你沒聽人講啊，楓嶺村的食堂把小孩子放鍋裏煮吃了，那亂墳崗上，哪天晚上沒有人挖墳，幹什麼？割肉吃唄。這麼幾個手指頭算個雞巴毛。」

邵光龍打斷他的話說：「別說了，是公社方書記帶的三個人呢。」

石頭說：「呀，上級領導可不能得罪，從你家拎來的米缸裏還有半缸米，給方書記吃不白吃，說不定能撥點糧來呢。」

邵光龍沒有時間同他解釋，嚴肅地說：「那點米天王老子都不能動，再過幾天就要過年了，我是留著大年三十晚上大家能喝一碗正規的稀飯呢。」

石頭說：「那就沒說的了，再加四瓢水。」說著正要找水瓢，邵光龍攔住他。

「剛才四個民兵已加了四瓢，再加，這稀糊也太稀了，領導來了樣子不好看。」一想又說：

「要不這樣，我迎著他們去，想辦法把他們支走，你呢，現在就開飯，一定要看清鍋裏的手指頭皮子。」跑出門又回頭說：「每人一勺，天王老子也不能加，萬一支不走他們，刷鍋水裏加把米，重新熬。」

石頭咬咬牙，說：「你放心，我的心比石頭還硬，誰家死了人的就得減一勺，說不定夠了。」邵光龍這才往村頭跑去。

這鬼天，說下就下了。像梅花瓣子樣的雪片，滿天飛舞，一小會功夫，地上白了，房子上也白了。邵光龍剛出村口，就看到一個婦女拿著要飯的棍子，一條黑色的頭巾把頭包著，看不清她的面目，一手挎著小竹籃，一手牽著一個小女孩。他知道這是叫花子。這幾天叫花子特別多，像大軍過江一樣。有些人來自很遠很遠的地方，可見全國都一樣，窮人太多了，誰也顧不了誰了。所以，他看到像沒看到一樣，一直往前小跑著。

當他到了四位領導面前了，見他們都低著頭，頂著飛雪，沒有看到他。他只好迎面用胳膊有意一闖，把那矮矮的方正剛書記差點闖倒，忙又上前扶住，顯得十分驚訝的樣子說：「喲，是方書記呀，領導又來檢查工作了。」

那方書記抹了一下臉上的飛雪，額頭上冒著熱氣，小紅鼻子尖像熟透的山裏紅，說：「哦，光龍啊，聽講你們的食堂還在辦呢。」

邵光龍點點頭。書記拍拍他的肩又說：「好呢，好樣兒。走，看看去啊！」

邵光龍見他正要邁步，大聲說：「哎喲，食堂中飯已開過了，關門了呢。今天下雪，放半天假。找不到人呢。」

方書記望著他：「不是講每天兩頓飯，應該正是時候啊。」

邵光龍說：「吃稀一點，改三頓了。哎，方書記，你上次佈置的興修水利，我們在破了的水庫下修了一口大塘，去，看看去。」說著自己上前走了。方書記十分無奈地帶著其他三位，跟著他後面檢查工作去了。

再說食堂裏的石頭師傅正要宣佈開飯，有個小孩子飛樣的往食堂這邊邊跑邊喊：「爸，爸！」村裏人都認識，這是肖老二的兒子叫肖光虎。肖貴根四十歲了，就這麼一個兒子，長得鼠頭鼠腦，身子骨瘦得只有一把乾柴，頸子沒有擀麵杖粗，燈草胳膊桔稈腿，前面剃了陰陽頭，後腦勺紮了小辮子，跑起來小辮子飄著像條小尾巴。因肖老二前面兩個孩子沒長兩歲就病死了，這孩子一出生，算命的叫他留個長辮子，這叫長命繩，能把他的命拴住。

肖老二見到他，忙迎上前去，見他的鼻子下掛著兩條鼻涕，吸溜一下，鼻涕上去了，一會又下來，就伸手擰了他鼻子下的鼻涕蟲說：「怎不陪你媽，跑來幹什麼？」

光虎大叫著：「爸，媽死了，媽躺著幾天了，不吃也不喝。今天你不在家，我喊媽來打飯，喊她不答，搖頭不動，搖腳也不動。我就問：媽，你死了嗎？她也不作聲。」說著就哭了起來。

肖老二把他摟在懷裏低聲地說：「別哭了，爸曉得。」有意大聲地：「你媽沒死，睡得太沉了。走，開飯了。」

開飯了，外面排著長長的隊伍，有人拎著木桶，有人端著瓷盆子，有人抱著瓦罐子。他們的臉上像貼著一層黃紙，眼睛凹到骨子裏，衣服破爛得只能遮得住身子。石頭師傅站在大鍋邊上，用鐵勺子向每個伸來的東西裏澆著幾勺黑黃色的稀糊子。別看他眼睛小得只有兩條縫，可給誰家幾勺子，心裏十分清楚。見到一位小女孩端著大碗跟著隊伍走上來，這孩子用黑布紮著頭，看不清她的臉，石頭正欲往她大碗裏舀糊，左手撕開那姑娘的臉，原來是外來要飯的，一腳把她踢到門外，「滾！打老子馬虎眼！滾出去！」到了肖老大家裏，可肖老大今天自己沒來，是肖光英同弟弟光雄來的，石頭給她舀了四勺子。

肖光英說：「我家五口人，光龍不是人？」

石頭說：「邵書記在食堂裏吃，你家只有四勺子，快走。下一個。」

肖光英不常來打飯，不曉得這些事，只好瞪他一眼退了出來。

下一個就是肖老二了。石頭給他瓦盆子裏放了兩勺子又叫下一個。這時肖老二說：「石頭，我家明明三口人，老婆孩子和我，怎麼就給兩勺子？」

石頭沒理他，又叫：「下一個！」

肖老二站著沒讓開，說：「快，加一勺！」

石頭大聲說：「別扯淡！你兒子剛才講的，他媽死了，你以為我是聾子，是啞巴？」又大叫：「下一個！」

肖老二大聲地說：「我兒子講錯了，他媽是睡著了，沒有死，你加一勺吧。」

石頭望著後面還有那麼多人等著，這氣也就冒起來，伸手一勺子打在他頭上。石頭自己沒想到，這可是鐵勺子啊，一下把肖老二頭上打了一個血口子，鮮血直流。

石頭大聲地也算是為自己過分行為的解釋吧：「老書記啊，邵書記說的天王老子也不能搞特殊，對不起了，你可是共產黨的幹部啊。」

這一句話出來，肖老二也無話可講，只好牽著痛哭的兒子走出食堂。人們都知道，肖老二把這兩勺子全部給兒子吃，自己又去河邊喝涼水去了。

下午的雪越來越大，風颳得越來越緊。主持食堂和派工幹活的主人都沒見了，下午破天荒的自動放了假。

邵光龍打發了方書記又去了公社醫院。那醫院裏也沒有任何的醫療條件，只給馬德山斷了手指處擦了一點酒精和紫藥水，包紮完了就沒事了。馬德山從此丟了一隻手。到了天黑，邵光龍才回來喝了一勺刷鍋水，鑽進關帝廟樓上自己的房間。他很累，頭腦也迷糊了，辦食堂的幾個月來，是牽瞎子過獨木橋，踱一步是一節。沒想到今天是身子抵到牆了，這日子再也過不下去了啊。他想到食堂僅剩下從自己家中搜來的唯一的半缸米了，再過些天就要過年，到開春接上新還有兩、三個月，這糧食哪裏來呢？再想到下午陪方正剛書記看水利興修，方書記也不跟你呢呀啊了，不談人民公社，不談共產主義，就連眼下食堂怎麼辦下去也不談了，像個木頭人樣的轉了一圈就走了。他萬萬沒想到食堂會辦成這個窩囊樣子。他愁啊，愁得眉毛都能擰出水來。他想著愁著，不知不覺的睡著了，他太累了呢。

風越颳越緊，雪越下越大。外面是一片銀白的世界。

關帝廟大門樓上的房間裏有兩面窗戶，面對著門裏的四合院，一面對著外面，儘管用報紙糊得嚴嚴的，但冬天的北風仍像針樣的通過窗邊的隙縫鑽進來，刺到邵光龍的被窩裏。他身子蜷成了一團，像隻睡著的貓，可寒氣還是咬他的肉皮子，鑽著他的骨頭縫。冷得他哆哆嗦嗦的，牙齒打得咯咯響。外面的風颳得呼呼地叫，他像睡在小船上、搖籃裏，就這麼又冷又餓的搖晃著，搖啊搖的把他搖醒了。他曉得天還沒亮，不曉得現在是什麼時間。這裏沒有雞叫，沒有鐘鳴。只看到窗戶上灰白的一片，那是雪片。他不想看到白光，就翻了身子，面朝床裏面，奇怪的是，通向食堂裏面的窗戶也是白白的，怎麼回事呢？難道大雪飛到屋裏來了？這面窗戶邊上有個小洞，洞口是一塊小木板遮蓋的，掀開木板就能清楚地看到左邊廂房食堂裏的一切。這是專門用來監督石頭師傅夜裏是否偷吃偷喝。防人之心不可無啊。可幾個月來沒有看到任何動靜，他對石頭非常信任。可今天他感到有些不對勁，於是就扳開小木板，伸頭往裏一看，使他大吃一驚。

這食堂裏亮著燈，一個白影子在晃動，那是石頭師傅怕冷戴上了白帽子。他在偷吃嗎？光龍揉揉眼睛仔細地看。哦，天啊，有四個人正圍在大鍋前的小桌上吃飯，大碗的米飯，大口大口地吃。他呆掉了，他感到這是在作夢，簡直不相信這是真的。可這真正是千真萬確啊，坐在上方的正是公社書記方正剛，下方三個人，一共四個人，就是下午支走的那四位前來參觀食堂的人。站在一邊點頭哈腰的正是石頭呢。天啊，這是年把年沒見過的大米飯呀。這米哪來的，還不是從我家中搜出的那一小缸米呀。我發過誓，就是餓死也得留著讓大家過年呢。今天，給這些官老爺吃掉了，看他們吃得津津有味，吃得那麼香甜，這可是吃的我們全家人的生命糧啊。那是把我的心都嚼碎了呀。他媽的，你們也窮急了眼來刮我們食堂裏的油水。這方正剛書記，你口口聲聲三面紅旗、人民公社、共產主義，講得頭頭是道，講得我鬼迷心竅。我當初怎麼就走進了你這個糊塗廟裏的糊塗神，燒了糊塗香，求了糊塗籤呢。想到自己經常吃洗鍋水，費心扒骨的省，省下的大米給你們這些龜兒子吃。他氣壞了，他再也受不了了，身子要爆炸了，他要下去搧他們的耳刮子，掀他們的桌子。

邵光龍正欲穿衣，只聽得大門外傳來「咚咚咚」的敲門聲，這聲音方正剛書記聽到了，一口吹滅了桌上的小燈，低聲嘰嘰咕咕地說了幾句，不知道說了些什麼東西。可能是害怕了，怕民兵們檢查。外面的敲門聲很有可能是民兵們來了，不可能半夜裏來了叫花子吧。這民兵公社有，大隊也有，查到誰多吃多佔，就要關起來，甚至送大牢。這規矩都是上級定的，方正剛在大會上講的。

有些民兵不一定認得你是公社書記，他們不會想到公社書記也偷吃，如果抓到方正剛，你講你是公社書記，那民兵會認為你偷吃了還冒充公社書記，罪加一等，說不定把你用細繩子捆起來，以後上級曉得了，群眾看到了，再傳出去，你這個公社書記的椅子還能坐嗎？方正剛是個聰明人，當然曉得這些厲害處，所以就咕嘟幾句，打開用於拉柴進出的後門不見了。像魂一樣悄然離去，像煙一樣不見了蹤影。

紹光龍看到這一切，轉過來一想，這些幹部也很可憐。人是鐵，飯是鋼，一頓不吃餓得慌，他們下午就想來混一頓而被我支走了，大雪天半夜三更殺回馬槍只為了一頓飯。可這一切是誰造成的呢？他想了半天也沒想出個所以然來。他聽不到動靜了，大約都走了，連石頭也回家了，說不定膽都嚇破了。他想好好的睡一覺。他本來肚子就在咕咕地叫，加上剛才看到了他們在吃大米飯，一股米飯的香味從大鍋裏升騰上來，升到窗戶上，被他吸進鼻子裏，傳到肚子裏，這下肚子受不了了，要造反了。他想我能不能起來也搞點吃的呢？不能，因為食堂裏有規定。可轉過來一想，為什麼不能呢？你公社書記能破壞這個規定，我難道就不能跟著耍個小心眼，大鍋裏說不定還有他們剩下的鍋底子。他媽的，官家能放火，百姓不能點燈？當官的能做夜貓子偷吃，我難道不能跟後面吃點鍋底子？吃，吃他媽的個肚子圓。

想到這些，他掀開被子，穿好衣服起了床，摸黑穿上鞋，那被窩裏的熱腳碰到冰涼的鞋底渾身起了雞皮疙瘩。他大氣不敢出，踮著腳尖慢慢走下樓，廳院裏一股冷風吹來，他脊樑骨嗖嗖的冒著涼氣，上牙磕著下牙咯咯地響，腿肚開始發抖了，好不容易摸到鍋邊摸到了洋火，劃了一支點亮了鍋樑上的小油燈，揭開了鍋蓋，哇，一股香噴噴的大米飯，熱氣騰騰的漂在臉上。也許是他們煮得匆忙，猴急得要吃，大火燒得急了一點，鍋底的鍋粑有些燒焦了，鍋上面米飯夾著生，他也顧不得這些，伸手抓了一把還熱乎乎的半生的米飯放進嘴裏，哦，太好吃了，好像這輩子從來沒吃過這麼好吃的米飯。他用鍋鏟子鏟了鍋底，感到還有點燙手。他就這麼抓著吃，吃得很起勁，吃著吃著就流下了眼淚。這頓飯吃過了，這可是最後的大米啊，吃過以後明天就要停火了，全村人就要把老頸脖子紮起來了啊。俗話說，貓九天，狗八日，人不吃不喝三天就沒有了。看來村裏人都要死絕了。有了食堂雖餓點，可全村人還有點盼頭啊。就拿自己來講吧，吃住在食堂裏，近水樓臺先得月呢。比方講，每頓稀糊子打完以後，鍋底下鍋沿邊，總沾那麼一點，兌上一點水，燒一把火，順著鍋沿鏟一鏟，拿木刷子擦一擦，也有一兩碗的刷鍋湯，是湯比水總要好，喝下去能充饑，每天心不慌餓不死，不像村裏人剝樹皮、挖草根熬水喝吧。

他想到村裏人，自然就想到了父母，未婚妻和小弟弟，這麼四張嘴，每天僅兩頓，每頓從食堂裏打回四勺子，家裏一點補貼都沒有了，這日子怎麼過得下去呢？這個百十來人的村子裏，每天都要死人，今天老孀子死了，馬德山的女兒死了，天寒地凍，又下了這麼大的雪，明天又要死誰呢？我們家裏情況又怎麼樣呢？自從兩個多月前從家裏搜來了一小缸米，就沒有回去看了，真的無臉見父母啊。聽說下午是光英同小弟弟來打的飯，父母為何沒有來？上次回去就聽講母親病了。是不是躺下了起不來了呢？村裏好多人死了以後瞞著食堂，因為還能多一勺糊子啊。他想到這裏，心裏一陣吃驚，父母不能死，我不是你們生的，可是是你們一手養大的，光英、光雄不能死啊，你們是我妻子和小兄弟呢。你們現在餓成什麼樣子了呢？這大米本來就是你們的口糧啊，我又怎麼能只顧自己吃飽不顧你們死活呢？對，我要帶點回去給你們嚐嚐鮮，也許能救你們幾條命呢。

想到這，他把雙手濕了水，把鍋裏鍋粑飯捏成飯糰子，家裏四口人，他就捏成四個大飯糰子，每個有碗口那麼大。他又想到，這四個飯糰子他們四個人吃，我在邊上看他們吃，那父母會難過的，因為他們老夫妻是多麼的厚道啊，不如捏成五個飯糰子，每人一份，我同他們一起吃，快過年了，提前吃頓團圓飯，半年多沒有在一起吃過了。想到這裏，他很興奮。把四個飯糰子重新放進鍋裏，再分成五等份，手再濕濕水，捏成五個一樣大的飯糰子，每個飯糰子只有小碗那般大了。這時他又想到了老爺肖貴根，這可是親叔啊，一家人呢，聽講下午打飯時，那麼要面子的人，只想多要一勺子，被石頭打破了頭。他為什麼？為了兒子多喝一口啊，他把唯一的兒子看得比自己的生命都要重啊。現在老嬸子都死了，兒子再出問題，那他還有什麼活頭，應該給他們帶兩個飯糰子啊。這麼一算就是七個人了。他把捏好的五個飯糰子放進鍋裏，分成七等份，捏成七個飯糰子，每人飯糰子只有拳頭那麼大了。好了，不多想了，君子顧本，再想也顧不到了。他拿了鍋邊洗臉架上自己洗臉、洗澡和洗腳通用的老土布大手巾，把七個飯糰子放進去，紮成小包裹拎在手上，吹滅了小油燈，悄悄地摸著左廂房的門，進了院子，轉了個彎，來到大門口。

他一手拎著小包裹，一手去拉門閂，可怎麼也拉不開。怎麼回事？一定是外面的雪下得太大，加上風一颳，把雪颳到了門口，把門凍住了。於是他抬起一條腿，用膝蓋頂著門，再用力抽門閂，還是抽不動，這下奇怪了。他只好放下小包袱，用肩膀抵著門，這才把門閂撥開。轉身去撿小包裹。只聽「嘩啦」一聲響，兩扇門突然大開，一個重重的東西隨著門開倒在他的身上，把他嚇了一跳，腳下一滑，仰倒在地，那東西也跟著壓在他的身上。與此同時，一陣狂風捲著飛雪撲了過來。他嚇得全身哆嗦，半天才睜開眼，也看不清那是什麼東西，像一個樹段子。他只得用手去摸，那東西被雪片結成硬棒棒的像刺蝟一樣。再往上一摸，像是長長的頭髮，是一張臉，有耳朵，有鼻子，嘴，那臉上冰涼冰涼的。他這才想到是一具死屍，還是具女屍呢。

這年月死人見得多，村裏誰家死了人，都是他安排別人去埋，其報酬是中午多加一勺子稀糊湯。因為埋人也很簡單，不要裝棺材，也沒有棺材可裝，只用草席子一捲，在山邊挖一個小坑，用土蓋得看不見了就完事。所以山坡上一到下雨天，好多屍首都露了出來。今天壓在身上的死屍又是誰？她怎麼會靠在大門上站著死呢？他慢慢側過身，把那屍體翻在地，這才發現屍體很輕，個子也不高，倒在身上只有齊胸口那麼長，是個小女孩子。他摸摸她的胸口感覺還有一點熱氣，可能還沒有死過清，不然就不會靠在門上了。哦，想起來了，剛才方正剛他們吃飯時有人敲門，這個敲門人就是她了。這麼一會功夫，說明這人肯定沒有死。

他想看清楚到底是誰家的女孩子。他把女孩向門口移了移，藉著門外白雪的反光，分開她臉上的頭髮，看到這女孩長得匀稱，可面孔總是那麼陌生，村裏百十號人口，誰家孩子都能叫出名字，每天食堂打飯，能看出他們長的模樣。這女孩不認識，起碼不是本村人。那這孩子又是誰呢？當他把手摸到她的鼻下時，那女孩的嘴巴自然的張開了。他這才確定這孩子不但活著，還在想吃呢。他也就很自然地解開了小包裹，從裏面拿出一個飯糰子，扳開一小塊米飯放在她嘴邊，她的嘴張大了，他把飯粒放進她嘴裏，好像她沒有嚼就嚥下去了。他再扳一小塊米飯放她嘴裏，轉眼就不見了。可嘴又張開了，他沒有再放進米飯，而是看了看她那嘴長得很美，細細的牙齒，薄薄的嘴唇。那嘴張了半天沒見食物，就深深地歎了一口氣，眼睛睜開了。哦，好大的眼睛，好漂亮的眼睛呢。她看到他手上的飯糰子，呼啦地坐起身來，雙手抱著他的手就啃，大口大口的差點把他的手指頭都啃了下去。他一手拍著她的背說：「姑娘，慢點吃，別噎著。」

他不說不要緊，這一說，她真的噎著了，打著嗝兒瞪著眼，張著嘴一動也不動。這下可把他嚇呆了，忙說：「我說不是，噎著了吧。」他把她扶直了身子，在她背後猛拍，見她嗝也不打了，人也發呆了，好像飯糰子在胸口堵住了。天，這樣會死人的，這孩子沒凍死、餓死，別讓米飯給噎死了啊。他立即解開了她繫在腰裏的草繩子，拉開了衣扣，胸口敞開了，他伸手從她的喉嚨口往下抹著，好像抹著搓衣板，那排骨一根一根的。胸口還有兩個小疙瘩，長在排骨的兩邊，像杏子一般大小，很匀稱地排在兩邊。他知道這是女孩子應該有的。她已發育了，她是多麼需要一口飯啊。就這樣折騰了半天，還是不起作用。她嘴張得更大了，甚至聽不到呼吸的聲音。他急中生智，伸手在門口抓了一把雪，在手中緊緊地捏著，捏出了水。他舉起拳頭，對準她的嘴，手縫中流出的水向她的嘴裏滴著，一滴、兩滴……她的嘴動了，乾枯的嘴唇開始潮濕，只聽到喉嚨眼裏「咕嘟」一聲響，接著「啊」的一聲出了一口氣，一下子回過了神。她發現自己胸口敞開著，忙推開他，雙手緊緊捂著胸口，驚呆地望著他，眼睛裏放著凶光，說：「大哥，你咋解開俺懷了呢。」說著站起來要逃跑，大步跨過門口，被高門檻子絆倒了，敞開的胸口推在雪地裏昏過去了。他驚呆了，這樣她還是要凍死的啊，他把她重新抱進門裏，摟在懷中，呼喊著：「小姑娘，你醒醒。」

一陣狂風吹進門來，掃著地上的雪花，迷住了他的雙眼，也給她打了一個冷顫醒了過來，驚慌地裏了裏身子，低著頭說：「大哥，你救了俺苦命呢，過兩年俺再報答你，行不？」

他說：「你說什麼呀！」

她哀求地說：「大哥，真的，俺才十二歲呢，俺娘說了，俺還沒成熟呢。」

他聽出了她話的意思，也慌了說：「不，小姑娘，我沒那意思。」她說：「大哥說謊了吧，你把俺懷都解開了，摸了俺的胸口了。大哥，俺娘說了，俺像青柿子，吃了會澀嘴呢。」

他搖搖頭，想解釋也解釋不清楚，想想也沒有什麼好解釋的，就岔開話題說：「姑娘，你是哪兒人？」

她抬頭望他一眼，眼眨巴眨巴的說：「俺哪知道，俺娘說是北方人。」

他想她可能是北方人，公社有個幹部是北方人，講話就是這個味道。

這時的小姑娘好像是想到了什麼，突然跳起來，伸手抓住他還沒來得及繫好的大手巾的飯糰子，不知哪裏來的那麼大的勁兒，大步跨過門檻，飛一樣的奔跑，跑了幾步，滑跌倒了，爬起來又跑。他喊她：「有什麼急事？慢點走。」他撿起大手巾，繫成小包袱拎在手上，鎖好大門，追上她往村裏走去。

到了村口，她站在那裏東張西望，好像迷失了方向。

他問她：「你要幹什麼？」

她像結巴一樣叫著：「樹，大樹！」

他明白了，她要找村東頭的老槐樹，他不知她找大樹幹什麼，看她急成那樣子，一定有什麼大事。於是他就帶她往村東頭走去。她見到大槐樹的影子了，就沒命地向大樹邊跑去，邊跑邊喊：「娘，娘，俺要到吃的了！」可是大樹下不見人影，她大聲地喊：「娘，娘！」

他問她：「你娘在哪裏？」

她說：「娘講在大樹下等俺的啊。」她繞著大樹轉了一圈，又喊：「娘，你在哪？」

他看到老槐樹下露在外的兩個大樹根，有一尺多高，中間凹的地方鋪著稻草，草上已經結了雪片。她急得哭了起來，他朝大樹根的兩邊看了看，這轉身，像是什麼東西碰了頭，他以為是大風雪把樹枝颳斷落了下來，手一摸，心裏一驚，是一個人的腳，抬頭一望，是一個人吊在樹上了。全身掛著雪，凍硬得像一塊木料，掛著像一條乾魚。他站到鼓起的樹根上，把上面黑色的帶子解開，那人像木塊倒在雪地上，砸得雪片子四濺。她一眼就認出，撲上去大哭大叫著：「娘，娘啊，我苦命的娘啊！」

他看到手頭上那塊長長的黑頭巾，想起今天下午迎方正剛書記在村頭上見過的母女倆，可憐的母親轉眼就成了村裏的鬼魂。他看到這哭得撕心裂肺的小姑娘，不知不覺地流下了眼淚。他用手背在眼邊抹了抹，低頭欲勸小姑娘，看到那吊死的女人眼睛瞪得很大，舌頭伸得很長，她是餓的呀，她是多麼想得到一點吃的呀。

小姑娘把那飯糰子往她娘嘴裏塞著，哭著說：「娘啊，你是餓的呢，俺有吃的了，你就吃一口吧，娘啊，這可是大米飯，你可是年把年沒見過了呀。你醒醒啊！娘！」可這米飯怎麼也塞不進去。

他看到這女人的眼在看著自己，好像在說，我走了，這孩子就託付給你了。他用手雙哈哈熱氣，捂著那女人瞪大的眼睛，好像放在冰塊上，過了一會，冰化了，眼也就閉上了。他這才去勸小姑娘說：「小姑娘，別哭了，這年月死人太多了，你死一個娘，不奇怪呢。你娘也不怪你，你娘一定希望你好好地活下去。」

小姑娘很聽勸，伸出衣袖抹抹眼淚，抓著樹根邊上的稻草，蓋在母親身上。

他問姑娘：「你娘怎麼一個人在這裏呢？」

她向他敘說著：「本來有俺娘，俺爹，還有一個小哥哥。我們那裏也吃食堂，沒有幾個月就停了伙，村裏人一陣風的都外出要飯了，聽人講，寧翻南方千座山，不往北方挪塊磚，只要過了長江就能有飯吃了，哪知道逃荒逃荒，越逃越荒。爹爹累死了，弟弟餓死了。俺跟娘下午來到這個村，在食堂裏沒有要上飯，天又下大雪，我們實在走不動了，就臥在大樹下。晚上俺娘看到食堂亮著燈，是俺娘叫俺去要口吃的。」

他又問：「你敲了食堂的門，門沒開，你就凍昏過去了是吧。」

她望著他，一下子撲在他的懷裏又哭著說：「大哥哥，你帶了俺吧，俺只有跟你走了，別人喝不到一口稀糊子，可你能吃上飯糰子，求你帶了俺吧。過幾年俺跟你做老婆。」

他把她摟在懷裏，心想這真是流淚眼遇到眼淚流，斷腸人見到腸斷人。這孩子多可憐啊，孤苦伶仃，沒有了任何親人，也就失去了依靠，我要救她。可怎麼能救她呢？我可是泥菩薩過河自身難保，把她帶進食堂裏，明天食堂要關門了，只能帶回家。可回家又怎麼辦？家裏四口人本來就難活了，再增加一張嘴，日子怎麼過？光英又怎麼看我？

他想到此，還是咬咬牙，這個時候心不能軟，硬一硬就過去了，救一個人也許要死一家人。

他推開了她，抓住小包袱，裏面僅有四個飯糰子了，不能再給她了。他抬腿就走。她沒命似的撲過去，雙手緊緊抱著他的一條腿，哭叫著：「大哥，帶我吧，要不你要了我吧，沒成熟你別嫌棄呢。」他用勁掙脫她，邁開了大步。

她跪在雪地裏，雙腿移動著，敞開了胸懷大叫著：「大哥呀，俺錯了，俺已經成熟了，你回頭看看俺，俺的兩個奶子已長出來了，有紅杏子大了，不，有桃子那麼大了呀，你不要我，我可就沒命了呀。」她頭碰在地上，把雪地砸了一個大坑。

他震撼了，他呆了，他站在那裏，沒有回頭，他仰望著黑色的蒼天，心在顫抖。天哪，一個十幾歲的女孩子，她只為了一口飯啊。現在下半夜了，再冷也冷不到五更寒啊。她這麼在雪地裏不到兩個時辰就會凍死，這棵古老的槐樹下死了多少人？當年我的母親就在這棵大樹下死的。如果她的英魂在望著我，她的兒子有這般的狠心嗎？可是，我現在又有什麼辦法呢？誰能告訴我呀？

只聽那小姑娘又在呼喊：「大哥哥，你不要了我，那你是有老婆了，那你有兒子嗎？我做你兒媳婦吧，你要是沒兒子，難道沒有小弟弟和其他的親人嗎……」下面的話沒講完，她就昏倒在了雪地裏。

小姑娘的這句話真的提醒了他。對呀，我家有個小弟弟光雄，同他差不多大了。我要是帶他回去，把這個想法同父母說一聲，算是給小弟弟帶了一個童養媳，父母是個厚道人，這個家是個根本人家，說不定真的能救下這條命呢。想到這裏，他轉過身去拉她，可她昏過去了。他扣好了她的衣服，用那塊黑色的頭巾包著她的頭，把她背在身上，走過了大槐樹。

好大的風，好大的雪啊。呼呼叫叫，嘶嘶咬咬，攪得天地難分，人間模糊。

他背著她邁著沉重的步子，一步兩步。一陣狂風捲來，把地上硬梆梆的雪塊颳飛起來，打在他的臉上，像刀子在割著他的臉皮子。他打了一個冷顫，背上的小姑娘漸漸地變得那麼沉重，步子邁得那般的艱難。兩步三步……他想起未婚妻肖光英，那是在一年前，自己這般身子骨，少說也有百十來斤，她那麼瘦弱的身子，把我從滾滾洪水中撈上來，從沙灘背起我。她哪來那麼大的力氣呢？唉，當年她背著我這個未婚夫，今天我背著她弟弟的未婚妻，對，我一定要背回去。

他打起精神，邁穩了腳，一步一步地走下去。眼前是一個小下坡，他順勢而下，放快了腳步。這下坡的雪面上結了一層冰。他腳下一滑，「噝」的一下摔倒了，接著咕嚕咕嚕翻了兩個跟頭，滾掉在堆著積雪的水溝裏，溝邊的樹枝撕爛了他的上衣，劃破了他的臉，腿也跌痛了。一摸手上的小包裹還在，裏面的飯糰子也在。可背上的小姑娘被扔出去了。

那小姑娘被摔醒了。她在呼喊著：「娘，娘啊！」他想這姑娘還在作夢，夢中同她的娘在一起。

他就喊：「小姑娘，我是大哥哥呢。」

那小姑娘好像從夢中醒來，對了，這不是娘，娘已經上吊死了，遇到大哥哥帶我回家呢。她抬頭，沒見到大哥哥，就高聲喊：「大哥哥，你咋的啦，你在哪？」

他喘著氣答道：「小姑娘，我掉在溝裏了，爬不上來，你來拉我呀。」

她回答：「大哥哥，俺來了。」

小姑娘爬起來，忘記了自己身上的疼痛，跑到小溝邊，伸出自己的小手，抓住了他的手。手上一用力，可腳下一滑，自己差點掉下去。

他告訴她說：「你一手拉著溝上的小樹，一手拉著我。」

於是小姑娘就一手拉著小樹，這樣果然有效，他一腳踏在溝沿，身子一躍，就上來了，那聰明的小姑娘一下子抱住他，身子往後一閃。他人是上來了，可倒在了小姑娘的身上，壓得小姑娘「哎喲」一聲叫，他嚇得翻了個身站起來，連說：「對不起，壓痛你了。」再伸手去拉小姑娘。

小姑娘說：「不痛不痛的，大哥哥，你帶俺到哪裏呀？」

他說：「回家！」

她抬頭望了望，好像十分熟悉的樣子，說：「那大哥你走錯了，你家在山邊上，有個大門樓子，好高好高呢。」

原來她把食堂當成他的家了。他搖頭說：「不是，那是食堂，我有家，家裏有父母，有我未婚妻。哦，對了，還有個小兄弟，同你差不多大。」

她好像明白了什麼，立即低下了頭，伸手在臉上抹了一下，好像在抹眼淚，馬上抬起頭說：「大哥呀，快走，你家在哪兒呀？」

是啊，家在哪兒呢？他也迷糊了。他站住腳四下張望。眼前一片白茫茫。

路在哪裏？我要回家，家在何方？這麼爛熟的路，天天要走過的村，怎麼辨不清方向了呢？

他呆在那裏，靜靜地聽著只有呼呼的風聲。全村人像睡過去了，像全死了一樣，又都變成了鬼，讓他鬼打仗了呢。他只好又重新站到滑下去的高坡上，踮腳往村裏望去，他看到了一點亮光，這是誰家晚上還點著燈呢？這燈光前印著一棵小樹。他想起來了，那亮光就是自己的家，窗前是一棵棗子樹，那缸米就是從棗子樹下挖出來的。

他從坡上跑下來，對小姑娘說：「小姑娘，我找到家了。走，我背你走吧。」

小姑娘說：「大哥哥，俺已經回過勁來了，俺能走了。」

她上前牽著他的手，他也拉著她的手，他們手拉手，肩並肩，向村裏走去，向他們的家中走去。

四

邵光龍站在高坡上看到的燈光，確實是他的家。在這大雪紛飛的夜晚，他家為何還亮著燈呢？這還得從下午肖光英帶著兄弟到食堂打飯說起。

今天，肖老大夫婦睡著沒起床。因為下雪天沒出工，也不曉得是中午還是下午。還是光英看隔壁的人拎著木桶出門了，才曉得是下午，到了食堂打飯的時間了。

兄弟光雄急猴猴的去喊爸爸說：「打飯了，打飯了。」

可是肖老大說：「今天天冷，不想起床，就叫光英去打飯。」

光雄說：「我也要去，我也要去。」

就這樣姐弟倆深一腳淺一腳地來到了食堂。

光英只打了四個人的飯，也就是四勺山芋糊子。她想多打一勺，可石頭師傅沒有給，也就沒再講。她曉得光龍在食堂裏吃，不能搞特殊，父母多次講，我們家是厚道人家。

就這樣她一手拎著小木桶，一手牽著弟弟走在回家的路上。這時天空飛起了小雪花，北風颼得呼呼地叫，冷風鋼針樣的穿過破棉襖，扎在身上。

小弟弟又冷又餓，沒走幾步就蹲在地上，雙手抱著胸口，說：「姐，我走不動了，我太冷了，我要餓死了。」

姐姐看弟弟直打哆嗦的身子，看到木桶裏的糊還冒著熱氣，就說：「弟弟，這糊也有你一份，要不你先喝一口吧。」

一句話說得弟弟直起腰來，說：「姐，我的好姐姐，我只喝一小口。」

於是，光英揭開木桶蓋，弟弟扒在桶沿上喝了一口，他感到身子暖和多了，腿也有勁了，主動牽著姐姐的手走了一會。一陣狂風吹來，他打了一個寒顫，差點跌倒。他又蹲在地上，說：「姐，我又走不動了，求姐呢，讓我再喝一口吧，要不我回去就不吃了。」

姐姐認為他這話有道理，就又揭開了桶蓋，讓他又喝了一口。弟弟走一節路，又蹲在地上不走了。

小孩子不懂事，大約喝出味兒來了，不喝不要緊，喝了又想喝。他又求姐姐說：「姐呀，我真的很餓呢，一點力氣也沒有了。我看桶裏還有那麼多，讓我再喝一小口吧。」

姐姐看他那可憐的樣子，心裏想：「他那一份已經喝完了，要不我就餓一頓，吃了餓，不吃也是餓，自己餓一頓，能讓弟弟飽一餐呢。弟弟長這麼大，好像從來沒飽過。」於是就說：「弟弟，你已經喝了兩口了，你那一份沒有了，今天姐姐帶你出來打飯，應該給你多吃一點，可姐姐沒辦法讓你多吃，那只好把姐的一份給你吧。」

弟弟感激地說：「姐，你真是我的好姐姐。」說完就雙手端著木桶又喝了一口，好像不是一口，扒著桶沿不鬆口，桶底子都翹起來了。

姐姐慌了，說：「好了好了，我的一份只有那麼多，再喝就把爸媽的那份喝完了。」姐姐扳開他的頭，蓋緊了木桶往回大步走。弟弟跟在後面追著說：「姐，好姐呀，我剛才喝那兩口，全都是上面的湯，一粒米也沒吃到。剛才看到白白的長長的米粒子，讓我吃顆米粒子吧。」

姐姐拎著桶不理他了，說：「不行，再吃就是爸媽的了，我沒那個權讓你吃。」就這麼爭著吵著已經到了門口。

肖老大已經站在門口。打飯回來是高興的事情，姐弟倆怎麼爭吵著呢。肖老大就問他們為什麼事。

光英說：「他在路上已經喝了三口了，一口半勺子的話，把我的一份都喝了，他還想喝。」

弟弟說：「爸，你不曉得，姐摳得很，我只喝了上面的湯，我看到桶裏有一個肥肥的米粒子就不讓吃。」

肖老大看到兒子為了一粒米粒，爭得那麼厲害，就說：「你媽說，她不吃了，那份送給你吧。」

光雄高興得跳起來，揭開了桶蓋，搬著木桶喝起來，還把手伸進去，抓住米粒子在嘴裏嚼著。爸爸已經在桌上擺好了三個大碗，光英拎著桶欲往碗裏倒，可沒想到桶裏空了，見底了。她想這個小弟弟也太不懂事了，怎麼三喝兩喝就喝光了呢。把她的那份喝了，媽的一份也喝了，現在連爸爸的也沒有了。想想實在氣不過，一巴掌打在光雄的臉上，光雄「哇」的一聲大哭起來。哭著哭著就尿褲子了，僅有的這條棉褲子尿成了水。

他很委屈地哭叫著：「我吃了什麼呀，吃了米粒子還是假的呢。」

肖老大上前接過兒子那嚼不動又吐在手上的米粒子，眼睛瞪圓了，半天沒說出話來，大叫著說：「兒啊，這哪是米粒子，這是人的手指甲呀。」

肖光英一聽，一下子昏了過去。小弟弟撲過去，哭叫著說：「姐，好姐姐，我錯了，姐，你打我吧，你醒醒啊，你不能死啊。你跟我講過，你還要跟大哥結婚呢。你死了誰跟大哥結婚呢。」

一句話，說到肖老大的心頭上，他扶起了女兒，把她摟在懷裏，淚水撲啦撲啦地流下來：「光英，我的好女兒，爸不怪你，你真的不能死啊，你同光龍的婚事，是我當年向黨代表許下的願啊，我們是厚道人家，要是不能兌現這個願，我到陰曹地府有什麼臉見人啊。」

肖老大家三間草房子同過去一樣，中間是堂屋，右邊是鍋前，當然現在沒有鍋了，只剩下兩個放鍋的洞口。鍋臺後面放著一張大床，肖老大夫妻就睡在這張大床上。左邊的房間是光英和光雄住，土坯子支起的床，上面鋪著稻草，草上只有一床破被子。本來光雄跟父母睡，指望小孩子火氣大，身子熱，好給父母暖個腳。可近兩天不要他睡了，原因是他老叫著餓啊餓的，煩死人。

父親的安排是人的肚子是磨盤，你不動它就不餓，閒著沒事儘管睡覺。

食堂裏一天兩頓，今天的第二頓誰也沒有吃，所以一早都得睡覺。肖光英睡著睡著，在昏睡中餓醒過來，她是大人了，很懂事，醒了再餓也不吭聲。她見弟弟今天吃飽了，睡得像小豬。她翻了個身，想到今天確實是自己的錯，不該讓小弟弟左一口右一口地喝糊子。忘了食堂裏打來就那麼多。自己餓死了不要緊，害得父母都沒吃的。特別是母親，可憐的媽媽呀，她記得有兩天沒沾一粒米、沒喝一口水了。母親睡在父親的床裏面，一動也不動，眼閉得緊緊的。上午一餐打飯回來，她就要去喊母親起床來吃，可被父親罵了一頓，說她睡得好好的，你喊什麼？吵醒了沒得吃怎麼辦？這樣她就不敢喊了。在家裏，父母一向對他們要求很嚴，她很怕父親。可今天的事有點怪，她怎麼也不放心。聽村裏人講，有人死了在床上好幾天都不讓人曉得，為了多打一勺糊子。連老爺家也是這樣，老嬸子前天就死了，到今天下午石頭才曉得。她想媽媽是不是也死了，父親瞞著我們呢？

她想到這些，心裏很不安。坐起身來，攏了攏頭邊睡亂的頭髮。她突然看到房裏有一絲亮光，這光是從哪裏來的呢？仔細一望是從門縫裏射進來的。這真是怪事，她就穿好破棉襖起了床，扒在門縫裏對鍋前看了看，這一看使她大大地吃了一驚。原來是父親在鍋底下燒火。這可是件不得了的事情。因為自從食堂開伙以後，就規定每家不准動煙火的，哪怕是燒上一點兒開水也不准，村裏有民兵每天晚上檢查，如果查出就罰他，也就是食堂停他家一天的伙食。再講誰家也確實開不了伙，大煉鋼鐵把鍋都交上去了。

可今天父親膽子太大了，在家燒起了火，還把自己的被棉單掛在窗戶上，外面大約也看不見，也可能他以為大雪天不會有人查的。村裏連一條狗都沒有，過去民兵檢查，狗一叫，燒火的人就立即滅火。後來民兵也餓得受不了，就打狗，偷著燒狗肉吃。其實，村裏真有狗也活不了，人沒得吃，屎都沒得拉了，狗還能吃石頭嗎？

肖光英心想，父親在燒什麼呢？是母親死了，他為母親燒紙錢嗎？想到這身子抖起來。她大著膽子把房門開了一條縫，伸頭一看不是燒紙，火堆上有個鐵盒子。過去是小弟弟當尿盆用，一直放在床底下的，民兵們沒查到。現在父親排上了用場。這鐵盒裏裝的是什麼？見父親手拿鐮刀，還是家裏那把缺了大口子的鐮刀，刀上掛著紅紅的跡子，一手拿著一塊血糊糊的東西放在鐵盒子裏，接著放上了雪水，他在鍋下加大了柴火，火燒得很旺。她可是幾個月沒有見過這麼血糊糊的肉了。她都想不起來肉是什麼樣子了。半年多以前，大食堂開張，每家每戶的豬雞鴨全都放在食堂裏吃，那肉都吃不掉呢。後來雞鴨死了不少，上面說有細菌，瘟病不能吃，全埋了，幾個月沒得吃了。有人還到埋雞鴨的地方偷挖起雞鴨回來吃。父親今晚這肉是哪來的呢？是不是從埋過的雞鴨處挖回來的？她想上前問一聲，可她曉得父親的脾氣，沒有經過同意是不准問的。按他的話講，兒女再大也是孩子，大人的事情小孩子們不曉得就不要過問，因為那是大人的事情。她想到這是在哪裏偷來的肉，也許是天上掉下來的一塊肉，父親不是常講，天老爺餓不死瞎家雀嗎？

就這樣，她在門縫裏看著看著，不知看了多長時間，只看到父親在不停的抹著眼淚，一邊燒火一邊抹淚，火燒得越大，父親的眼淚就越多，像山溝裏泉水一樣，永遠流不完。她有些不解，按講有肉吃，這是高興的事情，幹嘛還那麼流淚呢？也許是燒火的時候煙薰的。哦，對了，真的是煙薰的呢，門窗關得死死的，煙出不去，煙味都吃鼻眼了。這時，她看到爸爸伸手在柴堆裏劈了一根手指頭粗的柴棍子，對鍋裏戳了戳，肉在鍋裏滾了一下，他又加了雪水，又添火燒著，燒著燒著。她剛才聞到的是煙味，現在聞到有點肉香和肉腥味兒了，大約那肉還沒有熟。他坐在那裏還在燒。她想到這下有肉吃了，心裏感到一陣溫暖。她也不想睡了，一心想著肉，聞著肉香，口水都往下流著，眼睛死死盯著爸爸的一舉一動，恨不得跑過去搶吃一口，心裏埋怨父親行動這麼慢，肉怎麼還沒熟，真的等不及了。又見爸爸用柴棍子在鍋裏戳了戳，那肉沾到柴棍上，哦，他開始熄滅鐵盒子下的火，她曉得一定是肉熟了，爸爸要叫她吃了。

她轉身爬到床上去，脫下破棉襖，掀開了被子，鑽進被窩裏。她這才覺得自己的兩條腿凍僵了，好像不是自己的腿。她裝著睡熟的樣子，可是還一個勁地抖著，像打擺子一樣。只聽父親的腳步聲「叭噠叭噠」地到了門前，「吱啦」一聲推開了房門，又「叭噠叭噠」地來到床前，拍拍她的被頭，輕聲地說：「英子，英子，你醒醒呢。」

她假裝打個哈欠，伸伸懶腰說：「爸，天還沒亮呢。」

爸爸說：「你穿好衣服，有事呢。」

她裝著十分不情願地穿著衣服，無話找話地說：「爸，我正在作夢，夢裏有肉吃，你這麼一叫，把我好夢趕跑了。」

爸爸說：「孩子，不是夢，是真的，有吃的呢。」

她這麼一聽，裝著驚喜的樣子，說：「真有吃？那快叫弟弟一塊吃吧。」說著腳蹬著弟弟：

「光雄，光雄！」

爸爸攔著說：「別叫他，這小雜種不餓。」轉身出了房門。光雄翻了個身，又睡著了。

光英穿好衣服，靸著鞋，「啪嗒啪嗒」出了房門就問：「爸，有什麼好吃的？」

爸爸把熱氣騰騰的小鐵盒子端上來說：「吃吧，趁熱吃。」

光英看到鐵盒裏的肉，有意驚叫著：「哇，爸，這肉哪來的。」

父親抹了一下淚說：「孩子，這你就別問了，儘管吃。」

她有點奇怪：「爸，這大雪的天，你眼水絲絲的燒肉，你不講肉怎麼來的，我怎吃？」

爸爸愣了一下，說：「這……這是狗肉。」

她說：「村裏早就沒有狗了呀，哪來的狗肉。」

父親說：「前幾天外村來了一條狗，我偷打死的藏起來了。」

她一陣驚喜：「爸，你這麼講，這狗肉能吃好幾天呢。」

爸爸點點頭：「別多話，抓緊吃。」

她伸嘴啃了一口，也吃不出什麼狗肉味來，又說：「爸，你不吃？」

爸爸轉過身去說：「爸吃了，你快吃。」

她知道父親在說謊，可自己實在太餓了，剛才啃了一點，就再也控制不住自己了，拿著那根柴棍子當筷子，大口大口地吃起來，站在一邊背過身的爸爸又轉過身子問：「英子，好吃嗎？」

她滿嘴是肉，只得點頭。父親拿著煙袋鍋子，裝著粗煙葉子，點著了吸著，悶著頭說：「孩子，你吃呢，你一天沒吃了，下午你都餓昏過去了，爸爸心痛啊，在我們肖家，誰都能死，就你不能死呢……」

這時門外響起了敲門聲，「咚咚咚」地響，肖光英嚥下了嘴裏的肉，抹了抹嘴巴，心想一定是民兵檢查來了，她立即把鐵盒子藏到鍋底下。肖老大嗑嗑煙袋灰，用腳踩滅。眼睛珠子都紅了，拿起那把缺了口還有血跡的鐮刀說：「英子，你儘管吃，別說是民兵來，天王老子來又能把我怎麼樣？」邊說邊用手抽門閂，一手舉著鐮刀，猛地一開門，鐮刀正欲劈下去，一個熟得不能再熟的聲音在耳邊響起：

「爸爸，我回來啦。」進來的不是別人，正是拎著小包袱的邵光龍。他把小包袱放在大桌上，轉身向門外招招手說：「進來吧，別怕，到我家了。」

那小姑娘十分膽怯地進來了。肖老大看傻了眼，不曉得這是怎麼回事，便說：「家裏沒魚腥，哪來的野貓子？」

光龍拍打著小姑娘身上的積雪說：「爸，她是我撿的叫花子呢。」

肖光英看著那小姑娘，看光龍還拍打她身上的雪，自己身上衣服劃破了，一股怒火從心頭而起，大叫著說：「邵光龍，你也太過分了，太拿我們肖家不當算了。上次搜走了家裏的米，深更半夜的又帶著回一個小姑娘，這是哪個？是你的小老婆嗎？」說著大哭起來，哭得邵光龍不知如何是好，一肚子想說的話不曉得從什麼地方講起。

還是那位小姑娘既機靈又勇敢還會講，她先向肖老大磕了一個頭，起身又向肖光英跪下了，說：「大姐姐呀，別怪大哥哥呢，要怪就怪俺吧，是俺死皮賴臉的跟著他，俺家人死完了，俺沒有親人了，是俺娘臨死前叫俺投奔個人家，不管是誰家，沒下人的做女兒，無上無下的做老婆，有兒子的做媳婦，是大哥說了，你家還有個小弟弟呢，跟俺一般大，俺是來做他媳婦的呢。俺會燒鍋、掃地、鋪床、疊被、刷馬桶，什麼事俺都能幹。大姐姐，別怪大哥呢。」

肖光英抹著淚水說：「這年月，自己活不了，還能有媳婦，你走吧，到別人家去吧！」

肖老大呆呆地望著小姑娘，把她的話句句聽在耳朵裏，拿起煙袋鍋子大口大口地吸著煙。那小姑娘又跪在肖老大的面前，哀求著說：「爹呀，俺喊你一聲爹，你就是俺的親爹，俺就是你的兒啊，爹呀，求爹收下俺這個苦命人吧，別看俺瘦，可俺腿勤嘴甜，身子不懶，手邊的事、家務活，俺什麼都會做，俺現在沒成熟，等俺熟了就是你好兒媳婦，俺為你家當牛做馬，生是你家人，死是你家鬼，俺要有三心二意，雷打死，火燒死，跟俺娘一樣，在村頭大樹上吊死。」小姑娘跪在那裏，一個勁的頭點地。

肖老大聽到這裏，忙阻止她說：「孩子，別說，什麼也別說了。」

那小姑娘呆著了，抬頭望著肖老大滿面煙霧的臉，說：「這麼說，爹是嫌棄俺了？那俺只好走了。爹爹呀，大姐姐，俺走以後，你們千萬別怪大哥哥呢，大哥哥是個好人啊。是俺死皮賴臉的跟他來的呀！」說著從地上慢慢地爬起來，低著頭抹著淚水，一步一步往後退去，當退到門口，突然一轉身向外跑去，被門檻子絆了一腳，「撲通」一聲倒在雪地裏。

「小姑娘……」邵光龍撲了過去。

那小姑娘身子慢慢蠕動，可還是沒爬起來，便抬頭向光龍說：「大哥哥，求你把我送遠些呢，我不能髒了你家門……門啊。」話音一落便昏了過去。

邵光龍泣不成聲地：「小姑娘……」淚水掛在臉上回望著肖老大呼喊著：「爸爸……」

只見肖老大「呼」地站起身來，把手上煙袋鍋子往桌上一拍，「啪」的一聲山響。大步跨出門外，抱起了小姑娘進了家，拍打著她身上的雪，說：「光英，光龍啊，這孩子聽口音不是本地人，千里能相會，必定是有緣人啊。我看這丫頭精著呢，我長這麼大，從來沒見過這麼精的女孩子，你看她那雙眼睛，像電光一樣，只要有口飯，能長出多美的孩子來啊。光英，從小看大，三歲就見老，相信你爸不會看走眼，這小姑娘不是一般的小姑娘啊。」

其實，小姑娘剛才的一番話，已經把光英心裏說軟了，現在父親這麼一說，也就上前扶住昏迷的小姑娘。邵光龍回身關上大門，抹著眼淚，臉上露出了微笑。

肖老大深深歎了一口氣，說：「唉，好啊，不是一家人，不進一家門，這孩子進了肖家門，就是我肖家人，天意啊，緣分唻。當年光龍進了我肖家，那是黨代表給我們帶來的福氣，村裏幾十戶人家，為什麼只看中我肖家，還不是我肖家是厚道人家，根本人家。」向肖光英又說：「孩子，人呢，不能盯著眼前的事，看著腳背走路，眼要看遠一點，日後，這姑娘不會虧待我肖家的。」

那小姑娘慢慢地醒來，看到自己已經在肖光英的懷裏，四周都是和善關切的目光，忙問：「你們答應我留下了？」

肖老大點點頭說：「過去村裏多少人家有指腹為婚的、有搖窩裏訂親的、討童養媳的，我肖家苦啊，討不起呀，這窮人見了窮人親，窮人曉得窮人苦啊。今天有人送上門來，肖家怎能推到門外呢。」一眼看小姑娘又說：「小姑娘，叫什麼名字？幾歲了？」

那姑娘說：「俺不曉得姓，俺在家人家都叫俺小妹子。俺十三歲了。」

肖老大沉思片刻說：「這麼說比光雄大一歲，俗話說，女大一，正為妻，好啊，小姑娘沒姓，那就同姓肖吧，人家叫你小妹子，我們肖家到你們一代是光字輩，那就叫肖光妹吧。」

那小姑娘口裏念著：「肖光妹，是俺的名？」

肖老大點點頭：「噢，名字亮得很呢。」

小姑娘再次向肖老大跪下，大聲喊：「爹，爹呀，俺有名有姓了，俺有家了啊。」又舉起雙手，仰望蒼天嚎叫：「娘啊，前天您對天上流星許願，望俺有個人家，娘啊娘，您許的願好靈啊，俺真有人家了呀。」撲在地上再次大哭起來。

這一哭一鬧，把肖光雄也吵醒了。他不知門外發生了什麼事，便穿衣起床，睡眼惺忪地靠在門邊上，剛才起了名的肖光妹看了他一眼，知道這就是自己未來的男人，就要依靠他過一輩子，便更傷心地大哭起來，哭自己在外風裏來雨裏去，受過多少苦難，自己的哥哥死了，爹爹死了，母親也死了，死得那般淒慘，自己也就要死的時候，這位大哥哥救了俺，現在不但有活下去的希望，還有了個家，有了終身的依靠。

肖光英經父親這麼一說，看到發呆的兄弟，又看看痛哭的小姑娘，他們還真有點般配，黃瓜花，苦菜花，馬馬虎虎湊一家。眼前的肖光妹就是自己的妹妹了，便上前勸著說：「好了，別哭了，小妹妹。」可嘴上說不哭，眼淚止不住地流下來了。二人擁著抱著大哭了一場，只哭得驚天動地。

肖老大吸了一口煙，顯得很興奮地說：「好啊，我肖家女兒有了男人，兒子有了女人，好圓滿啊。」

邵光龍也高興起來，說：「爸，上次把家裏米搜走了，今天回想起來，我錯了，我有罪，對不起家裏。」打開桌上的小包袱，又說：「過去每次回家都空著手，今天我帶回來飯糰子，光英，光雄來吃吧。」

一直呆在一邊的肖光雄看到大手巾裏的米飯糰子，像餓狼一樣撲過去，抓住飯糰子就往嘴裏塞。那肖光妹也就大方地上前拍著他的背，十分體貼地說：「慢吃呢，別噎著。」

肖光雄吃飯糰子很不顧人，手裏拿著，嘴上啃著，還把大手巾抱在懷裏。

光妹看不過眼說：「你咋只顧自個不顧爹和姐呢?拿來。」伸手要拿飯糰子。可光雄躬著身子死死抓緊大手巾不放。肖光妹人小可火氣不小，一手抓住大手巾，另一手掌推過去，也不知哪兒來那麼大的力氣，推得光雄連連後退跌到在地，呆若木雞。

肖光妹雙手捧著大手巾攤在肖老大面前說：「爹，您先吃。」

肖老大並沒有接，而是瞪大眼睛看著這個火辣辣的野丫頭，十分感激地說：「好女兒，呵，家嚴不招賊，人嚴不招險啊，這姑娘今後還是我肖家的頂樑柱呢，好，我死也瞑目啦。哈哈哈！」

邵光龍上前一步，從大手巾裏拿了飯糰子雙手捧到肖老大面前，萬分羞愧地說：「爸，這可是我家的米啊，也是食堂最後一頓飯了，你就吃一口吧。」

肖老大這才轉身望著他：「怎麼，食堂關門了？散夥了？」

邵光龍深深地低著頭，無話可說。

肖老大心酸地說：「終於散夥了，可是晚了，村裏人快死絕了，你呀，怎麼等到頭碰南牆才回頭，到了黃河才死心呢。」老人仰著頭，激動地說：「解放了，我們指望著有好日子過，盼著過了荒年就到熟年，哪曉得是店小二過年，一年不如一年。前門打了狼，後門又進虎啊。俗話說，寒天不凍織布女，饑荒不餓種田人，荒年能餓死有錢放債的，都餓不死無錢種小菜的。可今天呢，我們種田人餓死了，這可是丟了種田人的臉，丟了農民老祖宗的臉啊。我……我死了怎麼有臉見老祖宗啊。」老人滿面淚水，號啕痛哭。

肖光英抹著淚上前勸著爸爸說：「爸爸，你心眼多，有算計，村裏人死絕了，你都不會死呢。別人家水都沒得喝，可我家還有肉吃。」

光龍一驚，問道：「怎麼，家裏的小米缸都端走了，怎麼還藏著肉呢？是真的？」

光英便跑到鍋底下，重新端出鐵盒子說：「不信吧，你看看。」

邵光龍驚呆地望著鐵盒裏的肉說：「爸呀，這是什麼肉，白刮刮的？」

光英說：「爸是多個心眼多條活路，打了外村來的狗。」

光龍曉得上下十里村沒見過一條狗了，轉臉望著痛哭不止的爸問：「爸，這到底是怎麼回事？」

肖老大泣不成聲，「這是我……我饑寒起盜心啊！」

光龍想起了事情的不妙，望著光英和光雄，說：「你們都在這裏，媽媽呢？」

光龍不問不要緊，這一句，光英突然覺察了什麼說：「是啊，媽睡兩天了，沒有吃喝呢。」

邵光龍端著燈，欲往鍋灶後面的床邊走去，肖老大忙攔住他說：「她睡熟了，她不能醒啊。」邵光龍也不顧眼前是父親，一下子推開了肖老大，來到那張大床邊，掀開了破被子。

全家人見母親靜靜地躺在床裏貼牆的床草上，覆蓋著她平常穿的花色棉襖，像睡熟了一樣，可大部分的身子露在外面。她瘦啊，瘦得簡直是一個人骷髏上面蒙了一層皮。臉色白成一張紙，兩腮癟了，顴骨高聳著，眼睛眶子凹下去。那瘦弱的臉上沒有了苦痛，看不出表情，看不出病容，就那麼閉著眼，安詳的像睡去一樣。哦，天哪，多麼好的母親，多麼善良賢慧的母親，多麼會過日子的母親啊，沒想到自己餓死在床頭。

肖光英大膽地掀開她的雙腿，她的一條腿只剩下白白的骨頭，血絲絲的沒有一點兒肉，血流在床草上結成了冰塊，心裏明白了一切。「啊」的一聲昏倒在床頭。

肖光妹把她摟在身邊，哭喊著：「姐，姐呀。」

肖光雄擠過來看到了，張嘴仰天，「啊，啊……」的乾嚎著，哭不出一個字來。聲音很大，多遠都能聽得見，有時被口水噎住，差點閉過去。

邵光龍沒有哭，轉身跑到堂屋，雙眼怒視著肖老大，而肖老大滿有理由地說：「怪我嗎？已經到了吃人的年代了，你們大食堂裏也煮人肉，光雄下午還吃了一個手指甲呢。」

邵光龍沒有說，他很難解釋那顆手指甲的問題。

肖光妹緊緊抱著肖光英哭喊著：「姐，你醒醒啊，姐。」

肖老大也來到肖光英的面前，一把鼻涕一把淚地說：「光英，我的女兒，你吃了娘的肉，娘不怪你，這是你娘臨死時的遺願呢，人臨死時交代的事不能違背呀。過去孝子，挖心割股為了娘，今天呢，娘為了你能活下去，她割肉養兒啊。」

邵光龍也忍不住痛哭起來。

肖老大老淚縱橫，鼻涕眼水掛著一臉也顧不得去抹一下，邊哭邊說：「你娘叫我割，割，一定要在有肉的地方割，本來不想割，幾次拿著刀子都下不了手。可下午見女兒你餓昏過去了，我愁啊，愁得頭髮大把的掉呢。愁得眼水發苦發鹹。女兒啊，你為了弟弟多喝一口糊，你餓昏死過去了。女兒啊，肖家人都能死，就你不能死啊，你是黨代表的兒媳婦呢，莊稼人講話要算話呀。所以我還是狠狠心，拿起了刀子，聽你娘的話，在有肉的地方割。哪兒有肉呢，我先想割你娘的奶子，因為那裏還有兩團肉，你們兩個孩子每人吃一個奶子，還能飽一頓。可我一看，你娘的奶子沒有了，成了兩張皮扒在胸骨上拉不起來，再說你們過去已經吸乾了你娘的奶水，現在吃也沒有什麼味了。在哪兒下刀子呢？真為割你娘的肉犯愁呢。最後才看到你娘大腿上還有一點肉，那可是你娘經常爬山挖野菜、刮樹皮，為了你們練習出來的肉啊。我就割了這塊有勁的肉啊……」

肖光英漸漸醒來，咬牙切齒，雙手抓著頭髮，頭髮被抓下了一把，又抓自己的舌頭，嘴裏流出了血，發瘋樣的敞開胸懷，抓自己的頸脖子、胸口，頸脖下被抓出了道道血印子。邵光龍衝過去抓住她的雙手，用力扳到了背後。她大聲慘叫，大口大口地嘔吐，吐出了濃痰，吐出了黃水，吐出了鮮血，真的要吐出自己的五臟六腑啊。她又昏死過去。

肖老大看著女兒的行動，心痛得不知如何是好：「女兒呀，我可憐的女兒，你不能這樣啊。」一身子搖搖晃晃，像發瘋一樣大叫著：「吃人肉，也不是奇怪的事，我們的老祖宗也是吃過人肉的，不是我們破天荒的事情，我穿開襠褲那會兒，就聽老先生們講，水泊梁山一百零八將裏就有人吃人肉，有吃小孩子的肉叫和骨爛，吃老年人的肉叫添把火，吃女人的肉叫什麼，嘿嘿，叫一鍋香。有個叫李逵的還專門吃人心呢。哈哈哈！」笑著笑著身子一歪。

光龍上前扶住他呼喊：「爸爸！」

父親像真的瘋掉了，傻笑著：「哈哈哈，你娘的肉，一鍋香啊，光英啊，你吃出香味來了嗎？哈哈哈！」一頭歪倒在桌子上。

邵光龍、光雄嚇呆了，上前緊急抱住他：「爸爸，爸爸呀。」

父親含笑望著光龍和光雄，說：「孩子，我死了，你們不要埋，別嫌我肉老了，添……添把火可以吃，吃肉吧，吃吃，孩子們過好日子吧！過共產主義好日子吧！哈哈哈哈！」他說著狂笑著推開了孩子，一頭碰在門旁上，「轟」的一聲倒下去了，像倒下了一扇門板。

孩子們齊圍上去，「爸爸，爸爸」拚命地呼叫，可老父親頭頂一股鮮血濺到牆上，怎麼也喊不醒，一家人哭成一團。

這時的天已經漸漸地亮了。突然門外衝進一個人來，大約邵光龍進來時就沒有把門關好，人一下子就闖了進來。他就是肖老大的兄弟肖貴根。他本來是起早想找點吃的，聽到老大家的哭鬧聲就過來了，他頭頂紮著一塊白布，見到躺在地上的老大就撲過去，喊叫著：「大哥，你怎麼啦，大哥……」

肖老大仰倒在地上，滿地是血。肖老二摸摸他鼻子，聽聽他的心臟，曉得他已不行了。可看他還像活著一樣，兩眼瞪著，嘴張著，說明他還有話要說，心裏還有事沒有了結，這一切兄弟肖貴根十分清楚，不需要問剛才發生了什麼事。他用手抹著他的雙眼，可怎麼也抹不下去。

還是邵光龍有經驗，因為剛才抹過肖光妹母親的雙眼。他雙手哈著熱氣，捂著老人的眼睛，大聲說：「爸，爸爸呀，我們一定聽你的話，好好活下去。」

肖貴根也在肖老大的耳朵邊大聲叫著：「老大，你安心的去吧，家裏的一切有兄弟我呢。從今往後，我就是他們的爸。」好像肖老大聽到了兄弟和光龍的聲音，把懸著的心放下來了，眼皮子閉上了，嘴也閉緊了。

孩子們哭得震天動地。

肖貴根打開大門，凝視著門外。天已大亮了，外面的雪也已經停了。山野裏村莊上是一片銀色的世界。他又轉過身來，坐在堂屋桌邊的椅子上，拿起桌上肖老大吸過的煙袋鍋子，裝上煙，劃著火柴，深深地吸著。

邵光龍看到肖貴根頭包紮著的白布，像是上了戰場的傷兵。那一舉一動，就像是肖老大的身影。他是自己的長者，現在才想到他才是臥龍山的引路人，怪自己當初為何那般燒包，跑到公社找方正剛給臥龍山帶來幸福，可這幸福又在哪裏呢。想到這些，心裏一陣酸楚，湊到肖貴根的身邊，像小孩子做錯了事，低著頭：「老爺，食堂倉庫見底了，下一步日子怎麼過呢。」

肖貴根望了他一眼，還在那裏吸著煙：「你呀，好，我先長的眉毛比不上你後長的鬍子。」

邵光龍身子一軟，跪在地上，眼淚就下來了：「是啊，是我把家裏的一小缸米都搜走了，是我餓死了媽媽，害死了爸爸。害了村裏的鄉親們啊，我有罪，我真該千刀剮萬刀剁啊！」

這時門外有了腳步聲，村裏有人起床了。首先進來的是石頭，他在門外就大聲地喊：「邵書記，對不起，我該死，昨晚公社方書記騙了我，半夜三更叫我煮一頓飯給他們吃，他們再給我們想辦法找糧食來。可吃了飯嘴一抹就跑掉了。」他又看到肖貴根頭上紮著的白布：「對不起，老爺，是我一勺子把你頭打破了，我該死。」

肖貴根磕磕煙袋灰，「石頭，我不怪你，也算是我給你老婻戴個孝吧。我現在問你，方正剛書記昨晚真的來偷吃了食堂裏的飯？」

石頭說：「是真的，就是邵書記搜來的那一小缸米。他找我，叫我別讓邵書記曉得。」

肖貴根說：「那他曉得吃了這頓飯，食堂就得關門了？」

石頭說：「是的，他哪是什麼幹部！騙子！」

肖貴根把手裏的煙袋鍋子往桌上一拍，忽地站起身來，大聲說：「好嘛，城吃鎮，鎮吃社，社裏吃到老山窪。方正剛自己裝蒜，拿我們當蔥啊。石頭，你把昨晚的醜事從頭到尾說一遍，光龍再給我寫在紙上，那他這根小辮子就在我們手上捏著，叫他小子從此斷了這條路。只要公社書記不伸這個烏龜頭，這裏的天下又是我們的了。記得去年水庫破了，我們上山開荒，自種自吃。」

石頭插嘴說：「老爺，老黃曆不頂用呢。去年是春天，山上一片青，是青的就能抓回家吃，現在可是大雪封山啊。」

肖老二打斷他的話：「你呀，餓死人，餓死人，餓死的是死人。只要人不死，就不會餓死。從現在起，臥龍山這塊天我頂著。」轉身叫在吃飯團的光雄：「光雄，去把我那根土銃子拿來。」光雄跑去肖老爺的家。

大雪過後，天氣晴朗，太陽漸漸起山。霜前冷，雪後寒。難得早晨微弱的陽光，把村裏人趕到太陽底下。

曬太陽的人們聽到肖老大家的哭聲，見石頭、肖老二都向他家走去，說明他家發生了什麼事，也就自然的紛紛來到肖老大家門口，有人進屋見肖老大已經躺在挺屍板上。這個不幸的消息立即傳遍全村，人們都擠到他家門口。

只見肖貴根握著一支土槍，腰間紮著武裝帶子，屁股上掛著裝硝藥的葫蘆和裝鐵砂的布袋子，站在肖老大門口的高坡上，像一位將軍佈置作戰方案，像發起衝鋒前的動員，那聲音是洪鐘般明亮：「鄉親們，我宣佈臥龍山的大食堂現在關門！」人們曉得過去開會都是邵光龍，今天是靠邊站的老書記發話了，顧不了天氣寒冷，也不曬太陽了，都來聽他講話。

「這大食堂開了幾個月，就這麼幾個月，臥龍山死了多少人啊，二蛋子家死絕了，白玉蘭的父親死了，馬大黑過去是工廠的幹部，回來丟了女兒和自己的一隻手。我老大夫妻還有我老伴，都死了。再這樣下去，臥龍山人就要死絕了。這食堂再不能開了。可食堂關了門，你們家裏沒有糧，怎麼辦？這人有逆天之道，可天無絕人之路。人若低頭，災難臨頭，人不低頭，天就低頭。俗話說：有福的人，不落無福之地。臥龍山這塊寶地養活了我們的祖先，就不會把我們餓死。」

肖老爺的一番話，說得大家議論紛紛，現在大雪封山，在哪找到吃的呢？只聽老爺又說：「大雪封山就沒辦法了？就在家裏等死了？活人能讓尿憋死了？首先，我們上山尋葛藤，順著藤子就能挖到葛根，燒葛根吃比山芋都帶勁。還有樹枝上的繭蛾子，樹杆上的野菇子，都是吃的嘛。更為重要的是，大雪封山，山裏的兔子、野雞、野鴨、麻雀、烏鴉、黃鼠狼子、刺蝟都得出來找食，我們上山下套子去。人呢，窮怕了什麼氣都可以受，餓怕了，什麼東西都可以吃。蛇鼠狼狸貓狗鱔，只要見到就給我抓，給我打。去年我們上山開荒，誰種誰吃。現在呢，山裏野物本無主，誰先抓著就歸誰！」

人群開始歡呼、跳躍。

肖貴根握著手中的獵槍說：「不瞞鄉親們，去年大煉鋼鐵我就偷了一根鋼管子，偷偷造了這根土銃子，還有硝藥和鐵砂，不管是遇到狼、野豬，就是遇著九尾狐狸精，我也要同牠鬥個高低！」

肖貴根的一番話，說得臥龍山人躍躍欲試，群情激動。只有邵光龍低頭沒吭聲，他像一個罪人，這群眾的歡呼聲，是在聲討他的罪行。

肖貴根又望著石頭說：「石頭，食堂裏現在到底有多少糧食？」

石頭說：「小缸底下還有一點米，還有兩袋山芋乾。」

肖貴根說：「好，你去把那點米全部熬稀飯，給大夥暖暖身子，山芋乾子全煮熟做乾糧，鄉親們帶著乾糧就跟老子上山。」

石頭跳起來：「好唻，肖書記，生薑還是老的辣呢。」笑著往關帝廟跑去。

臥龍山上下十里村一下子沸騰起來了。

肖貴根拍拍低著頭萎靡不振的邵光龍：「光龍啊，窮人家的墳頭上不長彎腰樹呢。眼前這個節骨眼，天塌下來不能彎腰，彎了腰就要被砸死。村裏還有這麼多人口眼巴巴地望著我們幾個共產黨人，不能再把他們往閻王爺那裏推呀。挺住了，站直了，死了也要站著死。」

邵光龍止不住撲在老爺的懷裏大哭起來，像一個受了委屈的孩子得到父親的支持那樣，傾瀉著內心的苦楚。

從那天起年把年時間，臥龍山確實沒有哪位領導幹部來檢查。也就是從那天起，臥龍山上下十里村，沒有餓死一個人。

第五章　一九六七年（丁未）

一

肖光英要生孩子了。她這次懷孕的時候就說過，就是拚出一條命，也要把這個孩子生下來。

肖光英同邵光龍結婚五年了。五年來她沒有過上一天安穩日子。俗話說，心裏無事一身輕，心裏壓事一身重，憂人易老，愁人傷身。為了母親的那一塊肉，像臥龍山壓得她這輩子抬不起頭。她是人未老，氣先衰，臉上像蒙著一層蠟黃色的薄皮，顴骨凸起，眼膛深陷，整天丟了魂似的低著頭，走路有氣無力，像魔鬼纏著身軀。光龍看在眼裏，痛在心頭。不知給她請了多少郎中，吃了多少付苦藥，也不見效果。還是肖貴根老爺看出了門道，說，她是多愁多病，越愁越病呢，這心病要靠心藥醫，就指望她早日生個一男半女，天倫之樂多少能沖散她心頭的憂愁吧。

肖光英結婚五年，懷孕過三次。頭個是六三年，剛結婚家裏日子好不到哪裏去，有了孩子就添張嘴，她要抓緊時間多掙工分，整天爬山下地幹農活，結果在第五個月時上臥龍山跌了一跤，流產了。再一回是在六五年，一旦有喜，邵光龍就要她幹點手頭事，預產前兩三個月就整天在家養著，誰想到孩子是生下來了，是個漂亮的小女孩，可長得嫩歪，加之邵光龍在縣裏參加大隊書記學習班，一去就是十多天，光英沒經驗，孩子發燒沒急救，死掉了。這樣，在她本來就愁苦的臉上又加了一層憂傷。她說不怨天不怪人，這是母親顯靈，在懲罰她。母親身上的肉是那麼好吃的。

這是第三回，凡事不過三。這次當有了妊娠反應，她就跑到母親的墳前磕了頭，燒了紙，大哭了一場，講了一大堆哀求的話。回來後，她說這次母親饒恕她了，放她一馬，能讓她生個大胖小子。再講她也有前兩次的經驗，算到預產期，要邵光龍哪裏也不去，並且提前同在臥龍山上下有名的接生婆賴大姑聯繫好。賴大姑滿口答應，只要早一天接她下山，絕不會誤事。因為她住在臥龍山十里長沖頂頭的龍尾山那個鬼不下蛋的半山腰裏。

哪曉得天有不測風雲，人有旦夕禍福。磕頭放了屁，真是巧得很。這幾天，臥龍山大隊幹部的權被家住臥龍山的紅衛兵小將們奪去，邵光龍靠邊站了。按講靠邊站是好事，可以一門心思回家服侍老婆，可事情沒那麼簡單。你交出了權，說明你掌權時做錯了事，你得向小將們低頭認罪。挖樹從根起，首先查你的老根子。邵光龍的根子毛病不多，因為他是烈士邵菊花的兒子，這裏沒有疑問，只是他父親是誰呢？紅衛兵走訪了村裏的老人，沒有誰能回答得出來，都說只有肖老大心裏明白，可惜肖老大在吃大食堂時餓死了。這樣推算起來，問題就更大，你當食堂裏的總管，為何還餓死養父，是否有意害的？你是否就是大土匪彭家昌的私生子？那你就是混進革命隊伍中的大內奸、大特務。加上吃大食堂村裏餓死了那麼多人，你是要把貧中下農斬盡殺絕，你真是罪該萬死。今天的革命小將要把你批倒批臭，再踏上一腳，叫你永世不得翻身。

臥龍山村紅衛兵小將的頭子，就是肖貴根嬌生慣養的兒子肖光虎。這小子十七歲，長得虎頭虎腦，做事虎氣沖天。在黑山公社讀初中。這幾天殺了回馬槍，組織臥龍山貧下中農出身的中小學生，扯起了造反的大旗，一時間奪了大隊黨支部的權，在關帝廟裏安了家。

這天一大早，他帶著馬德山的兒子馬有能以及幾位紅衛兵，身穿黃軍裝，臂戴紅袖章，腰繫武裝帶，手握紅纓槍，氣勢洶洶衝進邵光龍的家，要把他帶走。

肖光英一看，臉色就白了，她預感到天把就要生孩子了，怎麼也不能讓邵光龍走。她對肖光虎說：「大兄弟，你大姐要生孩子了，光龍可不能走啊。」

肖光虎說：「大姐，這個我可作不了主，今天接紅衛兵總部的命令，全公社統一行動。邵光龍的問題不是個小問題，大隊批了還得集中到公社批。」

肖光英上前拉著光虎的胳膊說：「大兄弟，經你這麼一講，那我就更不能讓他走了。我求你了，我就要生孩子了，說不定馬上就要生了。」說著眼淚就刷刷地往下掉，又說：「我都生了兩次了，都沒有給邵家留下一條根。這是第三次，再出事你大姐也活不下去了呀。」

邵光龍被感動了，心裏很難過，緊緊地抱著她，說：「光英，別想那麼多，我不會離開你的。」

但肖光虎態度十分堅定：「大姐，外面的事你看不見吧？我們造反派，造誰的反？就是造當權人的反，我們要革命，革誰的命？就是革邵光龍這種人的命。他不到場，我們就粗糠搓繩子幹不起來了。這可是公家的事，公事再小也是大事，大姐生孩子是私事，私事再大也是小事。」

肖光英滿面淚水，說：「我的好兄弟，聽講你是他們的頭，你就不能手下留情，抬起胳膊讓他鑽過去？你要大姐跪下來求你呀。」

肖光虎扶著她要側身子，說：「大姐，你這話就錯了，親不親，路線上分。你我都是貧農的後代，根正苗紅，我們與光龍是水火不相容。」拍著她的肩又說：「大姐呀，當初你嫁給他就是一個大騙局，念你是我姐，沒把你的事往上報了，你生孩子算個什麼？生下了兒子也是個小混蛋！」

光虎幾句話，把光英氣得臉色鐵青，渾身發抖，眼瞪著光虎，咬著牙半天講不出話來。只見肖光虎大手一揮，幾個紅衛兵一擁而上，架著邵光龍就往門外拖。肖光英撲過去拉他的衣服沒拉住，身子一閃，一屁股坐在地上。

正在外砍柴的肖光妹衝進來，撲向肖光英：「姐，姐怎麼啦？」

邵光龍身子被架著出門又回頭：「光妹，快，快上龍尾山，請賴大姑，有事來找我。」話沒說完就被紅衛兵架走了。

肖光妹把大姐抱上床，光英肚子開始痛了。肖光妹身子輕，步子快，飛一般地跑過十里山沖，沒到一個小時就接到了龍尾山上的賴大姑。

賴大姑現在成了臥龍山上下十里村的活仙姑，滿臉的麻子坑黑裏透紅，身子骨十分硬朗，六十歲的老人了，看上去只有掛邊五十歲，有人說她是當年結的大德啊。當年叫彭家昌的大老婆高桂花帶兒子到廣東惠州娘家讀書就是她的提議，從此為彭家留下了一條血脈；與黨代表邵菊花的謀合是她的參謀，給彭家昌在臥龍山留下了有口皆碑的好名聲；邵光龍到肖老大家中落戶，是她親自陪送的，給邵光龍的成長營造了一個良好的環境；與楊荷花結婚，也是她做的紅娘。只是到了大軍過江那年，她叫他帶上楊荷花跟上吳政委，打過長江去。可這次他沒有聽她的話，她當場反目說：「你我相聚已有十來年，算是蒼天安排，我們前世有緣，今日看來緣份已盡，我們可是有言在先，只要有一次不聽從我的言語，你走你的陽光道，我走我的獨木橋。全國解放，尼姑也沒有了，我到龍尾山那個偏僻的地方度過餘生。」就這樣，彭家昌為她在龍尾山蓋了兩間草棚子，讓其獨自生活。一九五〇年剿匪，彭家昌最後一次請她指破迷津。她真誠地說：「你失去的機會無法再來，現在是你人生一劫，俗話說，在劫難逃啊。」結果彭家昌人頭落了地。

到了一九六〇年冬的一個夜晚，有人把一個豁嘴的男孩送到她的門前。她只好收下為養子，從此與他相依為命，開荒種地過日子。大辦鋼鐵、吃大食堂的年代，山外有人找她，見她母子過得十分滋潤，可家中不見一粒糧食。她對來人說：「我的糧倉在樹上和藤上，樹上有果子，藤上有瓜。」從此沒有人再過問她了。前兩年，有個婦女難產，丈夫準備了擔架抬著產婦似翻過龍尾山去找醫生，被她發現，擔架抬到她草棚裏，她沒用三斧兩白刀，一會就順利接下一個男孩。就這樣一傳十，十傳百，龍尾山有個賴大姑是個活仙姑，觀世音菩薩轉世，能普渡人間多少苦命鳥。從此，誰家要生孩子，不管十里八里，只要請了她，她都樂意幫忙，從來沒有出過事。

今天肖光妹請賴大姑下山，說是邵光龍的老婆肖光英生孩子。老人一聽，全身是勁，提著拐杖，拿著包裹，安排了小豁子中餐伙食。這小豁子只有九歲，十分的乖巧聽話，關在家裏把一堆各種顏色的小石頭翻來覆去的玩著。賴大姑下山，像雞啄米的小步子走得飛快。

賴大姑來到肖光英家的堂屋裏，光妹說：「大姑吃素呢，我先下碗素麵吃。」

大姑搖頭：「不用了，給我倒碗水喝。」伸頭對左右房間看了看，便說：「你家男子呢？這孩子不懂事，大姑來了不迎接，當年還是我大姑抱他送到肖老大手裏的。」

肖光妹上前接過她小包裏和拐棍說：「真對不起，大哥被紅衛兵拉走了。」

賴大姑說：「那不行，這屋裏陰氣太重，生孩子你姑娘家不知道，是女人一道關，同閻王老爺只隔一張紙，紙一破可就……呸，臭嘴臭嘴。有了男人就把那紙堵成了一道牆。」

光妹說：「那就叫她兄弟光雄坐屋裏吧。」

賴大姑說：「別瞎扯，男大背母，女大背父，兄弟怎麼能看姐姐生孩子呢。笑話！笑話！」

光妹沉思片刻說：「那叫兄弟躲在牆邊上，低著頭不看就是了。」

賴大姑看了光妹一眼，高聲地說：「你這個丫頭怎麼這麼不懂事呢？你請我來給你嫂子接生，是你聽我的，還是我聽你的？你不找她男人回來我就走了。」

顯然，賴大姑生氣了，光妹無話可說，轉身就要出門。賴大姑又喊道：「哎，你可不能走，到時有人給我遞個剪子、拿個布片什麼的。」

光妹為難地站住了，只好喊在外劈柴的肖光雄：「光雄，叫大哥去。」

光雄呆看著光妹，抓著後腦勺：「我去怎麼中呢。那紅衛兵小將厲害得很。」

這話被賴大姑聽到了，站到門口大聲說：「叫你喊個人都不中，那要你這個男人有什麼用？」

光妹這下火氣上來了，對光雄暴跳著大叫：「大姐人命關天了，你死也得快去！」

肖光雄嚇了一跳，放下手中斧子跑去了。

光妹同大姑進了光英的房間。肖光英躺在床上，一床疊著的被子墊在她的背後，嘴上「哎喲，天啦」的叫著，當轉頭一見賴大姑，就喊：「大姑來了。」

賴大姑笑著臉答：「來了來了，孩子，馬上要叫我大姑奶奶了。」

光妹忙著拿毛巾抹著光英額頭上的汗水，望了大姑一眼，心想她比光英長一輩，生孩子就得跟孩子喊，是該喊她姑奶奶。只是光英痛得這個樣子，她還有心思開玩笑。

只見大姑掀開被子，退了光英下身的褲子，掰開她雙腿看了看，顯得若無其事的樣子，解開自己帶的小包裹說：「別怕，水到渠成，瓜熟蒂落呢。」說著拿出包裹大剪子和幾塊白布，吩咐說：「小丫頭你燒開水，把我的東西在開水裏煮一煮。」自己搬個大凳子，放在房門邊上，盤腿坐在凳子上，雙手合十，雙眼微閉，口中念念有詞。

光妹到廚房燒開水，把那剪子、布都煮過了，放在乾淨的臉盆裏，給大姑倒了一碗開水，又打了一盆開水端在桌子上。

光英在床上痛苦地叫著，額頭上豆大汗珠子往下滾，看大姑還坐在那裏像個觀音菩薩一動也不動，就急得喊道：「大姑呀，你看我能把這個孩子生下來嗎？」

大姑並未睜開眼，說：「能，是女人都能，你兩腿跨跨的，是生孩子的好手。」

光英說：「哎喲，那我怎麼痛了半天，還生不下來呢？」

大姑說：「孩子，閻王爺打發人到世上來是有時辰的，人呢，不到時辰不死，不到時辰不生。」

光英咬著牙叫著：「哎喲，我急呀，急死人呢。」

大姑說：「急什麼，我皇帝不急你太監急。」說著還消閒自在地退下手腕上的佛珠，翻過來覆過去的數著。

光英痛得實在受不了，大叫一聲：「哎喲，我的媽呀！」這聲音門外都聽見。

賴大姑好像聽得不耐煩的樣子說：「叫什麼叫，殺牛啊？生個大活人不那麼簡單，不痛個天把天放不了你，別把力氣用掉了，到了關鍵時候就沒勁了。」說著站起身，伸了一個懶腰，吩咐光妹把洗澡大盆端過來，放在床前的踏板上，盆裏放了青灰，把嬰兒用的布片、灰袋子準備好。光妹按照大姑的安排全部搞好了。

光英牙齒咬著被頭，再次大聲嚎叫：「哎喲，不得了了，我要死了，我的媽呀，痛死了！」

光妹急得望著大姑：「大姑呀，看看不是真的生下來了？」

大姑這才慢慢向床邊走來，嘴裏嘮叨著說：「我接生接了那麼多，沒見過你這鬼丫頭，生個孩子像皇帝娘娘生太子樣的，把天都叫破了。」大姑這下再次看了看光英的下身，也真的大吃一驚：「喲，沒想到這麼快呢。」於是把光英身子轉過來，讓光妹靠在她的背後。賴大姑對光英說：「孩子，你男人沒回來，我看這丫頭女人生了個男人相，俗話講，男人生了女人相，必是賤人，女人生著男人相，必定是貴人。你呢，現在就把她當你的男人，抓住她的手，靠著她的胸，用力給我生，把吃奶的勁都用出來。」她伸出雙手，扒開光英的「門戶」又說：「光英，你真行呢，這孩子頭都生下一半了，這叫萬事開頭難，孩子頭生下來了，身子像泥鰍一樣一溜就下來了，快用勁，用勁！」

光英抓住光妹的雙手，咬著牙，拚命的叫著。這一切，光妹心裏清楚，現在只見到嬰兒的一點黃頭毛，並沒有把孩子頭生出一半來，大姑是講假話，鼓勵大嫂拿出信心來生。

就這樣過了好長時間，肖光英已經是精疲力盡，全身顫抖著說：「大姑啊，我這是第三次了，你用刀子吧，用刀子把我割開吧，不要管我了，大姑啊，我求你了。」

賴大姑這才從桌上端起那早已準備好的，自己還沒喝的半碗開水，現在不太燙了。端到光英的面前說：「孩子，先喝下一口水，這是人參湯呢。」

光妹心裏有數。光英「咕嘟咕嘟」地喝下去。

大姑放下碗，對她說：「孩子，你已生了三次了，這次就像雞下蛋那麼容易，用力，用力，用死力！」

光英說：「不了，這麼用力的生，別把孩子的腦袋壓壞了。」

大姑笑著說：「孩子講傻話了，孩子腦袋越擠越聰明，來，憋住一口氣，全身一用力，大聲嚎叫。」

肖光英聽了她的話，憋住氣，嚎叫一聲：「媽媽，哎喲，我的媽媽呀！」

這是母親對生命的呼喊，這是人間對新生的呼喚！隨著光英一聲驚天動地的嚎叫，就這麼身下流了一灘血，嬰兒真的像泥鰍樣的順水淌了下來。

光妹看到大姑手上的嬰兒，樂得叫起來：「大姐，你生下來了呢。」

肖光英臉上露出了微笑，昏了過去。

賴大姑臉上也開了花說：「人生人，生死人囉，生下來喜死人呢。」邊說邊一手拍著屁股，可嬰兒沒有哭，她又拍了一次，罵了一句：「這個小畜生！」可嬰兒還是沒有哭。便轉身問光英：「孩子爸給孩子起名了嗎？」

光妹沒聽她的話，只把肖光英抱坐直了身子，拍著她的胸口說：「大姐，醒醒呀，你生的小寶寶是男孩呢。」

大姑以為這就是孩子的名字，揮起巴掌在嬰兒腳心一陣猛抽：「小寶寶，姑奶奶把你接到人間，你怎麼一句謝謝的話都沒有呢！」那嬰兒突然「哇哇」地大哭起來。大姑笑了，自言自語地說：「哇哇，謝啦，嘿嘿，不謝不謝，當年彭家昌都誇我手藝呢。」用包片和灰袋，把嬰兒包好放進被窩裏。

這時肖光英下身流出一個大血塊，接著又流了一灘血，流在盆裏的青灰中。光妹是姑娘，沒見過生孩子，便大叫著：「大姑，姐又出血了。」

賴大姑看了一眼，說：「叫什麼叫，你以為生孩子是拉一泡屎啊，雞下蛋第一次還帶點血呢，那是胞衣（胎盤）。好了，可以扶她上床上，身下放個灰袋子。」說著從小包袱裏拿出幾種草藥，對光妹說：「這幾種草藥，放在罐裏煎一下，就是止血湯，要是她下身繼續流血，讓她喝一碗就好了。」

光妹安頓好光英，轉身洗好藥罐子煎藥。見賴大姑忙著要走，她這才想到大姑連一口水都沒有喝，就又忙著給大姑準備吃的。她曉得大姑吃素，先把鐵鍋燒紅，鍋裏油底子燒飛了，再放一點香油熬熟，下了一大碗麵條，端到大姑面前。

大姑嚐了一口，連連稱讚：「看你丫頭男人相，也還有女人味呢。」邊吃麵條邊又說：「你大姐呢，身子弱，生了孩子就虛脫了，加上心裏沉得像壓著一塊石頭，你要叫她多看看孩子，別想那些不在調子上的事，一定要早點把她男人找回來！」

光妹向她投去十分敬佩的目光：「大姑，我曉得了。」

賴大姑一碗麵還沒吃完，就聽大門「咚咚」的敲著。

光妹滿心歡喜：「大哥回來了！」

開了門，是村裏的石頭滿頭大汗地闖進來，見了大姑大叫著：「哎喲，大姑，你讓我找得好苦啊，我腿都跑斷了，剛才上了龍尾山，那豁子指著下山了，你原來就在我眼皮底下，你活仙姑跟我躲貓呢。」說著就拉她：「快，我老婆要生了，痛得要上牆呢。」

賴大姑說：「喲，好，一船裝來的，說不定也是兒子呢。」

石頭聽是兒子，眼都瞪圓了，拉著她的胳膊：「啊，真的是兒子啊，那我是中年得子呢，仙姑，我給你磕響頭了，快走啊！」

賴大姑推開他手：「去去，急什麼？皇帝不急太監急，哪個生孩子不痛得天昏地暗的，雞下蛋還要扒個窩呢。去，回去燒開水。」

石頭急得直跺腳：「開水早燒好，我的太太姑哎。」

賴大姑不慌不忙地收拾包裹，拿著拐棍，對光妹說：「小丫頭，你大姐雖不是頭胎，可前兩次失敗，是復生，也是初生。不能馬虎喲。兒奔生，娘奔死，只隔閻王一張紙。她下身流血就要服藥。」

光妹扶著她出門：「大姑，謝謝你了，改天大哥專程到你家去道謝。」

賴大姑走了幾步又回頭：「要是出血不止，可要快來叫我喲。」

光妹連連點頭：「曉得了，大姑，您慢走。」

石頭大叫著：「人命關天啊，還慢走，快走吧，我的大姑。」

賴大姑出了門，一拐棍打在石頭的屁股上，罵道：「你小子嘴巴甜似蜜，屁眼辣生薑，遇到急時，巴不得掏心來哄你，災星一過就見面不相識了。」

石頭大聲說：「哎喲，人的名，樹的影，誰不曉得您老人家是送子下凡的觀音菩薩在世，普渡多少隻苦命鳥呀。」

賴大姑邊走邊說：「嗨，一百歲接生婆也有摳尿泡的時候，你呀，要當心。」

石頭連連搖頭：「哎喲，呸呸，我的大姑，活仙姑，太太姑，講點好聽的吧。」

賴大姑看他猴急的樣子，笑笑說：「大姑我講不吉利的，急死你，你還不牽著我手，我還打呢。」說著舉起了拐棍。

石頭上前牽著她，伸頭說：「你打，你打，在我頭上打。」

二人有說有笑，吵吵鬧鬧地走在村頭。

肖光妹送走了賴大姑，向村頭張望，心想，大哥怎麼還不回來？回身煎著藥，又聽到房裏嬰兒哭聲，想到大姐現在身子十分虛弱，見大鍋裏還剩一點麵條，就加了一點水，放了一勺豬油，燒好了湯湯水水一大碗，用嘴在碗頭上吹吹，端給光英。撲在床邊哄著還沒睜眼的嬰兒，「寶寶，乖乖，別哭。」

光英喝了一碗麵湯，心裏平和多了，空碗放在床頭櫃上，靠在床頭的被子上，長歎一口氣，手背抹抹油嘴說：「小妹，我真的把孩子生下來了呢，我還以為生不下來呢。」

光妹安慰她說：「姐，大姑講瓜熟蒂落，講你生來兩腿跨跨的，是會生孩子的女人，不但生了這個寶寶，還要生一大堆寶寶呢。」

光英搖搖頭說：「不了，我昨晚作了一個夢，你猜夢見誰了。唉，又夢到媽了，她手裏拿著刀子……」

光妹坐在她的身邊，一手拍著嬰兒，接過她話頭說：「姐，這麼多年了，過去的事不能老壓在心裏。」

肖光英說著又流淚了：「我吃了母親的肉，怎麼能忘記？我常夢到媽媽要帶我走，是我多次哀求她，我講媽媽，你饒我幾年吧，身為女人，人家妻子，我一個孩子還沒留下，我任務沒有完成，等我生個孩子……」

光妹拿手帕給她抹淚說：「姐，月子裏可不能流眼水，以後眼要壞的，我求你了，姐。」

光英這才停止說話，光妹掀開被子看著她的下身，見那個灰袋子又濕了，曉得她又流了不少血，忙去看藥罐子，見藥水不太濃，就坐下來守候。

過了一會，光英又喊道：「小妹，你大哥回來了嗎？」

光妹又到門口張望著，回到光英身邊，自語道：「也真是的，光雄喊到現在，大哥也該回來了。」

光英又開始嘮叨起來：「我多想見到他呀。唉，你叫光雄去喊，豬吃麥苗羊子能趕回來？」拉她到身邊接著說：「小妹呀，大姑都講，你女人生了男人相，是貴人呢。你有男子氣，看你這手硬朗朗的，相書上講這種手是個好幫後，能幫男人興家立業呢。小妹，假如我不在了，這個家得靠你頂著。」

光妹說：「大姐……」

光英打斷她說：「小妹啊，早在六〇年，你第一次到我家，見光雄吃飯不顧人，敢一掌推倒他，爸說你今後是我家頂樑柱。我爸可沒看走眼，這些年來，我也看出了，你大哥呢，整天忙，顧不了家，光雄是男人生了女人相，是根爛芋頭，扶不起來的豬大腸。只有你啊，小妹，你今天要賭咒給我呢！」

光妹望著她說：「姐，你還要我咒什麼呀？」

光英說：「假如姐死了，不是不放心嘛。」

光妹撲向她說：「姐，當年我進這個門就說了，生是你家人，死是你家鬼，對兄弟要有二心，天打雷火燒，要不在村頭大槐樹上吊死。」

光英緊緊擁住她：「好了好了，姐就要你這句話，你是好人，你大哥也是好人，肖家來了你們倆，是祖上積的德啊。」

光妹聽到外面腳步聲，便說：「這下大哥真回來了。」

光英說：「好，叫他進來，我為他生了兒子，這心裏踏實，任務完成了。」

光妹收拾床頭櫃上的空碗出了房門，見光雄一個人站在門口低著頭，手在衣服上擦來擦去，並沒見大哥的影子，便吃驚地問：「大哥呢？」

光雄有氣無力地說：「先等大哥戴高帽子遊行，現在又批鬥，走不開。」

光妹說：「你沒講大姐生孩子了？」

光雄看了她一眼：「紅衛兵不准見，還有帶金拐棍的大人站崗。」

光妹氣得臉都發紫了，伸出手要打他一耳光子，可又下不了手，先大聲又變成小聲地說：「你……你也算是男人？」

光英在房裏沒見人進房，便問：「妹呀，大哥呢？」

光妹答道：「就來。」拉光雄到一邊，低聲說：「你把火爐上藥罐裏藥水倒給大姐喝了，我馬上回來。」跑出幾步又回頭：「賴大姑在石頭家裏，有事就去找她。」說著一陣風樣的向關帝廟跑去，她邊跑邊打開了頭髮，敞開了上衣。

俗話說，一人拚命，十人難擋。光妹擺開了拚命的架勢，她有信心能把大哥從紅衛兵手中奪回來。

肖光雄按照光妹的吩咐，回身拿著桌上那只吃完麵條的碗，明知油碗也不洗，就放在鍋臺上，又端藥罐子，把他手都燙起了泡。他沒想到這藥罐子這麼燙，這才拿抹桌布抱在手上，拎起藥罐倒了藥水，再用抹布托著碗底，端到大姐床邊，輕聲地喊：「姐！」知她沒聽見，又喊了一聲：「姐，藥。」

光英倒在床頭正在迷糊中，以為是丈夫回來了，說：「你可回來了，我給你生了個兒子呢。」轉頭見是光雄，驚詫地問：「怎麼是你？」

光雄顫微微地說：「我叫不回來，光妹去了。姐，喝藥。」

光英歎了一口氣：「唉，我就一屁放響了，你是叫不回大哥呢。」心裏窩著氣，懷裏抱著嬰兒，也就沒有出手接碗，張嘴在碗邊喝了一口，緊接「哇」地一聲吐在他臉上，大叫著：「燙死我了！」

光雄本來像做錯了事，心裏膽怯，再聽她這麼一叫，嚇了一跳，雙手一抖，加上一燙，藥碗滑掉在被子上，又滾到踏板上，「啪嚓」一聲碎了。藥水潑濕了被子燙了光英的腿。

光英生氣地說：「你真笨呢，比豬都笨，你就不能涼一涼。」

他忙著用抹布擦被子，又掀開被角，無意中見到她沒有穿褲子，嚇得站到一邊不知如何是好。

她說：「還呆站著，趕快再倒一碗藥水來。」

他這才收拾碎碗，出房門端藥罐子倒藥，可惜沒有了。他急得「嗚嗚」地哭起來。

她在屋裏聽到了，便說：「你姐還沒死，哭什麼？」

他哽咽著說：「姐，藥水沒了，怎麼辦呢？」

她說：「我講你這個笨豬，加點水再煎嘛。」

他這才向藥罐裏加了一瓢水，看這水與剛才碗裏藥水不一樣，想到光妹臨走講的話，便向房裏說：「姐，剛才碗裏藥水是深紅色的，現在罐裏水是清色的。我叫大姑再配一劑吧。」其實這藥水煎一會就深紅色了。她聽他這麼一說，也就沒吭聲。

光雄跑到石頭家，問賴大姑可在他家。石頭家的人說，石頭同賴大姑出門了。光雄想，等會他們會回來，就坐在門口等著。過了好一會，見石頭滿頭大汗地回來了，身後並沒有賴大姑，光雄迎上去問：「石頭大哥，大姑呢？」

石頭瞪大眼睛，二話沒說就一拳打在他的胸口：「你小子還問大姑，你怎麼能對紅衛兵講賴大姑下山了呢？那些龜兒子正要批鬥她抓不到人，不是我從後門把她送走，差點送羊入虎口，好事壞在你小子頭上，膿包，草包，窩囊廢一個，名字好聽，還光雄，你媽的狗熊喲！」石頭大步進家，「砰」地一聲關上了門。

光雄被石頭連珠炮樣的突然襲擊轟得昏頭轉向，一屁股坐在地上大哭起來：「天哪，這下可怎麼辦呢？」

二

黑山公社主要領導人靠邊站了，一切權力交給造反派。

造反派的主要工作是破四舊立四新，砸爛舊世界，建立新中國。首先要破除名字，「黑山」這名字太反動了，應該改過來，換什麼呢？凡是黑的一切都要掃到歷史的垃圾堆裏去，統統改成紅的，全國一片紅嘛，「紅山」也不準確，最後決定改成向陽，黑山公社就成了向陽公社。其次是拆除了洪家祠堂。

向陽公社造反兵團下設幾個司令部。肖老爺的兒子肖光虎在中學讀初中，敢把校長揪出來批鬥，上級信任他，坐上了臥龍山司令部的頭把交椅。今天是公社造反兵團統一行動。把牛鬼蛇神批鬥遊街。

肖光虎戴上紗帽歪了嘴，先從家裏人頭上開刀，上午把邵光龍帶進了關帝廟，被抓進來的還有八個人，都是來自左鄰右舍大隊的地富反壞右，關在關帝廟後的大殿裏。

今天的關帝廟已經不成樣子，門窗被砸爛，木柱門旁以及屏風匾額上的雕龍畫鳳被小將們用刀子削得面目全非，中間院子裏堆著被砸碎的古董字畫，準備燒毀。邵光龍看到這裏的一切，心裏一陣的難過。是啊，畢竟是自己多年來住宿和工作的地方，多少有些感情吧。

上午的安排是先遊行，再回到關帝廟前開批鬥會。每位牛鬼蛇神都要戴高帽子。高帽子是由鳳凰嶺隊過去給死人紮靈屋的紮匠馬加灰紮的。這個馬紮匠不負造反派的厚望，也可能是多年紮靈屋紮上了癮，現在破四舊了，不准他紮了，英雄無用武之地。這次紮高帽子，是大顯身手的時候。他把高帽子紮得各種各樣，有的像喇叭花，有的像寶塔，有的像宮燈，有的像高禮帽，並且除白紙以外，用黃、綠、紅紙搭配，十分的漂亮。每頂高帽後面兩條紙條子，像古戲中官帽後面的飄帶，只是飄帶上寫的是牛鬼蛇神的字樣。高帽子紮好了，擺在大院子裏，馬加灰反覆欣賞著，並向肖光虎炫耀說：「怎麼樣，真正是藝術品呵，過去我紮靈屋，三進兩包廂，富麗堂皇的像金鑾殿呢，過年玩燈紮的十二生肖燈，活靈活現。嗨，現在像我這樣的手藝人不多了。」

高帽子一共是九頂，上午計畫是抓九個人，其中一位地主分子年齡太大，躺在床上要死了，沒有來。現在只有八個人，還多一頂高帽子。聽講賴大姑下山了，這賴大姑過去當過尼姑，幫助土匪彭家昌做過事，當然是批鬥的對象。可紅衛兵又沒抓到她。

還是肖光虎頭腦靈活，決定把這頂高帽子戴在馬加灰的頭上。正在有說有笑的馬紮匠一聽，臉色刷的一下白得像一張紙，跳起來就要逃跑。被站在門口的紅衛兵抓住，文攻武衛的用棒子壓在他的身上。

他大喊大叫著：「你們憑什麼抓我？」

肖光虎說：「就憑你紮的高帽子，你一定背後還在給死人紮靈屋，大搞迷信活動，不然怎麼會紮出這麼好看的高帽子來？」

一句話說得他啞口無言，剛才吹噓的手藝沒想到給自己製造了一大罪狀。他被當場定為壞分子，在他高帽的飄帶上寫上了「壞分子」的字樣，同時也跟其他人一樣，胸前掛了木牌子，牌子上寫著「壞分子馬加灰」，並且打了個紅「×」，像就要槍斃的死刑犯。

遊行開始了，邵光龍看了那幾頂高帽子，他認為那頂寶塔型高帽子紮得最美，搶先一步捧在手中，讓紅衛兵小將在飄帶上寫著「走資本主義當權派」的字樣，掛好牌子，小心翼翼地戴在頭上，走進牛鬼蛇神的隊伍中去。出了關帝廟大門，馬加灰走在最前面，手裏拎著一面大鑼，每走幾步就「噹」的敲一聲，好讓村裏人都來看他們。後面是穿著黃軍裝的紅衛兵小將們的隊伍，他們每人戴著紅袖章，背著紅色小口袋，小口袋裏僅有一本紅皮書，那就是毛主席語錄，名叫紅寶書。他們舉著紅寶書，不停地喊口號：「打倒地富反壞右！」「打倒牛鬼蛇神！」等等。

邵光龍很注意自己的高帽子，每當走到山邊上見到有個樹枝伸向路中，他怕把高帽子劃破了，總要下下來捧在手上，並回頭向後面的人喊：「注意樹枝。」等過了樹枝再戴在頭上。只有馬加灰不顧高帽子，走路橫衝直撞，他的高帽子被樹枝劃得粉碎，紙片子亂飛，連飄帶都不曉得飛到哪裏去了。他像丟了魂一樣，十分傷心地一邊敲著鑼，一邊用衣袖抹著滿臉的淚水，好像後面抬著他娘老子的棺材。

邵光龍小聲地安慰他說：「老馬呀，別難過，這種事說不定古時候也有呢。」

馬加灰說：「自從盤古開天地，哪朝哪代也沒有他媽的這種斷子絕孫的事呢。」

邵光龍說：「不會吧，那書上講木匠戴枷，自作自受，這個詞怎麼來的呢？」

肖光虎走在隊伍的邊上，因為他要帶領隊伍喊口號。馬上就要到臥龍山村了，有個矮個子、年齡較小的學生跑過來，他就是吃大食堂丟了一隻手馬德山的兒子馬有能。他身子有點瘦弱，可皮膚不像他父親那麼粗黑，而像他母親細皮白嫩，眉清目秀。只見他跑到肖光虎面前說：「到了家門口了，是不是繞道走？」

肖光虎瞪了他一眼：「為什麼？」

馬有能說：「光雄講，大姐要生孩子了，她看到了心裏不難過？」

肖光虎說：「親不親，線上分，什麼大姐大哥的，我就是要在村裏抖抖威風，壓壓他們的邪氣。」

馬有能沒有再說了，這一切邵光龍聽在耳裏，記在心頭。過一會就要上村頭了，馬有能又追上來在光虎耳邊低聲地吹了一陣風，什麼內容？邵光龍沒聽見，這是紅衛兵的私房話。但他看到光虎臉色變了，接著遊行隊伍自動改變路線，走村外了。

其實，邵光龍是很想走村裏，可以謊稱自己要撒尿，乘機開小差，回家看看光英是不是生了，這樣心裏踏實些。現在走村外了，他只好抬起頭，想看到自己的家。可沒有看到自家的房子，而是看到村頭路口站著一個人，那人是那麼熟悉，原來是老爺肖貴根。他手裏橫握著一根扁擔，像是一棵大樹立在路口。光龍這才明白光虎為何改變了遊行的路線。

遊行隊伍轉了一大圈，先從外村再向內村，最後又回到關帝廟門前結束，開始批鬥。

批鬥會就選擇在關帝廟前的場基上，也就是用來稻子、麥子脫粒的廣場。臥龍山大隊有八個小隊，千把人口，今天只有龍頭隊來了百十號人，他們不是來開會的，而是來看熱鬧的。沒辦法，山裏人就那個覺悟。

場基不太大，不脫粒也就閒著，加上前幾天下了一場雨，地上沒乾透，有小孩子在上面玩搶羊子、賣小花狗等遊戲，被踩得坑坑窪窪的。好在場基邊上有一個小土坡，比場基高個尺把，地上有草皮子，紅衛兵小將把這裏當主席臺，擺上兩張大桌子，四條長板凳，臺口有八名文攻武衛隊把守，他們都是二、三十歲的青年，每人手裏握著兩頭紅、中間白的專打牛鬼蛇神的金箍棒。

紅衛兵小將站在臺上兩排，肖光虎帶著大家齊唱了一首歌，他站在臺中打拍子，兩隻小手一上一下的劃著，像車水一樣。「無產階級文化大革命，嗨，就是好哎，就是好哎就是好……」小將們唱得很整齊，聲音也很嘹亮。

歌曲唱完了，兩個紅衛兵像牽小狗樣的把九名戴高帽的人牽上臺，在桌子後面站了一大排。肖光虎站到桌邊主持批鬥會場。他把紅寶書往桌上一拍，像古戲中縣太爺升堂拍驚堂木一樣，「啪」的一聲響，大聲說：「貧下中農同志們，今天開批鬥會，首先讓這些牛鬼蛇神露露相，讓革命群眾認識一下。」他望了一排戴高帽的，指著其中的邵光龍說：「你，向前走幾步。」

邵光龍曉得什麼叫亮相，就是走到臺前面讓大家看一看，於是就摘下高帽子，走向臺口，面帶微笑，看著大家。

肖光虎大聲說：「這是誰？大家認識吧。」

下面不知哪位婦女答了一句：「我的媽，這不是大隊書記嘛。」

接著下面開始議論了，很多人向他投來微笑的目光。

邵光龍這下壞了，忘了自己是被批鬥的對象，以為今天是開群眾大會，佈置春耕大生產，自然向下面揮揮手，還高聲喊：「大家好！」

臺下一陣哄笑後，有人在喊：「邵書記，你沒事吧？」

邵光龍也是話從話邊來了說：「沒事，自家兄弟當司令了，能給我怎樣？」

那人又說：「那就好，這只是一陣歪風，颳過了就沒了，當書記的要忍著點。」

肖光虎這下可氣得臉都發紫了，再次把桌子一拍對光龍說：「你放老實點，快把高帽子戴上！」

光龍又把高帽子戴上還對臺下笑，肖光虎上前按下他的頭：「還不低頭認罪。」又轉向臺下：「大家別笑，你們剛才認錯人了，他今天不是大隊書記而是村裏最大的走資本主義道路的當權派。」轉身向邵光龍：「你要低頭認罪，老實交代。」

邵光龍這才想起來，自己要交代罪行了，說什麼呢？哦，對了，交代這麼多年來的工作失誤吧。於是他咳嗽一聲，向臺下吐了一口痰，說了起來。

「貧下中農同志們，我感到這次文化大革命太好了，這麼多年來我心裏的疙瘩解不開，今天，這疙瘩讓紅衛兵小將解開了，給了我有個向大家認罪的機會。我有罪，罪大惡極，罪該萬死，罪在哪裏呢？第一點，五九年修水庫，是我出的主意，結果水庫破了，死了多少人。第二呢，六〇年吃大食堂，也是我幹的，是真的，不是瞎子烘火往身上扒，當時肖老爺硬頂著上面那股邪風，在學習班上都不低頭，後來我瞎闖進去，上面把大隊書記的帽子戴到我頭上，這是個大錯誤呢。我這人直腸通屁眼，缺邊少角，經常犯糊塗，不會把上級的話擰乾了聽。沒有那個彎腸子，怎能吞下彎鐮刀？結果肚子劃破了不算，心都割成了血，那年村裏死了多少人？」

他講到這裏，心裏很難過，他想到了父親和母親，狠心端走了家裏一小缸米，切斷了救命的糧，想到父親割母親的肉餵女兒，那是多麼慘不忍睹的一幕啊。他的眼淚刷刷地流下來，低下頭講不下去了。

肖光虎催著他說：「講啊，快講啊，剛才講的都是大家曉得的，還有不曉得的呢？藏在陰暗角落裏的呢？是什麼？」轉身又向臺下大聲說：「大家不曉得吧，邵光龍是烈士的兒子，那是他母親是烈士，可他父親是幹什麼的呢？這一直是個謎。今天我們革命小將就要揭開這個謎團，說不定他不但是個當權派，還是個漏網的牛鬼蛇神。好，先讓他自己講。」

邵光龍低著頭，抹了抹眼淚，低聲地對光虎說：「兄弟，這可是上輩的事情，我看就沒大講頭了。再講，我怎麼能講清楚呢？」

是啊，光虎心裏想，我也搞不清楚，講到最後不知有什麼結果。

正巧這時臺下不知是誰家的小孩子喊了一句：「媽，我看不見。」這句話是希望他母親能抱一下。沒想到被肖光虎聽到了，鑽了這個空子，於是便岔開話題說：「好，剛才臺下有革命小將講他看不見，那我們要不要這位當權派站高一點？」

兩邊的紅衛兵齊聲回答：「要！」

肖光虎來了勁，搬了一條長板凳放在桌子上，又向下面的群眾大聲喊：「要不要他站上去？」

兩邊的紅衛兵大聲回答：「要！」

這時臺下的人興奮起來，幹什麼呢？玩雜技嗎？太好玩了，也跟著喊起來：「站上去，站上去。」

邵光龍看出問題了，這張桌子放在山坡草皮上，本來就不平，這條板凳只有巴掌寬，四條腿還有一條腿是活動的，這樣斜放在桌子上，站上去還真要點功夫。他看了兩邊的紅衛兵小將，看了下面那麼多的群眾，都是熟人熟事的，不能輸給這些小孩子們。於是就摘下高帽子和胸口的牌子，望了光虎一眼，見他沒吭聲，便拍拍手，緊緊褲腰帶，為了穩重起見，他脫下鞋子，光著腳先站到桌子上，再抬起一隻腳在板凳上試試，看還有些穩，就身子一躍，真的站了上去。臺下的群眾看呆了，真以為他在玩雜技呢。現在玩到精彩的地方，不知是誰帶頭鼓了掌，接著臺下掌聲四起。他也為自己的成功感到高興，微笑著向臺下點頭。

這下把肖光虎的臉又氣黑了，批鬥會讓邵光龍耍了威風，一定要把他的威風掃下去。於是便「啪」的一拍桌子。其實有人看到了，他這次不是拍桌子，是拍板凳上的一條腿，板凳一歪，邵光龍身子往前一傾，便一頭栽到臺上，滾到臺下。

這下可慘了，在場的人都吃了一驚，有些小孩子大叫著不敢看了。肖光虎也嚇傻了，他沒想到會出現這樣的結果，忙跳到臺下伸手拉他。邵光龍磨磨蹭蹭半天才爬起來，看自己臉跌破了，鼻子流出了血，肩頭的衣服跌爛了。肖光虎內心感到愧疚，低聲在他耳邊說：「大哥，對不起了。」

邵光龍曉得是他搞的鬼，也低聲問他：「兄弟，你為何這般捉弄我？講個心裏話，讓我死也死個明白。」

肖光虎也不曉得如何回答他，扭頭對臺上大聲說：「這傢伙受了點傷，我帶他包紮一下，你們繼續亮相。」

肖光虎拉著邵光龍來到場基邊上的小水溝旁，也顧不了那麼多了，脫下胳膊上的紅袖章，沾著水擦著他臉上的血，說：「其實我心裏也沒什麼東西。」

光龍說：「不，你的行動怪怪的，我啞巴吃大餅，心裏很清楚，講出來大哥也不怪你。」

肖光虎看他鼻子說：「你鼻眼裏有血，充出來。」

光龍手指按著一個鼻眼，用力一充，又按另一個鼻眼，充出了一塊血團子，自己招水在額頭上拍著說：「我是沙鼻子，一碰就流血，別嚇著你。你還是回答我的問題吧。」

光虎遲疑了一會說：「真要講，我是為我媽報仇呢。」

光龍驚呆了，望著他：「這話怎麼講？」

光虎低頭說：「吃大食堂那年，我媽餓死了，我爸想多加一勺子稀糊，被石頭一勺子打破了頭。」

光龍說：「那你該找石頭呀？」

光虎說：「我找過石頭，他講是你講的，天王老子也不准。」

光龍低著頭，不吭聲了。

光虎沉重地說：「那天早上，我找到你家，知道大伯大媽都死了，但我看到桌上有塊大手巾，上面有飯米粒子，我就曉得你把食堂飯偷回家，可我們家餓死了人。從那天起我就痛下決心，君子報仇十年不晚。」

光龍低頭說：「兄弟，你錯了，我就帶了那麼一次米飯，也有你一份，可被光雄……唉，怎麼講呢？」

這時的批鬥臺上傳來歡笑聲，光虎想：「我不在場，批判臺上就不嚴肅了。」於是便對光龍說：「好了，現在我們算扯平了，今後呢，你別認為自己是大隊書記就小看我，你以為我人小不懂事。」

光龍拉著他的手說：「其實你現在還是不懂事。」

光虎甩開他的手：「我怎麼不懂事？我心裏亮得很！」

光龍跟他往批鬥臺前走：「好了，別扯遠了，要不我再上桌子，你讓我再跌一回，然後讓我回家怎麼樣？你大姐真的要生孩子了。」

就這麼說著已經到了臺口，肖光虎重新戴上潮濕的紅袖章，翻臉不認人地說：「那可不行，你就是跌死了，我也不會放你走，這是公社造反兵團的命令。用你過去的話講，天王老子也不行！」

邵光龍只好跟著他往臺上走去。

「大哥——」一聲響徹雲霄的呼喊，把臺上臺下人的目光都聚集到遠方。只見一位披頭散髮、敞開外衣的女子，奔跑著像一陣風，把臺下的人群颳開了一條路。

肖光虎看到了，心裏捏了一把汗，他曉得這位來自北方的野丫頭十分厲害，今天看那架式是來者不善，善者不來。這個節骨眼上，說不定能把這個轟轟烈烈的批鬥會攪成一鍋粥，在燃燒的火焰上潑上一盆水，叫你當場熄滅。關鍵時刻不敢怠慢，他衝上臺口攔住她。她沒把他放在眼裏，一胳膊撞在他的身上。他沒想到她有這麼大的力量，把他撞得踉蹌幾步，差點跌倒。

光妹一見光龍臉上，吃驚地問：「大哥，你咋這樣呢？」

光龍心裏焦急地說：「別問我了，你姐怎麼樣？」

光妹說：「還問呢，大姐想你呀，快回吧。」伸手拉他就要走。

肖光虎哪裏肯放，指揮臺邊拿紅棍子的大人，擋著他倆的去路，光龍真的走不出去了。肖光妹眼急手快，撲到了那人的懷裏。那人也沒思想準備，突然被一個大姑娘抱住了手腳，傻了眼連連後退。邵光龍乘機衝出臺口，臺下人群自動讓出了一條路，幫助光龍逃離現場。肖光虎拔腿就追，肖光妹轉身一伸腿，絆得他一跤跌到臺上，半天爬不起來。

肖光妹也不理他，三步兩步走到臺中，把光龍掛的那塊牌子掛在胸口，回頭見別人都有高帽子，看臺邊上放著一頂寶塔型高帽子，二話沒話，戴在頭上。跟那八個牛鬼蛇神站在一排。由於那高帽子比較大，她戴上去就把一個頭套住了，遮住了眼睛加上半邊臉，她還得要不斷地用手往上推著，那樣子十分的好玩，逗得臺下的人一陣哄笑，連站在兩邊的紅衛兵也笑得轉過身去。

肖光虎半天才從臺上爬起來，拍打身上灰塵，看到會場被攪成這個樣子，氣不打一處來，黑著臉對光妹說：「你……你幹什麼你？」

肖光妹不慌不忙地答：「我來頂替哥的呢。」

肖光虎搖著頭說：「他是當權派，你算老幾？」

肖光妹說：「我是他妹子，小時候聽人家古書講，花木蘭替父親當兵呢。今天我呢，哥挑千斤擔，妹擔八百斤，我代大哥批鬥。」

光虎說：「那不行，我不會同意的。」

光妹望著他說：「你是小兄弟，你不答應算老幾，我看村裏人都答應的。」

臺下不知不覺地跟著喊：「答應！」

那些群眾是來玩的，現在看到一位小姑娘戴高帽子十分開心，所以臺下議論聲不斷，歡笑聲此起彼伏。

肖光虎心裏發慌了，這丫頭剛一來就讓自己跌了一跤，威風減了一半，現在又戴高帽子做鬼臉，要不採取果斷措施，這個邪氣就壓不下去了。於是，他再次把紅寶書往桌上一拍，指著光妹的鼻子：「好，是你硬要往槍口上撞，別怪我不客氣了。」接著舉起紅寶書，高喊：「打倒保皇派。」

紅衛兵小將跟著喊：「打倒保皇派！」

這麼喊了一陣子口號，臺下才漸漸地平靜下來。肖光虎大拍著桌子說：「牛鬼蛇神統統給我跪下來！」

臺上文攻武衛隊用紅棍子壓在八個人的肩頭，他們互相望望，包括紮匠馬加灰都跪下來了，只有肖光妹站著沒有跪。

肖光虎走到她身邊：「你怎麼不跪？」

光妹說：「你講牛鬼蛇神跪，我不是牛鬼蛇神，是保皇派。」

肖光虎說：「保皇派罪加一等，更要跪。」大聲地喊：「跪下去！」

肖光妹對他笑笑：「小二哥呀，在臺上站著，我陪你從今天站到明天都行，我可不能跪，這條新褲子今天才穿的。」

肖光妹不跪的原因確實是為了這條新褲子，她只有一條深藍色啰嘰的新褲子，過年新做的，一水都沒洗。平時捨不得穿，今天因到龍尾山請賴大姑才穿上身幾個小時，跪下可就髒了。打死人也不能跪呀。

光虎心想，今天她要不跪，那邪氣就沒壓下去，非要她跪不可。於是摘下她的高帽子，叫文攻武衛隊的人幫忙，兩根紅棍子壓在她的肩頭。

肖光虎揪住她的頭髮往下按，厲聲喊著：「跪下！」

肖光妹挺著身子，哀求道：「小二哥，你網開一面吧，我們可是家裏人呢。」

肖光虎說：「哪個是你家裏，我是革命小將，你是保皇派，水火不容！」

肖光妹心想到剛才大哥的臉跌腫成那樣，一定是他搞的鬼，便咬著牙說：「好，這話是你講的，你不把我當家裏人，我也就不把你放在眼裏了。」推開他的手指著他的鼻子大罵道：「你這個狗東西，老爺可憐捨不得吃，捨不得喝，把你養得虎頭虎腦的，可你小子老虎亂咬人，你這個慣兒不孝，肥田出癟稻，你這個有娘養沒娘教的東西！你多狠心啊，我弄你媽！」

本來這句話是肖光妹氣憤時的一句口頭禪，可今天在這種場合用了不合適。臺下人聽到一個小姑娘講出「弄你媽」的話，實在是出人意料，也實在開心，有人便起哄著喊起來：「光妹，你弄人家媽，你有傢伙嗎？哈哈哈！」

更重要的是紅衛兵的頭子肖光虎下不了臺了，他氣得全身發抖，從文攻武衛隊員手中奪過紅棍子舉在頭上，發瘋樣地大叫：「你可跪下！」

沒想到肖光妹也紅了眼，順手從他手中奪過棒子往褲襠裏一夾：「我弄你媽！我弄你媽！」她一邊喊著還一邊面對光虎，身子一挺一挺地叫：「我弄死你媽！」

臺下一片沸騰起來，有的尖叫，有的打口哨。肖光虎這下呆了，他從來沒有受過這般侮辱，革命小將壓倒一切牛鬼蛇神，萬沒想到半路上殺出個程咬金。他頭髮炸了，要發瘋了，他控制不住自己了，雙手「啪啪啪」地拍桌子：「拿繩子來，給我綁起來，帶到公社造反兵團去！」

文攻武衛隊的人也看不過眼了，看瓜的怎被偷瓜的打了呢？真是不是東風壓倒西風就是西風壓倒東風啊，有人真拿繩子上了臺。

肖光妹也瘋了，臉黑了，眼紅了，摘下胸前的牌子砸向那拿繩子的人，縱身跳下臺去，像從人群的頭上爬過去一樣。

光虎大叫：「抓住她！」

可人們看她並未跑遠，而是在場基邊的一排茅房邊尋找什麼？看到一隻竹枝大條把，她拿在手上往茅缸裏一放，拿起來又往茅缸裏一攪，尿屎沾了滿滿一條把。

「哇……」她大叫著拖著大條把向臺上衝去，邊跑邊喊：「小子們，看到了吧，這是你們娘老子拉出來的傢伙，不怕這傢伙就跟老姑奶奶鬥一鬥，來呀！是長雞巴的就別跑啊！」

話音剛落，她已跑到臺上，舉起大條把上下翻舞起來，屎塊帶著地上的沙子四濺，像天女散花。臺上那些人可就苦了，像雪片樣的飛到臉上身上，怎麼躲也來不及了。只是喊著：「呸呸，晦氣，倒楣！」

臺下人群見勢不妙，像麻雀一樣一飛而散，紅衛兵小將、文攻武衛隊員抱頭鼠竄，就連牛鬼蛇神也跑得無蹤無影。只有肖光虎一屁股坐在臺上欲哭無淚，他不知回去怎麼向公社造反兵團交代呢。

也就是在這個時候，遠遠的臥龍山腳下，一副擔架在飛跑，那擔架上蓋著鮮紅的被堂子。肖光妹眼睛尖，一眼看出那是抬著肖光英的擔架，便放下大條把嘶裂地呼喊：「大姐……」飛般地向山邊奔去。

是的，那擔架抬的正是肖光英。

原來，肖貴根老爺握著扁擔站在村口，決心要把兒子肖光虎的腿掃斷。可遊行的隊伍改變了路線，他氣得回家像生了一場大病，想來想去，再不能讓兒子丟人顯眼，於是出門路過石頭家門口，看到坐在地上嚎哭的肖光雄，問明原因後，便一腳踢著光雄的屁股，大聲說：「救人如救火，快走！」肖老爺喊出村裏幾個婆娘衝進光英的房間，發現肖光英下身已經流血過多，身子發燒，神志開始迷糊，連懷裏的嬰兒大聲啼哭都不曉得了。肖老爺知道情況萬分緊急，現在再請賴大姑下山，恐怕來不及了。他當機立斷，吩咐一位婆娘抱著嬰兒，找石頭的老婆討口奶水。自己搬出一張竹床翻過來四腳朝天，兩根竹槓插進竹床檔子之間，再用繩子綁牢，竹床下面墊上稻草，再鋪上被子。這是一張簡單牢固的擔架，又叫兩個婆浪扶著昏迷中還不斷流血的肖光英躺在擔架上。光雄在前，肖老爺在後抬起來就往山裏走去。

擔架剛出了村頭，邵光龍正好趕來。肖老爺一陣欣喜：「好，這下我侄女兒有救了，快來抬！」

邵光龍換下了老爺，也不需問什麼情況，就不停地喊：「光雄，快走！」

躺在擔架上的肖光英在昏昏沉沉中聽到光龍的聲音，便來了精神，很吃力地喊著：「光龍，光龍，是你嗎？」

光龍答：「是我，光英，你沒事的。」

光英顫微地說：「光龍啊，我已經給你生……生下了兒子了，你曉得嗎？」

光龍這才知道已經生下了兒子，便答：「曉得，光英！」

光英好像含淚說：「光龍，我好高興呢，我的任務完……完成了呢。」

光龍說：「別，光英，你沒事的。」

過了一會，光英大約感覺到身子的顛簸，便拍著竹床沿說：「光龍，這是在哪兒呀，你要帶我上哪兒呀，我可不能見我媽媽呀！」

肖老爺上前，從邵光龍肩頭接過竹槓子，說：「去，她需要你。」

擔架沒有停止，邵光龍扒在竹床邊沿緊緊握著光英的手，邊走邊說：「光英，堅持住！」

光英說：「光龍給我講真話，抬我上哪兒呢？」

老爺在後面答：「英子，你病了，去賴大姑那裏。」

肖光英睜開了雙眼，看到了青山，便說：「哦，這是山邊，這不是見媽媽了嗎？」突然在擔架裏坐起身來，大聲地呼喊：「媽媽，我向你跪下了，你別罵我，別打我呀，你拿刀子來挖我的心吧，我吃了媽媽的肉，我還母親一顆心啊！」

肖光英這麼一鬧，擔架不得不停在山邊的路上，光龍撲上去緊緊地抱著光英：「英子，你冷靜點。」

光雄坐在石頭上直喘粗氣，「嗚嗚」地啼哭著。肖老爺也已是滿頭大汗，蹲在竹床邊上：「侄女兒，我的孩子啊。」

光英呆望他：「你是誰？」

光龍滿面淚水：「光英，是老爺呢。」

老爺含著眼淚說：「孩子，別想那麼多，神仙都有三個錯，那事是你父親做的，你媽不怨你呀。」

這時肖光妹已氣喘喘地趕到了，別看她舞著沾滿屎片的大條把，可自己身上一點臭氣也沒有。她上前喊：「大姐，大姐。」

昏迷中的肖光英聽到光妹的聲音，再次睜開眼說：「光妹，你也在呀，你們都在，好啊，你們合夥害我呀，抬著我去見我媽，這條山路我熟悉，來來去去走了幾年了，多少次我讓媽媽打，讓媽媽罵呢。」說著說著又昏過去了。

聰明的光妹站起來說：「老爺，大哥，快，改變路線，上龍頭山。」

光龍抬頭望她：「上龍頭山？」

光妹說：「對，上山路難走點，可路近，只要上了龍頭山頂，從龍山背上跨過去就到了賴大姑家。」

老爺看光英已是最後一口氣了，這樣可以節省時間，立即決定說：「好，就這麼定了，光雄，快抬！」

光雄站起來：「大哥，這山上沒路，怎麼走？」

肖光妹把披散的頭髮往後一紮，咬牙說：「大哥，我們倆抬，我個子矮在前，你身子大在後，我把槓子挽在胳膊上，你把槓子扛肩頭，走！」說著就上前毫不猶豫地挽起槓子與邵光龍抬著就走。

就這樣，老爺同光雄在竹床左右兩邊幫忙，遇坎時候托一把勁。肖光妹真不含糊，平坡上她肩杠著竹槓走，坡上胳膊挽著竹槓彎腰行，遇到陡坡，她就雙膝跪在山坡上一步一步向前挨著，胳膊磨紅了，新褲子挨破了，膝蓋挨出了血。老爺不忍心，說：「孩子，要不要歇一會！」光妹咬牙說：「不，我能行，不然大姐危險呢。」

這句話提醒了老爺，他伸手抓著光英的手腕子，這才知道脈相微弱，看到她臉色像白紙一樣，眼睛閉下了，像熟睡的一樣。再看看白色被裏子已變紅，被血濕透了，看來血已流盡了。便果斷地向光妹光龍搖搖手：「光妹光龍停下，停下吧，別再折騰了。」

擔架停下來了，光妹身子一軟攤在地上，光雄坐在一邊哇哇大哭起來：「姐呀，怪我呀，是我害了你呀。」老爺、光龍守在擔架兩邊哽咽著。

一陣陣的山風，撫弄著山坡上的樹杆，搖動著枝頭，發出嗦嗦的聲響，也吹下了幾片落葉，在枝頭飛舞，像出殯時散發的紙錢。一隻百靈鳥落在枝頭，彩色的羽毛，嘹亮的叫聲，像是唱出了醉人的歌謠。

肖光妹仰頭望著百靈鳥，說：「這是催命鳥！」正欲揮手攆去。老爺搖搖手沒有說話。任憑百靈啼叫。

肖光英聽到鳥叫聲，好像看到了小鳥：「哦，小鳥，這地方真美……美呀。」

邵光龍往地一跪，撲在被頭，頭深深地貼在她的臉上，泣不成聲。

光雄、光妹撲到光英的身上大哭起來，那聲音尖厲而嘶啞，是那麼苦澀，像在苦水裏浸泡了多少日子。

肖老爺抹抹眼淚，伸手在光英面部一晃，看她好像沒氣了，可兩眼瞪得多大望著天空，好像電影定格的畫面，便說：「她心裏還有什麼事牽掛著呢，孩子們，都表個態吧。」

光妹扒在擔架上哭喊道：「姐，我曉得你最擔心的是孩子小寶，放心吧，我會當我的孩子撫養。」望了光雄一眼又說：「等小寶上學了才結婚。」

光雄一個勁地乾嚎，一句話講不出來。

老爺像是自言自語地表態說：「唉，孩子，你苦啊，為吃食堂那麼點兒事，多少年一直在心裏熬著，硬把心熬碎了，熬焦了呀。現在你要死了，死了死了，一死便了結囉。」又歎了一口氣，拍拍跪在地上的光龍說：「光龍啊，起來吧，我這侄女兒，生是乾淨人，死是乾淨鬼。俗話說，生有時，死有地呢，她剛才說了一句『這裏真美呀』的話，我看這龍頭山真是一塊最乾淨的寶地呢，她也算是與這塊地有緣吧。我作主了，光英生就怕見到母親，就把她安葬在這裏吧。」

邵光龍慢慢抬起頭來，眼前一片平地，四面花草叢生，是塊好地方。只是腳下一塊石岩，便咬牙含淚說：「光英，這是塊寶地呢，我請幾個石匠在這塊石坡上鑿個槽子，放下棺材，再用水泥砂漿，生來沒有住上好房子，死了讓你住個好家吧。」

光英聽完這一切，就身子一軟，斷了最後一口氣。

肖老爺一陣心酸，老淚縱橫一手摟著光龍：「孩子，好人啊，她活著，你對得起她這個人，她死了，你對得起她這個鬼喲。」又向光妹、光雄大聲說：「孩子們，向死人表過態就是誓言，死也不能改變啊。」

這時只聽山下遠方一陣呼叫，他們轉身看到關帝廟的房頂上升起一股濃煙，像一股龍捲風升到天空。

肖老爺大叫道：「不好，這幫不吃人間煙火的東西在燒四舊，把關帝廟給燒著了，造孽啊！」

邵光龍正欲往山下跑，被老爺攔住。

「來不及了，讓它燒吧，公社那麼好的祠堂都被拆毀了，所有廟裏菩薩都打光了，留個關帝廟有什麼用，舊的不去，新的不來。嘿嘿，燒得好啊，哈哈，這是給光英燒的靈屋，光英到陰曹地府有好房子住呢，哈哈哈！」老爺好像有點神經錯亂。

轉眼之間，關帝廟窗戶出現熊熊大火，藉著風勢，捲起一個接一個的火浪，緊接著就是一片滿天橫流的火海，彷彿要把這個世界燒毀。

第六章　一九七一年（辛亥）

一

農曆二月二，龍抬頭。江城縣農業學大寨會議開了五天。現在雖然是春寒時節，可這次會議開得像六月天的西瓜，紅到了邊。也開得邵光龍的心像暴風雨裏的悶雷，震盪不安。

會上，縣委書記做了動員報告，傳達北方農業會議和省農業學大寨會議精神，對全縣學大寨工作提出了要求。縣革委會主任拿出方案，具體佈置，並打出了「苦幹實幹拚命幹，三年變成大寨縣」的口號。然後各公社座談討論，拿出落實措施。

在向陽公社（原黑山公社）討論會上，人們都把矛頭指向邵光龍和鳳凰嶺大隊書記高彩雲，因為他們家有山，臥龍山鳳凰嶺，是高山打鼓，名聲在外。學大寨講到底就是改山造田。有了山才有學大寨的用武之地。所以，向陽公社各大隊書記在會上背下議論紛紛，都講他倆這下不得了了，要跑紅了，要出風頭了，前途無量呢。他們只要把山改成田，就是學大寨的典型，趕大寨的一面旗子。大寨大隊書記能幹到省裏去，幹到北京去，邵光龍、高彩雲說不定要幹到縣裏了，那可是一步登天呢。到時江城縣說不定是他的天下，我們都要在他大鍋裏舀飯吃呢。媽的狗男女吃屎的運氣。

就這麼真真假假，七燒八燒的。高彩雲膽子小，說回去研究。邵光龍當時身子真的燃起了火。他開始沒有想自己要升多大官，而是想到臥龍山人民趕上了好機會，機不可失，時不再來，臥龍山該到徹底翻身的時候了。這麼多年來，臥龍山之所以苦，貧下中農之所以窮，根本原因就是人口多、田地少，如果有了田，有田就有糧，有糧就能過上好日子。於是，他在公社討論會上發了言，臥龍山前的龍頭山陽面是五百畝山場，計畫今年改成三百畝大寨田，全大隊僅千把人口，這樣每人增加三分田，按畝產一千斤計算，每人一年增加三百斤糧食，加上原有的田地收入，超過了《綱要》的要求。

他一出口，像是皇上的金口玉言，立即被公社書記蒼蠅叮狗屎樣的叮上了。說打就打，說幹就幹，並以公社的名義，通知臥龍山大隊長馬德山，帶領社員們上龍頭山砍樹，做好學大寨前期準備。還在縣裏彙報會上增加了臥龍山大隊提出的口號：「學大寨，超《綱要》，臥龍山一年能做到。」

這麼一來，好了，一口氣吹出去了。在縣農業學大寨閉幕會上，縣委書記點名表揚了臥龍山大隊書記邵光龍學得深，行動快，如果每個大隊像臥龍山大隊那樣，一年內每人增加三百斤糧食，我們縣在全省拿頭牌、全國掛上號的，希望各大隊要向邵光龍同志學習。這樣，邵光龍成了這次學大寨會上的典型人物。他提的口號成了這次會議上的豐碩成果。

縣裏會議結束後，公社又開了半天會，宣佈了公社黨委的決定：「這次學大寨要以臥龍山大隊為表率，並通知三天以後在臥龍山開萬人現場大會，各大隊、生產隊幹部和全體黨員、臥龍山周邊的三個大隊全體社員都得參加。」

這下把邵光龍推到槍口上去了。他自已也傻掉了，他只在會上談了學大寨的設想，萬萬沒想到這位公社書記利用這點火星子，燃起了這把大火，燒紅了全縣，最終不知燒到什麼結果。

向陽公社書記已不是過去的方正剛了，他姓孫，名叫孫大忠。聽人講過去是中華的「中」，現在改成了這個「忠」，忠於毛主席。過去是無意，現在是有心。他個子高，身子骨又瘦又直，像根青竹竿，長長的脖子鼓著幾條青色蚯蚓樣的筋，兩根肩胛骨從襯衫外面看得清楚，沒肉的臉上罩著一層青黃色的皮，濃厚而長的眉毛下，眼睛凹在頭骷髏裏，但眼很大，骨碌碌的有神，一眨一眨的像兩隻鬼火。大隊幹部們都講怕他的眼睛，送他個外號叫孫猴子，那眼睛自然成了火眼金睛。他今天好像看出了邵光龍心裏有些顧慮，會後把他叫到自己房間裏開小灶。

現在的向陽公社建在街頭的小山坡上，左邊是食堂，右邊是禮堂，中間三幢小瓦房，住著三十幾個幹部。

孫大忠的辦公室設在最後一幢左邊頂頭的一個大房子裏。他請邵光龍坐在辦公桌的對面，泡了一杯茶，遞上一支煙點燃，這才打開話匣子說：「毛主席教導我們，正確路線確定之後，幹部就是決定的因素。你是幹部，還有什麼想法現在講出來。」

邵光龍聽人講怕他的眼睛，今天坐著面對面，抬頭見他睜著大眼盯著自己，確實感到陰森森的。於是就面朝桌面上說：「感謝黨組織對我的信任。」

孫書記接著說：「這不是上級信任的問題，是對偉大領袖忠誠的問題。忠不忠，見行動。大寨是毛主席樹立的一面紅旗，這紅旗在全國飄起來了，在我們向陽公社何時全面飄起來，就看你的了。」

邵光龍說：「我開了幾天會，心裏沒有底，不知群眾意見怎麼樣？」

孫大忠說：「毛主席教導我們，我們應當相信群眾，我們應當相信黨，這是兩條根本的原理，如果懷疑這兩條原理，那就什麼事情也做不成了。」

這下邵光龍就沒有什麼話再說了，便站起來告辭說：「天已不早了，我抓緊時間回去。」

孫大忠站起來：「好，時間緊，任務重，我就不留你了。」

邵光龍背起黃色軍用包，包口紮著一條白毛巾，掛著茶缸子，這是他開會出差的生活日用品。孫大忠一直把他送到大門口，緊緊握著他的手，再三交代：「大隊幹部萬一有人想不通，就開會辦學習班。毛主席教導我們，辦學習班是個好辦法，很多問題可以在學習班裏得到解決。我明天下午親自到你那裏去。」

邵光龍步行十五里山路，回到臥龍山，太陽已經下山，天開始轉黑了。他先沒有回家，也沒有去大隊部辦公室，而是登上龍頭山。開山造田，這是破天荒的事情，祖上沒有先例。他想琢磨琢磨這山怎麼開，田怎麼造。他剛踏上龍頭山腳下，就被眼前景色驚呆了，大隊長馬德山和會計李常有行動真快呢。公社只帶一個口信，龍頭山變成了和尚頭，大小樹木堆在山腳下像一座小山包子。這下他心裏石頭落了地，說明他們想法同我完全一致，只要領導班子心往一處想，勁往一處使，什麼事情都能做好。再加上有了這麼多的樹木，賣給縣木材公司也是一批不少的收入，能保證開山炸藥和用費呢。

他走上半山腰，望著光禿禿的山坡，心裏甜絲絲的，好像看到了一排排梯田已經疊起來了，一浪一浪的稻子隨風搖晃著，轉眼金黃色的稻穀堆成了山，村裏每人都端上大米飯，這可是多少年的夢想啊。解放二十多年了，共產黨一心為人民謀幸福，到了我任大隊書記這個夢想就要實現了。他被自己的夢想陶醉了，他像喝醉了酒的漢子，哼著小曲，搖搖晃晃走下山去。

當邵光龍走到一塊岩石下的土堆上，他站住了，像火燒的心裏潑了一勺冰水一樣呆住了，他眼前是一座孤墳。這墳不是別人，是他死去的妻子肖光英的。他在墳邊站了半天，猛拍自己的腦袋，自言自語地說：「唉，我真該死，光英，當年在你去世的時候，我表過態的呀，我怎麼把你給忘了呢？我怎麼這幾天頭腦發熱，把你忘得死死的呢？我真混蛋呢。要開山造田，這墳就得遷移，臥龍山十里長沖兩千五百畝山場，我為何單單選擇龍頭山前期造田呢？現在縣裏曉得了，公社決定了，山上樹都吹光了，後天要開現場會。天啊，我真該死，我怎麼會把你給忘了呢？」

他身子一軟，一屁股坐在墳邊上，手撫摸著墳土，他很清楚，這墳是在石岩上鑿成的坑，四壁鑲著木板，放下了棺材後外加水泥，這是多麼好的墳墓啊，要遷移還得用炸藥炸呢。他的手摸著墳邊黑黑的紙灰，那是光雄、光妹帶著他兒子小寶經常來看墳，順便偷偷燒的紙錢。他想想自己工作太忙，有年把時間沒有來看墳了。所以這次開會滿腦子開山造田，把她給忘了。他想想心裏很難過。他靜靜地坐在墳邊，看著墳頭，好像看到肖光英就躺在身邊，多少往事湧上心頭——那年修水庫，是你每天餓著肚子給我送一頓飯；水庫破了，是你把我從泥沙裏救出來；吃大食堂，我每天不餓肚子，可沒有顧上你，沒給你帶回一頓吃的，就帶了那一次，你還沒吃上；

為了我們這個孩子，你是拚著命地把他生下的，結果孩子生下來了，可你……這輩子你為我做得太多了，可我為你做得太少了，我為了補償，只有在你去世時，想給你修一座最好的墳墓，可現在還要炸了。

想到這些，他鼻子一酸，眼淚也出來了。他伸手從鼻子上捏出兩條清鼻涕，甩在墳邊的小樹椿上，再把手在鞋幫上蹭乾，手背抹抹眼淚，雙手搓一搓，長歎了一口氣，唉，怎麼講呢，回過頭來一想吧，改山造田也是好事情，是為了我們兒子，為了臥龍山老百姓的子孫後代有口飯吃。相信你光英是通情達理的人，把你墳遷走，就算是你睡久了翻了一個身，也算不得什麼。再講呢，你還是搬到父母那裏去，當年讓你孤單單的一個人在這裏，說不定是一個錯誤，哪有女兒離開娘的道理，這說不定是天意，也是你媽媽在天之靈說，兒呀，媽媽還有什麼事不能原諒女兒的呢，回來吧，到媽的身邊來吧。他想到這些，算是自己解開自己心裏的疙瘩，身子輕鬆多了，便起身向山下走去。

龍頭山下就是臥龍山小學，也就是原來的關帝廟。當年一把大火燒掉了房子的門窗和房頂，可古老的牆壁十分堅固，經過半年的日曬雨淋也沒有倒塌。後來上級教育部門來人檢查，發現臥龍山孩子要走十多里山路，到山外去讀書，就建議在這裏辦一所一到三年級的小學，其實也只有一個班，要三間房子。大隊沒有收入，只好上山砍了幾棵樹，在關帝廟後大殿的牆頭上加起幾根桁條，釘上椽子蓋上瓦，雜樹打幾張長條桌子，學生自己帶板凳，上級派來一位老師，縣師範剛畢業，才二十歲，叫李春林，人家叫他李校長。

邵光龍下山走到學校門口，見學校教室裏還亮著燈，一條小黑狗汪汪地叫起來。李校長聽到狗叫，知道外面有人，就開門見是大隊書記，踢了小黑狗一腳，問書記可進來坐坐。邵光龍想，兒子小寶，還沒到上學的年齡，因家裏掙工分，孩子沒人帶，只好讓他跟黃樹根的女兒黃毛丫到學校來，才十幾天，不知學得怎麼樣，順便想進去問問，便進了教室。講臺桌上一盞臺燈，玻璃罩子擦得很乾淨，罩上套著一張白紙，目的是把燈光壓下來，好批改作業。李校長見邵書記進來，就把套紙拿下來，燈光也就散開了。

邵光龍解下背著的黃包放在課桌上，四周看了看，見教室桌子排得很整齊，也抹得很乾淨，黑板上有仿宋體「毛主席萬歲」的字樣，寫得很工整，只是四面牆上黑糊糊，灰濛濛的，這不能怪學校，是當年紅衛兵燒屋子留下的黑印子。但他還是說了一句：「教室不太亮，應該用石灰刷刷。」

李校長說：「是，學校經費不足，下學期一定刷上。」

教室後面開了個門，邵光龍知道那是他的臥室，也就沒進去，便隨便說了一句：「我那兒子其實上學年齡還沒到，吵著要上學。」

李校長忙答：「邵書記問的是邵小寶同學的學習吧，別看他人小，可聰明呢。」說著拿出一本作文本放在他面前。

邵光龍一看封面是三年級黃毛丫的，他想李校長怎麼搞錯了，應該拿邵小寶一年級的作業呀。

李校長也看出邵書記的不解，忙說：「情況是這樣的，邵小寶同學每天都是黃毛丫同學帶來上學的。這樣，邵小寶同學就向黃毛丫同學講述了一個故事，黃毛丫同學呢，就根據他的口述寫了一篇作文，題目叫〈我有兩個媽媽〉。」

邵光龍驚呆地望著李校長，李校長笑著說：「怎麼樣，題目就很吸引人，這段寫得好，我讀給你聽：邵小寶有雙虎頭鞋，他說他媽媽……」

邵光龍一臉的嚴肅，忙擺擺手說：「這孩子，什麼亂七八糟的。」

李校長解釋說：「文章中講的是一個媽媽和一個嬸嬸，重點寫嬸嬸像媽媽一樣對自己的關心，白天牽在手上，晚上摟在懷裏，還專門給他做好吃的，寫得生動活潑，活靈活現。後來我問了黃毛丫同學，她講是邵小寶同學講一句他寫一句。看，邵小寶同學是不是聰明過人？」

對李校長講的這些話，邵光龍全聽進去了，但他站起看著黑板上的美術字，假裝沒注意聽。李校長見他對作文沒興趣，就收起黃毛丫的作文本，想了想說：「哎喲，我忘了，邵書記喝口水。」忙解開他黃包上的茶缸子，從臥室裏拎出竹編瓶殼的熱水瓶，先給瓷缸裏倒了一點水，晃了晃倒在地上，又倒了一杯水。見邵書記眼睛還對著黑板，就遞過瓷缸子說：「這些美術字是我剛學的，我來當老師，語數音體美都我一個人，不學不行啊。說不定哪天大隊開大會，寫個標語什麼的，我好排上用場呢。」

邵光龍回頭看了他一眼，接過大瓷缸子說：「教師要關心國家大事啊。你每天聽廣播嗎？」

李校長說：「聽啊，毛主席教導我們，教育要以教為主，也要學工學農學軍，也要批判資產階級。」

邵光龍臉上開始樂了，端起大瓷缸咕嘟一口，手背抹著嘴邊的開水說：「大隊開展農業學大寨了。」

李校長激動了：「那好啊，學大寨趕大寨，大寨紅旗迎風擺。收音機裏就是這麼唱的。」

邵光龍擺擺手說：「別打岔，聽我說嘛。」又喝了一口水：「給你們學校佈置一個光榮的任務。」

李校長笑著忙答：「感謝邵書記對我們的信任。」

邵光龍說：「好，你在龍頭山頂寫五個字，『農業學大寨』。」指著黑板又說：「就是這個體，怎麼樣？」

李校長愣了半天沒回答，心想，山頂上又不是黑板，怎麼寫字呢？

邵光龍把瓷缸放桌上，比劃著說：「你別發呆，是這樣的，那山頂上呢，樹已經砍了，對吧，光禿禿的一片，你明天帶學生上山撿石頭，用石頭排成字，每個字教室這麼大，大隊給你買紅油漆，石頭上刷上紅油漆十分顯眼，明天一定完成，後天公社要在這山上開學大寨的動員大會。」

李校長這下聽明白了，頭點得像小雞啄米：「那是那是，這字好，十里外都能看得見，我保證完成任務。」

邵光龍說：「這下就看你的了。」說著喝下瓷缸裏所有的水，同李校長握握手，背著黃包走出學校，心裏很高興，為自己這個突然的設想而興奮。

他開始往回走，要回家就得想到兒子，頭腦裏整天學大寨的，在外開了五天會，也該給兒子買點小糖，可惜忘掉了。想著兒子，不知不覺心裏冒著火，這孩子也真是的，才上幾天學，怎麼就讓別人給寫在作文裏了，你什麼話不能講，怎麼講自己有兩個媽媽呢？反過來想也難怪，光妹對孩子也太好了。小時沒奶水，三天兩頭找石頭的老婆，被石頭那小子罵了多少回，後來自己磨豆子，製豆漿，大一口小一口的餵，每天晚上抱在懷裏，還給他做了一雙虎頭鞋，樣子十分好看。唉，有人講，這孩子比有媽的孩子都幸福呢。她常講，大姐臨終時她有過話，她要遵守自己的諾言。可孩子你要講清楚，那是嬸嬸或者講姑姑呀，怎麼講媽媽呢？這樣別的同學傳到人家耳裏，真是好講不好聽呢，回去要教訓教訓他。

邵光龍家有點小變化，那就是在原來三間房子頭邊加了一間，四間屋子去年把草房翻成了瓦房，屋簷下帶個小拖子做廚房。進門是堂屋，左邊第一間是光雄睡的，當裏邊是光妹的。光妹進出門都走光雄床邊過。右邊是光龍同兒子小寶的房間。過去小寶一直跟光妹睡，過了年孩子又上了學，為了培養自己同兒子的感情，才叫兒子跟自己睡。當然他更希望光妹同光雄有時來點小動作，生米煮成熟飯，也去了當大哥的一樁心事。

他到了家，推開大門，平時只要光龍不在家，大門是從來不閂的。他進了自己的房間，拿火柴點亮了小油燈，把黃包掛在牆上。見踏板上一雙虎頭鞋，兒子在被窩裏睡成了蝦，他也不知是哪根神經起了作用，一掀被子，在兒子的屁股上狠狠抽了一巴掌。小寶嚇了一跳，身子一顫，眼睛還沒睜開就「哇哇」地大哭起來。他不知道是誰打的，嘴裏大叫著：「幹嘛打我，你壞蛋！」

他大概作夢與同學們玩遊戲，是罵他的同學。

睡在左邊的光妹聽到哭聲，一骨碌爬了起來，嘴裏喊著：「小寶，怎麼啦？」也顧不上披外衣，一隻腳靸著鞋，一隻腳光著腳丫子衝過來。

邵光龍在門後的糞桶裏解小便，正好把傢伙掏出來，尿從裏面往外流了一半，見光妹推門，「小寶、小寶」地叫著向床上撲去。嚇得他忙著收快了一點，尿了幾滴在褲襠裏。

房裏燈光很暗，原來是燈芯短了，吃不住油，光妹欲從頭上拔木簪子，發現睡覺時下在了床上，一轉身發現了大哥，嚇了一大跳：「喲，大哥，你回來了，是你打了他？」

邵光龍不知怎麼講才好，「我……我叫他起來撒尿。」

小寶這下全醒了，哭著說：「你自己撒尿就叫我，我沒尿呢，哇哇！」

這話把光妹臉都講紅了，看大哥站在門後面很不自然的樣子，大約是正在撒尿，就拍拍小寶讓他睡下：「好了好了，沒尿就睡吧。」她這才發現自己下身是短褲頭子，上身只穿著無袖的單衫，胳臂大腿全露在外，加上領口比較大，兩個奶子的上半部分看得清清楚楚。她知道大哥是嚴肅的，這個樣子半夜三更的在他房間裏出現不像樣子，便雙手抱著胸口出了房門，回頭說：「大哥沒吃吧，鍋裏有現飯，我給你熱去？」

光龍說：「我自己去，你睡吧。」

光妹在路過光雄的床邊時，有意在他屁股上捏了一把：「睡得死豬樣，小寶哭了都不曉得。」她這種舉動是讓他知道自己為何去了大哥的房間，是因為小寶在哭，怕他吃大哥的醋。

光雄哼了一聲，翻了個身，其實他沒有睡著，他知道她與大哥的清白。

邵光龍發現小寶又睡著了，就關上房門，在門後要重新把沒有撒完的尿撒完。可不知怎麼的，怎麼撒也撒不出來，便端著鬼火樣的小油燈，開門進了廚房，見大鍋裏的瓷盆子裏有剩飯，還有一點熱，他知道他們吃得很晚，因為曉得他今天散會要回來。他們每次都是等他回來吃晚飯，實在等得太晚了才開鍋，並留著一瓷盆飯和菜。他就倒了開水大口大口地吃起來。他邊吃邊想，家裏拖著一個孩子，自己忙得幾天不歸家，要不是這個小妹子，會變成什麼樣子。也難怪兒子背後跟她叫媽，人家都這麼講，女人生了男人相是貴人，這話真不假呢。

光龍吃過了飯抹抹嘴，回房間熄燈脫衣躺在床上，可奇怪尿又來了，便起床到門後邊撒尿。這時聽到光雄房間裏有響動，便把尿撒到糞桶邊沿不發出響聲，自己像老鼠一樣一隻耳朵貼在門縫裏，聽那邊的動靜。原來光雄起來撒尿，接著「啪啪」的敲門聲，「光妹開呀。」這是光雄的聲音。「滾！睡覺！」這是光妹的聲音。「那你剛才捏我的屁股。」光雄咕嘟幾句就「轟」的一聲倒在床上，長歎著氣。

光龍聽到這些心裏很難過，躺在床上想了很多：他們兩人自小定下的夫妻，可這麼多年只有一牆之隔，光雄從來沒有越過這道牆。表面上大丈夫的樣子，其實很怕她。他也是二十出頭的小夥子了，那還不是三月的高粱稈子——見火就著啊。一年到頭拉著長長的臉，哪一夜不是驢打滾樣的撲通撲通的翻著身。唉，也怪大哥我早就表了態，要給他們倆舉行個像樣的婚禮，人生就這麼一次嘛。加上光妹無親無故，連老家在什麼地上都不曉得，當年是大哥把她領進了肖家門，現在大哥要為她作主啊。本來這婚事前年辦的，可光妹說，當年向大姐講過話，小寶太小，結了婚就得有孩子，她怕委屈了小寶，等一年小寶大一點吧。去年又翻房子，家底太空，現在又學大寨開始了，不知什麼時候能抽出空來，了卻做大哥的一樁心思，也向死去的父母、光英有個交代。他轉過來一想，要是光雄能使光妹懷了孕，那婚事也就好辦了。給村裏撒幾個小糖就結束。唉，這個小弟弟呀，也太軟弱了，不怪人家背後喊他是狗熊呢。

二

臥龍山小學停課一天，全校五十來名學生上龍頭山撿石頭，由李校長在山頂排成「農業學大寨」五個黑體字，每個字有兩間房子那麼大。

字排好後，李校長來到學校左邊的大隊部，在會計室裏見到青年會計李常有，說：「李會計，拿錢買油漆寫標語知道吧？」

李會計說：「曉得，上午開會研究過了，要多少錢？」

李校長說：「農業學大寨五個字，每個字兩間房屋那麼大，這樣就有十間房屋大，每間房要用一小桶油漆，兌上兩斤煤油就夠了。」

李常有拿出算盤，邊撥著算盤珠子邊說：「油漆每小桶七毛五，十斤七塊五，每斤煤油三毛六，二十斤七塊二，乖，要近十五塊錢呢。」

這是農業學大寨，上綱上線的事，他也不敢多話，正要拿鑰匙開裏面的抽屜。

李校長是過日子的人，多了一句嘴，說：「李會計，我有個想法，不知可以不可以。」見李會計望著自己，又說：「我知道大隊很窮，不，暫時不富裕，每個整勞力，一天十分工才有一毛錢，有的小隊只有八分錢，那天我聽人家講：辛辛苦苦一整天，買不到一包豐收煙（豐收煙每包九分錢），這樣十多塊錢，要用多少勞力才能換回來。要是換成兩擔石灰就夠了，白色的，山頂上比紅色的顯眼，效果更好。」

李會計眼睛一亮：「石灰每擔二塊三，要不了五塊錢呢。那好，李校長真會過日子，你打五塊錢暫借條吧。」

李校長向李會計要了一張紙，寫了暫借五塊錢的條子。李會計收了條子，從抽屜裏拿出五塊錢，交給他說：「回頭拿發票給邵書記批，再來結賬。」

李校長拿著五塊錢，臉上堆著樂說：「下午派兩個整勞力，把石灰買回來，帶兩擔糞桶，石灰兌上水，用糞勺子在字上一澆，十分省事。」

李會計說：「人我安排，大隊出工分條子。」

李校長拿了錢，出了會計辦公室，心裏一陣歡喜，因為他知道，那五個字只要一擔半石灰足夠了，剩下半擔石灰刷教室，把教室刷得亮堂堂的，孩子們不知有多麼高興呢。

下午，公社書記孫大忠要到臥龍山，親自安排明天的現場會。孫大忠進村沒到大隊部，先去了李常有的家，聽講李家老父親身體不好，買了半斤紅糖，兩塊麻餅子去看望。可見孫大忠與李常有不是一般的關係。村裏人都感到奇怪，臥龍山認得字的人好幾個，為何李常有這個初中沒畢業，突然入了黨，任支部委員還掌管全大隊的財務大權？

那是一九六七年春，李常有在黑山中學（現向陽中學）讀初中，比肖光虎高一個年級，學校停課鬧革命，學生都回家造反去了，要留兩個老師和四個學生護校，包吃住，每天補助二毛錢。

校長念李常有家困難，就留了他。這天夜裏，李常有在睡夢中聽到有人喊叫：「我餓死了，救命啊！」

他起床點上蠟燭到教室裏查看，從窗戶看到裏面關了一個人。

那人看到他，便苦苦哀求道：「小學生啊，快放我出去，我一天沒吃了，要死了。」

他看那人瘦得不成樣子，實在可憐，看看左右沒人，就小聲說：「我不能放你出去，但我告訴你後牆左邊第一個窗柱被蟲吃爛掉了，用力一扳就斷，這事靠你自己做。」

那人說：「好，我知道了，你走吧，今後我會感謝你的。」

他回去睡了，那人跑掉了，在外躲了幾個月，第二年官復原職。

李常有也因家裏困難而輟學了。有一天聽人家講，公社書記孫大忠就是當年關在中學教室裏的當權派，李常有想起當天晚上他講過「今後我會感謝你的」話，便偷偷到公社找到他。這叫朝中有人好做官，沒過幾天，李常有就入了黨，肖貴根老爺因年齡過大而把支部委員這頂帽子轉給了他。當年他只有十八歲，就抱上了這個公社一把手的粗腿，背靠大樹好乘涼，大隊會計工作幹得那是光屁股坐板凳——有板有眼。

孫大忠晚上召開臥龍山大隊黨支部委員會議，並提出要在明天的現場會上，炸開邵光龍老婆肖光英的墳墓。當然，這消息對肖家是絕對保密的。可是要想人不知，除非己莫為，世上沒有不透風的牆。這事當晚就讓肖家的一個人曉得了，這個人就是肖光英的堂弟肖光虎。

肖光虎這幾天發瘋樣的追著山窪生產隊的白玉蘭。

白玉蘭在吃食堂那年，父親躺在挺屍板上留下最後一句話：「女兒不要嫁遠門，臥龍山是塊寶地，肥水不流外人田，還能照應照應你的媽。」母親苦苦把她拉扯到十八歲，那真是茅草房裏桂花香，貧窮人家出美女。白玉蘭長得真是臥龍山裏一顆閃亮的明珠，高高的身材，白嫩的皮膚，橢圓形小臉蛋上五官十分勻稱，特別是眉眼間那一塊，月牙兒秀眉下一雙清澈的眼珠，像溪邊青草潮濕的睫毛映出寶石，烏黑的頭髮打著一根獨辮子拖到腰間，走路一擺一擺的。誰看誰著迷。特別是熱天，鄉下人沒有胸罩，她本來奶子就大，乳頭子像茶杯蓋的頂子一樣戳著單薄的衣服，走路一晃一晃的，男人看了心裏也跟著一晃一晃的，魂都不沾身。有人傳說臥龍山、鳳凰嶺是龍鳳呈祥之地，巨龍常年臥在山間，而鳳凰一百年才出一個。白玉蘭就是那一百年的鳳凰轉世。

肖光虎見到她就要掉魂，追她追得要發瘋，三天不見茶飯不香，睡覺不眠。幾次請村裏有臉面的人說媒，可沒有哪個願站出來出這個臉，因為人家都知道他名聲不太好，紅衛兵造反那年當司令，太燒包，紅過了頭，紮高帽子遊村，還把關帝廟給燒了。他老子倒是村裏都尊敬的人，雖是同一口鍋裏吃飯，一屋裏睡覺，可很少講話。有時父親會冒一句：「別他媽的癩哈蟆想吃天鵝肉呢。」可這小子吃了秤砣鐵了心。每天下晚收工，見白玉蘭回到家，他就跑她家門口走過來走過去，再走過去走過來，像個遊魂鬼。白大媽看不過眼，搬凳子坐在小院子門口，把女兒關在家影子都不讓他見。他看不到白玉蘭就打口哨，口哨很尖，往耳朵眼裏鑽，像吊死鬼樣的叫。白大媽就撿起地上石頭砸他，一邊砸一邊罵：「鬼叫呢，陰不陰陽不陽的，有娘養沒娘教的東西，告訴你小子，我丫頭當尼姑，送水裏淹死，大樹上吊死，也不給你這個缺德鬼！」

這天下晚上，白大媽也是石頭亂砸。可光虎也看不清石頭是怎麼飛過來的，只感到一個小石子，一陣風樣的在耳邊擦過，他手一摸，有些濕糊糊的，他曉得這下不好了，老婆子還是貓頭鷹轉世，長了夜光眼，把我耳朵砸破了，流出血來了。他只好跑回家，用水洗洗傷口，再撕一塊火柴皮沾口水貼上去，這樣歇了一天沒上工，在家睡大覺。

俗話講，不怕你是貞節女，就怕遇到調皮的漢。肖光虎今天下晚起了床，撕下耳邊的火柴皮，一摸傷口已長好。白天睡過了頭，晚上就睡不著了。有一天多沒見白玉蘭，心裏火蛇咬似的難過，等天一黑下來就偷偷往她家裏跑去。

如果把臥龍山大隊十里長沖比做一條龍的話，那麼山窪生產隊就緊靠龍頭下的龍脖子。白玉蘭家就住在山邊上。三間破草棚子，門前面是個大圍牆。肖光虎貓著腰來到了她家圍牆外，門推不開，裏面上了閂。從門縫中看不清裏面什麼東西，聽到嘰嘰咕咕的說話聲。聽不清具體內容，他更加著急。一著急就想進去，怎麼進？不能變成小鳥飛進去。他一想，心頭一樂，哼哼，你有關門計，我有跳牆法，孫悟空再變也瞞不過二郎神，只好當一次小偷翻牆頭。可牆頭比較高，他站直身子伸著手，上面還有一尺多，跳了兩次都夠不著，牆邊也沒有樹，但辦法還是有的，他在黑地裏摸了兩塊平石頭疊在一起，站上去手能搭著牆頭。扒著牆頭一用力，總算躍上去了。

他跨坐牆頭喘著氣，鼻子上出了汗，手腳微微有點顫抖。因有點害怕，心裏老是撲通撲通的跳，但他很興奮，感到自己十分的勇敢。他看到她家院子裏黑糊糊的，裏面門關著，門邊的窗戶上有一點燈光，窗戶是用白紙糊著的，白紙上貼著紅色蘭花的剪紙圖案，活像盛開的蘭花。大約是過年貼的，現在有些泛白了。他聽到裏面母女還在講話，可還是聽不清具體內容。要想聽到她們在講什麼，又能看到白玉蘭，只得放開更大的膽子，從牆頭上慢慢滑下到院子裏，躬著腰，慢慢一步一步地往前挪動著腳步。他感到褲腳被什麼東西拉了一下，一摸是個帶刺的枝丫。他撥開了刺，扎得手很痛，也不知可出了血，這些也顧不上了。好不容易摸到窗子下，蹲在那裏歪著頭，伸著耳朵注意聽。

「肖老爺是個厚道人，這狗兒子是他慣壞的。前天肖老爺對我講，早曉得這樣慣幹什麼，拎起來摜摜。」這是她母親的聲音。「嘻嘻嘻。」這是她在笑，她這一笑樣子很好看，可惜看不到。但他好想看得到。他抬起頭，看到窗邊有個紙片子翹著，風吹著呼呼地響，燈光從那小洞裏射出來。他抬起頭，直著腰，像打槍瞄準樣的閉著左眼，右眼像看準星樣的通過窗洞往裏面看，他看到這裏是她家的鍋前，母女倆在洗臉。

聽那母親又說了：「丫頭啊，媽這輩子苦呢，你爸死得早，就留下你這條命根子，作夢都在想著你的親事。俗話說，男怕入錯行，女怕嫁錯郎。你呢，也沒哥和弟，女婿半個兒，要是嫁砸了鍋，天哪……」

白玉蘭洗好臉，把臉盆水倒在腳盆裏說：「媽，你要馬兒好，又要馬兒不吃草，不要我嫁遠門，村裏小子們排排隊，有幾個能擺上桌子的。他雖講不是東西，可還有點男子氣呢。」

這下她媽臉黑了，瞪大著眼大叫著：「哎喲，丫頭，怎能講這話，快唾嘴！」說著自己仰著頭朝天，「呸呸呸」吐了三下，又拍女兒背，大聲地：「快吐啊！」

女兒只好學母親那樣，向天上唾了三下。大約年輕人口水多，唾沫吐上去又落在臉上像下小雨。她像抹雪花膏樣的抹了抹臉，對媽「嘻嘻嘻」地笑了笑。這下他看清了，笑得那麼甜美，臉上像開了的荷花。

可當媽的嚴肅地說：「還有臉笑，告訴你，丫頭，你要有心向著那小子，老娘就死在你面前！」

白玉蘭低著頭：「不講了，不講了，洗吧。」

母親生氣地說：「洗，洗個屁！」說著轉身進了裏屋。

白玉蘭望著母親背影說：「你不洗，我洗了。」她在解褲腰帶子。

他現在才知道她們講的洗，不是洗腳，而是洗下身，洗屁股。他心裏一緊，全身一熱，開始顫抖。越看越來勁，越看越想看。剛才右眼看累了，轉過左眼看，可右眼閉不起來，只好伸手蒙著，左眼瞪得大大的往裏面看，看到她把一根紅紅的很長很長的褲腰帶放在鍋臺上，解開褲子蹲下去，盆裏水嘩嘩地響，像條活魚跳著的聲音。他心裏也像十五個吊桶打水，七上八下的。

他想，她們家也真會過日子，太算小了，一盆熱水，先洗臉，再洗屁股，說不定還要洗腳呢。唉，多麼的可憐，母女倆生活多麼不容易啊。要是嫁給我，一定讓你們過好日子。

這時見她站起身來，褲腰褪在大腿上並沒提上來，而是把盆裏的白布擰乾了，在褲襠裏擦著，又對著燈光把褲頭子翻過來擦。由於背對著視窗，他非常清楚地看到了她的屁股，哇，好大好白的屁股喲，像貼在後面的兩個白色瓷臉盆子。他呆了，眼直了，心要跳到嗓子眼，呼吸急促而變成氣喘，全身一陣陣潮熱而發抖。他真的控制不住自己了，雙手摸著自己的下身，哎喲，天，不得了，褲襠裏潮濕了。他罵自己該死該死，蹲下身子，低著頭，跪在地上，好像犯下天大的罪惡。

這時，她已經洗好了，擦乾淨了，拎起褲子，繫好腰帶，端起腰盆要往外面倒水。

「哎喲，不好，要露餡了。」他手忙腳亂地跳起來，撥開圍牆院門就跑。她在開門時，看到外院門已開，一個黑影跑了出去，嚇得手中腳盆掉在地上，大叫著：「啊，小偷啊！」

她母親聽到喊聲，呼地從房裏衝出來，在門後摸到一根扁擔衝出門外。檢查院內沒有丟任何東西，好像明白了一切，便站在院子門外跳起來拍巴掌大罵道：「婊子兒呀、婊子養的、刀砍的、槍打的……」

不管後面怎麼罵，肖光虎沒命地跑著，顧不了腳下是泥坑還是石子，泥坑讓他踏平了，石子讓他踢飛了。不知自己跑了多少路，只覺得聽不見後面的聲音，這才放慢了腳步。他很興奮，很高興，連潮濕的褲襠都不感到難過。他想著，只是有點可惜，沒看到她的正面。又一想，聽人講男人看到女人是要倒楣的，幸虧只看到她的屁股，更重要的是他聽到她講的「他有點男子氣」的話，說明自己在她心目中有點位子。哈哈，他有信心，有決心叫她遲早都是他的人。想到這裏，他情不自禁地哼起了當時流行的革命歌曲：「毛主席的書我最愛讀，千遍哪個萬遍喲下功夫，深刻的道理，我細心領會，只覺得心裏熱乎乎……」這樣不知不覺地來到了大隊部。

大隊部就在關帝廟的左上方，房子同小學是連在一起的。現在已是晚裏八九點鐘，可大隊部辦公室裏還亮著燈，大門半掩著，多遠能聽到裏面的說話聲，像學校裏老師在講課。肖光虎走到門邊向裏面看，那辦公桌邊坐著幾個人，每人手裏捧著一本書。坐上沿的是一位高瘦子，大聲朗讀著那本書，下面有支部書記邵光龍、大隊長馬德山和會計李常有。他知道這是開黨支部委員會，是大隊最高層的會議。這高瘦子是誰？他們要研究什麼重大決策呢？他想反正回去也睡不著，就坐在門口認真地聽著。

只聽那高瘦子大聲讀到：「……愚公回答說，我死了以後有我的兒子，兒子死了，又有孫子，子子孫孫是沒有窮盡的。這兩座山雖然很高，卻是不會再增高了，挖一點就會少一點，為什麼挖不平呢？愚公批駁了智叟的錯誤思想，毫不動搖，每天挖山不止。這件事感動了上帝，他就派了兩個神仙下凡，把兩座山背走了。」

高瘦子讀到這裏，放下了書本，深深地喝了一口茶，說：「好，今天的毛主席著作就學到這裏。」

坐下面的三個人也跟著合起了書本，也跟著深深喝了一口茶。李常有年歲小，站起身拎著水瓶給高瘦子茶碗裏續水，接著給其他人續水。

那高瘦子又打開話腔：「老三篇，我們要年年學，月月學，天天學，把它當著座右銘來學，學了就要用。在農業學大寨運動中，特別要學習老愚公精神。臥龍山有龍頭、龍身、龍爪和龍尾，先在龍頭上開炮，再向龍的全身進攻。也許我們這代人不能全部改完，可我們有兒子，有孫子，子子孫孫是沒有窮盡的，總有一天全部改成大寨田，那時我們全大隊每人增加十多畝田，畝產糧食按八百斤算，那我們的糧食就堆成了山，睡在山上都吃不完。」

一席話說得大家十分興奮，都咧著嘴笑了。高瘦子又喝了一口茶，說：「明天的現場會，要開得轟轟烈烈，我要當場宣佈臥龍山大寨田現在開工。現場會要在轟轟的炮聲中結束。」他眼睛轉向邵光龍說：「聽講龍頭山有一座孤墳，還是水泥砌的，牢固得很，要遷移還得用炸藥。」

邵光龍心裏一驚，他想一定是李常有提前在他耳邊吹的風，就低下頭說：「那墳是我老婆的。」

高瘦子說：「是否在明天的現場會之後就炸呢？」

一句話把其他三個講呆了，都把眼睛盯著他，他補充說：「我講的意思是在不動遺骨的情況下，炸上面的表層，我請爆破手來炸。」

馬德山望了邵光龍一眼，向高瘦子說：「孫書記，邵光龍同志同老婆的感情是鮮血和淚水煮出來的，這麼大場合炸墳，恐怕他感情上受不了，加上兄弟妹妹也有意見。」

門外的肖光虎這才知道那高瘦子是公社的一把手——孫書記，正討論著炸肖光英的墳墓問題，就更加認真地聽，集中注意力從門縫中看。

只見那孫書記站起身來，走到邵光龍的身邊，先給他遞了一支煙，說：「光龍同志啊，你這墳可遷移？」接著給其他每人散了一支煙。

邵光龍毫不含糊地說：「遷，過幾天就遷，我能擋住學大寨的道？」

李常有劃火柴先給孫書記點煙，接著給邵光龍點，說：「要我講，邵書記，嫂子的墳，遲遷是遷，早遷也是遷，可這意義就不一樣了。」

「對！」孫書記吸著煙，在他們面前踱步說：「俗話講，萬事開頭難。全公社學大寨運動能不能轟轟烈烈的掀起來，關鍵就靠這次現場會。光龍同志作為一個大隊黨支部的書記，現場炸了自己親人的墳墓，以顯示他學大寨的信心和決心，這樣就更典型，更有教育意義，對全公社學大寨就更有推動作用。那麼，對於光龍同志的形象也就更高大了。」又喝一口茶水說：「剛才我帶領大家學習『老三篇』，張思德、白求恩有毫不利己，專門利人的精神，老愚公有下定決心，不怕犧牲的精神，希望各位黨支部的幹部認真的思考一下，向我表個態，好讓我這個黨委書記心裏有底。」

說完又在上沿坐下了，鬼火樣的眼睛盯著其他三個人，而這三個人悶頭吸著煙，喝著茶水。還是邵光龍站起來，把煙蒂往地上一扔，說：「孫書記，通過學習毛主席著作，再加你這麼一點撥，我心裏亮堂多了。明天炸墳我想通了，只不過一定要向兄弟小妹保密，更重要的我那個兒子，他們之間感情很深厚的。防止到時拉扯著就不好看了。」

孫書記也站起來，拍了一下邵光龍的肩頭：「好，你放心，我寫個條子連夜送到公社綜合廠，請專業爆破手明天一早來。」湊過去在他耳邊低聲說：「只動表層做個樣子給大家看看，這叫表面文章。」又轉身向馬德山：「你『一把手』明早就辛苦一點，爆破手由你負責安排。」

馬德山說：「孫書記指示，邵支書表了態，我還有話說？」

孫書記興奮地說：「對呀，『一把手』表態了，下一步事情就好辦了，哈哈哈！」

馬德山吃大食堂丟了一隻手的四個指手，除馬大黑以外又一個外號叫「一把手」。本來孫書記這話是很幽默的，可是大家都沒有笑起來。

一直躲在門外偷聽偷看的肖光虎這才徹底明白，明天上午要在龍頭山開現場會，現場要炸肖光英的墳墓，這可是肖家的大事情啊。而現在肖光雄和光妹還蒙在鼓裏，他是否回去報告呢？要是提前走漏了消息，查出來，這破壞學大寨的罪名可受不了啊。他就這麼走著想著，想著走著，回到家才知道自己已經很累了，可倒在床上還是睡不好。

第二天一大早，馬德山來到大隊部，見門口坐著一位身穿工作服的五十多歲的工人老師傅，身邊放著大錘、鋼釺炸藥和導火線，背著一個帆布包。那人見馬德山就站起來自我介紹說：「我是爆破手，廠領導講是孫書記安排的。」

馬德山忙上前同他握手：「歡迎歡迎，是我昨晚派人送的信。」

二人帶著工具上了龍頭山，到了半山腰，馬德山多遠就見到墳邊上有個黑影子，心裏一驚，想，怎麼昨晚研究的結果，今早就有人曉得了？是哪個打小報告送走了消息？這膽子也太大了啊。跑過去一看，他呆了，這人不是別人，正是書記邵光龍，在這樣潮濕的墳邊上睡著了，像灶臺上貓一樣蜷縮成一團，頭髮和衣服被露水打濕了，鞋上沾著泥，腳邊上燒了一堆紙灰。

馬德山看到這一切，愣了半天沒出聲，心想：「邵光龍啊，多好的丈夫喲，昨晚在會上講思想通了，其實你心裏苦啊。你一定是散會後偷偷的在哪弄來了紙錢來燒了，還守著一夜呢。」想著心裏一陣酸楚，眼水不知不覺地下來了。

那老師傅也看呆了，說：「這怎麼的，會鬧出病呢。」想要叫他，馬德山搖搖手說：「別驚動他，讓他睡一會吧！」

老師傅放下工具說：「墳裏是他的親人？」

馬德山說：「他是我們的書記，墳裏是他妻子，生死患難的老婆啊。」

老師傅說：「這女人有這樣的老闆，是她的福氣呢。」又歎了一口氣說：「唉，這年月改山造田，炸了多少墳，山上都改田了，我們這把老骨頭往哪放呢。」

馬德山仰望著天，淚水流了一臉，他用手背抹了抹，對面山頭上一道霞光刺痛了他的雙眼，太陽出山了。

老師傅說：「時間不早，還是開始吧。」說著就拿起鐵釬撥著墳頭上的土。

這一動，發出了響聲，邵光龍驚醒了，一骨碌爬起來。馬德山上前像是擁抱他的樣子，拍著他的背：「光龍兄弟，你要節哀呀。」

邵光龍咬咬牙，揉揉眼屎，眼裏沒有絲毫的淚水。他首先向老師傅鞠了一躬，接著要下跪。山裏的規矩：遷墳要向師傅下禮磕頭的。

老師傅激動地抱住他：「書記呀，免了，免了。」

可邵光龍還是推開他，「撲通」一聲跪了下去，頭點在地上。那老師傅感動得跟著跪下單腿扶他起來，忙說：「得罪，得罪！」光龍又轉身向馬德山下禮，馬德山上前一步，緊緊擁抱了他，淚水打濕他的肩頭。是啊，光龍內心的痛苦，只有馬德山心裏明鏡似的。

邵光龍轉身對老師傅說：「老師傅，麻煩你了，孫書記不知對你可講了，今天炸墳只動表層。」

老師傅連連點頭：「曉得曉得，聽講墳是水泥石塊塑的，我只在上面打個小眼，放半節炸藥。重點是墳的四周五米開外打四個炮眼，炮一響墳頭水泥就鬆動了，今後遷墳也很容易了。」

邵光龍說：「老師傅，你這麼一講，我就放心了。」握著鐵釺又說：「這表層土我來掀吧。」山裏遷墳還有個規矩，這第一鍬土是由家裏人動。老師傅握著另一根鋼釺，查看墳邊土岩的紋路，尋找打眼的位置，由馬德山扶釺，老師傅掄錘打眼。

當他在墳邊掄大錘時，見邵光龍鐵釺掀開的表層土下盤著一條兩米多長的青蛇，那蛇受了驚嚇，抬頭望了他一眼，嘴裏吐出一道青煙。邵光龍正欲用鐵釺鏟去，老師傅忙推開了他：「別、別……」讓青蛇搖搖擺擺地溜走了。老師傅雙手合十，面對青蛇走去的方向默默地念了幾句。

邵光龍同馬德山都不知何意，呆呆地望著他，只見老師傅轉身向邵光龍鞠了一躬，說：「恭喜恭喜，你家要出人了。」

邵光龍站著像木樁，沒表情，不知什麼意思。

老師傅又說：「我炸了多少座墳墓，都沒見過呢，青蛇就是青龍啊，俗話不是講，青龍盤棺，不出天子就出大官呀，這麼好的老墳挖了實在太可惜了。」一句話說得邵光龍、馬德山都愣住了，不知如何是好。

向陽公社農業學大寨現場會就設在龍頭山的半山腰裏。本來茂密的樹林被砍成了和尚頭，山頂上「農業學大寨」的標語，真讓李校長講對了，雪白的大字，十分顯眼，幾里路外看得清清楚楚。山半腰鏟了一塊平地，用樹木搭了一個主席臺，上面擺著五張桌子，高音喇叭擺在臺口，播放著「學大寨呀趕大寨，大寨的紅旗迎風擺……」的歌曲，山上山下，聽得十分悅耳。山坡上石灰水畫著白色的格子，每個格子裏寫著各生產隊和其他大隊、來賓的名稱。

按照會議程序，臥龍山大隊幹部群眾提前開了個預備會，原由是要為全公社兄弟大隊做個好樣子。每人來開會要帶鐵鍬、鋤頭、钁頭、畚箕、木棒和麻繩子，等一散會炮聲一響，別人走了，臥龍山群眾就抬著石塊壘梯田。這叫說打就打，說幹就幹嘛。所以，高音喇叭一響，臥龍山各生產隊的人吃過早飯，就陸陸續續地來得差不多了。

邵光龍、馬德山在老師傅的指導下，在墳邊打好了炮眼，裝好了炸藥。這一切都是神不知鬼不覺的。

等到時間差不多了，邵光龍才向會場這邊走來。他遠遠地看到孫大忠書記已經坐在主席臺上了，會計李常有哈巴狗樣的不斷給他茶碗裏倒水。眼前的一切，使他一下子傻了眼，像木樁樣的呆在那裏望著：這主席臺、高音喇叭、自己這個典型人物、山下的路邊打不起精神的群眾……天哪，這同五九年修水庫又有什麼兩樣呢？特別是桌前擺著幾面紅旗，上面寫著「鐵姑娘戰鬥隊」、「貧下中農戰鬥隊」、「共青團員戰鬥隊」、「知識青年戰鬥隊」，這與當年黃繼光、董存瑞、劉胡蘭戰鬥隊又有什麼區別呢。還有那孫大忠書記，昨晚大約沒睡好覺，臉色是那樣的蒼白、消瘦。他所講的改成大寨田，糧食堆成山，與當年公社書記張斌，自吹嘴角上有顆福痣，走向哪裏就把福氣帶到哪裏，他要帶領大家奔向共產主義，結果呢，水庫破了，良田沖了，餓死了多少人呀。今天開了這麼好的頭，今後的理想能實現嗎？他又想起那老師傅「這老墳挖了多可惜啊」的話，他真的迷糊了，頭腦嗡嗡的要發炸。

「喂，邵書記，等你唱主角呢，發什麼呆呀。」這是孫大忠書記在叫他。他眨眨眼，打起精神，大步走向主席臺。孫書記把麥克風移到他的桌前說：「抓緊時間，各大隊的人馬就要到了，快查一下你們家的人。」邵光龍對著麥克風吹吹，不響，又用手拍拍，還是沒聲音。孫書記歪著頭對臺後喊：「邱站長，怎麼搞的嘛。」他喊的是廣播站的邱站長，下放知青招工上來的，因早上才到，工作匆忙。過了一會，喇叭響了。

邵光龍對下面三三兩兩的人群大聲說：「大家都坐到各生產隊的位子上去，馬上就要開會了。」

孫書記說：「還等什麼，就開了。」

邵光龍接著說：「這個會，是公社農業學大寨現場會的預備會，也是給臥龍山大隊開小灶。現在點名，看各生產隊人來了沒有？龍頭生產隊？」

一群人答：「來啦！」

邵光龍又喊：「廟前生產隊？」

一群人答：「來啦！」

邵光龍又喊：「山窪生產隊？」

一群人答：「來啦！」

邵光龍望望，說：「沒來齊吧，聲音不大嘛。」

有個叫大鎖的生產隊長站起來說：「我來看看。」左右張望著，突然指著主席臺左邊的人喊：「黑狗蛋，你怎跑到前面去了，我們生產隊坐這片的，幹你媽，你小子吃家飯拉野屎，讓書記打老子屁股。」

一個大個子向走過來的黑狗蛋說：「黑狗蛋，你在前面看二呆子家老婆吧？」

大鎖隊長說：「你媽的，看人家漂亮媳婦就長一塊肉？中午能省一頓飯？二呆老婆的奶子麻袋樣的能拖到你嘴裏吸一口？」

人群中一陣哄笑。

主席臺桌邊上會計李常有發火了：「大鎖，別他媽的瞎掉雞巴扯蛋，一點文明都沒有。」

邵光龍拍拍桌子：「大家注意了，每個人都坐到自己生產隊裏去，繼續點名，長沖生產隊？」

一群人答：「來啦！」聲音特別大，震得山谷裏都回音。

半夜不睡是歹人，清早不起是懶人。肖光虎昨晚一夜沒睡好，躺在床上老想著炸墳的事是講還是不講的問題，後來又想著白玉蘭又大又白的屁股，想著全身又開始潮熱，雙手又捏著褲襠，一直搞到天要亮反而睡著了。早上房門是被父親一腳踢開的，大聲罵他道：「起來，上午要開會，你媽的晚上是豺狼，早上是綿羊，把老子臉都丟光了。」

等父親出門後，他也不敢多睡，草草起床洗刷，吃了父親剩在鍋裏的早餐，開水燙飯，蘿蔔根小菜，還是在光妹家抓的。心裏氣不順，早早地來到龍頭山，找到自己小隊開會的位置就躺下了，搬塊石頭枕著頭，半邊草帽子遮著臉，躺著躺著，就朦朦朧朧地睡著了。他作了一個小夢，夢見到山上唱大戲，唱著就有炮聲轟轟響，肖光英的墳炸開了，好像一塊一人多高的大石頭從山頂上滾下來，身子怎麼也讓不掉，石頭直往他身上壓過去，「撲通」一聲，把他驚醒了。

原來壓他的不是大石頭，而是一個人，被他身子絆倒，摔了一跤，這人不是別人，正是房下兄弟肖光雄。只見肖光雄翹著屁股，齜著牙半天爬不起來，看樣子摔得不輕。

肖光虎反而罵他道：「瞎了狗眼了呀。」

肖光雄看到他，有火也不敢發作，起身欲往前走，光虎又罵道：「往哪死去，這就是我們生產隊的位置。」肖光雄這才坐在他身邊，不停地摸著屁股。

這時高音喇叭裏傳來嘰哩哇啦幹部的報告聲：「大家團結力量大，天大困難也不怕，大家要是心不齊，黃金都能變成泥。全隊上下一條心，臥龍山上出黃金……」這年月，聽這些標語口號的話聽得太多，反正聽不聽無所謂，人們都在背下講小話，有的對吸煙袋鍋子，有的在身上找蝨子，有的摳腳丫子，婦女們在梳頭，把一根辮子打散了又編起來。

肖光虎伸了個懶腰，打了個哈欠，伸頭對人群裏望了望，大約沒看到什麼東西，就低聲對光雄說：「光棍光棍，兄弟幫襯，給我看一個人。」

光雄說：「看人？這麼多人呢，看誰？」

光虎說：「你是真不曉得還是跟我裝糊塗？」

光雄想了想，前兩天聽光妹講，他在追一個人，還叫光妹幫忙，結果不知怎麼樣，就說：「我曉得了，是山窪隊的？」

光虎笑笑，拍他屁股：「站起來看看！」

光雄摸摸屁股還有點痛，就說：「那你給我一支煙吸。」

光虎在屁股口袋裏掏出已壓扁了的「豐收牌」香煙，說：「兄弟辦事還要報酬。」遞給他一支，自己一支點燃吸起來。

光雄吸了一口，好像立即來了精神，站起來，手遮著太陽向山窪生產隊裏看了看：「她沒來！」

光虎說：「真的沒來？好好看看。」

光雄說：「真沒來，騙你小狗。」說著伸了小拇指頭。

光虎心涼了，歎口氣：「唉，這下可把她媽惹火了。」

光雄又坐他身邊，勸解著說：「這種事，得慢慢的來。」

光虎看了他一眼，說：「你呀，飽漢不知餓漢饑呢，你小雞出蛋殼，你大哥就給你撿了個便宜，白天手上親著，晚上懷裏抱著。」

光雄嚴肅起來：「別瞎扯，我沒動她一個指頭。」

光虎望望他：「你呀，人家說你狗熊，我還要送你一個外號，軟蛋！肉都盛到飯碗裏端在手上能不吃？」

光雄蠻有理由地說：「不是我不吃，是她把房門關得太死，叫不開。大前天的晚上，小寶哭了，她去哄，走我床邊時，在我屁股上捏了一把。」

光虎笑了，說：「哈哈，有戲，這是暗號，是調情，你跟著鑽進她被窩裏不就得了。」

光雄說：「開始大哥沒睡，我不好下手，後來我敲她門，死也叫不開，害得我一夜火燒火燎睡不著。」

光虎又笑笑說：「那她是不是同你姐夫有一腿？」

光雄生氣了，說：「別瞎扯。」

光虎越逗越有勁：「你懂屁，姐夫見小姨子，貓見小魚子。」

光雄火了，忽地爬起來，一腳踢在他屁股上：「你混蛋，我大哥是什麼人，大隊書記，全大隊的頭子，能做偷雞摸狗的事？」說著轉身走向一邊，不理他了。

光虎也伸頭看看會場，他沒想到山坡上擠滿了人，山下大路上還連續不斷地往山上走，他這才想起，這個會是全公社的現場會。這時的高音喇叭有人喊：「後來的人往西邊走，東邊馬上要放炮了。」

光雄興奮起來：「乖，馬上還要放炮呢。」

光虎順口答道：「放炮算什麼，還要炸墳呢。」

光雄心裏一驚：「炸墳，別瞎扯。」

光虎也學他的樣子，伸出小拇指：「騙你是小狗。」

光雄想到這片山上僅有大姐的一座墳，這炸墳只有炸大姐的墳了。於是又蹲在他身邊，呆望他說：「這是真話？」

光虎看看左右無人，低聲說：「昨天晚上，公社書記同你大哥商量研究好的，會一散就炸墳。」光虎還把昨晚怎麼去見白玉蘭，後到大隊部又怎麼聽他們研究結果全部向光雄說了。

這下光雄相信了，呆呆地半天說不出話來。

光虎火上加油地說：「你大哥當典型，想拿全縣學大寨的一面紅旗。其實這一座墳是能保住的，你想想，山上改了田，再多的田也要田埂，對吧？把墳放在田埂上不就得了嗎？」

光雄心想，這座墳當年是請了兩位石匠，幹了四天，還用了三包水泥、兩擔沙子才修好的，今天怎麼說炸就炸了，怎麼也不跟我說一聲呢？大姐最親的親人只有我呢，這下怎麼辦呢？他想到這些，眼淚就流下來了。

光虎見他流眼淚，真後悔剛才說漏了嘴，這小子要是一哭一鬧，查出來是我透的風，那我就是死罪。於是安慰他說：「光雄，我的好兄弟，你別哭了可好。」

經他這麼一說，光雄低頭哭出聲來：「嗚……嗚……」

這下光虎嚇得全身發抖，一手把他扭在懷裏說：「兄弟，好兄弟，聽我一句，其實呢，這方法是能改變的。」

光雄聽講有方法改，不炸墳了，立即抹抹眼淚說：「能改？兄弟，你快講，有什麼方法能改？」

光虎哪有方法改呢，只是想辦法來敷衍他，等散會就沒事了，就說：「現在呢，要是有個你大哥最心上人來勸勸他，說不定能改變他的思想。」

沒想到光雄真的按照他的思路往下想了。「這事不難，大哥最疼愛小寶了，那我叫小寶到大哥那裏一哭一鬧，說不定就不會炸墳了。」

光虎搖搖頭，心想這個豬頭腦子，一個小孩子能把學大寨的計畫改變了？就說：「那可是你肖家的事，與我這個肖家無關，落個破壞學大寨的罪名，我擔不起。」

可是頭腦簡單的肖光雄真的站起來向山下跑去，光虎連聲叫他都叫不住，他知道這下可捅出大簍子來了。

三

邵小寶今年五歲，還是虛的，可看上去像六、七歲的孩子，個子高高的，很結實。村裏人都講是光妹調養得好。

其實小寶沒有到上學的年齡，因家裏沒人帶，光妹就在上工前交給黃樹根家瘸腿老婆黃大媽，村裏好幾家的孩子都叫她帶。黃家有個女兒，叫黃毛丫，十二歲，上三年級。她十分喜歡小寶，放學就帶他玩，有時背著他在村裏到處轉。去年下半年，她還經常帶他到學校去玩。這樣，年一過，這孩子就找光妹吵著要上學，光妹就給做了個小書包，書包裏裝點黃毛丫一年級的舊書，穿上新做的虎頭鞋子，就這麼三天打魚兩天曬網的上著學。他還真認得幾個字來。光龍看孩子真像個小學生的樣子，就找了李校長，開年破格上了一年級。

這樣，他同黃毛丫一道上學，一道回家，也就無話不談了。黃毛丫〈我的兩個媽媽〉的作文就是這麼寫出來的。文中特別提到他媽媽給他做的一雙虎頭鞋，他也經常把腳翹到桌上讓別的同學欣賞，那鞋頭是圓圓的虎頭，翹著兩隻耳朵，大大的眼睛中間還有一個「王」字，扁扁的嘴巴兩邊各有三根鬍鬚，活靈活現，學校沒有誰穿上這麼漂亮的鞋子。所以，他在一至三年級的班上很有名。昨天，李校長帶全校學生到龍頭山撿石頭排「農業學大寨」的標語，他還帶同學們親眼看到他第一個媽媽的墳墓。

今天也跟往常一樣，邵小寶跟黃毛丫有說有笑地上學來了。當走到離學校不遠的山坡邊，他感到很奇怪，這山上哪來喇叭唱歌呢？歌子還真好聽，山上站了那麼多人，山下大路上還有很多人從四面八方往山上走。這麼多人往山上去幹什麼呢？山上樹都砍光了，沒有果子可吃，沒有花兒可摘。他看著看著，見山坡人群中有個人站起來往山下跑，好像在向自己招手。哦，看清楚了，是舅舅。他到山上幹什麼呢？他找我幹什麼？有什麼好吃的嗎？可他兩手是空的呀。

肖光雄跑到他跟前，也不說一句話，拉著他就往山裏跑。

他一扭身子說：「小舅你要幹什麼？我還要上學呢。」

光雄黑著臉說：「上學上學，你媽的……墳都要炸了。」說著望了黃毛丫一眼，細話又不好講，就對黃毛丫說：「黃毛丫，你先上學去，我找小寶有話講。」

黃毛丫看出肖叔叔找邵小寶同學那慌張的樣子，一定有急事，就說：「那我先走了，小寶，可不能遲到喲。」她走了幾步又回頭看了看他們倆。

邵小寶望著小舅說：「小舅，有話快講嘛，什麼炸不炸的？」

光雄說：「今天你別上學了，跟我上山去。」

邵小寶說：「那可不行，李校長講不准曠課。」

光雄蹲下身來耐心地說：「小寶，龍頭山上，有個鼓鼓的包子，裏面水泥造的，你可曉得那是什麼？」

邵小寶望望他：「那是什麼嘛？」

光雄不耐煩了：「哎約，那是你媽的墳呀，怎麼忘了呢？」

邵小寶說：「我媽的墳怎麼會忘了呢？我還叫黃毛丫同學寫了作文呢。」

光雄又說：「那我告訴你，你媽墳要是沒了呢，怎麼辦？」

邵小寶笑笑說：「小舅盡瞎講，昨天我還看到好好的。」

光雄說：「可馬上就沒有了，你看這山上來了這麼多人幹什麼？他們要炸你媽的墳。」

邵小寶說：「炸了墳就沒有了嗎？」

光雄說：「是的，炸了，就『轟』的一聲沒有了。」

邵小寶用手指在嘴邊摳著說：「那我怎麼辦呀？」

光雄說：「只要你肯做，小舅自有辦法。」

邵小寶望著他：「你有辦法，那我當然肯做了。」

光雄說：「那好，你呢，現在就別上學了，就到媽媽的墳頭上坐著，誰也不准把你從墳頭上拉走，你爸爸拉也不走，死皮賴臉的坐著，誰要拉你，你就大哭大鬧。這樣呢，大人的心軟了，就不會炸墳了。」

他呆呆地望著小舅述說著、比劃著，心裏也明白了八九分，說：「好，我聽小舅的。那我等一會就去。」

光雄說：「那為什麼？」他說：「我們有一天沒上課了，今天在新教室上課，我只上一小會就走。」

這時，上課的鐘聲已經響起，邵小寶再也站不住了，拔腿就往學校跑，邊跑邊回頭：「我上一節課就去。」

肖光雄本來就軟弱，聽他這麼一說，也沒有去追他，只大聲說：「你聽到有人喊放炮，看到山上人散開了就要上山，記住了嗎？」

邵小寶已經跑到學校門口，回頭說：「我知道了。」

肖光雄回到會場，他沒有心思坐下來聽報告，只在人群外面來回走動。他想這麼大事情，小寶一個人是不是能成功呢？我還有比這更好的辦法嗎？有了，找光妹，光妹沒有辦不成的事。當年紅衛兵在批鬥會場，她能把大哥救出來，今天叫她出面，什麼事都好辦了。他抬頭望望會場，沒看到光妹。她為何今天沒有來開會呢？他想著就往回跑，跑得很衝，好像後面有幾條餓狼在追。跑下山，跨過了山溝，跑進村子轉了彎來到門口，累得氣都喘不過來，手扶住門旁，低頭閉著眼，汗珠子從頭頂往下滾。他用衣袖抹著臉上的汗，進了院子，喊了幾聲沒人應。門開著可家裏沒人，人到哪去了呢？他出門見大山頭邊坐著黃大媽，也就是黃毛丫的母親在補衣服。他忘了稱呼，就猴急著禿頭禿腦地問：「光妹呢？」

黃大媽沒抬頭望他，也沒有吭聲，還在補衣服。

光雄湊過去：「大媽，怎麼不答人呢？」

黃大媽抬頭望他一眼：「答你什麼呀？」

光雄說：「我問你光妹呢？」

黃大媽說：「你這孩子，葫蘆瓢還有個把子吧？」

光雄急促地：「大媽，快講，我急死了。」

黃大媽笑笑：「嘻嘻，整天在一起過日子還看不夠啊，猴急什麼，早急都抱兒子了，我可不急呢。來，我眼不行了，給我穿個針。」說著遞給他針線。

光雄也沒辦法，接過線來穿針，因為心裏太急，穿了半天才穿好。

黃大媽說：「今天石頭隊長分了工，男人開會，婦女抬木料。」

龍頭山上的樹，砍倒了堆在山溝裏，本來歸大隊所有。但是龍頭山屬於龍頭生產隊的地盤，外加書記、大隊長和會計都是龍頭生產隊的人，近水樓臺先得月，石頭隊長利用開大會的機會，安排婦女抬幾棵樹放在村裏，由生產隊賣給木材公司而抓幾個收入，算生產隊的小金庫。

肖光雄這時已經看到山上的人開始散去，大約就要放炮了。他沒命地向龍頭山溝邊跑去。

再講邵小寶跑進小學大門，正好同李校長一同走進教室。

李校長望他：「邵小寶同學怎麼才來呢？」

邵小寶說：「李校長我沒遲到。」他衝李校長前面進了教室。他的座位在裏面一排，當走到黃毛丫座位邊時，只聽她問：「你舅找你什麼事？」他未來得及回答，坐到自己的位子上去了。

李校長拿著課本走上講臺。班長黃毛丫先站起來喊：「起立！」同學們全體站起來，黃毛丫又說：「偉大領袖毛主席教導我們。」全體同學喊：「好好學習，天天向上！」李校長說：「坐下！」同學們坐下。

李校長今天精神特別好，滿面都是笑容。他說：「同學們，昨天我說過，明天你們就要到新教室上課了，大家看，今天的教室是不是很新啊？」

同學們齊答：「是！」大家都抬頭望望四周，牆上很白很白，教室變得很亮堂，連黑板上方的毛主席像都換了新的。

李校長又說：「這是貧下中農關懷的結果。昨天我們上了龍頭山，用我們的巧手在山頂上排了五個什麼字啊？」

同學們齊答：「農業學大寨！」

李校長說：「對，學大寨了，大變樣了，龍頭山變了，過去是樹林子，馬上要變成一臺階一臺階的梯田來，臥龍山變了，我們小學也跟著變了……」

邵小寶沒有心思聽李校長講課，他走神了，不時用眼睛望著窗外，他雖然看不到會場，但他望著山邊上是不是有人走動，頭腦裏老想著小舅的話，山上人群散了，有人喊放炮了，就要上山，坐在媽媽的墳頭上，不准他們炸墳。媽媽的墳怎麼能炸掉呢？姑姑經常帶我上山，總要我在墳前磕頭。特別是上學那天，還要我跟媽媽講講話，我問姑姑：「我講話媽媽能聽到嗎？」姑姑說：「你媽就睡在裏面，她能聽見。」於是我就對媽媽說：「媽媽，我長大了，已經上學了，背著書包多神氣啊，媽媽，你能聽得到嗎？媽媽，你起來看看我吧，你都睡了這麼多年了，我還沒見過你呢。」我說著說著，把姑姑的眼淚都說出來了。姑姑緊緊抱著我哭，哭得很傷心。姑姑說：「你媽媽再也起不來了。」我當時還很生氣，媽媽再也起不來了，那我不就沒有媽媽了嗎？姑姑說：「你怎沒有呢，我不就是你媽媽嗎？」我高興得跳了起來，撲在她懷裏，媽媽媽媽不停地叫。在學校裏，同學們都有媽媽，就我沒有媽媽，只有姑姑，今天終於有媽媽了，我要把這幾年沒叫過的媽媽補回來。叫得姑姑又是哭又是笑。姑姑說：「以後呢，這媽媽只有我們兩個人在一起的時候叫，有外人就不能叫了。」我問她為什麼。她說：「這你不懂，長大就知道了。」前幾天，正好李校長佈置了作文，題目叫「我的媽媽」，黃毛丫同學說不知怎麼寫，我就把我有兩個媽的事跟她說了，她寫出來了，李校長還表揚了呢。現在轉過一想，我還是跟同學們不一樣，別人什麼時候都可以叫媽媽，而我不行。這麼說我真正的媽媽在墳裏，這墳一炸，我真就永遠沒有媽媽了。

李校長今天講的課，前面全部是學大寨的意義和怎麼學大寨的問題。大約他看出了邵小寶同學思想開小差了，就提問了他一句：「邵小寶同學，你知道大寨在哪個省嗎？」

「在山上。」邵小寶張嘴就答。

教室裏所有同學一陣哄笑。邵小寶同學對前後望了望，不知道同學們在笑什麼，而這些同學都用眼睛望著他笑。李校長剛才問了什麼問題，我又是怎麼回答的，連自己也想不起來了。李校長想瞭解邵小寶同學今天上課為什麼走神，就往他的桌邊走去。

邵小寶這時看到窗外有人走動，又聽到廣播裏的聲音：「快散開，要放炮了。」他聽到「放炮」兩個字，像發了瘋一樣站起來，他來不及從黃毛丫身邊走過去，而是跳起來，站到桌子上，從這張桌子跨到那張桌子。有幾個同學沒注意，好像他從頭上跨過去的。邵小寶三步兩步從桌上跳下來，身子一歪，跌倒了，在地上打了一個滾又爬起來，一隻虎頭鞋跑掉了，也來不及撿著穿，光著一隻腳一陣風樣的飛出了教室。

李校長看邵小寶的行動十分驚疑，連忙去拉可沒有拉住，撿起地上的那隻虎頭鞋，跟著追出了教室，同學們也跟著李校長向門外湧去。

邵小寶直奔龍頭山。他不知哪來那麼大的力氣，真的成了飛人，飛出了教室，飛出了校門，飛到山坡上。另一隻鞋子也飛掉了，光著腳丫子在飛跳，腳下被石子扎出了血，嘴裏不停地呼喊：「媽媽，媽媽……」

「轟隆……」一聲巨響，隨著一股濃煙升起，像一聲霹雷響徹雲霄，震撼山谷，臥龍山在顫抖，山谷在回音。

四周躲散的人群看到這個小孩，在炮聲裏飛跑。他們驚叫著，呼喊著，龍頭山像一鍋沸騰的開水，嘈雜、混亂。人們看到煙霧中的飛石像無數隻麻雀在空中飛舞，誰也不敢上前去阻擋這個小孩，只是眼睜睜地看著小孩在飛石中奔跑。這小孩又好像飛起來了，那白色的衣衫隨風飄起，像一隻白鴿張開了翅膀，眼看著他就要到墳邊了。

山溝裏飛出了一個女人，沒命地呼喊：「小寶，危險！」同學們看出來了，這個女人是邵小寶同學的姑姑。

與此同時，右邊山坡上飛出來一個男人，沒命地呼喊：「小寶，回來！」開會的人們看到，他是這孩子的父親邵光龍。

「媽媽，媽媽！」小寶的呼喊聲在山谷裏迴蕩。

「轟隆隆……」又是一聲巨響。這炮聲好像就在邵小寶的面前爆炸的，石塊向他迎面撲過來。人們看得很清楚，石片直向小孩的頭上身上飛去，小孩被石頭擊倒了，小孩掙扎著爬起來，白色的衣衫開始變紅，還聽到他喊了一聲「媽媽！」又跌倒了。

只見那女人箭一般衝過去，從地上抱起小孩摟在懷裏就又向前奔跑，左邊的男人也跑到跟前大喊：「轉身，向左！」拉著那女人一轉身。

緊接著他們的背後，又是「轟隆隆」的一陣連珠炮。男人和女人肩並肩，用自己的身軀擋著後面的飛石，那飛石像石浪一樣，把他們推倒了，那個小孩被遮護在他們的身下。

山坡上開會的人群趕到了。李校長手裏緊握著一隻小鞋，同學們也撿到另一隻鞋子趕到了，大隊長馬德山最先衝上前一步把臥倒在地、全身是傷的男人和女人扳起來，見躺在地上的小寶鮮血染紅了衣衫，鮮血堆在臉上已模糊不清，頭頂蓋已被石片掀開了，腦漿子看得清清楚楚。

那昏迷中的女人驚醒過來，一看躺在地上的小寶，抱起來又要起身奔跑。馬德山按住了她的肩頭，同時也按住了小寶的頭頂蓋。

這女人已經看到小寶的頭頂和身體，撕裂般地呼喊：「小寶，我的小寶啊！」把他緊緊摟在懷裏，撕裂地呼叫，這聲音響徹雲霄，震撼著每個參會人的心靈。

臥龍山小學全體師生緊緊圍著他們的小同學，有的抱頭痛哭，有的在呼喊，特別是黃毛丫同學撲上緊緊抱住小寶的身子，大哭大叫：「小寶啊，小寶啊，你醒醒啊，睜開眼睛看看吧，李校長來了，全班的同學都來了呀。」

不管黃毛丫怎樣的呼喊，同學們怎樣哭叫，他們的小同學邵小寶已經永遠的離開了他的學校，離開了這個世界。

還是李校長單腿跪在地上，伸手擦去小寶帶血的腳板，穿上他十分珍愛的虎頭鞋，並就勢把他的那雙小腳抱在懷裏，泣不成聲。

馬德山吩咐肖光虎、肖光雄把背部受傷還在昏迷中的邵光龍背送大隊合作醫療室。

現場會已經結束了。開會的高音喇叭已經停止播放。主席臺已經拆除。外來開會的人群已經漸漸的離去，就連那炮響而沖起的煙霧也在山體間慢慢的消散。只有臥龍山大隊的人群，特別是龍頭隊的社員們誰也沒有去改山造田，臥龍山小學的全體師生誰也沒有回去上課，都圍在山坡上議論著、埋怨著、歎息著，抹著眼淚抽泣著。

臥龍山又恢復了往日的平靜，山下的小溪嘩嘩的不停地流淌，人們看到小溪流下的不是山泉而是淚水。

半天過去了，大隊長馬德山從山溝樹堆裏選擇了幾根上等的杉木，請木匠準備了兩口棺材，大棺材裝殮起肖光英的遺骨，小棺材要收殮邵小寶的遺體。

可是邵小寶還是被肖光妹緊緊地抱在懷裏，像抱著剛剛吃奶後熟睡的嬰兒。只見肖光妹坐在山坡的草地上像一尊雕像，不吃不喝，眼淚流乾了，一張呆癡的臉和一雙乾枯的眼睛望著懷裏的小寶。雙手的摟抱同小寶的身體已連成了一體，誰也不能把她與小寶分開。

肖光雄上前痛哭著，哀求著，她沒有理他。馬德山苦口婆心地在她身邊講了半天也無效果。肖貴根老爺也來勸說，村裏的男女都來哀求都不見效果。

馬德山只好通知全身包紮著的邵光龍。

邵光龍來了。他左手吊著綁帶，右手拐著拐杖，像戰場上受傷的戰士，一瘸一瘸地來到肖光妹的面前，他看到光妹摟抱著小寶的樣子，身子打了個冷顫，差點跌倒，是馬德山扶住了他。他對馬德山低聲說：「你叫他們迴避一下，我要單獨同光妹講幾句。」

馬德山向肖光妹身邊的人揮揮手，同他們都離開了，只有邵光龍在肖光妹的身邊。

光龍解下吊帶，丟了拐杖，蹬在她的面前，伸出顫抖的手撫摸著小寶那蒼白的小臉，再捏著小寶腳上的虎頭鞋，淚水打濕了衣衫，他帶著顫抖的泣聲說：「小妹呀，你對小寶好，小寶心裏明白呢。他要喊你媽，是我沒有要他喊，背後他喊你媽，我耳朵聽不到，可心裏聽得很清楚啊，小妹，小寶有今天，是你大哥造的孽，你以自己的實際行動，已兌現了你對大姐的許諾，你……你比他媽媽還要親啊。」邵光龍泣不成聲，再也講不下去了。就地跪在她的面前，苦苦哀求道：「小妹，今天小寶離開了我們，他要到他媽媽那裏去了，小妹啊，求你放開小寶吧，大哥跪在你面前求你了啊！」

肖光妹「哇」的一聲慘叫，倒在地上昏了過去。

邵光龍從她懷裏抱出小寶，放在身邊的小棺材裏，儘管放得很輕很輕，可小寶的頭頂蓋還是裂開了，邵光龍被淚水模糊的眼睛一手按住小寶的頭頂，自己一頭碰在小棺材上昏了過去……

肖光雄背著肖光妹回家。光妹躺在床上三天三夜沒吃沒喝……

四

安葬邵小寶就在當天的下晚。

中午，李校長帶領全校同學去了山裏，採摘山間的花朵。可惜的是這只是農曆二月中旬，梅花剛剛凋謝了，牡丹、映山紅、桃花、蘭花只打了花苞子，都沒有開出花來。

在送葬的隊伍中，只有這些同學。沒有小寶勝似母親的姑姑，因為她在昏迷中還沒有醒來；沒有見到他的父親，因為父親傷痕累累。也沒有一個村幹部，他們又集中開會了。是小寶的舅舅帶著村裏幾個勞力，抬著一大一小的棺材，來到肖家的老墳園。路上沒有炮竹，也沒撒紙錢。

在這道母子合葬的大墓上，同學們把手中的一束束花蕾放在墳頭。那花蕾就像點點星火閃動著，又彷彿是一群膽怯羞澀的小孩，互相簇擁著，誰也沒有打開笑臉。

與此同時，向陽公社書記孫大忠在大隊部，召開臥龍山全體幹部黨員參加的緊急會議，上面還派來公安人員出席會場。

孫書記嚴肅地說：「毛主席教導我們，千萬不要忘記階級鬥爭。今天的現場會之所以出了問題，恰恰是我們忘記了階級鬥爭，頭腦裏階級鬥爭這根弦沒有繃緊，只有狠抓階級鬥爭，才能確保農業學大寨運動順利開展。公社黨委決定，報縣農業學大寨辦公室批准，由縣公安局治安股趙向東股長（坐在孫書記身邊的趙股長向大家點頭），我們向陽公社治安幹事馬有能同志（馬有能站起來向大家鞠躬），以及臥龍山大隊邵光龍、馬德山、李常有等同志組成臥龍山學大寨專案組，由邵光龍同志任組長，調查案件情況，找出幕後操縱的階級敵人……」

會議一結束，趙股長、馬有能就住在大隊部，生活上由會計李常有負責安排，並要接待前來關心過問的各級領導，一切費用從龍頭山賣樹款中支出。

孫書記走後，專案組連夜召開會議研究方案，開展下一步工作。可邵光龍說全身傷痛，頭有些發昏回家去了。組長不參加，工作不能停，趙股長同馬幹事碰頭商量到半夜。

馬有能是馬德山的兒子，人長得眉清目秀，一表人材。去年高中畢業，是回鄉知青。這年孫大忠為了老母親，託邵光龍在臥龍山買了上等的杉樹做了一副壽材，價格上是邵光龍作的主，正巧聽講公社要選配一名一工一農的治安員，在公社上班，拿的是工分。邵光龍背後找了孫大忠，孫大忠也沒抹邵光龍的面子。馬有能才有這份差事。這份情意，馬德山在兒子面前經常提起。

馬有能這次回鄉辦案，為的又是邵光龍的兒子，他十分的認真賣力。晚上在同趙股長的研究中，他認為邵小寶為何在放炮時不上課而跑到龍頭山，這孩子在學校情況又怎麼樣呢？學校是這個案件的突破口。

第二天，趙股長、馬有能來到學校，找到李校長。李校長把邵小寶同學在學校的表現做了全面的彙報，接著又把邵小寶同學向黃毛丫同學述說的「兩個媽媽」的問題，再由黃毛丫同學寫出的作文從頭至尾說了一遍。這樣看來，邵小寶的身上還存在著一些問題：別人只有一個媽媽，而你哪來兩個媽媽呢？這是你心裏除了一個生你的媽媽外，還有一個媽媽是你未來的舅媽，現在有時叫她媽媽。平時你們一起生活，舅媽把你當兒子看待，你就稱她也是媽媽了。那麼這個問題就複雜了，因為要聯繫到我們黨的幹部邵光龍同志身上。每個男人只有一個老婆，邵小寶講自己有兩個媽媽，那邵光龍就有兩個老婆了。帶著這個問題，專案組召開黨員座談會，找貧下中農個別談話。最後肖光雄出面證明，邵光龍生活作風是經得起考驗的，是正派的，沒有半點閒話給人講的。這些材料，只差邵小寶作證了。現在邵小寶死了，死無對證。那麼順著這根藤子摸瓜，這瓜在哪裏呢？這就是學校了。學校又怎麼能把這麼一篇狗屁不通的作文當作範文在課堂上講解呢？那不是讓同學們要去尋找兩個媽媽嗎？天，那不是臥龍山裏的男人瘋上了天，女人打成了球了嗎？更為嚴重的造成邵小寶在上課時回答問題只有山上的媽媽，他頭腦裏沒有政治，沒有學大寨，沒有毛主席指示，只有媽媽。這學校有問題，那就是校長、教師一肩挑的李春林了。

所以專案組研究決定，學校停課鬧革命，開展對「兩個媽媽」的作文進行批判。肅清在學校的流毒。重點立案調查李春林。通過審查、貧下中農座談和李常有會計揭發，李春林存在著大問題。首先是對農業學大寨的態度。大隊黨支部已經研究決定，龍頭山頂上「農業學大寨」標語用紅漆，而李春林擅自要求用石灰，還說白色顯眼，花錢少，作為教師，應該知道紅色代表什麼？白色代表什麼？另外，二百多斤石灰並沒有完全用在標語上，而是把一部分用在刷學校的教室上。順著藤子摘了個大瓜。專案組開會研究上報意見，趙向東股長要把李春林開除。而邵光龍堅決反對，他說用石灰是他同意的，並說李春林父母在區鎮上，他是工人階級後代，根正苗紅，前年師範畢業，是他把李春林請到臥龍山任教的，三年來工作認真負責，如果開除了他，山溝裏就再也找不著這樣的老師了。沒辦法，邵光龍是專案組組長，最後決定公社教育小組下發文件撤銷李春林臥龍山小學校長的職務，繼續留校任教，以觀後效。

按講專案組工作已經結束，到公社彙報時，沒想到孫大忠書記認為，專案組工作力度不夠，沒有從階級鬥爭這個根本深處入手，沒有把階級敵人挖出來。黨委研究決定：專案組繼續工作，不獲全勝絕不收兵。並鑒於邵光龍同志與死者是直系親屬關係，馬德山同志與辦案的馬有能幹事又是父子關係，故專案組由趙向東、馬有能和李常有三人組成，趙向東任組長，馬有能、李常有任組員。邵光龍、馬德山只能配合，不得參與意見。

只有下鈞竿，才見魚出水。這樣一來，專案組工作效益一下子高多了。第一次會議研究決定把李春林、黃毛丫抓起來，隔離審查。

黃毛丫長得一頭的黃頭毛，身子瘦弱，膽子又小。要抓著到學校，就哭得死去活來。可到學校見同李校長在一起，門口還有民兵站崗，也就不哭了，只是身子一個勁的哆嗦著。當要單獨喊她出去問話時，她又嚇得撲在李校長懷裏，大哭起來：「李校長，救救我呀。」

李春林拍拍她的肩說：「黃毛丫同學，李校長現在不是校長了。」

她呆望他：「那你是什麼？」

他說：「我現在是老師了。」

她又問：「那你還教我們書嗎？」

他點點頭：「也許還能教。」

她說：「那他們打我，你還能管我嗎？」

他抹著她臉上的淚水說：「黃毛丫同學，別怕，他們不會打你的，你看老師都不怕嘛。」

她說：「你是大人，當然不怕了，我還是小孩子呢。」

他說：「大人有大事，要戴個破壞學大寨的帽子可不輕呢。你小人呢，當然只有小事了。只要你把邵小寶同學一起的事講清楚就沒事了。」

她呆望他：「這是真的？」

他說：「老師還能騙你？快去吧，有什麼就講什麼。」

黃毛丫被帶到大隊部。她一進門身子就發抖，蹲在牆邊縮成一團，驚呆地望著眼前的辦公桌。桌邊坐著戴大蓋帽的人，那臉上要罵人的樣子，桌邊還有個小青年在記著什麼，這個人好像有點面熟。她不曉得，這兩個當然就是趙股長和馬有能了。

馬有能見黃毛丫進來，首先說：「黃毛丫，這是縣公安局的趙股長，他要問你一些事情，你有什麼就回答什麼，沒什麼就講不知道，聽明白了嗎？」

黃毛丫點點頭。

趙股長問了：「你叫什麼名字？」

黃毛丫答：「叫黃毛丫。」

「今年多大了？」

「十二歲。」

「讀幾年級？」

「三年級。」

趙股長說：「十二歲才讀三年級？」

黃毛丫呆呆地望著他，不知怎麼回答才好，只是點點頭。

馬有能插話說：「鄉下孩子讀書都遲。」

黃毛丫也點點頭。

趙股長又問：「你每天都跟邵小寶一道上學嗎？」

黃毛丫還是點點頭。

馬有能又插話：「黃毛丫，你點頭可不行，應該回答是與不是。」

黃毛丫馬上回答：「是！」

趙股長再問：「你每天跟邵小寶一道上學嗎？」

黃毛丫答：「是！」

趙股長說：「平時你們在一起關係很好嗎？」

黃毛丫點頭：「是！」

趙股長說：「在學校，你們在一個班？」

黃毛丫點頭：「是！」

趙股長：「你怎麼只會講是啊是的？」

黃毛丫：「是！」

趙股長一拍桌子，黃毛丫抬頭見大眼瞪著，嚇得要哭。

馬有能插話說：「黃毛丫，你同邵小寶是好朋友，應該講一點具體的東西。」

黃毛丫含淚說：「他問我是不是一個班，我們學校一年級到三年級就一個班，我當然講是了。」

趙股長說：「那我問你，平時邵小寶跟你講了哪些話？」

這一句話把她問愣住了。邵小寶跟她講了很多很多話，每天都講，問她講哪些話，從哪裏講起呢？她呆呆地望著趙股長不好開口，只能脫口說：「是！」

這下趙股長火了，又把桌子一拍，「啪」的一響，大聲說：「你這個小黃毛丫頭片子，還敢跟我狡猾起來了，告訴你，你那小辮子在我手上抓著呢。」

這一拍就把她嚇了一跳，「哇」的一聲大哭起來，趙股長後來講了什麼話她一句也沒聽見。

還是哭著回答：「是！」

這下馬有能急了，遞給趙股長一支煙，向他使了個眼色，趙股長點煙走出門外。

別看馬有能年輕，還真有經驗，走過去蹲在黃毛丫面前，拿出自己雪白的手帕子給她擦眼淚，說：「別哭，別哭，我知道你膽小，見到毛毛蟲都哭，對吧？小學生嘛，哭鼻子可不好。你看我是誰？不認得了？」

黃毛丫擦著眼淚望著他，搖搖頭。

馬有能繼續說：「噢，你忘了，上個月我在你家吃過飯，你爸叫黃樹根，外號黃牛屎，對不對？我呢，也是這個村的，這村裏有個人長得黑黑的，有隻手沒有手指頭，你曉得吧。」

黃毛丫說：「人家叫他馬大黑。」

馬有能也不忌諱，拍手說：「哇，對了，那就是我爸呀。」

黃毛丫這下放鬆了，不哭了，抹抹眼淚再次認真地看他，這下看出來了，他確實是自己村的。

馬有能把她拉起來，讓她坐在椅子上，趴在桌上。叫她把邵小寶死的那天之前遇到誰、誰跟他講了什麼話告訴他。於是，黃毛丫就把那天同邵小寶上學路上，遇到肖光雄的事一五一十地講清了。

有一句關鍵話，馬有能重複了一句：「光雄確實說『你媽的墳要炸了，你還上學』的話？」

肖黃毛丫說：「一點不錯，後來他講了許多話，怕我聽見，就叫我上前走了。邵小寶到教室上課就沒心思聽了，眼睛老望外面的山上，一聽講要放炮就跑出去，老師都攔不住，就這麼給炸死了。」

後來又從李春林那裏得知邵小寶上學遲到，並不注意聽課，眼睛看窗外的經過。最後，才找來肖光雄，而肖光雄毫不遮蓋地說：「是的，是我叫小寶上山的，沒想到他去遲了，墳都炸了，這孩子也……」

好了，三點對一線。這下專案組工作有眉目了。事實已十分清楚，原來幕後指揮邵小寶的階級敵人就是肖光雄。俗話說，家賊難防啊。

專案組當天夜裏召開緊急會議，決定明天上報公社黨委和縣公安局，後天來抓人。同時給李春林一個開除留用的處理。到了後半夜，馬有能起床撒尿，偷偷跑到邵光龍家，把這個絕密的消息告訴了他。

邵光龍一聽全身發麻，頭要炸了，心要碎了。天哪，這下怎麼辦呢？自己已經失去了兒子，沒想到還要離開一個兄弟啊。光妹是肖家的妹子、光雄的未婚妻，這可是父親親自定的，滿村的人都清楚，現在光雄要是抓走了，丟下一個妹子怎麼辦？就是我賣面子講人情，求爺爺拜奶奶，可這上綱上線的事，我熱臉也不能把人家冷屁股磨熱啊，一判下來最少也得十年八年跑不掉，家裏只剩下我和光妹，這過日子也不方便，別人要是嚼起舌根子來不就砸了，舌根底下壓死人啊。今後我這個大隊書記還有什麼形象可言，怎麼能帶領大家學大寨過好日子？天哪，怎麼辦呢？如果馬上就找孫大忠書記，他要是問起來，這事是專案組研究的，你怎麼知道？那馬有能不就徹底完蛋了嘛。這下實在沒辦法了。他一支接一支的吸著煙，像熱鍋上的螞蟻，在屋裏踱來踱去，有時雙手抓著頭，恨不得把頭皮抓破，頭髮抓掉。

這時的肖光雄睡得正香，像豬般的呼嚕著，說不定在作美夢呢。邵光龍踱步抬頭猛然看到一個人，她就是肖光妹，不知她什麼時候起了床，靠在房門旁，呆呆地望著他。這時他強壓著心裏的驚慌，變得很冷靜，若無其事地掏荷包，七掏八掏掏出幾張零票子，加起來有五塊多錢，遞給光妹說：「天要亮了，你到食品站買點肉，打斤酒，今晚我們兄妹喝一杯吧。」

肖光妹接過錢，身子顫抖了一下，說：「大哥，公安的人什麼時候來？」

邵光龍心頭一驚，心裏真正佩服這個小妹子，什麼重大事情她比誰都清楚。於是就只好說：「兄弟軟弱膽小，什麼話也別說，今晚就算為他送行吧。」

當天晚上，肖光妹確實拿出了自己最好的手藝，做了六個菜一個湯，其中就有肖光雄最愛吃、在當時誰家桌上見不到的紅燒肉。等菜上齊，邵光龍笑笑地拉著光雄坐在一條板凳上，正準備開開心心地喝一杯，他望著桌上擺了四雙筷子，三隻大碗，一隻小碗，立即低下了頭。這碗筷是光雄擺的。他想小寶已去世快一個月了，今晚做了這麼多好菜，是不是為了祭奠小寶呢。光妹坐下一看到那隻小寶吃飯的小碗，眼眶子紅了，低下頭沒吭聲。大家都默默地等了好一會。

邵光龍抬起頭，看等下去菜都涼了，就藉題發揮地說：「兄弟，小妹，小寶死算來快上一個月了，人死不能復生，活著的人還要好好過日子。這麼多天來，我們沒吃過一頓安穩飯，倒吃了不少眼淚。那麼，從今天起恢復正常生活，來，兄弟，乾一杯。」與光雄碰了一杯，一飲而盡。

光雄想到今天的酒席是為了過新生活，也就沒講一句話，只是一個勁地吃菜、喝酒，自斟自飲。光妹沒有動筷子，她先想著小寶，後又看著光雄，心裏刀割的難受，眼淚怎麼也止不住。

光雄喝了一會就舌頭根短了，突然抓住大哥的手動情地說：「大哥，我錯了，我對不此（起）小寶，是我殺（害）了他呀。」說著自己就大哭起來。

光妹眼睛一亮，也就是現在看出了光雄的優點，緊緊抓住他的胳膊說：「兄弟，別喝了，我們講講吧。」

光雄又猛喝一杯：「小妹，你別攔我，是我叫小寶上山的，我真克（該）死啊。」

光雄又要斟酒，光龍抓住酒瓶子，光雄望著他：「大哥，難道你不能原諒我？」

光龍只好放了手，光雄又猛喝了一杯，身子一歪就趴在桌上不動了。光龍站起來要拉他，還是光妹推開大哥，從光雄背後抱起他送到他床上去了。

光妹回頭坐在桌上，其實她同大哥還沒吃沒喝。大哥這才端起杯子說：「看來專案組調查的是事實，沒有冤枉兄弟啊。」喝了一杯酒，望著光妹又說：「只是你們的親事是父親臨死時定下的……」

光妹看出大哥的心思，端起一杯酒站起來：「大哥，我這條狗命是大哥撿到肖家來的，請大哥放心，我還是那句老話，生是他的人，死是他的鬼，若有三心二意，就在老槐樹上吊死我！」一仰脖子乾了那杯酒。光龍也跟著喝了一杯，歎了一口氣說：「唉，這下可苦了你了呀。」

光妹聽到這句話，雙手捂臉，淚水從指縫中溢出來：「小妹有大哥這句話，就夠了……」

晚上，肖光妹收拾碗筷，老想著在大哥面前講話要算話，要以什麼樣的行動來證明自己的誓言呢？最後一想，乾脆今晚就把自己的身子獻給光雄。

夜靜得像死水一樣，天上沒有星星，也沒有月亮，無邊無際的黑夜像一面黑網，蒙住了世間的一切。

大哥睡覺去了，光雄像死豬一樣打著呼嚕，只有肖光妹的房間裏一絲微弱的燈光。她燒了一大盆熱水，白玉般的身子靜靜地躺在水中，手揮著白色的小手巾，從上到下軟綿綿地擦著洗著，她的心像盆中的水波，恍恍惚惚。想到自己單身一人，無親無故，深一腳淺一腳的撲通到今天，終身定下的男人本來就不滿意，可不得不跟他在一起，現在把身子給了他，接著就不知要守多少年的活寡，想想自己的命怎麼這麼苦呢。

她想到這些，在大澡盆裏痛哭了一場，淚水從眼眶流到臉上，掉到大盆裏，淚水和大盆裏的熱水連在一起，她感到洗的不是熱水而是自己的淚水。她不知自己洗了多長時間，哭了多久，流了多少淚水？也不知夜有多深？只感到全身的疲憊，便站起身來擦了擦也不穿內衣，光溜著身子悄悄打開房門，也不點燈，慢慢地摸到光雄的床邊，在他屁股上狠狠的捏了一把。

他在睡夢中「哎約」一聲：「誰呀？」

她親熱地在他耳邊：「小妹。」說著先把雙腳伸進了被窩。

他迷迷糊糊地說：「你幹……幹什麼？」看來他酒還沒醒。

她乾脆說：「你想幹什麼就幹什麼？」掀開他被子，整個身子進了他的被窩。

他推她說：「去去去，別跟我來假一套。」

她擁抱了他說：「這次可是真的喲。」

他一個翻身，面朝床裏，大聲地：「滾！我這次絕不會上你的當，快滾吧！」那光著身子、差點被擠到地上的她，這下傻了，全身冰涼，心也冰涼，氣得一巴掌打在他的屁股上，起身進了自己的房間，「咣」的一聲關上了門。他還在齜牙咧嘴地說：「怎麼樣，房門又關上了。」

第二天，天邊才剛剛放出一點白光，臥龍山村散落在山邊的瓦房和草屋還是黑黝黝的一片，像一個個草堆在沉睡，一片片烏雲在凝固，沉睡的人們大約開始醒來，還想在滾熱的被窩裏伸個懶腰。只有生產隊長石頭比誰都起得早，他要吹第一遍哨子催人起床，自己再去拉一泡屎，到河邊用腰間的大手巾洗把臉，正好天亮打第二遍哨子催人上工，再有賴床的，他就得扣工分。今天的石頭隊長剛一開門，哨子還沒吹出聲來，聽村裏有人在奔跑，他眼屎巴拉的看不清，只看出了一幫黑不溜秋的人影進了村，守在邵光龍家的門口。不曉得出了什麼事，膽怯地靠在門邊不敢出門。

肖光雄晚上睡得早，又喝多了一點，天剛亮就起來上廁所。大門一開，只聽趙股長大叫一聲：「就是他！」

兩名公安人員一擁而上，拿出手銬子就要銬上，正好光雄雙手拎著褲腰帶子，見到有人抓自己，身子一彎坐在地上，大叫起來：「你們幹什麼，怎麼要抓我呢，放開我。大哥，快來呀，有人抓我了，快救我呀！」因為手在懷裏揣著，銬子沒銬上。趙股長上前一步，一手抓住他衣領，往上一拎，一腳踢在他的背上，光雄還是大喊大叫：「不能呀，我還沒結婚呢，不能抓我，大哥，快救我呀。」

公安人員正要銬上他手的時候，只見身後「嘩」的一聲躥出一個人來，抓住了手銬，銬在自己的手上，這個人就是肖光虎。

肖光虎今天比任何時候都精神，他頭髮梳得光光的，裏面白襯衫外面一套洗得發白的黃軍裝。這是他當造反派時，留到今天唯一的一套像樣的衣服，平時捨不得穿，只是在誰家做喜事、開大會他偶爾穿上一回。今天的舉動使公安人員大吃一驚，措手不及，他只銬了一隻手，另一隻手指著公安人員說：「放了他，這事與他沒關係。」

趙股長瞪著眼，掏出手槍對著他額頭說：「你是幹什麼的？滾開！」

肖光虎昂首挺胸：「你連我都不認識了？」

馬有能曾是他低一班的同學，紅衛兵造反時是他手下的兵卒，忙對光虎說：「光虎，這可是公務啊，你開什麼玩笑？」

肖光虎說：「什麼公務私務的，你們抓錯了，唆使小寶上山的階級敵人是我不是他。」

肖光雄好像抓到了救命的稻草，忙說：「對，對，那天是他告訴我要炸墳的，是他叫小寶上山的。」

肖光虎昂著頭說：「怎麼樣？你們專案組也是吃乾飯的，我在家早已準備好了，等你們找我去審查，可左等右等見不到面，等得我好著急呀。昨晚我已經寫好投案自首的材料，準備今天送到公社去，沒想到你們來抓人了。」拍拍光雄的肩又說：「他可是我的好兄弟，你們吃柿子不能撿軟的捏吧。」又從荷包裹掏出幾張紙，在趙股長面前打開了，趙股長接過看了看。

這時天已大亮，人們已紛紛起床議論著：「天都亮了，怎麼沒聽到石頭的哨子聲？這糞缸裏的石頭昨晚是不是睡死掉了。」他們出門，見邵光龍家門口站了不少人，以為是誰家吵嘴打架找邵書記評理的，一望不對勁，還有幾個戴大蓋帽，穿黃軍裝的，也就往前跑去看看怎麼回事。

趙股長看完材料，又看了馬有能一眼，說：「他媽的，這撒尿還撒出一條小魚來了。有人證物證，鐵證如山，我們也不能白跑一趟，先就把他帶走吧。」公安人員這才銬住肖光虎的雙手。

這時，早已準備好被子行李的肖光妹站在門口，看到這一切，指著光雄說：「光雄，別軟蛋呢，你也是男人，長雞巴的，男人就得一人做事一人當，為了大姐，為了良心，坐牢不醜，我給你送飯，多少年我都守著你。」

光虎上前一步：「喲，小妹同我搶功啊。」

光妹沒有看他：「我們家的事，不需要外人插手。」

肖光虎哈哈一樂，邁開大步就走。

一直站在邊上看的石頭隊長好笑：「真是的，我長這麼大，只見人爭吃爭穿的，可從沒見過爭著坐監獄的。」

肖光妹見公安人員要走，拉著光雄：「好兄弟，男人不剛不如粗糠呢，求你起來呀。」

光雄賴在地上：「男子漢大丈夫，講不起來就不起來！」

光妹猛踢他一腳，他就勢在地上一躺，大哭了起來。

肖光虎被公安人員押著從村西走向村東，村裏社員們都出來看熱鬧，有的揉著眼睛，因為眼屎還堆在眼角上沒來得及洗，有的拎著褲子，因為褲腰帶還沒有繫好。像看玩猴把戲一樣，有的老人流出了眼淚，有的小孩躲在大人後面伸著頭。肖光虎呢，昂著頭，挺著胸，面帶微笑，大踏步的走著，戴著手銬的雙手有時舉起來向他認為平時關係不錯的人揮揮手，那架勢好像一位領導幹部下鄉考察回城，向歡送的群眾打招呼一樣，嘴上還喊：「黑狗蛋，再見了，大狗子，我走了！」左右兩邊的公安人員像是他的警衛員。

到了村頭，見肖貴根老人拎著已捆好的被條和日用品站在那裏，親手交給馬有能。

石頭隊長越看越新鮮，湊過去說：「老爺，你兒子被抓，你怎麼眼眶子都不紅一下。」

肖老爺笑笑說：「這麼多年，我只有今天看他還像是我的兒子。」

肖老爺的話，大約讓肖光虎聽到了，這傢伙來了精神，燒包起來了，現在這個樣子感到不過癮，唱起了革命樣板戲《紅燈記》裏李玉和的一段唱，還把原唱詞裏的媽改成爸，他唱道：「臨行喝爸一碗酒，渾身是膽雄赳赳，鳩山設宴和我交朋友，千杯萬盞會應酬，時令不好風雪來得驟，爸要把冷暖時刻記心頭——」

那個「頭」字尾音拖得特別的長，他是唱得頸子伸得多高，搖頭晃腦的，那怪怪的樣子，把害怕的小孩子逗得笑了起來，也不怕公安局的人了，賣狗樣的追了一里多路，站在山邊上一直到看不見人影才依依不捨地回來。

山窪村的白玉蘭清早起來開門，見門縫裏有一張紙條，上面是光虎寫的：「牡丹花下死，做鬼也甘心，我要走了，只把一顆心留給你。」她看著紙條，不曉得什麼意思，心頭一熱，向山外追去，到了龍頭村人們見她額頭上冒著汗，本來就白而紅潤的臉蛋好似一隻剛剛成熟的小蜜桃，她今天顯得特別的美。

肖光妹看到她，二話沒問就拍著她的肩說：「玉蘭妹子，光虎是條漢子，女人能嫁給這種男人，再苦也值。」轉身一腳踢在地上的肖光雄，光雄身子一滾，皮球樣的滾在一邊，誰也不曉得，他已尿屎濕了一褲襠了。

現在村裏人都在議論，怎麼沒見邵光龍呢？原來他天不亮就去了公社，在食堂裏買了幾個饅頭準備最後款待他的兄弟，主要利用這個機會找找孫大忠，希望他能網開一面。結果一看是肖光虎，這下他就認真地開始拚命求人了。他要想盡一切辦法，讓光虎能得到從寬處理。

五

邵光龍在外跑了一整天，到了晚末時候才回來。進了家門就對光妹說：「剛才回家見到老爺，他叫我去吃晚飯。」到老爺家不能空著手，他便從櫃裏拿出昨晚喝剩下的那半瓶酒揣在懷裏。他臨出門只聽光妹對他說：「大哥，你跟老爺講，叫他今後就到我們這裏來吃吧，沒好的，蘿蔔根子小白菜還是不缺的。」

光龍回頭看了她一眼就走了。是啊，老爺就這麼一個兒子，今天抓走了，就剩下一位孤苦的老頭子，日子多清苦啊。

肖光雄昨晚吃多了，早上在門口丟了醜，脫著沾滿尿屎的褲子，就一頭鑽進被窩裏。光妹在洗他的褲子是一邊洗一邊罵，罵什麼難聽的話他都不吭聲，他的特性就是傻吃悶喝睡大覺，死豬不怕開水燙嘛。他也覺得自己是個窩囊廢，想著想著就睡去了。不知睡了多長時間，醒來見天都黑了，乖乖，睡了一整天了，肚子餓得咕咕叫，見床邊放著乾淨的褲頭子，外面的褲子還沒有曬乾，就穿著短褲起了床，沒見大哥在家，到廚房裏只見光妹一個人在吃，碗裏是中午剩飯沖開水，外加鹹菜根子。他愣了一會，還是硬著頭皮去盛飯，在櫥櫃裏拿碗。

她忽地站起來，上前奪去他手上的碗，重新放進櫥櫃裏，黑著臉罵道：「吃、吃，你還有臉吃，把臉伸進褲襠裏，吃你個雞巴去。」

他呆了一會，也不發火，咕嘟說：「男子漢大丈夫，不吃就不吃，少吃一頓餓不死。」轉身又一頭鑽進被窩裏去了。

她見他這個樣子，是又好氣又好笑，搖搖頭歎口氣，心想，也是自己前世做多了惡，今世攤上了這樣一個老闆。

已經很晚很晚了，光妹還未見大哥回來。她聽外面颳著風，好像還下著濛濛雨。她曉得大哥走時沒帶傘。大哥這幾天心太苦，身子太累了，梅雨季節裏淋著生雨可不好，她就穿好衣服起了床，見光雄又在呼呼大睡，唉，他還真能睡啊，俗話說，豬睡長肉（土話讀ㄩ），人睡賣屋，怎麼講呢！她又在廚房裏忙了一會，就拿著布傘出門，走到門口又回頭，用傘把子在他屁股搗了一下：「睡，睡，睡得死去啊！」說著就出了門。

肖光雄抬起頭，歎著氣：「唉，這老婆好惡毒呢，這日子不能過了，吃不讓吃，睡不讓睡，你這不是要我死啊。」他坐起身，正好起床要撒尿，他看到中間屋裏還亮著小油燈，怎麼回事？她人出去了，還點燈幹什麼，不怕廢油啊。他準備去吹燈，見桌上放著一隻大碗，是滿滿的一碗飯，上面還冒著熱氣。他好奇地上前看看，碗頭放了鹹韭菜。這韭菜家裏不多，只有一小罐子，總共才有兩三碗。因大哥是大隊書記，家裏常有人來吃飯，這韭菜是留著招待客人的。家裏平時只吃蘿蔔條子白菜疙瘩。他想，這一大碗是留給鬼的？大哥不在家吃，她已吃過鬧人家去了。這麼講是留給我的，對了，怪不得她出門把我打醒，不要我睡了，原來喊我吃飯呢。他又不想撒尿了，端起大碗大口大口地吃起來，他還發現韭菜裏放了一點兒油，太好吃了，好像從來沒吃過這麼好的飯菜了。吃著吃著，心頭酸酸的，眼淚從眼眶裏擠了出來，光妹啊，貴人呢，刀子嘴菩薩心，像我這樣的男人，要是沒有你這樣的老婆，那日子該怎麼過呢。

肖光妹出了門，抬頭看滿天的星光，她覺得很奇怪，怎麼想到天要下雨呢？是想大哥想得太多了呀。她直奔老爺家，見他家窗戶是黑的，聽聽裏面也沒什麼動靜，就在窗外喊老爺。

老爺說：「光龍啊，早走啦。」

光妹心裏一驚，他沒有回家呀，去哪裏了呢？難道又到大隊部裏開會去了？這幾天農業學大寨，經常要開幹部會。又想不可能，會也不能開得這麼晚？她還是不放心，就又去了大隊部，她先站得遠遠的看，要是村幹部見她半夜三更接大哥，這話好講不好聽，她不讓別人有半點閒話，也是維護大哥的形象。可她發現大隊部也是黑燈瞎火的，這是怎麼回事？大哥到哪裏去了呢？

邵光龍上午在公社找了孫大忠，因為今天抓的不是原來黨委研究的肖光雄，而是肖光虎，一字之差差之萬里。黨委不得不重新研究，邵光龍也被喊進去講了一些證明材料。最後，肖光虎破壞農業學大寨的罪名就定下了，至於態度好，判處多少年，那是上面的事了。下午，他又找到公社教育小組，聽講教育幹事與李春林是師範同班同學，這樣李春林總算沒有被開除。下晚從公社回來，在村口見到老爺肖貴根，他感到很不好意思，好像自己做錯了事似的，不知講什麼好。而是老爺主動上前拍拍他的肩，說晚上沒事就到他那裏喝一盅。他有些奇怪，怎麼回事？兒子坐牢了，還有心思喝酒？是真是假呢？他見老爺走了幾步又回頭向他笑笑。他想這不是假的，是真的。再說肖光虎被抓走了，也應該去安慰他幾句，所以回家拿了酒去了老爺家。

邵光龍進了肖老爺家門，見老爺真的準備好了，桌上有一碗花生米，一碗煮黃豆，一碗是前幾天光妹送來的蘿蔔根子，還有一個瓦盆子是雞蛋湯，好像不止一個雞蛋，起碼有兩個以上。並擺好了杯子和筷子。

肖老爺見光龍進門，自己往上沿一坐，嘴裏不停地喊：「拿酒來，拿酒來！」伸筷子夾著一粒花生米，可惜沒夾住，花生米滾到桌子上，眼看就要滾到地下去，只見老爺一手抓著往嘴裏一扔：「想跑，咬不死你！」嘴裏咬得咯吱咯吱的響。

看來老爺今天真的很高興，多少年沒見過他這麼高興過了。光龍忙先給他酌了一杯滿滿的酒，自己倒了一杯，二人碰杯一口乾了。

光龍先開口了：「看老爺今天真高興呢。」

老爺說：「你曉得老爺我為什麼高興？」

光龍不知道。望他半天沒開口，老爺又乾了一杯酒，高聲地說：「兒子啊，哈哈，沒想到這龜兒子，還真的讓老子高興了一回，總算沒有白養啊。」

光龍不解地望著他。老爺三杯酒下肚，就講起兒子來：「我這個獨根兒子，從小慣啊，難怪呢，他頭上兩個都不在了，怕他也活不長啊。小時候給他留個小辮子，那是長命繩，好拴住他。修水庫、吃食堂，我是勒緊褲腰帶也不讓他餓肚子，長大讓他念書，沒想到他去造了反，村裏人罵他，那可是在戳我的脊樑骨啊。這幾天村裏背後就有人議論，說光雄這個大呆瓜，向專案組說了是他叫小寶上山的，這下壞了，光雄要是被抓走，你家還成個什麼樣子。」老爺喝著酒，又夾了一粒花生米在嘴裏嚼了好半天。

光龍低著頭，不知說什麼好。聽老爺又說：「昨天我看他有點不對勁，把房子打掃得乾乾淨淨的，一點灰塵也沒有，還把我的衣服洗了，被子搬出去曬了。老子對兒子要求不高，夏天能給你送把扇子，冬天給你送件破棉襖，這就夠了。我今天才認識我這個兒子不孬呢。」老爺說到這裏，眼眶都紅了。

邵光龍馬上接過話頭，把上午公社黨委研究的結果告訴了老爺，說了光虎平時待人處事的很多好處，還說了光虎的婚事已經有了眉目，光妹已經做通了白玉蘭的思想工作，他準備抽時間找白大媽談一次，說得老爺心裏更踏實了。

就這樣，不知不覺地話題轉到農業學大寨上來了。一句話，把老爺說愣住了，他不喝酒，也不吃菜了，放下筷子，抹了抹嘴唇，也不說話。從背後茶几上拿出長筒子煙袋，好像上面有層灰，用手從上往下一抹，順手在茶几邊上竹絲條把上抽下一根竹籤子，挑剔著煙袋屎，對桌邊用力一吹，又對著燈光放眼前看了看，放嘴邊空空地吸了一口，大約吸進了一小團煙屎，「呸呸」連吐了幾口唾沫，好像煙屎比燒酒要辣得多，辣得老爺眼淚都流出來了。

邵光龍想起來，忙從口袋裏掏出一盒紙煙。他本人不吸煙，偶爾吸一支，通頭癮，沒煙也不想。但口袋裏經常裝著紙煙，因為上級經常要來人。今天這盒煙就是招待公社幹部和教育幹事的，還剩半盒。他遞給老爺一支，可老爺沒有接，而是用那三根發黃的指頭，撮著盒裏的煙絲，裝在煙袋鍋裏，對著燈火吸著。光龍知道老爺的嘴要開閘了，而且講起來不止一兩句，要像長江大河流水樣地說下去，像五八年修水庫時自己拉不下屎那一次，六〇年吃食堂餓死人那一次，每次說了，對光龍都是一次震撼，一次教育，一次轉折。他不知這次老爺要講什麼，他默默地聽著。

老爺終於開口了，說：「今天呢，你起了這個頭，我才話從話邊來。前些天，你在興頭上，老爺我不好打消你的念頭。」

光龍說：「老爺，現在真想你罵我幾句，打我一頓呢。」

老爺說：「我先問你，在城裏開了幾天會？」

光龍說：「五天！」

老爺說：「在會上你嘴裏吐了些什麼？」

光龍停了一會，說：「我只講了想法，沒想到公社報上去了，縣委書記在會上傳出去了。」

老爺磕磕煙袋灰：「我說呢，這叫花花轎子人抬人，人家把你抬得高高的。可蒼蠅不叮無縫的蛋，還不是你那麼燒包，倚風作邪的，當典型，吐出去的口水收不回來了，抬上去人家一撒手，你就跌得鼻青臉腫了。」老爺手有些發抖，又開始裝煙，長歎了一口氣：「唉，現在的事啊，怪呢。自從盤古開天地，三皇五帝到如今，只聽講靠山吃山，靠水吃水，沒聽人講靠山的人改成靠田的，老爺我呢，土生土長的土包子，摸得著山裏的一草一木，看得出村裏的一樁一事。當年躲日本鬼子，全村人鑽進山裏吃桑果子野草莓，嚼樹皮啃草根，十天半月沒餓死一個人。吃大食堂那年大雪滿天，我們靠了山怎麼樣？誰也沒講餓肚子。沒想到現在唱個新調門，學大寨，大寨什麼樣你見過？」

光龍搖搖頭：「縣委書記、公社書記參觀過。」

老爺說：「這些吃皇糧的雜牌軍哪兒人？」

光龍說：「不知道，來自五湖四海吧。」

老爺說：「對了，山東的土地菩薩搬到山西還靈不靈？人家的肉貼到你身上還管不管用？當官的坐在暖室裏捧著熱茶杯子，沒長千里眼順風耳，怎麼曉得臥龍山土疙瘩事呢？你小子該長眼看事的，長耳聽事，長心想事的吧。」

光龍歎口氣說：「我也想過呀，老爺，改山造田是難，可是這麼多年日子緊巴巴的，一年累到頭累不到個糠菜糧，如果改山造田成功了，就龍頭山這一片有五百畝，先改三百畝，每人多加三分田，畝產有個七、八百斤，那每人每年……」

老爺打斷他的話：「糧食是地裏長的，算盤上打下的是空的，幹部站著講話腰不痛，稻子不能從他嘴裏長出來，我摸了五十年的牛屁股，山溝裏滾了大半輩子，認得一個理，是什麼？收多收少在於肥，能收歉收在於水啊。」

老爺嘴巴蠕動了幾下噍了點口水站起來說：「臥龍山十里長沖為何是塊寶地，寶就寶在山上有樹。這山上有一棵樹，山下就有一份福。俗話講得好，山上滿是樹，等於修水庫，雨多能吞水，乾旱把水吐。山中有好水，山下自然有好田呅，這田都好到插根筷子能發芽了，你還要怎麼樣？別看我們山裏田少地多，那田是旱澇保收，加上山裏的果子，地裏的瓜，實實在在。莊戶人家還要怎樣？」

老爺說著說著，丟下煙袋鍋子：「你現在砍了樹，改了田，好了，山上開荒，山溝裏就黃，田裏怎長糧？還要這田管什麼經？山裏人的話是，寧種一畝灘田，不種十畝山田，為什麼？山田那是天不下雨滿田紅，天要下雨一路沖呢。只能靠天收。這叫什麼？這叫無衣不成人，無水不成河，無菜不成席，無樹怎成山呢。」

老爺這一套一套的講著，光龍望著他張口結舌，目瞪口呆。老爺是越說越上路子，越說越激動，拍著桌子又說：「別聽那廣播裏講的，他們曉得天高地厚？一開口就人定勝天，這人是人，天是天。天在哪？你能勝得了？當官的兩個口，講大話不怕閃舌頭，一個勁的吹，能把天上雲彩吹化了。講大話也不怕天打雷劈。老爺今天吃酒講酒話，你呢，沒頭腦子，人家旗往哪指，你兵往哪殺，下棋看不到三著就邁步。開了幾天會，心裏就燒，舌頭沒伸直就放炮，燒的！燒吧，天燒有雨，人燒有禍來，槍打出頭鳥，人怕出名豬怕壯，豬肥要動刀子的。彭家昌為何有那樣的下場，他住在龍頭山；賴大姑為何一生平安，她住在龍尾山。臥龍山、鳳凰嶺的風水，沒想到現在遇到劫難了，還改名向陽，向陽去吧，山上樹砍光了，曬死你狗娘養的！」

老爺的一席話，說得唾沫星子滿天飛，說得光龍心裏火燒火燎站也不好，坐也不好，吃也不好，走也不好，只是低著頭一聲也不吭。

老爺大約說得有點累了，坐下來，沒吃菜，可能菜也涼了，沒心思熱。倒了兩杯酒，舉杯向光龍杯子上碰了一下，說：「老爺今天老酒當了家，拉拉扯扯講了這麼多。」同光龍乾了一杯又說：「大隊裏幹部，芝麻大的官，這帽子你戴著，我也戴過，不管戴的大帽子、小帽子，就看你為帽子呢，還是為老百姓？要為帽子，那就得把眼睛往上看，看上面嘴巴怎麼動，你像狗樣的尾巴怎麼搖。要是為老百姓呢，那就把眼往下看，像個家主子一樣的，看誰家鍋裏多少飯，誰的碗裏有幾根菜。就講這次縣裏開會吧，你要睜一隻眼看領導講話，閉一隻眼想臥龍山的條件。這叫聽一半，想一半，回家再做一半。上面能交差，群眾也滿意。上面風雨大，山不會搖，火再猛，金子燒不毀。這年月見新鮮事，只能當個烏龜慢慢爬。雞叫是天亮，雞不叫也天明，心急怎能吃熱豆腐？犁田種地慢慢忙，粗茶淡飯才天天有。山裏人走路不怕慢，就怕摔啊。從往年到今日，修水庫、吃食堂、煉鋼鐵、批鬥人，那是發一次水，結一層泥呢，山裏人跟著跌了多少跟頭。你也是老大不小，怎麼不經一事、長一智呢？多少年來，誰家不是省吃儉用刮牙縫過日月，多少人早上吃飯，不知晚上缸裏有沒有糧。現在我們只剩下一把骨頭了，再跌倒可就爬不起來了呀。」老爺眼眶子紅了，站起來仰著頭：「山裏人脾胃你還沒摸透，表面跟你上了山，背後罵你豬頭三，恨你斗大個包呢。」說著抹了一把淚：「砍了山上那麼好的樹，這是把山裏人逼上了絕路啊。欺水不欺山，欺山筋斗翻，這不是在老龍頭上動土嗎？俗話說，不打勤，不打懶，單打沒長眼，你是撿塊石灰當粉擦，怎麼樣？當然要燒滿臉泡了。」

光龍已被說得滿面淚水，低頭說：「我何止是臉上，心裏燒毀了呀。」

老爺站起身來，一步一步向裏屋走去，哭泣著說：「黃梅子沒落，青梅子落了，我那小寶孫子，才是花包子啊……」老爺倒在床上，哭出聲來。

邵光龍再也坐不住了，他沒向老爺打招呼，就走出了門，他胸膛裏往下沉，好像一塊石頭重重地壓在心頭，腦袋木木的。他抬頭看看天，天上沒有月亮，也沒有星星，眼前一片墨黑，伸手不見五指。老爺的話語不停地在耳邊轉來轉去，他想不起來這些天做了些什麼，一頭聽上級的精神，沒有回頭聽聽老爺和群眾的呼聲，就這麼迷迷糊糊被人抬上了轎子。現在呢，菜沒醃成，倒漚出了一股子臭酸氣來。這真是掏麻雀掏出了烏公蛇了。我真傻啊，我對不住臥龍山的鄉親，對不住死去的光英，對不住我的小寶啊。小寶的死，難道是天意嗎？是臥龍山這條沉睡的臥龍對我的懲罰嗎？

他就這麼走著想著，軟一步硬一腳地來到山坡上，山裏一片漆黑麻烏的，但他不怕，他知道山裏沒有狼，沒有虎，這裏不是野獸的地盤啦。樹上的幾枝樹杈，幾片剛剛長出的嫩葉被風颳得啪啪的響，像鬼在呼叫。樹上有小鳥在有一聲沒一聲地叫著，他看不見是什麼鳥，只感到這叫聲在哭泣。他感到很奇怪，我這是到了哪裏，龍頭山上樹砍光了，這裏怎麼還有樹木呢？可這腳下好熟的路啊，閉著眼睛走到了這裏。哦，天，他看到眼前一塊白色的土包子，他這才知道自己來到了龍爪山，進了肖家的老墳園。他不用看就知道，左邊一排墳墓是肖家祖上的，有爺爺、奶奶，有父母的，老嬸的，眼前白色土包是新墳啊，那是老婆和兒子的合葬啊。他到白色土包上坐下來，多少天前，在光英的老墳邊上睡過一夜，睡得非常的香甜，那是他的親人啊。現在又添了親人，他的兒子啊。見到自己的親人，又想起剛才老爺的話語，多少天來積滿在心中的苦水一下子迸發出來，好似山洪暴發，一瀉千里，哭得那麼傷心，那麼猛烈。

「大哥……」突然一個熟悉的聲音在他身邊響起，一個親切的身軀撲在他的懷裏，他知道這個人是誰，而現在已顧不了許多，張開雙臂緊緊地擁抱著她，身貼著身子，臉貼著臉，哭出了共同的聲音。

山裏死一般的寂靜，只有一隻貓頭鷹從他們頭頂上飛過去，落在墳邊遠處的樹枝上，那兩盞小燈籠般的眼睛把這一男一女收在眼裏。而她不怕貓頭鷹的眼睛，她是天不怕地不怕的女人，她擁抱著他，用身子溫暖著他的身子，用心去撫摸著他的心，因為只有她知道他眼裏流出的是血，心裏流出的是淚啊。

他們就這樣緊緊擁抱了很長時間，痛哭了許久許久。她感到很奇怪，怎麼會颳來一股輕風，這風是那樣的溫暖，像陽光，像火團，為什麼呢？難道是大姐的英魂來了嗎？大姐知道，只有小妹才能溫暖大哥，希望我們能結合在一起嗎？

可是他沒有這麼想，小妹是貴人，是好女人，小妹是最瞭解自己的女人，可小妹是父親臨死許給兄弟的，現在父母、光英、兒子都在身邊，我不能做違背親人的遺願的事啊。朋友妻不可欺，何況是兄弟的呢。想到這些，猛然一驚，忙推開她：「小妹……」

她被推在了一邊，仰望蒼天。這時一顆很大的流星斜斜的劃過天空，一道電光照亮他倆的臉龐。她驚叫道：「流星！」轉向他說：「大哥，許個願吧，記得小時候我娘說，對流星許願是很靈的。」

他含著淚說：「這年月，當著臨死的人面表態發誓，都泡了湯，還信什麼流星。」

她再次撲上去擁抱著他說：「大哥，你不信流星，可你要相信小妹我呀，你太苦了啊，小妹狗命是大哥給的，可小妹不知怎樣才能解救大哥的苦難。大哥呀，人家常說，女人的身子第一次是最寶貴的，小妹就把這第一次獻給大哥吧。」說著就餓狼樣的狂吻著他：「大哥，剛才的一股暖風，這是大姐的心意，小寶常在背後叫我媽媽，我好高興，我好幸福啊。大哥，為了小寶，求你要了我吧。明天我同兄弟結婚，我給他當牛做馬，要有二心，我天打雷劈，在大槐樹上吊死！」

他突然扳開她的頭，大手緊緊抓住她的雙手，狠狠地一巴掌打在她的臉上，一轉身跑下山去。

她撕裂地呼喊：「大哥……」

遠處的貓頭鷹嚇了一跳，縱身向山林裏飛去。只有那「大哥」的呼喊聲在夜空裏迴盪，久久不能平息……

第七章　一九七二年（至壬子年底）

一

官場如戲場，演過一場了一場。

向陽公社學大寨現場會演出了一場悲劇，內容像是《西遊記》，取了經是唐僧的，闖了禍是孫悟空的。邵光龍想通了這個道理，開始打退堂鼓，再也不願演下去了。

臥龍山大隊黨支部召開全體黨員大會，千槌打鑼，一槌定音。社員聽黨員的，黨員聽支委幹部的，支委看支記的囉。邵光龍是兔子急了要咬人，他說蘿蔔生薑還有幾分辣氣，人要有點個性，就是泥巴人也該有點土性吧。對，已經做過的呢，前面的勾了，後面的抹了，上一回當，學一回乖。重打鑼鼓重開臺。好了，黨支部統一了思想，社員的一致擁護，那就向上級彙報了。

邵光龍向孫大忠書記遞交了報告，還做了深刻的檢查，他把理由推到兒子身上，說自己就一個兒子，開山第一天就炸死了，死得那麼慘，現在一上山就想到兒子，一想到兒子就幹不動活，鼓不起勁來。孫大忠開導他說：「毛主席教導我們，要奮鬥就會有犧牲，死人的事是經常發生的。」儘管孫大忠搬出毛主席語錄千條萬條，都改變不了邵光龍的一條：典型不能當了。他含著眼淚哀求說：「我苦啊，修水庫受了內傷，下雨天全身痛得鑽心。吃食堂失去了父母，大批判時死了老婆，學大寨又丟了兒子，外搭上穿開襠褲就在一起長大的堂兄弟。真的受不了了。這麼多事，攤在誰頭上誰都受不了。這典型再當下去，說不定還能出什麼事，那可把我老命疙瘩都搭進去了。」

孫大忠看他一頭鑽進牛角尖裏，十頭牯牛拉不出來，心裏真為他惋惜。可惜啊太可惜了，前幾天縣委書記來檢查工作，還問到邵光龍，還指示公社搞材料，準備提拔他為公社副書記，兼一段時間的大隊黨支書。先把臥龍山的一面旗子樹起來，然後再同大隊脫鉤，這樣一步一步青雲直上呢。大寨大隊書記不就是這麼上去的嗎？上行下效，上面有走的，下面就有跟的。現在你小子打退堂鼓，講話不算話，典型不當了，這可不是我叫你不當的，是你自己再三要求不當的。自己的前途自己把毀掉了，怪不得別人，這也算命運吧。好在現在爭當典型的人特別多，臥龍山不當還有鳳凰嶺，人家還是年輕的女書記，她那裏條件同你差不多，這幾天托人擠得一身汗都沒擠上去呢。現在好了，我當書記的也能落個順便人情。於是，就改口說：「好吧，那黨委再研究吧。」

本來邵光龍是帶著給自己處分的心理來的，見孫書記沒有埋怨他，沒有批評他，更沒有往綱上線上拉，就連臉色都沒什麼變化，這下心裏踏實了，壓在心頭的石頭落了地。最後也得表個態吧，拍著胸脯說：「孫書記，我邵光龍雖不是一條龍，可也不是一條蟲，典型不當，先進不當，但大寨還是要學的。龍頭山體炸得七溝八坎的還不了原了。改田不成就開荒種地，農業生產可是一把好手。臥龍山是你分工的點，我不講大道理，可不能在你臉上抹黑。」一席話說得孫書記心裏美滋滋的。

這個地區的老百姓早有個說法：自古來，鳳凰嶺出宰相，臥龍山出武將。這句話果然在今天驗證了：這年底，鳳凰嶺大隊書記高彩雲上調向陽公社任副書記，而邵光龍繼續在臥龍山戰天鬥地呢。不過嘛，這年臥龍山擴大了五百畝的山地，秋糧獲得大豐收。

現在說的是一九七二年的春天。一年四季在於春，春宵一刻值千斤。邵光龍正帶領社員們忙著春耕大生產。這一天，他接到公社下放知青辦公室唐主任的通知，說臥龍山大隊分配一名省城來的下放知青，要他親自到縣知青辦去接。到縣城有一百里路，上午只有一班客車，遲了就搭不上了。

第二天天沒亮，他就起床走了十五里山路到公社天才亮。他急忙敲著唐主任的房門。

唐主任五十多歲，胖矮，頭小身短加禿頂，大名唐金武，因左臉上還有一個紫紅色的大包，外號唐大包，自稱包大人，醜得沒人看。前兩任知青辦主任都坐監獄去了，原因是同女知青亂搞男女關係，批條子讓她們走後門回城，是真是假沒人見到，反正有人民來信，有信就有好果子吃。過去講槽坊和店堂，大姑娘繡房，是去不得的。現在呢，知青是高壓線，碰上了不死脫層皮。所以調唐大包頂這個缺。其實唐大包還真經常同幾個女知青打得火熱，可沒有人懷疑他，除他奇醜外，他還是老資格，抗日戰爭逃過荒，解放戰爭扛過槍，抗美援朝跨過鴨綠江，臉上的包就是證明。

今早邵光龍敲他的門，敲了半天敲不開，他就是醒著躺在床上不答你，你也乾瞪眼，他是老資格呀。秋天老乾菜，老得吃不動。邵光龍只好坐在門口，靠在門上等。沒想到你敲門他不開，你不敲門他開了，伸出醜陋外加兩團眼屎的腦袋，說：「幹啥呢，深更半夜的。」

唐大包常在人面前講，他是邵光龍的母親邵菊花介紹才參加革命的，所以，邵光龍平時同他關係不錯，拍了他屁股說：「老首長唻，太陽都曬屁股了。」

唐大包皮球樣的身子又滾到床上，鑽進被窩裏說：「介紹信開好了在桌上，快滾吧。」

邵光龍沒有走，而是坐在他床沿說：「唐老主任，我們那裏田地少，人口多，又是大山溝裏，講學大寨也剛剛開了頭，你老首長開開恩，能不能緩一步。」

唐大包頭都不抬說：「你小子給你鼻子還上臉，這麼多年，下放知青像大軍過江樣的一批一批的下來，老子給你照顧到家了，還不是看在你老娘當年帶我參加革命的面子上，這次分配雞巴一個人，也是那知青小子再三要求到你大隊，特殊情況。」

邵光龍有些不解地說：「這知青省城來的，與我們無親無故，怎麼會特殊情況呢？」

唐大包打了個哈欠，這哈欠特別響，像拉警報器。他好像沒睡好，不耐煩地說：「什麼雞巴特殊不特殊。」又伸了個懶腰，兩隻胳膊伸得像日本鬼子投降樣的又說：「你小子跟我一樣，幹到今天還頂著那塊巴掌大天，人家小女子就幹了一次就幹到我頭上來了，老子有什麼辦法！」

邵光龍這下聽出來了，高彩雲從鳳凰嶺大隊書記上任公社副書記，分管知青工作。唐大包講的「幹了一次」，那是指有人背後講她跟縣委書記睡過覺才上來的。

唐大包見他還愣著，說：「快走吧，別再窮磨牙，上午縣裏開知青分配工作會議哩，車子馬上要開了，老子還要睡覺。」推他一把又鑽進被窩裏。

邵光龍只好伸手抓著桌上紙條往荷包裏一塞走出去，順手帶上了門，跑到公社大院門口，看到汽車站的車屁股還亮著燈，車邊沒兩個人影，就回身到公社食堂要了兩個饅頭。出了食堂門，見到端著臉盆的孫大忠。

這孫猴子比去年更瘦了，現在工作不好幹啊，那孫大忠拍著他的肩說：「好啊，我正準備叫辦公室通知你呢，明天上午，我到你那裏有工作要談。」

邵光龍怕誤了車，邊走邊回頭：「明天我在家等你，孫書記。」

哪知道就這麼一小會，車發動了，他拔腿就追，追了幾步沒追上，車子開走了。嘴裏一口饅頭噎得差點吐出來。

胸口掛著包的老嫂子站長站在路邊上，對光龍說：「怎麼，你也搭車？」見他連連點頭，又說：「你怎麼不早一步，車上只有兩個人，空得很。」

邵光龍說：「上午沒車了？」

老嫂子說：「就一班車還沒有人呢，等吧，下午兩點半。」

邵光龍拍著頭，蹲下來：「唉，半夜起來下揚州，天亮還在屋後頭。那不行，明天孫書記還要到我那檢查工作呢。」

老嫂子說：「那你有勁就走二十里，到小街區，那裏兩班車，還有三班路過車。」

邵光龍想，走就走吧，那有什麼辦法。再說那位知青等急了，彙報到縣知青辦，追查下來又是個事情，誰說我是大隊書記呢？喊得好聽，官有那麼好當。

他二話沒說，邁開大步走了二十里，走到小街區，正有輛帶棚子的客車停在那裏，這是輛貨車改裝的，兩邊是兩排長凳子。他也不問就上去了，車上也只有十來個人，一名女售票員坐在前面駕駛室裏，同駕駛員有說有笑的。

到了縣城已是下午一點多了。他肚子餓得咕咕叫，想到那位知青說不定也等著他招待呢，還是請他一道吃吧。他找到了知青辦，可每間辦公室門都關著，等到下午上班要到兩點半。他正在為難時，一個辦公室門開了，出來一位小青年跑到屋邊的廁所裏。他想可能是單位裏的單身漢，中午沒回去，他一定知道這件事。於是就裝著要上廁所，走到小便池邊問道：「請問同志，知青分配工作會議上午結束了吧。」

小青年撒了尿繫著褲子望著他：「你是哪裏的？」

他回答：「是黑山……不，向陽公社臥龍山大隊的。」

小青年大眼瞪著他：「你怎麼才來？你家知青在這裏等到十二點多，打電話過去，唐主任講早來了。我以為你出車禍了呢。快去，他在汽車站。」

邵光龍也沒顧上謝謝這位小青年，有幾滴尿被尿在褲襠裏，拔腿就往外跑。那青年又喊：「哎，介紹信。」

邵光龍跑回來，把荷包裏那張紙往他身上一塞，轉身又跑，跑了幾步又想，我還不曉得知青名字呢，就問他：「他叫什麼名字？」

那青年說：「你不識字嗎？他叫楊順生。」

「楊順生……」邵光龍愣住了，楊順生，多熟的名字，哦，楊荷花的兒子。他跑回幾步，一把抓住那小青年手中介紹信，是楊順生，是他，真的是他。想到早上唐主任講這人同臥龍山有特殊關係，對，一定是他。

邵光龍沒命地往車站跑去。多遠就見到車站大門口一位身穿草青色軍裝的青年，站在那裏四處張望。近了才見那青年高眺的身材，俊美的臉上戴著黑邊眼鏡，胸前掛著一款大大的毛主席像章，樣子十分文靜。身邊一隻木箱子，一個背包和一隻網兜裏下面是臉盆，上面是《毛澤東選集》和日用品。他想這個青年說不定就是楊順生。沒想到，那青年見他老望著自己，便先開了口：「你是邵書記吧？」

邵光龍心頭一熱：「這麼說，你就是楊順生了？」

楊順生說：「是啊，我總算等到你了。」

邵光龍上前緊緊握住他的手：「對不起，我來晚了，快上車吧。」

楊順生說：「去向陽公社的車已經走了。」

邵光龍呆了：「那你……」

楊順生摘下眼鏡，拿手帕在鏡片上擦了擦說：「本來我可以乘車走的，想到上午知青辦的電話中知道你已經來了，我在等你。」

邵光龍心裏慌了，要是再從小街區走，那要多走多少路啊，又想到肚子餓了，就說：「那快去吃飯吧？」

楊順生說：「我已經吃過了。」

正在這時，一輛手扶拖拉機「突突突」地從他們身邊開過，車廂裏坐著五六個男女，其中一位滿臉紅得像關公樣的中年人向邵光龍招手微笑。邵光龍一眼看出是馬屯公社土崗大隊的章書記，去年學大寨會議同自己住在同一個房間裏。他轉念一想，便邊追邊喊：「章書記，停下停下。」

手扶拖拉機慢慢停在路邊上。他忙跑過去向章書記和拖拉機手散了一支煙，說：「我想搭你的車。」

章書記笑笑說：「我走南，你向東，我們是兩股道啊。」

他接著說：「是啊，可你家南嶺生產隊與我龍尾山不是交界嗎？」

章書記說：「那要翻五里山路，再走十里長沖呢。」

他苦笑著說：「我現在只能搭車到小街區，那離臥龍山可是三十五里喲。我翻龍尾山到家十五里，少了二十里呢，怎麼樣，行個方便吧？」

章書記也很慷慨，說：「不怕顛就上來吧。」

他說：「顛算什麼，大姑娘坐轎子還得顛三顛呢。」一句話說得車上人都笑了。

邵光龍同楊順生把行李日用品裝上手扶拖拉機。車廂裏鋪著厚厚的稻草，還有一堆行李日用品，兩個小姑娘坐在一起低著頭，不時掏出手帕子抹眼淚。經打聽邵光龍才曉得土崗大隊也分配了兩名縣機械廠的下放知青。章書記昨天就進城，中午是廠裏開了歡送會，他大約喝了不少酒，煙一支接一支的燒，嘴上呱啦呱啦講得不得歇，因拖拉機的聲音大，聽不清他講些什麼。

手扶拖拉機開了兩個多小時，在離土崗大隊不遠的小路口停下來。邵光龍又向他們每人散了一支煙，剩下還有半包多香煙就順手往章書記口袋裏一塞說：「謝了，再見。」算是付了車費。

楊順生站在路邊上發呆，左右張望著說：「這是臥龍山？」

邵光龍笑笑：「早著呢，走一節路才到龍尾山。」

他背著包，網兜放在包上面，楊順生拎著箱子說：「這麼說先到賴大姑家了？」

邵光龍說：「你還記得賴大姑？」

楊順生說：「是她把我接到這個世上的，我媽還給她老人家帶了東西呢。」

邵光龍更為驚奇說：「喲，巧呢，這麼說這條路走對了，快走！」

邵光龍走山路的腿腳好，步子大而穩，走起來「咚咚咚」有節奏的從不停下。而楊順生呢，拎著箱子，有時一路小跑，跑累了就坐下來歇半天，怎麼也跟不上。

邵光龍告訴他：「走山路呢，不怕慢，就怕站，你緊緊跟著我走就行了。」

楊順生也學他樣子，把箱子扛在肩上，一步一步緊跟著。邵光龍為分散他的注意力，便同他談起來，說：「算來你也有二十二、三歲了，怎麼才下放呢？」

楊順生說：「我是五九年離開臥龍山的，上學比別人遲，去年高中才畢業，在家又住了一年。」

邵光龍說：「那你去年為什麼不來？」

楊順生說：「唉，怎麼講呢？按政策我是能留在母親身邊的，可等了一年多還是分配不了工作。」

邵光龍說：「你家裏還有什麼些人？」

楊順生：「就我媽唄，還能有誰？」

邵光龍心裏明白，這麼多年還是母子相依為命呢。就說：「你媽還好吧？」

楊順生遲疑了一下：「她身體不太好，經常胸口痛。」望望他又說：「我媽經常講到你，我媽說放在你身邊她最放心。」

一句話說得邵光龍心頭熱乎乎的，看楊順生頭上豆大汗珠子，手上的箱子扛也不是拎也不是，就說：「你把箱子放到我背包上，網兜再放箱子上，我一個人背吧。」

楊順生說：「那你太沉重了。」

邵光龍說：「不要緊，山裏人習慣了。」

楊順生就按他的方法做了，自己一身輕鬆，就說：「你慢慢走，我先看看賴大姑可在家！」說著就向山頂跑去。

邵光龍背著沉重的包袱，沒走一節路，腿肚子發抖，身子冒虛汗，大口大口喘著氣，這才想起中午沒有吃飯，還是早上的兩個饅頭。現在山路又陡，頭開始發昏，他咬緊牙關，不能倒下去。他看到山邊有紅點子，曉得是野草莓，是可以充飢的，他蹲下來摘幾顆吃了，酸酸甜甜的，還真管用，他就一邊走，一邊找著吃，不知不覺到了山頂上了。

他見山邊一位老婆婆頭上披著藍布巾，從山溝裏拎了一桶水。邵光龍一見水，喉嚨眼裏像冒青煙，三步兩步追上去，說：「老人家，討一口水喝吧。」說著伸手拿水桶上的勺子。

那老人打開他手說：「山溝溝水冰涼冰涼的，熱人喝了會鬧肚子，家裏有開水。」

邵光龍心想，這裏前不著村，後不著店的，她家在哪？誰想轉了一個彎，見山半腰的一塊懸崖上有座矮矮的草棚子。邵光龍這才想起，眼前的老太婆不就是賴大姑嗎？原來楊順生已坐在她家門口了。

要說這座矮草屋是兩大間的話，那麼其中一間是石洞。因為房子一邊的山牆搭在石壁上，一邊是大石塊壘起來的，門左邊石壁有兩根石柱子，頂著一個草棚，那是廚房。門口的場面十分開闊，石片子鋪得很平坦，有石桌、石凳子。邵光龍實在太累，一屁股坐在石凳上，楊順生卸下他背上的行李。他看到眼前石凳、石桌這麼的眼熟，一想到是同龍王洞裏的石凳石桌一模一樣。哦，這房子是當年彭家昌為她造的呢。

賴大姑從廚房裏端出一大盆子開水轉倒在兩隻大瓷碗裏，正好不冷不燙一口喝。楊順生端著碗喝了一口，嘴咂咂，說：「又喝到老家的水了。」邵光龍可沒這麼講究，咕嘟咕嘟的連喝兩大碗。

那小豁子從屋後面鑽出來，他也有十二、三歲了，長得虎頭虎腦，豁嘴裂開著露出幾顆虎牙來。楊順生一眼看到豁子，好奇地叫著：「喲，還是個兔唇兒呢！」

豁子沒有理他，笑著指門前樹上的喜鵲，哇啦哇啦地說個不停，聽不懂他講什麼東西。還是賴大姑翻譯說：「他是講今天樹上喜鵲叫，必有貴客到，他在歡迎你們呢！」

邵光龍說：「大姑，你認識我？」

賴大姑沒望他，而是轉臉望著陌生人楊順生說：「你是全大隊的紅人，我多遠就看出你了。你那兒子小寶，還是我接的生。只是這位小哥哥長得白面書生……」

邵光龍想著小寶心裏難過，話題轉到楊順生身上，說：「大姑，這位是我給您帶來的貴客呢，你不認識？」

楊順生忙站起來，向大姑深深一鞠躬，說：「大姑，我叫楊順生，我媽楊荷花問您老好！」

賴大姑呆住了問：「怎麼，順生？你是順生？」見他滿臉微笑，就上前拍拍他肩頭說：「哎呀，真是貴客呢，一轉眼你都成大人了。算來也有二十多年了，這麼多年，我還以為見不著你們了。」大姑說著說著眼眶都紅了。

邵光龍笑笑：「現在好了，他下放到我們大隊，以後能經常見面囉。」

賴大姑驚喜地：「真的？好，好啊，你媽，還好吧？」

楊順生說：「托您老的福，還好。」

賴大姑說：「回去帶個信，叫她來臥龍山看看大姑呀。這麼多年，音信不見了。」

楊順生說：「好，好，大姑，我媽叫我給您老帶點小東西呢。」說著從背包裏拿出一件灰色大襟褂子遞給她。

賴大姑拿在手上，眼眶湧出淚來，說：「難得你媽還沒忘我這個大姑啊。」

邵光龍看了一下衣服說：「這顏色蠻好看的，您老穿上試試。」

賴大姑也不避人，就在門口脫了外衣穿上，好像按她身子做的一樣，不長不短，不大不小正合身。豁子站在一邊，高興得跳了起來。

楊順生見豁子這麼可愛，沒有一樣東西送給他不好意思。於是從包裏抽出一條白花毛巾送給他，上面印著「廣闊天地，大有作為」八個大字。豁子雙手接過毛巾捂著嘴笑。

楊順生說：「大姑，唇裂的孩子傳說是降臨到這個世界上的神。其實裂唇在城裏醫院能補好，小手術，簡單得很。」

賴大姑說：「這叫惡有惡報，善有善報，不是不報，時辰沒到。這孩子孝順我，是大善呢。到時他會補上嘴的，說不定城裏還有他一塊天地呢。」

三人隨便扯了一些閒話，邵光龍餓得坐在那裏起不來了，只好直說：「大姑，真人面前不講假話，你家有什麼吃的嗎？」

大姑說：「巧了，土崗大隊一位王老先生到這裏挖草藥，我煮了一小鍋紅豆米飯招待他，你們先吃。」

邵光龍說：「那我就不客氣了。」

他起身拿著喝水的碗去盛飯。走到門口聞到一股清香的味道，怎麼呢？大姑過去是尼姑，佛教徒，如今關帝廟都燒掉了，所有廟宇全毀了，菩薩都打光了。難道大姑還在家裏燒香拜佛嗎？他伸頭看了看，裏屋石岩上有凹下的槽子，那裏插著三根乾木條子，他認識那是香木，她燒的是大香，三根木條子就是三炷香火。他也不點破，就順便說了一句：「大姑，你家一股香味呢，你還在燒香拜佛啊。」

大姑先是一驚，接著說：「這年月，人和菩薩一樣倒楣，還能求關公老爺保佑你？家裏上黴了，我燒香木條子改改味道罷了。」

邵光龍想，住在這山頂上，四面通風，家裏哪來黴呢？但也不多問了，盛了飯狼吞虎嚥地吃了起來。就這麼一連吃了三大碗，把個小鍋吃個底朝天。他感到很不好意思：「真對不起，我還是早上吃的兩個饅頭，要不是山下幾顆野草莓救了急，我真的爬不上來了。」

大姑說：「沒關係，我馬上再煮。」

這時的太陽已擦在山口，山邊上像燒起一片紅火。邵光龍吃飽了飯，身子骨又開始有力了，站起來活動身子骨說：「順生眼不好，你在這裏住吧，我還是先趕回去。」

大姑說：「住在山頂人家看太陽下山，天馬上會黑下來，就在我屋裏大椅上靠一晚吧。」

光龍說：「大姑，明早我還有事。」說著就背起大包，楊順生拉著他：「你真要走，那東西就別帶了吧。」

大姑說：「對，明天我叫山下人送。」

光龍看這行李比較多，就說：「那我找根繩子，背個大箱子吧。」便進屋找繩子，偷偷從荷包裏拿出五塊錢，放在鍋臺小鹽罐子下壓著，只要用鹽就能看到錢，大姑日子也怪難的，算是他與順生交的伙食費吧。順手拿了一根草繩子拴著箱子，用根棒子背著就走。

這時，在山邊挖草藥的老人正好回來，與光龍打了個照面，光龍見那老人鶴髮童顏，寬寬的臉膛，壽眉大眼，黑布便服，大姑向老先生介紹了邵光龍，那老先生嘴角掛著微微笑意，點了點頭。邵光龍也沒太在意，就背著箱子下山去了。

邵光龍又要走過這十里長沖，他今天走了多少路啊。

早上出門，光龍就對光妹說下午回來。有一名下放知青暫時要在家住些天。光妹今天把房子打掃得乾乾淨淨，把他床上被單拆洗了又釘好鋪在床上。晚上還特地多做了幾個小菜。天黑了，她與光雄左等右等不見人影。

光雄說：「不會回來的，吃吧。」

她說：「還等一會吧，大哥還要帶一個人來，到家裏住，人家望沒等他們，樣子不好看。」

他說：「是什麼人？」

她說：「聽講是下放知青。」

他說：「是男的女的？」

她望了他一眼：「你問這麼細幹什麼？」

他笑笑說：「我是想，要是女的呢，就跟大哥睡，大哥多少年沒老婆了，要我都急死了，他一點不急。」

她搖搖頭，笑笑說：「聽講是男的。」

他瞪大眼：「男的，那怎麼睡？我是不要他跟我睡。」

她說：「那只好跟大哥睡了。反正住不了多少天，等知青房子蓋好了就搬走。」

他想了一會說：「你要心疼大哥，叫他在我床上睡，那我呢，就跟你睡。」說著大膽地從背後抱住她的腰。

她說：「放了放了，大哥要回來了。」

他沒有放說：「大哥回來有什麼怕的，我就不放，你是我老婆。」

她伸出巴掌說：「還不放？」

他立即放開她，因為他怕她搧耳光子。

可等到天黑上燈了，還沒見人影。光妹光雄只好先吃了，可留了韭菜沒有動，捨不得吃。吃過晚飯，光雄倒床就睡，光妹燒好一瓶開水，把小油燈上滿了油放在中間屋裏，叫光雄晚上多聽著門，說不定大哥會在夜裏回來的。

是啊，在這個世界上，只有她最能理解大哥。光龍真的在半夜裏回來了，他不知跌了多少跤，也不知走了多少路，十里山路不算遠，可是在夜裏，雖然天空有彎彎的月亮，照到山溝也只是微弱的光亮。山路溝溝坎坎，彎彎曲曲，何況還背著個大箱子。鞋和褲腳被路邊的露水打濕。進了村子，真還不知哪裏是家，看到遠遠有一點燈光，他就自然的想到一定是光妹有意點著燈，指引著他回家的路線。因為十多年前，他同光妹就是靠一點亮光找到家的。今晚跟著燈光走一定就是家。等到了門口，看出真是自己家的時候，身子一軟「撲通」爬倒在門口，背上箱子壓在身上，他太累了呀。

晚上，光妹好長時間沒有睡，可等得太晚也就迷迷糊糊地睇上眼。這「撲通」的聲音把她從瞇夢中驚醒，她知道這聲音來自門口。她急忙穿好外衣，開了大門，果然一個人倒在門口。

「大哥，大哥……」她上前搬開壓在他身上的箱子，進屋一腳踢起光雄：「快，大哥回來了。」

光雄醒來也不敢怠慢，出門見大哥已經昏迷不醒，便抱起他的上身，光妹托著他的雙腿，把他抬到床上。光雄拎著箱子進屋，回身關上了門，把油燈端進房裏床頭櫃上。光妹解開大哥的黃色解放鞋帶子，鞋裏進了水，鞋底糊著一層黃泥，鞋邊上還鑲著一圈草屑，鞋後跟裂了大口子，大約是山邊的尖石頭戳的。她脫了鞋子，把褲腳捲上去，又忙從鍋前拎來木盆，把暖水瓶裏本來準備他喝的開水倒在盆裏，再從缸裏勺上一瓢涼水兌上，手摸摸太燙就又兌了一瓢，再一摸，不燙不涼，端到他的腳下，見站在一邊的光雄全身發抖起來。她就說：「我給大哥洗個腳，你去睡吧。」光雄也沒二話，到中間後屋撒了一泡尿，一頭鑽進被窩裏睡去。

她蹲在地上，把他雙腳放進熱水裏，雙手捧著他的雙腳輕輕的摩擦。見他腳掌起了一層白皮，手一擦就脫落了，露出了粉紅色的嫩肉。腿腳脖子腫得像兩條粗瓠子，腳踝上青筋像蚯蚓一樣，一鼓鼓的從每個血管裏衝出了血絲，腳背腫脹得像熟透的大桃子，手指按下去一個凹坑，半天鼓不上來，腳頸上大約被山邊刺棵劃出一道道血痕。她看到這些，想到大哥是大隊書記，臥龍山千來號人的父母官，按講是個人上人，可大哥是多麼的辛苦，心裏自然一陣陣酸楚。她也顧不得門外光雄是否在看她，敞開了自己的胸懷，把那雙大腳抱在懷裏。用自己那挺拔的乳房、火熱的胸膛溫著那雙傷痕累累的大腳，雙手不停地上下左右摩擦著，像在揉著熟透的麵團，淚水像大雨天屋簷淌水不停地流下來，滴在他的腳背上。

房間裏靜極了，床頭櫃上的小油燈頭上結了燈花，火頭微微的搖動，屋的旮旯浮泛著青色的幽輝。她懶得去挑，她恨不得燈火被風吹滅，她好用身體去溫暖大哥的身軀。

夜啊，輕柔得像湖水，隱約得像煙霧。只有大哥感覺到夜像溫水一樣浸潤著腿腳，溫暖著全身，鬆弛的渾身軟綿綿的，飄飄忽忽……不知不覺歎了一口粗氣。

她這才慌亂地把他的雙腳塞進了被窩，壓好被角。起身突然看到他眼角上掛著兩條淚水，她感到有些奇怪，大哥不是在昏迷中嗎？昏迷中怎麼會流下這麼多的淚水呢？她心裏一陣慌亂，也來不及多想，也沒等他是否睜開雙眼，伸手搧滅了油燈，轉身跑回自己的房裏，這才知道自己一直只穿一條單褲子，雙腿已凍得像木頭一樣，在被窩裏直到天亮也沒回熱。

二

第二天一大早，馬德山吃過早飯來找邵光龍說：「昨天公社孫書記指示上午開黨員大會，是什麼內容？」

邵光龍一驚，心想這孫猴子在變什麼戲法？昨天怎麼不向我吱一聲，就說：「那我還蒙鼓裏呢？」

馬德山說：「連書記你都不曉得，那這葫蘆裏裝的什麼藥？」

等他倆來到大隊部，見孫大忠背著黃布包從山邊上走來了，人們都知道他包裏有一本《毛主席語錄》，已經翻破了皮。有人說這本書他從頭至尾能背下來，不知是真是假。

開會之前，孫大忠把邵光龍喊到門外的山邊上，先給他一支煙，自己也點上一支吸著，說：「昨天看你猴急著要跟車，沒跟你細談今天開會的內容。」

邵光龍說：「你不講我能猜個八九分，一定是有毛主席新指示。」

孫大忠笑笑：「不是新指示，還是老指示，農業學大寨。」

邵光龍驚呆地望他說：「你不是同意我不當典型了嗎？」

孫大忠說：「老兄啊，去年不讓你當典型，那是我同情你的苦處，現在你要同情我的難處呢。」

邵光龍說：「你公社一把手還能有難處？」

孫大忠歎口氣說：「唉，難處可大了，我早講過，在向陽公社，學大寨有條件的只有臥龍山、鳳凰嶺，這個試點不是你就是高彩雲了。當我把鳳凰嶺的學大寨材料往上一報，這高彩雲她娘的拎著尾巴燒乾魚，到縣委曹書記那裏跑了一趟，幹了什麼我且不管，回來沒幾天就坐上副書記的位子，按講應該分管鳳凰嶺把學大寨的事搞上去，可她不管了，有時還在我頭上指手劃腳的，我看出她來頭不小，只好在鳳凰嶺選了新書記，可人家說，我們幹好了給她小婊子臉上貼了金子，我想這話也對。今天來就想問問你，你能不能給我爭口氣。」

一席話把邵光龍講得低下了頭，半天沒吭聲，不知道怎麼回答他才好，只是一個勁的吸煙。

孫大忠湊過去，拍拍他的肩說：「我知道你重起爐灶有難處，所以我親自開會，過去是你們黨支部研究的決定，今天我要開黨支部大會把這個決定重新改變過來。」

邵光龍不滿地大著膽子說：「你不就是多讀幾條毛主席語錄嘛。」

孫大忠笑笑說：「實話說了吧，我給你琢磨好了。龍頭山上五百畝，樹已砍了，荒也開了，再改大寨田，是駝子鞠躬——起手不難的事情。你改個三百畝，我向上面報是五百畝，全公社學大寨的計畫糧全部撥給你。」見他呆呆地望著自己，顯然有些動心了，又趁熱打鐵地說：「另外把本來獎勵鳳凰嶺的兩臺柴油抽水機、五臺電水泵都送給你們。怎麼樣？」

邵光龍停了一會，說：「電水泵我們有什麼用？」

孫大忠說：「只要三百畝大寨田成功，再把臥龍山十里長沖的樹砍光……」

邵光龍驚訝地大叫：「把樹砍光……」

孫大忠擺擺手說：「你聽我把話講完嘛。等樹砍了，縣委曹書記來考察，大寨田呢，只在他眼前晃一下，砍了那麼多的樹，是讓領導看出下一步的大規劃。那是兩千五百畝的大寨田啊，全省都掛上號的。好了。」說著把胸脯拍得咚咚響又說：「我保證給你單獨拉一條高壓線，那就不得了了，一下子改變全大隊用小油燈的歷史呢。」

邵光龍聽他這麼一講，像火熱的暑天，喝了一杯涼爽的清泉，心裏是既舒服又歡暢。他想到，龍頭山改上三百畝的大寨田，確實不算太難。上面能給計畫補助糧還有柴油抽水機，更重要的是能拉上電，乖乖，山溝溝裏用上了電，那可是解放初就想到而做不到的事情。這次要是能成功，那可就對得住我們的老祖宗了。可是去年也是在這個時候，也是在這間屋子裏開的黨支部大會，向公社打了報告，黨員一致意見不當這個典型，今天要把去年的決議徹底的推翻，他心裏沒有底，於是就說：「孫書記，這可是一百八十度的大轉彎啊，就是我接受了，我們班子裏人，黨員隊長能接受嗎？」

孫書記說：「那我帶領大家反覆學習《毛主席語錄》。」

邵光龍說：「那只能是表面上通了，心裏沒通，會上通了，會下不通，比方我家老爺吧，他腦袋是槐樹疙瘩，一斧子劈不開的，改山造田，那可是像打仗樣的，把腦袋拴到褲腰帶上往前衝，有一個背後給你砸土塊渣子就不好辦了。」

孫書記說：「你就不能想辦法讓他們轉變這個彎子？」

邵光龍低著頭沒吭聲，從荷包裏掏出一盒豐收牌香煙，按住孫書記欲掏煙的手說：「你抽我一根粗煙，聽我一個粗辦法。」

孫書記接過他的煙問：「什麼辦法？」

邵光龍劃火柴給他點上說：「罵我。」

孫書記呆望他：「什麼，罵你？」

邵光龍說：「對，罵我。」

孫書記吸了一口煙，想想說：「你的意思叫我批評你？」

邵光龍自己點煙，也深深地吸了一口說：「不是批評，是罵。你把臉抹下來，變成包公黑臉罵我一頓，劈頭蓋臉的罵，上綱上線的罵，罵得我鼻子沒鼻子，眼睛沒眼睛，就像罵你的大兒、大孫子一樣，這就叫殺雞給猴子看。這一罵，班子裏的人就同情我了，他們就心軟了，表態了。

那麼，你就把優惠的條件講一講，你走以後，這個會繼續開，這事準成。」

孫大忠這才徹底理解他的意思，低頭吸著煙，吸得一頭上的雲霧，說：「那你這麼講，就是開展對你批判了？」

光龍說：「只要大家能一心一意造大寨田，什麼方法都成。」

孫大忠心想：「這麼好的幹部，就是罵他，從哪開口呢？我真有些罵不下去呢。」

全大隊的黨員幹部來得差不多了，他倆的談話也講完了，就往大隊部裏走去。開會的人見兩位領導都拉長著臉，像醃黃瓜，也跟著嚴肅起來。

開會了，按照程序，應該邵光龍先講幾句，說明這次開會的主要內容，再請孫書記做指示，可今天的會開得十分奇怪。孫書記等他主持會議，可邵光龍像個啞巴不吭聲。孫書記把眼盯著他，他低頭把眼看在桌底下，像個霜打的芭蕉葉子。

會場上冷了半天，開會的人看一個黑著臉，一個低著頭，想到：「怎麼？邵光龍這下不得了，要出事了。」有人轉過身子不敢看孫書記的臉。心裏像打撥浪鼓樣的撲通撲通地跳著。

孫書記等了半天，也等得不耐煩了，沒辦法，只好自打鑼鼓自開臺，自報節目自唱戲，可是從哪講起呢？

「好了，現在開會了。」孫書記轉身對邵光龍又說：「邵光龍同志，怎麼了？怎麼這麼嬌嫩呢，剛才批評你幾句就打不起精神來了，老是低著頭不吭聲呢，請你把頭抬起來，聽我說。」

邵光龍聽到這話，不但沒抬頭，反而把頭低得更低了，恨不得要鑽到桌底下去。這下好了，劉備招親，弄假成真，孫書記真的有些火了，怎麼？變成不聽話了，你就是要我罵，也得要你聽啊，於是把桌子一拍，厲聲地說：「邵光龍，抬起頭來！」

參加會議的人都嚇了一大跳。只聽孫書記真的開罵了：「你小子怎麼了？不識相啊？把你往桌上拉，你硬往桌底下鑽，真是不識好歹的傢伙。去年這個時候，我親自開了學大寨的現場會，任務佈置過了，你也表了態，我相信你，放手給你幹，我以為大寨田造起來了。今天一看，怎麼了，娘給舅舅做鞋，老樣子，一點沒變化嘛。剛才在會前，叫你在會上講給我聽聽，可怎麼了？丟到腦袋後面去了？啞巴了？告訴你，裝死是死不掉的！」

孫書記罵到這裏，吸了一口煙，喝了一口茶，眼瞟瞟大家，見有的人臉白了，有的眼瞪圓了，有的把頭低下去了，會場上靜極了，連一根針掉地上都能聽得見。他想想這個方法真有效呢，就繼續對邵光龍罵下去：「學大寨是什麼？可是偉大領袖毛主席提出的，你怎麼連毛主席的話都不聽了，這怎麼得了，破壞學大寨就是犯罪，你身為大隊支部書記不聽毛主席話就是翻天，看來，你這個書記已幹到頭了，船靠碼頭車進站了，好吧，你打辭職報告來我批，不但批准，還要叫公安局的人來查查你，查查你們臥龍山黨支部是不是吃乾飯的。」

孫書記的罵聲，大隊長馬德山心裏火燒火燎，想到他血抽的是邵光龍，可痛的是我們黨支部班子，就再也坐不住了，忽地站起身來說：「孫書記，這事不能怪邵光龍，怪我。去年，我們開過支委會，黨員會研究過了，還打過報告，請書記批准的，這個責任不在他，是我大隊長首先提出來的，我有罪。」

李常有也站起來說：「對，我證明是黨支部研究過的。」

大部分黨員都站起來了，說：「我們還按過手印呢。」

「報告，什麼報告？是不是不當典型的報告？」孫書記話一出口臉就紅了，知道自己講錯了。今天怎麼了？一上臺就唱了丑角，這下怎麼收場呢。眼睛望著邵光龍。

邵光龍抬起頭，心想，這下糟了，你孫猴子只會念幾條毛主席語錄，工作方法太差了，怎麼講到去年報告上去了，那報告是你親口答應的，這不是穿蓑打火，引火上身嘛。這下像唱戲一樣，他主角唱砸了鍋，接不下詞了，救戲如救火，於是就站起來說：「孫書記，對不起，去年黨支部同情我當時的處境，是打過報告，但我考慮到學大寨是上綱上線的事，我就……就沒把報告遞給您，對不起，我有罪，罪該萬死！」

孫書記通紅的臉上又轉變成黑的了，說：「你真糊塗，你們黨支部一個個的都這麼糊塗，你們不為臥龍山想，也得為我想，我是黨委書記，你們打個狗屁報告，我能糊塗地批嗎？我能阻擋學大寨？」

孫書記這幾句話，會場上的全呆了，看出這下問題嚴重了，都把臉轉到邵光龍身上。心想，你這個書記幹回去了，去年你不是講報告遞上去，孫書記同意了嘛，你怎麼能跟我們扯謊呢。

孫書記怕黨員們都向邵光龍進攻開火，那就真不好收場了，就轉過話題說：「好了，只要大家一條心，繼續把龍頭山改成大寨田，以往就不追究了……」於是，講了補助糧和抽水機拉電等優惠條件。

會上一致同意在龍頭山腳下改三百畝大寨田，做好改兩千五百畝大寨田的宏偉規劃。只有肖貴根老爺說：「剛才兩位領導像唱戲，什麼戲呢，周瑜打黃蓋，願打願挨呀，哈哈哈！」

會上人都把眼睛望著他。老爺在服從上級指示的同時又說：「這麼幹像押寶一樣，是輸是贏瞎碰吧，也許瞎貓碰了死老鼠呢。別看兩千五百畝，這三百畝能成功就捏鼻子一笑了。」

當天下午就召開生產隊長會議，把這個精神貫徹了。

楊順生剛來，暫時吃住安排在邵光龍的家中。同邵光龍睡在一張床上。他開始確實不習慣，鄉下人睡得早，起得早，他在城裏習慣是睡得晚，起得晚。來的第一天，天一斷亮光，光雄、光妹就睡下了。光龍開會沒回來，他只得拿本書在小油燈下看，他不敢帶別的書，只有幾套《毛澤東選集》。光龍回來了，他想同他談談話，可沒講三句話，就聽到光龍的呼嚕聲，只好繼續看著書。

第二天早上都到吃早飯時間，他還沒睡醒。光雄熬不住了，說：「我先吃了。」

光妹說：「還是等一會，人家第一回來。」

光雄有些生氣了：「昨晚我睡一覺起來撒尿，看他房裏還亮著燈，不費油啊。」

光妹說：「人家斯文人，看個書要什麼緊，小氣巴拉的樣，大哥都不講，要你能！」說著拿出一隻鞋底納起來。

肖光妹很會做鞋，全家人的鞋子都是她一手做的，自己格褙、剪樣子、納鞋底、綃鞋面，做出的鞋子很好看。當年給小寶做的虎頭鞋，全村上下出了名。這隻鞋底是為光雄做的，是他們的結婚用品，鞋底肥大厚實。她先用錐子在頭髮上擦了擦，引個眼，再插針引麻線。聽光雄在廚房把鍋蓋拖得「嘩啦」一響，曉得他等不及要先吃了，氣得手指頭直冒冷汗，針澀住了，怎麼也拔不出來，只得用牙齒咬針往外拉。

鍋前的響聲真把楊順生吵醒了，見太陽已從窗戶上照進來，床上的光龍早已走了，鍋前傳出碗筷聲，知道一定時間不早，就穿衣起了床。大約城裏人有曬被子的習慣，他一起床就抱著蓋被出了房間，見光妹就笑笑說：「不好意思，早上睡過了，只因昨晚失眠了。」

光雄正好端著一碗稀飯喝了一口，聽到這話，「噴」的一聲，口裏稀飯噴得桌上到處都是，接著放下碗，「哈哈哈」一個勁的又是蹦又是跳的笑，笑得彎了腰，雙手壓在肚子上，嘴裏還一個勁地說：「笑死了，笑死了，肚子笑疼死了。」

楊順生把被子曬在門口竹竿上回來，見他傻笑著的樣子，莫名其妙地說：「你傻笑什麼？有什麼值得可笑的。」

光雄一手壓肚子，一手指他：「哈哈哈，我小時候尿了床，光妹就講我醜啊醜，沒想到你這麼大的人還尿床。」

楊順生更奇怪了：「我怎麼會尿床呢？」

光雄說：「別蒙我了，你是文化人，尿床不叫尿床，還文謅謅的叫『濕棉』（失眠），棉被都濕了呢。」

楊順生這才弄明白他笑的原因，也大笑起來，笑得一頭倒在床上滾來滾去。光妹因納鞋底沒聽到他倆講的什麼話，只見一個笑彎了腰，一個笑得在床上滾，就說了一句：「真是兩個活寶，喝了笑姑娘尿了？」

兩人又爭著向她說明笑的原因，等她弄明白後也笑得下巴亂顫，把一隻納了一半的鞋底子抵住下巴頦，像怕下頦抖掉下似的。

楊順生的一日三餐，雖沒有城裏在家那樣每星期加一次餐，可光妹不斷的變換小菜，他吃得十分香甜。

那年月，只要不餓肚子就是上等的日子，還能有窮講究，吃飯還談菜不菜的。可邵光龍家小菜從來沒脫過，這就是光妹持家的本領了。她常跟婆娘們講：「飽備乾糧晴備傘，青菜蘿蔔好度荒。」男人在外種好田，女人在家種好小菜園。她的自留地不比別人多，在屋後的山坡上，當時沒人要，說是離家遠，拔菜不方便。她要了。只有兩分地，做成四小雙，她把四邊擴一點，看上去還是四雙，其實大了不少。加之中間栽蘿蔔白菜，靠邊沿的種南瓜、豆角、冬瓜、瓠子，這些藤子牽到山上去，實用的地方足有一倍多。又因為在山邊上獨一家，沒有人可攀比。地邊上挖個小坑存肥和水，她每天上工前，下工後總要到自留地裏走一趟，澆水施肥和鋤草，人勤地生寶。

她地裏菜十分旺盛，蘿蔔像山芋樣的粗。她把蘿蔔拔回家，中午紅燒，剩下外面黃葉子餵雞，青葉子呢，洗乾淨了，切碎，灑上鹽，揉兩把，揉出綠水來，帶水放進一菜罐子裏，第三天就能掏出來吃。說來也巧，公社窯廠賣菜罐老人走她家門口過，天下大雨路上也滑，老人怕跌倒打碎了一個錢不值，全降價給了她。她按大小順序排在後院子裏。這樣她每天都醃菜，每個罐裏只有兩三碗，這個吃完了，那個裝滿了。她為人也大方，誰家來親戚，就帶碗到他家抓，有時屋裏沒人，也就不客氣直接抓。不但有蘿蔔菜葉子、白菜稈子，還有南瓜葉子、山芋爪子、冬瓜皮子。黃滷滷、脆生生，不鹹不淡正可口。菜罐吃不完，黃泥縫了口，放上半年都不爛。有的婆娘來取經驗，她笑笑說：「沒經驗，就那麼醃」她當面醃給你看，醃菜方法沒有特別的。最後聽村裏的老人說，凡是冬天出生的人醃菜就不爛好吃，凡夏天出生的人，你用神仙的方法也醃不出好菜來。光妹沒有生日，這才曉得自己是寒冬臘月裏出生的。

六月天的日頭，晚娘的拳頭。這年六月天，特別的熱。太陽黃濃濃的曬得大黃狗都臥在棚子簷下，吐著長長的舌頭喘著氣，熱得老母雞脫掉了一層一層的毛，紅屁眼露脖子張著嘴，咯咯地找水喝。山邊的田裏乾出裂縫走上去腳能插得進。青青的禾苗旱成發了灰的葉子，軟軟地耷拉著。可龍頭山大寨田裏公社掛上號，縣裏也知道。上級幹部三天兩頭的來人查，好兌現補助糧。社員們不得不頂著烈日上山岡，鎖大門，閂後門，家家戶戶無閒人。只有到中午每戶一名婦女提前回家做好飯，中餐送到山上吃。人們在山半腰裏炸石頭，山腳壘梯田，烈日把石頭烤出了油，手搬燙層皮，赤腳踩上去燙出血，只得穿著草鞋戴手套。烈日也把荒山曬成灰，一陣風吹來，滿天灰塵像煙霧彈，人們睜不開眼，滿嘴土沫子，再摸摸臉，厚厚的一層，眼皮上下一動，就掉土渣子，鼻子一充，兩鼻孔出來的是兩團泥丸子。

楊順生才來幹活嚐個新鮮，勞動積極性十分高漲。他有滾一身泥巴、磨一手老繭、煉一顆紅心的心理準備。大熱天他不怕，戴個大草帽，穿個長袖褂，一到休息的時候，他外衣一脫，跑到山下水塘裏洗個澡。

當年修水庫大壩破了口，但靠山邊的大壩安然未動，壩邊又是建壩取土的地方。第二年馬德山帶領突擊隊幹了兩個冬天，修了這座大水塘，為了水塘自己丟了一隻手。現在每天中午歇晌，人們就坐到山腳下的塘邊樹陰下，楊順生脫了衣服，摘下眼鏡，有姑娘嫂子在身邊，他也不躲避，因為穿著三角褲頭子。他「嗖」地跳進水塘裏，「撲通」一聲水花四濺。好像水塘張開了口，把他身子含在嘴裏，露出頭來。只見他游到水塘中心一個鯉魚跳躍，一頭扎進水底，水底下撲騰撲騰像魚在翻身，咕嚕咕嚕的冒起一串水泡，像飄著一串串煙花。山裏人沒見過這麼好的水性，齊坐在山腳下像看演出樣的看著他。婦女們也顧不上他是否光著身子，人們屏住呼吸看著靜靜帶水紋的水面。一分鐘，兩分鐘，好像三分鐘過去了，水面不見人影，有人在呼叫，有人要脫衣服，只見「呼啦」一下，水裏跳上個人頭來，人們驚呼著，歡樂著，好像看玩雜技的人，耍了一個驚險的動作。

可是沒過多少天，楊順生那種神氣就沒有了，像放了氣的皮球，癟了。一到休息的時候，別人怎麼勸他下去游一圈，他就是坐在那裏半天起不來。

每天紅日當頭，影子圓了，山坡上的人就兩個肩膀扛一張嘴，等吃。一個個伸著像老鵝頸子望著稻田一樣望著山下。各家都挑著擔子上山來，一頭是飯菜，一頭是茶水，有時茶水比米飯更重要。大多數家庭都是單打一，小菜加米飯。因為上面給了補助糧，邵光龍號召大家中午一餐都要吃乾的，好鋼用在刀刃上，要節省晚上回家省，不然上級幹部檢查來了不好看。只有肖光妹每天送飯五花八門，有時米飯，有時炕大餅，有時包粽子，有時菜湯泡鍋粑，又脆又香。雖然知青屋已經蓋好了，但楊順生還在她家搭伙食，因為真的捨不得她家的飯菜。

這天中午到了吃飯的時候，只見肖光妹穿著自己做的圓口藍布鞋，腳面上凸出兩個小肉饅頭，衣袖捲得高高的，白條子帶印花的褂子，腰間繫著藍圍裙，大步邁得咚咚的山響，挑著擔子一顫一顫的，連胸口的奶子都震得一抖一抖的，樣子十分好看。她一放下擔子，好多人都圍上來看，發出讚歎的尖叫聲。這天送的是大餅，油煎得黃黃的，麥麵裏摻了雜糧，這樣既節省了大米，吃起來又可口又有營養。她先讓光雄和順生每人拿三塊餅外加一碗小菜湯，邊吃邊喝。

邵光龍就有點講究，先到塘邊洗了手，回頭接過光妹遞過來的煎餅，因為手還潮濕，兩個指頭夾著餅大嘴咬了一口，接著「哎喲」一聲，好像煎餅咬了他一口。光妹上前看，原來是不小心咬了自己的手指頭，疼得尖叫。他看看手指被自己咬破了皮，流了點血。她要給他包紮，可他用嘴在手指上吸了吸，像小孩子吸奶一樣，吸了一嘴的血，但他沒有吐出來，因為嘴裏有煎餅，一吐煎餅也會吐出來。他笑了笑把受傷的指頭在地上滾燙的灰塵裏打了個滾，算是治了傷，嘴上說：「饞了，饞得吃自己的血。」

肖光雄三口兩口就吃完，再看籃子裏還有一塊，就毫不客氣地吃起來，光妹每次送十塊餅，光雄總要比別人多吃一塊。

而順生呢，吃得十分過細，把煎餅捧在手上，兩個指頭扳一點，吃一口，再喝一口湯，文謅謅的像在茶館裏品糕點一樣，光妹等著他收碗。光雄吃過了，坐在他身邊看他臉上笑了笑說：

「你嘴巴角上粘了一點餅心子。」

順生看了他一眼，心裏不高興，懶洋洋抬手背在嘴角上抹了抹。光妹說：「還在那裏，是左邊。」

光龍插話說：「光妹餅子好吃，留著下午打肩吧。」

說得大家都笑了。順生被笑得很不好意思。光龍湊到他身邊說：「怎麼樣？順生，下來這麼多天了，有什麼感想嗎？」

生產隊長石頭端著大碗伸頭來說：「嗨，這小子下來鍛煉，也只能是禿子當和尚，湊合著幹，還狗屁敢（感）想什麼！」

順生喝了一口湯望了石頭一眼說：「感想可多了。在家裏，看報上講好多地方農業學大寨，社員日子好過多了，可我看其實並不怎麼樣。」

光龍說：「那你講講到底怎麼樣子呢？」

楊順生想了想說：「要我講，農村住的茅草房，吃的粗雜糧，喝的泥巴湯，村裏村外像糞缸。」

這話一出口，光龍臉都白了，講的是事實，可你是下放的，家庭出身高，勞動改造呢，怎麼能信口開河呢？當時就不好朝下講了，坐到一邊去。

講話人無意，聽話人有心。這話一出口，李常有已聽在耳裏記在心頭。生產隊長石頭也聽了幾句，可他道不出來，就湊過去說：「小子，沒讀三句人之初，在我面前擺孔夫子了，你剛才講什麼？重講一遍我聽聽。」

順生也感到不該講這些，就說：「隨便講著玩，別當真。」順手拿出最後一塊大餅在手上拍拍。

石頭中午吃了兩碗米飯，不知填在哪個肚子角上，見他吃到現在，手上還有一塊大餅，撇著嘴一張一合的，嘴上小八字鬍一動一動的，口水滴到胸口，瞇著小眼睛盯著他手上半天，心頭一亮，湊到他身邊說：「你這人呢，吃飯像小雞啄米，一粒一粒的數著，看著是一個大小夥子，連個大餅都不會吃。」

楊順生轉頭問他：「你講怎麼吃？」

石頭來了精神，說：「大餅應該像鴨子吃稻，一切一大口，看我教你。」嘴沒講完，伸手拿下他手中的煎餅，對著嘴說：「你看好了。」吃了一口說：「一口，月牙兒。」又吃一口說：「兩口筆架子。」又吃一口拍拍手，煎餅在他大嘴裏打了個滾，眼一翻，喉嚨裏「咕咚」一響，嚥下去了說：「三口沒了。」轉身坐到邊上去。看他吃餅的人都笑了。

楊順生這才想到，他是用這種方法騙吃了他一塊大餅，就追過去說：「你吃了我的大餅，還我，還我！」

光妹拉他說：「算了，晚上回家多吃一碗。」

光雄搖搖頭說：「傻呢，比我狗熊還要傻。」

楊順生對石頭說：「你要是沒吃飽向我討，我是可以給的，可你是用欺騙的手段吃了我的大餅，太卑鄙了，我是不會饒你的。」

石頭站起來說：「喲，你小子是吃生米飯長大的，嘴硬得很嘛。我可長短是根棍，大小也是個官，堂堂正正的十品官讓你小子給噎住了。」

楊順生愣了一下，不知道十品官是多大的官，難道是上級派下來的？就問：「你是十品官，這話怎麼講？」

石頭梗著脖子說：「這話都不懂，虧你還是讀書人，你媽的怪不得大老爺們還下放到農村，書讀到狗肚子裏去了，還要我來上一課。古戲上縣太爺是七品芝麻官，那麼公社就是八品了，邵書記是九品，我石頭是龍頭隊長，實實在在十品官。」

楊順生明白了說：「你講過來翻過去，還是生產隊長。」

石頭也梗著脖子說：「你小子講來講去不就是一塊大餅，當我手下兵，該要請我吃一頓酒呢。」

楊順生指自己鼻子說：「我下來是偉大領袖毛主席揮手我才來的，你敢欺負下放知青？」

石頭可不是一盞省油的燈，梗著脖子說：「乖乖，拿大雞巴嚇唬寡婦，好，我賠給你，你跟我來。」邊走邊解褲腰帶說：「說不定大餅在我肚裏變成了屎，拉一泡給你。」

這下楊順生臉都氣白了，衝過去用力一推他，石頭連連後退坐在地上，爬起來就要上前：「你小子吃豹子膽了，敢打你的領導。」

在場的人拉住他說，你這把年紀了，同人家小孩子一樣。可楊順生也是個硬頭蟬，較真地說：「你是什麼狗屁領導！騙子！」還是光妹把他拉到一邊，按住他肩頭叫他坐著，打圓場地說：「算了，一個村裏住著，低頭不見抬頭見，留點人情下次好見面吧。」楊順生給光妹面子，也就沒吭聲。

邵光龍躺在塘埂邊的樹蔭下，大草帽子蓋著臉，不好參與他們的事。看來這事就要平息了。可李常有湊過來對石頭低聲說：「怎麼樣，堂堂的十品官，輸給手下兵了？」

石頭也覺得自己貪嘴缺了理，丟了面子，今後傳出去不好聽，可用什麼方法挽回這個面子呢？他一想，有了，便三步兩步到山邊壘梯田的石埂上，大聲說：「小子，要我還你大餅，可以，但有個條件。」

楊順生正好氣未消，也起身走過去：「什麼條件？」

石頭拿根槓子和麻繩說：「小子，是刀在石上磨，是鋼在火中煉。你小子才二十出頭，對吧？我呢，四十了，是你的雙倍，二號半老頭子。我們來比一比。」

楊順生便來了勁，捲起衣袖說：「來，我們扳手腕子。」

石頭搖搖頭：「不，比學大寨的活，抬一槓子。」

楊順生見他瘦得瓦刀臉、砂鍋背、醃黃瓜樣的身子，還是羅圈腿，走路都一扭一扭的，還能有多大力。看著他繩子兜的石頭也不太大，就說：「抬就抬，我還怕你了。」

石頭說：「好，文官提筆按天下，武官提刀定輸贏。君子一言，駟馬難追。你小子要抬動了，我回家討一碗油炒飯賠你大餅，你欲抬不動，我就不欠你的了，今後再講屁話我就撕你嘴。」他兜好了石頭，插上木槓子：「你在前，我在後，我饒你一點點。」把杠上繩子往自己這邊移了移。

楊順生又把繩子移到槓子中間：「我不要你饒。」手捧槓子掂掂，感到還可以。把要朝下墜的眼鏡向上推了推，口水沫子吐在手心裏擦了擦，活動著腿骨，深吸一口氣，鼓足了勁，彎下了腰，槓子落在肩頭。

就在這個時候，石頭把杠頭上繩子往前面移了一大節，楊順生面朝前，沒看見，也沒想到他會這麼做，就用力一起，可感覺到與剛才掂的重得多。

石頭在後面喊：「好小子，把吃你媽媽奶的力氣都拿出來，我喊一二三你就起肩。一、二——三！」

楊順生真的抬起來了，可腿在發抖，怎麼也拿不開步，身子像篩大糠樣的。

石頭又在喊：「怎麼啦，木樁啊，走啊！」

楊順生正欲拿步，石頭在後用力推了推。這一推，楊順生腳下一滑，坐到地上，石頭往身邊一落，砸了他的腳後腿，鮮血像泉水般流了出來。圍觀的人一陣驚叫，看呆了。

肖光妹在那收拾碗筷沒注意，見山邊一堆人在圍著玩，就抬頭望了望。她看到了楊順生跌坐在地，眼鏡都掉地上了，就放下碗筷跑過去，抱起他的腳，見腳後跟裂了個大口子，便拿出心愛的手帕子包紮起來。

楊順生坐地上蹺著腳，滿頭是汗，像斷了尾巴的壁虎，全身抽動。光妹看出他不只是腳後跟，就脫下他的黃帆布鞋，她呆了，那雙腳板佈滿了水泡。她轉身跑到山邊上找來柞樹刺，坐在他面前，抱著他的腳，把柞樹刺放嘴裏吸吸，算是消了毒，挑著他腳板上的水泡，每挑一次，他就「哎喲」一聲尖叫，嘴一歪，眼一閉。她挑得他一腳的血，也挑出他滿面的淚水，等她挑完了血泡，他從荷包裏拿出活血止痛膏，「大姐，真的謝謝你呢。還麻煩你貼上這個。」她撕下一塊活血止痛膏，把雙腳貼得像扁平的鴨掌。

石頭走向一邊，小眼睛瞇了一條縫：「怎麼樣，跟我比，拿雞蛋往石頭上砸。」

會計李常有坐在一邊答了腔：「對呀，不然毛主席怎麼會說，知識青年到農村去，接受貧下中農再教育很有必要呢。」

肖光妹聽到這些風涼話，回頭看石頭坐在一邊的草地上抹著汗，光著上身，用手在身上搓，搓得泥團子一塊塊的往下掉，正同幾個人在洋洋得意地說笑著。

小青年黃狗子說：「你呀，大人做了小人事，不是玩了小動作，不一定比得下他？」

光妹聽到這裏，明白了剛才發生的事，這氣不打一處來，三步兩步跑到石頭面前：「我說石頭呢，你也這麼大歲數了，人活到豬身上去了。你騙人家小青年一個煎餅，還砸爛人家腳後腿，良心讓狗吃了。」

石頭抬頭望她，黃牙露出來好幾個，像狗打架樣的，說：「周瑜打黃蓋，自願的，又比不過我，蜻蜓搖大樹，不知自己有多大力。」

光妹氣了，拿起麻繩兜了一個大石頭說：「來，石頭，你是男子漢，我是大姑娘，我們來抬槓子，繩子放中間，面對面抬，兩人不吃虧，來！」

石頭瞟了那大石頭一眼，足有四五百斤，心裏寒了。他知道幾天前挑石片子，光妹挑了一擔人家過了秤，有二百四十斤，看她那腰圓肩寬的，個子又大。任憑她怎麼喊，他就是低頭不起身，說：「哎，姑娘，你在幫誰講話呢？哪是裏子，哪是面子？我是誰？生產隊長，他呢？土匪的兒子，你階級立場有問題吧。他小子剛才還講反動話，什麼沒得吃喝湯，村裏村外都很髒。你以為我是孬子、聾子？他這是毀滅我們大好形勢。」

光妹說：「今天把這些事放邊上，就我們倆比比。」

石頭昂著頭：「好男不跟女鬥，要比等下次，今天你為他打抱不平，我不幹。」

光妹氣得把手上繩子往地一摜，罵道：「你罵人揭人短，欺人專欺軟。你也是長雞巴的，我弄你媽！」

這是她的出口腔（口頭禪），她一發火就這麼罵，石頭也不見怪。

肖光妹「咚咚咚」地跑到在樹蔭下的邵光龍說：「大哥，楊順生腳爛了，不能再幹活了，怎麼辦？」

邵光龍其實已看到剛才的一幕，心裏也很清楚，只是不便干涉罷了。便說：「你講怎麼辦？」

光妹有意大聲：「我幫人幫到底，送佛送西天！」

石頭眼不好，耳朵特別靈，聽到這話，便插一句：「幫他？幫個煤窯沒白臉囉。」

光龍低聲說：「你看著辦，我支持你！」

光妹頭一扭，大聲地向歇工的人群說：「楊順生腳被石頭隊長砸爛了，歇工兩天！」說著就扳起躺在地上的楊順生，躬著腰，拉著他兩條胳膊背了起來，向山邊上的知青屋走去。

大姑娘背大小夥子，山裏人本來就少見，更何況是大熱天，穿著單衣衫，除了隔一層布不就肉貼肉了，歇工的人齊站起來，呆望著她，有人譏笑，有人搖頭，可大多數人是讚美。

石頭聽光妹講是他砸傷了楊順生的腳才去歇工的，氣得臉紅一陣白一陣，心裏有火沒地方發，見遠處發呆的肖光雄，就湊過去說：「光雄，你這個老婆，把雞巴掛在嘴上，哪裏像大姑娘呢，你小子也不厚道，把她弄成了嫂子，也給我們一顆喜糖吧。」

光雄不明白他話裏的話，就說：「她可是百分之百的大姑娘。」

石頭瞇眼笑笑說：「不可能吧，你們這麼多年一個屋裏住著，邵書記又常不在家，你除非是媽的不吃屎的狗，不偷嘴的貓，皇宮裏的太監，閹了的驢子。」

光雄生氣了，硬著脖子說：「講我沒跟她睡過還不相信，我不跟你講了。」便向一邊走去，正好走到李常有身邊。

李常有站起來說：「喲，你還真不會呀，我帶你去看蜻蜓交尾，螞蚱配對，狗起草去。」

石頭笑笑：「媽的，真像是童男子。快到知青屋裏看看，別讓小白臉嚐了鮮囉！」

眾人一片歡笑。

每位下放知青有專款安家落戶。臥龍山大隊為楊順生在龍頭山半腰裏專蓋三間屋，單門獨戶，只有門口楊順生親手栽下的八棵杉樹。人家都管這幢房子叫知青屋。

肖光妹把楊順生馱到知青屋，放到他的床上，自己全身汗透了，單衫貼在身上，兩個奶子現了出來，她只好一隻手拎著胸口的衣衫，在屋裏左瞧右看。

這幢知青屋自從蓋好後她從未來過，房子是磚牆瓦頂，水泥地面，三間屋除了大隊部放一些學大寨用具佔了一間外，他住兩間。外屋有鍋灶、小碗櫥、方桌和凳子，裏屋是臥室，有床鋪和桌子。

楊順生躺下歎了一口氣，又坐起來。光妹坐在他床邊說：「我在大哥那裏給你請了假，你在家好好睡一天。」

楊順生感動地說：「謝謝你了，大姐。」

光妹勸他說：「你呢，城裏人肉皮子嫩，日頭曬了長毒瘡，你要耐著性子幹活，今後有的是長長的日子。石頭是老牛筋，母豬肉，蒸不爛煮不熟的傢伙。你是喝墨水的斯文人，眼皮子要放淺一點，怎能同他拳大胳膊粗的粗人比，人家拿你當葫蘆頭耍你不曉得。」

楊順生躺在床上，想到今天也怪自己太較真，只有這位大姐好心勸他，想著就眼淚嘩嘩地流下來。她站起來說：「好了好了，男子漢不能光流眼水。」

她想岔開話題，起身走到一邊，見屋角上有個「寶書臺」，這在當時是專門放毛主席的書用的。她走向寶書臺，明知故問道：「你怎麼有五套毛主席書呢？」

他回答說：「一套是母親送的，那四套分別是學校、單位還有縣、公社知青辦送的，我這裏除了《毛澤東選集》就是《毛澤東選集》，其實我有很多好書，藏在家裏拿不出來。」她說：「這話可不能亂講。」他又流淚了，說：「在這裏沒書看，我不知日子該怎麼過呢。」

她望他：「看你，眼水那麼賤。」

她不知有什麼辦法能不讓他流眼淚，就隨便翻開他床邊桌子的抽屜，是滿滿一抽屜的毛主席像章，各種各樣的人頭像，有人頭下向日葵的，有紅旗的，有忠字的，全部是金光閃閃的。

她拿了幾枚，望望他說：「聽人家講，有個姑娘向毛主席獻忠心，把像章戴在乳頭子上，後來生了瘡，到醫院開刀，這忠心獻上了，可乳頭子沒有了。是有這回事？」

她望著他，臉上笑開了花，她是有意講個笑話逗他樂的，可沒想到這個笑話他樂不起來，很不好意思，轉過臉去，不知如何回答她才好。她自己也想到這個玩笑不好玩，就拿了兩枚像章在手上：「這麼多像章，送兩個給我。」

他說：「拿吧，你喜歡多拿。聽講你家也有一大堆，你要那麼多幹什麼？」

她笑笑說：「放心，我是不會放在乳頭上的，我還要養兒子呢，留著給兒子玩。我真為那位丟了乳頭子的姑娘著急，孩子怎麼吃奶呢。」她說著「咯咯咯」地笑彎了腰。

他看著她笑，想到這位大姐是多麼的純真，有什麼話就講什麼話，沒有避諱，沒有虛假，多美好、多可愛的姑娘啊，在她家搭伙這麼多天，真是一種幸福呢。他想到前幾天有人議論她，說她是一朵鮮花插到牛糞上去了，他不知道這話什麼意思，他想只會是好意，不會是惡意，現在他又沒有什麼好話來讚美她，就說了一句：「大姐，你真純潔呢，怪不得有人說你是一朵鮮花插到牛糞上去了。」

她突然臉一紅，低著頭轉身跑出了門。他怎麼喊也沒喊住。他想，這話怎麼會壞呢？鮮花長在牛糞上，那不是說明花下有肥料，花開得更豔嗎？

楊順生怎麼也不理解，她為這句話生了這麼大的氣。

三

轉眼一年就要過去了。這天是大年三十的下午，臥龍山大隊研究決定放假三天。

邵光龍在大隊部處理完手頭上的事情，出門準備回家。見郵遞員老洪騎自行車過來，多遠就同他打招呼。

邵光龍說：「喲，老洪，大年三十了還這麼認真。」

老洪停了車，打好支架，在自行車大杠上的郵政包裹拿出大夾子說：「有份電報，不來不行啊。」

邵光龍說：「是哪個的？這麼急。」

老洪欲邁步往龍頭山上去：「是楊順生的。」他給楊順生送過多少次信，已經認識他了，知道知青屋在山上。

邵光龍說：「天快晚了，電報交給我吧，順生晚上在我家吃飯。」

老洪回身連連點頭：「那就謝你，叫你書記親自跑腿真不好意思。」

邵光龍在他大夾上簽了字，收了電報。老洪調轉車頭，上了車。

邵光龍同他招手說：「山邊路，注意點。」

老洪騎在車上，一手扶把，回頭向他揮手說：「放心吧，明年見。」這傢伙的車技賽上雜技了。

邵光龍向龍頭山走去，準備請楊順生下山到家裏一道過年。便順手打開電報一看，臉都白了。電報是楊順生母親單位發來的，說他母親患肺癌已於元月二十日去世，後事單位已處理。他一算都過去十多天了，這個單位也太不負責任了。他抬頭望望龍頭山，山上轉眼間升起了暮靄，灰黑的雲塊，像海浪般的在龍頭山上翻滾著，那孤單單的紅磚瓦房似乎是一隻小舟，在風浪中搖晃著，大風好像隨時要把小舟颳翻。天要下雪了。

邵光龍家今晚算是很豐盛了。買了三斤肉，塘裏起了魚，分了一條鰱子，還殺了一隻大公雞。

每年三十晚上，光妹總要拿出最好的手藝，做出很多花樣，最可口的飯菜來。她不為別人，只為心中的大哥。俗話說：「每逢佳節倍思親。」她無牽無掛，沒有任何親人。每次過年就要想到自己的身世，想到那個大雪紛飛臘月的夜晚，想到大哥這位救命的恩人。所以，大哥是她的親人，是她的娘家人，再生的父母。每到過年，她就想著單獨為大哥做點什麼。比方說，為他做一點可口的菜，看著他美美的吃一頓。雞腿子不剁碎，一隻是老爺的，一隻是大哥的，大哥吃了比自己吃了要高興得多，可每年大哥都把那隻雞腿給光雄。今年她另外還想到，過去每到三十晚上，大哥總要提到她同光雄的婚事，她總是要推三阻四的說等大哥的親事有著落了才考慮我們的，吃飯從碗頭上吃。可幾年來，村裏村外確實找不到一個適合大哥的。

她想好了，今年大哥提出婚事，她就叫大哥吃個整雞腿子，自己一口答應下來，男大女大的，再拖大哥不高興，她不能做出讓大哥不高興的事情。每當想到結婚，她的眼淚就止不住地流下來，為什麼呢？結婚對她來說不是喜事，而是悲傷的事情。

肖光雄收拾農具放到後院子裏，回頭見鍋臺上放了這麼多的菜，香味往鼻子裏鑽，口水就下來了。光雄伸手要拿筷子，光妹已經端了一臉盆熱水，推開他的手說：「來，洗臉洗手，快去貼門對子。今天是過年，老爺早講好，他貼好門對子就過來。大哥還要帶楊順生來吃團圓飯呢。」光雄洗好臉和手，乖乖地去貼門對子。

到了天快黑了，邵光龍才回來。光雄跳起來把鍋臺上的菜擺到桌子上，就等老爺進門了。大哥今天不知工作上有什麼不順心的事，低著頭，歎著氣。

光妹也打好水讓他擦把臉，說：「大哥不是講叫楊順生嗎？」

大哥說：「我想想還是沒叫他。」洗好臉就坐桌邊上不吭聲。

光妹說：「大哥，今天是過年，貓狗都有三天年呢，你有什麼心思應該放一放。」

大哥說：「哪有什麼心思，剛接的電報，是楊順生母親死了。」

光妹心裏一驚，愣在那裏歎口氣：「唉，沒想到順生同我一樣，都是苦命八子。」

光龍說：「大過年的，不知是告訴他還是不告訴他。」

光妹想想說：「那就該叫他來過個年，明後天再跟他講。」

大哥說：「可我心裏帶不住事，老想著我小時候同她母親的事，怕三杯酒下肚露了嘴。」

光妹轉過一想說：「要不就送點菜過去？」

大哥忽然心頭一亮：「對呀，還是小妹聰明，什麼疑難事到你這就解決了，送菜！」

光妹從櫥櫃裏拿出兩隻大碗，夾上豬肉、豆腐和魚塊，在夾雞的時候，光龍見兩隻雞腿子翹在碗裏，就夾了一隻，光妹用筷子打了他的筷子，說：「這是大哥你吃的。」

光龍筷子上雞腿掉在碗裏，又重新夾起說：「就算給我吃了吧。」把雞腿子夾到碗裏。光雄看到夾的盡是好菜，嘴巴翹上天，說：「加點醃菜，他就歡喜吃我們家的醃菜了。」

光妹笑笑搖搖頭，夾了一筷子醃小菜。大哥從碗櫃裏拿出前幾天來人喝剩下的半瓶酒，同菜碗一起放在籃子裏，上面搭著一條毛巾。

大哥拎著籃子遞給光雄說：「兄弟，辛苦你一趟，我們等你回來吃飯。」

光雄歪著頭，梗著脖子說：「我給他送飯，我是貧下中農，他是土匪的兒子，這是階級立場問題。」

大哥看他那怪怪的樣子，也沒好說什麼，拎著籃子開了大門。一陣寒風吹進來，他打了個冷顫，轉身拿下牆上掛著的長圍巾就要出門。

光妹望了光雄一眼，追上去奪過他手中籃子說：「你是誰？大隊書記，他在我家住幾天，外面就有閒言閒語。今天見你送飯，那真是階級立場問題呢。」

大哥愣了一下，說：「也好，他對你十分敬重，你去他會很高興的。」順手把圍巾圍在她的脖子上。

她走了幾步又回頭：「別等我了，你們先吃。」

大哥站在門口大聲地：「千萬別告訴他那件事！」

「曉得了，大哥！」光妹一頭鑽進了暮色裏。

天陰沉沉的，漸漸地斷了亮光。刺骨的寒風吹得路邊的樹枝咯吱咯吱地叫，時而把那些枯枝折落下地。寒風裏夾雜著零星的雪花和冰粒，呼呼的像刀片刮著她的臉。她把大哥的長圍巾繞過脖子包在臉上，她聞到了大哥那男子漢的氣味，感到精神振奮，腳步邁得堅實而穩重。

她來到知青屋門口，看門上光滑滑的，門對子都沒貼，裏面靜悄悄的，一點聲音都沒有，不像過年的樣子。她扒上窗戶，透過玻璃，看到裏面亮著燈光。看他坐在床邊的條桌上寫著什麼，時而把眼鏡摘下來，用手帕擦擦鏡片，在那微弱的小油燈光下，照著他的眼睛亮閃閃的。她知道那是淚花。是啊。大年三十的夜晚，孤單單的一個人，住在半山腰鬼不生蛋的地方，到處是荒蕪的山地和還沒改成的梯田。他就像門口這幾棵杉樹一樣，四周沒有一棵樹木給它陪襯。如果他媽媽的靈魂來看他，也會傷心的。她看到了他，想到過去還有個母親，讓自己有個念想，現在同我一樣了，孤苦伶仃，無依無靠，沒有任何親人了，我們是一根藤上的兩個苦瓜呀。想到這些，眼淚不知不覺地流了下來。她想到大哥的交代，用圍巾抹了抹淚水，咬著牙，深吸一口氣。心想，一定要讓這位可憐的人快快樂樂的過個年。我要像大姐帶兄弟一樣，讓他玩得開心。用什麼方法呢？她想了一會，有了。她並沒有去敲門，而是蹲在窗戶下學狗叫：「汪、汪、汪……」可惜不怎麼像，倒像吃奶的小狗崽子。

楊順生先是一驚，可仔細一聽就知道這不是狗，是個不會學狗叫的人。是誰呢？他從房裏出來，開了大門，外面風在呼呼地叫著，他有點膽怯地伸頭張望著。

躲在一邊的她撲上去，雙手從他背後，輕輕捂住他那戴著眼鏡的雙眼，可自己忍不住「咯咯咯」地笑起來。

他聽出了她的笑聲，說：「哦，是大姐。」

她鬆開了手還在笑著說：「錯了吧，是光妹。」

他也笑了：「你在我面前是大姐。」見門外一陣風把雪花颳進屋來，又說：「哇，好冷，下雪了，快進來吧。」

她拎著籃子進屋說：「怎麼，哭鼻子了吧。」

他回身關門說：「你怎麼知道的？」

她解下圍巾拍打身上的雪花說：「我手上有你眼鏡上的眼水呀！」

他低下了頭：「我一個人孤單單的，想到又是大過年的就……」

她伸手托起他的下巴說：「抬起頭看看，我來了你就不孤單了。」掀開籃子頭上的毛巾又說：「看！」

他望著籃子驚喜地：「哇，有這麼多好吃的呀。」見她一樣樣擺到桌上，又說：「哦，雞腿子、肉、豆腐還有小菜，這是酒，有半斤多呀。」

她說：「怎麼樣，饞得你流口水了吧。」

他伸手欲撿碗裏的菜，被她打在手背上：「去，去洗手。」

他只在身上擦擦：「我真憋不住了。」

她笑笑，自己手在圍巾上抹了一下，撿起一塊肉：「來，把嘴張開，大些，再大些。」

他張大嘴，她把肉放在他嘴裏：「喲，饞貓。差點咬了我的手。」

他嘴嚼著：「哦，真香。你手上有油，我來嘣一口。」見她笑笑不好意思，又說：「是真的，那天大哥吃餅子咬破了手指頭，嘴裏有血都捨不得吐，你那油手不浪費了？」

說得她咯咯地笑著：「來，大姐今晚陪你吃年飯。」手摸菜碗邊，說：「喲，菜涼了，我給你熱一熱。」轉身到鍋臺，掀開鍋蓋說：「你晚上沒燒飯？懶鬼，你就曉得我送給你吃？」

他站在一邊抓著後腦勺，心想，確實有這個想法。

她在鍋裏放了一勺水，菜碗放在水頭上再蓋上鍋蓋說：「放把火一悶，水響了，菜就熱了。」

他一頭鑽到鍋底下說：「我來燒火。」在鍋下邊燒火邊說：「大姐，我現在像門前的幾棵杉樹一樣，成活了，農村生活習慣了，你看。」他伸出雙手說：「我手上長出老繭了，腳上結成厚厚一層皮了。」

她說：「是啊，有進步，和你大姐一樣的身子骨了。」

他說：「那我可不敢比，這滾一身泥巴，磨一手老繭，還得煉一顆紅心。紅心還不知道什麼時候才能煉成。」

她說：「要我講，那也是瞎子磨刀——快了。」

他停了一會說：「你講可不行，還得貧下中農評議，不知還要受多次別人的欺負呢。大姐，那天抬石頭，要不是你，我真的氣死了。可我真的對不起你。」

她望他：「你有什麼對不起我的？」

他說：「你忘了，我講錯話了。」見她沒反應：「你真忘了。我講你一枝鮮花插在牛糞上。」

她低下了頭，臉紅了，把長圍巾在脖子上又圍了一道，以此來掩飾自己。

他又說：「大姐，我不是有意的，我以為牛糞肥……」

鍋裏水吱吱地響，她掀開鍋蓋，一股熱氣騰上來，遮住了她的面孔。她說：「好了，菜熱了。吃飯，喝酒，過年囉。」

他從鍋底下起身，說：「可惜沒一掛鞭炮放放。」

她端著菜說：「上面有通知，那是四舊，不准放。哎約，別想那麼多了，來，喝酒，喝酒。」

外面的狂風吹得杉樹呼呼地叫，冷風從門縫中颳進來，把他手上小油燈吹滅了。

他打了一個冷顫：「大姐，外屋冷，我們到裏屋吃。」

她說：「好。」

二人把菜碗端進裏屋，裏屋條桌上重新點上小油燈。她又吩咐：「你坐床沿上，我坐對面，酒多了就躺倒睡覺。」

就這樣，兩人對面坐著，桌上兩大碗菜，兩個茶杯裏倒了白酒。她先端起茶杯看看，把酒倒了一些在他茶杯裏，碰了杯說：「你多喝，來，新年快樂！」

他也不客氣碰了她的茶杯說：「大姐，全家幸福！」喝了一口。

她用舌頭舔了一點點，辣得瞪眼，張嘴，哈氣，縮脖子說：「啊，好辣。來吃菜，這雞腿子是給你的。」把雞腿子夾在他碗裏。

他也夾了一塊大肉說：「這塊肥肉是你的。」

她說：「呀，肥肉我可不吃，怕胖，換塊精肉（瘦肉）吧。」她把大肥肉放回碗裏，筷子在碗裏翻了翻，又說：「我還是吃肥的吧，胖子比瘦子好啊。」夾了一塊放進嘴裏。

他推了推眼鏡架說：「大姐，你吃的不是肥肉，是豆腐，你以為我眼睛不過勁。」

她被說得不好意思，說：「實話說吧，我在家吃過了，我這是陪你吃，你吃，你多吃。」又給他夾菜。

他啃著雞腿子，深深地喝了一口酒，長長歎了一口氣說：「大姐，你今晚能陪我吃飯，我這輩子都忘不了啊。」

她打斷他的話：「別說了，吃菜，喝酒。」

他又喝了一口說：「大姐，真的，剛才你看我流淚了，對吧。我真的流淚了呢，幹什麼流淚，你知道嗎？不知道吧！我在給我媽寫信呢。」

她心裏一沉，放下筷子呆望他。他又說：「你別愣著，是真的，我把信給你念念。」拉開抽屜。

她按住他的手說：「別念了，喝酒，來，碰一杯。」茶杯同他碰了一下。

他說：「我媽一個月前給我寄了八十塊錢，還在信上叫我過年別回去。我知道要是回去，她會不高興的。我就聽媽的話不回去了。」

她把圍巾提到嘴邊，控制住自己：「哎喲，大過年的，叫你別想那麼多。」

他望她：「好，不回家是聽我媽的，晚上不談我媽呢，我聽大姐的。」

她說：「真要聽我的，這封信就不要發。」

他喝一口酒：「好，我聽大姐的，信不發了。」

她高興地夾一塊菜放嘴邊：「這就對了。」

他又大聲說：「我改為發電報。」

她到嘴邊的菜掉進碗裏：「發電報？」

他激動地說：「對，大姐說得對，大過年的不講廢話，就講你大姐除夕之夜陪我過年。」

她有些慌亂地：「那……那你過幾天發電報吧。」

他堅決地說：「不，明天就發，明早天不亮就動身，讓我媽在大年初一就接到遠方兒子的電報，那她是多麼的高興啊。」

她站起來說：「能不能聽大姐一句，明天電報也別發了。」

他說：「那為什麼？」

她不知如何回答：「是……這大過年的，又下雪，到公社十五里山路，怎麼走？」

他咬牙說：「不，天就是下刀子我也要發電報，別說十五里，就是再多的路我也要走。」

她正挖空心思想阻攔他說：「哦，對了，貓狗都有三天年，發電報的人放假回家過年去了。」

他笑了起來，大約有了點酒勁說：「大姐，這你就外行了。上級有文件，郵電部門有人值班。」

這下她實在沒有辦法能阻攔他發電報了，大約也是喝了一點酒，是酒勁起了作用，突然拍桌子：「我講你電報不要發你就不要發！」

他呆了，感覺有點不對勁：「姐，你怎麼啦？」

她後悔剛才的舉動，怕了地說：「我沒什麼，你快吃吧。」

他認真地：「不，大姐是不是有什麼事瞞著我？」

她勉強笑笑：「嘿，怎麼會呢，大過年的。」

他死盯她：「你一直用圍巾遮著你的臉，可你的眼神使我猜出幾分。」

她起身離開桌子，說：「我不但沒事，就是有事也不能告訴你呀。」

這話一出口，她又後悔講錯了，回身向他：「不，確實沒有事的。」

他癡呆地搖搖頭：「不，大姐，今天你不講實話，我可是一夜不安啊。」

她望他：「那……」

他哀求：「大姐，我的好大姐，你要我跪下來求你呀。」

她遲疑片刻：「那我講出來你可要挺住啊！」

他說：「放心，我能挺住。」

她說：「你要同平常一樣好好過年喲。」

他咬牙點頭：「能！」

她說：「那就是天塌下來也別往心裏去！」

他說：「你快說吧，大姐！」

「你媽她……」她一驚，捂嘴：「呀，真不能講，差點露了嘴。」

他發瘋樣地撲過去，用力搖晃她的身子：「我媽她到底怎麼啦，你倒快說呀！」

她急得欲哭起來：「順生，我的小兄弟，不是我不說，是我大哥叫我千萬不要告訴你，想等你過好年啊。」

他發瘋似地說：「我就媽媽唯一的親人，你不知道，大姐，我媽媽吃了多少苦才把我拉扯大的，我是她的希望，她是我的依託。大姐，你有天大的事情可不能瞞我，我……我要向你跪下求你了……」

順生欲跪下，她急扶住他：「別，我說，是你媽單位下午來了電報，她……她已經走了。」

他還不理解：「走了，去哪兒了？」

她大叫：「你媽已經去世了。」像死了自己的親娘一樣大哭起來。

他木呆了一會，突然跳了起來，衝到門口，抽開了門閂就要往外衝去。她驚叫地撲過去，緊緊地從背後抱住他哀求道：「順生，你這是幹什麼呀？」

他大叫著：「我回家，我要回家。」

她說：「你媽是肺癌晚期，去世十多天了，單位已經辦完後事了。」

他聽她這麼一說，身子一軟，倒在地上昏過去了。

門開著，呼嘯的風雪像一群惡狼在嗥嗥呼叫，飛雪像一簇簇鋼針般的向他們扎來。

她用力關上門，回身把他抱在床上，淚流滿面地說：「順生啊，你不能這樣啊，你是答應大姐不往心裏去的，你怎麼能這樣呢？快醒醒吧，這叫我好怕，好後悔，不該告訴你呀。」她坐在床沿，緊緊把他摟在懷裏。

他慢慢醒來，精神恍惚地：「媽媽，你走了，真的就這麼永遠地走了，你怎能丟下我一個人不管呢。媽媽，你怎麼不帶你兒子一道走呢。」

她摘下他的眼鏡，抹著他的眼淚，自己跟著淚流滿面：「順生……」

他側過身子摟著她：「大姐，我明白了，也就是在這個時候我才明白，媽媽年初為什麼要我下放。」

她問他：「為什麼呢？」

他說：「本來我是可以留在她身邊的，可是我們工廠裏經常批鬥她，每次批鬥，我就要同人家拚命。媽媽身體不好，她說去醫院檢查過了，沒有什麼，其實她已經查到自己得了肺癌，媽媽怕她死後，我在工廠裏受人欺負，就動員我下鄉，來到老家。我是在臥龍山出生的，最終來這裏落戶。怪我呀，我怎麼這麼糊塗呢？我為什麼不到醫院裏去查查呢？媽媽春節前來信叫我不要回去，我為什麼要聽她的話呢？媽媽，我真該死，我是個不孝的兒子，媽媽，我對不起你呀！」

她泣不成聲地說：「順生，你是個好孩子，你媽不會怪你的。」

他望著她說：「大姐，我命苦啊，我沒出生就沒有了爸，我跟著媽一直就在苦水裏過日子，現在我可是什麼親人也沒有了。」

她摟著他，淚流滿面：「順生，兄弟，你大姐不也是苦命人嗎？我十二歲那年，也是一個大雪天的晚上，我媽死了，我也無依無靠了，是光龍大哥救了我一條狗命，從那以後呢，我就把他當著自己的親哥哥。兄弟啊，念在我們都是苦命人的份上，你別見外，別嫌棄大姐是個粗人，我就當你姐吧。」

他激動地起身：「真的？」

她坐到他身邊深情地點頭，他擁抱她：「姐！」

她摟著他：「弟弟！」

他無意中吻了她，她用力推開他，起身：「來，我們繼續過年，是姐姐和兄弟在一起過年。哦，菜涼了，我去熱菜。」

他拉她手端起茶杯：「不，菜不熱了，為我們真正成為姐弟乾一杯吧！」她同他碰杯，二人一口喝乾了茶杯裏的酒。她感到頭一陣昏迷，橫躺床上，他也感到全身一股悶熱也躺下了。城裏的雪，山裏的風。屋外的狂風越颳越緊，山半腰的知青屋真的成了風浪中飄蕩的一葉小舟，搖搖晃晃，雪片越飄越多，像棉花樣的粘到窗戶的玻璃上就融化了，大概屋裏溫度低，窗下的玻璃被糊上了一層薄紗樣的冰雪，窗戶也就不再透明了。

他們在迷濛中不知躺了多長時間。一陣狂風吹進來，颳滅了桌上的小油燈，屋子裏一片墨黑。

她在睡夢中，心裏火蛇樣燒著。緊緊地捏著胸前的圍巾親吻著，呼吸著圍巾上的氣味，滿頭腦是過年，是大哥，夢中的大哥向他走來，她撲在大哥的懷裏，緊緊地擁抱了他，嘴上叫著「大哥，大哥……」

他也在睡夢中，朦朧的知道媽媽已經去世了，現在唯一的親人是大姐，大姐向他走過來了，是大姐擁抱了他，他知道大姐命苦，大姐是一枝鮮花插在牛糞上。大姐，你怎麼不反抗呢？鮮花為何非要插在那一堆牛糞上呢？天下能配上大姐的男人有的是。他順勢擁抱了她。

她在睡夢中，發現大哥擁抱了他，怎麼了？大哥不是拒絕我嗎？今天怎麼啦？說明大哥是愛我的。她抱著大哥身子更緊了，她的心醉了，她吻著他，低聲地說：「大哥你抱我了，我好幸福啊！你要了我吧，我把第一次的身子獻給你吧，大哥，好大哥……」

他在睡夢中知道她在擁抱自己，親吻著自己，好了，大姐好像對自己的婚姻有反抗精神。大姐，世上好男人多的是，你不能跟那個「狗熊」過一輩子，就兄弟我也比他強得多，他擁抱著她，親吻著她。

就這樣，二人都在迷迷糊糊之中，身軀連在了一起。像飛翔在暴風雪中的海燕，像狂風中飄揚的細柳，像行雲，像流水……

那白色的被單裏印上了鮮紅的血液，那血像藍天上的一朵紅雲，像早晨東方的一縷彩霞。

第八章　一九七三年（至癸丑年底）

一

正月初一，大雪封門。楊順生走了，風雪沒有阻擋得住他離開臥龍山。他沒有跟老鬼打招呼，人們不曉得他去了哪裏。沒想到兩個月後他又神不知鬼不覺地回來了。也不出工幹農活，整天躲在知青屋裏不出門。

肖光妹有兩個多月下身不見紅了，並且經常嘔吐，嘴裏一股一股的冒酸水，心裏還想吃酸菜。她曉得自己可能要出事了，要出天大的事了。這濕手抓了乾麵粉就粘上了，爛膏藥貼身上就撕不下來了。這可是千人指萬人罵、千刀殺萬刀剮的禍事啊。一失足成千古恨，不知不覺一場災難要落在頭上了。

光妹嘔吐時，光雄看了很著急，說：「你還是找小張醫生看看吧。」

她只是笑笑說：「這是女人的事，你們男人就別操心了。」

可光雄梗著脖子說：「瞎講，你是我老婆，我好歹也是個男子漢，你的事我不操心哪個操心。」

她望望他，心想這個狗熊總算講了一句男人的話，只是真要查出來，我這朵落地的、再也不能上枝頭的花他會戴嗎？光雄這個豬頭罐子不認賬？順生又是怎麼想的？我又能嫁給誰呢？她又轉過來一想，是禍躲不過，醜媳婦遲早要見公婆，我是要查個水落石出，可在哪查？能在大隊合作醫療室查？

大隊合作醫療室只有一個赤腳醫生，叫張學明，今年才十七歲，是馬德山的外侄子。馬德山大姐家的婆公是祖傳老中醫，當地很有名。姐夫張仁貴自然是鳳凰嶺的赤腳醫生。去年臥龍山開展合作醫療，全大隊找不到一個懂醫的人，馬德山就叫靠班學的外侄子來幫忙，村裏有個頭痛腦熱的他能開個單子，有大病當然找他父親出馬，好在不太遠。光妹總不能叫這個小赤腳醫生查自己是否懷孕的問題，這話怎麼開口呢？要是查出我未婚就先孕，村裏人多嘴雜，上千號人鼻子底下有張嘴，一天就能傳個滿村風雨，舌頭底下壓死人呢。要是到縣醫院查，要開介紹信，醫生知道你是哪個公社哪個大隊的，這罈口扎得住，人口扎不住啊，說不定哪天傳到村裏來。怎麼辦呢？她想了好些天，最後想到了賴大姑。賴大姑是給人接生的，一定能查出是不是懷孕了。再說她老人家口頭緊，查出來我把話講明了，相信她不會傳出去的。

這天，大哥說公社孫書記通知他去有事，天不亮就走了。光雄被石頭隊長派去出遠差——扛水車子。馬上要春耕了。這兩年山溪裏的水不知怎麼的越來越少了，山邊上田裏用水都困難，得用水車子往上車水。上面早就講要獎勵兩臺抽水機，可只聽雷聲，不見雨點。就有抽水機，還等拉上電，那可是猴年馬月的事。所以，水車子是少不了的。生產隊在公社綜合廠訂做了水車，廠家帶信說水車做好了，望派兩個人抬，或者一個強壯勞力扛回來。石頭隊長吃柿子撿軟的捏，把光雄當成抹桌布，哪裏有髒活就往哪裏支他。而他呢，真是拎耳朵不曉得叫的孱頭貨，呆傻的木瓜笨葫蘆。叫他扛水車，來回三十里，他二話沒說，樂得屁顛屁顛地出了門。正好家裏一天沒有人，光妹等到了好機會。

肖光妹吃過早飯向石頭說了一聲，今天有事不出工，就偷偷踏上十里長沖，直奔龍尾山。當走到山窪生產隊，迎面走來了急巴巴的白玉蘭。

光妹問她：「什麼事？」

玉蘭說：「我媽頭痛，到大隊醫療室拿點藥，你到哪裏去？」

光妹說：「我身子不舒服，想請賴大姑看看。」

玉蘭想想好笑說：「聽講賴大姑只能給人接生，沒聽講她還給人看病。那我也去請她給我媽看看。」說著就要跟她走。

光妹臉紅了，說：「我是下身的病，不是頭痛病。」

玉蘭詫異地望了她一眼：「怎麼？懷孕了吧，我早就提醒你把大紅喜字貼了。」

光妹嚴肅起來：「別亂扯……」說著二人分了手。

光妹走了一身汗，終於見到龍尾山半腰的小屋。豁子長高了，像個大人一樣，在山邊上摘豆子，摘得滿頭是汗。見到光妹就「哇啦哇啦」地指著小屋，他意思是家裏有人。

賴大姑坐在門口剝豆子，見到她十分驚訝：「哎喲哰，書記家小妹子，你怎麼爬到我山頭上來了。」

光妹坐在大姑身邊的石凳子上喘著粗氣。

大姑又說：「我正想下山向你大哥講事呢。」

光妹問：「你找我大哥有什麼事？」

大姑說：「山上樹砍得太多了，山地就種不下去了。」指著地上一堆枯黃的豆稈子說：「你看，這些豆子癟巴了，缺水呢。」

光妹說：「這可是學大寨，上面出的主意，這片山樹都得砍。」大姑歎了一口氣：「那我在山上住不下去了。」

大姑見她還在喘氣，就進屋給她端來一碗開水：「慢點，別燙著。」

光妹接過碗，放在石凳上，開門見山地說：「大姑，你給人家接生，人家懷孕你能不能查出來？」

大姑有把握地說：「能啊，那怎麼不能？哪家，我跟你走！」說著就要換衣服。

光妹攔著她：「大姑，是我呢！」

大姑望她，笑了笑：「你這醜丫頭，上山也要帶幾顆喜糖來呀。結婚幾個月了？」

光妹低著頭：「我還沒結婚。」

大姑說：「多長時間沒見情況了？」

光妹說：「兩個月吧。」

大姑帶她進裏屋：「躺床上去，把褲子解開。」自己邊洗手邊又說：「你那男人我見過，人是呆了點，算是老實人，沒拜堂就來事，這世上老實人是沒有了。」大姑在她肚子上摸摸，又歪著頭，耳朵貼她肚皮上聽聽，再坐下來給她號脈，過了一會笑笑說：「丫頭，恭喜你，真的懷孕了。胎音好得很，脈象也不錯。」

光妹身子一軟，攤在床上起不來，褲子都沒勁往上提，眼淚就流下來了。

大姑望望她說：「丫頭，青年男女住一堆，乾柴遇烈火，出點鬼事不醜人，想開些吧。」扶她坐起來，幫她繫好褲子。

光妹哭著說：「大姑，真人面前不講假話，這孩子不是他的。」

大姑呆望她：「那是你大哥邵書記的？」

光妹手背抹著淚水：「也不是呢。」

大姑臉色黑了下來：「這是真話還是假話？」

光妹咬牙點點頭：「是真的呢，大姑。」

大姑雙眼瞪著她，拉長著臉：「乖乖，你這個丫頭還是悶頭驢子，騷得很呢！家裏兩條光棍都守不住你，還瘋到外面去了。這可是犯了祖上的大忌呢。要是在過去，嘿，給你家祖宗八代臉上抹灰，埋地下都有人恥笑。我記事時，就有人把這種女人沉過水餵過大馬蜂呢！」

光妹臉白得像張紙：「大姑，那我怎麼辦呢？」

大姑把光妹睡下的床被子重新整理，手拍著床單「啪啪」地響，好像她把床弄髒了，或者把床上的晦氣拍掉一樣說：「辦法自己選呢。有的烈性女人，做了這種醜事後，就請土郎中開土方子，撿副草藥，什麼土狗、茯苓、朱砂呀，煎一大碗苦水喝下去，把血塊子打下來。要不就在家躲著不出門，等孩子一落地就掐死，再喝一碗生冷水，肚子腸子絞成球，痛得咬被角不聲張，隔個天把不就死掉了，還有什麼事？」

光妹全身哆嗦著，大姑拉她到門口又說：「我講這些是老黃曆了，不頂用了。現在新社會，大隊開個介紹信，到縣醫院，隨便帶個男人證明是丈夫就行了，打一針，下身呼啦一下，像撒了一泡尿沒事了，回來臉上光彩得很。這方法你回去做吧。」說完推她出了門，「砰」的一聲關上門。

肖光妹在門口呆站了好一會，沒想到大姑發了這麼大的火，講了這麼難聽的話。可又想想，不管怎麼講，大姑給我看出了問題，我連一點心意都沒有表示。於是，又敲她的門。

大姑在門裏問：「話講盡了，你還有什麼事？」

光妹在門外說：「大姑，我急急忙忙的來，連一斤紅糖都沒買。」說著就把身上帶的兩塊錢從門縫裏塞過去，轉身準備走。

只聽門開了，大姑瞪眼說：「見你兩塊錢，我想起去年你大哥吃了一頓飯，也偷偷給我五塊錢，我也沒工夫還。我住山溝裏，有錢沒地方花，你帶回去吧。大隊書記家真有錢呢。」把那兩張票子扔到門外，又關上了門。

光妹敲了幾次都沒有開。沒辦法，她只好撿起票子轉身走了。沒走幾步遠，聽到後面門又開了，她想是大姑轉意了，高興地回頭一看，見大姑端起石凳上一碗水，「呼」地一下潑出去，又關上了門。那是她剛來時，大姑端給她喝的一碗開水，可惜當時燙，她一口也沒喝。這碗水潑得那麼猛烈，掀得地上灰塵四濺，濺得她褲腳上沾了許多泥點子。她雙手捂著臉，大哭著跑下山去，連摘豆子的豁子見了，呆望了她好半天。

她低著頭，滿臉掛著淚水，邁著沉重的步子，在回家的山路上走得那麼慢，好像腳上綁著千斤重的石塊。羞愧和恥辱像臥龍山壓在她的心頭。怎麼辦呢？我就在這山邊上一頭栽下去，一了百了？這不行，死得不明不白，死後別人更加恥笑。如果別人曉得我肚裏有孩子，有人誣陷到大哥身上，那可就給大哥臉上抹了灰。大哥是大隊書記，在臥龍山是頭號人物，在公社裏也是踩得響的，我不能給他頭上栽贓，那我回去怎麼辦呢？癩子熟了要出頭啊！開介紹信不難，找個什麼樣的男人做假老闆呢？她想著想著，突然心裏開朗了，對，回去就這麼做，打鐵要趁熱，越快越好。她身子一輕鬆，步子就加快了。

她走到山窪生產隊，聽到有女人的哭聲，這哭聲還有點熟悉。她轉頭一看，山邊的兩間草棚的門口院子外，有好幾個人站著議論著。她一想，這不是白玉蘭的家嗎？聽聲音這不是她在哭嗎？難道她媽媽出事了？於是她跑過去，問明了情況，確實是白玉蘭母親走了。早上還吃了兩碗粥，上午頭痛，等玉蘭從大隊醫療室拿回藥就沒吃上，真是太快了。這家裏窮得叮噹響，連副四塊板的棺材都沒有，砍樹還要大隊批准，這死人怎麼上山呢？她曉得這些情況，就撥開別人擠進去，見玉蘭母親躺在門板上，上前磕了一個頭。

玉蘭見她來了，像是見到了自己的親姐姐，上前下了禮，跪在那裏不起來，哭得死去活來：

「天哪，我該怎麼辦啊？我苦命的媽呀！」

光妹一句話沒說，把身上帶著的兩塊錢，加上賴大姑還的五塊錢，一共七塊錢塞在玉蘭的手上，轉身就走了。玉蘭追出來喊她，她也沒回頭。

光妹到了龍頭山腳下，見到肖貴根老爺在鋤地，就把白玉蘭母親的死訊報告了他，並說玉蘭遲早是你的兒媳婦，這個時候你要站出來幫個忙。肖老爺放下手裏的活，向山裏走去。

肖光妹首先上了龍頭山腰裏那幢該死的知青屋，見門半掩著，就一腳踢開了門，進去看了看，沒有看到人。又轉身到門口左右望望，也沒望到鬼影，便大聲叫著：「人呢，死掉了，鑽山裏去了？」

自從大年三十晚上發生那件事以後，光妹還從來沒見過楊順生。有時多遠見到他，可是不曉得怎麼的就不見了。她曉得他內心有愧，不願見到她，有意躲著她。今天她走了這麼多的路，太累了，反正要非見他不可的，不管三七二十一，進裏屋把他被子疊在床裏面，身子靠在被子上眯一會。

沒過一小會，楊順生回來了，進屋見床上靠著一個女人，還就是一直怕見到的女人，嚇呆了。見她閉著眼，以為睡著了，慢慢往後退著。

她聽到聲音，斷定就是他，便輕聲地說：「怎麼，打退堂鼓啊！」

他心裏一震，膽怯地一步一步地進去，站在床邊上低著頭，像犯了錯誤的小孩子見了母親那樣。

她慢慢睜開眼，身子沒有動：「哼，你小子幹的好事啊！」

他不知道她講的是哪一曲，抬頭望她：「大姐，什麼事？」

她不緊不慢地：「你還跟我裝蒜呢。你小子行，真準呢，神槍手也沒有你這麼準，不愧是彭家昌的兒子。」

他聽出了她話裏有話，站在那裏全身抖起來。

她坐起身來說：「我肚裏有小菩薩了，是你下的種，你講怎麼辦吧？」

他真的作夢沒想到，就那麼一次，現在還回憶不起來是怎麼發生的，種下這樣的惡果，有些驚慌失措，不知如何是好。

她從床上跳下來，大叫著：「怎麼啦？嚇著你了？當天晚上的勁頭哪裏去了？膿包了？裝孬了？」

他哆嗦著說：「大姐，這下怎麼辦呢？」

她說：「你是彭家昌的兒子，老子英雄兒好漢，這麼一點辦法都沒有？」

他帶著哭腔：「我真的沒辦法呢？」

她挺起腰桿說：「好，你講沒辦法，聽我的也是個辦法。去，到我家裏去，把我那『狗熊』找來，你同他當面鑼對面鼓地講，你就說有這麼個破爛貨擺在這裏，你可要，你要是不要我就要。看來我家那個熊樣子是不會要我的，那我們倆呢，烏鴉腿綁在鱉頸上，飛不掉你，跑不掉我。你也別嫌我糠粗，我也不嫌你米糙，我們就芝麻花、喇叭花，迷迷糊糊成一家。」

他含淚說：「大姐，你想的是周到，可我有些話不好講呢。」

她有些火了：「到這份上，屎都到屁眼了，還有什麼話不好講的？」一拍桌子：「講！竹筒倒豆子的講！」

他顫巍巍地說：「剛才大隊李常有會計找我談了話，他講有人反映大哥階級立場有問題，把土匪的兒子安排在家裏吃住，不接受生產隊長的批評。連他講了反動話還遮蓋著，還有……」

她無所謂地打斷他的話：「講歸講，聽歸聽，他李常有是我大哥的手下，泥鰍能掀起多大浪來？他能把我大哥帽子講掉下來？當會計的喜歡講，你能在他嘴上裝扇門，把門鎖起來？」

他說：「這事情不那麼簡單呢。」

她望他：「你講事情還能怎麼個不簡單法？」

他大著膽子說：「大姐，聽講李常有的靠山是公社孫書記，他給孫書記寫了檢舉信，大哥今天一早到公社去了，到現在還沒回來，這叫筆下殺人不用刀呢。」

這番話把她講愣住了。

他又說：「李常有正準備組織人對我批鬥，你講我們要是結婚，不但連累你，還要影響大哥。」

光妹聽他這麼一講，心想還真是個事情，作夢沒想到半路上殺出個程咬金，節骨眼上出岔子。她頭都要炸了，牙齒咬得咯咯的響，眼裏要出火，望著門外大聲罵道：「李常有我弄你媽！」

這一罵把他嚇了一跳，轉眼望著門外，以為李常有就在門外站著。可沒見門外有人，這才知道她是空罵，解心頭的氣。於是低著頭，身子哆嗦著，好像這話是罵他。

她當然不會罵他，還得依靠他解決問題呢。便說：「大路通天，各走一邊，山路走不通，我們走水路。」

他抬頭望她：「水路怎麼講？」

她說：「我去大隊開介紹信，出了這塊天，老鬼都不認得我們，你就算是我的男人，到縣醫院把這個血塊子拉下來。」

說完就頭也不回地出了知青屋。

光妹走後，楊順生大哭了一場，他首先還是哭母親。母親費盡苦心怕她死後兒子在廠裏受人欺負，叫他下放回老家，結果又怎麼樣呢？天下烏鴉一般黑嘛。老家照常逃避不了人家的批門。再哭他自己不爭氣，年三十晚上怎麼就沒有控制住自己，犯下了滔天的罪行。害了自己事小，可害了人家這麼純潔的大姑娘，這下怎麼辦呢？同她結婚是不可能的，不同她結婚也不好辦。那個肖光雄追查起來還有我的好果子吃？那我在這裏永遠抬不起頭了。怎麼辦呢，看來臥龍山不是我住的地方，我還得走。對，三十六計，走為上策，走，馬上就走，離開這個生我的地方，這地方只能生我而不能養我，我只好走，可去哪兒呢？我沒有一個親人，連一個商量的人也沒有，怎麼辦？哦，對了，還有賴大姑，我去她那裏，也許能找出個當年我父親要走的而沒有走成的路……

肖光妹來到大隊部找李常有，因為公章在大隊會計手裏。她想到順生講的關於人民來信的事，原來這小子在背後給我大哥使暗刀。她進了大隊部，見外是會議室，裏面隔了一個房間，那是大隊辦公室，擺著兩張桌子，她曉得一張是大哥的，另一張是李常有的。

她走進辦公室，見李常有正埋頭坐在那翻桌上幾張紙條子，撥拉著算盤珠子，心裏有股子怒火往上冒，但她強壓著，也不吭聲地坐在大哥辦公桌邊的凳子上，說：「李會計不簡單呢，我們一年到頭，不是滾在山頭上就陷在泥水裏，只有你經常像菩薩樣的供在陰涼屋裏。」

李會計埋頭撥著算盤說：「那我比別人多啃了幾年書本，比如撥算盤，八上三去五進一，我能做別人做不來的事情。」

她笑笑說：「是呢，這叫有能吃能，有力吃力，無能無力的就吃虧了。你有能的人吃上等飯，我無能人吃下等飯，吃下等飯的就要求吃上等飯的。」

李會計還是沒有抬頭：「光妹你講什麼事？」

她說：「白玉蘭母親走了。」

他停了打算盤，抬頭望她說：「我跟她不沾親帶故，又不是生產隊幹部，她死了與我有什麼關係？」

她說：「你給寫個條子，好讓玉蘭上山砍幾棵雜樹打棺材。這錢在我大哥工資上扣。」

他說：「砍樹的事還要研究研究吧。」

她說：「人家死了人，屍首不得出門，還等你們什麼時候研究呢？」

他說：「那要等你大哥批呀，我是丫鬟帶鑰匙——作不了主。」

她說：「我看你是青蛙坐荷葉，獨掌全盤呢。我大哥的書沒人家啃得多，被人家寫人民來信，講他階級立場有問題，在公社說不定把帽子下掉了。」

他抬頭望望她：「那要等大隊長馬德山到縣裏買炸藥回來。」

她一本正經地：「你抱住了公社孫書記的粗腿，馬德山就是一條龍，也壓不住你這條地頭蛇，我算定了，新書記就是你，你批了算事。」

他感到像吃了蒼蠅一樣不對味，說：「光妹，別吃飽了沒事做，同我瞎掉雞巴扯卵蛋，我還忙著算賬呢。」說著又看紙條子。

她也沒發火，說：「那這麼講，這樹你真的不批了？」

他端起茶杯子喝了一口，把茶杯重重地往桌上一放，大聲地：「不批，天王老子來都不批！」

她站起來說：「好，別發火，我走了。」轉身就要走，又說：「我叫玉蘭把她母親的屍體抬到你家裏去。」

他一聽嚇了一跳，想到她這個姑娘不是一般的人，講到的就一定能做到，忙起身追過去：「哎喲，光妹呀，大姐，有話好講嘛，這點小事，又何必要扯那麼大呢。」

她轉過身：「我說李會計，你是有意跟我賣關子，哪個老鬼不曉得，山上都要改大寨田了，樹遲早都是老和尚剃頭一掃光，你批個條子還不是順便人情嘛。」

他重新坐到辦公桌邊：「好，不講了，不講了，我寫條子。」他扒在桌上邊寫邊望望她。

她氣還沒有順，說：「望什麼？不認得我呀？」

他笑笑說：「大姐，什麼時候請我們吃喜酒？」

她說：「還早著呢。」

他說：「不可能吧，聽講你都有喜了。」

她大驚失色：「哪個鬼兒子講的？」

他說：「白玉蘭早上來開藥，她見到你找賴大姑去了。」

她氣得沒辦法，這個白玉蘭，我這麼血心血地的為你，你還背後掀我的醜，想想也不能怪她，自己有老闆，是從穿開襠褲就定的，又在一堆生活。

他見她臉色不好看，說：「有喜是大喜事，你別不好意思，大城市裏平常得很，只有鄉下，沒見過大頭蝦，大驚小怪的。」他條子寫好了，拿出褲腰帶上的一串鑰匙，從中選了一把開了辦公桌裏面的抽屜，拿出公章，在印泥上戳兩下，放嘴邊哈了一口熱氣，在紙條上用力壓下去。

她接過紙條子又說：「既然李會計曉得了我身上的事，那就麻煩你筆頭子再劃一張，我同光雄到縣醫院檢查。」

他望她說：「檢查什麼？胎位？哪個肚子旮上。」

她拍拍肚皮說：「是白玉蘭講錯了，我沒有懷孕，是婦科上有問題。」

他一聽哈哈大笑：「笑話，大姑娘家也會有婦科問題？大隊醫療室你怎麼不查？」

她說：「我這個婦科他們查不好。」

他站起身要關抽屜：「長得這麼紅冠赤耳的大姑娘，還婦科，你又跟我扯雞巴蛋了。」

她也不生氣，一手按他肩，把一隻腳架在桌子上，另一手拉開大褲腳：「你真不相信吧，那就請你把頭鑽進我褲襠裏看看。」用力按他脖子大叫：「看啊，在大褲腳筒裏能看到，好看得很呢。」

他傻了，呆了，臉色發白，講不出話來，推開她的手要一邊躲：「別……別……」她臉也黑了，眼也瞪圓了，嚎叫一聲：「快給老娘開吧，我弄你媽！」「啪」的一腳跺在桌子上。

他感到房子都一震，窗上玻璃都嘩了一聲響，桌上幾張紙被她褲腳搧得飄到地上，茶杯蓋子也彈出來，掉在桌上轉了一個圈，「嘩啦」一聲滾到地上了。好在地面是石灰碴子做的，不是石板，杯蓋沒有碎。

他彎腰從地上撿起來，在衣角上擦擦蓋在杯子上。又彎腰撿飄在地上的幾張紙，有一張飄在桌底下，他是爬進去才撿到的，放嘴邊吹了吹，重新正欲坐下來，發現她那隻腳還踏在桌上，胯子蹺得多高，這才想到剛才鑽桌底下撿紙張和茶杯蓋，這不是鑽了她褲襠了嗎？這也太晦氣了。忙對手掌心哈了一口氣，手在頭上抹抹，好把這晦氣抹掉。

她看了心裏好笑，才把腳放下來說：「怎麼，鑽了女人褲襠。你這不是自討的嘛，不過我沒看到。」

他拿一張兩面都寫了字的廢紙，把桌上的腳印擦了擦說：「開就開嘛，何必發那麼大火呢。」坐下重新拿起筆寫了一張又蓋上章遞給她。

她接過後咧嘴一笑，可笑得不自然，說：「好了，難為你了。哦，我也替白玉蘭難為你。」轉身慢慢出了門，他一直送她到大門口。

他望著她的背影，歎了一口氣，自言自語地說：「唉，怪不得村裏人講她是有棱的敢磨，有尖的敢碰，有刺的敢抓，有角的敢頂。我也曉得她厲害，可不曉得她有這麼厲害。」

怎麼講呢，再厲害的人也有厲害不起來的時候。關公都有走麥城的時候嘛。你看，不是嗎？肖光妹先到村頭找一個熟人，把那張紙條帶給白玉蘭，通知山窪生產隊隊長上山砍樹，自己滿懷信心地跑到知青屋。

可屋裏一個鬼影子見不到了，桌上放著一張紙條子，這麼幾個打眼字她還認得：「大姐，對不起，我走了，也許永遠離開臥龍山。」

她把這張紙條撕得粉碎，身子一軟坐在地上，一身的骨頭像散了架，大罵著：「膽小鬼，軟蛋。這世上沒有一個是真正長雞巴的。」她再怎麼罵，也罵不回楊順生來，她又大哭了一場，可再怎麼哭，也解決不了問題，怎麼辦呢？眼下已經鑽進了死胡同，到了華山自古一條路，只有找那「狗熊」解決問題了。可又能怎麼樣呢，她心裏沒有底。

肖光妹這麼一折騰，已花了天把天時間。回到家，太陽就要下山了。進門就看到光雄像死狗樣的躺在床上，她曉得他一定累壞了，那水車子有一丈多長，一百多斤，他能扛回來真不容易。可石頭隊長也只給他記十分工，三歲小孩都曉得這不公平，但他樂意，沒辦法。明明是在欺負他，他總以為隊長把他當寶貝疙瘩使用，怎講呢？人啊，能當瘋子被人騎，不能當傻子被人欺呀，做不起人不要緊，可丟不起巴掌大塊臉啊。

肖光雄聽到腳步聲，曉得她回來了，翹起頭說：「你到哪去了，鍋裏冰冷的，我都餓死了。」

其實她也一天沒有吃呢，便笑笑說：「玉蘭的媽走了，我去看看回來就遲了。鍋裏有現飯，你餓就不曉得熱一熱？」

他硬著頭答：「我曉得熱要你幹什麼？」

是啊，老婆不就是燒鍋的嗎？在臥龍山，誰都曉得肖光妹在外是一摸不擋手，是個愣頭青。可誰也想不到她回到家中，是比蝴蝶還溫柔，比奶羊還可憐。怎麼講呢？還不是自從定下的婚姻，養成的習慣，現在是習慣成自然了。光雄對家裏的事是長事不問，短事不管，一日三餐捧大碗，倒了油瓶把腳踢，火要上房不端水。女人啊，嫁雞隨雞，嫁狗隨狗，嫁條扁擔抱著走。其實，光妹真要發起火來，光雄也是怕她三分的。可今天不行，她心裏有愧，蛇蟲拉屎腰不硬，只好熱情地去熱現飯，邊燒鍋邊回頭對他說：「你今天走了那麼多路，一身的汗，你應該洗個澡。」

他頭鑽在被窩裏：「我累，我不洗。」

她一想，不洗就不洗吧，熱好了現飯喊他吃，他爬起來就吃，吃完碗筷一推又鑽進被窩裏了。她也草草吃了一碗，看他的樣子實在看不過眼，就說：「你臉也不洗，腳上汗臭都不能聞了，泡泡腳也舒服些吧。」

他聽這話有道理，就坐起來，把腳架在床沿上，也不吭聲。她曉得那意思叫她打水給他洗。打水就打水吧，就從洗臉架上拿下臉盆，先勺了一盆熱水，拿毛巾在水裏搓搓，擰個毛巾把子遞給他，他在臉上擦了一把還給她。她又拿下腳盆放在他腳前，把臉盆裏熱水倒在腳盆裏，又加了一瓢開水，蹲下身子脫下他的襪子，一股臭氣差點把她薰倒。看到腳丫裏有厚厚的黑垢，她把他腳往水裏一按，他「哦」的一聲歪著嘴大叫：「你想把我燙死啊！」

她說：「燙一點泡腳才舒服呀。」她雙手捧著他那又大又肥扁魚般的腳，仔細打量著他的腳，發現腳指頭拃得像扇子一樣，腳背像凸起兩個發酵的饅頭，就說：「我給你做的鞋子收工了，看你腳板這麼厚，不曉得合穿不合穿，想試試嗎？」

他伸著腳說：「試就試嘛。」

她從房間櫥裏拿出那雙燈芯絨面子的新鞋，剪斷腳底上的納底繩子，抹乾他的一隻腳，套上鞋幫。他用力往上拔，可沒有拔上，就說：「不行，緊了點。」

她說：「新鞋要緊一點，穿穿就鬆了。俗話講，三把拔上是好鞋，一把拔上是草鞋，你用力拔。」

他用力拔了幾次，終於穿上了，踩在舊鞋上說：「好，正合腳。」

她看他穿著新鞋的樣子，心裏十分歡喜，就說：「把那一隻也穿上吧。」他反而脫下腳上鞋說：「又不結婚，有什麼穿頭。」

她撿起地上的鞋，抬頭望他說：「你想結婚？」

他說：「我作夢都在想，大哥催了多少次，只有你像捅竹節子一樣，一節一節的往後退。」

她低著頭：「好了，我現在是最後一節了，通了這節，就全通了。」

他望她：「你經常打我馬虎眼，十句話沒一句是真話。」

她說：「這次是真話。」

他說：「別把我心講熱了，又不買我的賬，我都燥死了。」

她想想也有點對不住他，就說：「我也曉得對不住你，再也不能騙你了。」

他來了精神，說：「什麼時候？給我個準的。」

她說：「你想什麼時候？」他說：「那當然是越快越好了，哪麼現在都是好傢伙。」她幫他洗好了另一隻腳，端起洗腳水站起來說：「你是想我這個身子，並不是想我這個人，對吧。」

他呆望她：「身子和人不是一樣的，盡講古怪話。」

她倒了洗腳水，把腳盆重新放在洗臉架下面，說：「男人好，一身毛，女人好，一身膘。我這身子呢，大塊頭，一身肉，你當然喜歡了。可我人呢，有脾氣，有辣味，經常辣得你不好受，對吧？」

他低頭不知怎麼回答，一隻濕腳甩來甩去。她拿出擦腳布，蹲下身子給他擦腳，他腳一蹺，碰到她的奶子，那熱乎乎軟綿綿的奶子像觸電一樣，一股暖流從他腳下傳到全身，而她今天並沒躲避，抬頭紅著臉向他一笑。這下好了，他受不住了，全身一陣燥熱，下身爆脹起來，一下子抱住她，把她按倒在床上，見她還沒有拒絕，沒有用腳踢他，也沒有用巴掌搧他，而是也摟著他的脖子，他就更來勁了，瘋狂了，伸手要拉她的褲腰帶。

她也就是到這個時候推著他說：「兄弟，別急。」

他叫著：「我都急瘋了。」

她說：「你聽我講一句話。」

他直喘著粗氣說：「別說，什麼話也別說。」

她用力扳開他的手：「不，我一定要說。」

他說：「我求你了，你再說我就不行了。」

她說：「你不聽話，我可要搧你耳光子了。」

好了，就這麼一句話，他不動了，手停了，身子軟了。他曉得她的脾氣，說一不二的，再動手真要搧耳光子。

他急躁地說：「你說什麼事，快說吧。」

她說：「我講出來，你可得要饒了我。」

他呆望她：「今天日頭打西邊出來了，只有你饒我的，哪有我饒你的事情。」

她話沒出口，眼淚就下來了，在床前跪了下來說：「兄弟，我對不起你呀。」

他嚇了一跳：「真的見鬼了，你今天怎麼了？」

她低頭抽泣：「我身子不乾淨了，我懷孕了。」

他一時還沒聽出來，說：「你講什麼嘛？」

她大叫著：「我肚裏有孩子了。」

他連連搖頭說：「不可能，這怎麼可能呢？」

她說：「我不騙你，是真的，已經兩個多月了。」

他笑笑說：「別講了，講出去人家笑話呢，絕不可能！」

她抬頭望著他：「你怎麼講不可能？」

他理由十足地說：「我又沒碰你，你怎麼會有孩子呢？你怎麼像個三歲小孩子，這點事情都不懂，這孩子能從天上掉到你肚裏去？」

她也被他講愣住了。對呀，自己老闆沒有碰，孩子哪來的呢？但她馬上轉過彎子來了，說：「就是因為你沒碰我，我有孩子了，才向你陪罪呀！」

他也跟著轉過彎子來了：「那……那除非你被別的男人碰了？」

她點點頭：「是的，我被一個小狗男人碰了，種上了狗雜種。」

他呆望她，半天講不出話來：「這麼說，真是別人在你肚裏裝了貨？」

她低下了頭。

他眼直了，頭發暈了，直直的身子一下子倒在床上像個死屍。

她抬頭哭著說：「兄弟，你看到了嗎？我給你跪下了，你起來打我吧，把我往死裏打吧，我有罪，我有死罪啊！」

可他沒有打她，也沒有罵她，而是把頭鑽進被窩裏，好像是自己做了什麼對不起人的事情，嚎哭著，哭得那麼傷心，把被頭都哭濕了一大塊，像小孩撒了一泡尿。

她站起來，拍他的身子，勸他說：「兄弟，你聽我說，我曉得你，這不是你的孩子不想要，那好辦，就打掉他，我已經開了介紹信，我倆去縣醫院把這個雜種打掉。」

可他沒理她，還在埋頭哭。她慌了，死死抱住他的雙腿：「光雄，我的好兄弟，我只求你饒了我這一回，從今往後，我給你當牛做馬，生是你的人，死是你的鬼，就是把我燒成灰，也要撒在你地裏做肥料。兄弟，我求你答應，我們明天去醫院。」說著從口袋裏掏出一張皺巴巴的紙條子。

他突然跳起來，發瘋樣的抓住她手上的紙條，三下兩下撕得粉碎，扔到她臉上，再一腳踢開她罵道：「你這個不要臉，爛貨，婊子！」拿枕頭砸她，又拿鞋子砸她，左右張望，找不到什麼東西砸她了，就在床上狂跳起來：「小婊子養的，這麼多年跟我假正經，腳踢我，手搧我，罵我狗熊、軟蛋，大哥多次勸你跟我結婚，你都當耳邊風，你原來暗地裏養野老闆，現在養出事了，人家吃剩下的飯讓我吃，我餓死也不吃，我打光棍也不要你，呸，你這個婊子，臭婊子，騷婊子！」

他罵累了，直挺挺地往床上一仰，望著房頂，眼淚又下來了，長歎一口氣：「唉，我大呆子，白天看日頭，晚上瞅月亮的數日子，盼星星盼月亮的盼啊，等啊，結果，盼來了一頂綠帽子，給人家養兒子，笑話！」又跳起來：「你滾吧，這是我家，我肖家不能有你這種人，你滾，你死去吧，我再也不想見到你！」再次一頭鑽進被窩裏哭起來。

肖光妹木木呆呆地望著他，自始至終跪在那裏像木頭人，任他砸，任他罵，任他唾沫星子灑在臉上，像下雨樣的。把她辛辛苦苦做的新鞋也不知甩到哪個牆拐去了。她現在心冷了，冷得像冬天的鐵砣子。剛才她是用盡了三斧頭，可這三斧頭沒有劈開這個死榆木疙瘩，反而讓這塊木疙瘩燒起這麼大的火來。她曉得自己不成葫蘆又開不了瓢了，就是有滿身的舌頭也勸不開他的心。

就是掏心拿血也暖不過來他的身子。她沒指望了，結束了，完了。沒想到這個平時狗熊樣的悶頭人，發起火來也真蠻厲害的，還要我滾，要我死，唉，好吧。她想想自己已無路可走，真是上天無路，入地無門，看來只有死路一條了，也許她真的就該死。

她雙手捂臉，哭著跑出了門……

外面的風好大，天好冷……

二

向陽公社書記孫大忠收到兩封人民來信，落款均為臥龍山大隊貧下中農。寫的內容概括起來有兩條：第一是邵光龍階級立場有問題，把下放改造的土匪彭家昌的兒子楊順生安排在家中吃住，對楊順生誣衊農村大好形勢也不批判；第二是兄弟光雄同光妹幼年定下的婚事，男大女大至今不讓他們辦手續，自己也沒老婆，一家三口，兩條光棍夾一個大姑娘，不明不白很不成樣子。

這人民來信可不是玩的，如果不及時處理捅到上面那就麻煩了。孫大忠反覆看著信的筆跡，是一個人寫的，還斷定寫信人就是李常有。原因是別人沒這個文化，也不熟悉這麼多內情，再者就是他拿我當靠山，憑邵光龍在臥龍山的威望，別人不會、也不敢寫的。想到這些，他對李常有很生氣，你不能在我手下的人頭上灑鹽，臉上抹灰呀。你是黨員，有意見應該在支部會上講，怎能以貧下中農的名義寫來信呢？把自己混同於一般老百姓了，這是犯了自由主義的錯誤。

在孫大忠的眼裏，邵光龍是個好樣的。過去不知道，對學大寨他沒點含糊，兒子死了還咬咬牙挺過來了。他們打過報告，要求不當典型，是我同意的，為了幫我扭轉彎子，把擔子壓在一個人身上，還要我罵他一頓，今天想起來心裏要流淚。他這是以實際行動當了典型啊。這三年來，苦他吃了，可好處讓別人爭去了，不但高彩雲得了好處，全縣十多個大隊幹部在學大寨運動中走上公社以上領導崗位，而他是第一次學大寨會上的大紅人，縣委書記現在還常提到他，沒想到還窩在山溝裏繼續當他的大隊書記，還有人寫人民來信告他，總不能讓實幹的人受苦，讓投機取巧的人享福吧。這不公平。再加上去年我去大人大面的說，只要改了三百畝大寨田，獎勵他們抽水機，甚至給他們拉電，現在人家已經改了田，並且向整個臥龍山行動，而這抽水機、拉電卻成了水頭上一棒子的事。上面不吭聲，他孫大忠飯碗裏吃不出抽水機，可講出的話，潑出的水，收不回來。有什麼辦法能解決這個問題呢。

就在孫大忠左右為難的時候，機會來了。縣委分來兩名社來社去大學生的名額，最好從基層幹部或者知青中推薦，邵光龍的條件最合格。經黨委研究把一個名額放到臥龍山大隊，由他們組織群眾推薦。所以，孫大忠今天一早就通知邵光龍到公社，二人見面就開門見山的談到人民來信。有來信就說明有問題，有問題就得處理，怎麼處理法？他們倆以兄弟般商量的口氣談了半天，最後敲定，邵光龍回去立即要做好兩件事，第一件事是組織一次規模較大的批鬥會，對彭家昌的兒子楊順生進行一次批判，肅清其在臥龍山散佈的流毒。第二是把弟妹的婚事辦了，免得人家講閒話。邵光龍二話沒說，點頭答應了。

孫大忠這才笑了，從抽屜裏拿出一張上面已經蓋好公社公章的表格，說：「這是一個上大學的名額，就送給你了。不過嘛，明天縣教育小組派人到你那裏去，你帶個信給馬德山，就說我講的，你也就別謙虛謹慎了，你是支書，還沒老婆，對照條件誰能跟你比，我也是考慮你辛苦十幾年，有功勞也有苦勞，我分工在你那裏，沒給我丟臉。可我還欠你兩臺抽水機，至於拉電就更沒影子了。這一直是我的一塊心病，等你大學畢業，我就不一定還坐這把椅子了。這社來社去大學生，要是上工業大學，就得去城裏。你呢，上個農大吧，公社裏來公社裏去，到時候你在公社幹，熟人熟事的，工作得心應手嘛。」

就這樣，他們像親兄弟般的談了一上午，邵光龍說了很多感謝的話。孫大忠談到上了大學要怎麼努力，臥龍山誰來當大隊書記等等，中午還留他吃了一頓飯，還喝了酒，算是為他送行吧。

邵光龍想到就要走了，把一直窩在心裏的話說出來：「孫書記，你對我真正關心到家了。有句笑話不知當講不當講？」

孫大忠說：「我們之間有什麼話不好講的。」

邵光龍說：「有人背後講你，三句話不離毛主席語錄，今天我們談了這麼多，沒見你用一條嘛。」

孫大忠想了想，伸出一隻手，翻過手心又翻手背說：「人呢，有工作的一面，有生活的一面，我呢，有當幹部的一面，也有做人的一面啊……」

沒等他把話講完，邵光龍就說：「原來，你還是個兩面派喲，哈哈哈！」

孫大忠也跟著大笑說：「我把你當實心人，真佛面前不燒假香。」

邵光龍心裏有數了，村裏人都講他同李常有是穿一條褲子的交情，我看他對我並不壞。

午飯後，天上下了一點小雨，是霧碴子雨，像小孩子撒尿樣的滴了一會，雨過雲散，天就轉晴，有幾朵烏雲在天空中像草原的黑馬在奔跑著。

邵光龍從公社大門裏出來，一身輕飄飄的，好，要離開這裏，上大學了。想到三年前，就有個當副書記的機會擺在自己的面前，可是沒抓住，失掉了，有時感到很可惜。蒼天不負苦心人，今天又來了一輩子難逢的好機會，機不可失，時不再來啊。他摸摸放在上衣口袋裏的招生表，生怕丟掉一樣。這次要牢牢抓住不放，上學回來當不上公社書記，也得有個一官半職的吧。他越想越激動，越想越興奮，想想自己要離開這裏好幾年，要跟熟人打個招呼，誰呢？自己也沒有什麼實在的朋友。哦，對了，他想起來了，今年還沒有看媽媽呢，他應該向母親打個招呼。

公社左邊是向陽中學，中學後面山坡上有座人民英雄紀念碑，母親就葬在那紀念碑下。他每年到公社開會都要看幾次。

紀念碑是水泥塑的，足有兩丈多高，淺灰的底色，正面有「人民英雄永垂不朽」的字樣，字邊刻著花紋，碑下方刻有一段文字，這是抗日戰爭、解放戰爭中的烈士名單，其中有她母親邵菊花的名字，還記錄著一九四〇年她帶領游擊隊炸掉日本鬼子碉堡的光輝事蹟。其實那不是游擊隊，是彭家昌手下的土匪，他心裏有數，他就是那年出生的。他看見靠在碑上有幾道被風雨沖刷過的花圈骨架，上面已沒有了紙條，他想清明節剛過不久，一定是中學的學生來掃過墓。碑前面草地上淡淡的開著幾朵淺黃色的野花。剛才下了小雨，給花瓣和葉尖點綴著幾點水珠，好像剛哭過的還沒有抹去掛在眼角上的淚水。

他看到這一切，心頭不由得一陣酸楚，他恭恭敬敬跪在潮濕的草地上，淚水不知不覺地像山泉一樣冒出來，他用手在臉上橫來豎去地抹著，心裏默默地念道：「媽媽，兒子有大喜事了，今天向你辭行，媽媽，我要上大學了，是真的，我荷包裏裝著上大學的推薦表，公社都蓋了戳子了，是公社書記親手交給我的，他叫我填上自己的名字。我是大隊書記，烈士的兒子，上大學是應該的。這麼多年，風風雨雨的，我也受了不少苦。前次的機會從我手指丫裏漏掉，擦我身子走過去了，這次我也就不客氣了，回去晚上就填好，找幾個同我關係不錯的人開個座談會，我就打被包動身了。媽媽，過去我到公社開會，一有空就來看你，現在可就沒有時間了。但你放心，每年有中小學生來給您掃墓，也有些單位組織幹部職工來給你送花圈，您的事蹟刻在碑文上，千人傳萬人頌啊。媽媽，你光榮啊。媽媽，等我大學畢業，爭取回到黑山，不，現在是向陽公社工作，你當年吃苦受累，日本鬼子大火燒你都不怕，不就是為了下一代能過上好日子嗎？可現在日子並不好過啊，我要下決心把臥龍山變個樣，讓人們過上好日子……」

他不知道自己在這裏跪了多長時間，說了多少心裏話。他突然看到碑上有個人影子，心裏一驚，回頭看前後左右都沒有人，他抬頭望望天空，原來是太陽從一塊破碎的雲彩中射出一條光來，正把自己的影子遮在碑柱上了。他這才想到時間不早了，還有十五里的山路呢。就轉身依依不捨地離開了紀念碑。

在回家的山路上，想到自己要走了，拍拍屁股灰是一身的輕鬆。至於孫書記交代的兩件事有些放心不下。楊順生也是個苦命的人，他母親要他回到老家，那是對家鄉父老的信任啊。現在就為講了那麼一段實在的話，要對他批鬥，怎麼下得了手？更為重要的還有光妹，多好的小妹子啊，從小定下的無法改變的婚姻，每次聽到背後人講她是一枝鮮花插在牛糞上，心就難過。怪不得聽古戲上講過去父母之命，媒妁之言，害了多少人。現在是什麼年代了啊，小妹子是我領回家，婚姻也是我提議的，這是我害了她呀。這幾年，每次催他們辦婚事，光妹總是講不急，等等吧，大哥還沒結婚呢。這就不能再催了。本來她婚姻就不美滿，在時間上總要讓她有選擇的餘地吧。現在沒有餘地了，他們今後日子該怎麼過呢？

他走著想著，總是無法解開心裏的疙瘩，所以走得很慢，到了村頭已經晚飯後了。不知不覺看到村頭的大黑影子，他曉得這是老槐樹。他想也應該向老槐樹辭行呢。他在老槐樹前停住了腳步，遠遠的看著這棵老槐樹。想到當年母親就是在這棵樹下被日本鬼子殺死的，死了母親一個，救了一村子人，樹杈有塊血印子好像還看得見。在這棵樹下，是肖貴民叫自己的兒子肖光龍頂替了自己喊了一聲媽媽，被日本鬼子打死了，死了肖光龍才有我今天的邵光龍。五〇年在這棵大樹下，槍斃了彭家昌，是我把他送上了斷頭臺。吃大食堂那年，吊死了光妹的母親。老槐樹啊，你哪裏是一棵樹呢，你就是一本書、一曲戲啊。你記載了臥龍山村的歷史，記錄著臥龍山人民的血淚啊。可今天，這棵老槐樹長得不那麼茂盛了，葉子有些枯黃，樹頂上伸出了幾根枯死的枝丫。還是肖老爺講得對，山上栽了樹，等於修水庫。老槐樹吸的是臥龍山的水分，如今臥龍山樹砍得差不多了，老槐樹也就缺少了水分。他想臨走之前要給老槐樹澆點水施點肥，老槐樹可不能死啊。他走過去，撲在老槐樹上，雙手撫摸著那乾枯粗糙的樹皮子。

突然聽到有哭聲，是一個女人的哭聲。這聲音是那麼的熟悉，並且就在樹的背面。他轉過去看了看，嚇了一大跳。樹枝上掛著一根長長的帶子，帶子下打了個大大的圈，再看樹根上蹲著個女人，雙手捂著臉。他看不清這個人的臉，但在朦朦朧朧中知道這個人是誰。這個人太熟悉了，見到她的影就能曉得她的人啊。

只見她站起身來，對著蒼天大聲呼喊：「娘，我來了。大哥，我再也見不到你了！」說著雙手抓住白帶子，頭伸進圈裏。

她要幹什麼呢？天哪。他不顧一切，衝上前抓住她的雙手，大叫一聲：「小妹！」

她聽到這聲音，也許是嚇到了，身子一軟，倒在他的懷裏，昏過去了。

他緊緊地摟著她說：「小妹，你醒醒啊，這是何苦呢？」

她迷迷糊糊地：「你是哪個？」

他答：「我是大哥！」

她說：「大哥，真的是大哥？」

他說：「是的，你睜眼看看。」

她慢慢地睜開眼望著他：「大哥，真的是你！」

她忘了一切，一下子抱住他的脖子，瘋狂地吻著他：「大哥，大哥……」

他扳開她的手：「小妹，你聽我說，我問你，你怎麼會做出這種傻事來，是哪個欺負你了？」

她鬆開了手，身子軟了，這才想起剛才是來自殺的，是大哥救了自己。大哥已經救過我一次了，今天怎麼會又救了我呢？怎麼會這麼巧呢？這難道是老天的安排？我和大哥有緣，可怎麼就沒有同大哥結合的分呢？唉，這就是命吧。我的命裏應該要受到的磨難。

於是，她搖搖頭說：「大哥，你還是讓我去死吧。」

她要掙脫他，他怎麼也不肯鬆手：「小妹，你真把我當成親哥，就把心窩裏的話掏出來吧。」

她心裏一陣酸楚，突然大聲痛哭，哭得十分淒慘。

他不知道發生的什麼事，「小妹，你這是怎麼啦？」

她邊哭邊說：「我該死，大哥，我醜死了，我懷孕了！」

他一聽她說為懷孕的事，把她推到一邊，生氣地說：「哎喲，鬧了半天，原來還是個大喜事啊。」

她低著頭說：「天啊，醜死了，我沒臉見人了！」

他站起身來，拍拍屁股上的灰說：「好啦好啦，未婚先孕，這有什麼大不了的事，好事唻，還省下大哥的一筆花費呢。走吧，明天就帶你們辦手續結婚。」

她還是坐在地上說：「他……他不願意。」

他連連搖頭說：「怎麼可能呢？他催我好多次了。」

她說：「是真的。」

他瞪她說：「為什麼？」

「這孩子不……不是他的。」說完又雙手捂臉哽咽著。

他瞪圓了眼說：「你胡說什麼呀？」

她說：「大哥，這可是真的。」

他更氣了，大聲地：「你開什麼玩笑，不是他是哪個的？」

她答：「是他，可他已經走了，永遠不回來了。」

他說：「小妹，快告訴我他是誰？我找他算賬。」

她低著頭：「你還記得吧，去年三十晚上，我給他送飯……大哥，我當年在父親面前發過誓，在大姐面前講過話，我要是對光雄有二心，雷不打死，火燒不死，我就在大槐樹上吊死。大哥，你還是成全我吧。」說著要往樹邊走，他用身子擋著她。

他突然想起去年那個大年三十晚上，她送飯半夜才回家，便驚呆地說：「難道是順生？」

她說：「還能有第二個人？」

他氣得臉發紫了，大叫道：「這個王八蛋，我把他接來，當兄弟一般溫著他，怎麼給他鼻子就上臉呢，他人呢？」

她說：「他走了，永遠不回來了。」她抬頭望著發呆的大哥，知道他心裏在恨她。又望著大槐樹，好像見到自己的母親，多少話語湧上心頭：「娘啊，我可是把祖宗八代的臉都丟盡了。天啊，老槐樹，你有滿天的樹葉也遮不住我的醜，我就是死後埋在土裏也讓人恥笑啊。」她說著哭著，一頭向樹幹上碰去，幸虧他手疾眼快，身子一擋，她一頭碰在他的懷裏，昏了過去。

他緊緊地擁抱著她，心裏十分難受。妹啊，多麼善良、聰明、純潔的妹啊，你一定是同情順生可憐，你是用善良的心去溫暖他。記得那年小寶去世的那天晚上，你擁抱著我，你要把女人第一次獻給我，那是你見我太痛苦。你一定是見順生失去母親的痛苦，又是在大年三十晚上，你心軟了。這女人心一軟就要出事，要出終身後悔的大事。現在人家出事跑掉了，你出事沒人救你。想起這件事我也有責任啊。那天晚上我怎麼能讓你給他送飯呢。我吃過飯也應該去接你呀，那可是個大雪紛飛的夜晚。妹啊，多麼好的妹你怎麼能死呢。他想起那年也是個大雪紛飛的夜晚，你母親吊死在這棵老槐樹上，放下來時眼睛好像瞪著我，舌頭伸得很長，那可是有話要對我說呀，是她希望我收下你，這輩子要待你好。風風雨雨十幾年，你為我們家和我做了多少事啊，我那死去的妻子誇你，我那兒子背後叫你媽，那個懶兄弟三天兩頭的催著要跟你結婚，也是怪我不知為什麼一次又一次的推遲婚期，我是這麼的捨不得她，這麼的在乎她。這是不是一種愛呢？現在你出事了，誰也不能救你，看來救你的人只有一個，那就是我了，這是緣分，也是一份責任。

想到這裏，他也沒想到自己為什麼會大膽地、不顧一切地摟著她，主動地吻著她，輕聲地喊著她：「小妹！」

她這次沒有昏迷，只想在臨死之前能在大哥這溫暖的懷裏靠一會，能夠把自己的身子貼在大哥的身上。可現在，見大哥這樣狂吻著她，她激動了，要醉了，雙手也抱著他狂吻著說：「大哥，你能親我了，我幸福死了，死了也瞑目了。大哥！」

他也醉了，說：「小妹，兄弟不要你，順生害了你，你就跟我吧。」

當她聽到這句話，她呆了：「你講什麼？」

他輕聲地：「我跟你結婚。」

她怎麼也不相信說：「這是真的？」

他說：「是真的，千真萬確。」

她搖著頭說：「不，大哥，你蜜蜂王怎能採落地花呢？你這是怕我死，是為了救我。」

他深情地說：「不是的，小妹，我真的心想著你，一直想同你結合。但你同兄弟是自小定下的夫妻，我又不敢違背。每次看到你同兄弟，我真恨不得站出來大膽地把你拉進我的懷抱。現在好了，他不願意，那就別怪我奪他的妻子了。」

她呆望著他說：「那你不嫌棄我肚裏的孩子？」

他果斷地回答：「這有什麼？你有心，我有心，哪管你身上多半斤。我過去不也有孩子嗎？你人是我的，我人是你的，這肚裏的孩子就是我們的。」

他的一番話，把她說得如醉如癡，含淚說：「大哥啊，你真是這麼想的？」

他說：「哎喲，小妹還信不過大哥。好了，現在呢，胳膊斷了藏在袖子裏，這事只有你知我知老槐樹知，別讓村裏人看笑話。」

她再也控制不住自己，撲在他懷裏，擁抱著他，狂吻著他，顫抖地說：「大哥啊，你不曉得我是多麼的想著你啊。那晚同順生做的那事，真是活見鬼了。我陪他喝了一杯酒，心裏迷糊了，睡倒了，閉上眼就夢見到了大哥，是我要求把自己的身子獻給大哥，是夢中的大哥要了我，我好幸福啊。可沒想到那是一場夢呢。大哥啊，我今天該不是作夢吧。」

他緊緊摟著她：「小妹，我也是多少次夢見你。記得我接順生回來的那天晚上，我累倒了，是你幫我洗了腳，又把我一雙大腳放在你的胸口，多麼溫暖柔和的胸膛啊。其實我沒有睡著，我是多麼想把你抱到床上去啊。」

她醉了：「大哥……」

他癡了：「小妹……」

這一對長期默默封閉自己心的人，今天總算敞開了心扉，兩顆相印的心啊，碰出了燦爛的火花。

就在這個時候，在那老槐樹邊遠遠的地方站著一個人影。這人影從家裏出來，是找光妹的。他找了很多地方，終於在老槐樹下找到了。他看到了擁抱的男女，女的確實是光妹，男的是誰呢？對，捉賊拿贓，捉姦拿雙，哈，我終於抓到狗男人了。他正要衝過去，哇，他呆了，簡直不相信自己的眼睛……他牙齒咬得咯咯的響，拳頭捏得嗞嗞的叫。他默默地站了好一會，才默默地回家去了。

三

深夜，肖光雄在老槐樹下看到了大哥和光妹的偷情，因為怕他們看到就站得遠，也沒有聽到他們講的什麼話。但那麼狂熱的擁抱和親嘴，他是看得清清楚楚。他看到了，心裏明白了，心裏火燒起來了，恨不得拿刀子衝上去殺了這對狗男女。可是他心裏想的和行動不一樣，心裏恨得要死，嘴上大聲都不敢叫。也許他這個人一貫就這麼窩囊，只得自己生悶氣，低著頭回到家。一頭栽進被窩裏哭起來，像死了娘老子那麼哭。他哭自己命苦，哭人是隔層肚皮隔層山，看不見摸不透，平時大哥在自己心目中是神聖的，嘴上大哥前大哥後。可到底是羊肉貼不到狗身上，連當年父親訂下的婚姻他都奪去了，不是當面奪，而是背下奪，奪得這麼巧妙，自己怎麼一點沒感覺，神不知鬼不覺的奪去了。這人心有多狠，這哪是什麼大哥，簡直是一匹狼，披著人皮的惡狼，肉瓤裏是狼心狗肺。他越想越傷心，越傷心越哭，被窩哭濕了一大塊，像是尿了床，也不知哭了多長時間，迷迷糊糊的哭累了就睡著了。

邵光龍同肖光妹回來見光雄在打呼嚕，也就沒說什麼各自回到自己的房間。

邵光龍進了房，很激動，心裏還在撲通撲通地跳。他點上小油燈，脫下外衣，上衣口袋裏一張紙條子飛到地上，他撿起來一看，呆了，傻了，直直的身子像一垛牆重重地倒在床上，震得自己頭昏腦脹。這是怎麼回事呢？這可是自己的前途和命運啊，是孫書記送給我的，多大的人情和面子！公社領導都知道的，我還給母親的靈魂告了別，可我剛才怎麼就想不起來了呢？怎麼那麼一時衝動答應了這樁婚姻呢？為什麼不想到回來做做光雄的思想工作，把真相挑明了，叫他帶她到縣醫院打胎，讓他們重歸於好呢？他拍著腦袋，心想怎麼這麼糊塗呢？現在的我，不是過去的我了，是個大學生了呀。這下好了，一切都晚了，當面鑼對面鼓的親口答應了她，還說得那麼堅決，沒有一點假意，還那麼狂熱地擁抱著她，親吻著她，如果現在反悔，那真是把她往死裏推，更何況她本來就準備上吊自殺的呢！我真是該死啊。

可又轉過來一想，我怎麼啦，下午在回家的路上不還惦記著他倆的婚姻嗎？那樣做我走了能安心嗎？再想剛才一口答應的婚姻，也不能算是一時衝動，也許真是一種愛的力量。這幾年為何沒有讓他們倆結婚呢？也許是她在自己的心目中佔據了位子了，自己不是經常念著她，想著她嗎？凡是她說出的事情，自己不是想辦法滿足她嗎？唉，今世的婚姻，前世的緣分，緣分啊，也許這是命運的安排吧。自己的一切前生前世就定下來的。可眼下想什麼辦法來處理光雄的事呢？

他拿著那張上大學的推薦表，高高地舉在手上，見表上那麼多的格子，每個格子裏是一片空白，填我可以，填張三、李四、王二麻子不也一樣嗎？他想到自己被肖家收養，是肖家人拿命換回了我，可我對肖家沒做過一件好事，沒有一次回報，帶給他們的只有災難。也許眼下是對肖家回報的機會了。於是，一個大膽的設想在頭腦裏升起……

第二天一大早，邵光龍在大隊部門口見到大隊長馬德山，把昨天從早到晚發生的一切全吐給了他。平時他把馬德山當大哥，有什麼內心話都想同他說。而馬德山呢，經常想到兒子馬有能現在能在派出所上班，還不是前年邵支書找了孫書記才到公社當了治安員。因為調查破壞農業學大寨的案子有功，那位趙股長提升為副局長，他又特別看中馬有能，這樣進派出所是理所當然的事。馬德山忘不了邵支書這份情，當他有什麼事當然會盡力幫忙的。

現在邵支書交給他一張紙，叫他把這個上大學的名額送給肖光雄，看來困難比較大。至於肖光雄只有小學畢業，只認得幾個打眼字還不是主要問題，聽講現在文盲都能上大學，關鍵是要開一個貧下中農座談會，靠他們推薦，每個人要簽名按手印，人家講好講壞你沒辦法，背後又不能打招呼。要是開邵光龍的座談會，閉著眼睛都能開。這個肖光雄，他心裏沒有底。要是在會上，有個把人冒出一句「狗熊」這樣不在調子的話，那一錘就砸了鍋。這個上大學的名額就廢掉了，那不是太可惜了嘛。所以，馬德山還是動員邵光龍說：「我說兄弟，這可是你一輩子的大事，你要考慮好了。」

邵光龍毫不含糊地說：「想好了，也許我這個人命中就是地糞蛄，離開了臥龍山溝的土味就活不了。」

他倆正欲往大隊部門裏去，眼前突然出現兩個人，一個是公社知青幹事唐金武，外號唐大包。但人家當面都叫他唐主任，因他年紀大，又是老革命，老資格，喊主任要好聽得多。後面跟著一個青年人。

只見他多遠就大聲叫著：「一把手啊，千年媳婦熬成婆了吧。」大笑著同他握手，轉身向邵光龍：「恭喜恭喜！」

李常有一早就在大隊部裏屋，聽到外面有唐大包的聲音，別說他是知青幹事，就是公社來了一條狗，也是上級的狗。唐主任長長短短是根棍，大大小小也是個領導，是領導就不能怠慢了他，忙出門迎接。

唐主任正同邵光龍握手，見到他，還沒等他開口就說：「李常有啊，你媽的小子在孫猴子面前是紅人，他叫我帶信給你，叫你趕快到他那裏去一趟。」

李常有愣了一下，說：「唐主任，不是開玩笑吧？」

唐主任一臉的嚴肅：「老子跟你這小孩子開什麼玩笑。你不去就算了，孫猴子在花果山摘了鮮桃呢，到時吃不上別怪我唐大包。」

這話說得在場的人哈哈大笑。

李常有心裏一激動，也就沒注意唐主任帶的人是誰，更不知道他們是來幹什麼的，就匆匆忙跑出大隊部。他先要回去。自從前年老父親生病，孫書記帶過半斤紅糖和半斤麻餅子，李常有不是呆子，怎會白白收公社書記的東西，所以每次到公社都不能空著手。他知道孫書記家住在公社裏面，早就養好了兩隻雞，今天送一隻給老首長補補瘦弱的身子。

公社唐主任帶來的是縣教育小組的鮑股長，是專程來開上大學座談會的。馬德山知道由唐主任坐鎮指揮，心裏十分高興，但是找什麼樣的人開會是個關鍵。石頭是龍頭生產隊的隊長，他不參加情理不合，找過分聽話的人，三句話講不出口，對唐主任和鮑股長不好交代。想來想去，就掏出香煙盒子，在上面劃了八、九個名單交給了石頭，說：「上級來人開貧下中農座談會，你按這個名單通知。」

石頭說：「是你一把手叫開的，還是邵書記開的？」

馬德山說：「是我開的。」

石頭心裏有了數，回村上通知人開會，見到匆匆忙忙的李常有，手上拎著黑色布袋子，就問：「李會計幹什麼去？」

李常有一臉的堆笑答：「是公社孫書記叫我去。」

石頭心裏琢磨了一下：「現在一把手叫我通知人開座談會，是不是那封信起了作用？」

李常有看了看他手上香煙盒上的名單。這幾個人平時同一把手關係不錯，大部分是黨員，其餘都是成分低的。這下他的心裏更有數了，看來邵光龍是免職了，一把手當書記，我可就猴子爬竹竿——升了一級，當大隊長了。可轉過來又一想，不對呀，一把手要當書記，那應該通知他去啊。怎麼叫他開座談會而通知我去呢？是不是叫我當書記？他心裏小算盤打得啪啪響，便向石頭低聲說：「一切聽一把手的，回頭等我的好消息。」說完便邁開大步往公社去了。

這石頭也鬼得很，有意手一甩，在他拎的黑布袋子上碰了一下，聽到是咯咯咯的雞叫聲。李常有心裏一驚，回頭望他一笑。石頭也跟著陪笑，心裏話你小子向孫書記上貢品了，轉眼臥龍山說不定是李家的天下了。

人民來信確實是李常有上個月寫的。他想到去年那次黨支部會上，孫書記黑著臉把邵光龍罵得那個樣子，說明對他很不滿意，我再寫來信說不定能扳倒他。他寫好後還念給石頭聽了，叫石頭在上面按個手印。石頭開始不願意，可轉又一想，那次光妹出了自己的醜，掃了面子，這口氣窩在心裏一直出不了，又想到李常有靠山是孫大忠，只要他抱緊這條粗腿不放，我小船跟著李家大船邊是不壞的，就按了手印。其實李常有留了一手，把石頭按手印的來信放進抽屜裏，又抄了一封匿名信寄上去了。如果扳不倒邵光龍，上面查下來，就把石頭扔出去，這一切石頭都蒙在鼓裏。

石頭隊長在通知人到大隊部開會。邵光龍急著跑回家，見光雄剛剛起床，覺得有點奇怪。他平時早上是不睡懶覺的，今天眼泡都睡到腫得多高，像一對紅葡萄。他也來不及細問，叫他快到大隊部找馬德山，自己在家準備幾個菜招待客人。

肖光雄迷迷糊糊的來到大隊部，馬德山把他引進辦公室，關上了門，才向唐主任和鮑股長介紹說：「這就是我們推薦的肖光雄，是邵書記的兄弟。」

唐主任坐在上沿吸著煙，眼瞇了一下沒吭聲。

鮑股長說：「推薦表填好了嗎？給我看看。」

馬德山從口袋裏掏出一張表說：「這表還沒填，請鮑股長幫個忙。」

鮑股長很熟練地填了幾個欄目後問：「你在大隊任什麼職務？」

馬德山答：「副隊長。」

鮑股長又問：「政治面貌？」

馬德山說：「共青團員。」

鮑股長：「文化程度？」

馬德山說：「初中畢業。」

唐主任眼一瞪：「什麼初中，我記得是高中畢業。」

馬德山馬上答道：「對，高中畢業，比我兒子有能高一個班。」

鮑股長抬頭望望唐主任和馬德山，填上了高中畢業。

肖光雄愣在那裏，心想怎麼回事，你們講的都是假話，但又不好插嘴。當聽到哪年出生的時候，就搶先答道：「槍打土匪彭家昌那年。」

鮑股長停下筆望他，馬德山說：「五〇年，屬虎。」

趙股長想想說：「這麼講你已二十四了。按黨規定，大隊主要幹部年齡可以放寬，你只是副隊長，到時不好辦呢。」

唐主任說：「文件是死的，人是活的，年齡不能往後拉一拉，就填五二年生的。」

鮑股長說：「那怎麼講呢？」

唐主任臉色不好看了，說：「有什麼不好講？小股長沒見過大頭蝦。公社副書記高彩雲四七年生，屬豬，可去年建檔時年齡多少？五〇年，屬虎，她娘的當官的笨豬都能變老虎，老百姓的虎就能變成龍，五二年。我來簽字，有事我兜著。」

鮑股長望了他一眼說：「有您老人家這句話我就填了。」趴在桌上填著表。

唐主任站起身來哈哈大笑：「哈哈，別看我唐金武三個字寫得醜，可在全公社上下都曉得厲害。下放知青有了老子三個字，他就一步登天，回到城裏上班去了。老子包大人的字放在水裏魚都跳，放在山上虎都叫。哈哈，好了，等會開會，你同一把手主持開，老子還要看看下放知青呢。」

鮑股長站起來說：「唐主任，我一個人手續不符合呀。」

唐主任嚴肅地：「你這個小青年怎麼這麼呆板，今後還能當頭子？到時我簽字就是了。要是開砸了鍋，老子來重開，看哪個龜兒子不給老子面子。」一句話說得鮑股長不吭聲。

唐主任拍拍他的肩說：「這個上大學的名額明明是邵光龍的，怎麼眼睛一眨，老母雞變鴨，早曉得是他的小兄弟，這麼屁事，老子忙得兩腳不沾灰，哪有功夫陪你個小股長下鄉呢。」說著就大步向門外走去。

肖光雄這下才明白來幹什麼，原來自己要上大學了。這可是天上掉下的肥肉呢。他想到大哥真是大哥，為了這個女人，用自己上大學的名額來遮醜，這麼一來，是螢火蟲落在玻璃鏡，亮對亮，我也就不吃虧了。再想，我上大學是拿老婆交換來的，也就不需要感他的情。

再說石頭隊長通知參加會議的人時就傳了話，當通知黃老頭子時，就說：「上午到大隊部開座談會，是一把手叫開的，聽講邵光龍出事了，包庇土匪的兒子。」轉身又通知趙老頭子說：「馬上開座談會，邵光龍出事了。」

趙老頭子身子一哆嗦說：「邵書記能出多大事？」

石頭很有把握的說：「事不大，反正他幹不成了，他在書記位子上一屁股坐了這麼多年。風水輪流轉，也該換換人了。」

趙老頭子說：「那我不去行嗎？」

石頭問他：「為什麼？」

趙老頭子說：「我不曉得怎麼講。」

石頭說：「嗨，你還不能看我嘴動？我吹什麼風，你就跟著怎麼倒，今後少不了你的好處。」

參加會議的人紛紛到了大隊部會議室，見一把手和上級領導在小房間裏還沒出來。他們喝著茶，吸著煙，每個人心裏都很緊張，不曉得這是個什麼樣的會，自己怎麼開才好。好在有石頭隊長，千椿有頭，萬椿有尾，聽他的就錯不到哪裏去。

他們正在議論著，見一把手馬德山進來了，後面跟著一個夾皮包的青年人。他倆往上沿的桌子上一坐，一把手對石頭說：「石隊長，人來齊了吧？」

石頭知道早來齊了，但他還是站起來，向在坐的人們望了望，回頭說：「來齊了。」

馬德山扭頭向鮑股長：「是不是就開了？」

鮑股長說：「你一把手說了算嘛。」

馬德山滿肚子不愉快，心想你這個小青年沒大沒小的，見面就講我的外號呢。但為了大事把火壓在心裏，便站起來說：「好，馬上開會。首先向大家介紹一下，這位是縣教育領導小組的鮑……」他想你小子不尊重我，我也提你的名字，可是沒想起來，只好說：「鮑……股長！」

大家都熱烈的鼓掌。鮑股長被這掌聲鼓得不好意思，站起來跟著鼓掌，大家見他鼓掌，就更加使勁地鼓掌，一時間會議室掌聲雷動。

馬德山連連揮手叫大家停都沒停下來，便大聲說：「行了行了，坐下吧。」拉鮑股長坐下。

石頭說：「你一把手叫我們鼓掌，我們敢不鼓掌嗎。」

馬德山這才想起來剛才的介紹，就說：「哎喲，岔掉了，我介紹的股長是官名，當年學大寨公安局不也來了趙股長嗎。這位鮑股長同他是平級的。好了好了，現在開會。」

鮑股長站起來，發給大家一張紙和印泥盒，讓每個人在出席人欄裏簽上名字，不會寫字的按手印子。

這下開會的幾個人臉都白了，開會還要按手印，這是過去沒有過的。不曉得大隊出了什麼大事，特別是黃樹根老漢，嚇得有些哆嗦起來。想到前年那位趙股長來，由大隊長的兒子馬有能陪著，把我家女兒黃毛丫抓到學校裏關了三天三夜，最後把肖光虎抓走了，至今不見回來。這次來了鮑股長，大隊書記不見人影，馬德山親自上陣，上次開會一個一個的談，今天大家一堆兒談，我的天，是不是要出人命案子呢。

當每個人簽完了名字或按了手印，大隊長敲敲桌子，叫大家坐好了，便從口袋裏掏出一盒大鐵橋的香煙，拆開每人散了一根，剩下半包煙扔給了石頭隊長，又拿出一整包拆開遞一根給鮑股長，鮑股長擺擺手，便自己點燃深深地吸了一口，咳了一聲，這才打開話腔說：「貧下中農同志們，今天把大家請來開個座談會，這座談會呢，就是讓大家坐下來談談，談什麼呢？不談別人，專門談談我們小隊老貧農的後代肖光雄！」

參加會議的一個個面面相覷，心想：「肖光雄，他怎麼啦？這個拎著耳朵都不曉得叫的人難道犯錯誤了？」

大隊長吸了一口煙，又說：「我話沒講完，就聽你們議論，談光雄什麼？事情是這樣的。你們呢，是長輩，是看著光雄穿開襠褲長大的，這小子是老實人能犯什麼錯誤？那麼我們今天要談他的表現如何，是好是壞。好，好在什麼地方？壞，壞在哪裏？還要舉個例子說明。比方講哪天做了什麼事，是好事情還是壞事情，聽明白了嗎？」

開會的人都伸著脖子發呆，因為他們不曉得大隊長賣的什麼關子，講了肖光雄的好壞會怎麼樣？講他好吧，能提拔他當大隊幹部？這個爛山芋頭怎麼能當幹部，他還不是黨員呢，這個人也不可能入黨。講他壞吧，能把他抓走嗎？肖家已經抓走了一個人，這一代只剩下他這麼一個孱頭貨了，再抓走肖家要斷根。所以大家無人敢帶頭發言。講得不好可就是軟刀子殺人，留下罵名不是玩的。一個個只得低著頭一個勁的吸煙。有的紙煙吸完了，拿出旱煙袋鍋來吸，每個人的頭頂上是煙霧繚繞，整個會場煙雲翻滾。

只有石頭隊長頭腦清楚。他想，現在開肖光雄座談會，什麼意思？還不是邵光龍玩的鬼把戲，這叫丟卒保車，把包屁土匪兒子的罪行轉移到光雄身上去。嗨，好小子，你孫悟空有七十二變化，還不是翻不出我如來佛的手掌心。但想到自己是生產隊長，是來參加會議的人物頭子，不能先講，要讓大家講，他在後面跟，不然出事後，人家把髒水往他一個人身上潑。於是他就低聲傳話給坐在左邊的黃老頭子，說：「你講光雄好，你前面走，我後面跟，哪個不講是婊子養的。」一伸出小拇指給他看，黃老頭子低著頭就是不吭聲。

好半天沒人開口，只聽到咳嗽和磕煙袋灰的聲音。大隊長望望鮑股長，見鮑股長也望著自己，身子開始出汗，但他還是平靜地說：「怎麼，冷了場了？」

坐在石頭右邊的趙老頭子說：「這個老實頭的人，不好講。」

大隊長接著說：「老實頭有什麼不好講的，就從老實的地方開講嘛。」

趙老頭子一笑：「他呀，人家都叫他狗……」

石頭隊長一胳膊搗了他，他「熊」字沒講得出來。正在記錄的鮑股長問：「你講他狗啥來著？」

趙老頭子見石頭眼睛瞪得很大，就改口說：「叫狗……狗子。」

石頭隊長站起來：「鮑股長，那是光雄的小名。山裏人有習慣，取個小名好養些，我家兒子還叫狗蛋呢。」

會場上笑了起來。馬德山說：「石頭，你是隊長，你就開個頭炮吧。」

石頭站起來說：「好，我是小隊長，不好先講，你大隊長叫我打衝鋒在前，那我就講個黑板上的粉筆字，講不好擦了重來。」

大隊長看出有戲了，又遞給他一支煙，招招手：「坐下講，坐下講。」

石頭隊長坐下說：「要講光雄這孩子，嗨，真是個大好人呢。那是天上難請，地上難找喲。在我們隊誰能跟他比？農村的事，那可是累死一頭牛，可他不怕累，什麼髒事、苦事別人懶得幹的事，他不講價錢搶著幹。如果每個人都要像他，那共產主義早就實現了。」

見人們在笑，便更來勁了。「他的好事，三天三夜講不完。遠的不講，就講昨天吧。生產隊在公社綜合廠訂了水車子，水車子，不得了，一百多斤，二丈多長，十五里的山坡路。我正愁著派哪幾個人才能抬得回來，他聽說了，主動要求一個人扛回來。乖乖，我本想派四個人，他一個人頂上四個人，來回三十里山路，就這麼扛回來了。晚上我給他加三個人的工分，可他打死也不要，只要一個工。你們想想，這麼好的人到哪找去？」說著又站起來大聲地講：「我開頭炮了，大家都要講，怎麼講？把心放中間，別放胳肢窩裏講。平時學大寨捆在一堆甩汗珠子，長耳聽事的，長眼看事的。他同他那個光妹就是不一樣。嘿，那強妹子，像個刺蝟，哪個碰了都扎手，她媽的真是一泡屎都不如……」

馬德山敲桌子：「好了，別打岔嘛，只講光雄一個人。」

石頭像熱鍋裏炒豆子樣的劈哩啪啦一口氣講完了。這萬事開頭難。頭雁向哪張翅膀，群雁就往哪兒跟了。你講了尺長，他就不會講寸短的。好了，大家紛紛站起來發言，都把光雄誇成了一枝花，什麼為人老實啦；在村裏是大還大，是小還小啦；家裏祖宗八代都是受苦人，根正苗紅啦；幹活不怕苦不怕髒就不用講了。還有重要一點是和未婚妻在一起生活這麼多年沒出事，鼻涕流到嘴邊都不吃，為什麼呢？沒辦手續啊。多正經，好正派，真是戴眼鏡在天底下都找不到的大好人。

座談會開得圓滿成功。馬德山滿面堆笑，最後又給每人散一支煙。開會的人也十分滿意的走出大隊部。因為是大隊通知開會，當然少不了記工分，一上午沒幹活坐在那裏動動嘴皮子就記了工分，還白吸了兩支煙，真是討了個大便宜。

中午，邵光龍當然要招待唐主任和鮑股長，馬德山前來作陪。在他家每次上級幹部來，光妹燒好了菜就去自留地，因為山裏人有規矩，女人是不上桌子的。光雄偶爾上桌陪吃個飯，今天是他的事，他早就去打聽座談會情況了。但他不會講出上大學的事，這是大哥交代的。

唐主任上午到知青屋裏轉了一圈，沒見到楊順生，回來問邵光龍才知道可能是回老家去了。這小子走又不請假，現在他早就坐在上沿吸煙喝茶，當見馬德山同鮑股長進門就問道：「開得怎麼樣？」

鮑股長搶先說：「唐老主任，這裏是最後一站，還從來沒見過多麼好的座談會呢。」

唐主任興奮地一指桌子：「好，上菜、喝酒、喝喜酒！」

菜上齊了，酒斟滿杯，馬德山首先站起來敬唐主任一杯，說：「今天座談會托您老的洪福呢。」唐主任哈哈一樂，一仰脖子乾了酒，說：「本來我還以為你這次是走路過田溝——要跨一步呢。沒想到光龍這小子是老把樁囉。」

鮑股長這才看清馬德山端杯子的手沒有手指頭，這「一把手」是他的外號，心裏一驚，立即站起來向他說：「對不起，馬大隊長，我真以為你是大隊書記、一把手。在座談會上言語有所不敬。」

馬德山也理解了他說：「別別，你坐，坐，沒關係的。我介紹你鮑股長，社員們一個勁的鼓掌。任何事不講清楚都會產生誤會的。」

一番話說得在坐的人哈哈大笑。邵光龍更加激動，上場沒吃菜，每人敬了一大杯酒，又講了很多感謝的話。唐主任端著杯子，手指夾著煙，吸口煙，呷口酒，「嗞」的一聲響，像泥鰍樣的叫。他不大吃菜，夾點小菜放嘴裏嚼半天，吸口煙腮幫子一鼓，酒氣隨著煙噴得多遠。

酒過三杯，唐主任臉就紅了，話也多起來。歪著頭對鮑股長說：「這個事明天就給老子辦下來，沒什麼拖泥帶水的。」

鮑股長端杯敬他一杯說：「唐主任，回去還要會議研究才定呢。」

唐主任望著他，把端起的杯子又重重地放下：「回去跟你們教育小組的唐組長講一聲，就說我唐大包講的，第一個上大學就是邵……」

馬德山插嘴：「肖光雄。」

唐主任：「對，小（肖）光雄。你那個小組長，前幾天見我還喊老子大爺呢。老子一巴掌打他能轉兩個圈。」

喝了鮑股長敬的那杯酒又說：「江城縣這塊天是老子打下來的，縣委書記又算老幾，老子幹革命他還穿開襠褲呢。老子包大人就是手背朝下，向他討個上大學的名額，他敢不給面子，老子就寫人民來信，揭發他跟高彩雲搞腐化（男女關係），叫他娘的吃不了兜著走。」

這一番話把邵光龍、馬德山嚇了一跳，都望著唐主任。看他臉紅脖子粗，額頭上青筋跳動著，特別是那塊大包好像比原來大了許多，鼓得多高，比畫上的老壽星還紅得發紫，紫得發亮，像要爆炸。他講話舔著嘴唇，聲音又大，唾沫星子滿桌上飛，一桌上只聽他公鴨嗓子哇啦哇啦的講，誰也插不上嘴。

邵光龍站起來給他敬酒道：「唐主任，喝酒就喝酒，別扯閒話，要不你少斟一點？」

唐主任把空杯子往桌上一拍：「斟酒，滿杯，今天是喜酒，喜酒是不醉人的。」

邵光龍只好給他斟滿杯。

唐主任轉臉對鮑股長：「小鮑啊，你不曉得我同光龍是什麼關係吧？是他老娘介紹我參加革命的。當年沒有他老娘指路，哪有老子包大人今天。」舉杯向邵光龍：「來，看在你老娘的面上，我回敬你一杯。」「咕嘟」一下乾了杯，又說：「光龍啊，我都想好了，等我死了以後，叫他們把我葬在人民英雄紀念碑的邊上，我到了陰曹地府也要跟著她幹革命，我要報答她的恩德啊。」

幾句話，酒桌上靜了下來，誰也不出聲。邵光龍喝乾了這杯酒，低著頭差點流出淚來。

唐主任望了他一眼，拍拍他的肩說：「光龍，你小子也不容易。幹事憑良心，大隊書記幹了十幾年，學大寨時連兒子都搭進去了。家裏三四個人，窩在這幾間破房子裏啃泥巴頭子，『一把手』好孬也有個兒子在派出所。」見馬德山連連點頭，又說：「可他呢，連他娘的高彩雲都幹到他前面去了。她憑什麼？不就是臉皮子白嘛。那只是一堆牛糞上下了一層霜，裏面腐爛外面光。老子腳丫子都不夾她鼻子。」說著又拍桌子：「光龍愣著幹什麼，給我斟酒啊。」

馬德山站起來拿起酒瓶給他斟酒。唐主任又說：「光龍啊，老子曉得你心眼好，肖家養育了你，你為兄弟報恩，放心吧，這次你兄弟要是萬一走不了，老子在下放知青回城的名額裏發一個給他，出門就上班，當月拿工資，比他上大學好一萬倍。這世道，縣委書記能把個黃毛丫頭捏成公社副書記，山有山路，水有水路，老子送走個把人也像放屁那麼容易。不但是你兄弟，我還想把順生那小子。」

邵光龍聽他講到楊順生，猛地抬頭瞪大眼睛望著他：「順生怎麼講，唐主任？」

唐主任吃了一點菜,喝了半杯,不緊不慢地說:「全公社下放知青都是我手下的兵,老子是他們的靠山,就是他們的父母。這些娃子,從城裏到鄉下,不容易啊。講錯句把話算什麼?誰家不養兒和女。昨天聽講有人打小報告要批判他,老子今天來就是要看看誰敢動他根汗毛!」

邵光龍和馬德山互相望望,沒吭聲。

唐主任又說:「可剛才我沒找到這小子,回城裏也不向老子吱一聲。我念這小子可憐,幹事憑良心。彭家昌是打過日本鬼子的,是光龍他媽親口對我說的,他是個好人。可好人沒好報,土改鎮壓了。現在順生又死了娘,無依無靠,老子不能不管吧。」向邵光龍、馬德山說:「他回來你們跟他說一聲,不是我喝酒講酒話,看今年,最遲明年,老子想辦法給他招工回城。」

邵光龍激動地站起來,給自己不太滿的杯子加滿了酒說:「唐大叔,我喊你一聲大叔,敬一杯,代表楊順生敬一杯,我喝乾,您老隨意,少喝一點。」

唐主任端起杯子:「你叫老子少喝一點幹什麼,你家沒酒?去,到老子那床底下,長江水乾了,老子床下酒乾不了。」自己也喝了滿杯。

就這樣,唐主任說著喝著,一直到半下午,才同鮑股長出門。別看唐主任在酒席上像喝醉了一樣,出了門一點也沒有醉態,真是奇怪。

出了村口,送走了他們倆,邵光龍望望馬德山笑笑說:「戲法人人會變,各有巧妙不同。你老馬這事辦得,是有理有利又有節,不妨君子,也不害小人呢。」

馬德山說:「還不是天時地利人和。你是頭兒,全村上下哪個不掂掂你的分量。」

光龍說：「我哪有什麼分量？壓了千斤擔，你挑八百斤，沒你我哪能唱得了八仙過海。」

馬德山笑了：「這麼說，我們在一起是狼狽為奸了。」二人仰頭哈哈大笑。

當天晚上，光龍就把上大學的事向光雄交了底子。光雄激動得要跳起來，他想起前天晚上在大槐樹下見到的，也就把心思交給他說：「大哥，我要是上了大學，這婚我就不想結了。我跟光妹真有些合不來。」

光龍也裝著不知道，他也不想捅破這層窗戶紙，免得大家面子上過不去，啞巴吃湯圓，每人心裏都有一本賬。就順水推舟地說：「現在婚姻自主，你們的事大哥管不了了，但是有一點你要相信，光妹是個既精明又正派的好女人。」

光雄很想講：「我看大哥同光妹就十分般配。」可話在嘴邊，沒講出口。

第二天，光龍在大隊打了借條，借了五十塊錢，要給光雄買幾件新衣服。可光雄不想要。光龍勸他說：「兄弟，在家裏排行稱是老三，衣服都是老大新，老二舊，老三破了要露肉，過去好衣服都是我先穿，你姐後穿，到你身上不成樣子了。你現在要出門到大城市，總要像個大學生的樣子吧。」

光雄只好不吭聲了。於是光龍帶他上公社供銷社買幾件衣料子，順便向孫書記做了彙報。回來請裁縫做了一天。光妹把他的被子和換洗的內衣洗了遍。所有這一切，在臥龍山除馬德山以外，老鬼也不知道這件事。沒過幾天，果然通知書來了，是省城的工業大學。

光雄明天就要動身了。光龍想這事不好過分張揚，在村裏就不請客了，晚上叫光妹準備幾個菜，接老爺肖貴根來喝杯酒。他是光雄最親的人啊。

到了晚抱西，生產隊裏收了工，光龍叫光雄請老爺晚上來喝一盅。

光雄高興地出門，走了幾步又回頭說：「大哥，我見老爺怎麼講呢？」

光龍搖搖頭說：「打實話講嘛。」

光雄來到老爺家門口，見他家門掩著。老爺扛著鋤頭出門了，看樣子要去自留地。

光雄追過去喊：「老爺，老爺。」

見老爺回頭望了他一眼，腳步沒有停。他追到老爺跟前說：「老爺，大哥叫我喊你到我家喝一盅。」

老爺沒理他，繼續往前走：「這一不過年，二不過節，喝什麼寡淡酒。」

光雄跟著老爺走，說：「老爺，今晚吃的是我的喜酒呢。」

老爺停了腳步，回頭望他說：「是你要貼喜字兒了？」

光雄說：「老爺，我才不想結婚呢。我現在有比結婚更大的喜事。」

老爺笑笑：「是玉皇大帝開了天門，掉下個金元寶讓你呆頭兒子撿到了？」

光雄也笑笑說：「老爺，比撿到金元寶還要好呢。」湊過去在他耳邊低聲說：「老爺，我上大學了。」

老爺臉嚴肅起來：「別鬼扯了。」指著他鼻子罵道：「怪不得人家喊你狗熊呢。拿你當猴耍，當蘿蔔頭玩，你媽的撿到棒錘就當針了。你這個呆哩吧嘰的能上大學？太陽能從西邊出山？」說著氣呼呼地往自留地裏走去。

光雄被老爺講得無話可說，只好低著頭回到家。

光龍出門對遠處張望說：「老爺呢？」

光雄說：「老爺不來。」便坐在門口石頭上氣鼓鼓地說：「連家裏老爺都看不起我。」

光龍望望他說：「那你幫光妹燒鍋，我去請。」

他正欲邁步，只見老爺已經到了門前，緊緊拉著光龍的手說：「光龍啊，外面人都這麼講，光雄難道真是……」

光龍接著說：「是上大學了，還是省城的工業大學呢。」

老爺愣了一下說：「這種事塞我耳裏都不信，你查查是不是搞錯了？」

光龍拉老爺往屋裏走說：「老爺，是真的，通知都來了，明天就動身。」

光龍見他還有些不相信，就解釋說：「公社孫書記上次來在龍頭山上，不知怎麼就看中了光雄是個力把子，人又老實，老貧農的根，是個好苗子，就叫人來開了座談會，社員們一致同意了。」

老爺拍拍他的肩：「別打老爺馬虎眼，還不是你走了後門，你的大面子。」

光妹聽出老爺的聲音，已經從鍋前端菜上桌了，便說：「還是老爺有眼力呢。」

老爺望著光龍，又看看桌上熱氣騰騰的菜，雙手在褲腿上擦來擦去，激動得不知如何是好：「哎呀，哎呀呀，喜事啊，天大的喜事呢。今天不但是喝一盅，還應該醉一場呢。」說著就一屁股坐在桌子的上沿，向發呆的光雄：「別發呆呀，快斟酒。」

老爺一邊接過光雄給他斟的酒，一邊嘴上不停地：「你小子真是傻人有傻福呢，這下好了，肖家老祖墳發熱了，你這堆爛泥團子讓你大哥捏成佛像了呢。這下可是從糠籮跳到米籮裏了呢，從地上一步跳到天堂裏去了呢。從吃田裏的變成吃小本本了呀，吃皇糧可是旱澇保收，生老病死國家包呢。嘿嘿。」見每人都斟了酒，便端起酒杯，站起來向光龍：「光龍啊，我們肖家祖祖輩輩忘不了你的大恩大德啊，我敬你一杯！」話剛落音，一飲而盡。

光龍很感動地站起來：「老爺，您坐，您坐，得罪，得罪。」

光妹坐在下沿，看到這場面眼眶子都紅了。咬著牙，不讓淚水流出來。忙夾菜放到老爺碗裏說：「老爺慢慢喝，多吃菜。」

光雄不管三七二十一，目中無人地大口吃菜，嘴上嚼得呱呱響。

光龍等老爺坐下，說：「老爺，光雄父母死得早，我這個大哥沒當好，你老爺跟我父親一樣，還要多包涵呢。」

老爺吃了一口菜，望了光雄一眼，歎了口氣對光龍說：「唉，我大哥大嫂要是在日，看到兒子這麼風光，他們作夢都笑醒囉。從內心感謝你當大哥的。」

光龍說：「老爺，下次在外場要多講感謝黨、感謝公社孫書記。」

老爺說：「那是那是。」轉臉對光雄說：「你小子也不能老一個人吃菜喝酒。這吃豆腐渣也要吃個品相來，你也該敬大哥一杯吧。」

光雄也不說話，站起來舉杯向大哥，便一口乾了，又坐下來大口吃菜。

老爺又好氣又好笑，摸摸他的頭說：「你像個石磨盤，推一下動一下。唉，你也真是趕上新社會了，上大學不用考的。農民大老粗也能跨進大學的門檻。」轉向光龍又說：「光雄呢，養兒曉得小命，小學才畢業吧，寫那幾個打眼字，雞爪子劃的，還呆哩吧嘰的相，可轉眼搖身一變，堂堂的大學生。我操，哪朝哪代也沒見過的事情，還不是他八字好，托生在新社會，長在紅旗下。要是你上大學，那才是正當的事情唻。」

這話說得光龍低下了頭。光妹看在眼裏，本想敬上一杯酒，可自從身上出事以後，對酒是特別的仇恨。就站起來舉起茶杯子說：「老爺，我不會喝酒，以茶代酒敬您老一杯，老爺的話句句在理呢。」

老爺又乾了一杯酒，望著光妹笑笑：「嘿嘿，不瞞你，光妹，當年我十五歲，彭家昌就看上了我，叫我在他身邊當小鬼。」

光雄突然插了一句：「老爺，今天不能講土匪，講點好聽的。」

老爺點點頭：「那是，那是，父親不讓去，說名聲不好。我聽父親的，跟著共產黨。土改後我是臥龍山第一任書記，我跑紅那會，你光妹小丫頭還沒出世呢。」說得大家都笑了。

老爺精神越來越好，說：「嘿，我要是有你大哥的文化，說不定幹到縣裏去了。這不是酒多了講酒話，今天喜酒不醉人，就是酒多了，那也是酒醉心裏明啊。」

光龍接過話，說：「老爺，這俗話說得好，小孩不聽老人言，吃苦在眼前。光雄明天要走了，踏上新路程，您老該教育他幾句。」轉向光雄說：「你要認真聽，記在心裏喲。」

光雄沒講一句話，舉杯又要站起來敬酒。老爺沒同他碰杯，拍著他的肩說：「兒子，你坐下聽我講。上大學了，學大本事了，穿了馬靴可別忘了光腳的時候。人啊，有雨滴大的恩情，應該以海水一樣稱量。你大哥對你是天大的恩啊，你今後就是有再大的本事，也不能忘了大哥的恩情。」呷了一口酒，也不吃菜，繼續說：「再講呢，你跨進了大學的門檻，是驢子是馬就得溜溜，學習上要下點功夫。你開始可能比人家差一節，人不怕無能，就怕無恒。人間萬里路，只要天天走，世上千件事，只要天天做，布袋裏裝菱角，尖者才出頭是不是？你不講給肖家老祖宗爭口氣，也得為你大哥掙個臉吧。學個豬癲風，好過長江去嘛。只要肚子裏有貨才能挺得直，坐得穩，走到天下好安身。你呢，站著有人那麼長，坐著有人那麼厚，別怪老爺我講你，你是棉花團搓成的脊樑頭子，軟了主心骨喲。不能擰耳朵不曉得叫喚呢。男人性子軟，百病纏身，臥龍山背後有人講你什麼？你沒聽到？狗熊崃。我聽了都替你臉紅。」

老爺見光雄低下了頭，便放亮著嗓子：「窮人家墳頭上沒有彎腰樹啊。在大學裏，那可是來自五湖四海，待人處事，當然要讓一步為高，寬一分為福。可是人上一百，那是五顏六色，什麼藍眼睛紅眉毛沒有？你要是軟蛋，好了，人家吃柿子撿軟的捏，馬軟百人騎，人軟千人欺，樹軟了蟲子還得咬一口不是？別他媽的人家在你頭上撒尿拉屎都不吭聲。」

這些話說得光龍、光妹連連點頭。老爺自喝了一杯酒又說：「兒子，從今天起，再不能窩著脖子過日子了，這麼多年，在臥龍山，你也是苦水裏泡大的，是經過九蒸十曬的人。臥龍山出去的都是條硬漢子，當年彭家昌……我操，又講漏嘴了，酒吃多了。」

光龍接著說：「老爺，你的話句句在理。我去關門，一家人怎麼講都不要緊。」欲去關門，被老爺攔住了。

老爺說：「不講了，牆有縫，壁有耳，鹽多生滷，話多生根，講多了也沒勁。」面向光雄，又望望光妹說：「你呢，能把光妹手丫裏露下的學到手，就八九不離十了。」

光妹低頭很不好意思。

光龍望望光雄像個悶頭驢子，一聲不吭，就啟發他說：「兄弟，老爺子講了這麼多，都敲在點子上呢，你也該表個態讓老爺放心呀。」

光雄聽老爺講學光妹，心裏就不高興，吭哧吭哧了半天，牙齒齜得像玉米粒子說：「我聽到了，窮人家墳頭上沒有彎腰樹。嘻嘻！」皮笑肉不笑的望望光龍，大約酒也喝多了一點，笑得有些傻乎乎的。

光龍眼盯著他說：「講，繼續講，還有呢？」

光雄再也講不出來了，笑笑說：「嘻嘻，還有什麼講頭？」

光妹望他那樣子，全身冒著冷汗。光龍搖搖頭，歎了一口氣，心裏話：「唉，這個好人兄弟呀，真正是沒講頭了。」

這一切老爺也感覺到了，便說：「我講了半天，你小子放不出一個響屁來，我就講給土牆壁子聽，它也會掉下土的，我再就是掰開揉碎的講，還要人聽呢。」便站起身來：「好了，不講了，兒子，你好好的吧，我走了。」

光龍扶著老爺往外走。光妹對老爺說：「老爺，你還沒吃飯呢。」

老爺說：「酒喝好了，不吃了。」走到門口，望望光妹又望著光雄，想起了什麼似的，說：「光雄同光妹早已是一個窩裏的鳥，成雙又配對了，什麼時候貼喜字呀？」

一句話把三個人都說愣住了，面面相覷，誰也不知如何回答老爺提出的問題。

老爺見都不吭聲，以為是光雄不好意思，又補了一句話：「怎麼，光雄，你是帶她走，還是留她在家裏？」

光雄梗著脖子說：「上大學的條件是不能結婚。老爺也曉得，我跟她性格不一樣，這狗肉怎能貼到羊身上。老爺，等等再講吧。」說著就鑽進了自己的房間。

老爺望望低頭跑到鍋前的光妹，感覺有點不對勁，誤以為光雄戴了紗帽歪了嘴，沒上大學就變了心，便向光雄的門裏大聲說：「乖乖，好小子，上大學了，不得了了，上了天了，還等等？等吧，等到瑤池裏仙女下凡塵，等到京城裏公主招駙馬吧。」連連搖頭又說：「你媽的也不撒泡尿照照自己是什麼孱頭樣？」氣沖沖地跨出門去。

光龍追上去：「老爺，我送您！」便扶著老爺深一腳、淺一腳的到了老爺家裏。

老爺進門就往床上一躺，歎了一口氣。光龍點亮小油燈，又拿過旱煙袋給他裝了一袋煙，雙手遞給老爺。老爺坐起身，煙袋鍋子就著小油燈的火光深深地吸了一口，便望著光龍說：「光龍啊，這悶頭驢子話裏有話呢。」

光龍坐在床沿上說：「老爺，這件事正要跟你老人家商量呢。」

老爺吸了一口煙：「這小子真要陰溝裏翻船？」

光龍說：「這也不能怪他。這上了大學，講是講哪來哪去，可他讀的工業大學，今後要到工廠裏去，拖著個農村戶口的老婆，日子不好過是小事，生了孩子還是農村戶口。」

老爺歎了一口氣：「唉，可他倆是自小定下的夫妻啊。本想光妹嫁他，是一朵鮮花插在牛糞上，可作夢沒想到現在是……」

老爺把眼睛望望光龍，光龍把眼睛盯著老爺，兩對目光交織在一起。光龍膽怯地說：「老爺，我想請示一下您老，我要是同光妹把事情辦了，不知合適不合適？」

老爺瞪大了眼：「怎麼，你同光妹結婚？」

光龍低著頭說：「老爺，我只不過有這麼一點想法，請老爺您發落。您要是不點頭，我絕不碰她一個指頭。」

老爺多皺的老臉上浮著亮光和微笑，仰頭哈哈一樂說：「哈哈，好小子你呀。」

光龍不解老爺的心理，抬頭望著他：「老爺，您……」

老爺把煙袋對床沿磕磕，笑著說：「俗話說呢，無恩不成夫妻，無仇不成夫妻。老爺我眼裏出火呢，早就看出他們倆命合心不合，豆腐渣貼門對子，沾不上去。婚姻是什麼？是前生的命定，今世的緣法，講究龍配龍，鳳配鳳，你同光妹那可是龍鳳呈祥，天生一對，地配一雙呢。這事就這麼定了，光雄前腳一走，你後腳就辦事。就是我哥嫂在世也是滿意的。」

老爺一番話把光龍眼眶都講紅了。他懸在心上的石頭現在總算落了地，一下子像小孩一樣撲在老爺懷裏。

老爺拍拍他的背說：「光妹啊，是個天下難找的好女人，這好女人像把好鋤頭，只有好男人用她才出活啊。」

光龍點點頭，心想，老爺才能看出本質呢。他們倆像父子一樣又談了很多很多。

再說光龍送老爺回家後，光妹收拾了碗筷，刷鍋洗碗。光雄大約多喝了幾杯，躺在床上像死豬。光妹希望他今晚能洗個熱水澡，把新衣服換上。見他連腳都不洗就睡了，便來到他床前說：「起來洗個澡換衣服！」

光雄悶在床上說：「我不洗！」

她搖搖頭說：「那也該洗洗腳吧。」

他也是養成了習慣，坐起身來，把腳搭在床沿上。她打了一盆熱水，手摸摸水不冷也不燙，端過來放在他腳下說：「我這是最後一次給你洗腳了。明天的路要走好。」

他還是不吭聲，也不動，像個死人多了一口氣。

她蹲下身子脫了他的襪子，捲起褲腳，把他肥腳放在盆裏泡著，用手擦著說：「我還要講，你別不愛聽。我們老爺真是老爺呢，他的話我聽了都享用，你要記在心上。在外不是農村，自己要學著洗衣、洗碗，晚上用熱水泡泡腳。」

腳洗得差不多了，拿擦腳布給他擦了腳，見他還像個木頭人，不搭一句腔，就又說：「要講欠你的只有我了，你要是有氣就往我身上撒，在外別忘了大哥的恩，給他寫寫信。」

他也許嫌她話太多了，生氣地大聲說：「我曉得，不希罕你講。」說著腳一甩，無意中踢翻了腳盆裏的水，濺了她一身，一頭鑽進被窩裏。

她搖搖頭，想到他明天要走了，不能跟他吵，也就不生他的氣，拿掃帚掃著地上的水，收拾了腳盆，又去拾他要帶的日用品，還把他明天要穿的新衣服放在他床邊上。最後發現床前的一雙舊鞋，便進房把一雙新鞋捧在手上。這是一雙新燈芯絨面子的新鞋，這雙鞋是照他腳樣子畫下來的，自己費了多少心血，準備結婚時候穿，他都試過一隻腳了。好在他腳同大哥腳一樣大，現在同大哥結婚，這鞋是給大哥還是給他呢？

正在這時，大哥回來了，見她站在光雄床邊憂慮的樣子，就問：「怎麼還不睡？明天還要起早呢。」

她捧著新鞋轉身對大哥說：「大哥，跟你講個事。」

大哥正欲進房，回頭問：「什麼事？」

她說：「這雙新鞋本來是給他的，明天還是讓他穿新鞋吧。」

大哥連連點頭：「對，對，讓他穿新鞋，走新路，大吉大利，好！」

她眼眶子紅了：「大哥，那你就沒有新鞋辦婚事了。」

大哥望了她一眼，轉身來到她面前，深情地說：「別想那麼多了，我們的事，老爺非常支持，人意好，吃水甜嘛，何況一雙鞋呢。去睡吧，這幾天你也夠累的了。」說著轉身進了自己的房間，關上了門。

她把光雄床邊的舊鞋收起來，把那雙新鞋端端正正地放在床沿下，雙手捂臉進了自己的房裏。

第二天一大早，天剛剛才有點兒亮，馬德山悄悄組織幾個小青年，帶著鑼鼓傢伙，在邵光龍家門口「咚咚倉，咚咚倉」的敲起來。光龍開了門，把他們引進屋裏吃早飯。光妹半夜就起床，煮了一大鍋米飯，備了四個小菜，等他們飯吃得差不多了，馬德山端著碗走進肖光雄的房間，一掀被子，在他屁股上狠狠打了一巴掌，說：「你小子還在作美夢呢。」

肖光雄一驚坐起來，見馬叔敲著飯碗走出房間，外面很多人在說笑，曉得是送自己的人來了。便穿好新衣服起床，當坐在床沿上看到一雙新鞋，自己那雙舊鞋不見了，就大聲喊叫：「我鞋呢？」

邵光龍聽到聲音就跑過來說：「鞋不在你腳邊上？」

光雄說：「我要穿我那一雙。」

光龍勸著說：「兄弟，你從今天起就是大學生了，新的一天開始，就應該穿新鞋，上新路，好步步高升啊。」

光雄大聲說：「我不要，我就要那一雙。」

光妹也過來了，含著淚說：「兄弟，這雙鞋你都試過一隻腳了，你就讓我為你做一件事吧。」

光雄也不知哪根神經起了作用，撿起地上一隻新鞋向光妹砸去：「我不稀罕你，見到新鞋我心裏就悶。」

這鞋正好砸到光妹的臉上，她兩眼起著晶晶花。光龍怕他動手，便站在光妹的身邊。光雄看著眼前的兩個人，憋在心裏幾天的火突然爆發出來，指著他們暴跳如雷地大喊大叫：「我告訴你們，從今天起我同你們一刀兩斷，我走出這道門子就沒有這個家，我永遠不回來了。你們呢，就當我在外面死掉了！你們滾，我永遠不想見到你們！」

光雄的迸發像炸彈樣的炸得光龍光妹昏頭轉向。馬德山知道房裏發生了不愉快的事，忙叫手下人：「快敲起來！」

「咚咚倉，咚咚倉……」鑼鼓喧天，蓋住了光雄的喊叫。

光妹再也忍不住了，雙手捂臉，哭著跑進房間，把一雙舊鞋扔到門外。光雄穿上鞋子，也不洗臉不吃早飯，背著背包，拎著箱子，就要出門。光龍只好上前幫他拎著箱子，出大門時牽著他的手，走到門外。外面鞭炮已經放響，光妹沒有送他，站在窗口望他遠去，臉上掛滿了淚水。

村子兩邊已經站滿了歡送的人群，他們有的議論，有的叮囑：「光雄，走好！」「光雄，別忘本啦。」「真是人要衣馬要鞍，這小子換了一個人樣的。」「……」

生產隊長石頭看到光雄走出村子的場面，大聲罵道：「狗熊，你小子真的上大學了？瘍葫蘆還劈成了正把子瓢，墳頭上插煙袋——出氣帶冒煙的東西能上大學？這是什麼雞巴大學？我上當了，要是早曉得他上大學，在會上我講他一泡屎都不如。」

四

就在肖光雄上大學的當天下午，臥龍山大隊召開黨員擴大會（擴大到生產隊長）。會議由副書記馬德山主持。他首先帶領大家學習毛主席的《反對自由主義》，大隊會計李常有做了深刻檢查。

李常有自從公社回來以後，就已經在黨支部委員會上做了檢查。他自己要求在支部大會上檢查，主要問題是犯了自由主義錯誤。對黨支部書記邵光龍有意見，應該在黨的支委會上講，不能搞當面一套，背後一套，寫了兩封人民來信，還是同石頭隊長合謀寫的匿名信。好在公社孫書記是孫猴子火眼金睛，一下子識破他要的伎倆，事實面前不得不低頭。但批評要嚴，處理要寬。孫書記不會摘他的帽子，檢查一下就結束。今天李常有檢查以後，馬德山、肖貴根等黨員同志也批評幫助了他。有的生產隊長說，據社員反映他開介紹信像審案子一樣，還經常守在辦公室裏很少跟貧下中農打成一片。

生產隊長石頭也要跟著做個檢討。因為在支委會上，李常有把來信的底稿亮了相，上面有石頭的手印子。害得石頭今天一聲屁都不敢放，頭上汗珠子往下掉，小眼睛老盯著李常有，心想本來是八竿子打不到邊的事情，你媽的叫我隨便按個手印，現在是拔出了蘿蔔帶出了泥，你泥菩薩過河自身難保，我也跟著倒了霉。

會開到最後，支部書記邵光龍做總結。他首先做了自我批評，在對待楊順生問題上，階級立場確有問題。在知青屋沒有蓋好之前，應該把他放在大隊部裏吃住，怎能留在家裏同自己睡一個被窩呢。特別是他講的農民住的茅草房的話，沒有進行批判。生產隊長有意見也是正確的。最後研究決定：第一由馬德山同石頭隊長談談心，幫助他今後要注意工作方法；第二要召開一次群眾批鬥會，會場就定在知青屋的門前。現在楊順生走了，又沒有向任何人請假，這錯誤就更大了。但相信他總有一天會回來的。

這樣，到了吃晚飯的時候，支部擴大會才算是圓滿結束了。主持人馬德山站起來說：「大家別急走，還有件事通報一下，我們的支部書記邵光龍同志要結婚了，新娘子是誰呢？也許有人想不到，那就是肖光妹。」

大家開始低聲議論。馬德山敲敲桌面說：「光妹同光雄是自小定的婚，如今光雄上大學了，他主動要求退了這個婚事。這事同黨員同志通通氣，希望大家有什麼話在支部會上講，別像李常有同志那樣背後寫來信。」

會下大家議論開了，都罵肖光雄這小子吃了果子忘了樹，表面老實頭，心裏還一肚子花花腸子。穿了皮鞋忘了草鞋，剛剛喝過井水轉身向井裏扔髒。

邵光龍聽他們都把屎團子往光雄身上砸，想到貴根老人聽了心裏不好受，就說：「大家也別瞎猜，清官難斷家務事呢。光雄也有他的難處，農村戶口下一代都是農村戶口。」

李常有第一個站出來：「哎呀，我早就看出來，邵支書同光妹是天生一對，地配一雙。從今往後，誰也不准背後瞎雞巴亂扯！」

大家都笑了。

馬德山也站起來說：「大家沒話說散會別回去了，到邵書記家喝喜酒去。」

大家都跳了起來。其實，這天上午邵光龍就想要盡快辦婚事。好在光妹沒娘家，自己也沒任何親戚，沒結婚在一家生活，結了婚在一起過日子，婚事太好辦了。加之上級要求婚喪喜事，破舊俗樹新風，不准大操大辦，支部書記更應該帶個頭。上午把光雄送到向陽公社車站上了車，他就跟馬德山商量，李常有的問題孫書記指示早該解決，下午開黨支部擴大會議，黨員和生產隊長，加起來也只有十來個人（大部分隊長是黨員），開了兩小桌，生產隊每家撤幾個水果糖，等哪天到公社開會順便領張結婚證，這事就辦得有禮節又有面子。所以，他倆就到公社食品站割了十來斤肉，到供銷社打了酒，買了水果糖。

下午這邊開會，家裏就請來黃毛丫的母親黃大媽和白玉蘭幫忙，洗菜燒肉，光妹自己上廚房忙得一頭的汗，白玉蘭看不過眼，就說：「你歇著吧，把你房間裏掃掃，自己換件新衣服，像個新娘子的樣。」光妹想想也是的。新婚新婚，新娘新郎裏外都要穿新的。自己同大哥都沒思想準備。要不是光雄丟下一雙新鞋，兩人一件新的都沒有，一輩子也就這麼一次，自己還鍋上鍋下忙著做飯，想想也夠心酸的。但事情想回來，自己得到了大哥這個人，千好萬好，比不上人好，便自嘲地說：「什麼新娘子？已經是沒人要的老娘們了，不講究。」說得黃大媽笑彎了腰。

太陽一落山，天色就暗了下來。全體黨員和隊長像小孩子做遊戲，好大月亮好賣狗樣的，說說笑笑往邵光龍家走去。

李常有出了大隊部，就一路小跑第一個到了光龍家。他想，邵光龍是村裏的人上人，過去光妹是他妹子，自己已不是他的對手，現在是喜鵲佔了鳳凰窩，他們成了一對恩愛夫妻，紅皮蘿蔔紫皮蒜，仰臉老婆低頭漢，這一唱一和的，智勇雙全，這個精悍的娘們，當了他生活的智囊、工作的軍師，凡事枕頭風一吹，還有我猴子喝水啊。加上自己前幾天下錯了一盤棋，吹火反燒自己的嘴，要不是孫書記說不定自己要丟帽子呢。這世上沒有樹下樹，可人間自有人下人啊。識時務者為俊傑，當幹部就得學牆頭草，東吹西倒，西吹東倒。他先跑回家，也顧不了老父親臥病在床需要補養，更顧不了那厲害的老婆要跟他鬧翻天，把家裏唯一的一隻大公雞抓上手。本來家裏是一對雞，老母雞送給了孫書記，大公雞缺了伴，整天到處作害，看樣子像瘦了一點，拎在手上真的輕了不少。他用大褂子遮著，搶先一步送到邵光龍家。進門對光妹笑笑說：「恭賀大姐結婚之喜，這點小意思。」

光妹怎麼也不肯收，還是他拿刀搶殺了大公雞，光妹心裏很不好意思。

兩桌酒席就開在邵光龍家門口院子裏。馬德山早已把大隊部的汽油燈上足了油，掛在他家的門頭上，把酒席照得像白天一樣。

就在大家入席上菜的時候，龍尾山的賴大姑出人意料的進來了。馬德山站在門口指揮大家入席，第一個見到她就說：「喲，大姑來了，大姑吃撞門喜酒，要發財了。」伸手說：「請入席。」

賴大姑打他的手說：「大隊長唻，你把山上樹砍光了，那山地沒有水，糧食收不上來，臥龍山都要渴死了。大姑在山上住不長呢。」

大隊長說：「那好，下山住我家裏嘛。」

賴大姑戳他腦門子：「下山，下你個頭的山。」見到邵光龍說：「喲，恭喜恭喜。」

邵光龍答：「同喜同喜。大姑上沿坐吧。」

大姑向他招手：「別急，跟你講個事。」把他拉到門口低聲咕噥了半天。

原來楊順生臨走時向賴大姑打招呼，並把他同光妹的事說了。大姑擬帶他找光妹化解矛盾，商量解決問題。可順生強起來十頭大牯牛拉不回來，一意孤行，一心要走他父親當年沒有走成的老路，沿長江而上闖世界去了。大姑想到那天錯怪了光妹，想尋找個機會向她當面陪個不是。今天賴大姑被人請下山接生，聽講她要辦喜事就趕來了。光龍聽到順生的消息，心裏大吃了一驚，想到他這次出走，身上沒介紹信，來路不明，一定凶多吉少，自己也無法幫忙，不知如何是好。

恰在這時，肖光妹端著菜碗從廚房出來見到賴大姑同大哥嚴肅的談話，大哥臉色發白，不知出了什麼大事，心裏一愣，手下一滑，一隻碗掉在門檻上，「啪」的一聲粉碎了，滿滿一碗菜濺了一地。白玉蘭端菜緊跟其後，見到這一切便大叫著：「哎喲，天哪，這碗是萬萬碎不得的呀。」

是啊，這碗菜是香乾子、韭菜、黃花菜、碎蘑菇合在一起的炒菜，也是辦喜事上的第一道，名為「和氣菜」，取日後日子和氣之意。山裏人有老風俗，喜宴上打碎碗盞杯子是不大吉利的事情，更何況是新娘子自己打碎的第一個和氣菜呢。在場吃酒的人都呆掉了。光妹也呆在那裏一動不動，就連邵光龍也不知如何是好，只得上前接過她另一隻手裏的碗說：「你身上潑油了，快去洗洗吧。」

這時賴大姑手一揮，大叫一聲：「慢著！」

眾人都把目光轉移到大姑的身上。只見她不慌不忙撿起已經打碎的碗片子又重新砸了一下，「嘩啦」一聲，她說：「大家看到了吧，剛才碎了一次不好，現在聽到又碎了一回，這叫什麼？曉得不？」大聲地：「這叫碎（歲）碎（歲）平安，幸福美滿，大吉大利啊。饞鬼們快吃喜酒吧。哈哈哈。」

大家聽她這麼一說，接著轟的一聲大笑起來。白玉蘭把另一碗和氣菜分成兩小碗端上兩桌，等連上四個菜，大家入席開始喝酒。

光龍、光妹拉著賴大姑入席，可大姑說已吃過了，拉著光妹的手笑著說：「怎麼樣？不用憂不用愁，自有晴天大日頭，恭喜你喲。」

光妹低頭說：「大姑呀，大哥為妹這根爛蘿蔔，送給人家一顆大白菜呢。」

這些話只有她倆心裏有數，別人是聽不出的。

二人進了裏屋，大姑看新房同原來一樣，沒有任何變化，不但沒貼門對子，連一個大紅喜字也找不到，只有床前踏板上放著兩雙新鞋，新郎新娘還沒有穿。

大姑變了臉，嚴肅地向光妹說：「孩子，你怎麼不懂事呢？結婚，人生就這麼一次，你怎麼這麼不講究？新房也沒佈置，連新娘新郎的鞋子都沒穿上腳。」

光妹像做錯事的孩子，低著頭說：「我要忙著做菜，也不懂得怎麼做法。」

大姑說：「那也得等客人進了門，你就得坐在房裏呀，有個伴娘陪著，有個老娘哭著吧。」

光妹抬頭不解：「辦大喜事還要哭呀？」

大姑說：「對呀，哭嫁哭嫁，不哭怎麼嫁呢？」

光妹說：「怎麼哭法？」

大姑說：「姑娘過門，娘家人要哭三聲，這叫掉金豆。哭發哭發嘛，好讓姑娘今後過好日子。」

光妹被她說得傻了眼：「那我怎麼辦？」

大姑說：「你娘家沒人，該早準備找一個老媽媽扮演你娘哭幾聲意思意思。」

光妹聽她提起娘家人，心裏酸楚地：「算了，本來我有一肚子苦水，想到大哥我強忍著呢。」說著真要流下淚來。

大姑念她實在可憐，手一揮說：「這樣吧，念你可憐，命苦，做姑娘受人欺了，娘家也沒個人，上次你有心找我大姑，大姑連一口水都沒給你喝。」大姑也是心善的人，說著淚水就下來了。

光妹看了心裏也更難過了，就說：「大姑，你別……」

大姑抹抹淚說：「現在呢，你要是不嫌我這個大痲子姑，我就當你一次娘吧。」

光妹驚喜地：「真的？」

大姑說：「我老人還能跟你鬧著玩，快叫娘吧。」

光妹向她鞠躬，深情地喊了一聲：「娘！」

大姑也親熱地答了：「噯！哈哈，孩子，你是個苦命人，人生的一次劫難已經過去了，翻過這座山頭就是一馬平地，要過好日子囉。」

光妹望著她：「娘，你真這麼看我嗎？」

大姑長歎一口氣：「唉，大姑老囉，不瞞你丫頭，當年在臥龍山，那可是三垣四象二十八星宿我一看就準，什麼陰陽八卦、天地輪迴，我一算就靈，天文地理、看風水寶地、測行人吉凶，哪一樣我不是張口就來？彭家昌敢不聽我的？現在老了，算不準了，不靈了。但我看你面善心好，大姑絕不會看走眼的。」

大姑的言語，使她心頭一酸，真的好像自己的親娘就在眼前，多年的苦水一下子湧上心頭，「撲通」一聲跪在大姑面前，大聲哭喊：「娘啊，娘啊，您曉得女兒有多苦啊。」

大姑坐在她身邊，拍著她的肩頭，不緊不慢，有聲有色並有節奏地哭說起來：「兒啊，我的苦命兒，常言道，苦命之人天不負，難出頭的筍子是好竹，兒啊，我的兒，我兒命苦苦黃蓮，淌過了苦水迎來甜……」

門口吃酒的人聽到屋裏的哭聲，都停下了筷子，面面相覷，不知又發生了什麼事。還是肖貴根老爺人老經驗豐富，站起來大聲說：「聽我講，今天我侄子這喜酒有點特別，是出門喜事進門喜事一家做，這酒席呢，是嫁姑娘娶媳婦合辦的酒席，大家現在聽到的哭聲，是新娘家在哭嫁呢，我們吃的是出門喜酒，來喝！」

大家沒有聽老爺的，而是停止了吃喝，聽賴大姑那有節奏的哭聲，像聽古戲樣的那麼專心……

那賴大姑哭道：「兒啊我的兒，一生夫妻，百世姻緣，百世修來同船渡，千世修來共枕眠；兒啊我的兒，在家要聽父和母，出嫁孝敬公與婆，一生之計在於勤，一家之計在於和；兒啊我的兒，夫妻講究恩和愛，妯娌相處笑臉開，不會做媳婦兩邊搗，會做媳婦兩邊調；兒啊我的兒，粗茶淡飯老布衣，不求富貴求和睦，鍋碗衣裳要勤洗，求人不如求自己；兒啊我的兒，賢婦令夫貴，惡婦令夫敗。凡事能忍盡量忍，退後一步不差人；兒啊我的兒，生活有時當無時，甜日子要當苦日子過，千差萬差來人不能差，千火萬火外人在場別發火；兒啊我的兒，遠親不如近鄰，近鄰不如對門，記住左鄰好與恩，忘掉右舍錯和過；兒啊我的兒，當家才知柴米貴，養兒不忘父母恩，養子不教如養驢，養女不教如養豬；兒啊我的兒……」

院子裏吃喜酒的人都放下了筷子，認真聽著賴大姑勸媳婦做人的言語，這些話語真是女人的備忘錄，更是家庭的教科書啊。每人都受了一次深刻的教育，特別是會計李常有，歎了一口氣說：「大姑哭出的都是好詞語，早曉得叫我那老婆也來聽聽。」

真是講鬼鬼到。就在李常有話音剛落，他老婆張臘香闖了進來。張臘香矮胖，頭髮亂，眼睛生，是村裏有名的母老虎、坐地炮。所以，李常有也有個外號叫「氣管炎（妻管嚴）」。今天何況他還缺了理呢。他見老婆兩條短腿像鴨子划水樣的一進門，身子一顫，便一頭鑽到桌底下去了。

石頭同他坐在一條板凳上，他瞇眼沒見到張臘香，以為是李常有掉了一塊肉而鑽桌下去撿，就說：「哎喲，你也變得像我一樣小氣了，肉掉就算了，起來吧，李會計。」說著眼對桌底下看。

這下被張臘香看得清清楚楚，衝過去伸手擰著耳朵把他從桌底下拎了上來，大叫著：「好啊，你小子在這裏多自在，家裏可出事了，出大事了。」

在場的人目瞪口呆：「什麼事？」

張臘香大叫著：「家裏的大公……」雞字沒講出來，李常有撲過去雙手捂她的嘴。

李常有扭著老婆回頭說：「不，不，沒事沒事。」又向老婆：「今天是邵支書同光妹結婚，肖老爺說：「什麼？大公？是你老公公走了？」

張臘香聽說是書記的喜事，也就沒吭聲，往外走去。當走到院子門口，汽油燈的亮光下瞥見大喜事，走，有事回家說。」

李常有不顧一切，抱住她往外拖去，多遠就聽張臘香的哭罵聲，李常有再也沒入席。門邊一堆雞毛，就明白了一切。轉身狠狠地一巴掌打在丈夫的臉上，大叫著：「你……」

這一切被馬德山看在眼裏，記上心頭，回頭大聲說：「沒事沒事，大家喝酒！」石頭搖頭歎氣道：「家有賢妻，夫不招渾事。李會計攤上這麼個老婆，也是倒了八輩子霉了。」自己乾下去滿滿一杯白酒。

在大家正吃喝得起勁，賴大姑站在門口大聲叫著：「哎，新娘子來了，大家迎接新娘子。」

大家以為光妹出來敬酒，都把目光投向裏屋，可誰也沒想到光妹由白玉蘭做伴娘，搭著紅蓋頭從門外走進來。原來是賴大姑安排她們從後門出去，繞過了山牆的。

肖老爺說：「看到了吧，姑娘從娘家到婆家門口了，大家現在喝的是進門喜酒喲。」

眾人紛紛離開酒席，到門口鼓掌迎接。有的好像真的沒見過新娘，在紅蓋頭下神頭鬼臉。

石頭喝多了點酒，嘻嘻哈哈地湊到新娘身邊，也忘了自己是多大年紀的人，說：「哈哈，小媳婦，黃瓜餾，看著沒人咬一口。」

馬德山拉著他：「石隊長，別忘了，光妹也是有火氣的人喲。」

石頭笑笑：「怕什麼？新房三天無大小，看她今天能發火？」

新娘到了門口，賴大姑叫玉蘭把門關起來，從酒席上把邵光龍拉到新娘面前說：「新郎官，抬頭嫁女兒，低頭娶媳婦，現在不是書記了，給我放乖一點，新娘子到家門口了，怎麼辦？」

邵光龍陪大家喝了不少酒，低著頭站在那裏不知如何是好。

邊上人議論著說：「去，上去親一口！」「來，到酒席上敬一杯！」「要你們一拜天地，二拜高堂，夫妻對拜！」「對，拜天地！」大家的呼叫聲到了高潮。

邵光龍向大姑說：「大姑，現在講究新事新辦，破四舊，立四新，這拜天地千萬做不得。」

大姑說：「不拜天地也可以，那我問你，新娘子是你接來的，還是她走來的？」

邵光龍看看新娘：「是她走……」看大姑黑著臉，又說：「是我接來的！」

大姑拍拍他的肩：「好，是你接來的喲，可人到門口，又怎麼接進去呢？」

邵光龍不知如何是好，大姑提醒他說：「過去可是花轎子抬到你門口的。」

這句話沒提醒新郎官，而提醒了大家。眾人大叫著：「對，馱進去，把新娘馱進去！」光龍這下沒辦法，只好在新娘面前彎下腰，新娘也就不客氣地趴到他身上，新郎一用力把她馱上了肩，藉著一點酒勁，雙手伸到背後托著她的屁股。不知是他用力過猛，還是摸到她癢癢筋上去了。光妹差點笑出了聲。後面吃酒的哄起來，有人在她背上雨點般的拍著。

賴大姑這才開了門，令他們沒想到的是門裏放著一個大火盆子。石頭看了大叫著：「呀，這叫我們書記孫猴子過火焰山哪。」

新郎馱著新娘要繞過火盆，被大姑攔住說：「這叫進了門裏，今後生活紅紅火火，美美滿滿嘛。」

新郎說：「那怎麼辦？」

大姑說：「跳過去呀。」

大家齊喊：「跳過去，跳過去！」

這時新郎身子冒汗了，對背上新娘說：「你可趴緊了喲。」

新娘在他耳邊說：「你可要用力喲。」

她抱緊了他，他用力大步一跨，跨過了火盆，馱進了房間。

接下來新郎新娘到院子桌上，向每個客人敬了一杯酒。就這麼鬧到半夜才結束。每人又帶著四顆水果糖，哼著小曲回家去了。

細心的馬德山，想到剛才酒席上張臘香的出現，這隻母老虎，丟了一隻大公雞比割她肉還難受，說不定明天拿菜刀剁砧板，罵個三天三夜不睡覺。當了多年基層幹部的他，知道事情解決在萌芽之前是多麼的重要。於是就連夜路過李常有家門前，用手電筒照照，見門邊一口豬食缸被打碎了，屋裏沒有燈光，可還聽到幾句女人的叫罵聲，知道剛才戰火是多麼猛烈。於是便敲了他家的門。

開門的是披頭散髮的張臘香，她見到馬德山就愣在那裏沒吭聲。因為講起來，他們還沾了一點親眷關係。她是馬德山姐姐婆家大哥的侄女兒。

馬德山先開了腔說：「臘香啊，從我姑姥子那兒論，我還是你的長輩呢。」

張臘香笑笑說：「那是，我該叫你大舅爺，大舅爺有什麼事吧？」

馬德山從荷包裏掏出一張五塊的票子，有意用手電筒照給她看，說：「這是邵書記給你的，當時急了點，常有沒跟你商量，算是先斬後奏了。」

張臘香一看是五塊錢，想到大公雞也只有五毛錢一斤，那隻雞最多六七斤，值三塊多錢，便伸手接過錢往荷包裏一揣，打開了笑臉：「我不怪，不怪。」

馬德山說：「怎麼樣，夠了吧？」

張臘香點頭：「不少了，大舅爺。」

李常有聽到錢，穿著褲衩，靸著鞋跑出來：「什麼錢？」

馬德山電筒照了他，見他臉上幾道紅印子，便說：「我說臘香，夫妻吵架也得講究點規矩。罵人別揭短，打人別打臉，常有是大隊幹部，明天出門怎麼見人？」

李常有抓抓腦袋笑笑：「習慣了。我每次都講貓抓的。」

馬德山搖搖頭轉身就走。

李常有問清了老婆的錢，追上馬德山低聲說：「大隊長，這錢是你……」

馬德山也不停步說：「戲法人人會唱，各有唱法不同。全大隊的錢都在你手裏，你就不能變通一下……」

李常有連連點頭：「對，對！」

第二天他從自己工資裏扣了五塊錢還給大隊長，邵光龍把那隻公雞按市場價付給了李常有。

再說當天夜裏邵光龍家中。賴大姑和白玉蘭沒有走，收拾碗筷，洗刷完畢。肖光妹一身像散了架似的進了房間，躺在房裏等待著大哥的到來。聽到中間屋裏大姑同大哥在說話，她也不知他們講了什麼話，脫去衣服，光著身子靜心地等待著。

外面的汽油燈熄滅了以後，房裏的燈光是那樣的微弱，像一片薄薄的霧氣，瀰漫在她光玉般的身軀，夢幻她的心頭。她躺在從來沒有躺過的大床上，身子側在床裏，反覆撫摸著床外大哥要睡的位置上，想到這麼多年都是睡單人床，從今以後就要在這張雙人床上睡覺了，心裏有著說不出的激動。

等了好一會，大哥進屋關上房門，坐在床沿上正欲脫衣，她再也控制不住了，爬起來抱著他狂吻著：「大哥……」

他也吻著她：「小妹……」推開她脫下外衣。

她仰面躺著說：「幸虧大姑來了，把婚事辦得這麼熱鬧。」

他脫了外衣上了床：「是啊，好多我都沒想到。」

她雙手勾著他的脖子，說：「大哥，我現在死了都滿足了。」

他捂她的嘴：「大喜日子，瞎扯什麼呀？」

她扳開他的手說：「大哥，這你不懂，死就是生，生就是死，過去的死了，今天開始新的日子，生了。大姑不是說歲歲平安、紅紅火火嘛。」

他也激動了，飛快地脫去內衣，擁抱著她滾到了床上。

她把他拉在身上說：「大哥，來吧，壓我吧，用吃奶的勁壓過來，把這個小雜種壓掉吧。」

大哥爬到她身上正欲用力，這時聽到大姑在中間屋大聲咳嗽了一聲，他那瘋狂的身子一下子軟了，從她身上滾下來，喘著粗氣說：「小妹，這孩子是無辜的，你呢？第一次懷孕也不容易，留下吧。」

她硬拉他說：「大哥，這可不是你的呀？」

他推開她說：「我不是說過了嘛，不是我的可是你的呀。你的不就是我的嘛。小妹呀，今晚我酒喝多了點，恐怕不能讓你滿意了。留得青山在，還怕沒柴燒，今後我們再好生就是了。」

聰明的光妹這才想到剛才大姑的咳嗽聲，她想一定是大姑同他說了，不能動了胎。想到這些她眼淚又下來了。她雖然沒多少文化，可聽有文化的人講過，人間有四大快樂的事：天久乾旱下雨的時候，在外地遇到家鄉人的時候，考狀元掛名的時候，還有就是新婚夜晚的時候。我可憐的大哥啊，為了我，為了這個孩子，面對光著身子的女人，自己的新娘子，而強忍著自己啊。於是，她咬牙發誓說：「大哥，我今後要給你好好的生，生他個五個七個吧。」

他像是迷迷糊糊地說：「哎喲，哪能養活那麼多，三個四個就足夠了。」

她說：「不，我不講生十個八個，我起碼要給你生七個。古話說，五男二女，七子團圓嘛。」

他像打呼嚕般說：「好，七個就七個吧。人多好啊，人多議論多，熱氣高幹勁大嘛。」

他們就這麼說著說著，她靠在他的胸脯上慢慢地睡著了，淚水打濕了他寬厚的胸膛。其實他並沒有睡著，下身一次次的潮動，心裏像在烈火中燃燒，滾油中煎熬。

十月懷胎，一朝分娩。轉眼光妹就要生孩子了。

生產隊裏有規定，臨月生孩子就得放產假。她放假，可老闆不能放假，秋收季節，大隊書記忙得兩腳不沾灰，村裏男女老少都在忙，家裏僅她一個人閒著無事。無事就生非，胡思亂想。自己生孩子，自然就想到當年光英生孩子。也是在這間屋裏，也是在這張大床上，她親眼看到光英怎麼難產又怎麼大出血到最後死掉的。更記得大姑說，生孩子同閻王只隔一張紙，家裏沒男人陰氣重。好像這些事就發生在昨天，大姑的話不停的在耳邊迴響。可要想她大哥陪自己是不可能的事。她越想就越怕，更為重要的是她作了一個夢，夢見嫂子光英的陰魂還在這個房間裏沒有走，那陰魂瞪著眼，黑著臉的罵她講話不算話，明明同光雄定下的婚姻，卻在外面種了個野種。那陰魂就在等著她生孩子好投胎去。她從睡夢中大叫著醒來，一身的冷汗。晚上把這個惡夢跟大哥說了。

光龍勸她說：「你沒聽人講，瓜熟蒂落嗎？作夢，那是你整天頭腦想的，日裏怎麼想，夜裏怎麼夢。」可她否定說：「不，千真萬確，現在天一黑就不敢進房間，好像有個黑影坐在床前等著她。」

這些話把他也講得全身起了雞皮疙瘩。怎麼辦呢？要不請大姑下山陪著她？她更反對，說當年是大姑接生出的事，現在大姑人也老了，她的手藝越來越不行了。最後定下來，由白玉蘭陪她提前上縣醫院。

白玉蘭自從母親去世後，一個大姑娘在家很害怕。今天很高興陪光妹。光龍把她們送到縣醫院，首先進行全面的檢查。婦產醫生是個男的，長得比較胖，人家叫他胖醫生。他反而很高興，因為現在生活差，到處都是瘦人，人們對胖很羡慕。

胖醫生看了光妹檢查的單子對光龍說：「你老婆這寬寬的胯，是個生孩子的好手，加上身體好，胎位正，你不需要擔心。」

這樣，邵光龍就放心地走了，一切托給了白玉蘭，大隊書記不能陪老婆生孩子。眼下秋糧入了庫，上級又通知加緊改山造田，擺在眼前的是十里長沖兩邊山坡的樹要砍，為第二期修梯田做準備。

住院第一天，光妹就向左鄰右舍的產婦們打聽，醫院裏是怎麼接生的？怎麼生是最保險、最安全的？產婦們七嘴八舌講了一大堆，最後一致意見是剖腹產最安全，大人小孩都平安。這樣她心裏有了數，自己決定剖腹產。

第二天剛吃過早飯，光妹發現有些不對勁，好像肚裏孩子在活動著，接著肚子開始疼痛，就大聲叫著：「玉蘭，不好，快叫胖醫生，我要生了，快，給我剖腹產！」病房裏的人聽了都好笑。

光妹被推進了產房，她看不見白玉蘭，看不到大哥，心裏更害怕，就一個勁地叫：「我要剖腹產，我要剖腹產！」

一個女醫生在她身下摸摸說：「你不需要吧。」

可光妹說：「不剖腹產我生不下來怎麼辦？生下孩子自己大出血死了又怎麼辦？我還要給我大哥生五男二女呢。」

那女醫生被她講跑了，去叫主治的胖醫生。胖醫生聽說後正準備進產房，就聽到裏面大聲罵起來：「你這個小醫生怎麼跑掉了，哎喲，我要剖腹產，你們醫生死掉了，我弄你媽！」

胖醫生被這聲罵嚇了一跳，退出了產房。

要說肖光妹吧，你也真是的。這裏可是縣級醫院，不是在臥龍山，眼前的是醫生，不是大老粗老社員，你用這種粗野、蠻橫的方法對知識分子，悲劇自然就要發生了。

這不，胖醫生有想法了。他想這個婆娘這麼厲害，住院時知道她是貧下中農的後代，還是土皇帝大隊書記的老婆，想必在村裏也是一霸，要是不按她的要求去做，萬一生孩子出了事，她再鬧起事來，我當醫生也沒好果子吃。再說剖腹產對開刀的醫生來講，只不過是小手術，凡做手術的主刀另外有補助，何樂而不為呢？於是，胖醫生立即提筆給肖光妹剖腹產。助理醫院和護理做好藥物皮試、麻醉等一切準備，很快把她推上了手術臺。

胖醫生也做好了準備，上前正準備手術，一看桌邊的單子上還沒有家屬簽字。因為這個手術太突然了，大家一忙乎就疏忽了。

胖醫院大聲說：「怎麼搞的嘛，沒有家屬簽字呢？」

躺在那裏痛得死去活來的光妹頭腦還算清醒，說：「拿來，我的名字我會寫。」

胖醫生說：「開什麼玩笑，當事人怎麼能簽字？」

光妹說：「哎喲，痛死我了。那我老闆回去了，怎麼辦？」

胖醫生摘下口罩說：「那這個手術我不能做。」

光妹急中生智說：「我還有妹妹叫玉蘭，簽字可以吧？她在門外。」

胖醫生說：「那還差不多。」

護士拿單子找白玉蘭。正在門外等待的白玉蘭也不清楚怎麼回事，醫生叫簽就簽了自己的名字。

胖醫生一看：「不對呀，你叫肖光妹，她叫白玉蘭，你們是親姐妹？」

光妹說：「是親的，我老大跟父親姓，她老小跟母親姓。」

胖醫生還是不放心，拿著單子要出去問，只聽肖光妹大嗓門叫起來：「醫生，你怎麼像個老母豬這麼慢騰騰的，再等我可生下來了。」

胖醫生怕她再冒出一個女人不該冒出的粗話來，就沒有時間再討論是不是親姐妹的問題了。

可心裏憋了氣，拿起了手術刀，這樣當然會誤事了。

當胖醫生剖開了肚皮，撥開一看，嚇呆了，怎麼回事？孩子不見了，當看她的下身，壞了，由於為簽字的問題拖延了時間，加上她明明是可以生下孩子的原因，孩子已經生下一半了。胖醫生想，她要是從下面生下來，還要我做手術幹什麼？那不是開了空刀嘛。明天她要是知道了還不罵死我呀。不行，不能讓她生。於是就伸手從腹中拉住嬰兒的兩條小腿，重新拉回來。這一拉，不得了，出事了，造成子宮內膜大出血，那麼只好立即做止血手術。這手術一做，可憐的光妹就再也不能生孩子了。當把這個消息向她「親妹妹」白玉蘭說明時，白玉蘭大叫著要鬧事，可胖醫生把手中的單子晃了晃：「不管你是真妹妹假妹妹，白紙可留下黑字呢。」白玉蘭一下子閉住了嘴。

光妹被推回到病房，腹部紮的白色繃帶滲透出好多血，左右住院的向她祝賀生了個大胖小子。可她同白玉蘭怎麼也高興不起來，特別是白玉蘭，心裏十分內疚，只怪自己不該冒充她的妹妹，在單子上簽了字。要是不簽那個字，那孩子就自然的生下來了。光妹知道後，安慰她說：「不怪你，只怪我沒生過孩子，一點經驗都沒有。早曉得生孩子就像雞下蛋樣的這麼容易，我何必到醫院來受這個罪呢？脫褲子放屁，多一道手續。花了許多錢，自己後悔死了。」

最後她倆商量好，錯打錯賠吧，這事千萬不能讓光龍曉得。

第二天，邵光龍急沖沖地來了。他帶來了雞蛋、麵條，十分高興地坐在光妹的床前。見她臉色蒼白，眼角上掛著一滴淚水，好像剛哭過。心想她生兒子本該高興才是。可轉過來一想，也許是第一次當母親，那是幸福的淚花吧。他又伸頭看躺在她身邊的嬰兒，只見那嬰兒捏著小拳頭睡著了，好像做累了事睡得又香又甜。他入神地看著，伸手拂動著嬰兒幾根淡黃而稀疏的胎髮，湊過去想親一親這個兒子。哪知嘴剛一碰到嬰兒的小臉，嬰兒醒了，睜圓了雙大又黑的眼睛，直勾勾地看著他。他好高興，臉上樂開了花。光妹見他這麼注視著嬰兒，想到自己說過要為他生個五男二女的，可現在卻再也不能給他生孩子了，他再也沒有自己的親骨肉了，便心頭一酸，雙手捂著臉，淚水從指縫中漏出來。

他忙掏出手帕給她擦臉，說：「別哭，別哭，月子裏哭眼睛會鬧毛病的。」可她抓住他的手帕，號啕起來，怎麼也止不住，站在一邊的白玉蘭也跟著流淚，臨床的幾個產婦都扭過身子，十分奇怪地望著她們倆。

五

現在已是寒冬臘月，大家開始忙著過年，學校開始放寒假，光妹收拾好過去自己住的房間，等待光雄回家過年。可是他們沒有等到他人，等到了他的一封信。信上說他在學校護校隊，每天有補助，今後寒暑假都不回來了。也不問大哥好，大嫂可否生孩子了。就這麼禿頭禿腦的幾句話。光龍看完信，想想又好笑，這小子還真有志氣，出了這道門，真的斷了回家的路啊。

大地瓜發大芽，大婆娘養大娃。光妹的孩子已經兩個多月，圓圓的臉蛋，亮亮的眼睛，虎頭虎腦，十分可愛。光妹望著孩子的小臉，怎麼望也不像楊順生，倒十分像自己，這下心裏的石頭落了地。

真是罈口扎得住，人口扎不住啊。這兩個多月來，全大隊的人紛紛前來向光妹道喜，有時房裏擠滿了人。光妹心裏有數，曉得她們心術不正，表面上來道喜，其實是來看孩子。看這孩子到底長得像誰。因為自光妹到縣醫院的那天起，村裏掀起了風潮，人們扳著手指頭算著，算她結婚到生孩子只有七個多月。七個月生孩子有，但在臥龍山並不多。更重要的是光妹婚前有兩個男人是懷疑對象。一個是肖光雄，自穿開襠褲定下的夫妻，一張招生的紙，光雄拍拍屁股灰走了。他前腳走，光龍當天就辦喜事，這也太快了。再一個是楊順生，也是在這個節骨眼上一去不回頭，連一封信也沒見過，有一段時間他們倆打得火熱，順生是不是跟她有一腿後嚇跑的？人的眼睛是雪亮的，沒有人懷疑光妹同光龍暗地裏偷情，真是古怪事。

光妹在臥龍山人們的眼裏，是講不清道不明的刺頭子，女人生了男人相，嘴裏罵著男人話，幹著男人活。人們既敬她又怕她。有的甚至還恨她，想在她身上找點餿事來。可現在看到她兒子同她是一個模子托出來的，都自動打消了心中的疑團。就傳開話說，七個月生的孩子聰明，還有句俗話是：「女兒像父，不富也富，兒子像娘，銀子打牆。」這孩子既是七個月生又像他的媽，長大一定不得了，臥龍山要出龍子龍孫了。

可這孩子在正要過年的時候，遇到了一場劫難，差點丟了性命。

說來是孩子過天花引起的。孩子過花，發燒不能敞風，整天關在房裏焐著，一連幾天高燒不退。光妹開始著急，找村裏黃大媽商量。黃大媽說這孩子不一定是過花，叫我講呢，還沒幹蛋黃

個土方子。底子的孩子，看他的人太多了，五顏六色的人都有，說不定把孩子的魂嚇跑掉了。她給光妹傳了

光妹聽了她的話，從此再不准任何人進房門，把孩子貼身的小褂子脫下來，搭在竹絲大條把上，從龍頭山下往回拖，一路拖一路喊：「兒子，回家吧，媽媽在家等你呀。天晚了，別怕呢，家裏沒外人呢。」回家後，把這件小褂子穿在孩子貼肉的身上。這方法在農村叫喊魂，魂丟了母親喊回來。可一連喊了三天也沒見孩子好轉。又請大隊赤腳醫生小張吊了兩天水，還是不起效果。這麼一來把孩子的病拖嚴重了。孩子從低燒到高燒，一連燒了六七天，一下燒動了筋（急驚風），全身抽筋翻白眼，牙關緊閉，口中吐著白唾沫，手腳痙攣，好像一口氣隨時都要喘不過來，急得光妹一個勁的抹眼淚，衣角都抹濕了。

一直在外忙碌的邵光龍這才知道事情的嚴重。同肖老爺商量紮擔架，由她母親抱著坐擔架上縣醫院。可老爺歎道：「用擔架抬到公社十五里山路，顛上顛下，上午只有一班車，外面一場風，怕是遠水救不了近火，孩子生命難以保住。」

光龍急得一屁股坐在門口，低著頭不知如何是好。

老爺拍拍他的肩說：「孩子病到了這種程度，什麼醫生都為難。現在只能是死馬當著活馬醫。我看只有一個人，說不定能妙手回春呢。」

光龍一抬頭說：「老爺快講，哪一個？我去找。」

老爺吸了一口煙抬頭望著山裏面說：「那就是賴大姑啊。」

邵光龍二話沒說，抬腿就走，一口氣跑到龍尾山，找到賴大姑，把孩子的病情向大姑說了。

大姑沉思了一會，說：「唉，巧呢，你兒子的病，同我小時候得的病差不多，世上很少有人治，那是我運氣好，是我師傅把我從死人堆裏搶過來的。」

光龍說：「你師傅在什麼地方？我去請。」

大姑笑笑說：「可惜三十年前就圓寂（死）了。」

光龍心灰意冷了，說：「那我兒子一點希望都沒有了？」

大姑不慌不忙地說：「不要緊，我看你人和面善，是個好人，凡好人都有天福，天不斷福人的路。我認得一位老先生，這人雖不是星宿下凡，也是世上生靈修行到了正果，你去找他是有指望的。可惜路途比較遠啊。」

光龍咬牙說：「大姑放心，就是在天邊我也要找到。」

大姑笑笑說：「也沒有那麼遠，你翻過龍尾山，再過一個衝就是馬屯公社的土崗大隊，王家莊生產隊有個王老先生，是從北京下來受管制的。」

光龍緊接著說：「土崗大隊章書記我認得，縣學大寨會議同我住一個房間。去年楊順生來就是坐他的手扶拖拉機來的。」

大姑高興地說：「好啊，那說明你們有緣分。哦，對了，王老先生前幾天挖的草藥已曬乾了，你順便帶給他。」

賴大姑把門前石頭上曬乾的根根草草，裝進一個黑色的布口袋裏。

邵光龍拎著口袋一路小跑來到土崗大隊的王家莊，巧的是，在一家酒桌上，章書記正坐在上沿張牙舞爪地吃喝著。他還像當年一樣臉紅脖子粗，見邵光龍進門，他把桌子一拍，站起來大叫：「哎喲，我的老兄，什麼風把你吹來了？來，乾一杯！」

邵光龍滿頭大汗連連擺手：「章書記，對不起，我已吃過了！」

章書記要來拉他：「吃過了也該加一杯呀，拿杯子來。」

邵光龍沒辦法，端起桌上別人一個滿杯子酒說：「對不起，借花獻佛，我敬各位一杯。」一仰脖子乾了，也不吃菜，抹抹嘴說：「各位慢用，我真有急事呢。」

章書記乾了杯中酒，看他一臉焦急的樣子，手裏還拎著鼓鼓的黑布袋子，就走下酒席，向桌上人揮揮手說：「好，你們乾吧。」同光龍走出門。光龍把孩子高燒要找北京下來的王老先生的事說了，章書記也十分熱情，帶他就走。

章書記走在村頭，不時回頭看他手裏的布袋說：「哎喲，你找我辦這麼點屁事，還這麼客氣帶東西幹什麼？這不見外了嘛。」說著要接他手上的布口袋。

邵光龍真是哭笑不得，很不自然地笑笑說：「對不起，章書記，這次來急了，下次一定還你情。這布口袋裏是王老先生在龍尾山挖的草藥。」還把布袋口敞開給他看了看。

章書記的臉更紅了，十分尷尬地搖搖頭：「嘿嘿，我操！我說呢，快走！」

他們來到一個矮草屋門口，見一位老先生正坐在竹椅子上捧著小茶壺。這老人大約掛邊六十歲，中等個子，瘦削的身子，紅潤的臉膛，慈眉善目，高高的額頭，花白稀疏的頭髮，留有幾根山羊鬍子。

光龍一見這位老人有點面熟，不知在哪見過面，曉得可能是要找的人，就上前深深地鞠了躬。

老先生聽了介紹，立即在布口袋裏選了幾種草藥，還裝在口袋裏叫光龍拎著，自己收了小茶壺，拎著小布包裹就要動身。

章書記說：「急什麼，下午趕不到的，晚上我同邵書記乾一杯呢。」

那王老先生說：「聽介紹那孩子病勢危急，救人如救火，還是快走吧。」

章書記只得同光龍握手告別，又對老先生說：「王老先生，這是我們大隊對鄰居的支援，毛主席說，支援和友誼比什麼都重要，你要費點心，回來我給你記五個工分。」

王老先生身子骨十分硬朗，走起路來「咚咚」的山響。算來也有三十里的山路，他看樣子一點也不覺得累。

到邵光龍家，天已斷了亮光。光妹點上小油燈，王老先生坐在床沿，從小布包裹裏拿出丟了一隻腳的老花眼鏡，看了孩子的面容，接著號脈，看舌苔，再把小孩子肚子露出來，一手張開兩指按在肚皮上，另一隻手在指間扣了兩下，發出「咚咚」的響聲。老先生皺著眉頭不言語，目光從眼鏡眶子上面瞧著了光妹一眼，又看了光龍，還是不出聲。過了好一會才摘下眼鏡放進口袋裏，手捋著鬍鬚，深深地歎了一口氣。光妹以為孩子沒有希望了，「哇」的一聲哭起來。邵光龍給老先生泡了一杯茶，手在發抖。

正在這時，孩子開始抽筋，白眼上翻，口吐白沫，全身抖動。老先生用大拇指甲掐了孩子的人中，孩子才慢慢恢復平靜。光妹哭著「撲通」一聲跪在地上，給老先生磕了一個響頭。

老先生扶起地上的光妹，揮揮手對光龍說：「紮火把，跟我來！」

光龍說：「我有電筒。」便帶著電筒跟他出了門。在房前屋後找了幾種草藥，洗乾淨後又跟布口袋裏帶來的幾種草藥一起，放在院子中舂米的石臼中搗碎成了藥泥，再把藥泥放在洗乾淨的瓦片子上，這時光龍已點著了火把，把院子照得通亮。

只見老先生雙手端著瓦片，對院裏的石縫，這裏看看，那裏瞧瞧，看到院子拐角石頭下有一個小洞，便向光龍呶呶嘴，光龍也不知道老先生要幹什麼，上前扳開大石頭，見裏面窩著一隻碟子大的癩癩蛄（癩蛤蟆）。老先生心頭一喜，雙手捧著瓦片送到癩癩蛄的嘴邊，「嗨」的一聲大叫，那癩癩蛄躍身一跳，一口白色像奶水樣的唾沫吐了出來，那是牠毒腺內分泌出的黏液。老先生眼疾手快，伸手一接，那白唾沫正好落在瓦片上的藥泥裏。老先生將藥泥重新攪拌，好像餅餡裏放了味精。又伸手抓住癩癩蛄，用大拇指甲在牠白肚皮上一劃，扒開肚皮裏的雜物，再把瓦片上的藥泥裝進癩癩蛄肚子裏，叫光龍架起木柴燒大火。

光龍找來一堆樹疙瘩，在院裏架起火堆。老先生把裝滿藥泥的癩癩蛄放在瓦片上塞進大火中，大約燒了兩個鐘頭，只見那癩癩蛄在大火中由青變黑，再由黑變灰，最後變白，發出一股清香氣味。那隻癩癩蛄像活著趴在紅色瓦片上，那是一團白灰。老先生把白灰放在碗裏，沖上開水，兌成了半小碗白色米糊一樣。端進了房間，用小勺子親自去餵孩子。

開始怎麼也餵不進去，他叫光妹把孩子身子扶直，扳開他的小嘴，一勺子餵下去，說來也怪，接著一勺一勺的好餵得很。等半碗白糊餵完了，小孩子也就睡下了。

光龍見王老先生一直忙到現在，已是滿頭大汗，忙叫光妹搞吃的。老先生不吸煙不喝酒，不吃葷，只吃素。光妹只好下了一碗素麵。老先生洗了一把臉，吃過以後，穿著衣服靠在隔壁的床上，說：「你們不要睡了，有事就叫我。」

第二天，天剛麻麻亮，老先生醒來後，戴上老花眼鏡，看孩子頭上出現汗珠子，便舒了一口氣，笑笑摘下眼鏡說：「唉，真是病來如山倒，病去如抽絲。孩子命大福大，好了。」

光龍光妹互相望望，感動得流下淚來。

老先生說：「不過，孩子身子虛弱，勤餵奶水，補充些米糊，少吃多餐。別飢也別飽著，別熱也別涼著。」

光妹抹著淚說：「老先生放心，我把他當小狗養呢。」

老先生一驚，望著光妹不知其意。

光妹笑笑說：「老先生笑話了。農村俗話畜牲好養，當狗養就是細細的養。」

老先生點頭笑了。

早上，老先生在院子裏活動著身子骨。光龍給他打了洗臉水，又泡了一杯茶。老先生心情特別好，洗臉後端著茶杯子進了房間。孩子已躺在搖床裏睡熟了，疊著的被葉窩著孩子的小臉。老先生重新看了看孩子的臉色，坐在搖床邊上，邊喝茶邊道：「這叫草頭方醫大病呢。」

光龍坐在他身邊說：「老先生，聽賴大姑講，她小時候得的也是這種病，是一位老尼姑醫好的，可惜臉上……您老醫術真高呢。」

老先生笑笑說：「這人啊，有四百四十種病，藥呢，有八百八十種方。給賴大姑看病的是個佛教徒，藥方子不能以犧牲生靈為代價，臉上自然要落下麻子的，老夫自從告老還鄉，立地成佛，從不殺生。這次算是破例了。」

光龍說：「是啊，真不知怎麼感謝您呢。」

王老先生抹抹鬍鬚說：「不要謝我，是你對孩子的真誠打動了我。實不相瞞，如果等到今天早上，這孩子可就無藥可救了。」

光龍說：「還不是您老昨天行動得快嘛。」

老先生又笑了：「再講呢，三分醫道，七分天命。這孩子吉人自有天相。」伸手托著孩子的小臉，又說：「你看這孩子長得天庭飽滿，地角方圓，天堂發亮，不講是天宮紫微星、文曲星下凡吧，按《易經》學上講，凡有大災者必有大貴呀。」

光妹燒好了早飯，聽到這話，也湊過來興奮地插嘴說：「對了，老先生，我這孩子是經常夜裏驚醒了呢。」

老先生望了她一眼笑笑搖搖頭，喝了一口茶，沒有回答她的話。

光龍知道她講岔了，站起來給老先生茶杯裏續水，回頭對光妹說：「你又不曉得蝦子在哪頭放屁，亂插嘴。」

光妹還咕噥著說：「不是老先生講『夜驚』嘛！」

老先生糾正說：「我講的《易經》是八卦咪。」

光妹樂了：「乖，老先生還是個算命先生。那就求老先生給我兒子算一命吧。」

光龍望著王老先生說：「算命，老先生也會？」

王老先生笑笑說：「算命容易，人生八字是死的，只要背會了五行、天干和地支。這五行呢，金木水火土，天干是十個字，甲乙丙丁戊己庚辛壬癸；地支是十二個字，子丑寅卯辰巳午未申酉戌亥，很簡單。可八卦的學問那是博大精深啊，那可是……」

邵光龍聽老先生說得頭頭是道，感到十分稀奇，就打斷他的話說：「老先生您慢說。」走到門口看外面是否有人，轉身把門關上，再拉上門閂，回頭對老先生說：「小時候，聽教書先生講，讀通賢文會講話，學會易經會卜卦。這算命呢，迷信活動就不搞了，老先生講的易經八卦，那就求老先生用八卦對照這孩子講一講吧，讓我們參考參考也不錯的。」

光妹打岔道：「要我講八卦太多，講一卦也就夠了。」

光龍瞪了她一眼說：「你真能呢。」光妹低下了頭。

王老先生看看他們夫妻倆，想想也好笑，端茶碗喝了一口，大約喝猛了一點，嘴上呷著一片茶葉子，又重新吐到茶碗裏，說：「看你們夫妻也是老實人，那我就給你們瞎扯幾句。要講這自從盤古開天闢地，《易經》是華夏文明的起源，我講《易經》八卦是經周文王、孔子演繹的六十四卦作依據推算的。請問這孩子的出生時間和時辰？」

光妹接著就答：「陰曆十月初四下午四點多鐘。」

老先生閉著眼，手抹鬍鬚，「哦，癸丑年十月初四，屬牛，還是欄內之牛。生辰四柱為癸丑、癸亥、戊戌，先天條件是水土，金金，火水，日主秋火。」邊說邊扳著手指頭算著：「震卦象徵雷，巽卦象徵風，坎卦象徵水，艮卦象徵山……就我算來，你孩子得的是第四十七卦，屬變易裏的困卦。」

光龍插話說：「那困卦怎麼講？」

老先生想想說：「困卦曰：『險以說，困而不失其所亨，其唯君子乎！貞，大人吉。』」

光龍光妹聽得迷迷糊糊，互相望了一眼，不知如何回答好。光妹性子急，嘴巴也快，便插嘴說：「老先生啾，我嫌你講八卦都多了，可你老先生還講了那麼多卦，這就卦得我頭腦裏刷了粥糊子，那可是糊裏糊塗啲。」

老先生笑笑說：「這意思是講，君子處於風險之中，終究要戰勝險阻而達至亨通，最後是大吉大利。」

光妹還是沒有聽懂他的話意，但從他的神態中可以判斷是好而不是壞。便說：「這麼講，那我兒子今後還能考上狀元呢。」

老先生滿面堆笑說：「大話不敢講，就我的看法，這孩子享有超人的聰慧之能，造福人間之才，親外有親之福呢。」

光龍想想說：「老先生，我對超人智慧、造福人間這些詞還是比較理解的。但這親外有親這話怎麼講法？」

老先生說：「這很簡單嘛，就是講這孩子除你們以外還有親人。」

老先生隨口露出的話語，使夫妻倆瞪圓了眼睛，簡直不敢相信這位白髮蒼蒼不起眼的老頭子，有如此大的本領，八卦算得這般活靈活現。光龍低下了頭長歎一口氣。光妹又坐不住了，站起來「撲通」又向老先生磕了一個響頭，說：「你老先生真是活神仙在世、活菩薩顯靈呢。」

這一舉動把老先生驚呆了，莫名其妙地不知發生了什麼事，忙拉她說：「別，別，你這是何意嘛？」

光龍站起來說：「老先生，真佛面前不燒假香，我確實不是這孩子的父親。我是想找到他，可他年初就沿長江而上，死活不明。現在我也沒主張了。」

老先生拍拍他肩說：「坐下，別急，你聽我話，要想這孩子應得的雙親之福，只要名義上有雙親就行了。」

老先生叫他別急，他還是急得手心冒汗，說：「這什麼叫名義有雙親？求您老人家一步到臺口，講需要我們怎麼做。」

老先生說：「別急，讓我慢慢解釋。這名義雙親就是名字上和意義上都有雙親。這孩子起名了嗎？」

見光龍搖頭：「那就先講名字吧。也就是那人的名字和你的名字各撿一個字合起來，就是小孩的名字。」

心急的光妹又插話了：「那不對吧，老先生，兒子還取老子名的一個字，那他叫邵光龍，假如兒子叫邵小龍，外人一聽還以為他們是兄弟呢。這不成了鍋鏟把子無上下了嗎。」

老先生認真地說：「我講的是字同或者音同字不同。比方講你姓邵對吧，那個人姓什麼？」光龍說：「楊，木易楊。」說著突然眼睛一亮，拍著頭又說：「想起來了，看我這木頭腦袋，您老先生意思是我姓邵，那人姓楊，加之肖家到孩子這輩是小字輩，那就叫邵小楊，怕別人議論，就叫邵小陽，太陽的陽。」

老先生高興地拍腿說：「這不就對頭了，邵小陽，這名字好。人家稱毛主席是太陽，你兒子是小太陽。」

光妹突然大叫一聲：「哎喲，不得了！」把老先生和光龍都嚇了一跳。只聽她又說：「老先生，有你這句話，我兒子有天大的本事也是反革命了。」

老先生笑笑：「這不是只能意會，不可言傳嘛。」

邵光龍堅決地說：「就這麼定了，邵小陽。可老先生，那意義上的雙親又怎麼講呢？」

老先生說：「這就簡單了，結個乾親，什麼乾爸、乾媽呀，都成。」

光妹興奮地一拍桌子大叫一聲：「哈，對了，村裏人都講結個乾親，孩子好養。」這一聲把老先生又嚇了一跳。

光龍埋怨她說：「哎喲，有話就講，大聲叫什麼，把老先生嚇著了。好了，結乾親的事你作主了。」

老先生搖搖手說：「那可不行，結親要講緣分，俗話說，有緣千里來相會。」

光妹伸頭說：「那怎麼看出有緣呢？」這話聲音小多了，將將能叫人聽見。

老先生挾指頭說：「明天日子不錯。你明天一早，打開大門，第一個生靈到你家中，就是孩子的乾親。哪怕是一頭豬，一條狗和貓。」

光龍夫妻面面相覷，不知如何是好。王老先生抹抹鬍鬚，笑笑說：「放心，人呢，慈悲勝念千聲佛，作惡空燒萬炷香。念你們忠厚善良，自有貴人與孩子結緣的。」

光龍正要講什麼，突然想起：「哎喲，光顧講話，王老先生還沒吃早飯呢。」

其實，早飯已經燒好了。王老先生胃口不錯，吃了兩碗稀飯和無油的小菜，就要走了。光龍給老先生早已準備好了五塊錢。可老先生怎麼也不收，說：「我兒女在北京工作，經常寄錢和糧票來，這次出診有五個工分足夠了。」

光龍硬要往他荷包裏塞，老先生沒辦法，就說：「這樣，錢我不收了，你家醃的小菜子特別可口，就給我掏一碗吧。」

光妹可高興了，拿出一隻乾淨的大碗，從一個小罈底下掏了黃生生的小白菜，用他裝草藥的小黑布袋子紮好拎著。光龍見到這只小黑布袋，想到昨天同土崗大隊章書記發生的笑話，想到章書記也是那樣的熱情，是否順便叫王老先生帶點東西給他。同光妹商量再三，想不到帶什麼東西為好。那五塊錢實在捨不得，家裏僅有五塊錢了，小孩子還要補養，其實就沒有一件東西可拿得出手了。

還是老先生聽到了他們的為難，就說：「哎喲，你們今後的日子長了，下次再講嘛。」光龍想也只好如此了。

邵光龍送王老先生出門，走在十里長沖的山路上，他萬分感慨，望望前後無人便說：「老先生，聽龍尾山的賴大姑講，您不是天上星宿下凡，也是世上生靈修行的正果，可怎麼落在我們這山溝溝裏呢？」

王老先生說：「說來話長，我自小得到祖上真傳，後上大學深造。抗戰爆發，參加了革命，幾經磨難，後有幸跟隨一位大將軍，當了他的保健醫生。沒想到文化大革命了，大將軍被批鬥死了，死得好慘啊。想到將軍的一生南征北戰，出生入死，那真是戰功顯赫。沒有大將軍，哪來的新中國，這不公平啊。」

王老先生停了一會，深深地歎了口氣，又說：「唉，人生是一場夢，早是醒來，晚也是醒來，天下沒有不散的宴席。有位領導人叫我到他的身邊，我以身體不好推辭了。良禽擇木而棲，豪傑擇主而事啊。我也是看破紅塵，告老還鄉，不顧兒女勸說，落葉歸根回到故里，勞動改造吧。好在家鄉幹部待我不錯，村裏有人頭痛腦熱的，求我開個方子，挖幾棵草藥，我也就經常上臥龍山採草藥，認識了賴大姑。她才是世上生靈修行的正果呢。」

他倆不知不覺地來到龍尾山。光龍這才想起，怪不得老先生這麼面熟，去年接楊順生同老先生擦肩而過。

到了賴大姑門前，老先生回身說：「好了，我到屋裏歇一會，你就回去吧。」

光龍想到兩位老星宿在一起，還有些內心話要說說，自己不便打攪，就把手上的黑布袋交給他，千道恩萬道謝以後才轉身回家去了。

當天夜裏，光龍光妹睡在一頭，兒子夾在中間，燈光下見兒子紅紅的小臉，心裏有說不出的高興。夫妻倆商量結乾親的事。他們想了想近幾天哪個有可能是最早的一個來到家中，排來排去，只有大隊會計李常有家的大黑狗每天要吃小孩子拉的屎，不論有屎無屎，牠都是第一個來。那是一條兒狗（公狗），這麼講，那就成了孩子的乾爸了。

於是光妹拍著兒子的被頭，歎氣道：「唉，這麼講還是個苦命兒，怎麼跟這條狗有緣呢。」而光龍也越想越不對勁，大聲說：「我的天，這孩子討了一個黑狗做乾爸，今後有人打狗，那不就打了孩子的乾爸了嗎？這條狗日後還要不要殺？我堂堂的大隊書記，同一條狗平起平坐，這不是天大的笑話，講出去我還有什麼臉面？」

她又想過來了，忽地坐起身來大叫著：「對呀，要是明早老爺第一個來呢？那不是爺爺是孫子的乾爸了？桌子板凳一樣高？這麼講，王老先生的八卦也是，學李會計講的話，瞎扯雞巴蛋的事情！」

夫妻倆這麼一叫，把孩子吵醒了，「哇」的一聲大哭起來。光妹把一隻拖得多長像瓠子樣的乳頭子塞進孩子嘴裏，自己又打了一個噴嚏。

光龍忙拉被蓋在她身上：「別涼著，快焐一焐。」他心裏想，既然王老先生出了口，寧可信其有，不可信其無，做過了別錯過。明早拿繩子套住那條狗，不讓牠過來就是了。

第二天天剛麻絲亮，光龍就拿根繩子套，候在李常有家門口，等了好半天，沒見他家開門，好不容易聽到李家門閂響，他拿著繩套，彎著腰上前，正欲上套，只見出門的不是狗，而是李常有。他靸著拖鞋，拎著馬桶。他嚇了一跳忙把繩套藏在背後，齜著牙似笑非笑。

原來李常有這個「妻管嚴」，每天倒馬桶都是他的事。在臥龍山，男人倒馬桶是最沒出息的事情。可憐李常有只好每天起早，趁別人沒起床，把這丟臉的大事辦完。沒想到出門見到大隊書記。這怕老婆的人，總是把別人聯想到自己，因為他深知書記家的老婆比自己家的母老虎還要母老虎，就驚訝地說：「邵書記，這麼清早八早的站到我們家門口幹什麼？」

光龍很不自然地：「沒……沒事。」

李常有說：「別不是嫂子把你趕出門了吧？」

光龍笑笑：「嘿嘿，你忙，你忙。」

李常有想想好笑，怕刷他的面子不好再問，就忙著倒馬桶去了。

光龍望著他的背影，想想確實好笑。做賊的看家，把別人當他了。

也就是在這時，那條大黑狗「呼」的一下從門縫裏竄出來，光龍的繩子套遲了一點，沒套住。只見牠直奔自己家中，他沒命地追趕，好不容易追上，雙手抓住狗尾巴。狗急了轉頭咬在他手背上，他怎麼也不鬆手，人狗滾在一起。

這時光妹迎面跑過來，她邊跑邊喊：「大哥，乾親接上了，大哥！」

光龍看到抱著孩子的白玉蘭跟在她後面，心裏有了數，這才放了黑狗，在地上半天爬不起來。光妹見他手背上被狗咬出了血，撲上去抓住他的手腕，張口在流血的傷口上吸著。

說來也巧，倒完馬桶回頭的李常有看到這個場面，以為光妹在咬他的手腕子，扔下馬桶一個箭步衝上前去，拉開他倆說：「別，別，鬆口，放開，有話好講，有事好商量。」

看到光龍的手腕子，黑著臉對光妹又說：「看你，都咬出血來了，罵人別揭短，咬人別咬腕，這下叫大隊書記多沒面子。」

光龍明知這是誤會，也無法講得清楚，只好錯打錯賠地說：「好吧，有事回家講去。」拉著光妹、玉蘭往回走。

李常有還是不放心，追過去對光龍說：「邵書記，人家要是問起你的手腕子，你就講是狗咬的，真的，我就經常講臉是貓抓的。」

李常有望著他們笑成一團的背影，想他們表面上是笑，回去說不定還有一場惡架要打。回頭自言自語地說：「唉，我以為臥龍山最怕老婆的僅有鄙人呢，哈哈！男人不怕女人？除非是紅頭毛野人。這叫莫道君行早，更有早行人啊。」嘴裏哼著那些有音無字的小曲，一心一意地刷馬桶去了，而且比任何時候都刷得乾淨。

光龍他們回到家中，並未見那條黑狗的到來。原來大黑狗四五天沒見到孩子的屎，已經換到別人家去了。唉，真是一場虛驚。

當天，光妹就向村裏放話，說她兒子叫邵小陽，白玉蘭是孩子的乾媽。

第九章 一九七六年（丙辰）

一

臥龍山大隊被江城縣命名為大寨大隊。這對於還沒有成為大寨公社的向陽公社來說，臥龍山算是走在了前頭。

成為大寨大隊的標準不是看全大隊每家糧倉滿了、生活富裕了沒有，而是看大寨田是否成功。龍頭山那三百多畝大寨田，從山腳到山頂，一臺階一臺階的像架起了雲梯，春天下了幾場雨，梯田禾苗綠油油的，社員們站在梯田裏，白天臉上樂開了花，晚上夢裏笑出了聲。夢見大寨田裏的稻穗有好幾尺長，稻子堆在場基上有小山頭那麼高，分到家中屋裏裝不下，大米飯盛在碗裏吃得嘴巴甜，肚子圓，天天像過年。

要說這勝利的果實真是來得不容易啊。臥龍山的社員們男女老少起早摸黑，披星戴月，面朝石山背朝天，汗珠子摔八瓣，上磨肩膀皮，下磨腳板皮，身上脫了一層又一層的皮。整整五個寒暑，除了春耕秋收外，大部分的時間都耗在了山上。好在沒有把身子骨耗乾。因為造大寨田每人每天補助斤把糧食，開始上面給，後來上面斷了，就賣山裏的樹，十里長沖，那可是兩千五百多畝的樹木。他們誰都曉得，之所以五年沒餓肚子，那可是蜻蜓吃尾巴，自吃自呀。五年把老祖宗的飯全部吃光了。但就一個龍頭山五百來畝山場，幹了五年才改成三百畝，這十里長沖全部改成大寨田，那可是猴年馬月的事啊。

邵光龍清楚地看到，擺在臥龍山人民面前，只是萬里長征走完了第一步，今後的路會更長，工作更偉大，生活更艱苦。但是道路是曲折的，前途是光明的嘛。

話說這年五月間的一天，龍頭隊人們帶著喜悅的心情在管理著田間的禾苗。下晚還沒到收工的時候，白玉蘭就提前回家。因為今天她有女人一月一次的事，褲襠裏夾著血布，褲外都見到血印子。至於她為何能特殊，提前回家，這裏有一段不平常的經歷。

龍頭隊長石頭有個兒子叫石蛋，是同邵小寶同一天出生。可憐小寶墳頭長出了小樹，石蛋長得人模狗樣，算來虛歲才十一。石頭有個姐姐，嫁在龍尾山那邊馬屯公社的王莊大隊。姑姥姥想給娘家舅的兒子定個娃娃親。女方姓王，十三歲，比石蛋大兩歲。俗話說，女大是饅頭（有得吃），男大是拳頭（討打）。石頭很是滿意，選擇個雙日子，帶著禮品，由姑姥姥帶著進了王家門。等喝了酒吃了飯，親事就這麼木板上釘了釘子，可親家母最後提出了一個小條件，就是她有個大兒子，今年二十四，還在打光棍，聽講親家公是生產隊長，手頭管著一百多人。這人上一百，五顏六色，想必合適的姑娘總有好幾個，是水都走橋下過，哪個社員不怕生產隊長。石頭這下明白了，原來這家人定娃娃親是假，找兒媳婦才是真。唉，怎辦呢？生產隊要是有個合適的，講講也可以。有權不用，過期就作廢了。當時就答應說回去講講看。

石頭回來把生產隊大姑娘排排隊，基本上都定了親。有的幾年前、十幾年前就被人家拴了紅絲帶，要講光棍還有好幾個，大姑娘，真是戴著眼鏡見不著。可是有一個人，長得油光水抹的，但自己是有時管到有時管不到，這個人就是白玉蘭。

白玉蘭家住山窪隊，可經常到龍頭山來幹活。因為她與光妹像親姐妹。自從她母親死後，一個人住在家裏有些怕，就常到光妹這裏住，現在又成了光妹孩子的乾媽，更就名正言順的把戶口轉過來了。好在光妹也確實需要一個人帶孩子。

石頭沒想到，白玉蘭之所以把戶口轉過來，是因她的婚事定給正在農場改造的肖光虎。

白玉蘭與光虎的事是光妹一手暗下操作的。光妹心想：當年光虎是替光雄坐的牢，光雄現在上大學，可光虎還在農場，一個是天堂，一個是地獄。這人心都是肉長的，她就想給光虎捏合一門親事，好在玉蘭也有意。她們就合謀隔三岔五的給光虎寫信，安慰他，鼓勵他，並說把戶口都轉來了，就住在你家裏服侍著你爸呢，為你家掙工分。光虎想到出獄能與自己心愛的人結合，所以表現特別好，準備提前釋放。這麼算來還有兩年就回來了。光妹這才叫玉蘭真把戶口轉過來了。

石頭隊長當然沒有看出這裏的門道，整天搭著老母豬的眼皮，蒙在鼓裏過日子，還找光妹出面作媒呢。這下討了光妹一頓臭罵。

石頭心眼小，想到沒吃到羊肉還沾了一身的膻氣，胸中結個小疙瘩。想到你是我手下的社員，總有一天我犁不著你也得耙你一傢伙。

石頭當生產隊長，對工作是兢兢業業，幹農活他是一把好手，犁田打耙，苗秧布種，他是無樣不精。所以，龍頭隊的田地耕得比人家細，種子選得比別人好，糧食產量比別人高得多。幾年來，社員們鍋裏比別人家多一口米湯，少一口苦水，外隊人都伸大姆指誇他是個好隊長，他又好戴高帽子，工作上更加賣力。可是在龍頭隊，人家背後罵他是糞缸裏的石頭，又硬又臭。就講學大寨吧。他是每天天不亮把哨子吹一遍，第一上工地，哪個來遲了，他把你八輩祖宗罵出來。天黑才下工地，哪個走早了，他扣你工分，毫不含糊。他把隊裏每個人當兒子、孫子捏在手裏，讓你都喘不過氣來，婦女們當然也不放過。

可是，社員們總是尋找著各自喘氣休息的方法。男人就選擇了吸煙。一槓石頭抬過來，累得腿抽筋，身子散了架，要想站著歇一會，那是很戳眼睛的。沒辦法，只好坐在石頭上掏出小煙袋鍋子吸一口，這一般幹部是不管的，因為大隊小隊幹部都愛吸一口。石頭的煙癮特別大，他人又小氣，荷包裏一般不帶煙，見哪個在吸煙，他煙癮發急了，就湊過去吸一口，煙酒不分家嘛，這也不丟小隊長的面子。可拿人家東西手短，吸人家煙就口短。所以，見誰坐下吸煙，他都不講話，你吸我吸大家吸。龍頭山的大寨田裏煙霧繚繞，像起了大霧天要下雨一樣。

可婦女們就不行了，沒有吸煙的習慣，那就選擇撒尿。男人撒尿像兒狗一樣，站在那裏轉過身子就完事了。婦女就得背一點。山上樹都砍光了，只好跑到山窪溝裏去，這是情有可原的，所以有的婦女撒尿是假，藉撒尿之名去喘一口氣。有的婦女累得架不住，一上午要撒四五泡，多的達到十多泡，可沒有哪個反對，大不了講一句：「嘿，這娘們沒尿泡。」「喲，這媳婦早上稀糊太稀了。」說過之後，一笑了之，沒有人追究。可石頭心狠手辣，把婦女看得緊緊的，哪個到山窪溝跑了幾次，他頭腦記著賬，多了就不行。

白玉蘭長得漂亮，可好看不好吃。牡丹花好看，沒菊花耐寒。人生得嫩歪，經不住龍頭山上的石頭磨，累得身子骨頭眼裏都發酸。

這天上午十點多，太陽烤得人身上淌黃油。肖光妹去撒尿了，她是真的，從來不做假。光妹沒見到白玉蘭是剛剛撒過了，只曉得她被人稱作是無尿泡的女人。就問：「乾媽（跟兒子喊）你去方便嗎？」

白玉蘭看石頭隊長正在低頭幹活，就跟她去了，等光妹撒了尿，她褲子都沒解就跟她往回走。這下好了，石頭從山邊站起來了，大草帽遮著額頭，小眼睛瞇著往這邊看。白玉蘭嚇得臉都白了，褲子來不及脫就一屁股坐在草地上。

石頭在那邊叫著：「好啊，你這個無尿泡的，你撒吧，等會我看草地，要是沒有尿印子，我就不講你破壞學大寨了，這帽子你頂不了，我扣你工分，我罰你三天工的權還是有的。」

光妹聽到他的喊叫，衝過去大罵道：「臭石頭，你媽的管天管地，還管女人們撒尿放屁。」石頭曉得光妹的碑氣，又是黨支書的老婆，她是惹不起的刺兒頭，就耐心地說：「好妹子，你不曉得，你上午撒十泡尿我都不管，可她剛才跟馬二姑撒尿，回到工地還沒站穩腳跟，又跟你來了，我是啞巴吃黃蓮苦在心呢，上午才幹兩個時辰吧。」伸出大手又說：「她可撒了五泡尿了呢，工地上都像她，那還能學大寨嘛。」

石頭的話句句在理，光妹無話可答，眼睛望著白玉蘭。白玉蘭也無話可說，臉是紅一陣白一陣的。她曉得石頭說到就能做到，急中生智，說：「我來情況了。」

石頭沒聽懂她話的意思，大聲說：「怎麼，有情況？尿泡都沒了還有什麼特殊情況？你媽的就有天大的情況，今天也得給我撒出尿來，跟我玩小花板，你還嫩了點。好了，我背過身去。今天要饒了你，我就是畜生養的！」

白玉蘭的話光妹可聽懂了，捲捲衣袖推開石頭說：「喊喪呢。快滾開吧！」

石頭跳起來大叫：「我死也不滾，我喊婦女大隊長來看，叫女民兵來查！」

光妹火了，一腳踢在他屁股上，說：「我弄你媽，查，查你媽的頭啊。人家姑娘身上的事你不曉得？不曉得就回去問你媽？哦，你媽老了，現在沒有事了，那你問她年輕時有沒有事，沒事怎麼懷上你這個雜種的！」

石頭這才明白光妹講的事是什麼事情，捏著鼻子吃蔥蒜，一聲不吭扭頭就走。

光妹拉他胳膊說：「來呀，人家褲襠裏還有一塊血布，拿去向公社領導報告去，孫猴子獎賞給你一根卵子毛剔牙齒呢。」

石頭被羞得地縫都能鑽，一甩胳膊向光妹拱手道：「饒了我吧，我的姑奶奶！」

白玉蘭這次蒙混過了關，可是壞就壞在這次過關上，讓石頭記恨在心。這人呢，不怕對你狠心，就怕記恨在心。他是隊長，你是社員，你是他的手下，是事都從他手下過，他十次打網九次空，只有一次補上工。

好了，機會來了。這次事後算來也僅有六、七天，她真來事了。本來抬石頭砌田埂的活，就不是像她這種女人能幹得了的，沒辦法，學大寨呀，男女老少都得上。這下累得她下身流得多，臉上流得像一張白紙，褲襠裏夾著一塊布條子，荷包裏裝了幾塊，上午要換三四次。

這下被石頭看到了。他明明曉得她這次是真的，卻不管那麼多，這正是出氣的好機會。就在她要往山溝裏走時，被他攔住了說：「怎麼？又來事了？」見她低頭不出聲，便提高了嗓門說：「玉蘭，你打我老爺們的馬虎眼，那天光妹給我一頓臭哭，到今天我還聞到臭味呢。你講的那事以為我不懂，不就是女人一月一次的那個事嗎。可上次的離今天多少天？你不記得吧？我可給你記著呢，才七天，一個星期，人家女人一月來一次，你是什麼女人，一個星期來一次？你除了無尿泡還是什麼怪女人？」

白玉蘭二話沒說，轉頭就到工地上抬石頭。她咬緊牙關，一槓子石頭抬下來，下身像斷了血管，「嘩」的一下流出來。她曉得布塊全濕了，真的應該去換一塊。可她看到石頭隊長的兩隻瞇瞇眼，像兩把鬼火，燒著自己的臉，烤著自己的下身，燒得她不敢離開工地半步。就這樣，布塊濕透了，濕到了內褲，從內褲濕到外褲，順著褲腳往下流，流到石塊上。還是肖光妹最早發現石塊上的血跡，順著血跡找到了她。她看到光妹，那在眼眶裏打轉的眼水湧出眼簾，身子一晃倒在大寨田裏。

從此以後，白玉蘭落下一塊病，每次來事都要流很多血。還是光妹吹了枕頭風，邵光龍找了石頭。石頭低頭認了錯，向白玉蘭表態說：「今後你來事可請一天公假，隊裏記工分。」就連平時多撒幾泡尿也沒人追究了。

這天晚抱西，太陽將將擦上西邊的山口，白玉蘭感到下身有點不舒服。她曉得要來事了，說不定馬上要流血塊子。就早點往家跑。將將走到村口的大槐樹下，看到有個人在東張西望。這人看上去像叫花子，高高的個子，身上穿著披一片搭一片的，頭上戴著破草帽。這些年叫花子多，她也就沒在意。哪曉得那人跟了上來，同她搭話。

那人說：「姑娘，想跟你打聽個人？」

白玉蘭並沒有回頭：「你講哪一個？」

那人說：「肖光妹。」

白玉蘭回頭看了他一眼，也沒看清他的臉，那人頭髮很長，披到臉上像個女人，可講話的聲音是男人腔，就伸頭望他的臉，望到那人一臉的絡腮鬍子。她嚇了一跳，加快了腳步說：「有啊，她丈夫是大隊書記呢。」

那人緊追不放地又問：「你曉得那孩子什麼時候出生的嗎？」

她已經到了門口，膽子也大起來，轉身瞪眼說：「那孩子是前年農曆十月初四生的，我陪她上的醫院。你問這些幹什麼？你是什麼人？」

那人有些慌亂，一轉身飛快的離去，那張毛猴臉在她面前一閃而過。她沒看清可好像有點面熟，不知在哪見過，卻怎麼也想不起來。

今天下晚提前歇工的還有大隊書記邵光龍。他不是每天都上工地，今天他叫李常有通知晚上開支部委員和生產隊長會議，研究下暴雨保護大寨田的應急方案。因為這兩天肖老爺在他耳邊吹了幾次風，說俗話講，春南風，雨祖宗，五月南風發大水，六月南風井也乾。這兩天南風搖搖的，那大寨田剛剛砌起來，是還沒進窯裏烘燒的泥巴罐子，經不住碰呢。光龍工作這麼多年得出的經驗，什麼話都可以不聽，老爺的話是聖旨，不能不聽。

邵光龍還沒到大隊部，見門口郵遞員老洪向他招手，他過去向老洪問好。

老洪遞給他一張二十塊錢的匯款單和一封信，並說：「匯款單上公章和私章在李會計那蓋過了，款給你帶來了，你支書忙，省得來回跑三十里山路。」

光龍接過四張五塊一張的新票子，緊緊握著老洪的手說：「你真是先進郵遞員啊。」

老洪說：「先進不敢當，我老了，下半年退休，兒子頂替，今後還得你關照呢。」說完跨上自行車走了。

他望著老洪的背影，心想，是啊，日子過得真快呢。這信和款是光雄寄來的。他大學畢業了，本來是社來社去，可上面又有了新精神，全部分配了工作。他分配到省先鋒棉織廠工會工作，第一個月的工資三十二塊錢，留下伙食費，寄給大哥二十元。他草草地看了信，也沒什麼感動。

他進了大隊部，叫李會計下通知，趁沒歇工前，把通知送到每個生產隊長的手裏。

李會計高興地說：「是要開會呢。龍頭山增加了三百多畝的糧田，現在禾苗長勢很好，看樣子雙搶忙不過來，是否買幾臺人力打稻機。」

光龍想想說：「會上再講吧。」就想起接兒子去。

學大寨的口號是關後門，鎖大門，家家戶戶無閒人。邵光龍大隊書記不能特殊化。夫妻都上工，三歲的兒子沒人帶，只好放在本大隊山窪生產隊五保戶王奶奶家裏。這老人去年得了風濕病，沒錢治殘了一條腿。但看孩子還是可以的。村裏好幾家的孩子都叫她看。每次上工送，下工接，就是路遠了一點。下午一般都是光龍接。他很喜歡接，特別是下晚，一天的勞累，全身骨頭像散了架，下晚把兒子扛在肩上，拉著他的小手，捏他的屁股，掏他的胳肢窩，逗得他一陣陣大笑，實在開心。

從王奶奶家回來要過一條小溪，這裏叫澗窪。過去澗窪四季長流，清水有腿肚子那麼深。現在基本上算乾了，只留下一塊塊的小氹，水還是清澈見底，各種顏色的石頭看得清清楚楚，小蟹子、小蝦、黃花魚自由地遊蕩著，還有螺螄、螞蟥。

小陽騎在父親的背上，指著澗窪裏哇啦哇啦地叫著。當父親的心裏明白，把他從肩上放下來，抱住他的身子對著水裏，讓他捉。他先抓了個螺螄，放手裏望望，覺得不好玩，扔掉了。伸出小手去抓一隻小蝦，可蝦子不聽話，躬著身子一彈，彈到石頭邊上去了。抓不到小蝦，眼望著父親。父親幫他扳開一塊石頭，石頭底下有三四隻小蟹子，兒子又伸手去抓。沒想到沒抓著小蟹子，卻被蟹子前面張開的兩隻大腳夾住了小手。他縮回小手，蟹子卻沾在手上怎麼也甩不掉。他「哇」的一聲大哭起來。可能是蟹子聽到他的哭聲，放開大腳，掉到水裏鑽到石縫裏去了。

父親看兒子那樣子，笑得差點鬆了手把他掉到水裏去。想兒子玩夠了，要抱他走，兒子卻怎麼也不肯走。父親又想到自己荷包裏有只牛皮紙的信封，就把兒子放在石頭上站好，掏出信封，把信裝好，伸手抓了兩隻小蝦和兩隻小蟹放在信封裏，交到兒子手上，說：「回去叫媽媽燒著吃。」扛著兒子往家走去。

來到村頭大槐樹下，一隻蟹子從信封裏爬出來掉到地上，父親聽兒子哇哇地叫，只好彎腰去撿。見地上很多很多的螞蟻，黑黑的一條線，一直連到大槐樹根下的一個大洞裏。光龍看了很吃驚，怪不得今年大槐樹頂上沒發青，原來裏面已經空掉了。

父子二人高高興興回到家，光妹在鍋前燒飯，問他們為何這麼高興，兒子向媽要水瓢，媽媽遞給他，他把蟹子蝦子放進去，開心地玩上了。

光妹看到蟹子和蝦，大叫起來，對光龍說：「怎麼你帶兒子到水塘裏去了？不得了，那裏有水鬼。」

光龍說：「什麼亂七八糟的？哪來的什麼鬼啊鬼的。」

光妹說：「是真的，就在剛才歇工的時候，石頭走在最後，他到水塘洗把臉，聽到水裏『撲通』一聲，他以為哪個冒失鬼在砸石頭，抬頭一看岸上沒一個鬼影子，再一看水裏有個全身是毛的水鬼。」

光龍從荷包裏掏出信和錢遞給她：「別聽他瞎扯。給，光雄來信了，還寄了二十塊錢。」

光妹補了一句：「他講什麼了？」她沒接他手裏的東西。

光龍把信的內容講了，她這才接過錢，從中抽出一張遞給他說：「這張你拿著。」

光龍說：「我又不用錢。」

光妹說：「大隊書記，假如有什麼事，不能像石頭那樣，吸個煙都往人家討。」

光龍接了票子裝在荷包裏。一陣南風吹來刮得砰砰地響，他關上窗戶說：「我晚上要開會，南風這麼大，剛才在大槐樹下看到螞蟻搬家，大寨田可經不住大水沖呢。」

晚飯他草草吃了兩碗，嘴一抹出了門。光妹拿出一件中山裝追出去說：「大哥！」他回過頭，她把褂子披在他身說：「早點回來，別把身子累垮了。」

光妹洗刷了鍋碗，給兒子洗臉洗腳睡覺。可兒子正玩水瓢裏的蟹子和蝦，怎麼也不願睡，她只好陪著他玩。外面的風真大，剛才關上的窗戶怎麼又開了？這窗戶一人搭一手高。她站在小凳子上重新把窗戶關好，到兒子面前玩著。可沒等一會，窗子又開了。她有點奇怪，這風並不大，窗子是閂著的，怎麼會自己開了呢？她站在牆邊背光的地方看著窗子，看到底怎麼回事。

過了一小會，只見一根竹片子從窗子縫隙中伸進來，輕輕撥開了窗閂，推開窗子的是一隻毛茸茸的大手，窗臺上趴著一張毛猴樣的大臉，兩隻電光樣的眼睛看著在玩耍的兒子。她這個一慣大膽的女人嚇得一腳踢翻了兒子的水瓢，抱著兒子大叫：「鬼呀，水鬼，兒啊，你的蟹蝦把水鬼引到家來了！」她緊緊抱著兒子衝出門外，發瘋樣的大跑大叫。

參加臥龍山大隊支委擴大會議的人剛剛到齊，石頭隊長把水塘邊看到水鬼的事講了一遍。李常有會計不耐煩地說：「別瞎雞巴扯了，哪來的水鬼。」

石頭梗著脖子說：「你只能當會計，這你不懂，水鬼一晚上要跑七十二個塘口……」

光龍看人已到齊，說：「別扯了，現在開會……」

邵光龍話音剛落，大門被人一腳踢開，公社武裝部長錢家安帶著十多個全副武裝的民兵，還有公社派出所的馬有能進了大隊部。邵光龍等大隊幹部不曉得發生了什麼大事，都站起來迎接，讓坐、泡茶。

錢部長個子不高，有點胖，嘴巴翹翹的，農村人叫豬拱嘴。長這種嘴的人嘴饞好吃。只見他揮揮手說道：「你們繼續開會，開完會都別走，有緊急任務呢。」

就在這時，只聽外面有個女人在大喊大叫，馬德山開門一看，只見光妹抱著孩子滿頭大汗，全身發抖。

光龍問她怎麼回事。光妹就把在家開窗子的事從頭到尾說了一遍。

石頭跟著叫起來說：「對了，妹子，你講的跟我在水塘裏看到的是一個模子托的，水鬼一晚上要跑七十二個塘口，他路過你家。」

在場的人開始議論。

錢部長站起來對光妹說：「嫂子，我們就為這事來的。你們講的這些我們早已捏在手掌心裏了。你別嚇了孩子，我派兩個民兵送你回去。」於是指派兩個民兵，背著步槍，送光妹母子回家。並要求通知全大隊民兵全部集合。

看來事情萬分緊急。邵光龍叫李常有把汽油燈加滿油，打足氣，會議室亮得像白天一樣，人們都眼巴巴地望著錢部長。

錢部長卻一聲不吭，這葫蘆裏裝的什麼藥？大家一個個乾瞪眼，誰也不敢多講一句話。

那錢部長打岔地說：「老邵，我這肚子咕咕叫，能不能在哪弄點吃的。」

邵光龍想，這晚上到哪能搞到吃的呢。眼睛望著馬德山。

馬德山曉得叫他想辦法，便站起來說：「錢部長，我家還有點蠶豆，炒點送來怎麼樣？」

錢部長眼一亮說：「好嘛，吞豆脆生生的，頂餓，太好了。」

馬德山走了。是啊，馬有能的領導來，當然要在你當父親的身上放血了。過了一會，馬德山端著一臉盆蠶豆放在桌上。

錢部長伸手就抓：「喲，好燙！」燙得他把手放在嘴邊吹了吹，撿了一顆剝著吃起來。他嘴裏講：「吃啊，吃。」可沒把盆子往桌子中間推，自個豬拱嘴像老鼠樣的吃得津津有味，吃得香味傳到每個人的鼻子裏，可就是沒人好意思伸手去抓。

只有石頭隊長早已流口水了，忍不住以老賣老的臉皮厚上前抓了一把說：「錢部長，我看看蠶豆炒熟了沒有。蠶豆要是沒炒熟就不能吃，腥氣，吃了拉肚子。」說著坐回板凳上吃起來。

山窪生產隊長大拴子同他坐在一條板凳上，低聲說：「給我幾顆吃？」

石頭有意高聲說：「想吃就去抓，一大臉盆呢。」

錢部長聽了就說：「大家都來吃，吃了馬上要佈置任務呢。」

這下大拴子上前說：「那我就好吃不顧臉了。」抓了一把。

大家也跟著抓著吃起來。只有邵光龍、馬德山沒動嘴，他倆在想著晚上不知要幹什麼事？

全大隊的男女民兵都陸續到齊了，有四十幾個人，加上公社的大隊幹部們，總共有近六十人。馬有能點了人數，錢部長看了看手錶，招呼大家都進大隊部，這下擠擠一屋子站在那裏等著部長指示。門口有兩個民兵在站崗。

錢部長站起來拍拍手，抹抹嘴，嘴角上留下一條黑印子，像長了黑鬍子。他望望大家說：「大家注意了，現在開個緊急會議。」

會場立即安靜下來，他提高嗓門說：「近兩天來，鳳凰嶺大隊、西灣大隊還有你們大隊紛紛有人報告，說臥龍山地區有水鬼出現，也有的說是野人活動。其實呢，野人是不存在的，講水鬼那是迷信。可這到底是什麼東西呢？經公社黨委研究分析後，我要告訴大家，那是美帝國主義派遣的特務來到了我們這裏。」

錢部長有意停一會，會場上開始小聲議論。錢部長又高聲說：「大家沒見過美國佬長什麼樣子吧？就是全身長毛，像水鬼又像野人。臥龍山自古以來就是出土匪的地方，也是特務活動的最好場所。他們來幹什麼？大家想過嗎？臥龍山大隊剛剛批准為大寨大隊，他來的目的就是要破壞我們學大寨。這風不吹，樹不搖，蝨子不咬人不撓，你要不把蝨子找到，牠遲早都要咬你。所以，為了保護我們學大寨的豐碩成果，現在立即行動，抓特務。特務在哪裏？據可靠消息，白天在外偷東西吃，晚上就住在龍頭山的龍王洞裏。我們要以迅雷不及掩耳之勢，把特務抓到手。下面請公社派出所馬有能同志佈置行動方案。」說完又坐下來吃蠶豆。

馬有能站起來，看著手裏的紙條子說：「按照錢部長的指示，我宣佈抓捕特務行動方案。第一，行動路線。根據我們多次抓捕反革命分子的經驗，一般罪犯夜間行動選擇山岡、山坡，因為站得高看得遠，遇到情況就躲進山溝裏，那麼我們行動就要對症下藥，選擇臥龍山的陰面左右山坡和山溝，分成三路向山頂搜索，陽面是大寨田，沒有隱匿的地方，特務不會隨便暴露自己的。第二呢，人員分工。共分成三個小分隊，第一分隊由錢部長親自任隊長，從左邊山坡行動。第二分隊由邵光龍書記任隊長，從右邊山坡行動。第三分隊由我負責，從山窪溝裏行動。每個分隊二十人，四支步槍，兩把手電筒，其他人準備好火把和木棍，發現情況，隊長用電筒向空中掃射為號。三個小分隊同時行動到龍王洞口集中。再成立敢死隊進入洞中，活捉特務分子。方案彙報完畢。」

錢部長站起來，大聲問：「大家還有什麼意見？」

這時人群中傳來「撲哧」一聲響，錢部長一聽，以為是哪個在暗笑，就黑著臉說：「要抓特務了，還有心思笑？是哪個？抓起來！」

石頭隊長上前一步，舉著一隻手說：「報告部長，不是笑聲，是我放了一個響屁！」他身邊的大拴子忍不住要笑，又不敢笑，手捂嘴用力一憋，跟著也放了一個響屁，比石頭的屁要響得多。

石頭隊長來了勁說：「部長，山窪隊長也放了屁，比我的還響，我擔心他屁股掰子都炸糊了呢。」

民兵們「轟」的一聲笑起來。

錢部長氣得不知怎麼說才好，黑著臉說：「抓特務這麼嚴肅的事情怎麼能放屁呢？這簡直是放屁！」他講這話用了力，自己的屁跟著來了，儘管把屁股翹上了天，還是有點聲音。

民兵中好多人捂著嘴笑。馬德山想起來了，站起來說：「對不起，部長，千不怪萬不怪，只怪我那個蠶豆，蠶豆也叫屁豆子，吃了會……」

錢部長大手一揮：「別說了，出發！」一聲令下，三個分隊自動往外擠，因為屋裏已臭氣薰天了。

石頭分在邵光龍這個小分隊裏。他緊跟著光龍低聲說：「邵書記，這次行動是一個錯誤。什麼特務，明明是水鬼。水鬼一晚上跑七十二個塘口，你上山能抓個雞巴子？這不是山坡上捉活魚嘛。」

白玉蘭也是女民兵，她拿著一根木棍自動跟在邵光龍的分隊裏，她聽到石頭的話語，也上前低聲對光龍說：「大哥（以光虎女朋友身份喊的），叫我講，野人、水鬼、特務都不是，是人。」

邵光龍看了她一眼，說：「你怎麼講他是人呢？」

她說：「那傢伙我親眼見過。」

光龍一驚，有意拉她到一邊問：「那傢伙什麼樣子？」

她說：「他是個男人，高高的個子，我看了有點面熟呢。」她把下晚同那人見面對話的情況從頭到尾講了一遍。

邵光龍聽後愣住了。心裏琢磨著，這人高高的個子，還面熟？打聽光妹，還到我們家偷看我們的孩子？難道是他回來了？……

二

是的，這個人不是野人，也不是水鬼，更不是美帝國主義派來的特務，他就是楊順生。

三年了，這三年楊順生去了哪裏？怎麼變成了野人了呢？他今天回來幹什麼？

別急，這還得要從他離開龍頭山知青屋的那一天講起。

三年前春上的那一天，肖光妹找過他，說自己懷孕了，同他商量是打胎還是結婚。他一時覺得天崩地裂，不知如何是好。他想到大隊正在組織對他的批鬥，在這個節骨眼上出了這麼大的岔子。打胎遲早會露餡，要是結婚那她有自小定下的婚事又怎麼處理？更重要的是牽連時任大隊書記的大哥頭上。自己真是有罪，罪該萬死。怎麼辦呢？走，三十六計，走為上策。走，離開這個地方，眼見不著，耳聞不著，事情就順其自然讓他去吧。這樣他帶著自己所有的錢和糧票，離開了肖光妹，走出了知青屋，沿著十里長沖向大山裏走去。

來到龍尾山，看到山岩上的小茅草棚子，想到應該向賴大姑打一聲招呼再走。見到大姑，含著淚水把發生的一切都說了。可把賴大姑嚇呆了。

「那個光妹上午還找我檢查懷孕的事，沒想到是你這個狗崽子幹的好事。這下好了，我還罵了她呢。她回去要是想不開，會鬧出人命來的。」

楊順生聽大姑這麼一講，更坐不住了，起身就走。大姑問他要到哪裏去？

他說：「聽母親講過，當年高桂花是大姑您指引了一條路，她走通了，父親當年也計畫要走一條路，沿長江而上，到三峽原始森林。今天我要走二十多年前父親準備走而沒有走成的路。」

賴大姑說：「過去有寺廟掩護，現在老黃曆怎能用呢。」說著兩手搭在他的肩頭，仔細端詳他的面相，憑她的經驗，這孩子面相不錯，眼前只不過是一場劫難，過了這場劫難今後會有出頭的日子，也就沒有阻攔。只是說：「當年你父親走遲了一步。凡事宜早不宜遲，遲了會顧慮重重，夜長夢多。你要說幹就幹，說走就走。」

楊順生見大姑支持他，決心更大了。向大姑深鞠一躬，轉身邁開大步。

他連夜走到江邊，沿江而上走到第二天天亮，來到一個碼頭。他也不望是什麼碼頭，見一艘高大的客輪停靠在那裏，有許多人在買船票，也就跟著買了一張。售票員問他到什麼地方，他講下一個站點。買了票上了船，這還是一艘遠航的客輪。走進一個三等艙。這個船艙有六個床位，每個床位分上鋪和下鋪，他不管這裏住了多少人，選擇最裏面拐角一個上鋪沒脫衣服就躺下了。他太累了，走了一天一夜的路，兩條腿木木的，不像是自己的腿了，簡單比學大寨幹活還要累呢。

也不知躺了多長時間，當他慢慢醒來，揉揉眼睛，下了床鋪，見一位老者向他微笑說：「這位小同志，真能睡呢。你可睡了兩天了呀。」

他也沒答話，走出艙外，見天剛剛大亮，算來是第三天清晨了。他感到很餓，在船艙食堂裏買了饅頭，一連啃了五六個。看到很多旅客往船上走，還在議論著什麼風景很美，他也跟著出了艙。

在船頭，只見兩岸峰巒起伏，岸邊古樹陰森，岸石嶙峋，旅客們仰頭張望，有的拿著相機在拍照，有的談論著巴山的風水、巫山的險惡、神女峰的迷霧，他知道這就是三峽了。

川鄂西山區是中國地勢第一階梯東緣的一部分，由武當山、荊山、大巴山、巫山等山脈組成，其中最雄偉壯觀的是瞿塘峽、巫峽、西陵陝，總稱長江三峽，舉世聞名。這裏是原始峽谷，群山溝穀深切，山勢巍峨，層巒疊翠，風景秀麗。這一切他都是從讀中學的書本中知道了。他常聽母親講，父親當年就是準備到這裏安家落戶的。他想，這山谷裏真的能有棲身之處嗎？我要是走父親當年沒有走成的路，這路怎麼走？等船到下一個碼頭下船就到這裏來嗎？吃什麼？住在什麼地方？

就在這時，有工作人員在喊：「進艙了，馬上要查票了。」

這一喊不要緊，他心裏一驚，查票？我可只買了第一個站點的票啊。他們會讓我補票、罰款、查我的身份，我沒介紹信，要把我抓起來。這一連串的念頭出現在他頭腦裏。他看到其他乘客都往艙裏走，他不能回艙裏了。他不是要到三峽安家落戶嗎？難道這麼一點勇氣都沒有？他想不了那麼多了，爬上欄杆，縱身一跳……

江水白浪滔天，巨輪汽笛長鳴，這位當年在中學就有魚鷹美稱的他，面對三峽裏像脫韁野馬般翻滾咆哮的巨浪，劈頭蓋臉的襲來，他沉著冷靜，順江流而下，張開雙臂像擺動的雙槳，用力划著，任憑浪濤一會把他推向深淵，一會把他托向水面。他不知翻滾了多長時間，也看不到江岸有多寬，更不知划到哪裏，只是不停地划著，仰划、側划、狗刨……把自己會水的動作都用上了。他感到臉上有什麼東西劃了一下，看到那是樹的枝條，哦，到岸了。他伸手想抓那根枝條，可沒抓著。一個浪頭打來，擊打著岸邊掀起了浪花，把他托向空中，再狠狠地拋向稠密的樹枝頭。他感到十分驚怪，好像躺在床上，一看是樹枝架上。他就勢一絲不動，全身軟得像棉花團，任憑樹下浪頭拍撲岸邊的岩石嘩嘩巨響，濺起浪花似雪片飛舞。一次次拍打他的身子。他擔心會再次被浪沖走，就順著斜立的樹枝一步步爬上岸去。

天空中初露的晨光摻進了彩色的朝霞，射在山頂，陣陣山風，推開層層薄霧，展現在眼前的是一個清澈的世界：那參天的古樹，比臥龍山村頭老槐樹還要粗得多，樹上有多種雀窩，各種鳥雀從窩裏出來，拍打著翅膀，不停地歡叫，十分的動聽悅耳，真是一首首天然妙曲。

他躺在樹枝也像一隻懶鳥，窩在枝頭，脫下全身濕透的衣服，放在枝頭曬著，躺在那裏想休息一會。可能是前兩天覺睡過了頭，現在怎麼也睡不著。想到自己來到這個峽谷，命運是凶是吉，是死是活，自己不能左右，只能聽天由命，他想了半天。

山裏太陽十分厲害，衣服一會就有點乾了，他穿好衣服，像一位身經百戰的探險家那樣面對深谷，面對原始森林，邁步向幽谷走去。可腳下荊棘叢生，行走十分艱難，大約走了兩里多路程，眼前一面絕壁，高千丈有餘，抬頭望不到頂。山面陡壁奇峭，怪石嶙峋，險不可攀。絕壁兩側，密集著蒼松翠柏，絕壁中部，岩石懸在空中，幽險蹙奇，活像女人胸脯上的兩座乳峰，搖搖欲墜。岩石四周，佈滿了藤蘿，綠葉叢生中倒掛著鮮豔的野花，看上去極為壯觀。他為眼前這迷人的仙境陶醉了。沿著絕壁往前走，只聽嘩嘩的響聲，前方石縫中往外噴水，潺潺的像是在歌唱。順著水流，下面是兩間屋大的泉潭，潭水清澈見底，各色石子清晰可數，游魚來往穿梭，銀色的水面映出絕壁的倒影，在陽光的直射下，顯得五顏六色。他手捧著泉水「咕嚕咕嚕」深深地喝了幾口，十分甘甜。潭面溢出的清泉，在腳下涓涓流淌出一條一條小溝，自然形成了蜿蜒曲折的小溪。

他休息了一小會，繼續往前走。走著走著，突然被眼前的場面嚇呆了——只見一群馬猴在奔跑，一隻猛虎在追趕，馬猴從身邊跑過。他靠著石壁想躲藏，可這裏根本沒有藏身之處。猛虎看不到了馬猴，站在岩上伸長脖子一聲怒吼，頓時地動山搖。那猛虎一回頭，發現了他，兩隻眼睛放出兩道凶光，張開大嘴，向他撲來。他沿著石壁沒命地奔跑，眼看猛虎就要撲到他的身上。他不知怎的腳下一滑，緊接著「骨碌碌」跌到山下，掉下懸崖，昏了過去。

不知過了多長時間，他慢慢醒來，渾身疼痛難忍，腿上好像還在流血。眼前是一片漆黑，伸手不見五指，怎麼回事？我明明是跌到山下，是跌得雙目失明了嗎？看看又有些不對，好像有一絲亮光。他抬頭一看，嚇了一跳，原來自己掉到一個石洞裏。他艱難地爬起來，尋找岩石的縫隙，想爬上去。可沒爬幾步，就摔了下來，他再爬，再摔，如此反覆，他知道自己一時是很難爬上去了。這裏又沒有任何人跡，看來只有等死了。他想，不能死，要尋找活路。他摸索著，摸摸石壁十分潮濕，石壁四周，有個洞口向裏面延伸。他順著石洞往裏面摸索，一點點的摸索。上面石縫中不斷往下「叮咚叮咚」的滴水，水滴在他頭上，冰冷徹骨。他打著寒噤，不停地往前摸索。

石洞曲徑回廊，變幻無窮，一會兒往上，一會兒往下，有時大，有時小，有時只是一條石縫。他一會能站著走，一會得彎腰蹲著摸，有時一步一步往裏爬行。可前方深不見底，不知洞到底有多深。他不知走了多長時間，突然聽到前面有嘩嘩的響聲，他知道這是流水聲，不由得一陣狂喜。有流水就有出口，水是要流出洞的。他加快了速度，順著水流聲，不知轉了幾道彎，爬了幾道坎，可水流聲突然消失了。原來洞下有個石縫，水從那裏鑽出去了。石縫太窄，人怎麼也不過不去。他再一次失望了，看來是走到絕路上了。他只覺全身疼痛難忍，再也走不動了。

他坐下，想到自己就要葬身在這荒山野嶺，沒有人知道自己怎麼這般的可憐，眼淚就下來了。他正哭得傷心，覺得頭暈目眩，一陣陣發昏，這時一陣涼風吹醒了他。他想，不對，這風是哪來的？有風就有洞口。對，他再次打起精神，順著風向摸去，聽到裏面呼啦啦的叫，像什麼東西撲在他身上，他嚇得蹲在地上，好像有一個東西落在肩頭，伸手一抓，知道這是鼴鼠。他更加有信心了，有鼴鼠生存的地方，肯定有洞口。他站起來，拚命往前奔跑，跌倒爬起來又跑，終於看見前面有一絲亮光，這是是洞口。其實這並不是洞口，只是一條石縫。他從石縫爬出來，坐在石岩上暈了過去。

他是高興的，他醒來大聲呼叫：「我活了，我又活了！」他要狂叫，他看到洞下水流，他知道是石洞裏泉水流下去，聽到有什麼在呼叫，「哇哇」的叫，聽聲音像個小孩子。

他順著聲音看見一隻小馬猴在泉水邊，他走過去把小馬猴抱在懷裏。他聽到有很多野獸在呼叫。嚇得以為那猛虎又來了，擔心猛虎會把小馬猴吃掉，抱著小馬猴爬到一棵大樹上，坐在樹杈上向下面觀看。只見來了一群馬猴，有隻老馬猴東張西望，大聲的呼叫，他懷裏的小馬猴跟著叫起來，老馬猴呆住了。在樹下左右徘徊，急得團團轉。

他知道這一定是小馬猴的家人，就跳到樹下，把懷裏的小馬猴交給了牠。大馬猴抱著小猴，激動萬分，又是抱又是吻的，好像還流了淚。過了一會老馬猴望著他，走近他，他嚇得退到石壁邊，看看老馬猴並沒惡意，就仔細看牠。

原來這老馬猴高大魁梧，身軀像一座牆，胸口奶子像雜草中的兩個墳堆，頭頂蓬亂的黃髮，麻絲般的披掛雙肩，臉皮粗糙像石壁。如果把牠的臉比為一座山的話，那麼鼻子就是山樑，臉龐就是石壁，嘴巴是石壁下的山洞，又黃又粗的眉毛像兩堆茅草，兩眼似兩堆火盆，冒著熊熊烈焰。哦，好像雷公下凡，隨時可以電閃雷鳴。

只見牠懷抱小馬猴，搖搖尾巴，轉身走了。大約走了二百米，回頭望著他，他不知什麼意思，站在那裏也望著牠。見牠坐在那裏像是在等他，是不是等他呢？他不知道，只想著試試看。便向前走了幾步，見牠又站起來，齜著牙往前走。還不時的回頭望著他。

他明白了，牠是在等他，希望他跟牠一道走。牠要把他帶到什麼地方去呢？他此時此刻已餓得頭昏眼花，也顧不了那麼多了。

他跟著牠翻過了一座山，走過一道溝，上了一塊石岩，來到一座高高的石壁下。石壁下有個很大的山洞，有三四間房子那麼大，洞口是一塊草坪，雜草叢生，四周幾棵古樹，長得十分茂盛。這時草坪上站滿了小馬猴，洞口堆著蘋果、橘子還有很多綠色的、紅色的講不出名字的水果。

一群小馬猴在一邊推推搡搡，打打鬧鬧，有的爬到大樹上蕩著秋千，一隻爪子掛著樹丫，身懸半空一蕩一蕩的；有的啃著草坪中的水果，扔著皮殼。他身邊的老馬猴以長者自居，跳到水果堆上，身子一轉，大眼一瞪，其他小馬猴四處逃竄，乖乖的站在一邊。只見牠把水果扔給他，他望著老猴，又望望身邊的小猴，不客氣地啃起來。原來這老馬猴就是猴王。

就這樣，我們的人類的楊順生同獸類混為一體，慢慢習慣了這種生活，自己手上不知怎麼的還長起了猴毛。幾個月以後，他覺得每當下大雨，這個洞就顯得太小，很多猴子都無處躲。想想自己掉下山洞，碰到這群猴子，才使自己絕處逢生。他就帶著牠們重新尋找了一個新的大洞，經過修整，日子過得更好了……

抓捕美帝國特務行動的三支分隊已搜索到龍頭山頂部，來到龍王洞外龍角石邊。他們分別在山中發現了有人丟棄的水果皮殼，說明山中確實有人，山中沒有搜到，那麼這個特務就一定躲在洞裏睡大覺了。

男女民兵排成三排，等待著錢部長挑選敢死隊進洞。這錢部長文弱書生，聽說他當過兵，在部隊當過文書，今天不知是膽小怎麼的，額頭上豆大的汗珠子往下滾，還緊緊地把馬有能拉在身邊，一步也不離。現在他正用目光掃射著每位民兵的臉，看了半天沒發話，看樣子對選哪些人充當敢死隊員拿不定主意。

這時邵光龍主動站出來，高聲說：「報告部長！」

錢部長望了他一眼：「邵書記，有話請講。」

邵光龍說：「部長，這龍王洞裏拐拐角角我十分熟悉。當年抓彭家昌就是我深入洞中回來報告的。現在我願帶幾個民兵進去，你們守在洞口，一旦發現可疑的人，你們立即抓捕。」

經他這麼一說，錢部長樂得臉上汗水乾了一半，上前拍著光龍的肩說：「好，辛苦你了。抓著了特務給你記頭功！」說著，一條腿狗撒尿樣的翹了一下，大約又要放屁。大家沒聽到響聲，緊接著卻聞到了一股臭氣。只見他在邵書記耳邊低聲說：「我真的蠶豆吃多了，進去不方便。」

這樣，他在從公社帶來的十二名民兵中選了五名，全副武裝，連同邵支書每人一把三節電筒。有位白臉乾瘦的民兵接過電筒，身子一軟倒在地上。

錢部長上前罵了一句：「操你媽的軟蛋！」

在一邊的龍頭生產隊隊長石頭，眼盯著他們手中白閃閃的電筒，心裏癢癢。這石頭有便宜，那是腦袋削尖的往裏鑽，見到挑大糞的都想佔一手指頭。今天怎麼能讓這麼好的手電筒在手上丟失呢。想到這些便往前一站，像軍人一樣右腳向左腳一靠，因穿的是布鞋，「撲」的一聲不太響，像放了一個悶屁，身子挺得也不太直，向錢部長行了一個軍禮。這軍禮就更不正規了，窩著手掌的貼在眼下，像猴子在臉上掏癢，聲音倒是不小，說：「報告部長，我要求上前線戰鬥！」

錢部長用手電筒照照他的臉，石頭其實只有四十來歲，但長得老相，滿臉的皺紋，眼睛小得只剩一條縫。見部長沒點頭，就又補了一句說：「我是龍頭隊的隊長，大小也是個官，還是共產黨員。我人老心紅幹勁大，天大困難也不怕。這事加上我，盆裏捉鱉，手到就來。」

錢部長這才點頭說：「行，多一個人多份力，敢死隊由你們七人組成，一切聽邵光龍書記指揮。」

石頭又是一個軍禮：「是！」還向錢部長伸出雙手，那意思希望得到一把三節電筒。錢部長沒理他，因為僅有一把電筒了，部長不能沒有電筒。

這下石頭蒙了。見錢部長轉身狠狠地向那位攤在地上民兵的屁股踢去，還掏出手槍指著他說：「你小子裝死是裝不掉的，要死也得到洞裏去死！」

看來這位部長看上去文靜，軍人的性格還是有點，他懂得軍令如山啊。

邵光龍帶著手下敢死隊，一個個端著步槍，躬著腰鑽進龍角石縫。除石頭隊長外，每人頂著三節電筒的開關，對裏面四處照射。只見草叢被覆在兩邊，還有花生殼和果皮。光龍大聲叫著：「大家看到了嗎？地上有腳印呢，這特務跑不掉了。」說著帶領大家進了石洞。

他們來到一塊石壁的下面，光龍看到石壁，想起二十多年前的彭家昌和楊荷花，這事好像就發生在昨天。今天如果這裏有人，就一定在石壁的裏面，因那裏有半間屋那麼大，還有一張石床。

邵光龍對大家說：「這石壁那邊場子小，只能一個人進去，哪個去呢？」他看到石頭正要講話，就搶先一步說：「我是你們的頭，這個險不能讓你冒，還是我一個進去吧。」

石頭搶著說：「我是隊長，我跟你進去。」

光龍搖搖頭說：「算了，要是我進去回不來，就到你石頭了。」

石頭還要講話，他便大聲一跺腳道：「這是命令！」

民兵們都說：「邵書記，小心。」

邵光龍把電筒向裏面一掃，大聲叫著往裏面去：「狗特務，我是哪個？知道不，邵光龍，我要進來了，坦白從寬，抗拒從嚴，頑固到底，死路一條。」

民兵們身子緊貼石縫兩邊，端著槍對著裏面。只聽到裏面有石頭碰石壁的聲音，傳出光龍的大嗓門：「怎麼？他媽的這小子長了翅膀飛走了？鑽到石岩縫裏去了？有隱身法了？」就這麼喊叫了一陣出來了，滿頭染了灰塵，還掛了一塊蜘蛛網。

民兵們搶著問：「怎麼樣？」

光龍拍打著身上的灰說：「這特務確實在裏面住過，可能是走漏了風聲，跑掉了。」

石頭心裏還在惦念著手電筒，不死心地說：「那我再進去搜一回，馬桶拐上也要摸一把。」說著雙手伸向光龍想要手電筒。

那個膽小的瘦子民兵搶著說：「行啦，我們走，你去搜吧。」話音未落，人已到了洞外，其他人也跟著往外跑。石頭手上既沒步槍，也沒手電筒，只好跟著不出聲了。

來到龍角石門口，邵光龍把洞裏搜查的情況向錢部長彙報。錢部長說：「真查不到就算了，回去也有個交代。」

邵光龍說：「那我們是不是到別的山頭再搜一搜？」

錢部長望望黑壓壓重疊的山峰，說：「你要我大海撈針啊？聽我的命令，撤！」大手一揮就往山下走去。

邵光龍走著，漸漸放慢了腳步，已經退到部隊最後面了。只有石頭緊緊貼在他的身邊，說：「什麼特務？我講是水鬼嘛。」眼睛不時盯著他手上的手電筒。

於是光龍就說：「你先走吧，我要方便！」

石頭回頭跟著站住了：「我眼不好，借你的光。我等你！」

邵光龍看他真成了甩不掉的尾巴，就捂著肚子說：「不得了，我可能吃了沒炒熟的蠶豆，拉肚子了。」

走向草叢要解褲子。石頭跟過來說：「不要緊吧？這下我更要等你了，你是書記，我是隊長，我要為領導負責。」

一番話把光龍感動了。他解褲子，可手上電筒沒處放，就遞給他說：「給你，手電筒。」

石頭接過電筒說：「我給你捉著，我家連一把兩節的電筒都沒有呢。」

光龍說：「這把送給你吧。」

石頭沒想到他會放這句話，驚喜地說：「怎麼，真的送給我了？」

光龍解開褲子蹲下來：「我家還有兩把呢，拿著回去吧。」

石頭這個小氣鬼，一心想著的東西終於到手了，找開電筒開關向天空照照，滿臉堆笑地：

「邵書記，謝謝你了。」

光龍說：「不用你謝，只要你聽話，回去吧。」

石頭說：「好，聽話，聽話，領導叫我回我就回了。我真走了。」轉身向錢部長他們追去。他也沒有心思想想，邵書記今天沒吃一顆蠶豆，怎麼會拉肚子呢。

邵光龍望望他的背影，看樣子確實沒有回頭的意思，就拎起褲子轉身一路小跑，到了山頂，鑽進龍角石，跑到龍王洞門口已經是上氣不接下氣。便坐在洞邊的石頭上喘著氣，掏出一支煙，拿出火柴劃著了點上，深深地吸了一口，低聲地說：「出來吧，人都走了。」

裏面石縫中滾出一個人影，像一塊大石頭倒在他的身邊，跪在他的腳下說：「大哥！」

光龍沒看他，冷冷地說：「沒想到，真的是你。」

那人說：「是我呀，大哥。」

光龍說：「三年了，你跑哪去了，我都急死了——有燈嗎？」

那人說：「燈沒有，有塊松樹條子，上面有松油。」

光龍說：「點上吧。」

那人摸在手上，又說：「大哥，還是不點的好。」

光龍說：「別怕，不會有人了。」

那人說：「我怕嚇著你。」

光龍說：「怎會呢？我真的想看看你呢。」說著，劃著了火柴，只見一雙毛糊糊的大手捧著一節木棍伸到自己的面前。他沒有點松樹幹，而是看他的臉。真的嚇呆了，燃著的火柴燒著了指頭，痛得他扔了火柴棒，吹著手指。

那人說：「大哥，真的嚇著你了。」

他說：「不，不！」嘴上說不，手卻在顫抖，再劃兩次火柴都沒有劃著，好不容易點上了松樹幹，松油發出嗞嗞的聲音，火光還不小。

光龍望著那人真的呆了。天啊，那可真是一張毛茸茸的猴子臉啊。灰黃的頭髮披掛肩頭，像亞麻，也像枯棕。彎彎修長的眉頭，兩鬢毛糊糊的連著下巴，只露出眼鼻中間樹葉大一塊樹杆樣的、紅紅的黝黑的皮膚，那突起的眼泡顯出水濕的眼珠。這一切與小時候聽大人講的孫猴子沒什麼兩樣呢。怪不得有人講他是水鬼，有人講他是野人，連自己也不相信這就是楊順生。想起那年在縣城汽車站大門口第一次見面，一身白色的套裝，戴著眼鏡，白面書生，一表人材啊。想到這些，心頭自然一陣酸楚，潸然淚下，一把將他緊緊抱在懷裏，顫抖地說：「兄弟啊，你怎麼變成這個樣子了？這幾年你都在哪兒呀？」

楊順生趴在他懷裏，心似箭穿刀割的難受，嚎啕大哭。他要把積滿心頭三年的苦水，像溢滿洪水的大壩缺了口子一樣，迸發傾瀉開來。

他們擁抱了好一會，順生才邊哭邊說：「大哥，我真的變成鬼了呀。現在我想起小時候看過的電影《白毛女》，那上面有這麼一句話：舊社會把人逼成鬼，新社會把鬼變成人。大哥啊，我可是生長在新社會啊。」他抱著頭哭得全身抖動，哭得地動山搖。

他哭了很久很久，光龍也跟著流著淚。他慢慢地把自己怎樣乘客輪到長江三峽，又是怎樣跳江、上岸、落在洞中和遇著大馬猴，與馬猴在一起生活的經過全部敘說了。他想到可能吃了馬猴子們吃的食物，不知不覺全身長出了絨毛。他還說，他之所以能這麼有勇氣闖三峽，主要還得感謝他的父親，這是一條父親當年準備走而未走成的路。

光龍聽到這些話，心頭一陣疼痛，身子靠在石壁上。心想著二十多年前自己犯的罪行。眼前這麼一個文弱書生都能走通這條路，那麼，彭家昌那麼一位彪形大漢，他一定能在原始森林中找到生存的路啊。可是……

那一節松木頭已經慢慢地燃盡了，洞裏一片墨黑。他倆好長時間沒有說話，山洞裏靜極了，只有滴水聲，叮咚叮咚地響著。沉默了一會，光龍說：「我們到外面坐坐吧。」

他倆來到外面，坐在草地上。光龍抬頭看看天空，他不記得今天是什麼日子，只見月亮還有點圓，皎潔的月色像泉水樣，靜靜地灑在樹葉上，草叢中，一顆流星劃破夜空像落在山頂上，那是天上滴下的淚珠。

他倆對面坐著，也不知沉默了多長時間，光龍問：「你怎麼又想到回來呢？」

楊順生平靜地說：「我本來準備在山裏住一輩子，可就在幾個月前，發現野獸中一件真實的事情，使我日夜不安。想到大哥你，想到光妹。我決定離開大馬猴，回到這裏來。我沿江而下，白天睡在山裏，晚上行動。三天前到了這裏。本來想到賴大姑那裏投宿，我又怕嚇著她老人家，只好住到這裏來了。」

原來那是幾個月前，楊順生同猴群在山裏找果子吃，偶然發現了一個獵人。猴群散去了，他沒有走，而是躲在一塊大石頭後面。因為他是人，多年沒見過人了，他想和那個獵人打聲招呼，又怕獵人以為他是猴子而向他開槍，正在他猶豫的的時候，眼前來了兩匹狼，一前一後晃晃悠悠的，像是夫妻在街頭散步。獵人發現了狼，向狼開了一槍，一匹狼倒下了，另一匹狼瘋狂地向獵人撲過去，獵人被咬傷逃走了。只見那匹狼沒有走，靜靜地坐在那匹躺下的狼的身邊，不知坐了多長時間，他等不急了，回到山洞的第二天、第三天，他跑過來看那狼還在那裏坐著，一動也不動，像一尊雕像。他很奇怪，慢慢地走過去，看那狼眼瞪得很大，眼窩裏十分潮濕，一條淚痕掛在臉上。他扳下一根樹枝在牠眼前晃晃，可牠一動也不動。上前仔細一看，狼已經死了。躺在地上的是隻母狼，一隻狼崽已生下一半，小狼崽已經腐爛。他呆了，這隻公狼是為牠心愛的母狼殉葬了啊。正是這一切觸動了他的靈魂，狼的行為打動了他的心。他想，狼在人類是惡毒的象徵，狼心狗肺，這是罵人罵到了絕頂，可誰能想到狼對待自己的伴侶是那般赤誠呢。他想到自己讓光妹懷孕，卻又不負責任的就跑了，難道自己這個人不如一匹狼嗎？光妹現在怎麼樣了？她把這個孩子生下來了嗎？要是生下了，那可是他的孩子啊！孩子長得又是個什麼樣子呢？想得日夜不安，痛下決心，離開馬猴群，沿江而下。

邵光龍聽了他的敘說，說：「想必你也曉得了，光雄上了大學，現在已經工作了。我同光妹結合在一起，可這個兒子是你的呢。」

楊順生說：「大哥，下晚我看到孩子了，他在玩小蟹子小蝦，長得多麼可愛啊。」說著再次跪在他面前：「大哥，我真的對不起你，對不起光妹，今生今世洗不盡我的罪過，報答不了你們的恩德啊。」

光龍撫摸著他的肩頭說：「兄弟，別這麼講，我能得到光妹，也無怨無悔呢！」

楊順生說：「大哥，你大人大量，胳膊上能推車，脊樑上能走馬，我……」

光龍扶著他站起身來說：「事到今日，什麼也別說了。你放心，我會把你的兒子當成我自己的親生骨肉樣撫養，長大讓他上學，讀中學、上大學。只是你下一步路怎麼走？」

楊順生低頭說：「光妹同大哥在一起，這是多麼的幸福。我見到了也就心滿意足了。我也許還去過野人般的生活，也許……」

光龍來回踱步說：「不，你是人，你不是野人水鬼，更不是特務。你有兒子，你要活著，好好的活著，不為自己活，也得為兒子活。總有一天我會把兒子送到你手裏。」

楊順生望著他說：「大哥，我已經變成了鬼，上天無路入地無門啊。」

邵光龍說：「難道你沒有一點親戚了？我聽講彭家昌和大老婆有個兒子在香港。」

楊順生說：「是的，我娘對我講過，我有個同父異母的大哥，叫彭亞曦，大嫂叫倪玉媛，老家在廣東省的惠州鄉下。我娘同她娘家人有書信來往。他們希望我能過去。對了，知青屋大箱子裏有他們的地址。」

邵光龍在草地上踱步，突然聽到遠處有響聲，想到了什麼，說：「兄弟，快走，這裏不是久待的地方。那錢部長望著文靜，實際心窩子深得很，說不定殺個回馬槍來。」

二人走出龍角石外，楊順生說：「那我們走山溝，這裏有條小路。」

邵光龍轉身說：「跟我來，走大寨田。」

楊順生一驚：「這太危險了。」

邵光龍說：「沒人想到你會走這個地方，這才是最安全的地方。」

他倆從大寨田溝裏穿過去，來到知青屋門口，光龍拿鑰匙開門，這時只聽山頂上電筒光四射，呼喊聲震盪夜空。他們真的殺了個回馬槍。

楊順生望著山頂說：「幸虧我們早走一步。」

光龍心想，是啊，當年你父親就是遲了一步。往往就是那麼一步之差，決定了一個人的生死啊。

在知青屋裏，光龍點亮了小油燈，指著大箱子說：「三年了，你的換洗衣服，每年光妹都給你曬一兩次。我就想到總有一天你會回來的。哦，對了，這裏有你的剃鬚刀，你自己好好修理一下吧。穿上你的衣服，就能出門了。」

楊順生說：「那這樣合適嗎？」

光龍想想說：「要不你最好換一個名字。」

楊順生說：「我娘說我父親給我取過名，叫彭亞東。」

光龍說：「好，就叫彭亞東，我再給你開個介紹信去廣東。不過，這裏都不是見面的好地方。」從荷包裏掏出五塊錢交給他說：「明天天不亮以前離開以前，走到小街區乘車，中午十二點左右，我們在縣城汽車站大門口見面。一言為定，不見不散。」

楊順生撲在他的懷裏：「大哥……」

三

邵光龍從知青屋出來，連夜趕到大部隊，點亮了檯燈，開了李常有辦公桌裝有公章的抽屜。這個抽屜是他同會計共同的。開了一張彭亞東出差廣東惠州的介紹信，還有幾張蓋了公章的信箋，連同自己抽屜平時的零用錢，都裝在一個大信封裏，放進外衣裏面的荷包。再跑到李常有家的窗子下，跟他說明天一早要去城裏訂打稻機，叫他開張介紹信，並準備五十塊錢，天亮就要來拿。

一切安排妥當，這才回到家。草草洗了一把就吹燈上了床。不知不覺在兒子被頭上拍了拍：「小陽，我的兒啊。」

光妹抬頭：「別把他碰醒了。」翻了個身說：「人家下山又上山都回家了，你怎麼才回來？」

他說：「別講了，我撒了一泡尿，又拉了一泡屎，鬼打仗了。」

她說：「石頭幹事頂真，他講你在搞鬼。」

他心裏一驚，說：「還講呢，就這小氣鬼搗的亂。天不早了，快睡吧。」

他叫她睡，可自己怎麼也睡不著。他想到楊順生晚上受了驚嚇，明早別睡過了頭，叫他不能在公社搭車，要走三十里路到小街區搭車，這些事一點都不能出差錯的。再一想，這麼大的事，是不是要跟光妹講一聲？又一想，她這個性子能點著火，要是曉得了又是怎麼個態度呢？她這輩子太苦了，受了磨難太多了，沒過幾天好日子，現在生活剛剛平靜一點，再也不能揭她這塊舊傷疤了。唉，人啊。他歎了一口氣。

她翻了個身，跟著歎了一口氣。

他說：「你怎麼還沒睡？」

她說：「你不也沒睡著嘛。」

他說：「我太累了，睡不著。」

她說：「屁話，太累了好睡些才對。」

他曉得自己講錯了，沒答腔。

她把一隻手搭在他的胸口說：「大哥，你別有什麼心思瞞著我吧？」

他驚詫地：「怎麼會呢？針鼻大的事情也瞞不了你呀。」

她突然爬到他身上，狂吻著他。他以為她要做事情，側過身子迎合著她。可她沒有做，把臉貼在他胸脯上嗚嗚的哭起來。

他驚慌地拍拍她背說：「怎麼了？我回來遲了生氣了？」

她哭著說：「我……我真擔心是那個人。」

他不解地問：「是哪個人？」

她說：「是那個人回來了。」

當他明白過來後，驚恐了半天才說：「你想哪去了。」

她理由十足地說：「晚上聽玉蘭講，那人問過我的情況，下晚推開的窗子是看我兒子的。大哥啊，想到這些我好心痛，兒子是我們的，永遠是我們的，他再來我就殺了他。」

他聽她這麼一說，心裏有了數，說：「這麼多年了，又沒有介紹信，他鑽到沙裏去？我看他說不定已經死了。」

她說：「死了好，該死！」

他抱著她光玉般的身子，心想，這年月，有學問的人一樣笨，無學問的人一樣聰明。多精悍的老婆啊。可惜小時候沒讀多少書，沒趕上好時光啊。

她狂吻著他，二人緊緊擁抱著，十分投入的在做事。事情沒做完，只聽床上「哇」的一聲，把他倆嚇傻了。原來他們動作粗魯了一點，把被子攪到了一邊，兒子受了涼。他們只好重新把兒子抱在中間，想想又好氣又好笑，笑得床在抖動。

睡夢中他被兒子的哭聲驚醒，一摸老婆已經起床了。他就起床給兒子把尿。看到窗戶泛白，知道天已亮了。他看著兒子，突然想起了什麼，就有意在兒子屁股上擰了一把，把兒子擰痛，兒子打了哈欠，揉揉眼：「爸，你擰我了。」

爸小聲說：「兒子，我想帶你去玩，你願意嗎？」

兒子說：「去哪玩？」

爸說：「很遠很遠的地方，玩汽車。」

兒子高興得拍著小手：「哇，太好了，就走嗎？」

爸說：「你起床了就走。」

兒子一泡尿沒撒完就叫起來：「媽，我要起床了。」

爸低聲說：「別叫，不然你媽不讓你去。」

兒子撒完尿，回床上就讓爸爸穿衣服，爸邊穿衣邊說：「嘟嘟，大汽車。哇，可好玩了，可是兒子，你媽不讓你去怎麼辦呢？」

兒子小手指頭在嘴裏摳著，瞪著大眼睛，好像聽懂了爸的話，對爸耳邊說：「爸，你先走，我跟你跑。」

爸刮了他的小鼻子：「兒子，真聰明。」

沒想到兒子剛穿好衣服，不洗臉不吃飯就跑出門外，大聲叫著：「爸，快走啊！」

光妹早已起了床，煮好了稀飯還攤了大餅，準備喊他們父子起床。卻看到兒子跑在門外了，丈夫也穿好衣服，一邊擦臉一邊同兒子擠鼻子弄眼的。就瞪著他倆說：「你們父子倆搞什麼鬼名堂？」

光龍只好笑笑說：「今天上縣裏給大隊訂打稻機，想順便帶兒子玩玩。」

光妹心想，每次出差總是先講一聲，怎麼今天說出門就出門。但丈夫的事她不好細問，就說：「一個大老爺們帶個孩子像什麼樣。」兒子呢在外就是不回來，還一個勁地叫：「爸，快走啊，汽車要開了。」

光妹生氣了，一跺腳：「回來，我要打屁股了。」欲出門追他。兒子扭頭就往村口跑。

光龍拉住她的胳膊說：「孩子一次沒出過門，就讓他去吧。」

光妹瞪了他一眼：「你呀，要去也得換件衣服，那褂子髒死了。」回頭拿褂子，見兒子不見影子，就把新褂子裝在他的包裏，光龍背著包，手上托著一堆燙手的大餅跟著出了門。光妹這才想到兒子臉都沒洗，就把毛巾擰了一把追到村頭。

兒子以為要他回去，拚命地跑，光妹只好站著喊：「慢點，別跌倒了。」嘴裏不知不覺地冒出了一句：「我弄你媽！」

邵光龍從李會計那裏拿了錢和介紹信，走出村外。讓兒子騎在脖子上，一路上光龍興奮地叫：「兒啊，我的兒！」

兒子也一個勁地叫：「爸呀我的爸！」一直叫到向陽公社汽車站。

車站雖然增加到兩班車了，可乘車的人還是少得可憐。邵光龍給兒子穿上新褂子，抱他上了車，選擇一個窗邊的位子坐。

兒子嘴裏一個勁的叫：「大汽車，大汽車！」

車上很空，只有七八個人。稀稀拉拉的坐在位子上。一位漂亮的女售票員橫挎著小皮包，手裏拍著票夾子喊著：「買票啦，買票啦。」走到邵光龍面前，順手在他兒子小臉上掏了一下：「這孩子真好玩。」

邵光龍衝她笑笑，掏口袋說：「上縣城多少錢？」

售票員說：「一塊一毛五。」接過他手上五塊錢，把找回的錢交給邵光龍，撕了車票給他兒子小陽玩：「車票給你玩吧。」

她賣完票，就同前排的男青年有講有笑，沒有誰看到那青年買過票。車子開出四五站，見路邊有人招手，售票員向乘客們說：「注意了，每人把車票拿在手上，要查票了。」說著立即撕了一張給那青年人。

車停了，上來兩位戴紅袖章的中年人，查著每人手上的票。當看到小陽手上的車票時，便問邵光龍：「你從哪兒上的車？」

邵光龍說：「向陽公社。」

查票人說：「你買了多少錢車票？」

邵光龍說：「一塊一毛五。」

查票人扭頭對售票員說：「小張，怎麼這位老同志就一毛五分錢的票呢？」

那售票員過來，看了看票，大叫著對光龍說：「哎喲，我說你呀，老大不小了，帶個孩子，是你兒子還是孫子，怎麼不保管好呢？我明明給你一塊一毛五的票，怎麼就一毛五了呢？查一下丟什麼地方了，站起來找找。」

邵光龍抱著孩子站起身四周望望，沒有看到一塊錢的車票。查票員拿出鋼筆和紙說：「老同志，我們做點調查吧。」

售票員拉那查票員：「哎喲，大哥呀，你行行好吧。我可明明給他三張車票的。」

三人在車上拉拉扯扯。後面的乘客發話說：「開車的，我還有急事呢。」

邵光龍突然想到有人在車站等著，這一調查起來不知要等到時候，就忙說：「別查了，我是看她撕了三張票子，一張一塊的，一張一毛，一張五分的。她沒錯，我錯了，兒子流口水把一張車票搞化了。我證明！」

兩個查票的這才下車去了。車又開動了。

邵光龍在車上想著心思，確實沒注意售票員給了幾張票。但有一點，相信兒子是不會把一張車票吃下去的。他想想心裏有些窩氣，咳嗽了一聲，一口濃痰憋在胸門口，看車上被水沖洗過，很乾淨，他拉開窗子，閉著眼，把痰用力一口吐出去。也許車子開得快，加上風又大，這風把那口厚痰吹回來，落在自己的臉上。

兒子看見樂了，說：「爸爸，你臉上長蝦子了。」

車上的人都笑了。他也感到好笑，這痰要吐出去幹什麼呢。他一抹臉，手也毫不客氣的在靠背椅上擦了擦。

車子進了城，城裏還是老樣子，沒有一點變化。可汽車站的變化卻很大。過去大門對公路，現在轉了，修了大門樓子幾丈高，上面還有許多彩旗。車子進了站，那女售票員望望邵光龍的兒子笑笑，不知是她真的喜歡這個孩子，還是笑今天在他身上得了一塊錢。

邵光龍看時間還早，就帶兒子先去了縣農機站，拿出介紹信，訂了十臺打稻機。工作人員一聽說是臥龍山大隊的，那可是全縣有名的大寨大隊，這事可不能耽誤，明天就送貨，貨到再付款。

快到十一點，他這才給兒子買了水果糖。可兒子吃了兩顆，剩下的裝在爸爸荷包裏，吵著要看大汽車。

他抱著兒子回到汽車站，多遠就看到大門樓邊站著一位戴大草帽、熟悉的身影。便放下兒子指著遠方說：「兒子，看，那門口有個人。」

兒子身子一扭說：「我才不看人呢，我要看大汽車。」說著就跑到汽車站的護欄邊，趴在那裏看著進進出出的大汽車。

楊順生也看到了他，走過來喊：「大哥……」

邵光龍呆望著他。真的奇怪了，眼前的他與昨晚上見到的簡直是兩個人。臉上、胳膊上絨毛刮得很乾淨，連一點黃毛樁子都沒有，唯一與別人不樣的是皮膚黑裏透紅，像熟透的山裏紅。頭戴麥稈編的大草帽，帽沿下還露出幾束黃毛來，不注意是看不出的。那穿的衣服、鞋子與剛下放來時差不了多少，只是乾瘦了一些。身上背著挎包，很像一個工作人員出差的樣子。

光龍站到他身邊，左右張望沒見到什麼熟人，就從內裏荷包裏掏出大信封子遞給他說：「這是介紹信，還有幾張空白的，防止你路上有新情況，想什麼寫就什麼寫。」又從另一荷包裏掏出五十塊錢再加上自己的零用錢，留下自己回去的車費，其餘全部塞給他。大約有八、九十塊錢。楊順生接過信封和一捲皺巴巴的票子，眼眶紅了，鼻子一酸一酸的：「大哥……」

光龍拍著他的肩：「別，別。我還把他帶來了，你們父子見一面吧。」指著欄杆邊的邵小陽。

小陽回頭大叫著：「爸，看，又進來一個大汽車。」

邵光龍忙答：「好，來了。」拉著順生的手走過來。見他還在抹眼淚，就埋怨地說：「別哭了，自然一點。」

二人在小陽的左右邊欄杆上趴著，陪兒子看汽車。可小陽不買他們的賬，眼睛老盯著車站裏的汽車，其中有一輛車在倒車，小陽指著說：「爸，那車屁股還亮呢。」

光龍點頭說：「是啊是啊。」拍拍他身子說：「看，你身邊一位叔叔。」

小陽沒聽他的話，連頭都不轉一下。他只好又說：「看，這位叔叔，個子高高的，好漂亮呢。」

兒子這才轉頭看了一眼說：「爸，我又不認得。」又看汽車。

光龍搖搖頭沒辦法，只得從口袋裏掏出幾顆水果糖，從背後放到順生的手上，又拍拍小陽說：「兒子，看，叔叔還給你買了水果糖。」

小陽這才轉身看順生。順生蹲下身子抱著孩子，十分尷尬地把水果糖塞在他手上，把臉貼著孩子的小臉，止不住的淚水嘩嘩的湧出眼眶，掛在臉上，也滾到孩子的臉上。

孩子感覺到了什麼，推開他說：「叔叔臉上有水。」

順生忙抹著臉，說：「孩子，你叫什麼名字？」

小陽剝開一顆糖要往嘴裏送，說：「爸，這不是跟你買的糖一樣嘛。」

光龍忙說：「是啊，水果糖都是這樣的。叔叔問你話呢。」

孩子望著順生說：「我叫小陽。」

順生一驚，抬頭望著大哥：「怎麼，叫小楊？」

光龍說：「太陽的陽，同你那楊同音，可惜你又改為彭亞東了。」

順生再次流下流水，緊緊抱著小陽：「小……陽……」

小陽奇怪地望著他，嘴裏含著小糖，話出來有些難以聽懂：「書書（叔叔）怎麼枯（哭）了？」他感到這樣不對，把糖吐到手上，轉頭問爸爸：「你打他了？」又把糖放進嘴裏，嘴角的口水流到新穿的褂子上。

順生忙抹淚，另一隻手抹他嘴角的口水說：「叔叔不哭，叔叔沒人打。」心裏既激動又慌亂：「這……這怎麼辦呢，我又沒買點東西。」起身要走。

光龍拉住他：「幹什麼呢，你那點錢一點也別動。」

順生又要流淚：「我……我總得給他有個紀念啊。」

他突然想起了什麼，拉開挎包的拉鏈，從包裏拿出一塊白白的東西說：「就把這塊玉佩送給孩子吧。」

光龍聽講玉佩，伸手搶過來一看，眼睛瞪圓了。這可是一塊龍頭玉佩。哦，多美的龍頭玉佩啊。當年彭家昌也給了我一塊，可我交出去了，換來了一塊小英雄的獎章。那獎章什麼樣子記不得了，也不曉得丟到哪裏去了。可這塊龍頭玉佩還經常在腦子裏出現。這個楊荷花呀，當年在她家就差挖地三尺都沒有查出來，她藏得真緊啊。於是說：「順生，這玉佩不能送給孩子。」

順生說：「那我……」

光龍說：「你到了惠州要想辦法去香港見你大哥，這東西就是物證啊。」

順生望著小陽：「那這……」

光龍把玉佩塞到他手裏說：「等吧，等以後你們父子相認的時候。」

小陽真的沒有心思聽他們你一句我一句的講話，全想到汽車上去了。突然大叫：「爸，那個大汽車開走了。」又趴到欄杆去了。

光龍順生搖搖頭沒法說了。

楊順生收起龍頭玉佩說：「大哥，我們這次分別，不知哪年哪月才能見面。可有一句話，我不能不說了。」

邵光龍感到奇怪，把他拉到一邊說：「你還有什麼事瞞著我？」

楊順生望著他說：「大哥，這麼多年了，當年彭家昌為何對你是那樣的態度，現在我母親又為何把我送到你的身邊，你難道不悟出點什麼事嗎？」

光龍呆呆地望著他：「你講的我還是不太明白。」

楊順生說：「我們之間有著一種特殊的關係啊。」

光龍說：「我們還有什麼關係，你趕緊說啊。」

楊順生說：「大哥啊，我們可是同父異母的兄弟啊。」

邵光龍呆望著他愣了半天沒講話。

楊順生說：「你別不相信，我娘和當年臥龍山出去的幾位叔叔都這麼講的，那可是千真萬確的。」

邵光龍說：「我母親是共產黨員，彭家昌是土匪，他們又是怎麼結合在一起的呢。」

楊順生低聲說：「也許在那個特殊的年代又在一個特殊的環境下吧。」於是楊順生就把母親告訴他的一切向邵光龍說了。

那是一九三九年冬，日本鬼子拿下了江城縣城，燒殺搶奪，無惡不作。當時共產黨員只有十幾個人，他們知道臥龍山的彭家昌遠近幾十里都很有名，是一股抗日的力量，縣黨支部書記邵菊花走進臥龍山，沒見到同學高桂花很是遺憾，就同彭家昌談判。

那時正好彭家昌的老婆帶著大兒子到廣東去了，彭家昌心裏窩著氣，就對長得十分漂亮的邵菊花說：「叫我出山不難，但有個條件。」

邵菊花說：「只要你能打日本鬼子，什麼條件都可以。」

彭家昌把桌子一拍，說：「好，共產黨人就是痛快。」說著一把把她抓到懷裏，說：「你要嫁給我！」

邵菊花萬萬沒想到這是什麼狗屁條件，黑著臉一巴掌打在他的臉上。可彭家昌沒生氣，讓她下山去了。沒想到邵菊花的行動被走漏了風聲，兩名漢奸也跟來了。當她剛到山下就被漢奸抓住捆綁起來，打算強姦過後送到日本鬼子那裏討功。危急關頭，只聽兩聲槍響，漢奸倒下了。

彭家昌再次站在她的身邊，說：「你的行動已被人盯上了，你已經無路可走，還是乖乖的跟我回去。」

邵菊花只好再次上山。彭家昌死皮賴臉的繼續談條件。

邵菊花氣得哭著說：「你要和我結婚，除非你能把鬼子的碉堡炸掉。」

彭家昌哈哈大笑：「這下正合我意。今晚就去。」

當天晚上他拉著隊伍下了山。那次沒有炸到碉堡，彭家昌受了傷回到山上，邵菊花看這個土匪真的有點可愛，就願留在山上當他的黨代表，宣傳黨的主張。在她的帶領下，利用城裏地下黨的配合，不到兩個月真的炸了兩座日本鬼子的碉堡。

這一切賴大姑心裏是一塊明鏡，她兩邊遊說，促成他們的美事。

邵菊花也是講話算話的人，只要求不得向外公開，山裏的兄弟中只有兩三個人知道。四〇年春生下了孩子，沒有姓彭，跟母姓邵，放在肖老大家寄養。本來邵菊花那年不犧牲，準備帶彭家昌的手下轉移找大部隊的。可惜……全國解放，彭家昌也幾次找了肖老大，準備認下這個兒子，可他想到，自己名聲不好，怕影響兒子的前途，但是肖老大嘴上不講心裏有數。

邵光龍聽了楊順生的敘說，想到當年見到彭家昌時講的那幾句話，並送給他一塊龍頭玉佩，想到父親給自己那一個響亮的耳光子，於是就說：「我當年有那麼一點感覺，想過自己就是土匪的兒子。可是理由不足，轉不過這個彎子來。兄弟，今天你解開了我心中的謎團子，也讓我真正知道了我的身世。」

順生激動地撲上去：「大哥……」

邵光龍也擁抱了他：「兄弟……」

楊順生還談到母親當年為何要把他下放到老家的根本原因。邵光龍想到自己沒有照顧好他而感到內疚。二人還談到兄弟情深的話語，直到下午一點多，楊順生同他們父子含淚揮手告別，乘上了隔天才有一班到九江的客車。光龍不知他要轉多少次車才能趕到惠州，但他相信順生是能順利到達目的地的。

是啊，別看順生初次見面是文靜書生，三年前能獨闖原始森林，過上野人生活。光龍自然想到彭家昌，這個闖蕩江湖十多年、連日本鬼子都不怕的英雄好漢，當年要是早點下山出走，那肯定能走出一段人生傳奇啊。可惜巧遇了我，今天又曉得他是我的父親，天啊，怪不得當時在龍王洞他要我喊他一聲爸，槍殺時老把眼睛盯著我，他是死不瞑目啊。這下給我本來就沉重的心上又壓了一塊石頭了。不是嗎？古人道，孝順為百行之先。二十四孝子中就有個叫香九齡的，他為了讓父親安心睡覺，夏天睡前幫父親把床鋪扇涼，冬天為父親溫暖被窩。我呢，害死了父親，還害了養父母親、老婆兒子，我有罪，我的罪孽比天高，比山厚啊。

邵光龍同兒子從城裏乘車回家，他一路上思前想後，迷迷糊糊，昏昏沉沉，頭頂像要爆炸一樣。

當天夜裏就下暴雨了，整整下了一個晚上。特別是第二天天亮之前，狂風刮得屋子搖搖晃晃，一道道閃電，一陣陣雷鳴，暴雨一陣緊過一陣。邵光龍睡不住了，穿好蓑衣開了門，眼前一道閃電，那刺眼的白光刺得眼前一片墨黑，接著一聲巨雷，像要把大地劈開。他只覺得房屋在搖晃。腳下在抖動。

光妹衝上前身子一攔關上了門，說：「大哥，這太危險。」

光龍也退到桌邊，沒有點燈，想到自己一身的罪孽，讓雷電劈了也好。他摸索著點了一支煙吸著，靜默地坐在那裏一聲不吭。光妹也起來等待著天亮。只有兒子昨天玩得太累，睡得正香。

天亮了，雨也小了，邵光龍握著鐵鍬出了門。走到村口見一根樹木躺在路上，那是老槐樹被雷劈倒了。他走近一看，原來樹頭雖有很多枝杈，樹心卻空了。他知道這一定是天亮前雷打的。這可是棵千年古樹啊，到我們這一代消失了。

他一口氣跑上龍頭山，那梯田的田埂被雨水浸泡了一夜，好多地方裂了口子，有的石塊鼓了出來，有的被泥沙埋沒了，同田一樣的平坦。有的地方積滿了水。山上的霧氣太大，他看到山霧裏有一點亮光。誰呢？他跑過去一看，原來是龍頭隊隊長石頭。滿身掛著雨水，在檢查他砌的那一段石硬，手握著那把三節手電筒。

光龍心裏升起一股敬意，隊長，我的好隊長啊。

石頭見到邵光龍，說：「邵書記，這雨來得大呢，田埂裂了，不搶修就要完了呢。」

這時馬德山來了，李常有來了，公社的分工幹部錢家安部長也來了。他是早上跟裝著十臺打稻機的車來的。

錢部長說：「你們幾個幹部都在這裏，孫書記叫我傳達他的命令，要不惜一切代價保護大寨田。」

邵光龍叫馬德山、李常有、石頭等人立即分頭通知，全大隊男女老少上龍頭山。他話沒講完，山窪隊長大拴子已握著鐵鍬站在他的面前。龍頭隊、廟前隊、龍林隊、長沖隊、南山隊、西灣隊的社員們都來了，他們沒有接到任何通知，山邊黑壓壓的人群。

錢部長說：「好，社員們都來了，邵書記你下命令吧。」

邵光龍看到這麼多的社員們，他有什麼命令可下呢。他眼淚下來了，嗓子眼哽咽了。轉身對錢部長說：「你傳達上級指示吧。」

錢部長站在高埂上：「社員同志們，臥龍山是學大寨的一面紅旗，為了保護學大寨的成果，我們要堅守這個陣地，誓與大寨田共存亡，做到人在大寨田在……」

由於山上的風太大刮得地面呼呼的叫，社員們也聽不到他講的什麼話，只是自動走到田埂上，見石埂開裂了，用石頭填著，田裏積水了，開溝疏著，禾苗倒塌了，扶起來栽好……

禍從天降，災從地生。風又起了，雨又來了。風越刮越大，把田埂刮得鬼哭神嚎。雨越下越緊，天空像篩子把條條水柱一個勁地往山上傾灑，田埂搖動了，石塊要揭開了，梯田中衝開了千萬條水道，像千萬條瀑布在飛瀉著。邵光龍眼前一段田埂石頭被水沖壞了。他要上前去堵，正要邁步，胳膊被人拉住了，是光妹。她早已跟在他的背後，看著他的行動。

原來清早上，光龍前腳出了門，光妹後腳就跟著上了龍頭山。她看到梯田石埂歪歪倒倒的樣子，就看出大寨田是保不住了。可石埂倒下的石頭是要砸傷人的。她在人群中，眼睛始終望著她的心上人。現在明知前面有危險，她怎能讓大哥上去呢？可光龍看到李常有、馬德山、錢部長都在冒雨往前衝，他不能讓老婆捏在手裏，於是他一轉身鑽進人群裏。

她沒有見到他，她聽到「嘩啦」的田埂倒塌聲，有一群人圍上去，有人在喊他的名字。她箭一般地衝過去，扒開人群，果然見他倒在泥坑裏，一隻腳被壓在石頭下，李常有幫他搬開了石頭，她抱起他的腳，見他腳上有個小嘴樣大的口子，口子裏糊著紅泥，血像噴泉樣向外流。

李常有要背他到大隊醫療室去包紮。他看到這麼多人都在守著梯田，身為大隊書記，在這緊急關頭怎麼能因為這點小傷而下火線呢？他死也不去。

她只好大叫一聲說：「你們都走開，我來包紮。」

李常有驚呆地望著她：「你不是醫生你怎麼包紮？」

但村裏人都怕她，也就不管她了。只見光妹也不管身邊有沒有人，褪下褲子蹲在地上，在他傷口上撒了一泡尿，尿水沖走了他腳上的泥水，算是給傷口消了毒。人群自動的背過身去。她草草繫好褲子，又撕下自己白褂子的前襟，給他包紮著。

他躺在泥地上，望著頭髮披到臉上的她，伸手撥開她的頭髮，深情地望著她，心裏想：「老婆，好老婆啊，救苦救難救命的老婆啊。我家這個老婆，長相一般，大塊頭，女人生了男人相，可醜女賢妻家中寶啊。也是我前世修的，老天的安排，大難的時候總遇著好老婆。那年修水庫，是老婆把我從泥沙裏救出來，今天，又是老婆用她那特別的方法給我包紮傷口。」他相信這個方法傷口不會發炎的。

風仗雨勢，雨借風威。那沉重的雨點和旋風像擰在一起的鞭子，從天空兇猛地抽打下來，抽在山坡上，打在梯田裏。那山邊不斷傳來「嘩啦啦，嘩啦啦」的倒牆樣的聲響，這聲響像砸在人們的心中。

這時有個青年馱著一位血淋淋的漢子走過來，馬德山緊跟其後，見到邵光龍便說：「邵書記，田埂斷了好幾處，山窪隊的隊長大拴子腿砸斷了。」

邵光龍由光妹扶著直起身，望著被馱在背上的大拴子，一條腿下滴著血。轉身望著田埂，大聲喊：「快，快撤！田不要了，什麼田都不要了，人命關天啊，快撤！」

邵光龍、馬德山、光妹、李常有和分工幹部錢部長分成幾路向山頭呼喊：「快撤！」「躲開！站到邊上去！」「滾開，不要老命了！」

大部分人都撤出來了，只有石頭隊長還守在他分工的大寨田埂上。肖光妹上前去拉他，他罵光妹說：「這是我們男人的事情，要你女人摻攪什麼。」

光妹看到那一段石塊中間都鼓了出來，救不了了，就用自己的肩頂他，他還是要往田埂上強，光妹一個掃腿把他掃倒在地，他在地上哭喊著：「大寨田不能垮啊！為了這個田埂，我得罪了隊裏多少人，流了多少血汗，我石頭吃了多少苦啊！讓我上去，我要用這把骨頭擋著它。」

他爬起來正欲往前走，山上的田埂一浪推著一浪的倒塌，大小石頭像麻雀一樣往下飛來。一塊石片飛到石頭隊長的額頭上，血頓時就流了出來。這下把他嚇呆了，光妹沒好氣地推他：「去，去啊，去送死吧！」

石頭這下像在夢中驚醒過來，望著倒塌的田埂，退到一邊雙手捂著額頭，血從手指縫裏流下來。向光妹說：「求你了，姑奶奶，快救救我吧，別讓我血流光了。」

光妹扳開他的手，看他額上裂了一個口子，就說：「包紮前要消毒，可我沒尿了，就是有尿也不能在你頭上撒吧。那就要把毒血擠出來，你可要忍著點。」

石頭閉著雙眼：「我不怕痛，擠吧！」說著一雙汙黑的大手，緊緊抓在地上，把手指甲撒在石縫裏，咬緊牙關，以抵抗苦痛。光妹用雙手抱著他的頭擠著。血從他臉上流下來，又被雨水沖刷到地上。光妹吐了口水在手掌心裏，往他頭上一抹，像刷糨糊子一樣，算是消毒了。再撕開自己前襟白褂子，在他頭上包紮著。

石頭感動地說：「大妹子，你過去恨我肚大一個包，今天怎還救我，這麼熱心為我包紮呢？」

光妹邊包紮邊說：「我這個人是軟硬人，遇著綿羊，我是棉花球，遇到老虎，我是鐵榔頭。」

石頭說：「大妹子，我看你呀，是刀子嘴豆腐心，天上難請地上難找的好女人啊。」

光妹叫他仰頭，把布條子繞過去。

石頭老實地仰頭望她說：「大妹子，你紮緊點，別讓我破了相呢。」

光妹又好氣又好笑地說：「可一塊屎疙瘩在頭頂上留下了。」

石頭又要哭了，說：「哎呀，我是生產隊長，還要上公社開會，人家請我吃飯，多丟面子，那醜死了，老來還破了相。」

光妹半天包紮不起來，撕的布條子短了一節，只好又在自己前襟上撕了一塊。這麼七撕八撕的，她前襟就遮不住了，大奶子一半露了出來，像個大擺鐘在他面前一晃一晃的。

石頭驚詫地說：「大妹子，不得了，你褂子再也不能撕了，你自己看，奶子都遮不住了。」

光妹沒好氣地罵道：「我弄你媽，腦袋瓜子都要掉了，還顧帽子。奶子出來不就出來了嘛，你可想吃。」說著挺起胸脯，把褐色的乳頭子往他嘴邊送去：「你吃，你吃！」

石頭被羞得無地自容，恨不得鑽進山間石縫裏去，一條腿跪在地上哀求道：「哎喲，我的姑奶奶，你饒了我吧。」

站在山邊的白玉蘭看見了，她穿著兩件褂子，就脫下一件外衣披在光妹身上。光妹推開她說：「玉蘭，你身子嫩歪，經不住涼。我奶子算什麼？姑娘是金奶，結了婚的女人是銀奶，生了孩子的女人呢，是她媽的狗奶，只要這大寨田能保住，我光著身子又算什麼！」她說著，有意解開了前襟，敞開了胸懷，仰頭望著大雨瓢潑的蒼天，拚命呼喊著：「天老爺啊，做點好事吧，給我們窮苦人一碗稀飯喝吧！」

光妹的呼喊，像一聲巨雷震動著山谷，臥龍山為之抖動。光妹的呼喊也呼喚著所有的臥龍山人，人們齊刷刷地跪在泥水裏，悲愴地呼叫著蒼天。

真是叫天天不應，叫山山無門。老天沒有被感動，雨越下越大，像開了天河，把大水傾倒在山坡的梯田上。只聽得「嘩啦啦……」、「嘩啦啦……」一陣陣的巨響，那麼好的大寨田，就這麼一段段、一塊塊的倒塌下來。臥龍山的社員們跪在梯田的兩邊，誰也不願離去。

風打頭，雨打臉，千滴淚萬滴血。任憑大雨在頭頂上澆著，不知是雨水還是淚水在臉上流淌。但有一點很清楚，他們的心裏都在流血。

分工幹部錢部長看著眼前的一切，歎著氣說：「唉，向陽公社學大寨的一面紅旗，就這麼一下子倒掉了，嘖嘖，太可惜了！」

邵光龍站在山邊上，腳上包紮著白布條，手握著一把大鐵鍬，像個打敗了仗、失去陣地的將軍。他咬著牙，握著拳，眼裏冒著火，一句話沒有說，可頭腦裏像翻江倒海。是啊，為了大寨田，老婆墳炸了，兒子死了，堂兄坐了牢，十里長沖的樹木砍光了，臥龍山人的力氣也出盡了，誰家不是油罐子鹽罐子都灑盡了，盼望著今年過好日子，還買了十臺打稻機……沒想到一轉眼，這一切都成了一場夢，竹籃打水一場空啊。這一切難道是我造的孽嗎？想到這裏，他也跪在泥地裏嚎叫：「蒼天啊，我有罪孽，你就懲罰我一個人吧，你用雷電劈了我吧……」

馬德山站在那頭喪氣了：「怎麼講呢，五年的心血就這麼被一場雨沖刷掉了。」

石頭隊長頭包紮著，像戰場上受傷的戰士，單腿跪在泥水裏，雙手拍著泥地呼喊：「天哪，一直敞開胸懷的光妹，看著倒塌的梯田，每倒塌一段，她嘴裏就罵出一句：「我弄你媽！我弄你媽！」

天哪！」

因風雨太大，人們聽不清他喊的是天還是田。

李常有站在那也歎著氣：「唉，這梯田，真是瞎掉扯雞巴蛋了！」

只有肖貴根老人，頂著大雨背著手往回走，不看了。走在泥水的山路上自言自語地說：「我操！這有什麼看頭？禿子頭上的蝨子，明擺著嘛。人有十算，天只有一算，山上能造田？天不下雨滿地紅，天要下雨一路沖！」

這真是天作孽，猶可違，人作孽，不可活啊！

釀小說01　PG0792

臥龍山下（上）

作　　者	劉　峻
責任編輯	林泰宏
圖文排版	邱瀞誼、陳姿廷
封面設計	王嵩賀
出版策劃	釀出版
製作發行	秀威資訊科技股份有限公司 114 台北市內湖區瑞光路76巷65號1樓 電話：+886-2-2796-3638　傳真：+886-2-2796-1377 服務信箱：service@showwe.com.tw http://www.showwe.com.tw
郵政劃撥	19563868　戶名：秀威資訊科技股份有限公司
展售門市	國家書店【松江門市】 104 台北市中山區松江路209號1樓 電話：+886-2-2518-0207　傳真：+886-2-2518-0778
網路訂購	秀威網路書店：http://www.bodbooks.com.tw 國家網路書店：http://www.govbooks.com.tw
法律顧問	毛國樑　律師
總 經 銷	聯合發行股份有限公司 231新北市新店區寶橋路235巷6弄6號4F 電話：+886-2-2917-8022　傳真：+886-2-2915-6275
出版日期	2012年12月　BOD一版
定　　價	380元

Printed in Taiwan

國家圖書館出版品預行編目

臥龍山下 / 劉峻著. -- 一版. -- 臺北市：釀出版, 2012.12

冊； 公分. --（釀小說；PG0792-PG0793）

BOD版

ISBN 978-986-5976-73-6（上冊：平裝）. --

ISBN 978-986-5976-74-3（下冊：平裝）

857.7 101018698

讀者回函卡

感謝您購買本書，為提升服務品質，請填妥以下資料，將讀者回函卡直接寄回或傳真本公司，收到您的寶貴意見後，我們會收藏記錄及檢討，謝謝！
如您需要了解本公司最新出版書目、購書優惠或企劃活動，歡迎您上網查詢或下載相關資料：http:// www.showwe.com.tw

您購買的書名：______________________________

出生日期：________年________月________日

學歷：□高中（含）以下　□大專　□研究所（含）以上

職業：□製造業　□金融業　□資訊業　□軍警　□傳播業　□自由業
　　　□服務業　□公務員　□教職　□學生　□家管　□其它____

購書地點：□網路書店　□實體書店　□書展　□郵購　□贈閱　□其他

您從何得知本書的消息？

□網路書店　□實體書店　□網路搜尋　□電子報　□書訊　□雜誌
□傳播媒體　□親友推薦　□網站推薦　□部落格　□其他________

您對本書的評價：（請填代號　1.非常滿意　2.滿意　3.尚可　4.再改進）

封面設計____　版面編排____　內容____　文／譯筆____　價格____

讀完書後您覺得：

□很有收穫　□有收穫　□收穫不多　□沒收穫

對我們的建議：______________________________

____

____

____

請貼
郵票

11466
台北市內湖區瑞光路 76 巷 65 號 1 樓
秀威資訊科技股份有限公司 收
BOD 數位出版事業部

（請沿線對折寄回，謝謝！）

姓　名：____________　年齡：________　性別：□女　□男

郵遞區號：□□□□□

地　址：____________________

聯絡電話：(日)____________ (夜)____________

E-mail：____________________